九品"女村官"

谷智生　著

天津出版传媒集团

天津人民出版社

图书在版编目（CIP）数据

九品"女村官" / 谷智生著 . -- 天津 : 天津人民
出版社 , 2020.11
ISBN 978-7-201-16652-0

Ⅰ . ①九… Ⅱ . ①谷… Ⅲ . ①长篇小说－中国－当代
Ⅳ . ① I247.5

中国版本图书馆 CIP 数据核字 (2020) 第 220006 号

九品"女村官"

JIUPIN NVCUNGUAN

出　　　版	天津人民出版社
出 版 人	刘庆
地　　　址	天津市和平区西康路 35 号康岳大厦
邮　　　编	300051
邮购电话	（022）23332469
电子信箱	reader@tjrmcbs.com

责任编辑	李羚
策划编辑	莫义君
特约编辑	张帆
封面设计	西子

印　　　刷	天津兴湘印务有限公司
经　　　销	新华书店
开　　　本	710 毫米 ×1000 毫米　　1/16
印　　　张	22
字　　　数	300 千字
版次印次	2021 年 1 月第 1 版　　2021 年 1 月第 1 次印刷
定　　　价	68.00 元

内容提要

　　"村官"是干啥的？"村官"就是领着全村老百姓土里刨食儿打头的那个人。同时，村官还是全村这个大家庭的主事者，农村那点儿破事儿，东家子侯西家子刘，孩儿生日娘满月柴米油盐酱醋茶事事都得挂心，全村家家户户两口子打架哥们儿分家处处都得管，一棵树一寸土一把烂柴火哪哪都得操心。干得好你是老百姓眼里的神，人们敬着你捧着你把你当主心骨儿。干得不好，你就是那一文不值的王八蛋三孙子，人们把你踩到脚底下还要啐你一脸的唾沫星子，让你八辈子都抬不起头。

　　她，就是这样一个村官，而且是百里挑不出一个的女村官。

　　她常说自己是国家班组长级干部，九品芝麻官。其实，按照老辈子的官阶，县官为七品，县官下面有乡镇，那村官可不就是九品了，不是芝麻粒儿又是啥呀？

　　当年，她一上台，村里就有人预言：草鸡打鸣儿，公鸡下蛋，不出大祸也得大乱。可她偏偏不信这个邪，硬是顶风儿扛柴火，挑起了村官这个挑子，而且一挑就是十来年，把个乱七八糟没人愿意收拾的乱摊子收拾起来，打理得井井有条。把个原本破烂不堪，光棍儿成群的穷村，变成了富得流油，远近闻名的富村。

　　眼下，她正筹划着在村里盖楼房建村民别墅，把村民原来的平房土炕老宅子变成特色农家院，让更多的城里人到他们村旅游、休闲、消费。她的想法儿多着呢，前景广阔着呢。可是，真正实施起来，是处处碰壁，刚刚搬走绊脚石，随后跑来拦路虎。麻烦事一码接一码，按下葫芦起来瓢。村与村之间的争斗，村官与村官之间的较量，更是让她焦头烂额，有些事让人啼笑皆非，引出来一串串令人捧腹的故事。

　　但是，事儿还得干，路还得走，这就需要方法，这就需要机智，需要脚踏实地扎扎实实往前摸着走，大刀阔斧逢山开道、遇水架桥闯着干，她，就是九品女村官柳胜男。

目 录

第一章 选 举

风箱峪，巴掌大。地处塞北山区，全村四面环山，只有一条窄窄的砂石路通往村外。站在山头往下看，整个村子就像淘米瓢里剩下来的一粒米粒，孤零零卧在山环儿里。

常言道：庙小神灵大，池浅王八多。

就是这个小小的风箱峪，虽然全村只有四十几户人家，一百多口子人，但在乡里县里直至省里却都是出了名挂了号的。当然啦，这里面有好也有坏。

先说好的，这村里大清朝时就曾经考出去过一个状元。至今，村东头老李家破旧的门楣上还挂着一面书香门第的牌匾呢，据说那是当年他们家老祖宗中状元时，乾隆皇帝御赐的。也是这老李家，抗战时期还出息过一个八路军团长，全国解放以后，李团长跟随大军南下就留在了南方，当了南方某省的副省长，那也是风箱峪祖祖辈辈出息得最大的一个官，是风箱峪的骄傲。还有一个让风箱峪人很有面子的是改革开放以后，村里边在全县率先出了个万元户女能人柳胜男，当时风箱峪全村人在外边提起柳胜男都觉得脸上有光，外村大姑娘找婆家都愿意往风箱峪跑。

俗话说，穷不扎根儿富不打籽儿。

不知道从啥时候开始，村里改了门风，年轻人开始甩大鞋不学好，地不好好种，果园不好好经营，到镇上泡网吧无师自通，耍钱打麻将通宵达旦。老百姓日子不好过，就埋怨村干部无能，怪乡政府不救济，不把老百姓贫下中农当回事儿。于是，村里几个能耐人攒对一块儿就撺掇着膀子告状，先是告村干部贪污乡干部腐败，就知道比着赛说大话吹牛皮，从来不为老百姓干实事儿，为啥别的村都富起来了风箱峪还穷得叮当响啊？这些能耐人也算是有点儿韧劲儿，他们在乡政府讨不到说法儿，就打着横幅排着队到县政府门口找县长、县委书记讨说法。县长、县委书记没空儿接待，派县里有关部门协调解决他们的问题，他们觉得领导对他们不重视一气之下又去了省城，找省长讨说法儿。省里负责接待的信访干部问他们想讨个啥说法儿，几个在村里边数得着的能耐人又都放了哑炮，你看看我我看看你，谁也说不出个所以然。于是，省里信访部门说他们无理取闹，把他们用警车送回县城，交给县政府。可随后他们又坐上长途汽车去了首都北京，正赶上北京召开全国人代会，这几个老农民大起早往人民大会堂门口一坐，过来一个人就跟人家诉苦，喊冤道屈。不一会儿就被人请上了警车，通知县政府到北京领人，直弄得县政府领导一个头两个大。立刻打电话，让乡长书记村干部到县里汇报情况，了解实情。时候不大，乡长书记都来了，可风箱峪村干部一个都没来，问缘由，回答说，村主任党支书包括村会计集体撂挑子了。

这件事发生在 2001 年，正是全国农民都铆足了劲儿致富奔小康的时代，所以，说起来让村里大多数人都觉得脸上无光。

其实光彩不光彩还不算啥事儿，村子里群龙无首，这事儿可更不好办啦。你想这风箱峪村子虽然不大，可总得有个主事儿的呀。于是，经过县、乡两级政府研究决定：由乡里人大委员会牵头，让风箱峪全村老百姓自己投票选举村主任和村领导班子。

这个消息一传出来，村子里立刻就炸了营。村民们七嘴八舌说啥的都有，有的说，现任村主任废物是废物了点儿，可老实巴交的从来不招谁不惹谁，就让他接着干吧。有的说，火车跑得快全靠车头带，这村里边要没个能干的当家主事儿的人，全村百十口子人各摽各的心眼儿，啥时候才能富起来呀？还有的说，嗨，这富家好当，穷日子难扛，风箱峪都穷掉底儿了，谁当这个村干部谁受罪。

就在全村百十号人聚集在街头巷尾老槐树底下，乱乱哄哄不知所云的时候，乡长郝运来和祖籍风箱峪的乡人大主任柳富贵带着几名乡干部抬着个大红投票箱子进了村子。

"郝乡长来了。"

"这回真的要选举了。"

风箱峪村子本来就小，村东头大声说句话村西边就震耳朵。所以这会儿不用谁招呼，人们互相传着话儿，挤挤挨挨不一会儿就到齐了。

村委会办公的地方就在老槐树底下那三间破平房里边，两间办公室一间库房。办公室里有一张缺了腿儿的三屉桌，两把破椅子，还有一张用砖头搭起来的破床板子，床板子上铺着一层报纸。办公室的门从来就没上过锁，因为上锁也没用，屋里边啥都没有，小偷进去都得掉眼泪哭着出来，所以干脆敞着门，人们出来进去的找村干部倒也方便。

村委会办公室里面最值钱的家什就是三屉桌上的扩音器，还有门口老槐树上的大喇叭，那就是村干部的嘴。上报下达乡里的指示村里的闲事儿，找个人儿带个信儿的全都用这个大喇叭，这套家什据说还是当年生产队留下来的遗产呢。

选举开始前，靠山镇乡郝乡长就坐在那缺了腿儿的三屉桌前，打开扩音器，一条一条宣读选举程序，选举规则。这要在以前，都是由村干部来宣读的，可是如今村干部都撂挑子了，只好由乡长全权代理了。

选举开始了，乡干部把选票一张张发给现场的每一位村民，并一一告诉他们怎么填写，写完以后让大家按顺序投进投票箱。有个把没到场的或者生病下不了炕的，乡干部带着投票箱直接入户，让其家人帮着填写。

你还别说，别看选举之前村民们闹闹哄哄，议论纷纷，真正到了写选票投票的时候还都挺认真的，没有一个人打哈哈凑趣儿整用不着的。这让郝乡长特别有成就感，甚至还有点沾沾自喜，这就叫能耐，起码能震住这些刁钻的村民。

"郝乡长，选举结果出来了。"

时候不大，跟他一起来的乡人大主任柳富贵进来汇报了。

"选的谁呀？"

"柳胜男。"

"什么？柳胜男？"

不知道为啥，郝乡长听到"柳胜男"三个字情不自禁浑身一激灵差点从那把破椅子上栽下来，一双细眯着的小眼睛顿时瞪成了牛卵。

第二章　柳胜男回来了

郝乡长一听当选者竟然是柳胜男，脑袋立刻就大了。惊得从那把破椅子上蹦起来，又一屁股坐了下去，那把破椅子经受不住他那肥硕的大屁股的冲击，嘎吱嘎吱晃悠几下，总算没散架。

柳富贵坐在郝乡长旁边的破床板子上，静静地看着他，一声不吭。在一起工作这么多年，柳富贵太了解郝乡长的脾气了，一贯主观武断，自己说啥是啥，别人不能驳回。他知道这个时候如果搭话，肯定会当出气筒。一顿臭骂在所难免，所以最好的应对方式就是耍肉头阵，当没嘴儿的葫芦。

愣怔了一会儿，见柳富贵不言声，郝乡长这才长出一口气，幽怨地看了柳富贵一眼，窸窸窣窣从上衣口袋里摸出一盒软中华，自己抽出一支点上，狠狠地抽一口，吐出一串烟圈儿。再看一眼馋得眼蓝的柳富贵，捏了捏烟盒，极其不舍地把剩有两颗烟的烟盒甩给柳富贵。

"谢谢郝乡，今儿个我也过个年。"

柳富贵讪笑着调侃。

"放你娘的屁，短骂了是不？"

郝乡长气呼呼甩一句，吐出一口烟圈儿，抬眼看着院外的老槐树出神。

柳富贵吐一下舌头，拿起烟盒从里面抽出一支，放在鼻子跟前嗅了嗅，又装进去，把那装有两支好烟的烟盒小心地掖进自己的上衣口袋，顺手掏出自己的恒大捏在手里，左右口袋摸了摸，发现自己竟然没带打火机，遂站起身，凑到郝乡长跟前，看着郝乡长不好意思地伸出手。

"什么玩意儿，蹭烟还挂着蹭火儿，临出门你那小媳妇又没赏脸吧。"

郝乡长揶揄地看着柳富贵，不情愿地掏出自己的打火机递过去。柳富贵点着了烟，抽一口，见郝乡长脸色缓和了点儿，这才开始汇报："郝乡，今儿个这选举有点邪性，全村有选举资格的总共一百一十人，填了一百零七张选票，有三人没在家。乡里提的候选人只有五票，其余全部选的柳胜男。"

听到此，郝乡长忿忿地打断柳富贵的汇报："哼，肯定是柳胜男那老娘儿们背后做手脚了，要不这人心咋这么齐呢。"

柳富贵为难地看着郝乡长，怯怯地说："郝乡，这次你可是冤枉那个柳胜男了，选举缺席的仨人恰恰是他们一家三口子，说是去广州开啥服装展销会去了，已经走了四五天了。"

"走了四五天了？哈哈，这事儿可瞒不了我，那老娘儿们精得很，她不在家并不证明她就没在背后整事儿。现在不照从前了，一个村连个电话都没有。你访访看如今哪家没个一部两部手机呀？她就不会打电话联络么？"

柳富贵听了稍稍一愣，心里话儿你这乡长也太能琢磨人了吧？广州距此好几千里地，隔墙迈寨子的她柳胜男吃饱了撑的打长途电话给全村老百姓，让大家伙儿选她当主任？再说了，人家那么大的家业，光是县城的服装店就开了三家，再加上镇里的大饭店和服装厂，人家傻疯了脑袋让门掩了驴踢了才来争你这个破村官儿，哼！

想到此，柳富贵没言声，任凭郝乡长继续瞎琢磨乱推理。

郝乡长见柳富贵不吱声，看了看门外，悻悻地站起身，冲着柳富贵做了个"走"的手势，闷着头走出村委会破烂不堪的小院。

外面老槐树下，大多数村民还站在原地没走，围着几个乡干部唧唧喳喳议论着，大家伙儿最担心的话题就是：这次选举算不算数？乡政府是不是真的尊重老百姓的意愿？几个乡干部也做不了主，只是东拉西扯搪塞着，惹得村里那几个好挑事儿的刺头骂骂咧咧，推推搡搡一副得理不饶人的架势。

郝乡长站在圈外看了一会儿，知道再这样下去又得捅马蜂窝，遂威严地咳嗽一声，站到跟前一个土堆子上，清了清嗓子大声说："乡亲们，老少爷儿们，婶子大娘大哥大嫂们，安静一下，请先听我说两句好不好？"

几个乡干部一听郝乡长发话了，立刻来了精神，赶紧跳出圈外维持秩序。

村民们平时很少见到乡领导，又是关乎村里选当家人的大事，此时都想听听全乡领导人的意见，所以很快就安静下来，伸着脖子竖着耳朵听郝乡长讲话。

郝乡长见到这个阵势，感觉非常受用，啥叫"一鸟入林百鸟压音"哪，这就是啊。站在众人之上，看着土堆子跟前黑压压一片人头，郝乡长清了清嗓子，底气十足开始讲话："乡亲们，首先我要告诉大家的是，嗯？这次村民选举，嗯？是根据《中华人民共和国村民选举法》，嗯？按照程序，一丝不苟地，严肃认真地进行的。嗯？哦……所以嘛，我们这次选举是完全有效地，是符合法律依据的。嗯？下面嘛……嗯？就请咱们新当选的村主任柳胜男同志……"

柳富贵此时走到郝乡长身边，附耳说道："郝乡，我刚才不是说了么，柳胜男她不在家。"

"噢，不在家，那好吧，散会。"

郝乡长擦了一把脑门子上冒出来的汗珠子，果断宣布散会。村民们一下四散开去，几个乡干部也都如释重负地松了一口气，但他们分明从郝乡长失落的眼神里看到了些许的遗憾，中午这顿酒算是泡汤了。

从风箱峪出来，到了乡政府，进了乡长办公室郝乡长立刻吩咐柳富贵："柳主任，赶紧通知柳胜男回来上任。"

"这个……"

柳富贵犹豫着，吞吞吐吐。

"咋的啦？不想花这个长途电话费呀？乡里一个月不是补贴你五十块钱话费

了么，喊。"

柳富贵一听乡长揭他的短儿，不禁脸一红，嗫嚅着说："乡长啊，不是我不愿意打这个电话，是……"

"是啥呀？"

"是那柳胜男根本就不想当这个村官。"

"你咋知道的？"

"咱们刚进门儿时她老公爹告诉我的。"

"她老公爹？"

"对呀，就是替柳胜男看着饭店的那个赵老鸢儿。"

"哈，我说如今信息发达你还拨浪脑袋，这回相信了吧？这个老娘儿们那是没长毛，长毛比猴都精，肯定是她搞的鬼。欲擒故纵，哼哼！竟敢跟我玩儿这一手。"

"哎，郝乡啊，我看……我看咱们还是……"

"干啥呀？再选一回？哼，门儿都没有。这回我倒要看看她柳胜男如何收场。"

"郝乡……"

"去吧去吧，我一会儿还得去县里汇报呢，这风箱峪进京告状捅了这么大个漏子，咱总得跟上头磨叽磨叽呀。"

"好吧。"

柳富贵迟迟疑疑走出乡长办公室。

谁知，他这前脚刚迈出去两步，郝乡长后面又喊上了："老柳哇，站住，你还是得跟我再去一趟风箱峪。"

"又咋的啦？"

"刚才村里老书记来电话说柳胜男她回来了。"

柳胜男回来了，是好事儿还是坏事儿呢？柳富贵猜不透，看郝乡长那表情，似乎他那心里也没啥谱儿。

第三章 债 主

要说这郝乡长也算是个干事儿的主儿,一听说柳胜男回来了连中午饭都没顾上吃,从抽屉里掏出一块干巴面包啃几口,用自己的摩托车带着乡人大主任柳富贵就去了风箱峪。

摩托车颠颠簸簸行驶在崎岖不平的山道上,郝乡长的心里也是颠颠簸簸安静不下来。说实在的,靠山镇乡十几个大村小村,哪个村郝乡长都不怵,唯独这风箱峪让他想起来就脑仁儿疼,去着就犯怵。村里老百姓到处告状是一方面,谁爱告就让谁告去,我一个穷吧呵呵的破乡长,不贪不占不嫖不赌,身正不怕影子斜。主要是这个柳胜男忒不好惹。一个老娘儿们家家的,脑子转的不知道咋那么快。二十世纪八十年代初期,农村刚开始实行联产承包,她就在自己的责任田里扣大棚养蘑菇。当时,大家伙儿都说她瞎胡闹,人家就自己干自己的,谁的话也不听。也是该着柳胜男露脸,一年下来,两茬儿蘑菇卖出去她家就成了远近闻名的万元户。那年头哪个村出个万元户可是了不得的事儿。为这个,县里省里的电台电视台纷纷采访报道了柳胜男的致富经。

那一年,是一九八五年。

当时,刚从部队转业到地方的郝运来在县委宣传部工作,看了省里电视台的报道以后,立刻心潮澎湃,热血沸腾。加之也是年轻气盛,狗挑门帘——总想露一下脸儿。于是,他很快就找到柳胜男,让她介绍一下自己养蘑菇致富的好经验。柳胜男倒也配合,听说他是县里来的,毫无保留地就把自己养蘑菇的经验全盘端了出来。他听了很兴奋并且许诺要把她养蘑菇的事儿介绍给其他农户,让更多的人家一起养蘑菇,还说一花独放不是春百花齐放春满园,这养的户了蘑菇好卖是一方面,能够带动大伙儿一块致富才是根本。柳胜男觉得他说的还真是这个理儿,就竹筒倒豆子,接着把自己的想法做法以及今后的长远规划,一股脑儿都说给了他。

采访回来,郝运来挑灯夜战,添油加醋外加数字膨胀,一宿时间就完成了一篇长篇通讯《小蘑菇踩出致富路》,三天以后就在省报头版头条发表还配了编者按。报纸出来以后,郝运来心花怒放,分别捧给宣传部长和县委主管领导过目,得到一致好评。这让他心里更加兴奋,想着自己的好运真的来了。没成想他的美梦还没入境,柳胜男就拿着报纸找上门儿来了,在宣传部办公楼楼道里可着嗓子嚷嚷:"你们这儿谁叫郝运来呀?给我出来!"

当时正值早晨上班之际,机关全体同事都忙着整理卫生,安排一天的工作。

听到有人这么高声大嚷找郝运来，以为出了啥大事儿，纷纷停住手里的活儿，或隔着门缝儿听音儿，或打开办公室门探头探脑张望，议论声此起彼伏。

郝运来刚从楼下打开水回来，听到有人找他，忙不迭往自己的办公室跑，没等到门口就被柳胜男拦住了，不容他分说，指着鼻子就是一通质问："我说你这同志咋这样啊？写文章总得有根有柞儿吧？哪能逮住尾巴就抢呢？就算吹牛皮不用上税，可我这日子还得过哪。还每亩收入两万块，这都是哪个王八犊子告诉你的数儿哇？赶紧给我改喽，立刻马上改。"

"这个……"

郝运来一下子给问傻了，红脖子涨脸，张嘴结舌一句话说不出来。柳胜男见他这个样子，忿忿地骂一句："看你这德性，胡说八道当饭吃，还他妈的宣传先进典型，带动全村人致富，放狗屁，纯粹给我添堵。"

言罢，把报纸往郝运来脸上一甩，转身气呼呼跑下楼，宣传部长在后面喊都喊不住。

这可是典型的不实报道啊，就因为这件事，郝运来偷鸡不成蚀把米，日子不多就被组织上从县委宣传部调到一个边远乡镇当了个宣传干事，又奋斗了十多年才熬到了这个乡长的位置。

真是冤家路窄。

郝运来调来调去竟然调到了柳胜男所在的靠山镇乡。

这时候的柳胜男已经不是养蘑菇专业户了。她用养蘑菇挣的钱在镇上买了一块地皮建起了一座规模很大的服装厂，服装厂旁边是饭店，连锁经营，厂名饭店名都叫"盛楠"。平时厂里工人吃饭，迎来送往招待客户，都在她自己的饭店解决，这就叫肥水不流外人田，一般人是琢磨不出来这个招儿的。

郝运来到靠山镇乡以后，按照上一任乡长的惯例，乡政府招待客人的工作餐也到盛楠饭店解决。开始时，乡里来人吃饭是日清月结从不拖欠。后来混得熟了，就一个月结一次账，倒也相安无事。近两年，由于来的人多了，乡里财政吃紧，饭钱越欠越多，越多越堵不上，柳胜男手里的饭条子攒了一大摞。饭店资金周转困难，柳老板就找他这个乡长报条子，乡财政给不起，他这个负责签字的乡长只好躲。柳胜男找不到报销的，一气之下来了个拒客，乡里再来人到盛楠饭店吃饭，连服务员都帮着老板往外撵，让他这个乡长挺没面子的。这还不算完，就在这个春节前，柳胜男最后一次放出狠话：如果乡里再不把欠盛楠饭店的欠款还清，她就拿着郝乡长签了字的饭条子，到中央电视台找焦点访谈访访去，让靠山镇乡和他这个乡长在全国人民面前露一下小脸儿，看谁砢碜。

这也是郝乡长听说柳胜男当选风箱峪村村长后，所以目瞪口呆失神变态的主要原因。

到了风箱峪看到柳胜男这个大债主咋跟她说呢？她如果开口要账用啥理由搪塞她？要钱没有要命一条么？那可是老辈子土匪二流子的专利，咱一个堂堂一乡之长万万不能这样儿做的。

　　郝乡长脑子里乱糟糟的，正胡思乱想呢，从身后开过来一辆黑色现代轿车，把他的摩托车超过去以后一个急刹车停在了路边。一个胖墩墩的中年妇女从汽车里钻出来，一边摘墨镜一边伸手拦住他的摩托车，高声大嗓嚷嚷道："哎，停车，这不是郝乡长么？"

　　"柳胜男？"

　　郝乡长一看到柳胜男，顿时一愣，一着急双手一哆嗦，摩托车失控，连人带摩托车倒向了路边。

第四章 哪壶不开提哪壶

柳胜男见郝乡长摩托车失控摔倒了，赶紧把墨镜卡在脑袋上，跑过去扶。此时，坐在后面的柳富贵已经从摩托车底下爬起来，并伸手拉起郝乡长。

柳胜男看着眼前这两个摔得狼狈不堪的大男人，忍不住想笑又不敢笑。为了掩饰自己的忍俊不禁，遂大大咧咧调侃："我说郝乡哎，您老这是玩的什么飙哇，想练艺儿也找个好道儿平整道儿练去呀，跑这噶啦麻渣的山沟子里面飙车来，那还不是找挨摔嘛。快看看您老这贵体摔到哪儿没？"

要说郝乡长这脑袋瓜子转得也是够快，当即拍拍身上的土，笑着说："哈哈，柳老板，你还别笑话你这傻兄弟，我这还不是看见你来了激动的么？"

柳胜男被郝乡长这么一说，不禁脸儿一红，但随即反唇相讥道："啥？看见我激动的？哈哈哈，快别扯蛋咧。"

柳胜男一边大笑着，顺势一猫腰把郝乡长的摩托车扶起来，两只大眼睛滴溜溜一转，长眼睫毛忽闪忽闪看着郝乡长，露出满口小白牙很自然地一笑，大着嗓门儿问："我说郝乡哎，说实话您老是不是胃亏酒啦，又想到哪儿腐败去呀？"

郝乡长一听柳胜男这话明显绵里藏针，挺不受用，当即面色一凛，就想发作。但转念一想，今儿个急着赶着到风箱峪找的就是这主儿，可不能让她溜喽。于是，打着哈哈接过话茬儿，非常大度地说："呵呵，还真让你柳老板猜中了，我们哥俩可是十多年都没闻到酒味儿，胃亏酒都到晚期咧，这不，刚买了二两花生米一瓶牛二扁，想上你富贵哥家过把瘾去，既然碰上了，咱这就是缘分，那就一块儿吧，我们到村里边儿等着你去了啊。"

说完，也不等柳胜男答应，上了摩托车带着柳富贵，一脚油门哧溜奔风箱峪驶去。

柳胜男张了张嘴欲言又止，见郝乡长那摩托车一溜烟就没影儿了，怔了一下也钻进车里，随后跟了上去。

柳胜男把车停到自家门口的时候，看到郝乡长的摩托车也停在门口外边，而且那两个人已经站在院子里，正跟自己年迈的老婆婆有一搭没一搭聊得起劲儿。

看着那眉飞色舞跟婆婆说笑着的郝乡长，她有点懵。一时猜不透这两位乡政府父母官为啥大晌午的顶着毒日头风风火火赶来风箱峪。难道真的是奔着我这儿来的？柳胜男觉得又像又不像。两个小时前，她从首都机场下飞机还在半路上的时候，公爹就打电话告诉她，说上午村民选举了，大家一致选她当村主任。

这事儿来得太突然了，让她有点儿措手不及。

虽然头天晚上公爹就给她打电话，说村里面要选举了，由全体村民投票选村长，问她能不能赶回来。公爹同时在电话里跟她透漏信息说，眼下全村家家户户都憋着劲儿呢，攒对着想让她柳胜男当这个村长。她当时在电话里就急了，嘱咐公爹选举时千万盯着点儿，一定告诉大家伙儿千万别投她的票。公爹答应得铁楔似的，说一定把她这句话告诉大家，谁知道最终结果还是把她给选上了。

眼下这郝乡长和柳主任兴致勃勃跟婆婆聊着天，我是进去呢还是三十六计走为上呢？

柳胜男犹豫了一下，最后还是转身走向了自己的汽车。

没想到她刚要开车门子，身后郝乡长就高声大嗓地嚷嚷起来了："哎呦喂，我说柳老板，刚才咱说好了的一块儿到柳主任家喝二两去，我们到家里等着请你咧，你咋还往外走哇？"

柳胜男一下子被僵住了，但她很快就回过头来，看着郝乡长打着哈哈说："哈哈，谁说我往外走啦？我是看见贵客临门，想到车里面拿盒好烟孝敬孝敬两位父母官呢。"

郝乡长一听有好烟，立刻就坡下驴，笑模呵呵说："哈，那就恭敬不如从命了，我们哥儿俩正好就机会过个年。"

柳胜男打开车门，从放在后座上的旅行包里掏出一盒中华夹在胳肢窝下，然后关好车门，狡黠地看着郝乡长打趣道："堂堂一乡之长，抽一盒破烟就叫过年，有那么可怜么？"

郝乡长也不示弱，当即反唇相讥："呵呵，柳老板真是财大气粗哇，两百多一条的烟都是破烟，跟你这大老板比起来我们这些工薪族还不够可怜哪？"

柳胜男见郝乡长又要哭穷，立刻话锋一转："呵呵，郝乡，我又没跟你要账，快别装穷咧。咋说你们上班的也是旱涝保收，老了有国家养着。我们老百姓就不行咧，爬了动走得动自个儿可以混口饭吃。等老了爬不动走不动干不了了，就只有仰着脖子等着喝西北风咧。"

郝乡长见柳胜男说到这些，心里不禁一动，当即顺着她的话茬儿说："你还别说，现在农村养老这块也已经列入社会保障范畴了，农民有条件的也可以上养老保险，将来老了跟城镇职工一样领退休金。"

"是么？"

"当然啦，新政策已经快出台了。"

"哈哈，那好哇。如果真有这美事儿的话，郝乡长，我就从您这儿走个后门儿，乡里欠我那十几万的饭钱，我不要了。您乡里头哇，就给我上这样一份养老保险得了，您看咋样啊？"

真是哪壶不开提哪壶。

郝乡长一听柳胜男果然又提起了乡里欠饭钱的事儿，嘴张了张立刻语塞。此时，柳富贵赶紧出来打圆场，看着柳胜男极认真地说："我看这事儿啊还真可以考虑，但现在不是时候。因为，今儿我们哥儿俩来主要是为妹子你当村主任的事儿……"

"哼，我早就知道你们是黄鼠狼给鸡拜年没安啥好心眼子。"

柳胜男在心里边忿忿地骂一句，当即打断柳富贵的话："二哥呀，如果您二位真的是想找个地方喝酒吃饭，妹子我一定奉陪，不喝趴下不罢休，如果是为那个当啥村官的事儿，我也给你们二位撂个实底儿，这个村官我柳胜男坚决不干!"

郝乡长一听柳胜男说不干，心里不禁"咯噔"一下。把脑子里那部做群众工作的词典翻得飞快，一页页努力搜索恰当的词汇说服眼前这个既普通又非同寻常的农家女子。

看来自己当初的判断真是错误的。可是，她既然这么决绝地不当这个村官，为啥村里的老百姓一门心思非要选她呢？是她身上有啥不可抗拒的魅力迷住了众乡亲，还是大家伙确确实实地把她当成了风箱峪的救世主？

想到此，郝乡长不禁多看了柳胜男几眼。

眼前的柳胜男实在是太普通了，普通的就像河沟子里面的一滴水。往那千姿百态的妇女堆儿里面一站，一点儿都不吸引旁人的眼球。敦敦实实的小个儿，胖乎乎一张瓜子脸黑里透红，脸上小鼻子小嘴儿大眼睛，虽然摆放得够得上搭称，但绝对算不上出众。见了面你可以把她想象成邻家大嫂，也可以把她当成本家姐妹，可就是不会把她跟那腰缠万贯的大老板、叱咤商界的女企业家联系到一块儿。因为，看她的外表一点儿都不像，可她偏偏就是这样的一个叱咤风云的人物。

此时，柳胜男正跟婆婆叽叽喳喳说着什么，看娘俩儿那亲热劲儿，真的就是久别重逢的一对母女。

直觉告诉他，这个柳胜男就是个谜，一个谁也猜不透的谜。

"我说五头妈呀，你二哥跟这郝领导都来了一会儿了，快让他们进屋喝口水再说话吧。"

老太太见郝乡长眯着眼愣神儿，遂冲柳胜男挤挤眼，紧着把他们往屋里边让。柳胜男也觉出来自己刚才说的话有点太过，哪能见面就跟人家要账呢。于是就顺势下台阶，笑着说："妈呀，不是我不让郝领导进屋哇，是咱这家里边忒邋遢了，简直插不进脚，我是怕人家领导笑话咱呢。"

郝乡长一听这话，知道柳胜男已经把那不开的水壶放下了，遂悄悄拽了拽柳富贵，两人跟着柳胜男进了屋。

到了屋里，拿眼四下里这么一扫，郝乡长立马抿着嘴乐了。到了屋里才知道，原来柳胜男方才说的那句话还真是大实话。这屋子里大客厅虽然不小，挺宽敞挺豁亮的，但不是一般的乱，一眼就能看出来这屋里的主人是把家当成旅馆来入庙儿的，很少收拾。进了屋但见迎面茶几上堆着几个干巴橘子，两个烂了一半儿的苹果，还有四个分别盛着半杯或少半杯茶叶水的玻璃杯，杯子里面的茶叶水因年代久远早就蓄起了一层白毛儿；靠墙摆放的老式人造革沙发上摊着该洗的衣服，还有织半截儿的毛衣，翻开的杂志；再看电视柜上，电视机倒是不小，但屏幕上明显落着一层灰尘，昭示着主人的冷落。

柳胜男进屋后，把手里的烟往茶几上一扔，先拽出来两支，递给郝乡长和柳富贵每人一支，又从茶几底下摸出来一盒印着"盛楠饭店"字样的火柴扔到茶几上。红着脸不好意思地冲他俩笑了笑，把沙发上的脏衣服毛衣和杂志统统划拉到一块儿抱进里屋，然后从脸盆架上拽下来一块抹布，在盆子里浸湿以后找个塑料袋，把茶几上的干巴橘子和烂苹果用抹布划拉进塑料袋，扔进墙角处的垃圾桶。接着，用抹布把茶几电视柜窗台都擦了一遍，擦完后把抹布扔回脸盆，这才抱歉地搓着手自我解嘲地说："嘿嘿，我这一天到晚地穷忙活，这又刚出了一趟门儿。我婆婆公公帮我看着饭店也是极少回来，这家呀就跟那猪圈窝差不多咧，郝乡，二哥，让您二位见笑了，快坐下喝点水。"

一边说着话，她又麻利地把那四个茶杯连同茶壶用盘子端了，到院子里水龙头下面哗哗啦啦冲洗干净，端进来放到茶几上，冲着西厢房喊一嗓子："妈呀，先烧一壶开水吧。"

老太太手里大概正干着别的活儿，过了一会儿才回话："我说五头妈呀，你这真是当甩手掌柜当惯了，那开水我刚烧的，暖壶就在电视柜边上呢，茶叶……嗨，还是我找去吧。"

话音未落，老太太已经挖挲着一双沾着面的手进来了，弯腰打开电视柜的抽屉，拽出茶叶盒放到茶几上。柳胜男端起暖壶就往茶壶里面倒水，老太太怜爱地看了儿媳妇一眼，冲郝乡长笑了笑，一边往茶壶里面倒茶叶，一边半开玩笑半认真地说："说出来不怕你们哥儿俩笑话，我这儿媳妇哇一天到晚脚不沾地，比那国务院总理都要忙，这个家呀就是她的旅馆饭店，进了门啥东西也找不着，就知道羊羔子似的'妈呀妈呀'地嚷嚷，喊。"

柳胜男被婆婆当着外人的面儿揭了短，立刻放下暖壶，一把搂住婆婆的肩膀，孩子气儿地嗔怪道："妈呀，别老同着瘸子说短话好不好哇？就给我留点小脸儿呗。"

老太太见状，咧开缺了一颗门牙的嘴柔柔地笑了笑，说："好，好，妈不瞎说八道咧，你们先唠着，我给你们做饭去。"

老太太说着话就要往外走，柳胜男说："做啥饭呀怪累人的，妈，我们还是去饭店吃吧。"

老太太一听去饭店，立刻就不乐意了，回头看着柳胜男说："喊，真是的，你这刚到家又要走？今儿个我可是给你做了你最想吃的野菜馅饽饽，咋着也得尝一个吧？"

"啥？野菜馅饽饽？是棒子面儿的么？"

"是啊，白面你又不爱吃。头一个月那野菜还没露头儿时，你不就张罗着要吃么，这两天我采了点儿小芽芽，就等你回来包馅饼子呢。"

"哎呀呀，忒棒咧，老妈万岁。"

"扯淡，真活一万岁不成老乌龟啦。"

老太太笑着出去了。

柳胜男兴奋地手舞足蹈，但很快她又蔫了下来，看着郝乡长和柳富贵抱歉地说："呵呵，这一听说有野菜，就把您二位给忘咧，走，去饭店，我做东，野菜饽饽留着晚上我回来慢慢享用。"

看到柳胜男婆媳俩那亲密无间的样子，郝乡长终于闹明白了，为啥风箱峪的老百姓非要选举柳胜男当村长了。

俗话说，家和万事兴。能够把世界上最难处的婆媳关系处成母女的人，一定有其过人之处。看来这人民群众的眼睛还就是雪亮的呢。

第五章　我说了不干就不干

郝乡长见柳胜男婆媳关系这么和谐，心中不禁暗暗佩服，断定如果她真的当了风箱峪的村长，肯定是个称职的好村官。这么一想，他脑子里迅速做出决定：今天一定让这个柳胜男上任。

柳胜男此时见郝乡长又走神了，微微一笑，故意轻松地调侃道："我说郝乡，又琢磨啥幺蛾子呢？咋还心事重重的？"

郝乡长一激灵，拉回思绪，顺口答音儿道："呵呵，我能琢磨啥幺蛾子，还不是为你这新村官上任费心思。"

"哈哈，为我费心思？柳胜男先谢谢了。不过，刚才我已经说了不干就不干。这是我的心里话，您老可能还不了解我。我这个人是土命人信实，从来不整那虚的飘的，也咯应别人跟我要弯弯绕。"

"好，痛快！我就喜欢柳老板这样爽快的人。既然这样，我也就直说了吧，你也知道咱们风箱峪的情况。原先是咱们县里农村改革的典型，你柳老板这一点功不可没。在风箱峪乃至全乡说起来你都是个人才，这好钢就得用在刀刃上是不是？而且，全村老百姓在有候选人的情况下几乎是全票通过选你当这个村官，这种情况在咱们全县可都是蝎子拉屎独一份儿啊。你是不是再考虑考虑……"

"郝乡，我说了我不干，我没啥可考虑的，也没这个心思去考虑，您哪还是另请高明吧。"

柳胜男打断郝乡长的话，毅然绝然表态。

"这个……"

郝乡长沉吟着，同时给柳富贵递了个眼色。

此番真是碰到硬茬儿了。柳富贵知道郝乡长也有点犯怵了，当即从沙发上坐直了身子，看着坐在对面的柳胜男，笑了笑，温和地说："胜男啊，看在咱们同吃一口井水的份上，听老哥哥说句话。咱们庄说大不大说小不小，真正能干事儿的人不多，起哄架秧子的人不少，我觉得真正能挑大梁领着大家伙儿往前闯的只有你柳胜男了，换了谁也不行。"

柳胜男显然被这个同村本家哥们儿夸得有点儿不自在，当即站起身，先给郝乡长和柳富贵的茶杯里续上水，然后才慢悠悠地说："二哥呀，你也别给我戴高帽子，我都四十多岁的人了，知道自己个儿有几斤几两。我首先感谢乡领导这么抬举我，可抬举归抬举，我一个农村老娘们儿，大字识不了一把，这如今啥都讲究个现代化高科技，我现在连小孩子都会玩儿的电脑咋使都还不会呢，让我咋管全庄啊。不行，真的不行啊。"

有门儿。这听话听音儿，郝乡长很快就从柳胜男的话里话外听出了一点儿松动，当即接过话茬儿："柳老板，快别这么小看自己，还农村老娘儿们。如果所有农村老娘儿们都达到你这水平，咱农村不用说奔小康社会，连老康都该超咧，再说了，让你当村长可不是我这个乡长说了算，那可是全村男女老少投票选出来的呀，你好好掂量掂量，可不能冷了全村父老乡亲的心哪。"

"郝乡，您……"

柳胜男听郝乡长这么一说，大眼睛眨了眨，竟然无言以对了。

柳富贵见状接着说："郝乡说得对呀，妹子，别再推辞啦，这可是咱全村老少爷们对你的信任哪。俗话说，金杯银杯不如老百姓的口碑。妹子你在咱村的威望在那儿摆着呢，口碑好又有这个实力，大家伙选你当这个村长，也可以说是众望所归呀。"

"二哥。"

柳胜男被柳富贵这么一忽悠，心里也是挺感动的，她低头思忖一会儿，觉得这两位领导说的话是挺在理的。可转念一想，自己这么多年一直在外面闯荡，好不容易拼出一片自己的天地。如今县城里有了自己的服装店，还有了属于自己的楼房和门市房。不用说自己这后辈子，就连两个孩子将来成家立业也都不用再发愁了。在这个基础上再蹦跶几年，满可以高枕无忧一门心思吃喝玩乐颐养天年了。如果当了这个村长，不铆劲儿干对不起大家伙的信任，真豁出命去卖一膀子，就这个破烂摊子啥是个头儿哇。再者说了，不就是个破村官么？干好喽你是老百姓眼里的神，人们敬着你捧着你把你当主心骨儿。干得不好，你就是那一文不值的王八蛋三孙子，人们把你踩到脚底下还要唾你一脸的唾沫星子，让你八辈子都抬不起头。

我一个妇道人家放着青黄二色的日子不过，顺风顺水的买卖不做，犯得着趟这趟浑水跟老百姓置那份儿气么？

想到这里，柳胜男抬起头，一脸歉意凝神看着柳富贵，幽幽地说："二哥呀，胜男再次感谢两位领导的抬举，不是我这个人给脸不要脸非要拿一把。说实在的，谁有胭粉不想往脸上搽呀，我连做梦都盼着风箱峪早点富起来，因为这里毕竟是我的家呀，水流天边归大海，早晚我得回来，可我实在是有那个心没有那份力呀，这村主任啊你们还是另请高明吧。"

柳胜男说完这些话，用两眼的余光一扫，见郝乡长和柳富贵都变了脸色，不禁深深地低下头，手里转动着一只茶杯，摆出来一副死猪不怕开水烫的架势。

郝乡长没说话，侧过头冲柳富贵使了个眼色。

柳富贵不动声色迈着四方步就出门去了。

柳胜男仍然不说话，不停转动着手里的茶杯，她觉得此时此刻时间都已经凝固了。她不知道自己这么坚持对不对，这个时候她特别想自己的老公赵成，想听听他的主意，问问他该怎么办。自从嫁到赵家这么多年来，她已经养成了习惯。

别看在外面干活谈生意都是她出头露面打冲锋，其实关键时刻大主意她还是愿意听他的，在她的潜意识里，男人永远都是天，是一家人的顶梁柱主心骨儿。

她下意识地看了一眼放在茶几上的手机，手机静静地卧在那儿毫无声息。她有点儿恼火：这个该死的玩意儿，没事儿老给我电话，今儿个用到你了咋就哑巴了？

正在此时，一阵悦耳的音乐响了起来，是郝乡长的手机。

郝乡长掏出手机冲她笑了笑，按下接听键。柳胜男知趣儿地站起身，三步两步走到西厢房，看婆婆做饭去了。

西厢房里婆婆的野菜馅饽饽已经做熟了，正在摆弄炖猪爪拌凉菜，一盘一盘摆了一大桌子。柳胜男感激地看着婆婆，声音涩涩地问："妈，您这都是啥时候鼓捣的呀？我咋看着跟变戏法儿似的，也没见您赶集上店，也没见您出门儿，就整出来这么一大桌子菜，也忒麻利了吧？"

婆婆神秘地一笑，悄悄告诉她说："是那俩乡领导带来的。"

"啥？是他俩带来的？"

"对呀，你刚进门儿的时候没见他俩跟我这儿叨咕么，说你当村主任啊，要给你夸夸官，好好庆祝庆祝。"

"啥？给我夸官？我的亲妈哎，别听他们的，我说了不干就不干，夸啥夸呀。"

柳胜男一听这话，那气都不打一处来，叨咕一句转身低头气咻咻走出西厢房，就要找那郝乡长接着理论，没想一出门正好跟迎面走来的一个老人撞了个满怀，猛抬头看清那人的脸庞，当即就愣住了。

原来，进门的那个老人是村里柳家辈分最大的柳七爷。

柳七爷是柳胜男娘家的老邻居，也是柳胜男的救命恩人。从小到大柳胜男谁的话都可以驳回，甚至连爹妈的话都可以当耳边风，唯独对这个柳七爷说啥是啥，从来都没说过一个"不"字。

柳胜男为啥对柳七爷这么敬重呢？

这还要从柳胜男的出生说起。

原来，在这风箱峪老柳家是大户，全村人家得有一半姓柳。柳胜男的父亲柳大宝三代单传，到了他这一辈媳妇娶进门连着生了仨闺女。眼瞅着这老柳家就要绝后，婆婆看着儿媳妇是咋看咋黑眼，干啥也不顺心。尤其是对那挨着肩儿的三个丫头更是打心里面咯应，于是给大丫头取名殴头，二丫头叫臭头，三丫头叫不稀罕。那年儿媳妇又怀孕了，这当婆婆的是盼星星盼月亮，数着天儿盼到儿媳妇躺炕上，生下来一看又是个丫头片子。婆婆对这个四孙女连瞅都没瞅一眼，倒背着手骂一句："没用的母狗，养活一帮赔钱的货有啥用。"

骂完，转身走出去，全然不顾儿媳妇有气无力的呻吟。

一直等在屋门口的孩子爸见媳妇又生了个丫头，心里边也窝着一股火儿，再听老妈骂了这么一句，更是气不打一处来。他恨自己没能耐，连个带把儿的儿子都整不出来，更恨媳妇的肚皮不争气，光开花不结果儿。可一看到炕上折腾得死去活来的丫头妈，他这火气立刻就消了下去。常言道：命中有子自然有，命中无儿莫强求。想来咱就是这绝户的命，谁也怨不得啊。这么一想，随即释然，默默地帮着接生婆收拾炕上地下的脏东西，端上一盆温水让接生婆给那刚落生的四姑娘洗澡。

恰在此时，折腾得半死不活的丫头妈醒了，不管不顾地坐起来，一边哭一边嚷嚷："臭头她爸，把这个丫头片子扔了吧，咱再接着生，我就不信我生不出个儿子来！"

那丫头妈也不知道哪儿来的那么一股子邪劲儿，嚷嚷完了从接生婆子手里一把抢过四姑娘，举起来就要往地上摔。接生婆见状断喝一声："臭娘儿们，你疯了咋的，把孩子给我！"

丫头妈愣了一下"哇"的一声哭号起来，接生婆赶紧把孩子递给柳大宝，然后把产妇按倒在炕上躺好，一边劝一边喂她喝红糖水。也许是折腾得太累了，丫头妈哭了一阵儿就睡着了，接生婆对柳大宝说："她这是产后失心疯，睡一觉就过去了，千万别再刺激她了。"

柳大宝抱着四姑娘，看一眼炕头上睡着觉还在抽抽噎噎的丫头妈，心里非常难受。想着为了这个丫头片子再把丫头妈搭上，真是忒不值了，如果这丫头妈真的疯了，这四个丫头该咋办哪？本来心路就不宽的柳大宝越想越没路，抱着四姑娘就走出了家门，迷迷瞪瞪地沿着胡同就出了庄。

庄头大道边儿上有一大片玉米地，当时正是半人高，绿油油的。柳大宝看看四周没人，鬼使神差就抱着孩子进了玉米地，走进去有十来步远，把那用尿布裹着的四姑娘往玉米棵子里一放，嘴里叨咕一句："丫头哇，不是你爸我太狠心，是你这命忒不济呀，如果你有命活着，就有好心人收养你，如果你没命活着，爸也顾不了你啦。"

叨咕完，柳大宝捂着脸跑出玉米地，连头儿都没敢回一下。

柳大宝把四姑娘扔到玉米地里，失魂落魄回到家。

此时，接生婆已经走了，刚生完孩子的丫头妈还昏昏沉沉睡着。他站在炕跟前看了一会儿，许是听到屋里有动静，丫头妈忽然坐了起来，也不睁眼就大声嚷嚷着："还我闺女，还我闺女！我那苦命的闺女呀！"

嚷完了睁开俩眼就满炕划拉着找孩子，一边划拉一边哭叫："闺女，妈的宝贝闺女！"

坏菜了。看来我这丫头妈真的疯了。

柳大宝见状可吓坏了，冲着前头房子就喊："妈，妈呀。您快过来看看，臭头她妈真的疯啦。"

可那当婆婆的听到儿子失了声地喊，并不着急，老半天才慢吞吞挪过来，一边走一边没好气地数落："啥大事儿啊这么叫唤，养活个丫头片子还有功劳了是吧。她不是犯疯么，就让她疯去吧，给谁看哪，喊。"

"妈，你能不能小点声啊？"

"哎，我还小点儿声，不是你高声大嚷地让我过来么？这时候倒怕吵啦？"

婆婆越说声儿越高，明显是故意让儿媳妇听着的。

"我说大宝他妈呀，你家大宝媳妇生了么？"

这娘儿俩正你一言我一语嚷嚷呢，大门口突然嚷了这么一嗓子。娘儿俩同时住了口，柳大宝跑出去一看，见隔壁的光棍汉瘸腿柳老七正探头探脑往屋里边瞅呢，怀里好像还抱着个啥东西。柳大宝只瞄了一眼柳老七怀里露着的那一点红布头，脑袋立刻就大了。

是被他扔掉的四姑娘被柳老七给抱回来了！

婆婆不知道咋回事儿，还在那儿伸着脖子打听呢："他七叔，咋事儿啊？咋想起啥问我家大宝媳妇生孩子的事儿来啦？"

柳老七一瘸一拐进了院子，愤愤地骂道："老嫂子，你说这事儿气人不？不知道是哪个缺了大德的主儿，自己个儿下的崽子不好好养着扔进了棒子地，幸好我听到地里有孩子哭，跑进去把她从狗嘴里抢了出来，再晚点儿这孩子就真成了骚狗食了。"

柳老七一边骂着，一边把怀里的孩子用手托着，小心翼翼地递给大宝妈，用乞求地目光看着她说："老嫂子，你说我这一个大老爷们儿哪会摆弄孩子呀，我把她捡回来就是缘分呢，求求你行行好儿让侄儿媳妇替我养几个月，等她会吃饭喽我再抱回去当闺女养着，你看行不？"

"这个……"

大宝妈眼珠儿转了转，又看了一眼面色惨白的柳大宝，立刻明白了咋回事，当即爽快地接过孩子，对柳老七说："我说他七叔哇，你可真是菩萨心肠啊，你这可是救了一条人命啊，放心吧，我家媳妇刚生了个丫头奶水足着呢，俩孩子都吃不了的。"

"那可忒好啦，老嫂子，也是这孩子命大呀，我先替我这捡来的闺女谢谢你，谢谢侄儿媳妇，赶明儿个我再把家里那只不下蛋的老母鸡宰了，送过来给侄儿媳妇补补身子。"

"他七叔哇，那就不用了，这些东西我们家里边早就给她预备下了，坐月子亏不着她的嘴。"

柳老七瞟一眼拉着窗帘的后屋，把孩子交给大宝妈千恩万谢地走了，柳大宝却一屁股瘫在了地上再也站不起来了。

第六章　提个小要求

此时，柳七爷见到柳胜男显得非常激动，劈头盖脸就问："我说四丫头哇，听说你不愿意当这个村长，是真的么？"

柳胜男被问得一愣，随即脸一红，老实地承认："是。干爹，可是我……"

"丫头，你啥也别说了。"

柳七爷见她承认了，根本不容她解释，愤愤地打断她的话，几乎是嚷嚷着说："我说丫头哇，咱全庄人白纸黑字选你当村长，这是大家伙儿瞧得起你，把你当个人物，你这么推三阻四的岂不伤了大家伙儿的心哪！"

"干爹，不是的。"

柳胜男难为情地嗫嚅着，同时，狠狠地剜了一眼跟在柳七爷身后的柳富贵。心里话儿，没你坏不了事儿。

柳富贵也看出了柳胜男的不满，可他并不理会，笑模笑样看了柳胜男一眼，若无其事地迈着四方步到正屋找郝乡长汇报去了。

柳胜男心里有苦没处诉，可怜巴巴地看着柳七爷，刚想细摆摆解释解释，就见大门口呼啦啦涌进来十几个年轻的村民。见到柳胜男，有的亲热地喊四姑，有的大大咧咧叫婶子，还有的直呼胜男嫂子。

这帮年轻人进了门，围着柳胜男就七嘴八舌你一言我一语说开了。这个说："四姑哇，我们大家伙儿选您当村长可不是脑瓜儿一热瞎起哄的，我们是觉得您有这个能耐。"

那个说："大婶子，您就回来当村长吧，我们保证听您的。"

"嫂子，你就别推辞啦，风箱峪只有你这样儿的人才能玩得转。"

"你们……"

柳胜男看着这些整天打头碰面的年轻人，心中不禁涌起一阵感动。

回想这么多年在外面奔波劳碌，平时很少回家，即便回到家也是行色匆匆极少跟村里人接触。因为，在外面忙乎一天实在太累了，回到家就是入庙儿睡觉，根本就没空儿跟谁扯闲篇儿聊天。倒是常听婆婆跟她唠叨，说如今村里的小二青子们越来越不像话了，不想卖力气光想着天上掉馅饼。还说老王家那个大丫头傻吧呵呵跟人家从网上跑了。她不知道王家大丫头为啥要从网上跑，她也整不明白啥叫上网，但她特反感年轻人不务正业瞎惹惹，一个破电脑有啥好玩儿的，就整得人神魂颠倒。可眼下这帮孩子竟然在这个时候奔自己来了，对自己又是那么尊重。

心念至此，她忽然觉得自己对村里的人，特别是村里的年轻人了解得真是太少了。她抬起头，看着远处连绵起伏的山峦，快速眨了眨眼睛，使劲儿把瞬间涌出来的眼泪憋回去。她感觉嗓子里堵得很难受，想说啥又说不出来。那一刻她顿悟：这块烫手的山芋算是甩不出去了。

此时此刻，面对一双双期待信任的目光和那一张张年轻的脸庞，柳胜男心潮起伏，再也难以平静。她张了张嘴欲言又止。她不知道自己该说啥不该说啥。脑袋木木的，像生满了铁锈的老车轴，转不动也拉不开。她想说：这事儿来得太突然了，大家容我几天，让我好好考虑考虑吧。可从嘴里吐露出来的却是："大伙儿放心吧，我会尽我最大的努力把风箱峪的事儿办好的。"

听她说出这句话，柳七爷带头拍起了巴掌，笑着说："丫头哇，这么说你答应当这个村主任了？"

柳胜男点点头。

"好！这回我们可以喝酒了吧？"

郝乡长不知啥时候从正屋出来进了西厢房，手里把着一块炖猪爪啃着，一脸的心花怒放。

那帮年轻人也跟着起哄："柳村长，我们大伙儿这么挺你还不该连我们一块儿都请着么？"

"好好好，一块儿请就一块儿请，我不就再多贴几锅饽饽么，哥儿几个等着啊，这就得。"

柳胜男的婆婆乐呵呵地接过话茬儿。紧着张罗着摆桌子搬凳子，倒把那帮孩子闹得挺不好意思的，一边勾肩搭背往外走一边笑嘻嘻地说："大妈您还当真了，您看看都几点了？我们那晌午饭吃完喽都消化下去了，要请啊就等下回吧。"

柳胜男手里捧着个野菜馅饽饽，追出来说："下回？过了这个村可就没这个店了，下回那野菜可就都老了。"

"老了我们也吃。"

不知谁嚷了一嗓子，然后一帮人一溜烟儿跑走了。

吃饭完，柳胜男郑重其事向郝乡长保证："既然大家伙儿信得过我，选我当这个村长。那么，敬请领导放心，我柳胜男不干是不干，要干就干出个样儿来。不过……我还有个小小的请求。"

"有啥要求，你尽管提，只要乡里能解决的。"

郝乡长拍着胸脯保证。

柳胜男看了他一眼，低头思忖一会儿，似乎是下了挺大的决心才抬起头，小声说："乡里能不能把欠我饭店的账先清了哇？"

"这个……"

郝乡长一听让还账，立刻耷拉着脑袋不言声了。

柳胜男见自己一提还账的事儿，郝乡长立刻就耷拉着脑袋不言声了。在心里边儿愤愤地骂一句："什么玩意儿，我自己要回我自己的钱难道不应该么？喊。"

可心里边骂归骂，脸上仍然不动声色，看着郝乡长和柳富贵淡淡地说："郝乡啊，不是我柳胜男给你们乡里出难题。这杀人偿命欠债还钱自古天经地义。可能我在这个时候提出这个事儿你们会认为我是借此要挟领导，你们更会觉得我柳胜男挺小人的。其实，实话跟您说了吧，这笔钱我要回来，并不是装进我自己的腰包，人常说头三脚难踢，我是想拿这笔钱先给村里边办点儿事，解决当务之急。"

"你……"

听柳胜男这么一说，郝乡长当下心中一紧，暗自思忖：这个柳胜男真的不是一般人，能够在这么短的时间内做出这么重大的一个决断，非常人所能比。十几万块钱，在大款暴发户看来可能只是小钱，可在普通农村老百姓眼里，那可不是个小数目。它可能是一个普通农户土里刨食蹦跶十几年的积蓄，抑或是一个小企业一年的利润，甚至一个村子一年的集体收入也不过如此。如今，风箱峪新村长柳胜男要把这么一大笔钱用来给村里办事儿，我这个乡长该怎么办？不给？那本来就是人家的钱。给？乡财政一时半会儿还真掏不出来，粗略地往回推推，乡政府大院里干部职工截止目前已经三个月没发工资了。咋办呢？郝乡长还真就犯了难。

柳胜男见郝乡长仍是低头不语耍肉头阵，脸上就有点儿不耐烦，两道浓密的柳叶眉就竖了起来，嘴角挑现一抹嘲笑。一旁的柳富贵看得真切，瞅着郝乡长那阴晴不定的脸色心里就有点起急。都是一块儿长起来的，他太了解柳胜男的脾气了，那是个温顺起来像绵羊，咋说咋是，暴躁起来赛雄狮，杀打不怕的主儿。真要把她惹急眼喽，她拿着那一把饭条子到处白话你，甚至真的给你捅到媒体，这靠山镇乡可真就出了名了，你这乡长也该挪挪窝儿咧。

想到此，柳富贵站起来给郝乡长点了一根烟，顺势冲他使了个眼色，手往下按了按。郝乡长当即会意地点点头，喷出一口烟雾掩饰自己愁苦的脸。

给郝乡长点完烟，柳富贵自己也抽出来一支点上，看着柳胜男笑了笑说："四妹子，老哥真佩服你的勇气，你这还没上任呢先想着咋给老百姓办事儿了，看来这风箱峪村民眼里边还就是有水儿，没选错人。"

柳胜男眨巴着黑眼球很大很亮的大眼睛静静地看着柳富贵，嘴角上那一抹嘲笑越加放肆。这让柳富贵很不自在，可他仍然淡淡地笑着，用那种老大哥般极其宽容地目光对视柳胜男，接着幽幽地说："作为风箱峪的一员，我对有你这样的村主任感到荣幸，在这里我先替风箱峪全体百姓谢谢妹子。"

柳胜男听到这里，忍不住笑了，压着嗓门说："二哥呀，你别再忽悠我了好不？我可是吃葱吃蒜就是不吃姜（将）的。俗话说：巧媳妇难做无米之炊。眼下我刚从广州签了一笔单子，老本儿都压在那上边了，手头上的周转资金有限。这村里的事儿，我大概也了解一点儿，这前几任村委班子可是欠下了一屁股两肋的债，干啥也没干成。不说别的，就说这最简单的村容村貌吧，看看人家街坊四邻的村庄村路街道都是光溜溜的。再看看咱风箱峪，还是老辈子大当初的小山道儿，晴天刮泡土雨天两脚泥，甭说开汽车，骑自行车进村都得扛着。这要想富是先修路，村村庄头迎面墙上都有这条大标语。既然大家伙儿信得过我柳胜男，我就得像那么回事儿似的卖一膀子对不？我想这第一步就是修路，整修街道，先让风箱峪看起来像个住人的村子。"

郝乡长听柳胜男说到这里，彻底被她打动了，当即把抽了一半的烟卷掐灭，肯定地说："好吧，柳村长，真要这样的话，我回去以后立刻就跟书记商量商量，想办法把钱给你凑齐喽。"

"真的么？那样的话我先代表风箱峪全体村民谢谢您了。不过，我这个人可是急性子，您老必须尽快商量，三天之内我听您的准话。"

柳胜男趁热打铁紧盯一句，顿了顿接着说："既然郝乡长这么痛快，我也送您个人情，这笔钱您给我报下来以后，我跟乡亲们就说是乡里边儿拨的，不够的话再让各家各户少量的摊点儿，这路和街道就修起来了。"

"这个……"

郝乡长此时已经完全被柳胜男的想法儿感动了，虽然他心里边明镜儿似的，回到乡里他也得暴牙花子挠脑袋，可是柳胜男已经把话说到这儿了，再拖实在是说不过去了。在这种情况下，只有打碎牙往肚子里面咽，癞蛤蟆顶高桌——鼓着肚子干了，他别无选择。

第七章　同学是冤家

事情有时就是这么凑巧，柳胜男婆媳刚刚送走了郝乡长和柳富贵，柳胜男的丈夫赵成就推门走了进来，而且孩子似的一进门就喊饿，可是当他看到一桌子狼藉的残羹剩饭时，脸上立刻现出一片疑惑，刚要张嘴问，他妈一边给他拿碗盛饭俩眼看了看大屋，见柳胜男没在，遂小声告诉他说："成子，你媳妇她当主任啦，是大家伙儿刚选的，这不，乡里的干部刚在咱家吃完饭走了，不知道他们跟五头妈说了些啥。"

"妈您说啥？胜男她当村主任了？这事她咋都一个字没跟我提过呀？"

"嗨，她这不也是刚知道的吗？人没进家乡长就上咱门儿了告诉我了，说是全体村民投票选的。"

"那胜男答应了？"

"嗯哪。"

"我呸！还投票，投他妈的啥咱也不能干哪！"

"哎呀，你小点声嘛，你想那全庄人都选她，她咋推辞啊？"

"哎呀，我的亲妈呀，全庄人选就不能推辞了？不干不干打死也不能干，妈您知道当这个破村官有多难么？要是大村富村咋着都行，人家还花钱买票争着当村官呢，为啥呀？因为有贪图不会亏本儿。可是咱们风箱峪行么，穷得叮当响，连大队部都要塌了！这个时候谁当村干部都得愁死，没见现在的书记村长都辞职了吗？咱放着青黄二色的好日子不过，干啥非要接这个烂摊子，胜男她挺精明个人咋就这么傻，这不是自个儿没罪找枷扛么？"

是啊，我咋这傻呀？

听完丈夫的话，柳胜男一脚门里一脚门外顿时愣住了。

柳胜男虽然一贯我行我素，办啥事儿非常有主见，可在当村长这个问题上被丈夫这么一泼冷水，心里边再次打起了小鼓。此时，她蓦然想起了撂挑子不干的老主任。于是，悄悄转身推门出去径直奔了老主任的家。

老村长也姓柳，都是当家子，论起辈分来他还得管柳胜男叫姑姑呢。两家住得也不是挺远，只隔着一条小胡同，三步两步就走到了。到门口隔着一道大铁门她就听到老村长的大嗓门儿正跟谁抬杠："我觉得我们老柳家姑奶奶不至于这么下三滥，跟郝乡长有一腿？打死我都不信。"

"你不信？为啥全乡这么多村都是老爷们儿当家唯独咱们庄选了个女村长啊，不就是因为她长得漂亮么？你不知道那个郝乡长可是有名的老色鬼呀。"

"我呸！那全县女村官多了，难道都跟乡长书记有一腿？快别跟我扯淡咧，你这么说我都不爱听。不是你们投票选人家，人家吃饱了撑的非要当这个破村官？你以为人家爱当这个芝麻粒儿官啊？不是我说大话，在靠山镇谁不知道柳胜男两口子精明能干？开着厂子又经营着大饭店，拔根毫毛都比你的腰粗，说她有外道儿，傻子才信呢。"

"嗨嗨，你不信拉倒，反正我看那郝乡长跟你们家那姑奶奶不像一般关系，要不他不会亲自到村里为她拉选票。"

"这事儿你更是扯淡，选举的时候你看见赵成两口子了么？人家根本就没在家。快快快，闭上你那骚包子嘴，哪儿凉快哪儿风干着去，往后再听见你说这话小心我揍你。"

"嘿嘿，还揍我，我就不信你这时候心里边就那么坦然。一帮大老爷们儿不缺胳膊不短腿儿让一个老娘儿呼来唤去的，你就那么心甘情愿？"

"呵呵，你呀你呀，说来归其还是瞧不起人家是个女的，女的咋的啦？有能耐照样干成大事儿，你看这四邻八村有几个男爷们开得起厂子办的了饭店的，只有我们老柳家姑奶奶撑得起来，这就是能耐，你不服不行。"

"是，可那是做服装，那活儿本来就是老娘儿干的，管一个庄可就不那么容易咧。咱骑驴看唱本走着瞧吧，看她咋折腾。嘿嘿……"

妈的，真是树林子大了啥鸟都有哇。我这还没上任呢，花边儿新闻先他妈的出来了。哼，有本事你跟姑奶奶明挑，不打得你满地找牙我就不姓柳。

柳胜男气得脑门子青筋暴跳，真想立刻推门进去看看那扯老婆舌头的主儿到底是谁。但转念一想，君子不跟小人置气，嘴长在人家脸蛋子上总不能见一个缝一个吧？咱身正不怕影子斜，爱说就让他说去吧，时候长了没人听他就不说了。心念至此，柳胜男遂压下火气，转身往回走。可她刚走出没几步，就听身后开门声，接着一个大个子男人晃晃悠悠从院子里走了出来，柳胜男定睛一看，心里不禁"咯噔"一下。

那个人竟然是邻村豹子峪的村主任王大为！

他这个时候到风箱峪干啥来了？就为跟老村长套近乎造谣生事？柳胜男摇摇头，闪到一垛麦花秸后面，眼看着那晃晃悠悠的身影从跟前走过去。胡同口停着一辆破大发，王大为上了大发车，打着火儿一溜烟儿跑走了。柳胜男目送着那一溜儿灰尘，心里边也掀起了不小的波澜。

原来，这王大为跟柳胜男从小学到高中毕业一直都是同学。两人虽然始终同届不同班，但在乡中学读高中时，王大为曾经疯狂地追求过柳胜男。那时候，柳胜男一心一意想着考大学，从来都没走过别的心思，更不用说搞对象了。王大为一封接一封的情书都被柳胜男原封不动扔进了厕所。王大为不死心，就在放学的路上等，死皮赖脸跟柳胜男套近乎，可柳胜男始终不为所动。后来被他追得急了，干脆住进了靠山镇的姐姐家。

到最后，王大为由于学习成绩忒差劲，自知考大学没戏，高三没念完就跟着他爸跑起了运输。柳胜男虽然如愿以偿考上了大学，但命运偏偏跟她开了个小玩笑，录取通知书还没到手她爸先走了。当时，她三姐正在省城上大二，二姐也还没毕业。父亲没了，一家子失去了顶梁柱，母亲身体又不好。柳胜男无奈之下做出了一个痛苦的决定：不上大学去打工，供两个姐姐完成学业。

录取通知书下来那天，柳胜男拿着通知书爬上村后最高的那座山峰，躲在树丛中痛痛快快哭了一场。哭够了，把通知书藏在胸罩里，默默地往回走。在村头上，她碰上了开着解放牌翻斗车的王大为。翻斗车停在离她家不远的老槐树下，王大为看见她，远远地就跑过来，也不管她愿意不愿意劈头盖脸就说："胜男，我爱你，你好不容易考上了，去上学吧，我供你。"

柳胜男当时一听就愣住了，但她很快就反应过来，倔强地说："王大为同学，谢谢你的好心，我已经决定不上学了，而且再过几个月我就要结婚了，以后请你不要再来找我了，咱俩本来就没戏。"

柳胜男说完，转身头也不回地跑回了家，顺手关上大门。

那是一九八三年的事。

从那以后，尽管王大为几次三番上门提亲，她再也没单独跟王大为见过面。再后来，她听说王大为成了运输大王，挣的钱多得花不完，就到处去赌，最多的一天输赢就是上百万。柳胜男听后，撇嘴一笑，很为自己当年的拒绝感到庆幸。

可是，眼下这小子又打啥鬼主意呢？柳胜男百思不得其解。

柳胜男看到王大为，特别是听到他说自己的那些恶意中伤的话，心里边就像吞吃了一只苍蝇，挺不是个滋味儿。同时，她骨子里蓦地生出来一股子豪气，什么老娘们儿管老爷们儿，我柳胜男今儿个还就要赌这口气，不但要管你们这些老爷们儿还要让你心服口服，不得不服，哼！

想到此，她转身再次来到老主任家门前，大大方方推门就进。

老主任柳爱民刚刚送走王大为，进屋屁股还没坐稳当呢。一抬头见柳胜男来了，先是一愣，但随即起身笑呵呵说道："哎呀呀，老姑来了，刚才豹子峪王大为过来串门时还提起你呢，说你从打上学那阵子就跟别人不一样，敢想敢干处处拔尖儿，从来不甘人后，还说过几天要专程过来拜访你呢。"

"是么？看来你俩这关系还不错呀。"

"呵呵，啥错不错的，经常一块儿开会干啥的，这阵子听说我不干了，跑过来看看我，一起喝顿小酒儿。"

"哈，好事儿。俗话说，喝酒越喝越厚，耍钱越耍越薄。往后哇，咱没事儿也花插聚聚喝一壶。"

"那好哇，你这个没出息的老侄子没别的能耐，就是没事儿爱整两口儿。"

"这就对咧，爱民哪，我这人说话就喜欢直来直去，咱娘儿俩也别绕弯子，今儿个我来找你就是想请你出山。你也知道，我这么多年也没在村里边待过几天，大家伙儿撵鸭子上架把我轰上来，我总不能让大家失望？可在管理村子这方面我毕竟是生手，所以呀，我想请你出来还当你的书记，毕竟在风箱峪村官中你干的年头儿最长，经过的事儿比我要多得多，对不？"

"唉——"

柳爱民看着柳胜男长出一口气，不说话，慢吞吞拿起茶几上的烟盒，抽出来一支点上，猛吸一口，抿着嘴让白白的烟雾顺着鼻孔徐徐冒出。

柳胜男看着柳爱民那张瘦骨嶙峋的脸，不用让就拉了把小凳子坐下，眨巴眨巴眼，也不说话。

这时，柳爱民的媳妇王大花扭着肥硕的屁股从里屋走了出来，见到柳胜男，立刻伸出一只小胖手拍拍她的肩膀，细眯着眼睛一惊一乍极夸张地嚷嚷道："哎呦喂，我当是谁来咧呢，原来是老姑哇，真是稀客呀，咱娘儿俩得有一年多没看见了吧？您哪真是越来越年轻咧，这小脸蛋儿白嫩白嫩的比小姑娘都水灵呢。"

柳胜男正憋得难受不知道说啥好呢，被王大花这么一咋呼，立刻来了话题，当即接过话茬儿："哈，还是我侄儿媳妇会说话儿，竟捡老姑爱听的说。呵呵，我是想着越来越年轻呢，哪有那事儿啊，这愁都愁死咧，还年轻得了？"

"哎呦喂，您吃穿不愁，大老板当着，小汽车坐着，万事不求人，咱风箱峪谁能跟您比呀？"

"呵呵，真的么？我眼下可就是求人来咧。"

柳胜男见缝插针，看着柳爱民将了他一军。

王大花不知内情，端起茶壶一边给柳胜男倒水，一边饶有兴趣地问道："哎呦呦，老姑喂，您能有啥事求到我们哪，还不净是我们大家伙儿求您啊？"

"嘿，侄儿媳妇，还真让你说中了，我今儿个就是来求你家爱民的。"

"哼，求他？整个儿一软包窝囊废，拾不起个儿的凉粉坨儿，如今风箱峪好歹抻出来一个人都比他硬实。"

柳爱民显然被媳妇戳中了要害，脸一沉嗔道："一边儿待着去，老娘们儿家家的你知道个啥？"

王大花被丈夫斥责一句，看着柳胜男不禁脸一红，不服气地反驳："哼，耗子扛枪——窝里边横，有能耐你跟外人厉害去。"

柳爱民见媳妇越说越来劲儿，有点儿挂不住，眼一瞪骂道："哎呦呵，妈拉个巴子的，说你两句你还蹬鼻子上脸了，欠揍了是吧？"

柳胜男一瞅这两口子话越说越多，火越来越大，赶紧从中打和儿："呵呵，我看你们两口子还样儿上来了，要打架被窝里面打去。大侄子，我刚说那事儿就这么定了啊，明儿个咱再找找赵会计，咱们仨碰个面儿先把摊子支起来，有啥事儿慢慢商量。我还有别的事儿，先走了啊，你们两口子也歇着吧。"

说完，也不等柳爱民答话，站起身就往外走。

出了柳爱民家，拐过胡同口，柳胜男回头看了一眼仍然站在门口树根儿底下抽烟的柳爱民，忍不住抿嘴一乐。都在一个村住着，她早已摸透了柳爱民的脾气，那是个胆小怕事儿敢想不敢做的主儿。脑瓜筋转得比谁都快，点子主意比谁都多，可就是不敢动手干，前怕狼后怕虎生怕自己漏里头。他媳妇为此常讽刺他：说他空长了个男人坯子，老天爷白白在他裆下多赐了一块肉，整天娘们儿一样，活得忒憋屈。

此时，柳爱民看着大步离去的柳胜男，心中也是颇多感慨：想自己当了十多年风箱峪的书记兼村主任，可村子到头来也没啥变化。老百姓始终过着两亩地一头牛孩子老婆热炕头儿的日子，该种地种地该摆弄果树摆弄果树，撑不着也饿不死。这期间，他也想干点儿啥，让老百姓富起来，也为自己这村干部脸上增点光。那年，乡里号召栽葡萄，建千亩葡萄园，他带头响应，鼓动着全村百姓栽得满山遍野都是葡萄。可没想到那葡萄是喜水的，而他们风箱峪唯独缺的就是水。山下还好办，山坡上本来就土薄石头厚，再加上那年老天爷也跟着起哄，干旱少雨，葡萄苗栽下去浇不上水，没等到开花结果就晒成了干柴。就指望土里刨食吃的村民没了收成，家家户户怨声载道，纷纷找上门儿来跟他讨说法儿。他说："乡里让咱干啥咱干啥，我有啥辙呀，我家的葡萄不也都旱死咧？"

老百姓从他这儿找不到说法，就找乡里。可乡长说，我也不知道咱这儿栽葡萄不适应，是县里布置下来的。于是，大家伙儿就成堆打蛋去找县里，不知道县里是咋说的，反正大家伙儿最后都不了了之了。

这次老百姓闹事儿是栽玫瑰，也是乡里布置的任务，要在靠山镇乡建万亩玫瑰花基地。他琢磨着上次栽葡萄失败了，这次就没敢死气白咧要求大家伙儿栽。可是，不知谁听说别的村栽玫瑰花政府给补贴了，风箱峪为啥没有哇？是不是村干部给贪污了？柳爱民受了天大的冤枉，就跟村民说了实话，可大家伙儿就是不信。于是，就有那看热闹不怕事大儿的主儿，起哄架秧子怂恿那些不明真相的群众一级级告状，最后告到人民大会堂。再于是，上边一级级查下来，就归结为村干部工作不得力，有渎职行为。柳爱民一听，心里边比那窦娥还要冤呢，一气之下就撂挑子不干了。

如今，柳胜男挑起了这个烂摊子，他觉得风箱峪的穷帽子该摘了。因为，柳胜男有那个能力。想她连三四百人的大厂子都能打理得井井有条，利润一倍倍地往上长，管个小破村子还不玩似的。其实，他鼓动大家伙儿选柳胜男当村主任还有一条最主要的原因，那就是柳胜男手里有钱，哪怕是让她先借给村里呢，等村里发展起来再加倍还她都值。当然啦，这些阴暗的想法只是柳爱民自己躺在炕上瞅着房顶琢磨出来的，柳胜男是不知道的，也不能让她知道。此时，柳爱民忽然觉得自己这么做其实挺小人的，嗨，谁让咱穷呢？

第八章　先试试，不行就撤

从柳爱民家里出来，柳胜男心中总算有了一点儿谱儿。

俗话说，一个好汉三个帮，一个篱笆三个桩。这要干啥事儿没有个好搭档是最让人别扭的，尤其是在农村。你就打听去吧，哪个村子搞得好，老百姓日子好过，肯定是村里边领导班子一条心。如果村委会几个人牛蹄子两瓣子，各想各的道儿，那整个村子必将是一盘散沙，想好也没门儿。算起来，柳爱民当了十几年的村官，虽然没整出啥名堂来，但这个人本质还是不错的，脑瓜儿好使，心眼儿也不坏，骨子里也想为老百姓办点实事。细琢磨这家伙最大的毛病就是忒保守，不是一般的胆小怕事，树叶儿掉下来都怕砸到自己脑袋的主儿，他能带着大家伙儿往前闯？但越是这样的人越好共事，他不会有事没事儿搞小动作，更不会背地里踩咕你。还有就是他的经验。村子里东家子侯西家子刘，谁家小子不学好，哪家姑娘荒唐马事，张家儿子不养老家儿，李家老公公专门趄摸儿媳妇，他都摸个门儿清。这些对自己来说都是空白，柳爱民正好可以填补这个空白，何乐而不为呢？

柳胜男还听说村里的会计赵双跟柳爱民关系一直很铁，两人好得穿一条裤子都嫌肥，要不为啥柳爱民一说摞挑子，赵双也跟着一块儿摞呢。真要把这两个人都笼络住喽，自己这个村主任就好干多了。这么想着，柳胜男心里边越发地轻松起来。

柳胜男打开门进家的时候，婆婆已经睡了。客厅里，丈夫赵成歪躺在沙发上，手里拿着遥控器不停地变换着频道。见柳胜男进来了，赵成扔了遥控器，坐直了身子。两眼默然地看着柳胜男，阴阳怪气地说："可以嘛，柳村长，这新官上任三把火，先就废寝忘食咧，这第一把火是不是先把自个儿家燎了哇。"

柳胜男一听这话，再看看他那脸色，知道自家这蔫吧土匪又开始犯愣了。于是，不言声儿，轻轻坐到赵成身旁，把身子慵懒地靠在沙发背上，眯起眼似笑非笑看着他。

赵成见柳胜男没接话茬儿，随即换个口吻问道："咋样啊，那柳爱民没说不干吧？那主儿本来就是个官儿迷，你不让他当官儿他得活憋闷死。"

"你咋知道我去找柳爱民了？"

柳胜男看着赵成反问一句，她忽然觉得对眼前这个跟自己朝夕相处了二十多年的男人有点猜不透了，平时他可从来都没关心过自己的老婆从哪里来到哪里去的，怎么今儿个我一出门儿他就料定了我是去找柳爱民了呢？

"我为啥就不应该知道你去找柳爱民了呢？别忘了，你是我媳妇，这么多年一个炕头儿上滚，是你不知道我还是我不知道你呀？你方才往外一走，我就知道你肯定去找柳爱民了。"

"你……"

柳胜男忽然有点感动，而且是那种发送自内心的感动。她自知自己是那种粗线条的女人，从来不会揣摩别人的心思。尤其是对丈夫赵成，潜意识中她一直认为赵成木讷内敛，从来不懂得关心别人，更不会把自己的媳妇当回事儿。现在想来，自己这么多年还真是冤枉他了。心念至此，情不自禁把身子往赵成身上靠了靠，柔声问道："大成，你说柳爱民会跟我一起干么？"

"当然会啦。刚才我没说么，他就是个官儿迷，不过那人心眼儿不错，不会坑谁害谁。跟你说吧，这次选你当村长，他肯定是动了一番心思的。"

"是么？我还真没看出来。"

"你没看出来那就对了，真要让你看出来你还会当这个村长么？"

"有那么严重么？"

"傻丫头哇，如今地球人都知道他柳爱民的心思，他选你当村主任就是想让你投资啊。咱们家这些年挣这几毛钱你知道村里有多少人眼红么？柳爱民就不止一次在我跟前唱山音，让我捐出点儿来给村里，我不偷不抢自己挣点儿钱容易么？我才不捐呢。所以呀，这回他们就起哄架秧子选你当村主任，这人们也是摸透了你的脾气，争强好胜，不甘人后，你上来以后肯定会铆劲儿给村里边办事儿。这办事儿就得花钱啊，人家是要钱没有要命一条，出人出力行，别提出钱，要钱就往后缩。你这一着急一上火肯定会自己把钱先垫上，你这一垫上就等于打水漂咧，没有人会主动提出来还给你的，就像乡里欠咱的饭费一样，那都是写在瓢把儿上的账目，说抹就抹的。"

"大成，真要这样的话，咱这村官还干么？"

柳胜男被丈夫一席话说得后脊梁发冷，刚刚放下来的一颗心立马又揪紧了。

赵成见妻子被自己吓唬住了，嘴角随即露出一丝不易觉察的微笑，伸手搂住妻子的腰，赶紧把话又拿回来："媳妇儿，别怕，该干干，天塌下来有你老爷们儿我顶着。再说了，总之肉烂在锅里，给村里花点钱咱们也会跟着受益，对不？"

"唉，要不我再考虑考虑吧，反正我还没算正式上任呢。"

"哼，你以为那村民选举是小孩子过家家呀，这个村主任你想干就干，不想干就撂挑子，必须干满三五年才行的。既然大家伙儿选了你，还是干吧，先试试，不行再撤。"

柳胜男使劲儿点了点头。

柳胜男见丈夫泼了半天冷水最后还是同意自己当这个村主任，心中颇为不满。心里话儿你既然同意这码事儿还说那么多用不着的干啥呀？但转念一想，丈夫这么做其实也是为我好，干啥事儿先把不利因素人为因素都琢磨透了再下手，肯定要比过后噼里啪啦栽跟头强得多。这么一想，不禁对丈夫又多了几分感激。

果然不出赵成所料。

第二天一大早柳爱民和赵双两人就来找柳胜男了。

正好柳胜男和丈夫赵成两口子去了服装厂，两人跟柳胜男的婆婆有一搭没一搭聊了一会儿天，柳胜男就急匆匆回来了。

柳胜男一进门看到站在院子里的柳爱民和赵双，心里边那一块石头立刻落了地。当即笑呵呵说道："哎呀，我急着赶着跑回来，正想到家里去找你们呢，看来咱们仨人还是心有灵犀的，想到一块儿了。这可是个良好的开端呢，来来来，先进屋喝点水，然后去大队部。"

柳爱民见此，摆摆手说："老姑哇，我们就不进去了，咱们还是直接去村委会吧，您这刚接手，好多事儿咱娘俩儿还都得交接交接呢。"

柳胜男见柳爱民积极性这么高，心中顿时一喜。看来赵成说的还真是那么回事儿，我还就利用他这爱当官儿的劲儿，充分发挥他的积极性，让他在过足官儿瘾的同时，再把他脑子里的那些个好点子多蹦出几个来，我就不信风箱峪就是死水一潭。

心念至此，柳胜男看着柳爱民和赵双，微微一笑说："你们哥儿俩等会儿我哦，我进屋拿点儿东西咱就走。"

说着话，旋风似的进了正屋客厅，把茶几底下郝乡长他们来的时候没拿走的多半条大中华装进手提袋，又从电视柜里掏出一盒铁观音茶，一包叫真瓜子，一包手纸统统塞进手提袋。再扫一眼屋内，想了想见实在没啥可拿的了，这才走出客厅。

此时，柳爱民和赵双已经到大门口等着了。柳胜男冲着在院子里浇花的婆婆说了一声："妈，我走了啊。"

婆婆抬头看她一眼说："去吧，别忘了晌午回家吃饭。"

"哎。"

柳胜男答应着走了出去。

到外面，柳胜男习惯性地拿着车钥匙打开车门，招手让柳爱民和赵双上车。柳爱民看了赵双一眼，赵双犹豫着说："柳村长，咱……咱还是溜达着去吧，总共就这么几步远。"

柳胜男听了，哈哈一笑说："好，咱就溜达着去。"

说完，把手提袋从车里拽出来提拉着，随手关上车门。

三人说笑着不一会儿就到了村委会破败的小院门口。

柳胜男皱着眉头看着那不上锁的大门，走进院子，再看看那满院子半人高的蒿草，还有蒿草中隐约可见的一堆堆不知是人屎还是狗粪的东西，心中不禁掠过一丝酸楚：这，就是自己即将办公的地方？全国改革开放都多少年了，自己所在的村委会竟然还是二十年前的模样，用一穷二白来形容，一点儿都不过分。

看着这比村外边坟圈子干净不到哪儿去的村委会小院，柳胜男停住脚步，退回到大门口，看了看门口左右两边悬挂的"靠山镇乡风箱峪村委会"和"靠山镇乡风箱峪村党支部"的大牌子，不禁抿嘴一乐，冲柳爱民调侃道："柳书记，你可以竞选艰苦奋斗模范咧，我琢磨着毛主席他老人家如果活着的话，肯定会树你为全国的艰苦朴素标兵的。"

柳爱民知道柳胜男那是在讽刺他，可现状在这儿摆着呢，又实在是没法反驳，只好环顾左右而言他："老姑哇，进来吧，咱先把交接手续办喽。"

柳胜男又是抿嘴一乐，大大咧咧地说："呵呵，就这么一疙瘩一块，秃子脑瓜生虱子明摆着呢，有啥可交接的？不会是还有饥荒呢吧？如果有的话，你把它列个单子出来，该谁的欠谁的，为啥该的为啥欠的都写明白喽，咱一笔一笔地清算好不？"

"这个……"

柳爱民脸一红，嘴张了张吞吞吐吐吭哧半天也没说出个所以然来。倒是赵双眼珠儿一转，接过话头："柳村长，您是知道的，咱们村本来就不富裕，这几年又出了几个告状专业户，捅了那么大的漏子，咱哪哪不得打点哪？现如今物价又那么高，村里边又没有啥副业，就指望那几亩山场收点儿地租维持着呢。实话跟您说吧，这几年咱风箱峪村干部的工资补贴都没开过全数儿。"

"噢——"

柳胜男看着不断抹汗的赵双，没再说啥。

柳爱民见赵双被新村长问得变颜变色，心里不禁也是一战。想那柳胜男多精明的一个人啊，你这样狗肚子装不下二两酥油，人家还没说啥呢，你就先带出相儿来了，明显的你这账目上就有猫腻，还用别人说么？于是，他就狠狠地剜了赵双一眼。当然啦，两人这些小动作并没逃出柳胜男的视线，但她并不想难为他们，鸡毛蒜皮点儿小事儿，零碎八五点儿小钱儿，都让他们贪喽也就两壶醋钱。我不跟他们计较，既往不咎，重打锣鼓另开张，让他们心里边愧疚着去，更应该好好干。

主意已定，柳胜男遂看着门外，微微一笑，问柳爱民："爱民，咱这库房里有笤帚铁锨啥的么？"

柳爱民还在思忖着村里原先的账目呢，根本没听清楚柳胜男说啥，脱口答道："其实欠得不多，也就十来万块钱。"

柳胜男听罢浑身一震，但随即若无其事地把脸转向别处。

赵双听见柳胜男说啥了，赶紧拽了柳爱民一把，一边掏钥匙一边说："柳村长，您老找那家什干啥呀？不会是拾掇当院吧？哈，这活儿哪就轮到您老干啦，就让我俩大老爷们儿来收拾吧。"

说着话儿，赵双人已经出了办公室，到旁边库房开门去了。

柳胜男看一眼仍然呆立一旁的柳爱民，抿嘴儿一乐，大声说："走，咱仨今儿个先干净干净，让这犄角旮旯儿地先见个亮儿。"

柳爱民见柳胜男并没追究他说的话，反而大度地为他解了围，心里边不禁一热：看来这个新村长我们算是选对人咧。往后可得好好卖一膀子，让她看看我柳爱民也不是孬种。

心里边儿痛快，干活就不显得累，效率也是出奇的高。

柳爱民和赵双基本没用柳胜男动手，两人连拔草带推垃圾，不到一个小时那小院就平平展展干干净净了。这期间，柳胜男把屋子里也收拾了个遍，破桌子破椅子都擦得一尘不染，柳爱民忙里偷闲还用电水壶烧了一壶开水。

看看哪哪都归整利落了，柳胜男从手提袋里掏出那多半条大中华，抽出两盒扔在破桌子上。看着那两驷马汗流的大男人，笑着说：“来来来，快坐那儿歇会儿抽个烟。”

柳爱民看一眼桌子上的烟，俩眼立刻亮了一下，拽着赵双到外面水龙头跟前放水洗了一把脸，然后抹着一脸的水珠子进来，刚要伸手去抓烟盒，柳胜男变戏法儿似的从身后椅子背上拿起一条新毛巾递过去，柳爱民接过毛巾好歹在脸上胡擦一下，把毛巾又递给了赵双。俩人擦干净手脸这才拿起桌子上的烟一人一根点着，非常受用地抽了起来。

抽着烟歇息一会儿，柳爱民从抽屉里拿出一个破公文包，从里面翻出来一堆文件摊开来，表情庄重地对柳胜男说：“柳主任，这些都是上头发下来的红头文件，有党委的也有政府的，您有空看看吧。”

柳胜男扫一眼，淡淡地说：“你是书记，掌握大方向的，这些还是由你保管吧。”

柳爱民说：“柳主任，咱们庄儿历来都是村主任书记一肩挑的，您当了主任，那书记也自然是您的了。”

“我要不是党员呢？”

“可您是党员啊。”

“是党员就该当书记么？我记得《党章》上说书记得由全体党员选举产生的。”

“咱们现在选举不就得了。”

“咱们仨能代表全村党员么？”

“当然能啊，咱们村如今除去死了的那几个老党员，还有到乡里县里做合同工的以外，就剩下咱们仨了。”

“这么多年就没发展过新党员？”

“想过发展，可是没人申请怎么发展？总不能硬掐脖儿让人家入党吧？”

柳胜男无语。

“穷山恶水，一地刁民。”

柳胜男脑子里忽然冒出来这八个字。她有点儿后悔接这个村主任了。

柳爱民见新村长不说话了，以为是自己哪句话说得不对劲儿让她走了心，赶紧解释：“老姑哇，您别笑话我，这么多年其实我在这方面真的没少费心思，说来归其还是那一个字‘穷’。这人们一天到晚都追着赶着经营自个儿的小日子，谁还有心思追求政治上的进步哇。”

赵双也接过话茬儿诉苦:"可不是,现如今这年轻人可不像咱们那会儿了,把入团入党看得特别神圣。"

柳爱民接着说:"是啊,这人哪先得生存,然后才是生活。如果连活着都费劲儿咧,还有啥精气神儿想别的呀。"

俩人一唱一和,说得柳胜男心里酸酸的,越来越觉得自己这么多年对村里的人和事了解得太少也关心得太少。细想,还是伟大领袖毛主席说得对:人,是要有点精神的。

可是,风箱峪人的精神在哪儿呢?

柳胜男看着远方的山峦努力寻找着最佳答案。

正在此时,忽然从大门口跌跌撞撞闯进来一个人,没到跟前儿先就哭嘶赖命喊起来:"柳主任,你可要为我做主哇!"

第九章　清官难断家务事

　　听到外面有人嚷嚷，屋里的三个人几乎是同时站起身子往外看。赵双更是一个箭步冲出办公室，迎着那人低低叫一声："爸，你咋来啦?"

　　"哼，我咋来啦? 你还有脸问，赶紧滚回去问问你那母老虎媳妇吧。"

　　赵双一听这话不对劲儿，知道准是自己那媳妇跟后妈又打起来了，于是也不答话，撒腿就往家里赶。

　　柳胜男见状，则满脸堆笑紧着把赵双他爸赵大驴往屋里让。

　　看到这个名儿，大家可能会笑，好好的人咋还叫大驴呀? 这里来段小插曲。其实，在我们山里庄乡儿叫这个名还真不新鲜。老辈子时，农村缺医少药，特别是像风箱峪这样的深山区，小孩子特别不好养活，三五岁夭折的多了去了。于是，人们给孩子起名就往猛兽上面靠，像什么张龙赵虎李豹子，张大狼李二狗王三狮子等等，没啥讲究，图的就是让孩子像动物似的皮皮实实的好养活。后来，人们又开始为自己的低俗找理由，说贱名儿贵命，连国家领导人还有叫王白蛋孙小丫的呢。说白了这人名就是个符号，你就是起名叫个里根布什啥的，你就能当那美国总统? 笑话。当然啦，这些都是题外话。

　　再说那赵大驴，见儿子躲开他走了，也不追赶。进了屋往那破床板子上一坐，一脸的义愤填膺，张了张嘴刚要说啥，一抬头见桌子上有一盒中华，也不问价儿，更不用别人让，一欠屁股伸手抄起来，从里面抽出一根叼在嘴上，柳爱民赶紧打着火给他点上。

　　柳胜男似笑非笑看着赵大驴，心里话：跟自个儿家儿子儿媳妇生气打架，也至于的找村里? 真显得我没事儿干咧。可脸上又不能表现出来，遂心平气和地问："大叔哇，有啥事儿您就说吧，都是自己的儿女，有啥过不去的呀?"

　　"自己儿女? 我呸! 你问问他，他啥时候拿我这个爹当过亲爹看待。"

　　赵大驴站起来，连拍桌子带瞪眼冲着柳胜男就诉起苦来："我的柳主任啊，说出来不怕你笑话呀，我赵大驴一辈子老实本分，凭自个儿的手艺吃饭，活了六十多岁没坑过谁害过谁，没做过半点儿亏心事啊，可为啥偏偏让我摊上这么一个浑蛋儿子啊。小时候，他亲妈死得早，我是又当爹又当妈，一口水一口饭把他拉扯大。怕娶后妈孩子受气，我一直打光棍不敢再婚，直到他娶了媳妇有了孩子我才把后老伴娶进门。没想到他就是容不下人家，吵着闹着分了家。分家就分家呗，我还由着你。怕孩子受委屈，我让他们一家三口住大房，我自己在前当院盖了几间小破房，自己过自己的日子。可他那媳妇还是成心搅合我，不让我们老两口消停。整天领着孩子到前头连吃带喝带拿不说，我在后窗根儿底下养了几只鸡，几只长毛兔，想卖鸡蛋和小兔子挣俩零花钱。可他们两口子变着法儿地给我霍霍，这不，那大兔子刚下了一窝小兔子，他媳妇竟然往我那兔子笼里面泼水，一窝小兔子都让她给泼死啦，呜……"

赵大驴说到动情处，一屁股坐回床板子上，捂着脸老娘们儿似的哭了起来。

柳爱民看看赵大驴，又看看柳胜男，愤愤然插嘴道："这赵双两口子也忒浑蛋咧，柳村长，赶紧给乡派出所打电话，让他们来人把这两口子铐起来先拘儿天再说，看他们还敢闹不。"

再看那赵大驴一听要给派出所打电话，立刻停止哭号，蝎子蛰屁股似的蹦起来，摆着手说："啥？让派出所铐……铐起来？别……千万别打电话，我走，我走，这家丑不可外扬，咱各人的梦各人圆，我自个儿找那小子算账去。"

赵大驴说着话儿枪追的似的就往外走，临出门还没忘把桌子上的半盒烟抓在手里，柳胜男摆摆手说："拿走吧。"

"谢谢柳村长。"

赵大驴也不客气抓着烟风车似的就跑出了村委会。

送走了赵大驴，柳胜男回头不解地看着柳爱民问："我说爱民哪，那赵大驴咋这听你的话呀，连哭带号闹那么热闹，三句话两句话就让你给摆平咧，我看这村主任还是你干得了，我还真没有你这套能降服人的功夫。"

"哎呦哇，这算啥功夫啊。"

柳爱民被柳胜男夸得有点儿不好意思，可心里边非常受用。笑眯眯看了柳胜男一眼，接着说："老姑哇，不是你大侄子我吹牛，这若论挣钱的道儿我肯定比不上您老。可对付这些农村老百姓，我还是有一套的。这么多年，我算看透了，对付这些刁民，你就不能太善喽，一横二吓唠，加上拿大帽子压。就说刚才那赵大驴吧，你看他咋咋呼呼把儿子儿媳妇恨得牙根儿八丈长，吃了嚼了都不解恨，其实，他那儿子始终就没离开过他的心尖子，所以我一说把他儿子铐起来拘儿天，他立刻就受不了了。这就是对啥人使啥招儿，遇上实在难缠的主儿，你就淡着他，以静制动，他爱咋闹咋闹，你就给他个充耳不闻，闹腾够了，他就不闹腾了。"

柳胜男听了，觉得柳爱民说得也在理儿，可是细琢磨又欠了点儿什么，其实他说了半天就是五个字——"一推六二五"，根本解决不了实际问题。长此以往那老百姓还咋相信你呢？这么想着，遂看着柳爱民淡淡一笑，揶揄地说："你这么多的高招儿，咋就制服不了那几个告状的呀？还让他们捅了那么大的漏子。"

真是哪壶不开提哪壶。

柳爱民一听柳胜男说出"告状"俩字，立刻被戳中软肋，随即脸一红不言语了。

柳胜男并没把柳爱民的变颜变色当回事儿，她还在想着赵大驴和赵双爷儿俩打架的事儿。尤其是赵大驴说的养鸡养长毛兔挣零花钱，让她想起了一条不算难走的生财之道。

她记得有一次请几个大客户到县城大饭店吃饭，其中有一道菜是野生蘑菇炖山鸡，她夹起一块鸡肉尝了一口，立刻吃出来那显然不是真的山野鸡。因为，在家里赵成曾经用土枪打过山野鸡，炖出来的味道绝对比这好吃得多。于是，悄悄夹了一块鸡肉问那饭店老板："老板，你们这山鸡肉是真的从山里打来的么？"

老板说："当然是真的啦。"

她说："我就是山里出来的，我们那里的山鸡肉咋不是这个味儿呢？"

老板倒也实诚，当即微微一笑说："大姐呀，既然咱都是本地人，我也就没必要瞒着掖着咧。实话跟你说吧，城里这么多大饭店几乎都有这道菜，可咱山里真有那么多野山鸡么？我这山鸡也是山鸡，但不是山里边飞着跑着的，是人工养殖的。如今这人们哪一个个的都犯贱，讲究吃野味儿。过去没人吃的现在都金贵着呢，野菜野鸡野兔子，反正只要沾上'野生'俩字，那价码就不是高出一星半点儿，抄起来就是十倍二十倍地翻番。我们也是没辙呀，你不说是野生真没人问哪。"

"野味、野菜、野鸡、野兔子。"

柳胜男两眼直勾勾看着不远处的山野，情不自禁叨咕出来。

柳爱民吓了一跳，不解地看着新村长柳胜男，不知道她那与众不同的脑袋瓜子里又在琢磨啥。

柳胜男此时兴奋得两眼发亮，转身看着柳爱民大声说："爱民呐，你说咱这山里头养山鸡野兔子能活不？"

"当然能活啦，那玩意儿本身就是山里生山里长的，咋不能活呀？"

"那……你说咱们如果发动各家各户，在各自承包的果树园子里养这些玩意儿，能行不？"

"在树园子里养野山鸡？我看够呛。"

"咋个够呛呢？"

"你想那果树园子得不失闲儿地打药，鸡要是吃了农药还好得了？"

"对。可是，咱村集体不是还有好几大块山场呢么？把山场圈起来养应该没问题了吧？"

"哎，还真行。头几年我也想过这事儿，就是没弄起来。"

"为啥呢？"

"就俩字——'没钱'。"

"呵呵，那不会发动群众么？咱们村不是有几户大款么？"

"大款？哼，快别提了，现在这人们整天就想着天上掉馅饼，啥也不干就啪地数钱，有那好事儿么？嘁。"

"不会吧？要是家家户户都仰巴脚儿等着从天上掉钱，哪有那美事儿啊。咱明天就召集各家各户来个主事儿的，开个村民大会，也可以说是献计献策会。发动大家集思广议，不管是馊主意鬼主意笨主意傻主意，随便往外扔，我就不信这风箱峪没有一个明白人儿。"

　　"好，就这么着了。"

　　柳爱民也跟着兴奋起来。

第十章　第一次村民大会

上任后，准备召开第一次村民大会。头天晚上，柳胜男竟然失眠了，这是从来没有过的事。躺在炕上，脑子里乱乱的，翻来覆去就是睡不着，想找人说会儿话，偏偏丈夫赵成在服装厂加班赶活儿不回来了。折腾大半夜，看看表已经夜里三点了，干脆穿衣起床，轻手轻脚推开院门来到当街，在门口站了一会儿，见家家户户寂静无声，遂穿过胡同漫无目的往山上走去。

想来这个时候，正是鸡不叫狗不咬，人们都在酣睡的点儿。柳胜男站在离村子最近的一座小山包上，仔细打量沉睡中的风箱峪，那一座座参差不齐的农家小院，几十年如一日坑洼不平的碎石街道，古朴而又颓废，特像一个个风烛残年的老人，看着让人揪心。大半辈子过去，在她的记忆当中村子始终就是这个样子。最惹眼的是村头上那十几棵老梨树，盘根错节枝繁叶茂。正值春日，满树的梨花棉花团儿似的竞相开放，一团团一簇簇煞是好看，给死气沉沉的风箱峪平添了一抹朝气。

活了四十多岁，虽然自己生在风箱峪长在风箱峪，出门子都没离开风箱峪。可是，从来没这么心无旁贷认认真真地好好看过风箱峪，这可是自己赖以生存的家呀。

想到家，柳胜男不禁激动起来。还记得小时候上学，老师天天讲爱祖国爱家乡。可是，长大以后人们就各自奔思自己的小日子，为自己的小家殚精积虑，越阔越不嫌阔，挣回来一个想着俩，有谁真正从心里想过这个大家呀。

如今，全村一百多口子人都小燕儿似的盯着你呢，看你把他们往哪儿领往哪儿带，带好喽大伙儿跟着你享福，带歪喽大伙儿跟着你遭罪，你这村长就是这个大家的家长啊。过去，你可以一心一意为小家，如今你必须想想大家了。心念至此，柳胜男顿时感到了一种无形的压力，一种不可推卸的责任，那是家长的责任。

今天，这第一次村民大会，我必须把这些心里话儿都告诉给大家，让全村父老乡亲明白我在想啥，准备干啥。要不要写个讲话稿呢？呵呵，太俗气了。跟家里人说心里话儿还用写在纸上拿着念么？没劲。柳胜男摇摇头，同时在心里边开始排列一二三。

不知不觉中，就大天大亮了。柳胜男踏着潮乎乎的晨露从山上下来，她没回家，直接去了村委。到那儿一看，赵双和柳爱民已经在忙乎了，擦桌子摆板凳烧开水，调整麦克风。看着这俩搭档，柳胜男心里不禁一热，笑着说："呵呵，你俩更早哇。"

她这一嗓子，把正在低头忙活的两个人吓了一跳，同时抬起头，看着她说："您也不晚哪。"

"嗤，要咋说妇女干不了大事儿呢，我这心里边一搁事儿还就睡不着咧。"

柳胜男一边拧开自来水龙头洗脸一边自我解嘲地调侃。

柳爱民看一眼柳胜男那一双黑眼圈儿，关切地说："老姑哇，当村长往后那烦事儿多着呢，可别啥都往心里边去，那身子骨儿可是咱自个儿的，没必要都搭进去。"

"就是啊，来日方长，您还是悠着点儿干吧。"

赵双也随声附和安慰柳胜男。

柳胜男感动地看着他俩，立刻发现了赵双脸上明显的抓痕，当即小声问："咋？昨天你们两口子还真抓挠起来咧？"

"哼，那个母老虎，没法儿跟她讲理，早晚我得蹬了她。"

赵双摸摸脸上的血印子，忿忿地说。

柳爱民看他一眼，撇撇嘴不屑地说："喊，你也就背后骂皇上，说说大话冒冒寒气算了，就你那小样儿还蹬了人家？"

赵双被戳中要害，脸一红把脑袋耷拉到胸前不言声了。

柳胜男笑了笑说："嗤，馅饼里的馅儿，不好受哇，别上火咧，散了会我找你们那口子聊会儿去。"

三个人说着话，村民们陆陆续续就到齐了。通知的是每户来一个人，可是差不多哪家都来了两三个人，甚至全家总动员。数了数除去老人孩子，全村差不多青壮年都到齐了，六七十口子人把个小院挤了个严严实实。

柳胜男本来嗓门就大，也不用麦克风，站在门口台阶上就宣布开会。

柳爱民先把自己卸任后交接的情况跟大家伙说了一下，然后就宣布由新村长讲话。

看着眼前一张张熟悉的面孔，柳胜男清了清嗓子，把自己当村长以后的想法以及今后的打算一五一十地道了出来。她不拿讲稿想到哪儿说到哪儿，一句一句都是掏心窝子的话。村民们从来没见过村干部这么讲话的，听得都非常认真，没有一个人说话，连咳嗽都捂着嘴。虽然大家都是站着听，可没有一个人走动。这让柳胜男很是感动，最后，柳胜男说："我柳胜男就是风箱峪土生土长的一个庄稼丫头，都在一个庄儿住着，我这个人有几斤几两相信大家伙儿心里边都有个数儿。我要告诉大家的是，既然大家伙儿这么信任我，我就要好好干，干出点儿样儿来，同时，希望大家伙儿支持我。俗话说：人心齐泰山移。只要我们全村人心往一处想劲儿往一处使，我想我们风箱峪总有一天会火起来富起来，让那些瞧不起咱们的人对咱刮目相看，大家说好不好哇？"

"好！"

喊声伴随着掌声出奇的一致。

柳胜男动情地看着大家,接着说:"会后我有一个请求,咱风箱峪人不傻,甚至比别的村人还要聪明很多,因为咱们基因好。老辈子咱村出过状元出过省长,可为啥现在不如人家了?所以,我想请大家共同出主意想点子,咱们村究竟干啥好,干啥挣钱,干啥能快速致富。常言道:三个臭皮匠顶个诸葛亮,何况咱们这么多聪明的脑瓜儿。肯定不是一个两个诸葛亮。大家咋想就咋说,想好了咱就干,没钱咱想辄,我就不信,风箱峪这穷帽子就摘不下去。"

"好!"

大家伙儿又是一阵喝喊,然后你一言他一语议论起来。柳胜男让赵双预备几支笔几个本子,把大家伙儿的意见建议分别记录下来。

村民们闹闹哄哄一直到中午才陆续散去。

下午赵双和柳爱民扎在村委会那破桌子前整理村民们提出来的意见和建议,柳胜男则去了赵双家。没想到,在那里她听到了一个惊天的秘密。

柳胜男去赵双家的初衷,其实是想了解一下赵大驴和他那晚老伴儿跟儿子儿媳妇的关系。都说清官难断家务事。可这家务事要是处理不好,往往会牵扯到整个村子的和谐。特别是风箱峪,村子不大,但家家户户沾亲带故的很多。尤其是当庄结亲的,比如柳胜男,婆家离妈家就隔一条胡同,两口子打架声音稍微高一点儿,娘家妈就能听见。赵双媳妇柳红霞也是本村的,跟那老王家大丫头是表姐妹,柳红霞管大丫头她妈叫姑姑。

柳胜男去找柳红霞的时候,柳红霞正跟大丫头通电话,大丫头说她已经回来了,眼下住在县城里最豪华的凤凰宾馆。见柳胜男进来了柳红霞就匆匆挂断了电话,只轻描淡写地告诉柳胜男说大丫头回来了。

当时,柳胜男并没在意。因为,那大丫头在村里边是出了名儿的黄花菜,念初中时就跟学校的体育老师搞对象还做过一次人流。初中没毕业就辍学了,在柳胜男的服装厂干过几个月整烫,后来嫌活儿太累又不自由就不干了。后来又在靠山镇上的理发店里学理发,其实就是给人洗头。没干几个月就跟店里的外地理发师搞上了,两人经常在店里边鬼混,被老板给双双辞退了。再后来她跟着那个理发师去了县城,也不知道结婚没结婚,反正抱着个小闺女自己一个人回来了。原来,那理发师在老家有媳妇有孩子,人家媳妇找上门儿把理发师拽回了老家,大丫头没了依靠只好回到风箱峪自己的家中。

好在大丫头的父母都被她哥哥嫂子接到省城去了,家里就她一个人。回来后,她拉扯着个孩子也干不了啥。柳红霞看她可怜,就让赵双在村里边给她安排了个看水塔的活儿,每天早中晚开一次闸门,往水塔里上一次水供全村人吃喝饮用。一个月三百块钱的工资,日子过得虽然紧紧巴巴,但娘儿俩好歹能活着。没想到,一年前大丫头不知跟谁学会了上网,而且没上几次就被网友给勾走了。临走时,她跟谁也没念叨到哪儿去,只是把水塔的钥匙交给了赵双,让他先照看着,说自己去看个朋友,过几天就回来。谁知她这一走就是一年多杳无音信。这期间,柳红霞给她打过几次电话,她只告诉柳红霞自己在南方呢,过得挺好的,不用惦记她。

柳胜男一直等到柳红霞撂了电话才走过去跟她搭话，见面后跟柳红霞说了些两口子过日子要互相关心，互相担待的话，劝她啥事想开点儿。俗话说：东边下雨西边流，两口子打架不记仇，白天吃得一锅饭，夜晚睡得一个枕头。一家子过日子哪有筷子磕不着碗的？说过去闹过去就算了，可不要记死疙瘩。柳红霞听罢撇撇嘴，幽怨地说："姐呀，都不茶不傻的这些大道理谁都懂啊，可一家子过得挺好的日子，冷不丁冒出来个搅屎的棍子您说烦人不烦人哪？"

柳胜男知道她说的是那个后婆婆，当即笑了笑说："呵呵，这也得两说着，你公公这刚六十多岁，为儿子不受气，打了三十多年光棍儿，给儿子把新房盖起来把媳妇娶上这孙子也有咧。如今，你们一家小三口热火盆儿似的，他自己孤孤单单跟前连个说话的都没有，你们瞅着不别扭哇？"

柳红霞说："他娶晚老伴儿我俩不反对，可他不该娶了后老伴就不管亲儿子亲孙子啦。原来我去镇上做小工他又看孩子又做饭，有时候连衣服都帮我洗喽。可自打那老奶子进了门儿他还啥都不管咧，这还不算，两人还在后院养鸡养兔子，骚气哄哄害得我连窗户都不敢开。"

"嗨，那你也不该把小兔子用水泼死呀。"

"哼，谁知道他那兔子下崽啦，又没人告诉我。"

"妹子，啥事儿都怕翻掉个儿啊，咱总得讲理不是？"

"姐……哎呀，大丫头来了。"

柳红霞刚要说啥，一抬头看见门口进来个人。柳胜男跟着起身往外一看，一下子就呆住了。

第十一章　大富婆

柳胜男乍一看大丫头，还真没认出来。眼前的大丫头跟一年前相比简直判若两人。但见眼前这个女人一身的珠光宝气，两只手上光戒指就戴了四个，左手是一黄一白，右手是一红一绿，走起路来一甩胳膊闪闪放光芒。一头长发染成了金黄色，烫着大波浪，光看背影不瞅脸特像外国洋娘们儿。

时令虽然已到春季，但北方天气乍暖还寒，人们大都穿着冬装。可再看大丫头，已经是非常暴露的夏季款了，鹅黄色的吊带衫配着白色貂毛小坎儿，下身是淡紫色几乎拖到地面的纱料长裙。这还不算，让人看着就打冷战的是那长裙与吊带衫之间，明显露出来一截不算白嫩的肌肤和纹了玫瑰花的肚脐眼儿。脚上是一双白色高跟船鞋，细细的鞋跟足有半尺高，因此，走起路来那鞋跟似乎承受不了主人肥硕的身躯，只好摇来摆去颤颤悠悠，整个人也跟着扭来扭去，像踩着高跷。

再看那张小脸儿，本来长得不算丑，细眉细眼高鼻梁一张小鲤鱼嘴儿，应该算是好看了。但眼下被她涂抹得整张脸看上去如同刮了一层厚厚的腻子膏，白得有点发假。两只眼窝涂着淡蓝色的眼影，长长的假睫毛往上翻卷着，嘴唇涂着淡紫色的唇膏并画了玫红色的唇线。

柳胜男定定地看着她，张口叫一声："大……"

但随即便觉得不妥，人家打扮得那么雍容华贵，咱咋能叫人小名儿呢，于是赶紧改口道："王淑莹，你回来啦？"

"哇塞！这不是柳总么？看见您真是太巧啦。"

大丫头看到柳胜男，惊呼一声，一步三摇就扑上来，一把搂住她，张嘴就在她额头上亲了一口。

柳胜男被大丫头亲得有点儿不适应，连连后退几大步才站住脚。大丫头见此，老母鸡下蛋般"咯咯咯"地笑，她一笑，腰上那露出来的肥肉也跟着颤悠。

柳胜男使劲儿隐藏起心中的厌恶，问："王淑莹啊，看你这一身洋打扮，在外边一准儿是发大财了吧？"

大丫头止住笑，小嘴儿一撇，眼眉往上挑了挑，嗲声嗲气地说："什么啊，咱一个小老百姓能发啥大财呀，混口饭吃而已。哪比得上您柳总啊，身不动膀不摇就刷刷地点钞票哇。"

柳红霞在一旁看出来柳胜男有点看不惯她这个表妹，当即插话说："表妹呀，你还不知道呢吧？胜男姐如今当了咱们村的村主任啦，真正的父母官儿呢。"

大丫头一听柳胜男当了村主任，立刻眼前一亮，看着柳胜男一惊一乍地叫道："哇塞！是么？这我可得好好溜须溜须咱胜男姐了，往后我要是回乡投个资啥的，你可要给我优惠哟。"

柳胜男皱了下眉头，顺口答道："那是必须的。妹子只要肯投资，想干啥尽管言声，咱们村里保证是大力支持，我们还就等着你这大富婆回家创业呢。好啦，你们姐俩先聊着，我还有事儿先走了啊。"

柳胜男说着话，抬腿就往屋外走，柳红霞怎么留也没留住。

出了柳红霞的家门，柳胜男忽然感觉一阵恶心，双手扶住跟前一棵树就开始吐，但只是干呕啥也没吐出来。使劲儿闭了一下眼睛，大丫头那张刮了腻子膏的脸总是在眼前晃动，轰不走也甩不掉。于是，迈开大步紧走几步到村委会，进了院子扑到自来水水龙头跟前，拧开水龙头用肥皂把脸搓了一遍又一遍，把额头上被大丫头亲过的地方用水冲了又冲洗了又洗，还是觉得香腻腻的不舒心。

赵双和柳爱民听到外面的响动，停下手里的活儿扒着门框奇怪地看着柳胜男，见她还是洗起来没个完，柳爱民忍不住关心地问："老姑哇，您这是咋的啦？鼻子流血了？"

柳胜男抬起头没言声，用手划拉着脸上的水珠子，忽然盯着赵双问："赵会计，你那表小姨子是不是干那个的呀？"

赵双被问得一头雾水，眨巴眨巴眼睛，摇摇头。

柳爱民叮问一句："您说的是不是那个大丫头哇？"

柳胜男点点头。

赵双看看柳爱民又看看柳胜男，这才醒过闷儿来，轻声问一句："您说大丫头咋回事儿？"

柳胜男见他还不明白，甩了甩手上的水珠子，没好气地说："我怀疑你那表小姨子在外面做皮肉生意呢。"

"啥？皮肉……生意？"

赵双还是不明白。

柳胜男说："说白喽，就是咱老百姓讲话儿的卖大炕。"

"啥？那不是当小姐了么？她咋能干这个呀？你……你在哪儿看见她了？"

"在你们家，她现在就在你们家炕头上跟你媳妇待着呢。"

"啥？她在我们家呢？"

赵双一听这话，立刻蝎子蛰屁股似的跳起来，扔下手里的笔就往外走。

柳胜男一把拽住他，疑惑地问："咋这激动啊？是不是一年多没见面，你也想她啦？"

赵双脸一红，紧着辩解："村长说啥呢，谁想她干啥呀，我是怕我那傻媳妇儿跟她学坏喽。"

"噢。"

柳胜男松开手。此时，她裤兜里的手机响了，掏出来一看来电显示，是郝乡长打来的，赶忙按下接听键，电话那头儿郝乡长哑着嗓子告诉她说："黄世仁，你那饭店的条子报下来了，赶紧到乡里找会计领钱来吧。"

说完电话就撂了。对方带着明显的不乐意，但柳胜男才不管那些呢，当即高兴得一蹦多老高，跟柳爱民说一声："我去乡里了啊。"

话音未落她小鸟儿似的就飞出了村委会，到家门口开着车就奔了乡政府。

柳胜男进了乡政府大院，先到乡财政所找会计把报回来的十三万块钱转账支票拿到手里。拿着支票马不停蹄赶到政府旁边的农村信用社，把支票办了转账。等候办转账的时候她在心里边就算计了，这十几万块钱到账以后就开始修村路整修街道，先买十几吨水泥，沙子石子找在县交通局当副局长的三姐夫帮忙解决。她早就打听好了，县交通局在本县通往省城的交通要道上，设有三四个治理大货车超载的点儿，这些点儿每天都有运砂石料的超载大货车卸下来的砂石料。回到家就求三姐夫通融通融，把那些超载卸下来的剩砂石料拉一些过来，这样可以省下一半的费用，然后再发动村民们各家各户摊点儿钱，修路时劳动力也由村民自己出，这样又可以省下大笔的劳务人工费。这么一算计，自己手里这十几万块钱，足够村里整修街道了。如果再有富裕，就把村里通往山外的那三四里土道也修成水泥路。现如今，哪哪都在宣传要想富先修路，细琢磨这风箱峪穷就穷在路不好走上面了，这路一通，山里的东西可以运出去，山外边想游山玩水住农家院吃农家饭的游客可以请进来，风箱峪也可以成为旅游村。到那时候，家家都开农家旅店，山里边再建一些可以参观游玩吸引城里人的美景，我就不信这风箱峪会不火。

想到这些，柳胜男就情不自禁地兴奋起来，眼角眉梢都挂上了开心的笑。

在信用社把所有转账手续都办妥当以后，柳胜男哼着小曲儿回到乡政府大院。打开现代车后备厢，从里面拽出一只破帆布包提拉着，来到郝乡长的办公室，轻轻敲了敲门。

郝乡长一边打着手机一边拉开办公室的门，见是柳胜男，点点头没说话，伸手示意她自己找地方坐下。

柳胜男虽然不是第一次来乡政府，但始终没进过乡长办公室。所以，进门后显得很拘谨。而且郝乡长一直在打电话，冲着手机吹胡子瞪眼连嚷带闹。对方似乎也不示弱，在电话里哇啦哇啦地也是直骂娘。柳胜男见状，坐也不是站也不是，低着头看着自己的脚尖儿，浑身不自在。

忍了一会儿，见郝乡长还在脸红脖子粗地高声大嚷，觉得自己再呆下去也该崩溃了。本来见郝乡长也没啥大事儿，只是想谢谢他，毕竟人家在这么短的时间内就把陈年旧账都给你结了。谁都知道，现如今要账的是孙子欠账的是爷，这爷爷主动把欠账还给孙子，咱还不得谢谢？这么想着，柳胜男两眼看着郝乡长怯生生嗫嚅一句："郝乡，您先忙着，我走了哦。"

说完，她转身就往门口走。

"王八蛋！挂了吧，我这还有事儿呢。"

身后，郝乡长狂躁地骂了一句，挂了电话，'啪'地把手机扔在老板桌上，跨前一步，伸手拦住柳胜男："等等，要不我还得找你呢。"

柳胜男停住脚，回头看着仍然面带愠怒的郝乡长，不解地问道："找我？干啥呀？"

"干啥？瞧瞧你们风箱峪这几等人，他咋就就没个消停啊。"

郝乡长颓然坐到老板椅上，肥厚的手掌把墨绿色泛着荧光的老板桌拍得直响。

柳胜男吓了一跳，刚刚准备好想跟郝乡长汇报的风箱峪远景规划、近期打算顿时吓跑了一多半。忙不迭地问："我们风……风箱峪又咋的啦？"

"咋的啦？你问我，我问谁去？"

"咋？又出事儿咧？"

"可不是呗，那柳大麻子跟赵虎打起来了，两家十几口子人乱打一锅粥，已经都报警了。"

"真的？"

柳胜男不等郝乡长说完，拔腿就往外跑，到门口发动车掉头就是一脚油门儿，郝乡长在后面直喊"等等"都没听见。

第十二章　只为一垄地

柳胜男风风火火地从乡里赶回来，没进村，远远地就看到村头上停着两辆闪着警灯的警车，警车旁边围了一大群村民。

到村头，柳胜男把自己的现代车停靠在路旁，推开车门刚迈下来一条腿，就有村民走过来七嘴八舌抢着汇报："柳主任啊，您可回来了，刚才差点儿出人命啊。"

柳胜男关好车门，紧着问："到底啥大事儿啊，弄出这么大的动静。"

大家于是你一言他一语，把事情的来龙去脉一五一十告诉了柳胜男。柳胜男听罢，皱了皱眉头，愤愤地叨咕一句："他妈的，就这点儿鸡零狗碎的破事儿，也至于的报警，喊。"

原来，村里边当初分田到户的时候，由于大多数都是山坡地，地头地脑犄角旮旯儿，边边棱棱的总有一些小块地不值得分。于是，这些小地块挨着谁家的地就归了谁家，甚至有的地块干脆直接撂荒，谁爱开谁开，人们管这些地块统称为"扒边儿地"。

柳大麻子在村里算得上是勤快人，且平生最大的爱好就是占小便宜。自打村里分了地，他就盯上了那些边边棱棱的"扒边儿地"，东一块西一块，每年开荒不止。这样，年头儿长了，几乎家家地头地脑都有柳大麻子几垄开荒地，渐渐地，人们都习惯了，只要不碍着自己的地界，也没人跟他计较。

赵虎家有块地跟柳大麻子家的地搭边。头几年，赵虎两口子因为儿子闺女都在县城重点中学读书，为方便照顾孩子就在城里租房子做买卖，除了春种秋收，平时很少回村。特别是去年，儿子高考闺女中考，都在坎儿上。两口子不敢掉以轻心，一门心思伺候孩子，外加给孩子挣学费，几乎一年没着家。等到秋后，儿子考上大学，闺女也考上了县城的重点高中。把俩孩子都安排好了，两口子这才回到风箱峪的家。可是到家一看，自家那一亩三分地已经荒草没膝，成了邻居放羊的草场。更可气的是，挨着他家地边儿的柳大麻子竟然偷偷地把地界石挪了位，秋天种麦子时欺进他家地界两垄多，使他家那块地明显窄了不少。赵虎一看，当时就火了，恼急白脸找柳大麻子算账。柳大麻子自知理亏，当时就服软儿了，拍着胸脯承诺：等来年收了麦子，给赵虎一袋白面。赵虎想都是街坊四邻的，谁碍不着谁呀，于是就忍了。

今年开春，赵虎两口子在县城租赁的店铺房租到期，加上物价上涨，买卖不好做，况且俩孩子也都各自有了着落。两口子一核计，把剩下的货一甩，就收拾东西回家了。

到底是在外面闯荡过几年，眼界宽，脑子也灵活。开春后，村里家家户户还沉溺在冬眠里，赵虎就雇了旋耕犁把自家那块荒了一年的地翻一遍，同时把柳大麻子欺进来的那几垄麦子也给翻了，扣地膜种上了黑花生。

赵虎翻地种花生时，正好柳大麻子外出串亲戚没在家。回村后见赵虎把麦子给他翻了扣上了地膜，当时就翻脸不干了，硬说赵虎欺了他的地。二人越说越多，越说火气越大，从地里一直嚷嚷到村里。

柳大麻子的媳妇在村里是出了名的小辣椒，为人尖酸刻薄，浑不讲理。遇到啥事儿两片小薄嘴唇上下翻飞，没理也能搅出来八分理，人称"三条舌头"。

在家门口，小辣椒见丈夫柳大麻子被赵虎步步紧逼，问得张口结舌面红耳赤，不得不承认欺了赵家的地。当即悄悄问丈夫："那赵虎说咱欺他的地，可有证据？"

柳大麻子先是一愣，接着老实地说："咱那石头新挪的，人家还看不出来？"

"那给赵家一袋面是不是你答应的？"

"是啊，咱种了人家的地，亏理呢，不给行么？"

"哼，傻冒儿，咱亏理，这没凭没据的事儿哪儿写着咱就亏理呢？"

小辣椒气哼哼把丈夫拽到一旁，指着赵虎的鼻子就数落起来："我说赵虎哇，舔着个脸子你还算个外常人儿呢，你连个只字都不打就毁了我家麦子，不说赔礼道歉，你还有理了咋着？"

赵虎见小辣椒翻打巴掌不说理，当时就火了，气哼哼说道："我毁了你家麦子，问问你那爷们儿去，是你们欺了我的地还是我毁了你的麦子。"

"你……"

柳大麻子刚想说话，又被小辣椒推到一边，小辣椒双手卡腰，横眉立眼怒道："哈，还我家欺了你的地，哪儿写着那地就是你的啦？从散社起我这麦子都种了十多年了，那地边儿始终都没变过，咋偏偏今年就欺了你的啦？况且有那界石为证，你可以自己瞅瞅去呀？"

"我瞅？我咋瞅那石头也是死的，不会说不会道，可人是活的呀，你们不会挪吗？"

"挪？这么说你是诬赖我们挪界石啦，这咱可得说道说道了，你看见我们挪了么？"

"你……"

赵虎被问住了。

小辣椒往地下吐了一口唾沫，冲赵虎挑衅地撇撇嘴。

赵虎一下子就被激怒了，不理小辣椒，冲过去就撕扯那柳大麻子。没想到还没沾到柳大麻子的边儿呢，小辣椒"咕咚"往地下一躺，撒泼打滚儿就哭号起来："赵虎打人啦，快救命啊，赵虎打人啦。"

她这一哭号可不打紧，柳大麻子那儿子儿媳妇正在院子里听呢。听到婆婆哭闹,儿媳妇立刻拿着一把大铁锹冲了出来,轮着铁锹照着赵虎的脑袋就拍了下去,赵虎一闪身躲过了。那媳妇没收住脚儿,铁锹又奔向了柳大麻子,当即把柳大麻子就拍了个大跟头,脑门子上顿时鼓起一个大紫包。儿子一见老子受了伤,也急眼了,抢过铁锹就去追打赵虎。

村子小,有点儿热闹就惊天动地。

这边两家子打架,很快就惊动了在村委会埋头整理村民建议的柳爱民和赵双。两人跑过来一见这场面,立刻一个头两个大。柳爱民还算老道,当即掏出手机拨打"110"报警。然后给柳胜男打电话,没人接,知道那大忙人又把手机忘了。情急中就给郝乡长打电话,想问问他柳村长在不在乡里,结果被郝乡长劈头盖脸臭骂一顿,后来被骂急了,就跟郝乡长对骂起来。

第十三章　还是由村里解决吧

柳胜男赶回村里时，柳大麻子和赵虎已经被铐在了村委会门口的小树上。两人双手都被手铐铐着，脸对脸抱着那棵小树，身子紧贴着树皮，蹲不下也站不直。刚刚还是怒目相向的两个人，此时不得不亲密无间地搂在一起，想想两人都非常后悔。柳大麻子看着赵虎叹口气，幽幽地说："不就两垄破麦子么？毁了就毁了，再说那地本来就是你的，嗨，都是那娘儿们给搅合的。"

赵虎说："唉，也赖我呀，你好不容易种的麦子，都返青了，咋不心疼啊，我就是争的这口气呀。其实，我们两口子在城里做买卖，也不指着这一亩三分地活着，就是都给你种喽又算个啥呀？可是，你得跟我说一声儿啊，不言不语地就把地界石挪过去，搁谁也不乐意，是不？"

"是啊，你说咱俩要是早把话说开喽，不省着受这份罪？再说了真要因为这点儿破事儿进去几天多不值啊！"

柳大麻子说着说着竟然抽抽嗒嗒哭了起来。

此时，柳大麻子媳妇小辣椒仍然躺在地上撒泼打滚哭闹，人们咋劝也不起来。赵虎媳妇则站在赵虎身后头，啥话也说不出来只剩下抹眼泪了。

看见柳胜男过来了，赵虎媳妇赶紧擦干眼泪迎上去，哽咽着说："大成嫂子，你说这事儿该咋办哪？我早就跟他说，那点儿破地咱不要了，他非得要。这下可好，他要是真进去了，我……我……呜……"

柳胜男有个弱点，最怕看见别人掉眼泪。刚才还是一肚子的怒气呢，赵虎媳妇这一哭立刻就把她的心给哭碎了，再看看柳大麻子，一个大老爷们儿也在那儿抽嗒呢，心里更加难受。赶紧低了头，安慰赵虎媳妇几句转身进了村委会。

村委会办公室，四个警察外加柳爱民和赵双，六个大男人或站或坐，把本来就不宽敞的小屋塞了个严实。

靠山镇乡派出所苗所长在那把破椅子上正襟危坐，面前破桌子上摊开着一个蓝色塑料皮大夹子。苗所长身边站着一年轻民警，正一脸严肃地在大夹子里面的白纸上做着记录。

柳爱民和赵双背对着门口，耷拉着脑袋站在苗所长对面。柳胜男进屋时，柳爱民正嘶哑着嗓子前言不搭后语介绍着柳大麻子和赵虎两家打架的起因。赵双在旁边时不时地插进一两句明显偏袒赵虎的证词。其实这也难怪，赵双和赵虎毕竟是亲叔伯兄弟，不向着才新鲜呢。

柳胜男进屋后没说话，先从精致的软羊皮小背包里摸出四盒烟，分发给屋里的四位办案民警。见苗所长提问完了，这才走过去，冲苗所长笑了笑，说："嗨，真不好意思，又给你们几位添麻烦了。"

苗所长也笑了笑，拉着长音儿说："柳主任你太客气了，我们当警察的吃的不就是这碗饭么。"

柳胜男跨前一步，仍然满脸堆笑，紧着检讨："哎呀，都是我们平时管理不善，法制宣传不到位，才培养出这么一帮法盲，惹出来这么大的乱子，苗所长您看……"

苗所长看了柳胜男一眼，面无表情地打断她的话："嘁，既然柳书记已经报警了，我们只好公事公办，按照司法程序先把打架双方带回去，看看他们的态度，是上交呢还是在所里解决。"

柳胜男听罢，心中不禁一凛。细想都是普通老百姓，乡里乡亲的鸡毛蒜皮点儿小事，至于兴师动众又是上交又是到派出所的那么闹腾么？这个苗警官啥意思呢？

心念至此，柳胜男当即收敛起笑容，看着苗所长，淡淡地说："我说苗所长啊，这都是乡里乡亲的，低头不见抬头见，况且就这么鸡毛蒜皮子点儿小破事，还是由村里边解决吧，就不用惊动公安了。"

苗所长听柳胜男这么一说，很想顺坡下驴，送她一个整人情。但一想到几个月前因为柳大麻子他们几个去北京告状，差点让他受处分，又觉得不能轻饶了他们。于是，仍然坚持说："柳村长啊，你说得多轻巧哇，还说别惊动公安，可你们这不是已经报警了么？你们报警我们就得出警，我们出警就得对上头有个交代呀，起码按照治安处罚条例也得交点儿罚款呢。"

柳胜男见苗所长不松口儿，扭头幽怨地看了柳爱民一眼。柳爱民立刻会意地接过话茬儿："苗所啊，我刚才是见他们双方都动了家伙，一着急才报的警。眼下，你们哥儿几个一来，他们都已经吓尿了，那柳大麻子都吓哭了，回头我们再教训他们几句，这段子就算过去了，好啵？"

"嗨——"

苗所长长叹一口气，迅速扫一眼柳胜男放在跟前的烟，扭头给站在身后的那俩民警丢了个眼色，吩咐道："去，把那俩打架的给我请来。"

民警转身走了出去，柳胜男提着的心总算落了地。手脚麻利地从苗所长身后破柜子里翻出茶叶盒，赵双见状赶紧端着茶盘子到外面涮茶壶洗茶杯，柳爱民则拿起电水壶烧开水。

看着这配合默契，各自忙乎着的村委班子，苗所长坐直了身子，拿起桌上的烟盒抽出一支烟，掏出打火机点燃，闻到烟味儿，对面的柳爱民看着他贪婪地吸了吸鼻子。苗所长见状，极其不舍地从那精致地小铁盒子里抽出一支烟扔过去，柳爱民伸手接住，先放在鼻子那儿嗅了嗅，这才叼在嘴上，从口袋里掏出火柴点上，狠狠地吸了一口，一股淡淡的轻烟很快弥漫了他的脸。

柳胜男沏好茶叶水给苗所长递过去的时候，那两个民警把柳大麻子和赵虎也带进了屋。

柳大麻子脑门儿上的大紫包肿得像个寿星佬，低着头哭丧着脸跟在民警身后。一进门，见了苗所长柳大麻子就跪下了，也不顾脑门上的大包，以头点地，磕头如捣蒜，嘴里连声哀告："所长大人，您大人不记小人过，今儿个就饶了我吧，往后我再也不惹是生非了。"

苗所长看着柳大麻子，嘴角上绽出来一丝冷笑，坐在破椅子上正了正衣冠，厉声斥道："柳大龙，上次你聚众告状我还没找你算账呢，今儿个你又持械斗殴，你说你都这么大岁数了，咋就不能安分点儿呢？"

柳大麻子听出来苗所长还在记恨他们进京告状的事儿，心想这回算是掉后娘手里了，自己就是浑身是嘴也抖搂不清楚啦。咋办呢？他低头思忖一会儿，想事到如今，只有低头认错儿一条道，我就下软蛋让你看着捏，我软到家看你还捏啥。主意已定，他抬起头看着苗所长，声泪俱下发誓道："苗所长啊，这千错万错都是我的错，我柳大龙不是人，我不该欺人家地边儿，不该怂恿家人拿家伙打人。苍天在上，我柳大龙今儿对天发誓，要是再给您公安添麻烦，您不用跟谁商量，一枪毙了我都行。"

看着柳大麻子那滑稽的样子，苗所长忍俊不禁露齿一笑，声音也温和了许多："柳大龙，快别跟我这儿起誓发愿咧，我们对你没别的要求，你只要安分守己在家待着，该干啥干啥，我们就念阿弥陀佛了。"

柳胜男见状，伸手拽起柳大麻子，没好气地说："你看人家苗所长都说不追究你了，还不快谢谢人家呀？"

柳大麻子听了，这才醒过闷儿来，冲着苗所长又是鞠躬又是作揖，点头哈腰道："谢谢苗所长，谢谢苗公安，我柳大龙永远都不会忘了您的大恩大德。"

赵虎见状，也趁势走过来，冲着苗所长非常礼貌地深鞠一躬，哑着嗓子说："谢谢苗所长。"

不等苗所长有反应，转过身来又冲其他民警一一鞠躬道谢。

一直站在跟前的赵双见此，暗中踩了赵虎一下脚并冲他丢了个眼色。那赵虎本来就是个机灵鬼儿，当即凑到苗所长跟前，怯生生嗫嚅道："苗所长，让我先回家一趟行不？刚才有人传话过来，说我妈听说我被公安铐上了，一着急犯心脏病咧。我妈可就我这一个儿子呀，我得赶紧安排安排把老人家送医院去，反正我也跑不了，有啥事回来再说中不，救人要紧啊。"

赵虎说着话眼泪已经围着眼圈儿转了。

"要那样的话，你就快去吧。"

苗所长想都没想，就点头同意了。

赵虎千恩万谢跑了出去。

柳大麻子见赵虎走了，也大着胆子挨近苗所长，可怜巴巴说："苗所长，那我……"

苗所长斜眼剜了他一眼，拉着长音说："你不会是想说你妈也吓病了吧？"

听苗所长这么一说，柳大麻子不禁浑身一震。俗话说，好事不出门，坏事传千里。靠山镇四邻八村谁都知道，柳大麻子那寡妇妈是被他媳妇活活给气死的，所以，柳大麻子最怕谁提起他妈了。其实，此时他最不放心的还是他那浑蛋媳妇小辣椒，她如果再撒泼打滚儿折腾下去，只能给他添乱加罪。想到此，他心里更加着急，遂把求救的目光看向柳胜男，他非常清楚，眼下只有柳胜男才是他的救世主。

柳胜男知道他啥意思，当即笑模笑样看着苗所长说："呵呵，苗所长啊，这杀人不过头点地，就这欺地界子的一点儿小破事儿，能过去就过去吧，您老几位忙乎半天也够辛苦的了，今儿我做东请几位吃顿便饭，聊表谢意您看咋样啊？"

"这个么……"

苗所长摘下警帽，挠挠脑袋犹豫着。这时，那个一直站在他跟前作记录的小个子民警提醒道："苗所，按照社会治安管理处罚条例，持械斗殴当事人应该处以 15 天以内行政拘留，或者处以 500 至 3000 元罚款的。"

柳大麻子一听拘留或者罚款，立刻脸色大变，脑门子上的汗也跟着流了下来。柳胜男没好气地瞪了他一眼，接着笑呵呵对苗所长说："哎呀，都是一家子打架，充其量也是人民内部矛盾不是？罚啥罚呀，再者说了，柳大龙脑袋上那一铁锹也是他儿子媳妇拍的。都是一家人拍一下子就拍一下子，出点儿血还败火呢，是吧大哥？"

"是，是。"

柳大麻子赶紧随声附和。

柳胜男接着说："苗所长啊，这既然没伤到别人，我看这事就由村里解决好了，您看行不？"

"不行。"

苗所长非常坚决地摆摆手，接着说："今儿这事不把他俩拘进去，我们已经够仁慈了，这都是看你柳村长的面子。这样吧，咱也别按最高额，不是 500 至3000 元么，你们就拿 2000 吧，柳大龙掏 1500，赵虎拿 500，就这么定了，小赵，开罚单。"

苗所长的话掷地有声，不容置疑。

柳大麻子无助地看着柳胜男，满眼都是泪。

柳胜男的心一下子就被柳大麻子的眼泪给泡软了，伸手按住掏单据的小赵的手，看着苗所长笑着说："苗所长哎，都是乡里乡亲的，别这样好不好？说起来我们风箱峪的穷也是出了名的了，这两家子你看哪家像有钱的？赵虎那儿供着俩孩子上学呢，都是刚交的学费。柳大龙刚娶的儿子媳妇，房基地早就批了，地盘儿都码上了就是盖不起，眼下四口子挤在三间小破房里，要不是穷，何至于欺那一垄地呀。您哪，高抬贵手别张口就一千两千的，罚个一头二百的让他们买个教训，中不？"

"哎呀，柳主任啊柳主任，我算服了你了，好啦，二百就二百吧。"

苗所长无奈地摇摇头。柳胜男见他松了口，立刻从小包里掏出二百块钱拍在破桌子上，大大咧咧笑着说："好啦，谁让我这当村主任的教民无方呢，我认罚，这钱哪，我交了。"

柳大麻子见柳胜男替他交了罚款，眼泪立即就流了下来，嘴唇哆嗦着半天说不出一句话。柳胜男转脸看着苗所长笑了笑，调侃道："苗所长，谢谢了啊，往后等我们庄儿富裕了，一定整个大块儿的锦旗给您派出所送过去。"

"扯淡，送啥锦旗呀，少告我们几状比啥都强。"

柳胜男听了，拍着胸脯保证："您老放心，只要我柳胜男当一天村长，保证让风箱峪安定团结，不出一个犯罪分子，不做一件违法乱纪的事儿，还要争取当社会治安模范村呢。"

苗所长笑着说："那好哇，有你柳村长这句话我们派出所还就凉快了。"

"苗所长，我……"

柳大麻子见苗所长脸色缓和了许多，凑到跟前，怯生生开了口。柳胜男看他一眼，笑着说："还不快谢谢苗所长啊。"

"谢……谢谢苗所长，谢谢几位警察同志。"

柳大麻子鸡啄米似的连着给苗所长和几位民警鞠躬道谢。

苗所长看着柳大麻子，幽幽地说："别谢我，你应该感谢的是你们的柳村长，是她替你交的罚款，这样的好村长哪儿找去？往后你可得安分守己过日子，千万别跟以前那样老是挑事儿告状打架斗殴的了。俗话说，家和万事兴。一个村子也是一个大家庭，只有大家都和睦相处，这日子才能过得更好，对不？"

柳大麻子此时已经是心服口服，连连说道："是的，是的，苗所长英明。"

一句话把苗所长逗笑了，刚刚喝进去一口茶叶水差点儿喷出来，"嘁，柳大龙啊柳大龙，你这还挺会捧人的，快回去看看你那辣椒夫人去吧，再搁地下躺一会儿恐怕该冰拉稀咧。"

"哎，谢谢苗所长，改日我请您老。"

柳大麻子说着话，得了大赦一般屁颠儿屁颠儿跑走了。他前脚走，身后那一屋子人同时暴发出一阵哄堂大笑。

赵双把整理出来的村民建议一一念给柳胜男听，念完了，柳爱民把自己根据村民们的建议拟定出来的一份简单规划，摊在桌子上。柳胜男拿起那一页薄纸，认真地看了一遍，当即心花怒放，连声称赞："爱民哪，你这一肚子的文化水儿干村官真是有点儿糟践了，你应该当规划局的局长去。"

"呵呵，老姑哇，我……我这就是好歹瞎琢磨的，您可别笑话我啊。"

"哎呦喂，你这好歹一琢磨我觉得就挺是那么回事儿咧，赶明儿有空儿喽，你再好好地琢磨琢磨，规划规划，我看咱风箱峪比那个啥华西村还得牛。"

"柳主任，您别忘了咱柳书记可是咱们村有名儿的小诸葛呀。"

赵双也跟着敲锣边儿，两人一唱一和把柳爱民捧了个大红脸，但心里边是非常受用的。想自己当了十多年的村主任兼支部书记，何曾不想把自己的村子弄好，干出点儿样儿来，让老百姓过上吃穿不愁的好日子啊？可不就是没钱么？有钱男子汉，没钱汉子难。缺东少西，空有想法又有啥用呢？

柳胜男其实早就知道柳爱民点子很多，想法也很多，就是胆子忒小，干事儿前怕狼后怕虎，中间怕树叶掉下来砸脑袋。她想，只要他柳爱民肯出点子，只要他的点子切合实际，不是馊主意，咱就可以放手一搏。常言道：胆小不得将军坐。这年头就是撑死胆儿大的饿死胆儿小的。现在想来仍然适用。

想到此，她把那规划推给赵双，"赵会计，细细致致地算算，这第一步村庄整体规划实施需要多少银子，明儿给我个数。"

柳胜男是个急性子，赵双把预算给她以后，她就到镇上的农村信用社支出来十万块钱打到村里的账户上。回到村里，她让赵双和柳爱民一块儿给她打了个欠条。她说："这钱咋说也是我个人的，等村里边有钱了必须还我，咋样？"

柳爱民说："应该的。如今谁挣俩钱儿都不容易，亲兄弟还得明算账呢，何况集体对个人啊。你这样一心为村里已经很够意思了，我想村民们也是理解的。"

柳胜男说："我是人不是神，我还没伟大到拿自己的血汗钱填村里这个大窟窿的境界，我就是看着咱这个破穷村老是旧貌换不了新颜着急，既然大家伙儿信得过我，让我当这个家，我就得把这个家整得像那么回事儿。"

赵双说："唉，您要是早当这个村长就好咧。"

柳爱民听了脸一红，赵双自知语失，低头吐一下舌头，不言声了。柳胜男那心本来就没在肝儿上，也不看他俩脸红不脸红，自顾自地说："赵会计，下午你就操持买水泥，爱民你负责召集各家各户开个集资会，把咱们的规划想法跟大伙儿交个底儿，让家家户户都出点血，顺便把出义务工的事儿也跟人们商量商量，如果都不愿意出咱再想辙。我这就去县城找我姐夫，看看他那里的砂石料能不能免费给咱凑吧点儿。"

柳爱民说："老姑您去吧，村里边的事儿您放心，说啥我也得办妥当喽。"

柳胜男吩咐完急匆匆地就开车走了。

到底是亲姐夫，柳胜男几句哭穷的话就让他动了恻隐之心，几个电话打出去，风箱峪村整修街道的砂石料就解决了。柳胜男非常高兴，当即送给三姐夫一条精装中华烟作为答谢。她三姐夫说："你三姐这阵子闹腰疼在家里趴着呢，她挺想你的，早晨起来还跟我念叨你呢，你今儿就别回去了，陪她一天吧。"

柳胜男想了想说："我今儿还有别的事要办，明天吧，明天好吗？"

三姐夫当即脸色不悦，淡淡地说："你们姐妹儿的事，你自己琢磨着办吧。"

柳胜男知道姐夫不乐意了，可是没办法，村里边那一大摊子可是耽误不得的。于是，只好采取老办法，冲姐夫抱拳作个揖，道一声："姐夫大人，对不起，得罪了，改天再来谢罪。"

说完，一溜烟儿跑出交通局大楼。

从县城回来，路过乡政府，柳胜男忽然想起来那天去找郝乡长还有一件大事儿没办呢，就是把风箱峪的远景规划近期打算向乡政府汇报一下。想着，就把车拐进了乡政府大院。

下了车，她就感觉不对劲儿，不是双休日，又正是上班的点儿，乡政府大院里却是静悄悄的。走进一个个月亮门，挨个办公室推门，都是铁将军坐镇。好不容易看到一个门儿开着，屋里面一个戴眼镜的小青年坐在电脑前全神贯注忙着，柳胜男不敢蓦然打搅，愣一会儿才小声问道："同志，您看到郝乡长了么？"

没有回音，小青年头都没抬，只有敲击电脑键盘的声音。

柳胜男看着他这态度就有点恼火，想这么大个乡政府，人伢儿狗影儿都不见，好不容易看到个会喘气儿的还是个聋子哑巴。于是，跨前一步大声问道："请问这位同志，你们这里乡长书记的都干啥去了？"

"嗯？哎呀，又没过去，真笨。"

小青年两眼盯着电脑屏幕，颠着屁股嚷了一嗓子。

柳胜男一听这话可就火了，当即冲他嚷起来："哎，我说你这小子说谁笨哪？"

"啊？"

小青年扭头一看门口还站着个人呢，当即傻了眼，脸儿一红赶紧赔礼道歉："阿……阿姨，您好，您……您找谁呀？"

柳胜男见孩子害怕了，并不难为他，和颜悦色地说："找你们郝乡长。"

"哦，郝乡长。"

小青年挠挠脑袋想了想，小声说："今儿咱这儿李书记老妈去世了，乡政府大院里大部分人都去吊唁了，估计得下午回来，只留个把看家的，您有啥事下午两点以后再来吧。"

哼，书记老妈死了就可以全体放假送葬，老百姓有多急的事儿也要等下午再办不成？柳胜男有点看不透想不开，遂没好气地冲那小青年说："那我要是有急事儿呢？该找谁呀？"

"这个……"

小青年站起身茫然无措地看着柳胜男，怯怯地问："阿姨若有急事我可以给郝乡长打个电话。"

"算了吧。"

柳胜男硬邦邦扔下三个字，走到汽车旁，钻进去使劲儿关上车门子，一脚油门气哼哼离开乡政府大院。

到村里时，村民大会已经散了。柳爱民跟村里几个年轻人正站在村委会门口老槐树底下商量着从哪边开始动工，见柳胜男回来了，几个人立刻围过来，七嘴八舌说出各自的探讨的施工方案。

见年轻人这么热心，柳胜男心里很高兴，这过日子过得就是个人气儿，尤其是年轻人，那可是风箱峪的未来啊。这心里边一高兴，立刻就忘掉了在乡政府碰门鼻子的烦恼，笑着告诉柳爱民："柳书记，咱修街道的砂石料有着落啦，下午咱就找车先拉过来，水泥一到咱就可以动工了。"

"真的？这么快？"

柳爱民一听砂石料解决了，立刻连耳朵都笑开了花。

第十四章　钉子户

砂石料和水泥很快就运了回来，村头上堆起来一座座小料山。在柳爱民的召集下，村民们家家户户出人出力开始整修街道。但是，也有少数不支持的。这些户大都是在建房垒院墙时欺街占道，或者在院墙外头垒厕所盖小棚子，村里规划街道就涉及街道调直，上下水道统一铺设等问题。所以，这些小建筑物都属于被拆除范围。

这不，第一天动工刚撒上白灰线，住在村东头的柳大毛就跟开挖管道沟的年轻人打了起来。原来，他家的厕所垒在了院墙外头，占据了少半条街道。开工头一天，柳爱民和赵双就挨家挨户通知，凡是欺街占道的建筑物一律拆除。大部分安分守己的户当时就主动拆除了，柳大毛就是不拆。从外村雇来的泥瓦匠师傅，不知道这家是啥来头，就悄悄问本村跟着干活的。有人告诉他说，这家主人是咱们乡人大主席柳富贵的亲哥哥，后台硬得很，有好几户都看着他呢，他家不拆人家也不拆。

规划线到这里拐了个弯儿，柳大毛双手叉腰站在门口，就是不让人动他那厕所，而且口中振振有词："我家本来就是紧把边儿，再往里就是山坡了，修不修街道跟我没啥关系，凭啥让我拆厕所呀？"

柳爱民说："这次咱们村要统一规划，从你们家往东还要修一截上山的道呢，你这厕所不拆哪行呢？"

柳大毛语塞。

但随即眼珠儿一转指着柳爱民说："让我拆可以，但你们家老宅子房后头那背包拆不拆呀？"

"这个……"

柳爱民被问住了。原来，柳爱民家老宅子在风箱峪村中间，当年柳爱民结婚时，由于家里穷，孩子又多，房子不够住。为解决当务之急，在征得当时的生产队和公社领导同意以后，就在房后头接出两米来宽的两间后背包，一间当厨房一间住着柳爱民的父母。后来，柳爱民的两个妹妹先后出嫁，一个兄弟也考上大学，毕业后留在省城工作并成家立业。柳爱民也在别处自己盖起了新房，但父母仍然住在老宅子里。一晃二十多年过去了，房屋格局始终没变，那加盖的后背包也就顺理成章成了他家的一部分。没想到，柳大毛现在提出了这件事，柳爱民当即心里咯噔一下。拆了吧，眼下村里像他家老宅子这种情况不是一家两家，而且都是那时候因为孩子多盖不起新房接出来的。不拆？人家已经提出来了，院墙前面算欺街占道，那房子后头算啥呢？

柳大毛见柳爱民被他噎得没话说了，立刻得意起来，风凉话儿一句跟着一句往外猛甩："咋样啊？没词儿了吧？正人先正己呀，要想说话硬气，先把自个儿那屁屁股擦干净喽，哼！"

几句话把柳爱民气得浑身乱颤，一句话也说不出来。这时候，柳胜男听到这边乱哄哄的吵吵，遂装作漫不经心地走了过来。到跟前，她没说话，听柳大毛把风凉话儿说够了，这才看着柳大毛慢条斯理插话道："大哥呀，这做人哪要把心眼子搁在正当间对吧？当年柳爱民家接房子的时候，你可是村里边施工队儿的，他们那几家子是啥情况你会不知道？这人说话要讲良心，别骑驴的不知道赶脚的苦哇，这街道您不愿意修可以，谁也不会强迫您，反正你们家也是最后一家，俗话说，惹不起躲得起，我们把你这门口让过去，总可以了吧？"

"老妹子。"

柳大毛被柳胜男一席话说得满脸通红。心里边也是翻江倒海不是个滋味儿。原来，他家当年也不富裕，是柳胜男的父亲帮着他拉起了一个小包工队，起初只是干些村里的小建筑，小打小闹挣点零花钱。可以说，没有柳胜男一家的帮忙，就没有他柳大毛今天的腰缠万贯，那可是他们家的财神爷呀。想到此，柳大毛的态度立刻来了个一百八十度的大转弯。

柳胜男却不管这些，说完那一席话，转身就往回走。柳大毛追上去，从后面拉住柳胜男，又叫一声："老妹子，有话好说，我拆，我拆还不行么？"

"这么，还像个大哥的样儿，一家子还互相拆台，多不够意思啊？"

"嗨，我不就琢磨着咱家紧把边儿，宽敞点儿是点儿的么。"

"哼，你就不想想你宽敞了，那街道就窄巴了，好看么？"

"是……是这个理儿，老妹子，你忙去吧，我们这就拆。"

其实，细琢磨这整修街道本来就是件大好事儿，上下水管道都缕顺当了，将来吃水方便院子里排水也顺畅，家家户户投资也不是很多，几百块钱哪家都花得起。而且村民们都知道这修路的钱大头儿都是柳胜男自己掏的腰包，为此都非常感激她，干起活儿来积极性都很高。大家不用谁操持，早出晚归争着抢着干，工地上说说笑笑非常热闹，尤其是那些大姑娘小媳妇，一听说修街道，到外边做小工挣钱都不去了，这让柳胜男非常感动。这期间，柳胜男去了一趟天津，找在农学院念大学的闺女学文，让她帮忙找找明白人，看看在山里边养野山鸡野兔子啥的行不行，有没有前景。让她没想到的是，闺女所在畜牧兽医系的老教授听了柳胜男的想法以后，非常感兴趣，他说："现在人们的餐桌越来越讲究回归自然了，越是山里的东西越是珍贵。在大城市，一只山鸡可以卖到几百块钱，特别是山猪肉在北京可以卖到一百块钱一斤。"

柳胜男一听，瞪大眼睛简直不敢相信这会是真的。

老教授看着柳胜男讶异的表情，真诚地说："我听赵学文同学说过你们那里的情况，柳主任我觉得您的想法很好。其实像这种山鸡和山猪之类的，在南方经济发达的地区早就有人工养殖的了，你们完全可以放心大胆去养。具体到鸡雏猪仔，我可以找我过去的学生帮忙，也算我对贫困地区的支持吧。同时，我们学校还可以把你们村养殖场作为一个学生实习的实验点，组织学生到你们那里实习，怎么样啊？"

柳胜男一听，更加信心百倍，当即拍板儿跟老教授定了一千只山鸡和一百头山猪的养殖规模。老教授说鸡雏和猪崽定下来以后直接给他们送到风箱峪，嘱咐柳胜男尽快把养殖场建起来。柳胜男本就是个急性子人，此番又碰上个这么爽快的老教授，二人一拍即合，柳胜男怕空口无凭，想了想说："老师，我先预付一些押金吧，省得日后不好说话。"

老教授说："柳主任，学文是我的学生，您还有什么不放心的吗？"

柳胜男知道自己想得太多了，她整不明白这知识分子办事儿是个啥套路，总觉得老教授说的有点儿天上掉馅饼的意思，可她又不好明说，遂笑了笑，千恩万谢地告别老教授，马不停蹄回村里找柳爱民商量建养殖场的事情了。

没想到，她这人还没到家呢，柳爱民的电话就打过来了。

原来，村里边又出事儿了。

柳爱民打电话时，她正在高速公路上开着车，柳爱民说两句就挂断了，她也没细问。心急火燎进了村才知道，村里有名的老牛筋赵牛又跟柳爱民打起来了，还是因为欺街占道。

这赵牛家住在村西头，挨着山外进村的大路边。赵牛有两个儿子，大儿子赵大刚十几岁就给人开拖拉机拉砂石料，后来自己买了一辆大半挂跑运输。早几年正赶上城里搞开发，高楼大厦一片一片地建，山里的砂石料供不应求，赵大刚先后买了五辆斯太尔往城里运砂石料，那钱挣得都没数儿了。在城里买了楼房，把两个孩子也都安排到城里重点小学念书，老婆当专职太太负责接送。他兄弟赵二刚大学毕业后，也是他通过关系安排到城里一个不错的事业单位上班。说起来，这赵大刚还是挺孝顺的，自己买了楼房以后，又在旁边小区给父母买了一个两居室，可是装修好了以后这赵牛老两口就是不去住。赵牛说："我在山里边住惯了大平房，不想去城里住那鸽子笼。"

赵大刚知道自己父亲的牛脾气，就托人说情，可谁去说，赵牛都是那套话儿。最后赵大刚无奈，就花钱把自家老房子翻盖一遍，门口修了高台阶，两边儿还蹲了石狮子，乍一看俨然旧时的深宅大院。这让住了一辈子小破房儿栅栏门的赵牛非常有面子，出来进去挺胸抬头，逢人便讲："我赵家摘了穷帽子，往后享福的日子就来了。"

此番村里整修街道，赵牛也是举双手支持的，可是当修路修到他们那条街，柳爱民跟他商量，让他把石头狮子和高台阶往院里收拢收拢时，他立刻就瞪起三角眼不干了。他说："我家这宅子翻盖时，是找城里的风水先生给看过的，高台阶和石头狮子都是镇宅的，一寸都不能动。"

柳爱民说："咱这街道和上下水管道都是按照规划统一铺设的，您这儿凸出来一大块，下水道咋铺，自来水管道咋走哇？"

赵牛说："这我不管，自来水没法儿安我不安，下水管儿没法铺我不铺。反正我儿子也不指着再回风箱峪，就我们两个老古董好歹就能活着。"

说完，他转身进院关上大门，任你咋喊咋叫也不开门了。

柳胜男听柳爱民这么一说，也有点犯难。因为，这赵牛的脾气不是一般的犟，要不为啥叫老牛筋呢？据村里老年人说，这老牛筋小时候就出奇的犟，别人让他往东他就往西，让他打狗他准撵鸡。有一回，他妈想扳扳他的犟脾气。做饭的时候，做了他最爱吃的葱油饼，还有小米稀饭。饭做好了端上饭桌，他刚伸手要拿葱油饼，他妈立刻笑眯眯地说："乖儿子快吃吧，妈就知道你最爱吃这葱油饼了。"

老牛筋听他妈这么一说，犟劲上来了，当即缩回手端起饭碗盛了小米粥呼噜呼噜就喝下去一碗。他妈一笑说："乖儿子，别老喝粥哇，吃块葱油饼吧，香着呢。"

老牛筋把小脖子一梗说："不吃不吃，我偏喝粥。"

说完呼噜呼噜又喝一碗。

他妈见他还是犟，接着说："儿子，快别喝粥了，吃饼吧，喝粥不禁饿。"

老牛筋看了一眼葱油饼，使劲儿咽下一口唾沫，又盛了一碗粥喝起来。他妈实在看不下去，刚要说啥，老牛筋拍着圆鼓鼓的肚子"哇"的一声哭了，一边哭一边说："妈呀，你就不会说让我喝粥么？"

他爸看不过去，气得一拍饭桌子，吼道："你这犟种，撑死也活该，真是个老牛筋啊。"

从那以后，这赵牛就叫了老牛筋，而且一直到老他这犟脾气也没改。

听了柳爱民的介绍，柳胜男当时一愣，但随即释然。想了想，心中立刻有了主意，俗话说，卤水点豆腐一物降一物。就是这个天下第一拧种老牛筋，其实也有他的软肋，那就是迷信。平时，不管是算命的相面的还是背个破兜子拿个罗盘看阴阳宅的，甚至抹着花花脸跳大神儿的都能把他糊弄一愣一愣的。

原来，这赵牛家的情况跟柳胜男家有点儿相似，赵牛他妈进了门儿也是连着生了四个丫头，第五个才生了赵牛。赵牛他妈生他那年已经四十六岁了，高龄产妇生孩子本来奶水就少，又赶上春天粮食青黄不接的时候，那奶水更是少得可怜。幸运的是，赵牛家有头大母牛正好下了小牛，赵牛他爸每天挤牛奶喂他，总算让他活了下来。后来，为了孩子好养活，又让他认了大母牛干妈，就为这，他的名字就叫赵牛了。

可是，尽管天天喝牛奶，赵牛小时候身体还是不壮实，跟个病猫似的，两周多了还不会自己走路，四五岁了出门还得让他四姐背着抱着。后来，有个算命看风水的大仙到风箱峪给人看阴阳宅，看到在当街土堆子上抓土玩的赵牛，一惊一乍跟赵牛妈说："哎呀呀，你这儿子可不得了哇，他可是上界童子转世啊！"

赵牛妈一听，立刻害怕了，诚惶诚恐赶紧把大仙拽到家中，好酒好菜伺候着，就为让那大仙给孩子驱驱灾星。大仙还算有点儿良心，当即设坛做法，房间犄角旮旯儿都贴上了黄纸符咒，神神叨叨折腾了一大晌午，最后告诉赵牛妈说："放心吧，这回你儿子已经从童子转换成普通人了，但你们两口子要记住多做善事，供奉菩萨，早晚三炷香。"

赵牛妈想都没想就点头答应了，除了给那大仙拿了十块钱的算命钱，临走把家里老母鸡新下的八个鸡蛋又煮熟了塞给大仙当盘缠。

说起来，这事儿也是奇了怪了，自打那大仙做法以后，赵牛竟是一天比一天健壮起来，跑跑跳跳，上树掏鸟窝下河摸小鱼儿，比村里所有孩子都利落。看着壮壮实实牛犊子似的宝贝儿子，赵牛父母喜出望外，从此家里又是供菩萨又是供神仙，院子里整天烟雾缭绕，不知道的还以为他们家办道场呢。这种情况一直持续到"文化大革命"，靠山镇中学的红卫兵得知他们家信迷信，破四旧砸了他家的香炉菩萨像，还把赵牛父母当牛鬼蛇神拉出去游街。这老两口子也是不禁折腾，游了几回街就双双染病，日子不多就驾鹤西游了。好在赵牛此时已经成家立业娶上了媳妇，又连着生了两个儿子，日子过得虽然不富裕，但吃穿不愁，在村里边也算得上中等户儿。

每每念及这些，赵牛私底下始终认为，他们家这么多年过日子平平安安都是有神灵保佑才没遭遇大灾大难。再后来，大儿子赵大刚跑运输发迹，顺风顺水，老二考上大学又进了事业单位稳端铁饭碗，这都是命运的安排呀。因此，赵牛越发地相信命运相信风水，整天抱着一本黄历翻着字典研究，甚至每天出门该往那边走，穿啥颜色的衣服合适他都要看看黄历再做决定。有一天，她媳妇到靠山镇赶集买白薯秧子。临出门儿赵牛看黄历让她穿蓝色的衣服，千万别沾红色。媳妇很听话地换下花褂子穿上蓝毛衫蓝裤子，可是忘了里面的内裤是红的了。结果，回来时碰巧被一个骑摩托车的小伙子追尾，撞了个大跟头，上半身没得事，大腿膝盖被磕肿了，还蹭掉了一块皮。小伙子当时吓坏了，赶紧带老太太到乡医院检查上药，看看骨头没碍事，这才把老太太送回风箱峪并撂下几百块钱，说是营养费。

当撞人的小伙子一脸歉意把老太太送回家里时，赵牛一眼就看到老伴裤腰露出来的一点红色，所以，那撞人的小伙子刚出门，他立刻一拍大腿炫耀道："老婆子，你今儿个可是白捡了一条小命啊！临出门儿我说啥来着？今儿你最忌讳穿红了，穿红必见血呀，咋样啊？应言了，这回你该相信我了吧？"

她媳妇一听大惊，赶紧进屋换了一条蓝色内裤出来。事情过后，赵牛则对那撞了自家老太太的小伙子千恩万谢，说他救了老太太一命，要是撞上汽车老太太肯定就没命了。小伙子被他说得丈二和尚摸不着头脑，不知道这老爷子是早起出门时脑袋被门给掩着了，还是夜里睡觉没睡醒做梦撒呓症呢。

就是这么个迷信脑瓜儿，柳胜男当然有办法治他。

这不，当天中午风箱峪村头上就来了个白胡子老头，老人家长得仙风道骨干干净净，到风箱峪也不进村，就在村西头赵牛家门口旁边老梨树下边转悠。不一会儿，就有几个闲着没事儿孙子不用看外甥不用带的老头老太，拿着马扎到树底下扯闲篇儿。走到跟前见那个白胡子老头还在转悠，就有一搭没一搭跟他搭讪起来。那老头挺健谈，一听说话就是见过大世面的主儿，云山雾罩一通神侃就把那几个老人家给说住了。见那几个老人家上了套儿，老头压低声音，神秘兮兮指着赵牛家的高台阶和石头狮子问他们："请问几位老人家，这家人也是你们村坐地户么？"

老人们一听问这个，立刻来了兴趣。常言道，一家过日子十家瞭高的。赵牛家财大气粗，在村里把谁都不放在眼里，大家早就看着他家黑眼了。此时一听那老头问起来，当即你一言我一语问道："咋啦？是不是他家这房宅子风水忒旺啊？"

老头仰脸看着天，笑而不答。

这其中有个老太太跟赵牛是邻居，见老头神情怪异，觉得其中必有缘故。遂轻轻拽了老头一下，悄悄问："老先生，你老是不是看出啥来啦？"

老头看了那老太太一眼，幽幽地说："天机不可泄露哇。"

那几个老人一听这话，撇撇嘴提拉着马扎就走了。那个老太太没走，还想继续问那老头究竟咋回事儿。正这时，赵牛出来了。那几个老人见了赵牛，眼睛直勾勾瞅着他走过去都没说话，这让赵牛心里立刻打起了小鼓。猜不透这几个平时一见面话儿就乱的老伙计今儿这是中了什么邪，那邻居老太太见到赵牛，紧走几步迎上来，回头指指老梨树下站着喝水的白胡子老头，嘴贴着耳朵跟他说了几句什么。赵牛听罢，立刻脸色大变，当即把那白胡子老头请到家中。

也不知道那白胡子老头跟赵牛说了些啥，第二天一大早，太阳还没出来呢，赵牛家门口的高台阶就拆了，两个威风凛凛的石头狮子也不见了。

第十五章　贵客临门

早晨上班以后，柳爱民到修路的工地把工作安排好以后，一脸掩不住的喜悦，兴冲冲到村委会一进门儿就高声大嚷告诉柳胜男："老姑哇，您这嘴茬子也太厉害了，咋把那老顽固说动的呀？老牛筋黑更半夜就把高台阶拆啦，石头狮子也不知道弄哪儿去了。赵虎说他们早晨六点到工地时，老牛筋门口就拾掇利落了。"

"是么？"

柳胜男坐在破床板子上，漫不经心问一句，两眼直愣愣地看着对面墙上一只爬上爬下的蜘蛛，窝儿都没动，柳爱民说的是啥仿佛压根儿就没听进去。过了一会儿，她扭脸儿看着柳爱民忽然冒一句："昨儿晚上我家学文说，他们学校的徐教授要来。"

"真的？是不是给咱送野鸡雏来啦？"

"扯淡，哪有那么快？你以为那是吹灯笼灰儿哪？"

柳胜男没好气地看了柳爱民一眼，气哼哼地说。

"他们要来考察场地，看咱们这儿适合不适合特种养殖。"

一直埋头算账的赵双抬起头告诉柳爱民，同时冲他丢个眼色，用口型告诉他："村长上火啦。"

柳爱民立刻心领神会，极夸张地做了个欢呼的的姿势，大声说："忒好咧，今儿咱风箱峪好事儿成双了。"

柳胜男一激灵，瞪着一双好看的大眼睛着头不着脑地问："盲目乐观，啥好事儿成双啦？"

柳爱民滑稽地掰着手指头说："当然有好事儿了，您听我说呀，这第一桩最难缠的老牛筋把街道给让开了，咱们今儿个紧点儿手，最后一条街道就铺完了。这第二桩，是您刚才说的，大学教授进咱村考察，算不算好事儿啊？"

"好事儿？"

柳胜男仍然不解。

"当然是好事儿了，老姑您这么多年不着家，还是不了解这农村的事儿。现如今特时兴校村联合，就是农业大学跟农村专业户直接挂钩，把自己的科研成果拿到农村进行实验，农户只需要提供试验田或养殖场，所有种啊养的前期种苗，中期免疫，后期销售人家都管，咱们就只管养或种就行了。"

"真就那么简单？"

"就那么简单。"

"那好，这事儿就由你全权负责吧。赵会计，算算咱们修街道还剩下多少钱，够不够修村外那条土路的。"

赵双飞快地扒拉几下算盘珠子，小声说："柳村长，您这一发动群众出工出力，咱修路这钱可是省大发了，除去大伙儿集资的两万多块钱，您投进来那十万块钱还剩下四万多呢，修路应该不成问题。"

"好，那就好，这就叫少花钱多办事儿，谁让咱穷呢？穷就得穷算计，是不是？嗨，只是昨儿那事儿有点太阴损了。"

柳胜男说到这儿，脸色立刻又黯淡下来。

柳爱民也觉出点什么，偷偷问赵双："是不是老牛筋的事儿啊？"

赵双点点头。

柳胜男叹了一口气，看了柳爱民一眼，幽幽地说："昨儿糊弄赵牛的事儿，我想起来就别扭，长这么大都是光明磊落的，没想到当了这个破村官儿还搞起阴谋诡计了。"

柳爱民不以为然道："啥叫阴谋诡计呀？"

柳胜男顺着眼没吱声。

赵双悄悄告诉柳爱民："昨儿为了对付老牛筋，中午柳村长花三百块钱从城里请来个算命先生，让他吓唬吓唬老牛筋，让他把门口的高台阶拆喽。没想那算命先生进了老牛筋家以后，为了让老牛筋多给点儿钱，说他家那石头狮子摆在门口是大凶，那高台阶挡财不说还损寿，必须在半夜子时把台阶拆喽，把石头狮子埋喽，不然的话那狮子早晚会吃了主人。也是赶巧了，白天他儿子来的电话说他孙子发烧呢，这一来老牛筋可吓坏了，连夜就扒了台阶，并让他媳妇娘家侄过来把那俩石头狮子连夜拉到山沟里扔了。"

"快别说喽。"

柳胜男摆摆手，仍然心有余悸地说："昨儿晚上我偷偷地到他家门口看过，见那老两口子猫腰撅屁股拆台阶，回到家一宿没睡着觉。"

柳爱民问："为啥呀？"

"为啥？我怕那老两口子吓个好歹的，这良心上过不去呀，毕竟他跟我们赵成还是一爷之孙呢。"

"哎呀，这算啥呀，老姑哇，快别太往心里去喽，都是一家子你说他要死活跟你犟着，咱是一点辙都没有，适当耍点儿小手腕，只要大面儿上能过去，有啥不可以的。"

"嗐，我总觉得这么对付一个老人家有点儿……"

柳爱民以过来人的口吻劝道："哈，老姑哇，做老百姓的工作就得因人而异，总不能因为一个人犯犟就啥也不干了吧？"

"可是……"

柳胜男还是有点自责。

柳爱民笑了笑，说："柳村长，这树林子大了啥鸟都有，往后时间长了你就能体会出来，这村子里难弄的人让你头疼的事儿多了去了。当村官该黑的时候就得黑，要不你啥也甭想干，光剩下挨挤兑了。"

赵双也插话说："书记说得对呀，他这么多年受了多少窝囊气挨了多少瘪呀。既然事儿已经过去了，天知地知就咱们三个人知道就行了。"

"就是啊，这就叫蝎子掉磨眼儿——你蜇我磨，要不你等他醒过闷儿来，啥事儿都耽误了。"

柳胜男想了想，还真是这么个理儿，心里随即释然。

三个人说了一会儿话，这大半天就混过去了。柳胜男又想起了建养殖场的事，于是，三个人又细细地分析研究了一阵子，把基本方案定了下来。然后，又到那块已经开始打围墙圈地的山沟转了转，没等转完，柳胜男包里的手机就响了，掏出来一看，是闺女学文打来的，说徐教授他们已经到靠山镇了，是去村里还是先去饭店吃饭呢？柳胜男想都没想就说："先去饭店吧，在那里等我，我随后就到。"

柳胜男撂下电话就招呼柳爱民和赵双上车。半路上，柳胜男一边开车一边给郝乡长打了个电话，问他能不能跟李书记一起到盛楠饭店吃顿饭。郝乡长说："李书记现在就在我屋里呢，你有啥事儿么？"

柳胜男说："我今天要招待天津农学院的教授，他们准备到咱们这里搞校村联营，发展特种养殖。"

"真的吗？好事儿啊，我俩这就过去。"

"忒棒咧！"

柳胜男放下电话，忍不住地欢呼起来。

柳爱民说："老姑哇，您这招太绝了。要不我还想提醒您一下请请乡领导呢，如今村里边办事儿就是车动铃铛响，各级政府都得请示到喽，要不哪哪都是茬儿，说给你停喽就给你停喽。再说，咱建养殖场还涉及到建设用地啥的，都得乡政府审批呢。"

柳胜男一愣，"是么？我还真没想到那儿呢，我只是琢磨着人家那么大的教授到咱这山旯旮来，怎么着咱也得抬抬点儿啊。"

赵双接过话茬儿，提醒一句："柳村长，如今这当官儿的都胆小儿，啥事儿都怕担责任。官场上最流行的一句话就是：再研究研究。反正乡长书记都来了，咱最好在饭桌上就让他们研究通过喽，省得他们研究起来没个完。"

柳爱民补充说："赵会计说得对，咱们现在等不起，就得速战速决，当场拍板儿。"

"好，就这么办。"

三个人说着话就到了盛楠饭店门口。

柳胜男的闺女赵学文此时正站在门口台阶上等着，看到自家的现代车，不等妈妈把车停稳当就小燕子似的扽挣着胳膊扑过来，见到妈妈先来了个激情拥抱。

柳胜男推开闺女，紧着问："他们在哪儿呢？乡里头头来了么？"

学文撒娇地说："老妈呀，怎么见了面就公事公办哪？说句让我暖心的话不行么？"

柳胜男伸手刮了一下女儿翘翘的小鼻子，"咋？这翅膀还没硬呢就开始挑你老妈不是了？"

"哼。"

学文鼻子里哼了一声，挎起柳胜男的胳膊直奔饭店雅间。

房间里，两个年轻人和一个头发花白的长者正有说有笑地喝着茶水说着什么。柳胜男他们一进门，三个人同时站起来。那长者不等别人介绍就看着柳胜男爽朗地笑着说："柳村长，还认识我不？"

"您是……徐教授。"

"对，我姓徐，那次您去学校找学文……"

"啊，您就是徐教授？学文电话里只告诉我说徐教授来，没想到咱们已经见过面了。您快请坐，快请坐，这两位是……"

"这两位从前是我的学生，现在也是学文他们系里的讲师了，陪我一起来考察的。"

"徐教授，这位是我们村的党支部书记柳爱民，热爱人民所以当了书记，这位是赵会计，在我们村是有名的'铁算子'会双手打珠算，所以叫赵双。"

学文诙谐的介绍让徐教授和那两位讲师同时会心一笑，也让拘束得手脚都不知道往哪儿放的柳爱民和赵双放松了许多，屋里的气氛也立时变得随意起来。

几个人说了一会话儿，郝乡长和乡党委李书记相跟着进了屋，都落座后，双方互相都作了介绍，柳胜男就张罗着点菜上菜。

菜上了一半儿，柳胜男端起酒杯开始敬酒，看着家乡的父母官和远道而来的客人，柳胜男有点儿动情："三位教授远道而来为我们风箱峪传授致富的经验，两位父母官也为我们风箱峪操了不少的心，今儿个几位可以说都是我们风箱峪的神，我柳胜男先敬几位神一杯酒，我先干了，几位随意。"

说完，一仰脖'咕咚咕咚'一杯酒就见了底儿。

"柳村长海量啊！"

一桌的男人同时惊呼。

柳胜男一抹嘴，学文又给妈妈满上一杯。

柳胜男吃了一口菜，端起酒杯，起身看着徐教授说："徐教授，自打上次在学校您跟我说了特种养殖的事儿，回村后我和村委班子就商量了，他们也说可以试试，今儿您来了，就是对我们风箱峪的支持，是我们风箱峪的福分。在此，我代表我们风箱峪一百多口子父老乡亲对您表示衷心的感谢！这杯酒算我敬您的，我干了，您随意。"

说完，又是一口喝干杯中酒。

一桌子人都看得直了眼，只有学文不以为然。非常淡定地拿起酒瓶子，再次给妈妈的杯中斟满酒。

柳胜男端起酒杯，看着郝乡长和李书记微微一笑，说："这杯酒，我要敬我们靠山镇的父母官，党政一把手李书记和郝乡长，你们两位是我们风箱峪的神，也是我柳胜男的神，我们风箱峪搞好搞不好，全凭您二位的提携了，还是那句话，我干了，您二位随意。"

说完，一仰脖再次一口喝干杯中酒。

屋子里鸦雀无声，七八双眼睛一齐看着柳胜男。

柳胜男一抹嘴，把空酒杯放到桌子上。

也许是喝了酒的缘故，她的双颊抹上了两片艳丽的绯红，使整个人看上去更加妩媚。她仍然站着，双手按着桌沿，两只美丽的大眼睛定定地看着李书记和郝乡长，激动地说："今儿个，各位都是为我们风箱峪才聚到这里，我柳胜男非常高兴也感到非常荣幸。想我一个庄稼丫头柴火妞，能得到这么多大领导大专家的支持和帮助，这是我的福分也是我们风箱峪一百多口子父老乡亲的福分哪。今儿这个项目要是能够定下来，就是村里边没钱乡里边不给钱，我柳胜男接着掏腰包也要把它干好喽干成喽，至少让大家伙看到亮儿，只要乡里边能批……批，就……就行。"

"批，肯定批！"

李书记首先拍板儿落实。

郝乡长见状，也是慷慨激昂，斩钉截铁保证道："这李书记都点头了，我举双手双脚赞成！我看这事儿啊就这么定下来吧。柳村长、爱民，你们风箱峪就大胆地往前闯，给咱们乡带个头，我们保证大力支持，一路绿灯。"

"好！"

柳爱民和赵双带头鼓起掌来。

柳胜男眼珠儿一转，心里顿时有了谱儿。

第十六章　发现新大陆

吃完饭，稍事休息，徐教授抽完一支烟就张罗着到现场看看，柳胜男虽然连着喝了三杯酒，随后又挨个儿跟大家敬酒碰杯，但毫无醉意。李书记和郝乡长却早已醉得拾不起个儿，被饭店两个保安和柳胜男的儿子赵学武搀扶着回到乡政府休息。临出门儿，舌头都喝短了的李书记仍然拍着胸脯保证："柳……柳村长，就……就冲你这豪……豪气，风箱……风箱峪用地，包……包在我身上了！"

"好！柳胜男先谢谢您了！"

柳胜男连声感谢，非常得体地跟李书记和郝乡长握手道别。

送走乡长书记，回到他们吃饭的雅间，徐教授和两个讲师已经收拾利落，拎着包准备出发了。这让柳胜男非常感动，看着徐教授无限感慨地说："如果吃公家饭的都像你们几位这么敬业，这么为老百姓着想，我们农村早就富咧。"

徐教授笑着说："哪里哪里，柳村长过奖了。我们也是被您的敬业精神感动了，巾帼不让须眉呀，佩服，佩服。"

柳胜男被夸得有点不好意思，脸不禁红了一下，拿起自己的小包一边往外走一边说："这都是我闺女的功劳哇。"

"什么意思？"徐教授不解地问。

赵学文小声说："我妈方才喝的都是矿泉水。"

"哈哈哈……"

徐教授笑得几乎岔了气，顿了顿，点着赵学文的脑门儿说："你这小鬼头，怪不得你那酒瓶子老是不撒手，争着给你妈妈倒酒呢，原来……"

赵学文一本正经地说："徐教授，别笑话我啊，这是我们这里的规矩。酒桌上东道主必须多喝，不能喝的就别言声。您说我妈一个妇女，况且以前从来都不沾酒的，在这种场合如果真喝那么多酒还不早就趴下了。"

"噢。"

徐教授收敛笑容，若有所思地上了车。

到了风箱峪，看到村里整修一新的街道，赵学文不禁瞪大了眼睛，看着柳胜男调侃道："我说村长妈妈，您这是什么时候干的啊？"

柳爱民接过话茬儿："学文啊，你妈是谁呀？她可就比那孙猴子少了一身毛。"

"扯淡。"

柳胜男嗔怪地看了柳爱民一眼，一边锁车门子一边说："咱就别去村委会了，先到我家喝点水，歇会儿再去山场。"

"你们这小村子真美！"

徐教授由衷地感叹。陪同他一起来的两位老师则早就掏出包里的照相机"咔嚓咔嚓"拍起照来。

柳爱民知道柳胜男是怕徐教授看到他们那破败的村委会太寒酸，又见三位客人对山里的景致很感兴趣，于是，慢条斯理地说："看来您老几位真的没到过山里呢，要不咱就趁着酒兴先到山上参观参观？"

"好！"

徐教授带头赞成，于是一行人相跟着往山坡上走，只可怜了柳胜男穿了一双大高跟鞋，走在山间羊肠小道上一崴一崴的，很快地汗就出来了，不一会儿就落在后面再也走不动了。要咋说闺女是妈妈的贴身小棉袄呢，就在此时赵学文变戏法儿似的从随身的大包里掏出来一双旅游鞋，柳胜男感激地看着闺女，坐在地上就换下了高跟鞋，嘴里知足地喃喃着："还是闺女好哇。"

换下高跟鞋，柳胜男立刻来了精神，几步就追了上来，几个人说说笑笑着穿行在山林间。没想到那徐教授不仅是农业专家，还是资深的地质学家，山里的植物树木看一眼都能叫上名儿来，而且对山上的石头特别感兴趣。当来到被村里人称为"鬼见愁"的乱石堆前时，徐教授停住脚步，蹲下身子用手扒拉着一块狼牙般的灰色巨石，并捡起一块小石头轻轻地敲打那大石头，敲了一会儿，忽然两眼放光，惊喜地说："宝贝呀！柳村长，你知道你们这山上石头的价值么？"

柳胜男不知道老教授什么意思，戏谑道："这里有金矿么？"

"比金矿都值钱。"

徐教授一脸认真，不假思索。

"真的？"

这回轮到柳胜男惊讶了。

"一点儿都不夸张。"

徐教授仍然盯着眼前那一片犬牙交错的乱石堆由衷地说。

"那……要不要我们纸儿包绢儿裹，一块一块挖出来背回家藏起来呀？"

"哈哈哈……"

徐教授看着柳胜男天真的样子，再次爆发一阵开怀大笑。那两个老师则端着相机，对着那片石头狂拍。赵学文也被徐教授的新发现迷住了，摸摸这儿摸摸那儿，不知道这些石头究竟有什么神秘的来历。柳爱民和赵双站在徐教授身旁，也是一副欲言又止的样子。

徐教授没说话，兴致勃勃又敲了敲身旁另外两块石头，然后从随身背着的小包里掏出一个小铁盒打开，从里面拿出一个精致的放大镜，对着那灰色的石头一点一点仔细地看着、分析着。那两个老师此时也停止了拍照，凑在徐教授身边也跟着研究起来，一边看着，徐教授还轻声讲解着，赵学文也凑过去饶有兴趣地听着，还连连点头，几个人都是一脸的兴奋。

虽然他们说的都是中国话，而且是标准的普通话，可柳胜男和柳爱民、赵双这三个农村里的人尖儿，一句话也听不懂，最后还是赵学文给妈妈当了一回翻译。赵学文告诉妈妈："咱们山上这块石林，是三十多亿年前形成的奇异的地质奇观，地质学上称其为'喀斯特地貌'，这种地质地貌目前发现的全世界只有两处，一处在美国的夏威夷，一处在苏联的西伯利亚。咱们中国这是第一次发现，而且咱们这块石林比其他两处都要大。"

"真的？"

"应该没错，我们徐教授一直都在从事这方面的研究呢。"

赵学文肯定地说。

徐教授看着那些石头，就像母亲看着自己的孩子一样，看不够摸不够，满脸的陶醉。

柳胜男看着好笑，不解地悄悄问闺女："学文哪，就这一堆破石头，真有那么金贵么？"

学文眨眨眼睛，顺手拔起石缝中的一棵小草，幽幽地说："妈妈，这就要看您从哪方面看了，从咱们普通人的角度看这就是一堆普通的石头，寸草不生，鸟不拉屎，一文不值。可在地质学家的眼里，它就十分珍贵了，全世界都罕见呢，就像这棵草。"

赵学文定定地看着手里那棵草，忽然不说话了，翻过来掉过去仔细地端详一会儿，突然惊喜地大叫一声："草苁蓉！徐教授您快来看哪，这是不是草苁蓉！"

"什么？草苁蓉？"

正全神贯注研究石头的徐教授一听"草苁蓉"，立刻扔下手里的石头跑过来，接过学文手里的那棵草只看一眼就肯定地说："这就是草苁蓉啊，你在哪儿找到的？"

赵学文用手一指面前的石砬，"就在那边的石头缝儿里。"

徐教授走过去一看，石缝里竟然长着一小片这样的草，当即两眼放光，看着柳胜男兴奋地说："你看看，柳村长啊，你们这山里到处都是宝，简直太美了！这草苁蓉可是世界频危植物哇，按道理它只在寒冷的地方才能生长，没想到竟然在你们这里出现了，真是罕见呢。"

柳爱民见徐教授拿在手里当宝贝的那棵草，觉得很好笑，不以为然地说："哎呀呀，这不就是猪耳朵草么，还罕见，我们这山沟里有是呢。"

"真的么？"

徐教授目光烁烁，把那棵草小心翼翼地放进一个标本袋，郑重其事地跟柳胜男和柳爱民说："柳村长、柳书记，我是第一次到你们这儿来，可我发现你们这山里具有科研价值的东西太多了。尤其是那片宝贵的原始地貌，在全世界都是屈指可数的呀。我曾经去过美国的夏威夷和苏联的西伯利亚进行科考，他们那里的喀斯特地貌石林，比咱们这块差远了，不论是分布面积还是形状，都不如咱这里明显，我建议你们好好地把这块石林保护起来，将来开发特色旅游。"

"特色旅游？"

柳爱民听了，心里不禁一动，忍不住好奇地叮问一句。

徐教授点点头，笑着说："对，就是特色旅游，甚至可以建一个原始的地质公园。"

柳爱民还想问什么，柳胜男朝他递了个眼色，笑了笑赶紧岔开话题："呵呵，那些都是远景规划啦，也不是咱能说了算的事儿，咱还是先考虑考虑这特种养殖吧，起码可以现得利。"

柳爱民跟着说："是啊，徐教授，咱还是先看看养殖场去吧，地址我们都定下来了，该圈的也圈起来了，就等着您来了指点指点咋建合适呢。"

徐教授听了，微微一笑，看着柳胜男感叹道："柳村长真是雷厉风行，刚这么几天就开始动工了？"

柳胜男说："这挣钱的事儿哪能等啊？真要等人家都搞起来了咱再干，恐怕连黄花菜都凉了。"

赵学文跟在身后趁机敲锣边儿："徐老师您是不知道，我妈最大的优点就是性子急，栽下一棵树三天看不着长她老人家敢蹬着梯子往高拔去。"

柳胜男一听不乐意了，当即反驳道："死丫头，竟糟践你妈，我有那么着急么？"

赵学文一吐舌头立刻不言声儿了。

一行人说着笑着很快穿过一道山梁，进入准备建养殖场的山沟。因为属于柳爱民负责的项目，柳爱民当即把村里的打算，养殖户的承包，以及建设方案、规模，详细地向徐教授作了汇报。徐教授听了，连连点头，说："你们的方案很好，就按照这个规模建吧，最多半个月我们就把鸡雏和猪仔送过来，到时候我们还会专门派人进行养殖指导。"

柳爱民说："那样太好了，干这个对我们来说啥都不缺就是缺技术。"

徐教授点点头赞许地说："柳书记的想法其实已经很超前的了，有些新生事物在许多农村根本就不认可。去年我们到山西推广生态农业，不少老百姓还把我们当外行拒之门外呢。"

柳胜男接过话茬儿说："那是他们太二了，脑瓜筋不开窍。"

"就是啊，其实这人与人之间智商并不重要，也没有多大的差别，主要是观念，观念不转变再聪明的人也干不成大事。"

"这话我非常赞同，这人穷也是穷在了观念上，总是抱着老祖宗的生活方式不变，永远实现不了现代化。"

"柳村长所言极是，村干部如果都有您这思想意识，农村应该比城市还有吸引力，发展得还要快。"

"呵呵，啥意识啊，我这人就是一个蛮干，不愿意走别人走过的路，更不愿意跟在别人屁股后头瞎哄哄。"

"好，佩服！这人啊，活就活个个性，我就佩服您这敢想敢干的性格。而且性格决定一个人的成败，柳村长您之所以成为女中豪杰就是个鲜明的例证。"

柳胜男被徐教授夸得有点儿不好意思，赶紧把话题岔开："徐教授您快别夸我咧，咋说咱也就一农村土老百姓，再能折腾也离不开自家这一亩三分地儿，哪像您知识那么丰富，见多识广，走南闯北到哪儿都吃得开。"

几个人说着话就走出了山沟。

到村头上，柳胜男执意邀请徐教授他们到家里坐会儿，住一晚上再走，徐教授说："我们学校明天还要上课呢，改天吧。"

临上车，徐教授还在一遍遍地嘱咐："柳村长、柳书记，你们山上那片石林可一定要保护好啊，千万别让人给破坏了，还有那草苁蓉，这些都是珍稀物种，过些日子我还会带几个专家学者过来进一步考察。"

柳胜男趁机说："徐教授，还过些日子干啥呀？我看你们几位不如在眼下就在我们风箱峪多住几天，兴许还能发现更多的宝贝呢。"

徐教授笑了笑，出神地凝视着远处的山峦，肯定地说："住是肯定要住的，不过今天确实不行了，我们必须赶回去。"

第十七章　点钱的感觉就是爽

送走徐教授一行，柳胜男抓紧时间操持建鸡场猪舍，柳爱民则着手组织村民承包、办手续、交承包费。

开始时，人们一听说养野山鸡、野猪，都觉得心里没底，怕养不好赔钱，不敢承包。倒是赵双他爸赵大驴自告奋勇第一个报名承包养鸡场，并当场签字按了手印。轮到盖村委会章时，赵双拿着章有点儿犹豫，看着他爸忧虑地说："爸，这事儿您可得想好喽，我这章盖下去您可就反悔不了啦。"

赵大驴看着儿子，一脸自信地说："双啊，你爸我干啥事儿反悔过？尤其养鸡这事儿我心里特有谱儿，儿子你就瞧好吧。"

听老爸这么一说，赵双点点头，可还是有点儿不放心，"您以前那是养家鸡，咱们这可是养山鸡，不一样的。"

赵大驴见儿子这么关心他，不禁心里一热，冲儿子慈祥地笑了笑，嘴里更加信誓旦旦："双啊，这事儿你真的不用担心，我早就琢磨好了，咱哪肯定赔不了。"

赵双看着老爸，想了想，问："爸，这承包费三年八千块钱您有地方借去么？"

赵大驴说："这钱的事儿也不用你操心，我自个儿就办妥了，原先攒了点儿，你妈又从她娘家侄儿那借了几千块，咱不差钱儿，你呀你就帮我找明白人花插着指点指点就行咧。再说你当着这个村干部，我帮不上啥忙可也不能给你添堵，对吧？"

老爸的话让赵双很是感动，想老人家都七十来岁了，还累吧呵呵操持自己弄养鸡场，心里又感觉挺不是滋味儿，这要在城里人们六十岁就退休在家养老了，自己的老爸都七十了还……但看着老爸拿着签好的承包合同挺高兴的样子，心下随即释然。细琢磨老两口搬到鸡场住，倒省的自己媳妇柳红霞有事儿没事儿地跟他们怄气。于是，趁跟前没人注意悄悄塞给他爸两千块钱，颤声说："爸呀，我这刚盖的房子也挤不出多少来了，这两千块钱给您拿着，就算我也入一股吧。"

赵大驴看看儿子，接过钱没说啥，欢天喜地操持搬家去了。

见村干部老爹都签了字，赵虎也不声不响签下了一处养猪场。

这农村过日子本来就是傻子过年看街坊。见有人带了头儿，立刻又有五户先后签字承包了猪场鸡场，最后还剩下一处鸡场没人承包，柳胜男说："这地方没人认，我包了。"

承包的事儿很快就落实了，柳爱民不敢懈怠，马不停蹄组织各承包户建鸡舍、猪圈。总共八户三十多口子人，再加上运送砖瓦砂石料的大车小辆，使原来荒凉寂寞的山沟立刻热闹起来。

徐教授果然不负众望。这边鸡舍猪圈刚收拾利落，叽叽喳喳的鸡雏和吱哇乱叫的猪崽儿就相继送来了，相跟着的还有前期配套的精饲料。

由农学院联系来的这些鸡雏猪崽和前期精饲料，虽然只是让养殖户预付一半的款项，但仍然有两户怕回不来本儿打了退堂鼓。柳爱民一下子就上火了，起了一嘴的大燎泡，嗓子也肿得说不出话。柳胜男知道他小心眼儿，当即自己掏钱把承包费退还给那两户村民，把大家挑剩下的鸡雏猪崽全部圈进空下来的鸡舍猪圈。都安置妥当以后，她把干爹柳七爷请来当顾问，自己又雇了两个村民当帮工。柳七爷说："放心吧丫头，等咱养好了挣钱了，就让他们后悔去吧。"

就这么着，风箱峪村特种养殖股份公司成立了。

也是该着风箱峪发家，由于山沟里空气清新，再加上山里的天然泉水，这些人们从来都没接触过的山鸡山猪在风箱峪竟然生长得出奇的好。当然啦，这还要得益于徐教授和农学院的学生们，养殖场建成之后，隔三岔五就有农学院老师带着学生到养殖场来实习，指导养殖户给野鸡野猪打针吃药进行免疫，同时定期更换饲料。养殖户们第一次接受新鲜事物也觉得新鲜，按照专家指点每天精心喂养，按时打扫，猪圈鸡舍看不到一点屎尿粪便。此外，为防止存心不良的人打扰，柳爱民对养殖场实行封闭式管理。平时，除了养殖户和农学院实习的学生，不许任何人进入，这让养殖户感觉特别踏实。

就在全村人的观望期待中，半年以后，风箱峪村特种养殖场第一批山鸡出栏了，每只鸡平均长到了五斤，柳胜男家最重的达到了七斤多，柳七爷抱着那只色彩斑斓的大公鸡说啥也不卖。

按照合同，省城珍禽屠宰厂按每斤活鸡十八元的价格全部进行了收购。过完秤，养鸡户中接鸡最少的赵大驴家，五百只鸡就收入了三万多，除去料钱鸡雏钱，净赚两万多，老两口子点钱点到手抽筋儿，两张老脸笑成了两朵盛开的大菊花，紧跟着又接了八百只小鸡雏。其他几户养鸡的也都挣了三四万，人人笑得合不拢嘴。赵虎养的是猪，五十头猪六个月都长到了二百多斤，又长了一个月后，第一批肥猪出栏，一下子净赚十多万，而且还有两头母猪怀上了猪崽，两口子美得光剩下偷着乐了。

养殖户中，柳胜男是唯一一户又养猪又养鸡的，而且规模也是最大的。一千只鸡，二百头猪，把柳七爷和两个帮工忙得整天脚不沾地，但老爷子非常开心，逢人便说："这老了老了还当上场长啊，累是累了点儿，可那点钱的感觉就是爽啊。"

随着第一批野鸡野猪相继出栏，销售一空，风箱峪特种养殖场挣了大钱的消息也在靠山镇乡传开了。于是，四邻八村的农户纷纷上门取经，县里的电台电视台也先后派记者扛着长枪短炮过来采访拍照。风箱峪一下子从没人问津的贫困村，变成了电视上露脸儿，广播里有声儿的致富典型。

这当村长上任第一年村里边就开始走上坡路，柳胜男心里也稍稍得到了一点儿安慰。虽然自己先后投进去十多万，但看到村里村容整齐，街道干干净净，连出村的小土道儿也变成了宽阔的水泥路，她觉得自己这钱花得值。但她觉得，光是投入还是不行，必须有收入，有村里的集体收入。俗话说：大河有水小河满。可眼下村里边农户收入提高了，集体收入还是空白，小河是满了，可大河还干着呢。

怎么办呢？于是，她把柳爱民和赵双找来，三个人又开始新一轮的规划。赵双说："就目前情况看，村里边光靠收点儿山场承包费根本就入不敷出，咱必须得想辙，想那挣钱的辙。"

柳爱民低头瞅着脚尖儿没吭声。

柳胜男知道柳爱民肯定又有新点子正在酝酿中，也不打搅他，就附和着赵双说："想辙是得想辙，可就咱这几等人，能干啥呢？要不咱也办它个村办厂子？"

"村办厂子？"

柳爱民小声叨咕一句，忽然抬起头，神采奕奕看着柳胜男，兴奋地说："老姑，咱俩想一块儿去了！"

"你也琢磨过？"

"是啊。您想咱们村这么多年轻人天天起早贪黑到外村打工，咱们如果有自己的厂子，人们上班近了岂不更好？"

"可是，咱这穷山恶水的，干啥呢？"

赵双似乎不怎么看好自己办厂，小声嘀咕一句。

"谁说咱穷山恶水呀？咱这山可金贵呢。"

柳胜男反驳一句，赵双一吐舌头立刻不言声了。

柳爱民低头思忖一会儿，忽然问柳胜男："老姑哇，您还记得当年您带着咱们村养蘑菇的事儿不？"

柳胜男一愣，"咋啦？"

柳爱民说："那年头儿人们讲究吃养殖的，觉得新鲜个大儿，现在人们又回来了，都讲究回归自然吃野生的，没农药，绿色环保。所以，啥玩意只要是一沾上'绿色'沾上'野生'就值钱，就受欢迎。你琢磨去吧，越是城里人有钱人越爱品野味儿。"

"对。"

柳胜男若有所思地看着柳爱民，忽然一拍大腿说："爱民哪，你是不是想整一个绿色食品加工厂啊？"

"一点儿不错。"

柳爱民更加兴奋，当即滔滔不绝地说："其实，这个想法儿我早就想过，就是没干起来。细琢磨办这样一个厂子也花不了多少钱，就简单的几间厂房弄几台包装机，再弄一台烘干机。秋天从农户家中收购山里自产的小米绿豆黑豆棒子渣等小杂粮，松蘑针蘑柿树蘑，包括山野菜，经过烘干包装，然后装成一公斤一小袋，几袋一大盒。把外包装盒弄漂亮一点儿，精致一点儿，再注册一个'山里人'商标，弄到城里你看有人买没人买。还有，咱还可以把咱村里五百年以上的老核桃树老栗子树往外推推，来他个百年山珍老品种，想想吧，不抢掉帽子才怪。"

柳胜男听了立刻兴奋起来，忍不住调侃道："爱民哪，真要这么犯起抢来，咱得雇多少保安哪？"

赵双也来了兴趣，慢条斯理地说："柳村长不用急，保安不够用咱就请武警，荷枪实弹过来维持秩序，让他们爱抢啥抢啥，只要给钱买多少就卖给他们多少，绝对不限制数量。"

柳胜男听了，当即拍板儿说："这么说咱这'山里人'牌绿色食品只要上市，肯定会掀起一股抢购热潮啰，好！咱就这么定了。"

柳爱民见自己早就在脑子里酝酿好的点子又被村长采纳了，心里非常高兴，当即掰着手指头说："咱要真办厂子，连厂房都不用找地方，就在村委会大院。把院墙拆喽重新垒，把左右两边的空地圈进去，这样可以扩出来三间房的地方，这扩出来的地方，西边建烘干车间，东边当库房，把院子也用彩钢瓦封起来，地面铺上便宜的地板砖，当包装车间。赵会计，你待会儿算算，看需要多少钱哪？"

"好，你俩好好算计算计，我今儿早退一会儿，到服装厂转一圈儿，刚才学武来电话说有个老客户要退单，我去看看咋回事儿。"

柳爱民说："那快去吧，好好说说，可别让人家退单哪。"

"是呢，这开厂子靠的啥呀，不就是那些老客户嘛。"

柳胜男说着话，拿起车钥匙就往外走。

到服装厂的时候，正赶上厂里下班，工人们从车间出来，看到柳胜男的车，立刻涌过来，见了她就像看到久别重逢的亲人一样，叽叽喳喳你一言我一语特别的亲热。有个小丫头还拉住她的手抹起了眼泪，哽咽着说："柳姨，您咋一走了就不回来了，可想死我们了。"

看着昔日无话不谈的小姐妹，柳胜男心里也是酸酸的，挺不是个滋味，目送女工们端着饭碗走进食堂，再看看院子中间花坛中半人高的蒿草，车间门口破破烂烂堆着的布头子烂棉花，她忽然有了一种异样的感觉，这服装厂还是原来风生水起的盛楠服装厂么？

第十八章　横生枝节

　　跟女工们说了一会儿话，柳胜男就进了厂办公楼。

　　那是一栋两层的小楼，一楼是服装厂生产科、质检科和厂长办公室，二楼是财务科和女工宿舍。

　　推开玻璃大门，柳胜男一眼就看见厂里财务科的主管会计张燕端着饭盒顺楼梯往下走，刚要喊她，却见张燕扭头往楼上走去。看着那熟悉的背影，柳胜男不禁心里一动。想她在厂子的时候，张燕可是跟她最贴心的一个铁杆朋友，有事儿没事儿就到办公室找她坐会儿，聊会儿天，或者啥也不说就你看我我看你愣一会儿。闲暇时，她也喜欢泡在财务科跟张燕说会儿话，诉诉苦嚷会儿累，让她给捏捏脖子捶捶后背。

　　张燕的丈夫也在盛楠服装厂，在整烫车间当主任。他们两口子都是跟着柳胜男打江山建厂子的老员工，而且在高中就是同学，关系一直处得跟亲姐妹儿似的。今儿她这是咋的啦？柳胜男疑虑重重，紧走几步追上去，一直追着她进了财务科。

　　张燕果然在等她。

　　见柳胜男上楼进了财务室坐到张燕的办公桌前，张燕起身关上房门并把撞锁撞上，然后走到窗前把窗户也关上，看看都关严实了，这才紧张兮兮转身拉把椅子坐到柳胜男对面，压低声音说：“胜男啊，你可来了，咱们厂子可是乱了套了。”

　　柳胜男听了，当即一惊。一把拉住张燕紧着问：“咋的啦？赵成可是整天跟我唱喜歌儿呢。前半晌学武给我打电话，说有个老客户要退单，是不是走边贸的那个张老板哪。”

　　张燕听柳胜男说出陈老板仨字，当即面色一凛，“敢情你知道哇？是学武告诉你的吧。”

　　柳胜男摇了摇头，“不是谁告诉我的，是我自己猜测的。”

　　张燕说：“正是他呀。”

　　柳胜男疑惑地问：“张老板跟咱合作了那么多年，咋想起来要退单呢？”

　　张燕紧张地竖起耳朵听了听外面的动静，又看了看门口，这才把嘴贴着柳胜男的耳朵，答非所问：“胜男你说实话，你们家赵成多少日子没回家了？”

　　柳胜男不知道她问这个是啥意思，警觉地说：“你是说赵成么？他不是到北京服装批发市场跟单验活儿去了么，走了有一个多月了吧。”

"我呸！胜男啊，你被他给糊弄啦。你还记得去年应聘到咱们厂管文秘的那个女大学生胡梅么？"

"知道哇，不就是那个长着个娃娃脸，一笑就捂嘴一说话就脸红的小丫头么，还是我把她从人才市场领回来的呢。"

"装啊，她哪有那么清纯啊，啥大学生啊，我看连她那本毕业证都是假的。狗屁都不会就会勾引男人，还胡梅，整个儿一狐狸精，如今厂里工人都管她叫狐媚娘。你回村里当村主任不久她就跟赵成勾搭上了，赵成上哪儿都带着她，勾肩搭背比两口子都亲呢。这还不算，你勾搭赵成就得了，还同时勾搭张老板，说是拉业务关系，其实就是搞破鞋，前几天跟张老板一走就是好几天，回来以后浑身珠光宝气，逮谁跟谁显摆：这个事是张老板买的，那个也是张老板送的，谁听了不撇嘴呀。就为这个，赵成跟张老板闹僵了。"

听到这里，柳胜男立刻脸色煞白，嘴唇哆嗦着问："这……都是真的么？"

张燕说："胜男啊，咱们姐俩这么多年好朋友咧，都是女人，我糊弄你干啥呀？我是看了忒生气呀，再说了，这种事儿不是至亲至近的谁告诉你呀。"

"燕子。"

柳胜男失态地一把搂住对方，眼泪围着眼圈儿转，但是她紧咬着嘴唇，浑身颤抖，硬是把眼泪憋了回去。良久，她才松开张燕，身子软软地靠在椅子上，一句话也不说，两眼直勾勾看着窗外。透过明亮的玻璃窗，对面缝制车间一排排流水线清晰可见。几个可能是刚撂下饭碗，或者说根本就没去吃饭的年轻女工正在缝纫机前低头忙活着。柳胜男认出来其中那个圆脸，留着短短的运动头的那个小媳妇是赵双媳妇柳红霞的表妹，叫秀芬。她是缝制二组的组长，干活那叫一个快，而且细致，极少出返工活，当组长还是柳胜男提拔的呢。这丫头结婚都五六年了，始终没怀上孩子，婆婆盼孙子把眼都盼蓝了。还有那个胖墩墩的叫凤儿，刚二十五孩子都八岁了，可别看她胖，干活也是出奇的麻利，就是活忒糙，总是返工，这毛病也不知现在改了没有。

柳胜男叹了口气，张燕说的那件事又像山似的压到她的心头上。可细想，这人吃五谷杂粮哪有一点儿毛病没有的？可是，你咋能朝三暮四，扯仨搂俩不安分呢？想想赵成都四十五了，儿子眼看着也该娶媳妇了，你咋还跟个可以当你闺女的小丫头扯上啦？难道这就是传说中的男人有钱就变坏，女人变坏就有钱么？赵成啊赵成，我柳胜男自从二十岁嫁到赵家，上敬老下养小，哪点儿对不起你啦？你要这么背叛我？想起结婚时，别人家媳妇都是冰箱彩电洗衣机样样齐全，可你们家只给我买了一台电视机还是黑白的。别人家新房里都是席梦思床，你们家是土炕铺块人造革。可是，我嫌弃过你们么？我知道你们家穷，孩子又多，一家老少七口人挤在三间小破房子里，可我仍然义无反顾嫁给你，我图个啥呀？不就图个感情么？那时候，你对我多好哇，爱我宠我，把我当成手心里的宝。还记得咱俩在承包田里扣大棚养蘑菇时，有一次我不小心被菌棒上的铁丝扎破了手指。见我的手流血了，你心疼得够呛，抓住我的手就用嘴嗫。我怕菌棒上有菌，把手背到身后，你急得眼泪都快掉下来了，说菌棒上的铁丝有毒，不把毒血吸出来你的手会烂掉。我说，你就不怕把自己毒着么？你说啥叫有福同享有难同当啊？赵成啊，咱俩那么苦的日子都熬过来了，如今，咱比上不足比下有余，有钱有车还有自己的厂子，俩孩子也都长大了，你咋……你咋……

柳胜男再也忍不住，双手掩面任眼泪横飞。

哭了一会儿，柳胜男感觉心里边痛快了许多。

张燕不知道啥时候出去买回了饭菜，悄悄摆在柳胜男的面前。接着，又打来一盆热水，拧一条湿毛巾递给柳胜男。

柳胜男两眼空洞地看着张燕在屋里走来走去，一会儿倒水一会儿涮毛巾。此时她心里像有一团火在熊熊燃烧，烧得她浑身不自在，脑袋像戴了个大铁帽子，又沉又闷。她没有接张燕递过来的毛巾，起身走到脸盆前，把整个脑袋都扎进水里泡着。张燕没言声，又给她端来一盆水，同时把洗发香波塞到她手里。

柳胜男抬起湿淋淋的脑袋，用手抹一把脸上的水珠子，倒出一点洗发香波往头发上揉搓着。两眼紧盯着张燕，忽然孩子似的没心没肺地笑了，没头没脑地问张燕："燕子，你说这人一天到晚瞎忙乎穷赶落，为的是个啥呀？"

张燕眨巴眨巴眼睛看着柳胜男摇摇头，她不知道这个鬼精鬼灵的老同学到底想要说啥。

柳胜男揉搓着一脑袋泡沫，咬着后槽牙说："燕子，我算看透了，这人哪不能光是为别人活着，想着别人如何如何。还是应该为自己活着，想干啥干啥，干啥开心就干啥。这年头，谁好也不如我好，两口子，两口子算个屁，穷困潦倒时他靠着你，需要你时他是个爷们儿，你对他不重要时他就是个牲口，甚至连牲口都不如。"

柳胜男甩着满脑袋泡沫，慷慨激昂，一脸的义愤填膺。张燕愣愣地看着她甩脑袋上的泡沫，静静地听着她说，一句言儿都不敢插。此时，她非常后悔自己告诉柳胜男那些话。俗话说，耳不听心不烦。蒙在鼓里远比亮在面儿上好受得多。以柳胜男的火爆脾气，如果他们两口子真的为这事儿打起来，闹僵了甚至离婚了，我算个啥呀？拱火儿的？挑事儿的？破坏人家家庭的？哎呀呀，张燕啊张燕，你活了四十多岁从来没传过瞎话扯过老婆舌头，你这不是害人呢么？

这么一想，张燕顿觉浑身燥热，后脊梁冰冷，一张脸涨得通红。她不知所措地看着柳胜男，不知道是该安慰她还是顺着她的心思谴责赵成。她觉得自己此时特小人。可是，转念一想，自己作为柳胜男的老同学老朋友，她又实在咽不下去这口气。想当初，柳胜男为了嫁给赵成，姐姐在城里给她安排工作她都不去。死心塌地跟着他，一心一意为老赵家脱贫致富卖力气，伺候老的照顾小的，呕心沥血为他们赵家创下这么大的家业。可赵成对这么好的妻子却不知道珍惜，还瞒着媳妇搞破鞋，这还有天理么？

心念至此，张燕又觉得自己做得对。真要等赵成被胡梅拖下水，陷入胡梅的温柔乡不能自拔，那下场会更惨。这么一琢磨，张燕随即释然，心疼地看着柳胜男，幽幽地说："胜男啊，我看你也别太上火了，那狐狸精不就是年轻漂亮么？她还有啥呀？她看中的其实就是赵成手里的钱。现在，你只要把财政大权把住喽，孙猴子再能耐也跳不出如来佛的手心去。眼下，当务之急是赶紧把她辞退喽，要不她这样脚踩两只船跟你这儿瞎搅合，跑一个老客户事儿小，弄不好厂子都得让她给搅合散喽。"

"对，还真是。"

柳胜男一边使劲儿用干毛巾擦着头发，若有所思地盯着张燕问："燕子，你说我现在应该咋办呢？"

"你让我说？要是我呀，先把赵成盯住喽，问他啥意思，想在一块儿过，就快刀斩乱麻，把那狐狸精打发掉。真要老牛吃嫩草，非要搂着那狐狸精不撒手，那也好办，让他土豆子搬家滚蛋出沟，所有财产是你名下的归你，是他名下的归他。咋样啊？我这主意不错吧？"

"这个……"

"咋？你还是心疼他吧？"

"不是的，嗨，你让我再好好想想吧。"

"胜男哪，真是的，他都瞒着你找小三儿了，你还想当那秦香莲咋的？实话告诉你吧，真要打起官司来，你永远都是赢家。"

"为啥呀？"

"为啥？因为你是受害方，他是过错方。再说了，现在服装厂和饭店法人代表都是你柳胜男，所有银行账户户主也都是你柳胜男的名字，你怕他个啥呀？"

"嗨。我现在心里边很乱，不过，有一码事儿你帮我办一下，就是厂里的开支明细，我要看看赵成是不是用我的血汗钱去养那个狐狸精了。"

"这个好办，我现在就可以给你查。"

张燕说着话就开档案柜子找账本。

正在这时，赵学武推门进来了。一见柳胜男，低着头涩涩地叫了一声："妈，您咋才来呀？"

柳胜男见儿子这神态，当即一惊，"学武哇，咋的啦？有事儿啊？"

一连串的问号，问得赵学武有点儿慌乱，但很快就镇定下来。似乎鼓足了很大的勇气抬头看着柳胜男，又迅速扫一眼张燕，闷声说："妈，我爸走了。"

"啥？你爸走了？走哪儿去了？"

"不知道。"

"不知道你咋知道他走了呢？"

"是小华告诉我的，她说今天上午我爸到银行取走了二十万块钱，我听说后就给打手机，可是一直关机。刚才好不容易打通了，他说他走了，还让我别找他。"

"他……他还说别的了么？"

"他还让我转告您好好当村主任。"

"然后呢?"

"然后就挂断了。"

"浑蛋!简直就是个浑蛋王八蛋!"

柳胜男恨恨地骂一句,身子一挺,重重地倒了下去。

第十九章 地球没了谁都转

谁也没有料到，事情会发展成这样。

赵学武一见母亲晕倒了，立时慌了手脚，当即差了声儿地喊叫："快！快打120叫救护车！"

其实，他自己手里就拿着手机呢。张燕知道这孩子已经麻爪儿了，也就不再挤兑他。这么多年在一起，她非常了解柳胜男的脾气，也知道她的毛病，脾气忒暴而且争强好胜，眼里容不得一点儿沙子，丈夫的背叛肯定让她难以接受，她这是一时急火攻心背过了气。想到此，张燕当即抱起柳胜男使劲儿掐人中，拍打后背，让赵学武帮着抻胳膊拽腿，活动筋骨。

这时，吃完饭回宿舍休息的女工听到赵学武的喊叫，不知道出了啥事儿，纷纷跑进来询问。见到是厂长柳胜男晕倒了，大家也都吓坏了，围上来又是喊又是叫的，更有那性子急的就要跑下去找大夫，但被张燕拦住了。

大家伙儿折腾了一会儿，柳胜男慢慢睁开眼睛醒了过来，见这么多人围着她，当即张了张嘴想说什么，但嗓子里像堵着一块棉花，根本说不出话，遂冲大家伙儿摆摆手。张燕见此，赶紧让大家帮忙，把柳胜男搀扶到财务室里间床铺上躺好，然后轻声告诉女工们先出去让柳厂长歇会儿。看着人们关切的目光，怕大家伙儿瞎琢磨，张燕告诉她们说柳厂长只是这阵子太累犯低血糖晕倒了，让她们不会有啥事儿的。见大家恋恋不舍地散去了，张燕转身关上门，赵学武倒了一杯温开水端到床前，扶起柳胜男颤声说："妈妈，喝口水吧。"

柳胜男坐直了身子，接过水杯子喝了几口水，看着儿子没说话，接着又软软地躺下了。

赵学武长这么大所有印象中妈妈从来都是精神抖擞、叱咤风云的样子，从来没见过妈妈被啥事儿难住过，此时看到妈妈昏昏沉沉眉眼不睁的病态，心中早就没了底，一把攥住张燕的手紧张的小脸儿煞白，战战兢兢地说："张姨，要不咱还是叫救护车吧。"

张燕怜爱地看着赵学武，柔声说："学武，别怕，你妈她没事儿的，就是一时转不过弯儿来，让她睡一会儿吧，睡醒了就想明白了。"

赵学武看着张燕，仍然不放心，小心地拉着妈妈的手，喃喃地说："张姨，我妈她还在打哆嗦呢。"

张燕一惊，伸手摸了摸柳胜男的胸口，感觉心跳还是很平稳的，于是接着安慰赵学武："学武哇，放心吧，你妈我们姐儿俩这么多年了，我还是了解她的。

你妈就是脾气太大了，一时接受不了这个事实，想不开。你忙去吧，等会儿你妈睡醒了，我再开导开导她就没事儿了。"

"哎，那就麻烦张姨了。"

"喊，你这孩子还说啥麻烦不麻烦的，咱本来就是一家子，你妈我们姐儿俩也不是一天半天的交情了，放心吧，你妈她肯定没事儿。哎，对了，张老板那儿你好好跟他说说吧，最好留住这个客户，别让他退单，这样对谁都有好处。"

"是的，我会好好跟张老板说的。嗨，我做梦都没想到我爸会这样。"

赵学武低下头，张燕看到有眼泪滴落到地上。

这孩子，刚这么大小岁数就承受这么大的压力，也真难为他了。想到这里，张燕心里也酸酸的不是个滋味儿，但她并没有表现出来，当即伸手拍了拍赵学武的肩膀，柔声说："学武，坚强点儿，你是男子汉，这点儿小破事儿算个啥呀，你爸那也是一时鬼迷心窍了，过阵子琢磨过味儿来就会回来的。"

"但愿如此吧。张姨，我走了。"

"去吧，该干啥干啥，别让大伙儿看笑话。"

张燕故意把后半句话说得很重，赵学武点点头，脚步沉重地下了楼。

柳胜男一觉醒来的时候，天已经黑了。这期间她的手机哇啦哇啦响了不下十次，都是柳爱民打来的，头几次张燕看了看来电显示没接，甚至想给她关机，又怕有啥要紧的事儿给耽误了。后来见他一个劲儿打起来没个完，就接了。电话里柳爱民一听不是柳胜男，愣了一会儿才小心地问："您是哪位呀？我们柳主任呢？她咋不接电话呀，村里边又乱套了，可急死我们了！"

"咋？又出事儿了？"

柳胜男此时腾地坐起来，伸手从张燕手里抢过手机，大声嚷道："喂，爱民哪，又咋的啦？"

"老姑哇，村里边又出事儿了，晌午头儿你前脚刚走，警车就进村了。"

柳胜男一听警车，当即警觉起来，紧着问："警车？警车干啥来了？又有打架的还是啥案子呀？"

柳爱民一听柳胜男的口气，怕她着急，赶紧解释说："不是啥大事儿，是老王家那个大丫头的事儿，那家伙涉嫌拐卖人口还组织卖淫，广州警方追来了。"

"真的？他们还在村里边么？"

"刚走，说去乡派出所了。"

"噢——"

"老姑哇，不用着急，您先忙您的。"

说完，柳爱民就把电话挂断了。

柳胜男瞪着一双美丽的大眼睛，拿着手机看似接听电话，其实心思早就不知道跑到哪儿去了。她实在搞不明白，如今这人都他妈的不知道咋想的，放着正经日子不好好过，竟整些个歪的邪的，难道这也是新生事物？

张燕见她发呆犯傻，走过去拍拍她的肩膀，戏谑道："咋啦？还想帮警察破案去呀？"

柳胜男一激灵，把手机扔到铺上，两眼盯着张燕忽然冒出一句："燕子，你说赵成不会也让那胡梅给卖了吧？"

张燕听了，笑得岔了气，笑够了点着柳胜男的脑门子说："你说呢？你听说拐卖人口的拐卖大老爷们儿的么？你以为人家缺爹呀？真是的。"

柳胜男仍然直着眼，接着自言自语："哼，卖了就卖了，他就是让人卖了也是自作自受。"

张燕见她还在说梦话，伸手摸了摸她的脑门儿，"没发烧哇，咋没完没了地说起胡话来了。"

"燕子，我没说胡话。我是说真的呢，像赵成这种人，死要面子活受罪，他根本就不是那胡梅的对手。"

"嗨，事到如今，咱就认了吧，都四十多岁的人了，孩子也都大了，瞎折腾个啥呀。这男人啊，都他妈的那个臭德行，搁不住两句好话儿，有女人在跟前儿犯贱立刻就面梨一个，让人摆弄得滴溜溜乱转。"

"哼，我倒不是吃醋，我就觉得吧因为这种破事生气打架抹脖子上吊地闹腾忒不值得，他滚就滚吧，有能耐永远别回来。"

"对，胜男你这样想就对咧，这人哪都有个犯迷糊的时候，我想那赵成不是没良心的人，在外面过些日子混不下去了，他自个儿就会回来的。"

"他呀，爱他妈回来不回来，这地球没了谁都会转，我就不信我柳胜男离了他赵成就过不了日子！"

柳胜男咬牙切齿，恨恨地说着，走到外间脸盆前，稀里哗啦洗了一把脸。看到桌子上的饭盒，打开拿起一个大馒头，狠狠地咬了一大口，一边嚼着接着感慨道："燕子，我算看透了，这世界上靠谁也不如靠自己呀，地球离了谁都转，对不？"

"一点儿不错。用你的话说谁好也不如我好哇。"

"就是啊。这社会儿你指望谁呀？谁他妈的也指望不上！就指望自己个儿吧，趁着现在还能干啥，想干啥干啥，愿意干啥就干啥，等老了爬不动走不动了，找瓶安眠药一吃，闭上俩眼一了百了这一辈子就过去了。"

"嗨，话可不能这么说，你不是还有儿子闺女呢吗？"

"呵呵，儿子闺女？对，我还有儿子闺女呢。"

柳胜男不再言声，对着镜子照了照自己有点浮肿的脸，笑了笑，很快恢复了以往的精神抖擞。坐到桌子前狼吞虎咽，就着馒头很快吃光了饭盒里的炒菜，然后一抹嘴，看着张燕一笑，说："燕子，不好意思让你跟着着急上火，还是那句话，这地球离了谁都转，我柳胜男永远不会倒下的。"

"胜男！"

"燕子！"

两双纤细柔弱的女性的手紧紧地握在了一起。

柳胜男从财务室出来就去找儿子赵学武。

走到厂长办公室门口，隔着虚掩的门，他看到赵学武跟张老板坐在迎门的沙发上，面前的茶几上摆着一小袋五香花生米，还有一瓶泸州老窖。两人一人端着一玻璃杯酒正喝得带劲儿，学武脸色微红，两眼似有泪光闪现，动情地说："张叔，您就是我的亲叔哇，谢谢您在这个时候帮我，您说得太对了，我妈气倒了，我可不能趴呀。我……我不但不能趴，我还得挺起来，把服装厂干得更好更红火！"

"好！赵学武，是个纯爷们儿，比你爹强。"

"我爹？我爹算个啥？他也就是个公儿，跟您说吧这个家这个厂子要不是我妈，早就完蛋啦！可是……可是，我妈……我妈硬是被他给气倒下了，我这心里边，难受哇！"

"学武，别难受，咱是爷们儿，是爷们儿就不哭。你得学你妈，你妈多能干哪，为人处世比爷们儿都爷们儿。我姓张的走南闯北，见过的人多了，男的女的老的少的，让我佩服的没有几个，你妈是我最佩服的一个。为啥我今儿个不走啦？就冲你妈我也得留下来，柳厂长为人正直，讲义气讲信用，吐口唾沫是个钉儿，不像有的人磨磨唧唧没个痛快劲儿。"

"张叔您是说我爸？别提他，提他我恶心。"

"好，咱不提他，喝酒。"

"喝。张叔，从今往后您就是咱盛楠服装厂的股东了，同时您还是我赵学武的参谋，您的经验就是我的财富，我会好好的踏踏实实的从头学起。"

"好，这才像柳厂长的儿子。"

"儿子！"

柳胜男轻呼一声，推开门走进去。

"妈！"

"柳厂长。"

两个人同时从沙发上站起来。

柳胜男摆摆手，"坐，快坐，接着喝接着喝。"

赵学武显然已经喝高了，看到自己母亲又恢复了往日的神采奕奕，立刻兴奋起来，拉着母亲坐到自己身边，慷慨激昂地说："妈，来，跟我们爷儿俩喝一杯，祝贺祝贺。"

"祝贺啥呀？"

"祝贺张老板成为咱们盛楠服装厂的股东。"

柳胜男明知故问："股东？啥股东啊？"

张老板笑了笑，说："是这么回事儿，今天下午我跟学武核计了一下，如今边贸服装走得比较火，尤其是俄罗斯那边。咱们厂的服装款式面料以及做工在那边已经有了固定的市场，我想把我手里所有订单都放在盛楠，别的厂我就不去了。学武说让我入股，我琢磨着也是个路子，现在就听您的了。"

柳胜男想都没想，当即爽快地说："这样很好哇。眼下赵成走了，学武就是盛楠的一把手，我在村里边还有一摊子呢，这厂子有您张老板帮着再好不过了。"

赵学武狐疑地看着母亲，嗫嚅道："妈，这么说您同意了？"

柳胜男朋友似的拍拍学武的肩膀，"当然啦，我儿子做的决定老妈能反对么？"

"真的？"

"老妈一言，驷马难追。"

"好。这正是您柳厂长的风格。"

张老板伸出手，柳胜男轻轻握了一下，随即垂下眼睑，幽幽地说："张老板，赵成的事儿我先向你道一声对不起。不过，走了和尚还有庙，希望咱以后合作更加愉快顺畅。如果真如张老板所说的那样把边贸的加工活都揽过来的话，我觉得盛楠应该玩得转，就是那打版制样子的师傅恐怕不咋好找呢。"

"您是说打版的师傅么？咱这儿可是有现成的。"

"谁呀？"

"您家公子赵学武。"

"他？"

"他怎么啦？这半年多您不在厂子他可是厂里的技术主管呀，我那些单子所有样板都是他做的，这孩子做事很有你柳厂长的范儿，就是他爹……"

"真的？"

柳胜男讶异地瞪大眼睛，不认识似的看着自己的儿子，把赵学武瞅得都有点不好意思了。

儿子真的长大了。柳胜男的心里忽然有了一种前所未有的轻松。青出于蓝胜于蓝，老东西不学好儿子踏踏实实干事就行了，只是那张老板在这个节骨眼儿上忽然来了个一百八十度大转弯儿，让她有点不落神儿，别再是有啥猫腻吧？嗐，管他呢，先稳住人心再说，这到啥时候人心可是不能散哪。这么想着，柳胜男遂大大方方看着张老板，平静地说："张老板，这事儿啊先就这么定了吧，明天学武你俩再细细致致琢磨琢磨，定一份正式的合同协议啥的出来，到公证处公证一下，这样对双方都有好处。行，你们爷俩儿先聊着，我赶紧回去，家里老人家还不定多着急呢。"

说完，也不等那两个人有反应，起身就走。

出了服装厂，柳胜男把车开得飞快，转眼就到了村头。

借着车灯的亮光，远远地，她就看到一个人站在村口老梨树下冲着村路张望着。

是婆婆！

柳胜男当即心头一热，放慢车速几乎是滑行着把车停靠到老人跟前，打开车门，哽咽着叫了一声："妈！"

婆婆颤巍巍走过来，冰凉的手一把攥住柳胜男的手，哑着嗓子说："胜男，我的好闺女，千万别跟那活牲口着急上火呀，这走了和尚还有庙，我们老赵家不能没有你呀！"

第二十章　神秘电话

柳胜男被婆婆紧紧地攥着手，看着老人家花白的头发和那张老泪纵横的脸，心中百感交集。

想自己二十岁嫁到赵家，几乎是白手起家，一步一步走到现在。婆婆那时候跟自己现在年龄差不多，风里雨里泥里水里带着儿女们往前奔。那时候，她和赵成俩人一天到晚在外面奔波，从扣大棚养蘑菇到操持服装厂，忙得脚不沾地，俩孩子学文学武从生下来几个月就跟着奶奶，直到上学从来没用她这个当妈的操一点儿心。如今，孩子们都大了，服装厂的业务也基本稳定下来，老人家本可以闲在家中种种花养养宠物，过几天舒心的日子，谁知老了老了还要跟着儿女们牵肠挂肚。想到此，柳胜男忍不住眼泪就流了下来。她怕婆婆看见自己流眼泪会更不好受，赶紧扭过脸去，没话找话说："妈，都这么晚了，您咋还不睡呀？"

婆婆的手明显抖了一下，颤声说："你……你不回来，我看不见你哪睡得着觉哇。你爸刚从饭店打电话回来，说看见你的车在厂子里，跟人打听都说没看见你的人，他也着急呀。胜男啊，我知道你的心里苦，都是我那现眼的儿子作孽呀，你千万别跟那浑蛋一般见识，他那是一时鬼迷心窍，那孩子其实也不是那荒唐马事的人，过些日子他琢磨过味儿来就会回来的。"

柳胜男原本想瞒着婆婆，没想老人家都知道了，她想安慰老人几句，可千言万语都哽在了喉头，竟然一句话也说不出来，只颤抖着声音动情地叫了一声："妈！"

她知道，此时说啥也没用了，遂搀扶着婆婆上了车，一脚油门就到了家门口。柳胜男轻轻打开车门，把婆婆扶下车，看着婆婆到门口开门，这才把车开进车库。黑暗中，柳胜男掏出纸巾擦干眼泪，稳了稳心神锁好车库门。刚一转身，却看见柳爱民和赵双正站在她家门口，默默地注视着她。

柳爱民关切地看着柳胜男，闷声说："老姑，我俩等您半天了，您没事儿吧。"

柳胜男停住脚步，顿了顿问："等我？"

"嗯。"

俩人同时点点头，没说话。

柳胜男心里明白他俩的意思，心中不禁涌起一股感动，看起来这俩搭档还是挺关心我的。可他们越是这样，我越不能表现得太软弱。俗话说：家丑不可外扬。不就是走了个爷们儿么？天塌下来有地接着，打碎了牙咽到肚里，啥大不了的事儿啊。这么想着，柳胜男随即一甩头发，迎着柳爱民和赵双又焦急又关切的目光，大大咧咧笑道："咋啦？有事儿啊？不就是老王家大丫头在广州卖屁股犯事儿么？这癞蛤蟆不长毛天生那道种，谁管得了她呀，走，咱进屋叙谈去。"

进了屋，柳胜男让婆婆先进里屋睡觉，自己则忙着拿烟沏水找打火机。柳爱民见柳胜男挺正常的，根本就不像她婆婆说的那么严重，又是气背脖子又是寻死觅活的。想柳胜男那么刚强的一个人，这点儿小破事儿根本就撂不倒她。这么一想，刚才还紧绷着的神经立刻放松下来，想好了的一肚子宽慰她的话也随即烟消云散。

赵双见此，顺着柳胜男刚才的话茬儿轻描淡写地说："其实人家那边来的警察主要还是为那个孩子。"

柳胜男一听孩子，不禁愣住了，"孩子？哪个孩子？"

柳爱民说："就是大丫头跟那外地人生的那个孩子妞妞。"

柳胜男更加疑惑，紧着问："妞妞？妞妞咋的啦？"

赵双没好气地说："让她那个败家的妈给卖了，卖给了四川一对买菜的小老板当了养女，这次警方开展打拐行动，给解救了出来。"

柳胜男说："解救出来那是好事儿啊。"

"好事儿？是好事儿人家警察就不用千里迢迢地追家儿来了。"

柳爱民有点儿激动，絮絮叨叨地说："孩子是解救出来了，可是她那个妈不知道跑哪儿去了，那孩子还算聪明，那么点儿个小屁豆子，从小就跟着她妈颠沛流离的，竟然知道自己是哪儿的人，还知道她姥姥姥爷的名字。虽然只说出了风箱峪，可人家上网一搜就搜出来了，直接就奔了咱们这儿。没想到下午我给大丫头她哥打了十几个电话都没打通，也不知道这家子人是咋想的。"

柳胜男说："咋想的，那还咋想的呀，家里摊上这么个丢人现眼的主儿，谁愿意认啊。"

柳爱民叹口气，幽幽地说："嗨，其实这大人要是不学好哇，孩子跟着她也是活受罪，真不如不解救干脆跟着那买主过呢，起码能过上像人的日子，将来兴许还能出息喽。"

赵双顺口答音地说："我觉得也是，真跟了大丫头将来肯定学不出好来。"

柳胜男摆摆手说："看三国掉眼泪替古人担忧，咱呐不说她了，还是先说正事儿吧，你俩那账算得咋样啦？"

柳爱民眨巴眨巴眼睛，明知故问："啥账啊？"

柳胜男拍了一下桌子，"咋？找抽吧？你自己出的馊主意这么一会儿就忘啦？"

赵双见柳胜男要急，赶紧把话接过来，笑着说："柳村长哎，您老人家下的圣旨谁敢不听啊？您走了以后我俩连饭都没吃就都缕顺当了，我算计着有个五六万块钱就能把摊子戳起来。"

柳胜男一听，立刻眼睛一亮，兴奋地说："好，咱明天就开始操持，等秋粮下来就开工。"

柳爱民笑了笑，刚要说啥，茶几上柳胜男的手机突然响了起来，柳胜男拿起来一看来电显示，立刻脸色大变。

电话是大丫头打来的。

显示在柳胜男手机上的号码还是大丫头在服装厂上班时的手机号，她不知道这个时候大丫头为啥要给她打电话。稍微有一点点社会经验的人都知道在这个时候打电话是最危险的，因为那大丫头是被警方通缉的在逃犯，难道这家伙潜回老家了？

柳胜男看着那一串跳动的数字，犹豫了一下，还是按下了接听键："喂？请问您是柳胜男柳厂长吗？"

对方竟然是个男的！

柳胜男吓了一跳，不禁紧张地看了柳爱民一眼，颤声问道："是我，柳胜男，你是谁呀？"

"我是王淑莹的对象，妞妞的亲生父亲，妞妞是不是被警方送回老家了？我想求求您把那孩子留下，过几天我去接她。"

柳胜男一听是大丫头对象，有点不知所措，愣了一下没言声。柳爱民在一旁小声说："告诉他就说那孩子没在村里，家里没人让警察给带回去了。"

柳胜男赶紧告诉对方："不好意思，今儿下午警察到村里找王淑莹送孩子时，她家里没人，人家又把孩子带回去了。"

对方一听这话，顿了顿，接着说一句："不好意思打搅了。"

柳胜男摇摇头，擦一把惊出来的凉汗，忿忿地骂一句："妈的，竟干这狗连裆的事儿，难道说这俩玩意儿又到一块儿咧？"

柳爱民说："我看没那么简单，弄不好那大丫头被警察追得走投无路找他帮忙去了，虽然不合法毕竟夫妻一场，而且还有了孩子。"

赵双说："有孩子管啥呀，还不是照样儿各走各的道儿，我看那大丫头没准挪上那人咧。"

柳胜男说："不管怎么着，孩子是无辜的，摊上那么个现眼的妈，好不容易找了个过日子人家，没过几天消停日子又让警察给解救了，我琢磨着如果她亲爹要她，也未必就不好，咋着也是他的亲骨肉，虎毒还不食子呢，何况人呢？"

柳爱民撇撇嘴说："嘁，虎毒不食子，那大丫头是个人不？还是亲妈呢，不照样把闺女给卖了，现在这人哪可是越来越没人味儿咧，只要他妈的有人给钱，啥他妈的都敢卖。"

柳胜男低头沉吟着，她想起自己小时候，不是也被自己的亲爹扔到棒子地里，差点儿就喂了野狗么？唉，这人哪。哎呀，不行，这孩子我还是应该管。有爹有妈的总不能让她当野孩子吧？而且有朝一日那大丫头老了，跟前有个闺女起码有人跟她说个话儿，有个病有个灾的有人给她找大夫，给她倒碗热水喝呀。这么想着，她的心立刻就软了，看看赵双又看看柳爱民，幽幽地说："嗨，都在一庄儿住着，乡里乡亲的，不看僧面看佛面，不冲大人冲孩子。咋说她也是咱风箱峪的人，那孩子咱还是留下吧，有朝一日大丫头回来了，好歹也是个伴儿。"

柳爱民说："老姑哇，您可想好喽，那可是个人，要吃要喝，过二年还得上学，您管得过来么？"

柳胜男说："管不过来也得管哪，啥时候她姥姥姥爷回来了，咱也跟他们有个交代呀。"

赵双听到这里，接过话茬儿说："柳村长说得有道理，咱明儿个到乡派出所看看，那孩子如果没走咱就领回来。"

柳胜男脾气急，随即拿起手机拨通了乡派出所苗所长的电话。电话拨通以后，没等柳胜男说话，苗所长先老大辈子似的安慰了柳胜男一通，让柳胜男心里灌满了感动，说了半天话竟然忘了正题儿，最后才想起来问："苗所长，下午广州警察带来那个小丫头还在所里么？"

"在呀，广州来的警察也没走呢，干啥呀？是不是有那孩子妈的线索啦？"

苗所长声音里满是兴奋。

柳胜男实话实说："孩子妈没信儿，孩子他爸倒是有话来，说想过来接孩子。我们不想给他，想把那孩子接回村里，我先养着，等她妈回来也好跟她妈团圆。"

"法盲。"

苗所长语气挺生硬。

"我咋法盲啦？"

柳胜男有点儿懵。

"柳村长你等着，我这就过去跟你说。"

说完电话就撂了。

柳胜男举着手机，听着里面的忙音愣在了原地。

第二十一章　剪不断理还乱

　　送走苗所长，柳胜男和柳爱民、赵双三个人又聊起了关于建绿色食品加工厂的事儿。柳胜男说："那孩子不让咱养咱就不养，现在当务之急是多挣钱，俗话说要想富先修路。现在咱们路已经修好了，村容村貌也整齐咧，下一步咱就是大力发展经济，先让村子集体富起来。这年头儿有钱能使鬼推磨，没钱你永远说话没底气。"

　　"对，就是这个理儿。"

　　柳爱民和赵双也是一致赞同。尤其是柳爱民，当了这么多年村干部，空怀远大理想文韬武略，唯独缺的就是钱。所以，当自己一直跃跃欲试而不敢试的想法，终于可以变成现实一展身手的时候，他的兴奋心情是无法用语言来表达的。此时，他蓦地想起了一句老言古语：给好汉子牵马坠蹬，不给赖汉子当祖宗。他觉得跟柳胜男这样的人在一起共事，就是一个字"爽"。不管干啥都是痛痛快快雷厉风行，从不拖泥带水。他曾经把自己的感受说给赵双，没想到赵双也是这样认为，赵双甚至说，跟柳村长共事就是累死也心甘情愿。

　　两人见柳胜男已经忘记了白天的不快，忘记了丈夫背叛她的恨，心里边跟着都轻松了许多。你一言我一语，很快就把建厂的方案确定下来。再往下就是资金的事儿了，柳胜男说："不就五六万块钱儿么，小菜一碟儿，你俩就大胆地操持吧，钱的问题我想辙去。"

　　柳爱民说："老姑哇，我觉得不能啥钱都让您自己垫付，您看能不能集资啊？现在好些大企业不是都实行股份制么？您看咱也来个村民人人入股，挣了钱年底分红好不？"

　　赵双听了首先表示赞成："我看可以考虑，现在村里家家户户都有收入，一家掏个一千两千的应该不算啥，而且厂子建成以后还可以安排就业，工资加分红应该比到外村做小工收入要高。"

　　柳胜男听他俩这么一说，立刻兴奋起来，当即一拍大腿，由衷地赞叹道："对呀，我咋就没想到这个辙呢，爱民哪，你太有才了。"

　　柳爱民不好意思地说："我这也是跟电视上学的。"

　　柳胜男笑着说："呵呵，不管跟哪儿学来的，你还是有那份脑子，证明你是动了心思了。我也花插着看电视，咋就没想到那儿呢？"

　　三个人又说了一会儿话，看看墙上的挂钟已经是后半夜了。

　　送走了柳爱民和赵双，柳胜男已然毫无睡意。靠在沙发上，她又想起了苗所长说她是法盲的事儿，凭心而论她有点儿不服气。这么多年在商界打拼，她自认对法律一直是比较重视的，她经营的服装厂和饭店年年都是遵纪守法企业。为此她还专门聘请了常年法律顾问。对了，明天我得赶紧去律师事务所，咨询一下关于大丫头的孩子，我作为村长该管还是不该管，如果管应该咋管才对。还有赵成的事儿，他把家里的存折卷走了，是否能通过银行把账户冻结，让他使不出钱。还有……

想着想着，柳胜男的脑子又乱了起来，一天的紧张、亢奋、愤懑、失落，千丝万缕挤挤挨挨一齐涌上心头，剪不断理还乱，狗咬刺猬不知道从哪儿下口。就这么晕晕乎乎地歪在沙发上，不知不觉地就进入了梦乡。

蒙蒙胧胧中，她看见赵成开门进来了。

她想迎着他站起来，可是身子软软的像被人剔了骨头。赵成见她在沙发上躺着，也不说话，就那么直勾勾看着她。赵成身穿白衬衣，蓝裤子，脚上是一双露着脚趾头的黑松紧口布鞋，鞋帮子裤腿子上都是泥。

柳胜男看他一眼，觉得他这身打扮挺搞笑的，伸手点着他的鼻子说："大成啊，这都啥年代了，你咋整这么一身行头哇，是演小品还是拍电视剧哪，邋里邋遢的你就不怕村里人笑话？"

赵成冲他傻傻地一笑，拍着胸脯说："笑话？谁敢笑话呀？我赵成不偷不抢，犯法的事儿不干，犯胃的东西不吃，不就是邋遢点么，咱又不想出国留洋恍媳妇儿。"

柳胜男看着他那露着脚趾头的破布鞋，没好气地嗔道："对，你是不用出国留洋恍媳妇儿，那也不能穿着露脚趾头的破鞋出门儿啊，还有那破裤子，那还是啥年头的呢？里面的裤衩子都露出来了，让人看了还以为你是从灾区逃出来要饭的呢。"

赵成被她这一通数落，竟然双眼垂泪，抽抽嗒嗒地说："胜男啊，你知道我在外面有多苦么？我好不容易在建筑工地找了份甩大泥的工作，我穿这身衣服上班人家还说我不像干活儿的不给我工钱呢，要是再穿整齐点儿，还不把我叉出去。"

柳胜男一惊，诧异地问："我说大成啊，你跟我这儿找乐呢吧？咱们厂里那么忙，你咋还到建筑工地做小工去啦？"

她这么一问，赵成顿时面露不悦，气哼哼地反驳道："你还好意思问我，我这还不都是让你给逼的，自打你当了这个破村长，一天到晚都不够你忙的，我想跟你亲热亲热你都不肯，还把家里的钱都拿出去给村里修路铺街道。可是你这么卖命干，有人念你的好么，现如今这人哪，都是他妈的狼羔子。狼羔子是喂不熟的呀，你对他们多好，也是该咬你咬你，该吃你吃你，你知道吗，你知道吗？"

赵成越说越生气，一张脸扭曲着狰狞恐怖，直往她跟前凑。她拼命躲闪着，可四面都是墙，她根本就无处可躲。只好用双手拼命地推他，声嘶力竭地叫喊："滚，你给我滚！"

"胜男，胜男，你咋的啦？咋在这沙发上睡觉哇？快醒醒，别冻感冒了。"

柳胜男艰难地睁开沉重的眼皮。醒了，原来是在做梦。

婆婆抱着一床被正往她身上盖，她想起来，可浑身软软的没有力气，想说话可嗓子里像堵着一块棉花，张了张嘴一句话也说不出来，于是闭上眼假寐。

婆婆坐在沙发扶手上，伸出粗糙的手摸摸柳胜男的脑门，冰凉冰凉的都是汗。

"这孩子，准是做噩梦咧，嘻。"

婆婆轻声叨咕着，唏嘘着站起身，脚步沉重地进了里间屋。

听听里屋没了动静，黑暗中柳胜男睁开眼，回想梦中情景，心中不由自主生出几分惦念：赵成那个浑蛋玩意儿现在也不知在哪儿呢，这么多年的夫妻了，难道他真的就那么绝情？想到此，柳胜男顿时困意全消。

柳胜男摸黑躺在沙发上，瞪着眼睛瞅着房顶，思绪像没根的浮萍，一会这儿一会儿那儿飘忽不定。但是，思来想去想的最多的还是丈夫赵成。

毕竟在一起生活了二十多年，两个人一起奋斗一起吃苦受累，从身无分文发展到腰缠万贯。柳胜男使大劲儿琢磨也琢磨不透，赵成为啥要背叛她。也许是这么多年始终马不停蹄地奔波劳碌，一直以来柳胜男睡觉都特别香，根本就顾不上失眠。每天忙乎一天，到了晚上几乎是身子沾上床铺，脑袋离枕头还有二尺高就已经打上呼噜了，而且从来就不做梦。刚才的梦让她惊出来一身冷汗。人常说梦从心头起，难道说赵成真的沦落到吃不饱穿不暖的地步了？嗨。管他呢。他就是真的沦落到那个地步，那也是小猪子尿盘窝自作自受。谁让他放着好好的日子不过非要摽上那个狐狸精啊，呸！饿死累死都是活该。哼，不管他，爱咋地咋地吧，睡觉。

柳胜男使劲儿合上眼，把被往身上拽了拽，准备再睡个回笼觉。可是，她刚闭上眼，大丫头那浓妆艳抹的脸又出现在眼前，轰不走赶不掉。接着，又是大丫头那个小闺女妞妞，脏乎乎的小脸儿，鼻子下面拖着两行鼻涕，头发上沾着柴火沫子，瞪着一双酷似她妈妈的细长眼睛，泪汪汪可怜兮兮地看着她。看着看着，忽然拧挲着小胳膊扑进她的怀里，小嘴甜甜地叫着："大姥姥，大姥姥，救救我，妈妈被警察抓走了我好怕。"

大姥姥。对，从大丫头她父母那头论起辈分来，这小丫头还真应该叫她大姥姥。

唉，父母再怎么可恶，孩子总是无辜的。那么丁点儿个小孩子，她懂得个啥？眼下，大丫头跑了，她唯一的亲人姥姥姥爷和舅舅又都联系不上，我这个当村长的又是庄亲论来的姥姥，也应该算个亲人了吧？可那苗所长咋就不让领呢？还说我是法盲。哼，啥叫法盲啊？我咋就法盲了？一个个问号让柳胜男百思不得其解。

她把手垫在脑袋底下，琢磨来琢磨去，还是想不明白。于是，伸手拿起茶几上的手机，掀开盖儿，借着屏幕上微弱的亮光，迅速翻找出厂里法律顾问杜律师的电话号码，刚要按下发送键，无意中看一眼墙上的挂钟，还不到四点呢。想那城里人都是夜猫子，一般情况下是前半夜不睡，前半晌不起，都爱睡个懒觉，这大起早的给人家打电话，还不烦死。唉，还是找人咯应吧。早上起来把村里的事儿处理完喽，傍中午再去找他吧，顺便还可以请他喝一顿。算起来，已经有日子没跟他联系了，不用人家的时候，咋从来都想不起来通个话呢。

一想到杜律师，柳胜男心里头立刻就轻松了许多。那家伙真是个人精，啥挠头的事儿到了他那儿都能迎刃而解，找到办法。这几年要不是有他帮忙把关，厂里那几次经济纠纷损失可大了去了。看起来这人还是得多读书，多上学。嗐，自己当年若不是家里头穷，何至于考上大学上不起落在了庄稼地啊，说不定这时候也在哪个大城市的大高楼里踏踏实实睡懒觉呢。

唉，这都是命，人不能跟命争。

柳胜男叹了一口气，接着把被子往身上拽了拽，闭上眼。

恰在这个时候，院门被轻轻地敲了几下。

柳胜男一惊，倏地睁开眼睛，刚想起身到外面看看咋回事儿，却见婆婆悄没声儿从里屋出来，轻轻打开客厅的门，影子似的快步飘到大门口，颤抖着声音问："谁呀？"

"二奶奶，快开门哪，是我。"

"你到底是谁呀？我咋听不出来呢？"

"二奶奶，快开门吧，是我呀，我是王淑莹。"

"啥？你是大丫头？"

"是……是我。"

什么？大丫头？

柳胜男一听大丫头，立刻激灵一下，从沙发上跳起来，连鞋都没穿光着脚就冲了出去。

第二十二章 一失足成千古恨

　　柳胜男冲到院子里时，婆婆已经打开院门把大丫头放了进来。

　　大丫头进门后，神色慌张反手就把门关上并重新插好门闩。柳胜男的婆婆不知道这大丫头为啥大起早地跑到她家里来，疑惑地看着她刚想问啥。大丫头一抬头看见了站在婆婆身后的柳胜男，当即绕过老人，踉跄着奔到柳胜男跟前，啥话也不说，就跪下了，双手抱住柳胜男的腿涕泪涟涟哀求道："柳主任啊，我知道你是个大好人哪，我求求你救救我，救救我那苦命的孩子妞妞吧，如今我落到这个地步，男人不要我了，闺女就是我的命啊。"

　　柳胜男低头看着她冷冷地说："大丫头哇，你现在知道闺女是好的了？当初你卖她的时候，你自己吃喝玩乐花天酒地穷嘚瑟的时候，咋就没想到你闺女呀？"

　　听柳胜男这么一说，大丫头压低声音哽咽着说："柳主任，你听我说。"

　　柳胜男没接话茬儿，猫腰拉起大丫头把她拽到客厅，按到沙发上坐下，自己赶紧找了双拖鞋穿上。婆婆伸手要拉灯绳，柳胜男冲老人家摆摆手，示意她不要开灯。婆婆满腹狐疑盯着大丫头，不解地问："我说丫头哇，你这大起早的这是从哪儿来的？慌里慌张找我们家胜男有事儿啊？"

　　大丫头压低声音，带着哭腔说："二奶奶呀，我被冤枉啦，我比那窦娥还要冤一百倍哪。"

　　柳胜男把嘴凑到婆婆耳朵边，小声说："妈，您别问了，去给她做点吃的吧。"

　　婆婆又看了一眼大丫头，摇摇头，颠儿颠儿地去了厨房。

　　见婆婆出去了，柳胜男这才把脸转向大丫头，小声问："我说王淑莹，你这是咋搞的，卖啥咱也别卖人哪，你难道不知道干这事儿是要掉脑袋的么？纯粹法盲。"

　　大丫头一听要掉脑袋，当即脸色大变，浑身哆嗦着一边抹眼泪一边说："我的柳主任哎，你看我王淑莹像那胆大包天不要命的人么？不冲别的冲我爹妈我闺女，我也不敢干这伤天害理的事儿啊，这都是让他们给逼的呀。"

　　说完，她捂着脸哭了起来。

　　柳胜男最大的弱点，就是见不得别人在她面前流眼泪。大丫头这一哭立刻就把她的心给哭软了，当即又是递纸巾又是倒热水，外加拍着肩膀安慰，好不容易才把大丫头哄得止住哭声。这时，婆婆做好了挂面汤卧鸡蛋端进来放到茶几上。柳胜男开了灯，直到这时她才看清楚大丫头那张脸。

　　卸掉浓妆的大丫头，那本来就不算太胖的瓜子脸此刻苍白如纸，毫无血色。

干裂的嘴唇满是亮晶晶的大燎泡，一双空洞的大眼睛满是惊恐，紧张地看看这儿瞅瞅那儿，如同觅食的老鼠看见了猫，还想吃还想跑，一副战战兢兢的神态。

大丫头可能确实是饿坏了，看到汤碗眼睛倏地一亮，也不等着谁让，端起来就往嘴里扒拉。婆婆又端进来一碟小咸菜两个馒头，怜爱地看着大丫头，柔声说："丫头，饿了你就趁热吃吧，不够吃锅里还有呢。"

说完，转脸看着柳胜男，小声说："胜男哪，你也吃点儿吧，一会儿他们又该找你来了。"

柳胜男感激地看着婆婆，笑了笑说："妈，不用惦记我，我真的不饿。"

婆婆固执地坚持道："不饿也吃几口，这人是铁饭是钢啊，你昨晚上忙乎到后半夜，哪是个不饿呀，快吃，妈给你盛去。"

老太太说着话就出去了，转眼就端进来一大碗顶着鸡蛋的热面汤，柳胜男感激地接过来放到茶几上。起身到院子里水池子旁边，拧开自来水龙头好歹洗了几把脸，拍打着脸上的水珠子走进来。再看那大丫头，狼吞虎咽，一大碗挂面汤两个卧鸡蛋外加一个大馒头已经吃进去了。柳胜男冲她一笑，小声问道："几天没吃饭啦？早就饿坏了吧？"

大丫头点点头，脸上微微泛起一片红晕。她警觉地看看门口又看看里屋，见没有别人，这才跟柳胜男诉说起自己的遭遇。

柳胜男此时多了个心眼儿，悄悄按下了手机的录音键。

原来，当年大丫头与那外地理发师未婚同居生下闺女以后，忽然有一天，理发师告诉她说家里有急事儿让他回去一趟，过几天就回来。没想到那男人一猛子扎下去就没了音信，大丫头带着孩子在县城等了几个月，很快就花光了手中的积蓄。眼看着租住的楼房房租到期，房东几次三番上门催要房租，并下最后通牒：再不交钱就把他们母女轰出去。这期间，大丫头每天不停地拨打理发师的电话，可始终关着机。最后大丫头实在走投无路，带上仅有的几百块钱，按照理发师提供给她的家庭住址，打了火车票一路颠簸，找到四川绵阳某村，可是到那里一打听，村里根本就没有这么个人。母女俩回到火车站，一毛两毛伸手跟人要钱，凑够路费总算回到了风箱峪。

在村里，日子过不下去她也不敢求父母和哥哥，因为当初她跟那理发师搞对象，家里就极力反对，她父母实在管不了，就是被她给气走的。这时，在村里当大队会计的表姐夫赵双，见她们母女俩可怜，给她找了个看水塔的差事，每月有三百块钱的收入，再加上经营几十棵老核桃树，种几分薄田，母女俩的日子还算凑合。也是活该她走这一步棋，一个偶然的机会，大丫头跟一个初中同学用手机上网聊天，没想到这一上网就彻底改变了她的命运。

在网上，她认识了一个叫好客熊猫的网友，也是四川绵阳人。她跟他说了自己的遭遇以后，那人挺热心地答应她帮她找到那个理发师，给她们母女一个稳定的家。寻夫心切的大丫头一听这话就动了心，双方互留联系电话后，第二天她就带着四岁的女儿坐上了南下的火车。可是，她怎么也没有想到，自己这一失足成千古恨，竟然走上了一条危险的不归路。

　　经过两天一宿的颠簸，大丫头母女俩总算到了网友好客熊猫的家四川绵阳。下了火车，晕晕乎乎的大丫头拖着行李领着孩子，被出站的人流拥挤着走出了车站。

　　在出站口，人生地不熟的大丫头茫然四顾，一张张陌生的面孔，一串串根本就听不出说的是啥的乡音。女儿怯怯地缩在她身后，吓得直哭，她不禁心中一凛，有点后悔自己的莽撞。正在犹豫着，忽然，一个举着"接网友王淑莹"纸牌的年轻男子从人流中挤过来，冲她们母女张望着。

　　"好客熊猫！"

　　大丫头惊喜地欢叫着，拽着孩子就向那男子跑去。

　　好客熊猫听到大丫头喊叫，一脸喜色迎过来，见了面第一句话就是："淑莹，你比我想象的还要年轻漂亮。"

　　"是么？"

　　大丫头听了好客熊猫的夸奖，心里如同喝了蜜，仅有的一点戒备之心随即解除。

　　大丫头上下左右打量着这个网友，感觉比她心里想象的那个小熊猫要帅气得多，而且相当文静，对她彬彬有礼，这让大丫头很庆幸。心里话儿：在家里时常听人们说网上交朋友不靠谱儿，多一半儿是骗子。哼，那是他们没有上网交友的能耐，吃不到葡萄就嚷葡萄酸，见别人吃到了就羡慕嫉妒恨。典型的小农意识。这么想着，心里边越发地放松，尤其是见那好客熊猫对妞妞又是亲又是抱又是买零食，那种找对人的幸福感顿时溢于言表。见面不到半小时就让女儿妞妞管那网友好客熊猫叫干爹，弄得人家小伙子挺不好意思，白净的小脸儿一红一赤的。大丫头看着小伙子那腼腆的样子，非常开心，笑得合不拢嘴。两个人带着孩子在车站附近小饭馆吃了顿便饭。吃完饭，好客熊猫让她们母女在小饭馆坐一会儿，他说去找个朋友，一会儿就回来，大丫头撒娇说："刚见面你就要走，人家想你咋办？要走咱一起走嘛。"

　　好客熊猫见她这样，稍微愣了一下，低头想了想，哄她说："乖，我哪舍得你呀？你就等我一小会儿，我去那边打个电话就回来。"

　　说完，他着急忙慌就出了门，大丫头眼看着他进了马路对面的电话亭。

　　他这电话一打就是半个多小时，一边打电话还一边往她们这边看。回来时，又给她们娘儿俩买回了面包和饮料。然后，领着她们娘儿俩坐上一辆出租车。在车上，他打开一听可乐递给大丫头，温柔地说："淑莹啊，刚才真不好意思让你久等了，我那朋友也是开理发店的，他说帮你找找孩子她爸。别着急，我想你的一片痴情一定会感动上天，你们一家会团圆的。"

　　大丫头听他这么一说，感动得眼泪汪汪的，连声说："真谢谢你，我算遇上好人了。"

好客熊猫笑了笑，柔声说："谢什么谢呀，都是朋友嘛，何必太客气呀。"

大丫头含情脉脉看着他，双手接过他递过来的可乐，轻轻抿了一小口就放下了。好客熊猫直视着她，又是微微一笑，关切地说："淑莹，喝吧，到我们这儿你只能喝这个。"

"为啥呀？"

"因为我们这儿的水是经过处理的黄河水，有一股土腥味儿，不好喝，不比你们那里的水，都是山泉水甘甜甘甜的，我怕你喝不惯我们这儿的水。"

这个人真知道心疼人。

大丫头心里一热，非常感激地看着好客熊猫，双手捧着饮料罐，一口一口喝起来。好客熊猫随后又给那孩子开了一罐，还把妞妞抱在怀里，亲手喂给她喝。

经过两天一宿的长途颠簸，本来就有点晕车的大丫头此时又累又困，一罐饮料没喝完就沉沉地进入了梦乡。

不知道睡了多长时间，她感觉胸口憋闷得难受，下身也一阵一阵撕裂般地疼。她想睁开眼睛看看到了什么地方，可眼皮像被糨糊粘住一样咋也睁不开。她动了动胳膊腿，浑身竟然如同被捆住一样根本就动弹不得，她当即心里一惊，大声呼喊："熊猫，好客熊猫！"

可是，喊了几句嘴里根本就发不出声音，她咬了咬牙，软软的，立刻意识到自己嘴里面被塞了东西。不禁浑身一战，猛地睁开眼睛，这才发现一个面貌丑陋的壮汉赤身裸体正趴在她身上跟她干那事儿！

"天哪！"

她大叫一声，当即昏厥过去。

也不知道过了多长时间，大丫头从昏迷中醒过来。睁开双眼环顾四周，发现自己一丝不挂躺在一间阴暗的小屋子里，窗户上糊着厚厚的牛皮纸，只有门缝透出来些许光亮。借着这仅有的一丝光亮，隐约可见屋里家徒四壁，而且四面墙乌漆麻黑根本看不出底色，屋里除了一张铁管焊接的大床以外，只有一只老式木柜，一把长条木板凳，木柜上摆着一把破茶壶。她想活动活动四肢，却没动弹得了，仔细一看原来自己的手脚都被细细的尼龙绳捆着系在了床栏杆上。

我被拐卖了。

她脑子里猛地跳出来这几个字。她想起在老家县城发廊打工时，曾经不止一次听人们说起人贩子拐卖妇女儿童的事儿，而且当地农村也常有说不上媳妇的老光棍花几千或者几万块钱从外地买媳妇。没想到这可怕的事情今天竟然落到了自己的头上！失去了人身自由，我该怎么办呢？她无助地瞅着漆黑的房顶，心中只有一个念头：逃出去。

可是自己连衣服都没有，怎么逃呢？她张了张嘴，感觉嗓子里干渴得难受，记得自己嘴里曾经塞着东西的，现在没有了。于是，她拼命地喊了一嗓子："来人哪！放我出去！"

没人答应。她又喊了一嗓子："水，我要喝水。"

还是没人答应。但过了一会儿，门被推开了，一个看不出年龄的丑陋男人端着一瓢水走了进来。开门的一刹那，借着门外射进来的光线，她看清楚那个男人就是趴在她身上的那个壮汉。她厌恶地吐了一口唾沫，又狠狠地剜了一眼那个男人，此时他发现那个男人虽然丑陋但并不凶恶，甚至还有几分木讷。大丫头当即心里一动，这种人应该好糊弄。于是，可怜兮兮地哀求道："大哥呀，求求你行行好放了我吧，我下辈子下下辈子都会想着你，念着你的好，一天三遍为你烧香许愿，行不？"

那汉子直愣愣看着她，摇了摇头，根本没听懂她的话。大丫头看着她，使劲儿动了动胳膊腿儿，接着哀求："大哥呀，你就是我的亲哥哥呀，你就放了我吧，我保证不走，我只是想看看我的孩子，我的孩子她在哪儿呢？"

男人这回似乎听懂了，放下水瓢，把手脚上的绳子给她解开，看着她坐起来，然后把水瓢递给她。

大丫头接过水瓢，灌下去半瓢凉水。嗓子里是痛快了，但小肚子涨得够呛，她低头看着自己一点布丝儿不挂的身子，也顾不得羞臊了，蹲下就要解手。那男子见状，弯腰不知从哪个旮旯拾起一个破瓦罐放到她的脚下。大丫头一边解手一边思忖对策。

说起来这大丫头还真算得上机灵有主意，不是那种遇上事儿就寻死觅活瞎闹腾的人。解完手站起身，她连说带比画让那男人给她找衣服，那男人摇摇头，提着瓦罐出去了，门随即从外边上了锁。

大丫头想这下可完了。这人不人鬼不鬼的日子可咋过呀，她立刻想到了死。她环顾左右一眼就瞄上了床上的尼龙绳，对，上吊吧，与其让人折磨死不如自己吊死。可是，刚拿起绳子她就想起了自己的闺女，她还那么小，爸爸不要她了，妈妈再死了，她该咋活呀。不，我不能死。可是不死就这么牲口似的活着有啥意思呢？她又想起了那个网友好客熊猫，是他把她骗到了这个鬼地方，她要报仇，她要找到那个浑蛋王八蛋，亲手杀了他。这么一想，她立刻安静下来，拽下床上那脏得看不清模样的破床单当裙子围在身上，接着又喝干了剩下的那半瓢水，坐在床上想主意。

刚坐下一会儿，屋门再次被推开了，那个男人送来了她的衣服，身后还跟着一个约莫四十岁的女人。看着她一件件穿好衣服，那女子笑模笑样坐在她身旁拉着她的手，上一眼下一眼打量着她，用普通话慢条斯理地说道："这妹子可真俊，美女哦。能娶到你这样的好媳妇我们三娃有福哇。妹子，别害怕，三娃他可不是坏人，只是家里穷了点儿，他攒那几万块钱不易啊，你只要好好跟他过日子，习惯了就好了。嘻，咱们做女人的，就是嫁鸡随鸡嫁狗随狗哇，到哪儿随哪儿，眼下你想逃是逃不掉的，真要把他惹急了，打你一顿也是白挨呀，咱还是认命吧。"

大丫头直愣愣听着那女人掰开细文儿地说，不点头也不摇头，过了一会儿见那女人不唠叨了，这才可怜巴巴地问："姐呀，我知道你是为我好，可我那闺女呢？我想见见我闺女啊。"

那女人听了一愣，转脸问那汉子："三娃，我没听说她还带个孩子啊？"

那个叫三娃的汉子低头趴在女人耳朵边，喃喃地叽里咕噜不知道说了些啥，大丫头虽然一句话也听不懂但听出来一个"卖"字，当即捂着脸呜呜地哭了起来。那女人跟个日本翻译似的，赶紧好言哄她，告诉她说："妹子，放心吧，你女儿被一个很有钱的人家收养了，在那儿肯定享福受不了罪。好妹子，想开点儿吧，这留得青山在不愁没柴烧，喜欢小孩子过个一年半载再生一个就是了。"

大丫头不言声，只是一个劲儿地哭。那女人见自己咋哄也哄不好她，就有点不耐烦了，声音也提高了八度："我说妹子呀，都到这份儿上了，你哭有啥子用啊？啥也不如塌下心来好好过日子，三娃有的是力气，你跟着他就是吃饱了养身子，有啥子不好么？听人劝吃饱饭，别哭了，啊？"

唉，事到如今也只好听天由命了。

大丫头叹口气，低着头止住了哭泣。

接下来的几天，大丫头似乎已然忘记了失去女儿的痛苦，没心没肺该吃吃该喝喝。那个三娃见她这样也随即放松了对她的监视，白天她可以出屋到院子里晒晒太阳，走动走动。三娃也开始出去干活，把她交给母亲，一个七十来岁弯腰驼背的老太婆。他家的院墙不是很高，但门口有一条小驴子似的大黄狗。那狗瞅着不是很凶但极精明，只要大丫头踏出房门，那狗就立刻支棱起耳朵，张着大嘴耷拉着舌头瞪着一双三角眼，虎视眈眈盯着她，不等她到院门口，它就扑过去堵住那扇破柴门，冲着她汪汪地叫个不停。吓得大丫头连连后退。她知道自己白天是跑不掉的，只好乖乖地跟在老太婆身后帮她洗衣做饭，翻晒三娃采回来的药材。

老太婆听不懂大丫头的话，大丫头也听不懂老太婆的话，两个本来能说会道的人在一起倒像是一对哑巴，一边说话一边比比画画。这期间，他们街坊那个会说普通话的女人常过来串门。她断断续续告诉大丫头，说她自己也是北方人，六十年代跟着父母亲过来的，后来父母落实政策回去了，她因为结婚有了孩子就落在了这里。她还告诉大丫头，那个三娃花了两万多块钱从人贩子手里买的她。他们村里像她这样买来的媳妇少说也有十来个，有的都来了十多年了，孩子生了两个，从来都没回过娘家。因为这里交通闭塞，四面环山，前不巴村后不巴店，也不通公路，人们到最近的镇子上赶集也要走三十多里地，翻过五道山梁。

大丫头看似麻木地听着，心里边却在暗自盘算，五道山梁，三十多里山道，这在别人看来可能高不可攀，可到她这儿就不算个啥了。她娘家也是山区，甚至比他们这里的山还高还险，她从小就在山里长大，甭说翻五道山梁，就是五十道又算个啥呢？这几天，她还仔细留意了三娃家的院墙，本来就不高，窗户根底下还有个不知道干啥用的大台子，登上去不用怎么费劲儿就能攀上墙头，而且他家墙外头就是山坡。

心里主意已定，她就开始实施自己的逃跑计划。那天，她先是在老太婆面前表现得特别乖巧勤快，抢着干活儿，把屋里屋外打扫的一尘不染。中午有太阳的时候，她还烧了一锅热水，给自己和老太婆都洗了头发，并且给老太婆剪了指甲，把老太婆伺候得挺美。晚上，三娃从外面干活回来，吃完饭大丫头又是殷勤地烧热水给三娃擦身子洗脚，哄得三娃咧着大嘴一个劲儿瞅着她笑。夜里干那事儿三娃也没绑她，颠鸾倒凤折腾了一阵就心满意足呼呼大睡了。

大约半夜时分，大丫头听听对面屋里老太婆没了动静，身旁三娃睡得跟死猪一样，呼噜打得震天响，使劲儿扒拉都没有反应了。大丫头微微一笑，麻利地穿好衣服，悄悄打开窗户钻出去站到那大台子上。此时，那大黄狗呜地一下扑过来，大丫头冷静地从窗台上拿起一块白天放在那里饽饽扔给它，那狗冲她摇了摇尾巴叼起饽饽跑到院门口吃去了。趁着这个机会大丫头一翻身爬上墙头，试探着跳了下去，紧走几步爬上山坡，就着不算明亮的月光辨了辨方向，顺着山坡一溜儿小跑很快就出了村子。出了村子也不管去哪儿，沿着弯弯曲曲的羊肠小道有多大劲儿使多大劲儿一路狂奔，翻过一道山梁又一道山梁。天蒙蒙亮的时候，她果然看到山脚下有一条宽宽的柏油路，影影绰绰还依稀可见一座不小的村庄，大概就是邻居那个女人所说的集镇了吧。

我终于逃出来了。大丫头心中不禁一阵窃喜，但是她不敢停留，朝着公路的方向，拼尽全力接着往前跑，天大亮的时候，她终于跑上了公路。

倚着路旁一棵大树，看着公路上来来往往的汽车，大丫头激动得心儿一阵狂跳。在山里十几天噩梦般的遭遇让她不堪回首，此时此刻她只有一个念头：回家。

可是，当她眼看着一辆辆载人的公共汽车按着喇叭从她身边驶过，心中不禁涌起一阵悲哀。摸摸身上，一个镚子儿都没有，跑了大半夜，肚子里更是饥肠辘辘，头发昏脑发涨腿发软，眼前直冒金星。她好想找个地方美美地睡上一觉，然后吃顿饱饭，可一想到山里那丑陋的壮汉三娃，顿时惊出一身冷汗。天亮了，那家伙发现自己不在了肯定会带人追赶，不行，我得赶紧跑。

这么一想，大丫头强打精神，使劲儿咽口唾沫润润干得冒烟儿的喉咙，紧了紧裤腰带接着赶路。她不敢往镇子里走，只好继续沿着公路飞奔，这样又跑出去有十来里地。抬头看看前面又是一个村子，她实在跑不动了，一屁股坐在一棵大树底下，身子靠着树干脑袋枕着胳膊，再也不想起来了。恰在此时，一辆银灰色面包车悄没声儿停在她的跟前，从车上走下来一个带着墨镜的年轻小伙儿，一步一步慢条斯理地走到她的跟前。正坐在地上抱着脑袋喘粗气的大丫头，根本没听到动静，猛地看到眼前停住一双男人的脚，顿时吓得一激灵，惊兔般站起身拔腿便跑。但没跑出几步，胳膊就被一双有力的大手钳住了。随即，一个熟悉的温柔的男声在耳畔响起："淑莹，你太伟大了，竟然从那蛮汉子家中逃了出来。"

这声音太熟悉了。

大丫头停住脚步，扭头看去，说话的正是那个把她骗惨了的网友好客熊猫。

此时，好客熊猫摘下墨镜似笑非笑地看着她，那眼神儿特像一只老猫看着自己爪子底下的小老鼠。

大丫头见到那张帅气文静的小白脸，顿时怒火中烧，满腔的悲愤、屈辱与悔恨一齐涌上心头。拼尽全身力气挣脱钳住她的那只手，弯腰捡起一块石头狠狠地就朝着那张脸砸了过去。好客熊猫灵巧地闪身躲了过去，随即伸手再次钳住她的胳膊。此时的大丫头像一头发疯的母老虎，挣扎着奋力把脑袋撞向好客熊猫那并不厚实的胸脯，一边撞一边骂："缺德的熊猫你个大骗子，你个挨千刀的，杂种养的，你他妈的不是人是活牲口，你这辈子断子绝孙，下辈子下下辈子还会断子绝孙，你个王八蛋，你还我闺女！"

好客熊猫双手死死地钳住她的两条胳膊，她就用脚踢用嘴咬，那架势就像要把那好客熊猫撕碎扯烂才解恨。这时，旁边又上来一男一女，一边一个把她架住，好客熊猫狠狠地踹了她肚子一脚，迅速把她拽上面包车。

到了车上，大丫头仍然不停地挣扎怒骂。架着她上车的那个男人狠狠地剜了她一眼，从座位下面抽出一根绳子，三下两下就把她捆了个结实。好客熊猫就坐在她身旁始终攥着她的手一声不吭。直到那人把她捆结实了他才松开手，侧过脸笑眯眯看着她，仍然用那种充满磁性的温柔的声音说道："淑莹，真不好意思让你受委屈了。其实，我们本想去村里解救你的，没想到你自己逃出来了，佩服哇，佩服。"

大丫头仇恨地瞪了他一眼，嘴张了张还想接着骂，但嗓子哑哑的已经发不出声音，她拼命嚷道："死骗子，你还我闺女！"

好客熊猫一脸赖皮地看着她，笑着问："闺女？什么闺女，你是说咱那可爱的小妞妞吗？她现在很好的，可比跟着你强多了，她如今在我朋友家享福呢，无忧无虑，快快乐乐，那可是名副其实的小公主哇。"

"你……"

大丫头气愤之极，冲着那嬉皮笑脸的好客熊猫一头撞了过去。

迎着她的是两记清脆响亮的耳光，直打得她顿时眼冒金星晕头转向分不清东南西北了。同时，一个声音恶狠狠斥道："臭娘们儿，不要脸的骚货，你以为你是谁呀？皇上的金枝玉叶？我呸！一个臭甩货还这么不识抬举，要不是我们熊猫那么喜欢你，老子早就把你踹下去了。"

大丫头恨恨地剜了那人一眼，吐一口嘴里的血沫子，低了头再不动弹。

汽车沿着盘山公路不知道走了多长时间，来到一个平原小镇，在一幢造型非常独特的两层小楼前停下了。

车门打开，好客熊猫像拖死狗一样把半昏迷状态的大丫头拽下车，两个人架着她进了小院，又进了小楼旁边的一间小房子里，把她扔到床上。

后来，混熟了她才知道，原来她那网友好客熊猫就是一个拐卖妇女儿童的人贩子，而却还是个团伙的小头头。他就是凭借着文静帅气的外表，以交友为名，专门在网上寻找善良单纯的外地女子，三寸不烂之舌，投其所好，花言巧语骗你上套。骗到本地以后，先找好买主，然后用甜言蜜语哄着受骗者喝下掺了安眠药的饮料，趁被骗人昏睡之际，实施强奸，然后再送到买家，拿钱走人。买主大多都是本地贫困地区说不上媳妇的光棍汉。有的他们看着长相不错的女子，他们卖掉后再想办法解救出来，然后接着卖，反复赚钱，俗称"放鸽子"。大丫头就是他们准备"放鸽子"的对象，没想到他们还没进村呢，就看见一帮人拿着棍棒漫山遍野地找人。于是，他们就退了回来，刚好在公路上看到了慌不择路逃跑的大丫头。

好客熊猫和他的同伙非常欣赏大丫头的勇气和胆量。于是，几个人软硬兼施轮番做工作，并拿她女儿的性命相要挟，哄着她加入了团伙。

大丫头上次衣锦还乡，其实就是回家找人来了。也是她的良心还没有坏透，村里边那么多大姑娘小媳妇羡慕她的阔气，想跟着她一块儿出去赚大钱，她一个都没带，只从县城带走了两个曾经跟她一起在发廊打工的东北小姐。那姐儿俩也是闯荡江湖的老手了，到了四川她们完全听得懂四川话。在车站旁边那家小饭店吃完饭，接站的好客熊猫哄她俩喝饮料以后，用四川话给买主打电话被她俩听出了话外之音，而且警惕性极高的姐妹俩根本就没喝那饮料。所以，没等好客熊猫打完电话，俩人就以上厕所为名跑到车站派出所报了警。正赶上当地警方开展打拐行动，接警后立刻出击，围住了那家饭店，好客熊猫和另一个团伙成员当即被抓。大丫头因为跟着那姐儿俩一块儿去厕所，出来后不见了那姐儿俩，就到附近趸摸着找，刚拐过厕所就见那姐儿俩领着警察往饭店走，知道事情不妙，顺着人流就钻进了一条胡同，然后从这个胡同钻到那个胡同，七拐八拐就拐出了车站范围。她知道警察一时半会儿追不上她，马不停蹄就往城外跑，在一个居民小区附近，她看到一个小理发店，遂转身钻了进去，进门就说要理发。也是机缘巧合，没想到那理发师傅正是她朝思暮想的昔日情人，也就是她女儿姐姐的生父。

俗话说：一日夫妻百日恩。何况他们还有了孩子。所以，那理发师听说了大丫头的遭遇以后，二话没说，给她理完发就用摩托车载着她，把她送到山里的亲戚家躲避。几天以后，理发师在报纸上看到警方从广州某地解救出一名河北省小女孩的消息。报纸上不但登有女孩的大幅照片，还说这个四岁的女孩不仅知道自己父亲母亲的名字，还知道自己的家在什么县什么乡什么村，并对这个孩子大加赞赏。理发师看着报纸上孩子的照片，正是自己和王淑莹所生的女儿姐姐。于是就拿着报纸到当地警方报案认闺女，接待他的民警打电话追查一通后告诉他说，那个孩子已经被送回原籍了。这么着，就有了理发师打给风箱峪村长柳胜男的神秘电话，接着又是大丫头飞蛾扑火回到老家见村长的一幕。

第二十三章　投案自首

　　大丫头一把鼻涕一把眼泪讲述完自己的遭遇，直听得柳胜男目瞪口呆，半晌说不出来一句话。婆婆在一旁唏嘘着说："真难为这丫头了，你这也算是捡回来一条命啊，往后哇，可好好在家里待着吧，哪儿也别去了，这青天白日的真是啥人都有哇。"

　　柳胜男两眼盯着大门口，若有所思地说："王淑莹，我还真挺佩服你的，在那种情况下换个人早该吓傻了，你竟然还敢半夜三更跑出来。嘻，只是你后来不该跟着他们一溜一行地作孽呀，那不是自己往死路上走么？"

　　大丫头抹一把眼泪，颤声说："我的好主任哎，我那不是让他们给逼的么？你不知道那些人有多狠哪，那个熊猫说，我要是不跟着他们干，他们就把我闺女干掉或者让她接客当小妓女，还说我要干得好，过几天就把我闺女领回来，我是为了那孩子……"

　　说到孩子，大丫头哽咽着说不下去了。

　　柳胜男看着她那楚楚可怜的样子，心里不禁一战，可怜天下父母心哪！普天下当妈的哪有一个不爱自己儿女的？想那小妞妞才刚刚四岁就遭受这么大的磨难，真要大丫头被判刑，别人待她再好再亲也不如在亲妈跟前快活呀。可是，这拐卖人口的罪过，就算不判死刑也得在里边待个十年八年的吧，那孩子自个儿没爹没娘的还是业障，跟着姥姥姥爷过，她那舅舅妗子能容忍么？找她亲爹么？人家可是有妻室有子女的，那孩子去了岂不是多余？

　　这么想着，柳胜男也有点束手无策了。思忖片刻，她随即就想到了杜律师。人们都说律师一张嘴可以把死人说活喽，把有罪的说没罪喽，对，就找他。想到此，她立刻打开手机拨通了杜律师的电话号码。

　　"喂？柳厂长，找我有事儿啊？"

　　柳胜男没想到对方这么快就接通了，愣了一下才反应过来，赶紧答话："不好意思杜老兄，这么早就打搅您。"

　　"哈哈，早么？我这还当晚上过，都没睡觉呢。"

　　杜律师爽朗地笑着，震得柳胜男耳朵嗡嗡响。下意识地把手机往远处挪了挪才接着说："杜老兄，您现在有空么？我有个亲戚出了点儿小事，我不知道该咋收拾了，想找您咨询一下，帮忙出出主意。"

　　"好的，我今天正好没事儿，你们过来吧。"

　　说完，电话就撂了。

事不宜迟，柳胜男简单收拾一下，换了一身衣服，看着大丫头说："你的事儿我找人问了一下，他让我这就过去，你是跟我一块儿去呢还是在家里等着我？"

大丫头沉吟了一下，说："柳主任，我跟您一块儿去吧，也听听咋办合适。"

大丫头的想法其实是怕警察抓她。因为，夜里她来找柳胜男时，在村委会门口看见停着一辆警车，当时就吓得她差点尿裤子。而柳胜男也早就想了，如果让大丫头待在自己家里，婆婆一个农村老太太，拿啥事儿都当新闻说，不等天亮就得把大丫头的事儿给白话出去。苗所长他们是干啥的？还不立马就把她铐走交差去。所以，此时见大丫头张罗跟她走再好不过，于是当即拿了车钥匙，告诉婆婆自己去趟城里，就拉着大丫头上路了。

到县城的时候，已经是天光大亮，但街上行人车辆还是比较少的。在一个早点部门口，柳胜男停了车让大丫头在车上等着，自己进去买了一兜包子，一杯热豆浆放进车里，这才去了杜律师任职的春光律师事务所。

没等到跟前，她就看见杜律师悠闲地迈着四方步，正从那铁栅栏门里往外走。于是，冲着他按了两下喇叭，把车停下来，拎着包子和豆浆迎上去打招呼："杜老兄，真早哇，又打搅您来了。"

杜律师看着柳胜男笑了笑，大咧咧地说："哪里哪里，都是好哥们儿好姐们儿，你这么说不就远了么？何为打搅哇，你这是无事不登三宝殿哪，走，进去说话。"

柳胜男很随便地调侃道："呵呵，您老这地方还是少来点儿为妙，对吧？"

杜律师愣了一下才反应过来："可不是嘛，待着没事儿谁愿意老惹官司啊。"

一边说着话儿，柳胜男回头招呼仍然站在车门子旁边不敢动地儿的大丫头："走哇，这杜大哥可随和了，而且神通广大，多挠头的事儿没有他解决不了的。"

说完扭头对杜律师说："杜老兄，给您介绍一下，这个就是我刚才跟您说的那个亲戚。"

杜律师看着大丫头，客气地点点头，"你好，我姓杜，别客气，进来说话吧。"

三个人说着话儿走进律师事务所办公楼。

进了杜律师的办公室，柳胜男先把买来的早点放到办公桌上，往杜律师跟前推了推，笑着说："忙活一宿还没吃饭呢吧？我在半路上顺便捎了份早点，您先垫吧几口，中午我做东，请请老兄，把你们所里几位弟兄也都带上，咋样啊？"

杜律师听了，也不客气，抓起一个包子咬了一口，立刻竖起大拇指赞道："柳厂长，真有你的，你咋就知道我爱吃这家的包子呢？中午咱们还上那儿。"

柳胜男狡黠地眨巴眨巴眼睛，调侃道："呵呵，我是谁呀？能掐会算还懂心理学，请吃饭就得请人家心里边去对不？"

杜律师喝了一口豆浆，看了一眼怯生生躲在柳胜男身后的大丫头，又看看柳胜男，收敛笑容，很职业地问一句："柳厂长，不会是有啥案子吧？"

"您……"

柳胜男一下子被人看透心思，感觉很不适应，怔了一下，随即直截了当说道："杜老兄，您真是火眼金睛啊，既然一眼就被您看出来了，我也就不说啥序儿了，这丫头是我村里的，年轻不懂事儿上网聊天被外地网友给骗了，她被卖到四川山里边，闺女卖到广州，这还不算啥儿，麻烦的是……"

"麻烦的是她又反过来骗别人，对不？"

杜律师接过话茬儿一语中的。大丫头听了顿时面红耳赤，脑袋耷拉到胸前再也不敢抬起来。

柳胜男见状，也不再藏头露尾瞒着掖着，当即坦言道："您说得太对了，真是这么回事儿，这丫头忒毛躁啊，主要是不懂法，千不该万不该把自己心里边儿的火气撒到别人头上，可她也是有苦衷的，亲闺女小命儿攥在人家手里，她也是身不由己呀。"

"嘁，法盲啊，我今儿黑夜整了一宿的材料也是这样的案子。"

杜律师叹了一口气，闷头儿喝豆浆吃包子不再说啥。柳胜男则趁这机会把大丫头被拐卖的遭遇，以及广州警方带着被解救出来的大丫头闺女妞妞追到风箱峪的事儿，一五一十地说给了杜律师。

杜律师听罢，沉吟着半晌无语。

柳胜男赶紧从一旁捅咕大丫头并向她递了个眼色，大丫头当即会意地点点头，起身来到杜律师跟前，跪在他脚前，声泪俱下哀求道："大法官，您知道的事情多，求求您救救我吧，我闺女她才刚四岁呀，她爸爸狠心抛弃了我们娘儿俩，我一个山里柴火妞儿庄稼丫头知道个啥？眼下只有求您指明一条活路儿啦，呜……"

那杜律师原本也是性情中人，见不得别人受委屈，当即弯腰扶起大丫头，不容置疑地说："事到如今，躲是没有用的，你躲过了初一躲不过十五，法律是不讲情面的，现在唯一一条路只有投案自首。既然柳厂长找到了我，也是因为你也是受害者，那么，我愿意为你作无罪辩护。"

"真的？"

柳胜男和大丫头同时惊呼一声，抬起头看着杜律师。

在杜律师的指点下，大丫头同意投案自首。她回到风箱峪的家简单收拾了几件换洗的衣服，又到柳胜男家里跟柳胜男的婆婆说了一堆感激的话，这才跟着柳胜男去县公安局投案自首。这期间，柳胜男到外边给苗所长打了个电话，告诉他王淑莹准备到县公安局投案自首，派出所的弟兄们可以回所里踏踏实实睡觉了。苗所长说："这事儿我得给你记一大功。"

柳胜男说："净是扯淡，我一个土老百姓记啥功啊母的，村里边安安定定的比啥都强。"

苗所长说："待会儿我也去局里。"

柳胜男说："那样最好。"

撂了电话，柳胜男就进屋拉着大丫头上车，出了风箱峪往县城驶去。

走到半路，大丫头忽然让柳胜男停车，柳胜男以为她反悔了，犹豫了一下。

大丫头说："柳村长您别害怕，我既然答应了投案自首就不会反悔的。我只是想跟您托付点事儿。"

柳胜男不知道她要说啥，但看她那一本正经的样子，估计不会说瞎话，遂把车停靠在路边一棵大树底下，温和地看着她说："有啥事儿你就说吧，只要我能办到的保证办妥当喽。"

大丫头感激地看了柳胜男一眼，低头思忖一会儿，然后抬起头，两眼闪动着晶莹的泪花，哽咽着说："柳村长，我相信你是个好人。如今这年头儿啥叫亲啥叫近啊？到事儿上都他妈的狗屁不是。我算看透了，只有在你走投无路的时候肯伸手拉一把拽一把的人才是亲人哪。柳主任啊，如今只有你是我王淑莹真正的亲人啊！昨儿晚上，我在庄头上转悠了大半夜呀，从天一擦黑儿我就给我哥我嫂子打电话，通了就是没人接，再打就都关机了。我打他们家的座机，是我哥接的，一听是我的声音就撂了。过了一会儿还不错给我打过来了，我一接，他劈头就是一顿训斥，说大丫头你自个儿做的孽自个儿受去吧，家里跟你丢不起这个人现不起这个眼。我央求他把电话给爸妈，我说想跟他们说几句话，他不等我说完就把电话撂了，再打就停机了。柳主任啊，你知道我当时咋想的么？"

大丫头浑身颤抖看着柳胜男，顿了顿，不等柳胜男插话，接着说："我当时真想跳山涧死了算了，可是我走到石垃边，忽然听到村子里孩子哭，我立刻就想起我那苦命的闺女了，她还那么小，我死了她咋办哪？"

柳胜男怜爱地看着她赞叹道："这就对了，人吃五谷杂粮哪有不犯错儿的？走错了道儿赶紧回头，账差有来回儿，天塌下来有地接着，那杜律师不是说了么，愿意为你作无罪辩护。我琢磨着像你这种情况，再主动投案自首，不会判得太重。留得青山在不愁没柴烧，出来后咱们重打锣鼓另开张，凭你那机灵劲儿日子错不了。"

大丫头眼睛一亮："柳村长你真那么看？"

"当然，我糊弄你干啥。所以，我劝你别太着急上火，闺女我回头就给你领回来，怕我看不好就先放在你表姐柳红霞那儿，毕竟是亲戚。"

没想大丫头一听柳红霞，顿时面色一紧，咬了咬嘴唇，喃喃道，"柳主任，我如今已经没有亲戚咧。"

柳胜男立刻听出她这话里有话，赶紧改口道："孩子你放心吧，有我吃的她就饿不着，有我穿的就不会让她露着，我就当多了个老闺女。可是，即便这样，你爸妈那儿我也得去一趟，这手心手背都是肉，天底下哪有当父母的不疼自己儿女的？再说他们老两口就你这一个闺女，在这节骨眼儿上哪能撒手不管呢？"

大丫头听柳胜男说到自己的父母，当即垂下眼帘，用手背抹一把悄然滑出的泪水，嘴唇哆嗦着忍了半天才没让自己哭出来。柳胜男同情地拍了拍她的肩膀，柔声说："王淑莹，我知道你是个要强要脸的孩子，以前错了就错了，从今往后咱好好活着，好好做人就是了。你这才刚二十几岁，人生的路还长着哪。"

大丫头听到这儿，浑身一战，抬起一张泪脸定定地看着柳胜男，咧嘴笑了笑，幽幽地说："柳主任啊，我这辈子算是把老王家的脸丢尽了，我能理解我爸妈和我哥的心情，他们不理我不认我跟我绝交我都能忍受，谁让我自己不争气不要脸给他们添堵来着？可他们连我的孩子都不管不顾，实在让我寒心哪！想当初我哥在城里买房子娶媳妇，手头不宽裕，我把卖血的钱都打扫上给他送去，如今我摊上事儿了，他们竟然这么对待我。"

柳胜男劝解道："嘻，你别这么看，他们那也是恨铁不成钢一时赌气呀，过几天平静平静就该想办法救你咧。"

大丫头无奈地摇摇头叹口气，留恋地看着车窗外起伏的山峦，接着说："柳村长啊，我这个人虽然糊涂任性，可也初中毕业，在外头跑了这么多年，法律常识多少也懂点儿。我知道我的罪过，杜大哥说为我无罪辩护我感激不尽，下辈子做牛做马我也要报答他。我现在已经没啥牵挂了，爹妈不认我，老爷们儿甩了我，亲戚更是不敢沾我，我还惦记啥留恋呀？我就是放不下我那闺女呀，我不想让她爸带她走，因为跟着他更遭罪。我唯一的指望就是您柳主任了，我不让您白养，我清楚现在养一个孩子挑费有多大，说话她就要上幼儿园上学，再大点儿还要成家立业，那都得用钱堆。所以，出门时我放在你家沙发底下一个用内裤包着的塑料袋，里面有两万现金还有一张银行卡，银行卡密码是我闺女的生日980603。柳主任你别笑话我，我知道你是千万富翁，不在乎我这点儿小钱儿，这钱我交给你是留着将来给我闺女的一点念想，等她长大了你千万告诉她，她妈妈王淑莹是爱她的，到地底下也爱……爱着她呀。"

大丫头一口气说完这些话，如释重负般长长地呼出一口气，两眼痴痴地看着车窗外，像是要把窗外的景色都印进脑子里。柳胜男被她说得心里也是翻江倒海不能平静，她没说话，伸出胳膊轻轻揽住大丫头的肩膀，掏出纸巾为她擦干不断滑出的眼泪，等她情绪稳定下来，才缓缓地说："王淑莹，你想得太多太复杂了，我估摸着咱们现在去自首，然后配合公安把你知道底细的人贩子举报出来，再把受骗人都解救出来，这样功过相抵，我想法律会对你从轻处罚的，毕竟你也是受害者呀。"

"可是……"

"没那么多可是，闺女的事儿你尽管把心摆肚子里，我肯定让她像正常孩子一样受到最好的教育，成为学校的尖子生。"

"柳村长。"

大丫头动情地把脸扎进柳胜男的怀里，好久才抬起头来，喃喃地说："柳村长，您的大恩大德我王淑莹会记一辈子的。如果我真的能回来我会好好报答您，如果我回不来只有下辈子了。"

柳胜男使劲儿打了她一拳头，没好气地说："你这人咋这猪心哪，就不会说点吉利的？"

大丫头坐直了身子，义无反顾地说："反正闺女交给你了，这个世界我也没啥可牵挂的了，走，上断头台。"

第二十四章 谢绝参观

到了县公安局大楼前。远远地，柳胜男就看到苗所长在警卫室门口站着。柳胜男把车停稳当以后，拉着大丫头下了车，没等走到大门口，那自动门就慢慢地开了。

见到等在那里的苗所长，柳胜男怕大丫头过于紧张，故意笑着调侃道："哎呦呵，看来我们王淑莹这面子不小哇，连家乡的所长都亲自接着来了。"

苗所长看一眼大丫头，又看一眼冲他递眼神儿的柳胜男，也轻松地打趣道："哈哈，两位大美女大驾光临，我们还不得远接高迎的。"

说完，头前带路，领着她俩径直走进公安局办公大楼。

办完大丫头的事儿已经将近中午了。柳胜男本想再找找杜律师，看看都需要搜集啥证据，怎么为大丫头辩护最有利。没想到，刚走出公安局大门口手机就响了，打开一看来电显示是柳爱民打来的，当即心头一紧，顺手按下接听键。电话那头柳爱民的声音非常着急，用那种火上房的口气嚷嚷着说："老姑哇，你在哪儿呢？赶紧回来吧，县领导带着省里头一帮老干部要参观咱们的特种养殖场，可是养殖户们说啥也不让进去，我咋说他们都不听，还把看门狗都放出来了。"

柳胜男一听是这事儿，提起来的心立刻就放下了，漫不经心地嗔怪道："哪儿来的大领导这么重要哇，你不知道咱们的鸡场刚刚打完防疫针，是不容许外人打搅的么？"

柳爱民说："是县政协的胡主席带着省里政协的几位老领导，也就十几个人。"

柳胜男说："十几个人连说带闹呼啦呼啦进鸡场，肯定对小鸡有影响，真要炸了窝谁负责任啊？"

柳爱民说："郝乡长打了有一百个电话了，说他过一会儿也来。"

柳胜男一听就来气了，"谁爱来谁来，咱不能拿老百姓的利益开玩笑，你等着，我这就回去。"

说完撂了电话，她知道柳爱民还得打回来顺手就按了关机。

柳胜男上了车，加大油门火箭似的就回了风箱峪。

上了村道，离着大老远她就看到村头大树底下站着一堆人。把车停到跟前一看，果然是干爹柳七爷和那几家养殖户的户主。一帮人不等柳胜男下车就一窝蜂地围过来，柳胜男下车后还没说啥呢，大家就你一句我一句大声嚷嚷起来："柳主任，那小鸡雏刚打完防疫针，是不能见生人的，哪能让人随便参观呢？"

"就是啊，那狼不叼谁们家孩子谁不心疼，那小鸡雏真要是吓着了，吓出毛病来谁管咱哪？"

"还说呢，那帮当官儿的就知道看新鲜，根本不管你老百姓的死活，咱为啥要让他们看呢？"

柳胜男插话道："你们没跟柳书记说么？他是总经理应该知道这事儿的。"

"我呸！这个柳爱民一点儿都不爱民，当官儿的放个屁就把他砸得滴溜溜转，还嗔怪我们放狗，不放狗我们那些小鸡子还不都让他们给看炸窝了？"

柳胜男听着大伙儿嚷嚷，再不插话也不制止，等大伙儿把怨气都放够了，没得说了，这才乐呵呵地问："他们那些人呢？在村里还是在养殖场呢？"

柳七爷说："走了，去乡里了。临走时我听那个叫啥主席的说下午吃完饭再过来。"

"哦。"

柳胜男看了看大伙儿，顿了顿，缓缓地说："爷儿几个别着急，回头我跟他们说说去。"

"哎，那我们先回去了啊。柳主任您千万跟他们说好喽，不该看的瞎参观个啥呀，老百姓养点儿啥挣几毛钱容易么？"

赵虎瓮声瓮气说了一句，跟大家伙儿挥一下手，人们四散着走开了。

嗐，干啥也不易。郝乡长那边儿我该咋跟他说呢？

柳胜男叹了口气，转身往车跟前走。柳七爷紧走几步拦住了她，着急白脸地说："我说四丫头哇，这事儿你可得好好跟乡里边领导说说呀，不是咱们不让他们瞅，只是他们来得不是时候。昨儿个徐教授来的时候可是千叮咛万嘱咐的，说打完防疫针三天之内最重要咧，不能换环境，不能换饲料，最主要的是不能受惊吓，今儿个早起老王家二小子娶媳妇想放鞭炮都让大伙儿给拦下了。老百姓挣俩辛苦钱儿不容易啊，都担待着点儿吧。"

"我知道了，干爹。快上车我送您回去吧。"

柳胜男说着话儿打开车门让柳七爷上车，柳七爷摆摆手说："丫头，就这几步道儿，我就不坐车咧，你那时间金贵呀，快忙你的去吧。别忘了到乡里跟他们好好解释解释，要不待会儿他们真来了更显得咱不合适。"

"哎。"

柳胜男答应着上了车，关上车门刚要发动车却见柳爱民呼哧带喘跑过来，遂摇下车窗玻璃探出头去问道："哎呀爱民，咋回事嘛，他们来了咋提前连个招呼都不打呀？"

柳爱民说："嗨，头几天郝乡长是跟我念叨着，说县政协的胡图胡主席要来，说是省里几位老领导对咱们风箱峪特种养殖挺感兴趣的，要搞啥调研。"

柳胜男轻蔑地一笑，说："哼，狗屁调研，咱们穷得叮当响的时候咋不见他们来调研呀？不定又是谁出的幺蛾子呢，走，上车，咱拜访拜访他们去。"

说着话，她打开车门让柳爱民上车，柳胜男调转车头往回走。

可是，还没走出去半里地呢，就被迎面而来的几辆小轿车给挡住了。柳胜男放慢车速想把车往边上靠靠，让他们先过去。这时候，就见打头的那辆车停下了，郝乡长腆着将军肚从车里挤了出来。柳胜男见了，也把车停下，换上一副笑脸儿迎过去。

郝乡长一见面就把柳胜男数落一顿："我说小柳哇，你这一上午跑哪儿去啦，打电话你也不接。胡主席亲自带队想参观一下你们的特种养殖业，然后再向全省推广你们的先进经验，你们可倒好不在家的不在家，在家的还又不当家。这还不算，你说人家那么大的领导大老远的来了，你们不说夹道欢迎还放狗吓唬，成何体统嘛。"

柳胜男听郝乡长说完，赶紧赔着笑脸儿道歉："对不起领导，让各位受惊了哈，不过我们养殖场确实有点情况，闹瘟了。这老领导们养尊处优惯了，久已不出门儿，贵体真要在我们这臭烘烘的鸡棚里再染上点儿病回去，多对不起人家呀？就连咱乡里也得担嫌疑对不？"

"这个……"

郝乡长一听闹瘟两个字，顿时脸色大变，当即返回车里跟胡主席如实作了汇报。柳胜男则一一地向市县几位领导抱拳拱手致歉，同时，真诚邀请领导们到她自己开的盛楠饭店吃顿便饭，尝尝他们风箱峪的特色八珍野山鸡，还有扒野猪脸儿炖野猪蹄，也算是给各位领导压压惊赔个不是。省城来的老同志们一听有野味儿顿时笑逐颜开，郝乡长铁板似的一张脸也绽开了一丝笑意，而风箱峪特种养殖场也就冠冕堂皇谢绝参观了。

送走这一拨考察调研的老领导，柳胜男算了算连吃饭带路费一共搭进去一千多块钱，柳爱民说："往后再有这事儿不应该让您自己负担了，应该计入村里的招待费。"

柳胜男苦笑着说："算村里招待费，拿啥出哇？村里集体有钱么？"

柳爱民无语。他太清楚风箱峪村委会的家底儿了。

柳胜男把柳爱民送回家，让他跟赵双赶紧操持建绿色食品厂的事，先弄出个预算来，先干啥后干啥心里边都要有个谱儿。柳爱民说："老姑您尽管放心，明儿个就差不多弄出来。"

柳胜男想了想，又问他特种养殖场的事儿，柳爱民说："打完防疫针那小鸡子精神着呢，徐教授说这一茬儿鸡仔应该比上一茬儿好，估计没啥大的自然灾害的话，四个月以后出栏不成问题。"

"那好，你俩先盯着，我去趟省城。"

"去省城？干啥去呀？"

"找找大丫头她爸妈，让他们管管孩子。大丫头真要判刑那孩子总不能送孤儿院吧。"

"嗨，也是。您去吧，村里边有我呢。"

柳胜男见柳爱民一副胸有成竹的样子，遂放心地调转车头直接去了县城。

在县公安局，她找到了正准备把大丫头押回四川的外地警察，从他们手里把妞妞接了回来。

那小丫头果然是聪明乖巧，一路上小大人儿似的耷拉着脑袋一声不吭，而且一个字儿不提找妈妈。但柳胜男一说把她带回风箱峪立刻兴奋起来，她说她想姥姥姥爷了，还说想三丫和二蛋。

柳胜男依稀记得三丫和二蛋是赵双的闺女和儿子。他们老赵家孩子都讲究大排行，一个大家族平辈的不管丫头小子，从大到小一二三四五一直到十几都排着，赵双小名就叫小十二。想到这儿，柳胜男笑了笑，摸着妞妞扎着羊角辫的小脑瓜，柔声说："妞妞，回家后咱不跟他们在家淘气了，舅奶奶送你去幼儿园，跟一大帮小朋友玩儿，好么？"

没想那妞妞一听说上幼儿园，立刻快活起来，眨动着酷似她妈妈的细长眼睛，大声说："好，我去。"

见孩子这么高兴，柳胜男也来了兴趣，随即问道："妞妞，你去过幼儿园么？"

"当然去过啦，我新爸新妈天天都送我去幼儿园。那里有许多小朋友，还有老师阿姨。我们幼儿园可好了，老师阿姨天天给我们讲故事做游戏，还发给我们吃水果，哪个小朋友乖还给贴小红花呢。"

"你得过小红花么？"

"当然得啦，得了十几个呢。"

提起幼儿园，妞妞眉飞色舞，小嘴唧唧喳喳说起来没个完。柳胜男心里不禁一动，看来这孩子在买主家里还真的没受罪，而且孩子对那新爸新妈印象也还不错。

"我要让我闺女受最好的教育，成为学校的尖子生。"

她想起了大丫头投案自首前跟她说的那一番肺腑之言。

现在这些年轻人真不知道咋想的，自己个儿好吃懒做不学好，却都把希望寄托在孩子身上，总想着让孩子成龙成凤，出人头地。

柳胜男叹了口气。

"舅奶奶，您怎么啦？"

妞妞听见柳胜男叹气，用小手扒拉一下她的胳膊小声问。

这孩子真懂事，说话都有大有小的，而且满嘴的普通话，还真有点城市孩子的范儿。柳胜男不由自主地竟是打心眼儿里喜欢上了她，情不自禁在她脸上亲了一口，说："妞妞，舅奶奶没怎么，舅奶奶只是再想，我们妞妞这么乖，该送她去一个什么样的幼儿园上学呢？"

孩子天真地把一根食指放到嘴边咬着，又眨巴几下眼睛，忽然脆生生地说："舅奶奶，您还是送我回我新爸爸新妈妈家里去吧，我喜欢他们，他们也喜欢我，我不想去风箱峪找我旧妈妈和姥姥姥爷了。"

"妞妞！"

听孩子这么一说，柳胜男不由得心头一战，失态地惊呼一声。这孩子太不可思议了。她感觉这孩子有点早熟，简直就是个小人精。就在那一刻，她决定立马去一趟省城，跟大丫头的父母哥嫂见一面，都是自己亲生亲养的儿女，打断骨头连着筋呢。这么鬼精鬼灵的孩子可不能再让她走偏了。

心念至此，柳胜男当即把车停靠到路边，掏出手机给赵双打了个电话，问清了大丫头哥哥家的电话以及他们的家庭住址，工作单位。赵双问："柳村长，您是不是想去找他们哪？"

柳胜男说："是，我琢磨着这孩子太缺少亲情了，应该跟她姥姥姥爷和舅舅说说，在城里给她找个幼儿园上学。"

赵双说："我觉得戏不大，他们一家子都恨死那个大丫头了，您这时候把她的孩子送过去，肯定没人管，弄不好那小两口还得为这个打架闹别扭，我听说那个石头媳妇挺刁钻的。"

"刁钻？喊，那可是她亲外甥女啊。"

"亲外甥女算个屁，大丫头还是他亲妹妹呢，你问问他管不管哪？为这事儿，柳红霞我俩这几天光电话费就花进去一百多块钱了，那家子人个儿顶个儿都不进咸淡儿。"

"亲戚？到事儿上都他妈的不敢沾边儿了。"

柳胜男又想起了大丫头说的话，几多无奈几多愤懑，这就是所谓的亲情么？柳胜男把手机轻轻合上了。

那孩子起初还瞪着眼睛看着她，后来见她攥着手机不说话了，就慢慢合上眼睛打起盹儿来。

柳胜男回到家里，径直奔到客厅，伸手到沙发底下一摸，果然有个软乎乎的小包裹，拽出来一看，真的是一条内裤包着的塑料袋，她连瞅都没瞅，胡乱塞进自己的小挎包。她早就想好了，到大丫头哥哥家以后，她父母和哥嫂如果通情达理地把孩子留下来，她就把这些钱交给他们，让他们供孩子上学。如果不是那个意思，她就把孩子领回来，在县城找个幼儿园让她上学。

这么想着，她跟婆婆念叨一声说出趟门儿，然后就拉着妞妞直奔省城。

三百多里地，走高速不到两个小时就到了。

出了高速路口，柳胜男把车停到路边就给大丫头的哥哥打电话。她哥哥一听是老家风箱峪的村长柳胜男，显得非常淡定，说了声："柳主任您等着，我这就去接您。"

柳胜男刚要说不用接我，我找得到，对方已经把电话撂了。

果然，不到十分钟，柳胜男就看到一辆黑色广本擦着路边缓缓地开了过来。柳胜男打开车门下了车，没等站稳当，就见从广本车里钻出来一个体态魁梧的年轻男子，径直朝她走来，嘴里亲热地叫着："大成婶子，我是石头。"

石头？哦，这不就是大丫头的哥哥么？

柳胜男上下打量着对方，感慨道："哎呀，一晃该有十来年没见着你了，你不说话我还真认不出来了。自打你考上大学离开风箱峪，就没再见着过。"

石头挺不自然地搓着手说："可不是呗，其实我也挺想家的，就是太忙，回不去呀。"

柳胜男笑着说："是啊，这年头儿有得忙就好哇，忙就是忙钱哪，不忙该下岗咧。"

石头显得更加不自然，看着柳胜男的车说："柳主任啊，中午的时候我表姐夫给我打电话，说您到省城来了，让我在这儿等着您，您到省城是……"

柳胜男听出来赵双可能没告诉他自己来省城的目的，于是开门见山地说："石头哇，我此番进城就是找你来的。"

石头此时似乎已经完全明白了村长找他的含义，但仍然揣着明白装糊涂，"什么？找我？"

柳胜男笑道："对呀，不找你咋巴巴结结给你打电话呢？"

石头尴尬地笑了笑，当即低了头看着自己的脚尖儿，好像自己那鞋上藏了什么秘密。

柳胜男不管那一套，返身从车里抱出妞妞，指着石头说："妞妞，快叫舅舅。"

妞妞怯生生抬起头，看了石头一眼，立刻把脑袋扎进柳胜男怀里，带着哭腔说："舅奶奶，咱们走，他不是我舅舅，我不喜欢他。"

石头听罢，当即窘得满脸通红，站也不是走也不是。

柳胜男看到石头的脸微微地抽动几下，眼睛看向别处啥也没说。遂低头对偎在自己怀里的妞妞小声说："妞妞，对舅舅要有礼貌，那样他才会喜欢你。快，叫舅舅。"

妞妞很听话，虽然起心里不愿意还是乖乖地抬起头，冲着石头脆生生说了一句："舅舅您好。"

石头的脸色总算缓和了一下，没答应却点燃一支烟叼在嘴上。柳胜男也不隐瞒，直截了当地说："你妹妹已经投案自首了，临走时把孩子交给了我。可孩子一直念叨着找姥姥、姥爷，所以，我就把她带来了，让姥姥、姥爷看看她。最主要的，我还想顺便看看城里有没有好点儿的幼儿园。对了，你爸妈都还好吧？我也有两年多没见着他们老两口子了。"

见柳胜男提到他爸妈，石头总算有了话头，当即抱怨道："嗨，快别提了，我爸妈也不知道怎么想的，在我这里冷不着也热不着，不愁吃不少穿的，可他们就是不愿意住在这儿，一天到晚闹着回家回家。尤其是我妈，就跟着了魔似的，看着城里哪哪都不顺眼。我俩不要孩子她更是气得够呛，一天到晚叨叨抱孙子抱孙子，好像她活在这个世上就是为了抱孙子。我跟她说我俩现在事业上刚刚起步，要孩子还是往后拖拖再考虑，她就不愿意，就哼哼唧唧张罗着回去。我真服了气儿了，就那个破山旮旯儿子有啥好哇？"

柳胜男听了就笑，说："想抱孙子那是人之常情，六十多岁的人了，看见人家儿孙满堂她还有不眼热的？要是把妞妞放在他们跟前让他们看着，没准儿他们就不张罗走咧，还省得你妹妹不放心。"

听柳胜男这么一说，石头当即脸色一沉，看了一眼怯生生躲在柳胜男怀里的妞妞，故意把话岔开："柳主任，咱回家再唠吧，我爸妈听说您要来，早就坐不住了，非要跟我一块儿接您来呢。"

"是么？那我赶紧看看他们去。"

柳胜男也看出了石头心里的不爽，于是抱着妞妞上了车。

路程不算太远，也就十几分钟他们就进了一个高楼林立的居民小区。走进石头那装修豪华的家，妞妞竟然始终不离柳胜男的怀抱。柳胜男也信着意儿地让孩子黏在自己身上，因为她已经从孩子舅舅冷漠的目光中看出了他对这个孩子的厌恶。反过来，孩子的姥姥、姥爷见了柳胜男和这个小外孙女却是十二分的热情。当柳胜男让妞妞喊他们姥姥、姥爷时，老太太的眼泪立刻就流了出来，伸手想抱抱孩子，可那小丫头就是黏着柳胜男不下来，谁也不让抱。

这孩子太敏感了。柳胜男当即意识到，这次省城之行注定是白来一趟了。

她正思忖着找个什么借口赶快离开这个豪华的家，恰在此时出现了转机。就在石头推说单位有急事要加班匆匆下楼之际，大丫头她妈不声不响进了自己住的房间，不一会儿拾掇出来一个小包裹提拉着，直直地问柳胜男："我说柳主任啊，你们娘儿俩是咋来的？"

柳胜男晃了晃手里的车钥匙说："我自己开车过来的。"

老太太一听柳胜男说是自己开车过来的，立刻笑逐颜开，着头不着脑地说："开车来的好哇，咱们这就走，回风箱峪，我是一分钟都不想在这小憋死猫里待着了。"

见老伴突然就要跟着柳胜男回家，大丫头她爸忧郁地说："石头妈你别这么说风就是雨中不？这儿子儿媳妇都不在家，咱们就这么走了，往后你还回来不？"

"不回来咧，我在风箱峪就是吃糠咽菜啃树皮，馇馇头就凉水过日子我也不回来咧。"

大丫头她妈看着柳胜男斩钉截铁地说。

大丫头爸仍然犹豫着说："咋着也得等那俩孩子回来，跟他们说一声再走哇。"

大丫头妈眼一瞪，偏偏地说："哼，还跟他们说一声，你看这些日子他们两口子搭理咱们么？进了家，张嘴闭嘴老王家养了个现眼的丫头，让他们在单位里都抬不起头儿来。俗话说，一人做事一人当。出事儿了，大丫头也没让你们给担着，不就是想让咱们给管管孩子么？就算公安局来人问了你们几句话，有那么磕碜么？如今我那闺女人都找不着咧，我……我就是想回家等着我闺女去，那孩子早晚得回家。"

"嫂子。"

柳胜男叫了一声。那大丫头妈似乎早就憋不住劲儿了，根本就不听别人说话，自顾自夹了小包裹开门就往外走。大丫头爸拦都拦不住。只好拿起茶几上的电话听筒拨打儿子的手机，可是手机却关机了。接着给儿媳妇打，也关机了。老人家举着电话听筒，听里面一遍遍重复："您拨打的电话关机或不在服务区，请稍候再拨。"

大丫头妈转身回头盯着老伴，嘲讽地说："咋样啊？那俩王八犊子肯定是躲开了，这还用说么？石头一见柳村长带着孩子来，我想那电话早就给媳妇打过去了，那小娘儿们还不是怕咱俩心疼闺女留下外孙女？别看我老婆子傻，自个儿下的崽子撅屁股拉啥屎，我这心里头明白着呢。跟我玩藏猫猫？嘁，老太太贵贱都不找。走，柳村长，辛苦你了，我们老王家摊上这么懂事儿的儿子儿媳妇，也没法儿留你在家吃饭了，咱连夜趱往回赶行不？不行就走到哪儿歇到哪儿，反正我是一分钟都不想在这儿忍了。"

柳胜男想了想，既然人家主人都避而不见了，留在这儿也是白耽误时间。于是，点点头，抱着妞妞下楼，开车往回赶。

半路上，柳胜男从头到尾把大丫头母女俩被拐卖的遭遇，以及大丫头后来迫不得已跟着那伙儿人贩子行骗和投案自首的事儿，一五一十都说给了她的爸妈。老两口听了，自是唏嘘不已，老泪纵横。

下了高速，在县城夜市小饭摊几个人简单吃了口饭。回到车上以后，柳胜男拿出大丫头临走时留给她的那个小包裹，双手捧着递给大丫头妈，动情地说："嫂子，这是一个当妈的留给闺女的最后一点儿希望。原来，我想过把这钱交公，兴许还能减轻王淑莹的一点罪过，现在看来还是给孩子留着吧，这孩子很聪明，过两年给她找个好学校上学，将来肯定有出息。"

"淑莹，我苦命的闺女呀。"

大丫头妈接过小包，再也忍不住 "哇" 的一声哭了起来。

第二十五章　按下葫芦起来瓢

不管怎么着，小妞妞总算有了着落，有姥姥、姥爷照看着比放在哪儿都强。看着那孩子跟着姥姥、姥爷蹦蹦跳跳很开心的样子，柳胜男心里头一块石头总算落了地。

在城里吃完饭，三个大人又说了一会儿话，后半夜一点多钟他们才回到风箱峪。进了村子，大丫头爸妈执意要带孩子回自己家里去住，柳胜男说："就你们那个家已经两年都没人住了，院子里青草半人高，估计屋子里的尘土也该有两指厚了。今儿都这么晚了又带着个孩子，你们三口子不如在我家先忍一宿，等天亮了把家里收拾收拾再回去。"

大丫头她妈打了个沉儿，说："嗐，柳村长啊，你这开了好几百里地的车把我们接回来就够麻烦的了，这都到家了哪能还麻烦你们呢？"

柳胜男嗔道："嫂子你说这话可就忒远了，都是乡里乡亲的，谁求不着谁呀？我家里又不是没地方住。"

说着话，柳胜男就开了院门，把老两口和妞妞领到自己住的房间，拉亮电灯。大丫头妈本来就晕车，再加上着急上火，此时看到床铺比看到啥都亲，当即和衣躺到床上，不一会儿就打起了很响的呼噜。大丫头她爸似乎装着满肚子的心事，不声不响坐在床头抽烟。妞妞见姥姥不脱衣服就睡觉，一双亮晶晶的眸子滴溜溜一转，拽住柳胜男的胳膊就跟了出来。

柳胜男看出来这孩子对姥姥、姥爷还是怀有戒心，遂领着她来到另外一间屋子。柳胜男发现，这个孩子有着良好的卫生习惯，尽管已经很晚了，她仍然坚持洗完手脸和脚才上床睡觉。

也许是奔波了一天太累的缘故，柳胜男好歹洗了把脸就上了床，躺在那儿一觉就睡到了大天亮。大丫头妈和她爸啥时候走的她一点儿都不知道。是婆婆拿着唱着曲儿的手机进来叫醒了她："胜男哪，快起来，你这手机都叫唤半天了，我也不会接。"

"是谁这么不开眼哪，三更半夜的打啥电话呀？"

柳胜男叨咕一句，连眼都没睁伸手接过手机问："谁呀？三更半夜的不知道人家都睡觉呢吗？有事儿等天亮喽再说。"

对方顿了顿，没言声。柳胜男刚要撂，赵双焦急的声音传了过来："柳村长，您在哪儿呢？说话方便不？"

柳胜男一听是赵双，顿时惊醒了，睁开眼坐起来，看看窗外已经日上三竿了。忙把手机拿好了紧着问赵双咋回事儿。赵双又问一句："您是开着车呢还是在哪儿呢？"

柳胜男说："我昨晚上后半夜到的家，有啥事儿你说吧。"

赵双顿了顿，说："柳主任您在家就好，赶快过来吧，老牛筋他们哥儿几个打起来了，还嚷嚷着要放火烧房子。"

柳胜男一听放火，立马就急了，大声吼道："啥？放火？有胆子就让他放去，看把谁烧死。"

柳胜男一边恼急白脸嚷嚷着，趿拉着鞋就往外跑。她婆婆见状，在后面紧着追，一边追一边心疼地埋怨："我说胜男哪，啥大事儿也得吃点饭再去呀。你这昨儿后半夜才进的家，开了一天零半宿的车，刚睡这么一会儿又要走，累不累呀？就是铁人也架不住这么折腾啊。"

柳胜男听了，心里不禁一热，一边猫腰提好鞋，回头看着婆婆，笑了笑说："妈，您就放心吧，我这小身板儿禁折腾。没听赵双说嘛，火上房啦，我过去瞅一眼，回来再吃饭。"

"唉——"

婆婆在身后叹了口气，转身回屋。

柳胜男连颠带跑赶到村头老牛筋家门口时，老牛筋不在家，他老伴哭丧着个脸坐在门槛子上发呆喘粗气。见柳胜男过来了，立刻起身迎过去，带着哭腔说："柳主任哎，你可来了，快收拾收拾那几个拧种去吧，一个破房壳子能值几个大钱哪，至于的人脑袋打出狗脑袋来那么争么？咱不要了就穷了么？这老拧种就是不听劝，非得跟着搅合，都是亲的近的这么闹真是活现眼哪。"

柳胜男问："啥房壳子呀？又是放火又是打狗脑袋的。"

老牛筋老伴说："嘻，说来话长啦，那间破老房子还是我们家大刚他爷爷活着时闹土改分的呢。后来他二爷娶媳妇没房子住，我们家他爷爷就借给了他，因为我们家爷爷是老大，处处都让着两兄弟，我不知道他们当时写没写字据。后来我们想都是亲叔伯弟兄，谁住不是住哇，咱们又不缺那几间破房。没想头几年隔壁老三爷子家盖房欺过去多半间，把那块空基给占了，老二爷子家大小子不干，一直跟他们打官司争那块空地。头几天，那大小子想把那老房子拆了翻盖翻盖，跟我们家大刚他爸商量。老三爷子听说后也找我们家大刚他爸，说那老房子其实是老祖宗留下来的，应该三家分才对。我们家那口子一听就犯拧咧，说啥也要跟他们两家掰扯掰扯。"

柳胜男听了半天也没听出个所以然来，于是问一句："那他们放火干啥呀？"

老牛筋老伴说："他们两家老是吵吵分那老房子，我们家那口子犯了犟劲儿，说这本来就是我们家的房子，当初借给你们那是老哥们儿的情分。现在你们不要这哥们情分咧，我一把火点了，然后盖猪圈挖养鱼池养王八，看你们谁还争谁还抢？"

"那他们几个现在在哪儿呢？"

"去乡里讨说法儿去咧。"

"去乡里咧？啥时候走的？"

"刚走还没一袋烟工夫呢。"

"哎呀呀，真他妈的没事找事儿。"

柳胜男忿忿地骂一句，回头见他家院子里有一辆破自行车，不管三七二十一，推出来骑着就奔了乡政府。

一路上，柳胜男都在琢磨着，这一庄一户的各家过各家的日子，咋就生出来这么多的闲事儿呢？而且，动不动就找政府讨说法儿，这都什么毛病。

唉，早知道有这么多的麻烦事儿，当初真不该当这个破村长。可转念一想，既然已经干上了，就该像那么回事儿，把全庄的事都管好喽缕顺溜喽，家家户户走正道，别整点子歪的邪的。想到家，她忽然记起人们常挂在嘴边上的一句话：家丑不可外扬。想那老牛筋哥儿几个，本来都是一个老太爷的，同祖同宗同根生，争的是个啥呀。这么一琢磨，柳胜男心中顿时有了谱儿。

柳胜男骑车紧赶慢赶到乡政府大院时，用两眼一扫，见那三大家子娘儿们爷们儿的明显分成三堆，正分头议论着什么。老牛筋作为长子嫡孙，没有哥们弟兄，家里人口少，不知道啥时候把儿子大刚从县城叫了回来，父子俩坐在大刚的车里争执得面红耳赤。老二爷子四个儿子俩儿媳妇垂头丧气在花坛边儿扎堆儿生闷气，每个人都是一副该得多还得少模样。最活跃的还就是老三爷子名下那三兄弟了，因为，他家那三儿媳妇是乡党委李书记的亲外甥女，那可是有权有势的外甥女啊，平时有啥窝囊委屈跟亲姨夫一说，老人家一句话，谁敢不听啊？

柳胜男原来并不知道他们家有这层关系，是老二爷子家的大儿媳妇告诉她的。那媳妇一见柳胜男，就跑过去拉住她神秘兮兮地说："柳主任，其实我们来也是白来，人家乡里有亲姨夫当着一把书记，腰杆多硬啊，咱们进门两眼一摸黑，认得谁呀？"

柳胜男劝道："嗨，都是一家子，狗屁点儿小事儿快别瞎折腾了，让外人知道了寒碜不？"

那媳妇说："我的柳村长哎，不是我们想折腾，是三叔他们那爷儿几个忒欺负人忒霸道了。"

柳胜男微微一笑，问道："那乡长书记们都咋说呀？"

"嗨，快别说了，乡长书记一个都没在家，秘书说都去县里开会去了。"

柳胜男看一眼那挂着白门帘的乡长办公室，立刻明白了咋回事儿。如今地球人都知道，其实开会是领导们最冠冕堂皇的挡箭牌，细想想老百姓居家过日子这些鸡毛蒜皮子的小事儿，信意儿管谁又管得过来呢。这么想着，柳胜男接着劝那媳妇说："这大领导们都不在家，咱在这儿还糗个啥劲儿呢？回去吧，常言道家丑不可外扬啊，都是一家一道的，整天一口锅里面抢马勺，为这点儿小破事儿撕破脸皮，还闹得三街两巷看热闹，值得么？"

"这……"

那媳妇一下子就让柳胜男给问住了，红着脸回头走向自己的丈夫和小叔子。

柳胜男再次扫一眼这分成三拨儿的一大家子人，眼珠子转了转，推着自行车径直走向老牛筋父子俩。到跟前，使劲儿拍了拍车门子，冲着那直着脖子跟父亲分辩的大刚着急地说："我说大刚哎，你们爷儿俩还有心拉常儿地在这儿嚷嚷呢，快看看你妈去吧，老太太心脏病都犯咧，自个儿在当院坐着都站不起来了。"

车里的老牛筋一听老伴儿犯病了，立刻停止了跟儿子的争执，跟头趔趄从车里钻出来紧着问："柳主任，你咋知道我家老太太病啦？她跟前儿有人么？"

柳胜男见他那猴急的样子，忍俊不禁差点儿笑出声儿，忍了忍才一本正经地说："我刚从你们家出来，眼下就她一个人在家呢，你看我这车子还是你们家的呢。我见她那挺难受的样子，骑上车子就找你们来了。"

柳胜男这一说，老牛筋更着急了，当即催促儿子快开车，爷儿俩一溜儿烟驶离了乡政府。

那两拨人见老牛筋走了，猜测可能家里有急事儿，一齐围过来问柳胜男："柳村长，咋的啦？家里有事儿啊？"

柳胜男故意深沉地扫了他们一眼，没好气地嗔道："你哪呐，一个个的都不是小毛孩子了，啥事儿咋都不会过过脑子呢？本来在家里就能解决的事儿，非要闹到乡政府，显得你们有能耐？好看哪还是露脸哪？这回好了，把你们家大嫂子气病了，你们也该舒心了吧？"

"啥？大嫂子病了？"

老二爷子家大媳妇挤到柳胜男跟前着急地问。

柳胜男看了她一眼，添油加醋地说："可不是呗，我刚才走到村头上，看见你们那大嫂子坐在门槛子上捂着胸口喘粗气，小脸儿煞白煞白的，说话都说不利索了。我问你们家人都干啥去了，她说都上乡里了，就这么着我从他家骑辆破车子就追你们来了。"

那哥儿几个姐儿几个一听这话，立刻没了脾气，一窝蜂似的紧着往村里赶，柳胜男也随后跟了回来。

柳胜男心里明白，其实他们老赵家那小哥儿几个都仰仗着老牛筋呢。皆因老牛筋有个大款儿子，平时几个叔叔过日子有个缺着短着的都找这个大哥拆借，而且多一半是只借不还，人家也从来不跟他们要。此时，听说大嫂子病了，这帮人直接就奔了老牛筋家，围着老太太大嫂子长大嫂子短地嘘寒问暖，宽心的话安慰的话暖心的话争着往外掏，感动得那老大嫂眼泪汪汪的。

算起来，在风箱峪老赵家，他们这一家子始终都是挺和睦的。祖辈老哥仨，老大已经作古，老二爷子虽然活着，也是有今儿个没明儿个了，糊涂得都不认得家人了。只有老三爷子身板儿还算硬朗，但耳聋眼花，别人跟他说十句话他连半句都听不明白，那岔打得可以从南山头一直岔到北山口。

柳胜男此时见他们一大家子娘儿们爷们儿都到齐了，遂把他们叫到一块儿，直冲冲地说："本来我以为你们老赵家这一家子挺团结的，那咋一到事儿上就都犯二呢？看看你们老一辈那哥儿几个处得多好哇，互相有商有量的，那才叫哥们呢。到你们这一辈咋就改门风了呢？你们说你们这一闹腾有啥好处哇？还要放火烧房子，有能耐你们就点火，烧半天还不都是你们这一窝一块的？碍着别人啥了得呀？不能这样啊。俗话说，家丑不可外扬。你们可倒好，有事儿没事儿还闹到乡里去了，怕别人聊天儿没笑料是吧？"

一席话，说的那一大家子人面面相觑，谁也没话可说了。

老牛筋虽然脾气犟，但还算通情达理，被柳胜男疾风暴雨似的这么一数落，同时看到几个兄弟兄弟媳妇对嫂子都这么关心，心中的火气顿时消散了。当即表态："不就一个破房壳子么？虽然当初土改时发的房契地契上写的都是我家老爷子的名儿，现如今那地契房契我还都留着呢，这事儿打到哪儿我都占理，可这么多年过去了，况且我俩儿子都在城里买了房子也不指望这几间破房了，你们两家和和气气地该咋翻盖咋翻盖。一笔难写两个赵，更何况同祖同宗同根生，分啥你的我的？"

几个兄弟见大哥放了响炮，也就不再争究，进屋跟大嫂子说几句宽心的话之后，找个由头蔫吧溜秋各自领着老婆回家了。

柳胜男见他们都走了，进屋又跟老牛筋两口子聊了一会儿天也赶回家吃饭。

柳胜男进了家门，见婆婆还在厨房忙活着，也没在意，进屋好歹扒拉几口饭，又到里屋看了看仍然熟睡的小妞妞，这才提了自己的小挎包拿着车钥匙往外走。婆婆从厨房出来见她急着要走，心疼地看着她，嘴张了张想说啥又咽了回去，转身跑回厨房，拿出来几个煮熟的鸡蛋追着塞到她手里，颤声说："拿着，留着饿了吃，人是铁饭是钢啊，你可不能再熬倒喽。"

柳胜男停住脚步，转身接过鸡蛋塞进包里，讶异地看着婆婆。她突然发现婆婆这阵子明显苍老憔悴了许多，心中不禁涌上来一阵酸楚。她知道老人家心里非常惦记儿子，可是嘴上又不敢说，怕说了她心里边不痛快。有天夜里，睡梦中她甚至听到婆婆在自己屋里压抑地痛哭。她当时听见了，心里那种痛也是撕心裂肺的，可她又能找谁诉说呢？所以，她只有东跑西颠地忙，忙到浑身散架，累到大脑一片混沌。她同时心里很清楚，如果再这样下去，她们婆媳俩都会崩溃。

想到此，她动情地展开双臂一把搂住婆婆。那一刻，她真想拥着老人家痛痛快快地大哭一场，发泄发泄心中的愤懑。但是，她不能。老人家都七十来岁了，哪能再让她为儿女的事牵肠挂肚呢？于是，她故作孩子气地拍拍老人家后背，笑着说："谢谢妈，咱这家里又没人坐月子，咋想起来煮这么多鸡蛋啊？"

婆婆挣脱她的拥抱，伸手点了她的脑门儿一下，嗔道："你这个傻丫头哇，就知道一天到晚地傻忙乎，今儿个是你的生日啊，你咋都忘了呢？"

柳胜男一听婆婆竟然想着自己的生日，顿时心中一热，当即大惊小怪道："生日？今儿个是我的生日？还是妈对我好哇。"

说完，转身快步走向车库，她实在是不想让婆婆看到自己的眼泪。

到了村委会，柳爱民和赵双脑袋顶着脑袋正聚精会神地研究着什么，以致柳胜男走到身后他们都没发现。直到柳胜男忍不住咳嗽了一声，他俩才同时抬起头，异口同声地问："咋样啊？解决了？"

柳胜男轻松地说："当然。对付那哥几个小菜一碟儿，这种人啊，干啥都是雷声大雨点儿小。真敢放火？借给他们点儿胆子还得趴炕头上酝上半拉月的气。不过通过这事儿倒给我提了个醒，这人哪没事儿就生非，生非就生气，生气就生病，生病离死就快咧。所以，我想啊这人们不能让他们闲着，赶紧给他们找点儿事干。因此，咱们那绿色食品加工场得加快速度咧，赶紧操持起来，好让这些闲人们都有点营生。"

"对呀，您看咱们仨又想到一堆儿去咧，这不，我俩已经整好了一套方案，您看看行不？"

柳爱民说着拿起桌子上的一沓纸双手捧给柳胜男。

柳胜男接过来一页页认真地看了一遍，当即一拍大腿，兴奋地说："好！很好！就这么定了。"

接着，三个人又把那方案从头到尾讨论一遍，柳胜男刚想说发动群众集资的事儿，办公室的门被轻轻地推开了，大丫头她爸畏畏缩缩走了进来，见了柳胜男劈头就问："柳主任哎，村里集资像我闺女那样的可以集么？"

柳胜男一听集资，先是愣了一下，但随即惊喜地瞪大了眼睛。

柳爱民不等柳胜男反应过来，痛快地接过话茬儿说："可以，当然可以啦！她准备集多少哇？"

大丫头她爸慢慢从怀里掏出一个塑料袋，里面整整齐齐两沓百元大钞。

"两万？"

柳爱民和赵双同时惊呼。

大丫头她爸淡定地说："对。我临出门数了两遍，一张都不少呢。"

柳胜男说："大哥呀，这可是淑莹留给闺女交学费的，可不能乱动哦。"

大丫头她爸看了柳胜男一眼，情绪稍稍有点儿激动："柳村长啊，我们老两口早就想好啦，不就一个孩子么？好歹就拉扯大喽，啥好学校坏学校的，是好料儿扔哪都能成才，不是那块料送到清华北大也出息不了。眼下咱们村里边等着用钱办大事儿，我俩一合计就送来了。"

听他这么一表白，柳胜男也有点儿激动起来，颤声说："大哥呀，那我们先谢谢您啦。"

大丫头她爸不好意思地红了脸，喃喃地说："谢啥谢呀，我家大丫头的事儿还不是多亏了你柳主任。"

说完，也不等赵双开收据，颠颠地就走了。

看着大丫头她爸远去的背影，柳爱民和赵双忍不住击掌相庆道："开门红，好兆头哇。"

柳胜男不解地问："你俩啥时候通知的集资啊？"

"您走那天我们就告诉大伙儿了，今儿个是第一天收款。"

"可是大丫头她爸夜里才回来的，咋消息这灵通呢？"

赵双一边入账一边漫不经心地说："是我早起看见他说的。"

看到这么快就集到第一笔资金，数额又这么大，这意外的惊喜让柳胜男立刻忘掉了所有的不快，兴奋地规划起来："照这样的户不用多喽，再有个两三户，咱这厂子就可以运作起来了，争取秋后正式投产，年底咱先小发一笔，让大伙儿见见亮儿，过个肥年。明年开春儿咱再想想别的路子，我就不信咱风箱峪就摘不掉这穷帽子。"

第二十六章　赢在起点

柳胜男做梦都没想到，村民们对村里集体集资建绿色食品加工厂这么上心。一天下来，全村四十一户除去三家孤老户全部都入了股，多的上万，最少的也集了一千块钱，可见村民们的热情是前所未有的。到傍晚收工时，赵双统了统，竟然收上来二十多万！比当初预想的多出来两倍。这让他们三个人兴奋不已，不觉得累也不知道困，晚上又熬了个通宵，算计动工进料以及前期准备工作。第二天，天刚发亮他们就开始分头行动。柳爱民负责联系建筑队，购进建筑材料。赵双带人把村委会院墙打开，把旁边的空基清理干净，推来碎石子垫平夯实。柳胜男则开车到乡里、县里办理各种手续。把这些手续办妥当，该盖的章都盖齐全，柳胜男整整跑了三天。各方面都捋顺当以后，柳胜男开车直奔天津，找农学院的徐教授，看看有没有绿色食品加工方面的相关资料。她觉得，借鉴别人成功的经验，比自己海里摸锅瞎闯要省时省力还省钱。

真是一事顺百事顺。

在天津农学院，见到徐教授以后，柳胜男没想到自己刚说出村里准备建绿色食品加工厂的打算，徐教授当即就给予了非常肯定的支持。徐教授说："你们这个项目非常好，很适应当前形势的发展。现在人们都崇尚自然，崇尚绿色环保，尤其是对入口的东西，那是越来越讲究了。你们这些纯天然出自农家的食品肯定会受欢迎，市场前景应该是很广阔的，发展空间很大。"

柳胜男听了，立刻眼前一亮，感觉这条路又选对了。可她仍然觉得胜算不是很大，毕竟他们推出的是杂粮，对于快节奏不喜欢下厨房的人来说，比起那些方便食品，杂粮对他们来说吸引力不会太大。这么想着，她不禁忧心忡忡地说："徐教授哇，您说我们这些东西在城市里头会有买家么？"

徐教授说："当然有了，不过前期的市场定位你们必须找准了，要做那种高品质、高品位经得起检验的产品。"

对这些专业术语柳胜男一时没听明白，谨慎地问了一句："啥叫高品质高品位呀？"

徐教授笑了笑，耐心地解释道："这么说吧，你们的产品必须质量好，经得起检验，还要做得精致，让人一看就上档次。记得有一年，我们学院到郊区蔬菜种植村镇推广黄瓜新品种，小黄瓜下来以后，有的菜农用大筐装了运到菜市场，卖到一块钱一斤。有的菜农别出心裁，用特制的小纸箱包装，纸箱上印着有机黄瓜新品种，结果卖到两块五还供不应求。这就是品位。都是一样的东西，换一种包装，价钱就能翻番。"

听到这儿，柳胜男眨巴着好看的大眼睛，立刻会心地笑了。她低头思忖一会儿，小声补充一句："用我们老百姓的话说，就是货卖一张皮。"

徐教授笑了笑说："道理是一样的，但这些东西国家都是有统一标准的，你们先建吧，设备什么的我帮你们联系。"

柳胜男一听，立刻兴奋地感谢道："那太好啦，我先代表风箱峪全体村民谢谢您，这样我们又可以少走不少弯路了。还有……"

柳胜男想了想，忽然冒出来一句："徐教授，这次咱们还能厂校联营么？"

徐教授愣了一下，不解地问："柳村长，怎么联营？"

柳胜男脸红了一下，脑子里飞快地措着词儿，她想把话说得官样一点儿圆满一点儿。可是，最终从嘴里吐露出来的仍然是直愣愣的老土话："我的意思是说，您能不能跟我们插帮入股哇？"

徐教授笑了笑，摇摇头，还是没闹明白她那老土话。

柳胜男不好意思地再次红了脸，低头寻思一会儿，抬头看着徐教授，尽量用普通话把风箱峪建绿色食品加工厂的主旨以及今后发展规划，详细地讲述一遍。同时，把村里因为底子薄，建厂没资金，此番是以村民集资入股的形式建厂的事儿也一并说了出来。听到最后，徐教授总算明白了柳胜男的意思，当即笑着说："入股就不必了，我可以发动我的学生帮你们销售，你们可以根据销售业绩适当给他们提成，这样，学生可以有收入，你们的产品还可以迅速打开市场，怎么样？"

柳胜男一听，当即拍着手说："好，您这办法非常好，我咋就没想到这一步呢？徐教授，咱就这么说定了，行不？"

徐教授见柳胜男同意了，也很高兴。因为，学校毕业班许多学生毕业即失业，就因为缺乏实践经验，通过搞农产品销售，一来可以让他们了解市场，拓宽知识面，二来可以让他们增加社会阅历和实践经验，对以后毕业分配就业很有益处。这么一想，徐教授欣然说道："当然可以，我想，这应该是个双赢的机遇，我们毕业班的学生可以通过你们的农产品销售，增加实践经验，你们的产品通过这些学生可以增加销售渠道。因为，这些学生来自全国各地，家长们也是各行各业干什么的都有，这些可都是活广告哇。"

柳胜男越听心里越豁亮，她其实愁的就是这个销售。她心里非常清楚，销售是企业产品的终点，其实更是起点，起点赢了满盘皆赢，起点输了满盘皆输。虽然好酒不怕巷子深，可人家连你在那条巷子都不知道，酒再好也是没人买。现在好了，有了徐教授给的这颗定心丸，她就可以甩开膀子大干了。

从天津回来，柳胜男就开始一门心思筹建绿色食品加工厂，先到工商部门注册了"山里人"商标，到县乡办理了建厂的一应手续。同时，着手定购山区小杂粮、干果和各家各户采摘的野生蘑菇。全乡二十多个村她都跑了个遍，有的产粮大户她当时就给了一部分定金。农户们庄稼没收割就有了收入，自是心花怒放，那粮食拾掇得更是精心，一点儿都不掺假。本乡收完了，她又去别的乡，天天爬山道，把汽车轮胎都磨光了，车轴还颠簸断了一次，跑到最后，她那现代轿车开起来那动静赛过拖拉机，不得不送到汽修厂大修。

柳爱民和赵双两人这阵子是夜以继日地忙着，厂房很快就建成了，设备运来以后，柳爱民特意把自己在县城粮食局上班的大姑爷请回来当师傅，帮着调试设备，设计仓库。

一个月以后，风箱峪绿色食品加工正式挂牌营业了。

第一批包装精美的'山里人'牌小杂粮在县城各大超市一上架，立刻就受到了广大消费者的青睐。再加上正逢国庆中秋两大节日，一箱箱礼品小杂粮和野山珍蘑菇，一上架就销售一空，有几天甚至供不应求。

初战告捷，让柳胜男和柳爱民赵双三人喜不自胜，出来进去乐得合不拢嘴。山里种粮户和果农粮食打下来就有人收，核桃栗子下树就有人要，再不用推车挑担赶集上店一斤斤往外销，挣钱多还省去不少的麻烦。因此，大家都对风箱峪村长柳胜男心存感激，都说这个女人了不起，能把一个猪不叼狗不啃的破穷庄折腾成这样儿，没两把刷子绝对办不到。

可是，柳胜男心里却总是落不下神儿，凭着多年办企业的经验，她觉得有时候发展得太快了，并不一定是好事。果不其然，元旦的时候，他们发到县城一家大超市的一箱野山珍蘑菇出问题了。一名顾客买回去以后，发现松蘑里面有小白虫儿。那顾客随即拿着蘑菇到超市讨说法，超市立刻找到风箱峪绿色食品加工厂，要求退货，赔偿经济损失还附带名誉损失。

正好那天柳胜男到天津找徐教授探讨元旦春节促销的事儿。赵双心急火燎给她打电话说："柳主任，又出大事儿啦！"

柳胜男当时满心喜悦刚从农学院出来，顺便把放寒假的闺女带回家。在电话里听赵双说出事了，赶紧把车停靠到路边，着急地问："又出啥大事儿啦？不会是又有人放火烧房子吧？"

赵双吞吞吐吐地说："要不等您到家再说吧。"

柳胜男本来就脾气急，一听这话就有点烦，当即嗔道："有话说有屁放，等什么到家呀？"

赵双知道柳胜男的脾气，沉了一会儿，接着说："是这么回事儿，咱们送到超市的野生蘑菇，顾客买到家发现松蘑里面有小白虫儿，人家拿到超市讨说法，还跟超市打起了官司，要求索赔。"

柳胜男一听就急了，大声吼道："真是活见鬼了，松蘑里面咋会有小虫子呢？咱们那东西不是都经过高温烘焙以后才装箱的么？而且都是真空包装的，他咋就出来这种事儿了？"

赵双嗫嚅着说："柳主任先别着急，刚才我拿着那包东西跟车间主任一说，他一看出厂日期立刻想起来了，说那天正好是修变压器，工人们为了赶进度，装箱时把几袋半成品给装了进去。萝卜快了不洗泥，以为不会有事儿的，谁想就出事儿了呢？"

柳胜男听罢立刻怒火中烧，对着手机就吼了起来："放你妈的屁，还他妈的萝卜快了不洗泥，咱干的是企业，一个企业生存靠的是啥你知道不？信誉、质量，这两点缺一不可。你以为你是推着车子在大街上卖水萝卜哪，带点泥喷点水不算啥照样卖。你这是自个儿砸自个儿的牌子哪知道不？柳爱民呢？你让他滚过来说话！"

手机里嗡嗡地响了一会儿，又传来赵双嘶哑的声音："柳主任，柳爱民不在，他去乡里了，还没回来呢。"

柳胜男叹了口气，声音随即降下来八度，缓缓地说："赵双啊，别怪我发火啊，开了这么多年的厂子，我太清楚这被投诉的后果咧。这产品质量就是企业的命，咱到啥时候也不能不要命啊。你赶紧查查出库单，那天的货都发到哪儿了，一箱一箱地给我追回米，要快。"

"哎，柳主任我记住了，您千万别着急，开车注点儿意，我这就去追那些货。"

"好了，快去查吧。"

赵双答应着挂了电话。

柳胜男却攥着手机，趴在方向盘上，半天才缓过神儿来。

柳胜男的闺女赵学文见母亲脸色苍白，一副萎靡不振病恹恹的样子，心里非常紧张害怕。此时此刻，她非常理解母亲焦灼的心情，但不知道该用什么语言来宽慰她。长这么大一直跟在母亲身边，耳濡目染，她深知母亲对产品质量的重视。在服装厂，她常常看到母亲因为产品质量不合格暴跳如雷，拍桌子打板凳，把工人们做得不合格的衣服当着她们的面儿撕扯得一条一绺，让人很下不来台。

"这可是入口的东西呀，怎么能这么粗心大意糊弄人呢？"

柳胜男拍打着汽车方向盘自言自语喃喃着。

赵学文没言声。她知道妈妈还是不能原谅工人们忽略质量的错误，可是此时又不能长翅膀飞回去。再说了，如果此时顶着一脑门子的火气往回赶，半路上真要出点事儿可就麻烦大了。想到此，赵学文忍不住小心翼翼地说："妈妈，您如果哪里不舒服，咱到医院看看去吧，打一针或者吃点药，等身子好受点儿再走。"

还是闺女心疼妈呀，柳胜男不禁心里一热，心中的火气立刻消下去一多半。

她扭脸看着赵学文，微微一笑，说："闺女呀，你妈我没病，结实着呢，就是刚才一股火儿冲上来，脑袋有点晕，不行咱娘儿俩找个地方先吃点东西吧。"

赵学文一听吃饭，立刻高兴起来，夸张地撒着娇儿说："太好啦妈妈，我可是三天没吃饱饭啦。妈妈，咱娘儿俩就去前面的西班牙餐厅，您花钱，我请客，让您品尝正宗的西餐。"

柳胜男深情地看了闺女一眼，心里又是一动，唉，有日子没跟闺女一块儿吃顿饭了，难得孩子这么高兴，管他西餐东餐呢，填饱肚子就是好餐。想着，当即发动汽车直奔那家餐馆。

停好车，走进装修典雅，充满异国情调的餐馆，听着舒缓的贝多芬钢琴曲，柳胜男心里顿时轻松了许多。想自己这一天到晚，干不完的活儿，受不完的累，整天忙忙碌碌脚不沾地，图的是个啥呀？细琢磨还不就是为了自己和家人活得滋润点儿？如果整天家事国事天下事、不顺心不如意的事常跟着，信意儿着急上火哪是个头哇，该放手时就放手吧，给自己也减减压。

这么想着，柳胜男当即微微一笑，跟在闺女身后找一个僻静的位子坐下。赵学文看样子对这里是轻车熟路，没等那点菜的小服务员过来，就大大咧咧地吩咐道："还是原来那几样菜，先给我们来两杯热茶，要菊花加冰糖的那种。"

小服务员冲她点点头，答应着就走了。

不一会儿，端上来两杯热腾腾的菊花茶，清香的气味迅速弥漫开来，柳胜男感觉闻着就舒服。于是，笑着对闺女说："学文哪，你是不是经常到这儿腐败来呀？"

学文眨眨眼睛，长长的睫毛门帘子似的就垂了下来，嘬着嘴挺委屈地嗔道："老妈呀，您也太抬举我了吧？我一个穷学生，整天手背儿朝下过日子，哪有资格腐败呀，还不是托老妈的福沾光享受享受。"

柳胜男见闺女这个样子，自知说走了嘴，遂自嘲地调侃道："哈，还不爱听咧？如今这年头可就时兴腐败呢，有大腐败小腐败，像咱们这样儿吃吃洋餐，品品洋茶只能算小腐败，对不？"

赵学文见母亲心情不错，当即忽闪着长长的睫毛，狡黠地看了她一眼，很享受地喝了一口菊花茶，笑眯眯地说："老妈哎，恭喜您终于进化到敢腐败了，那等咱吃完饭，您能否再腐败一回，给我买件新衣服让咱美美呢？"

"当然可以，买两件三件都不成问题的。"

柳胜男疼爱地看着闺女，爽快地答应。

"真的？"

赵学文讶异地瞪大眼睛，不认识似的看着母亲。在她记忆当中，她这个妈妈历来都是非常抠门儿的，挣了钱都串在肋条骨上，要想往下抠那是揪心地疼，平时一分钱都要掰成两半花，今天这是怎么了？莫非日头从西边出来了？

柳胜男见闺女用那种眼神看着她，知道闺女不相信，也不解释，低头喝下一大口茶水，幽幽地说："闺女呀，别那样看着你妈。现在的年轻人哪有不爱美的，你从上学到高中毕业一直穿着肥大噜嘟的校服，从来没跟妈要过穿的。这上大学了，还不该打扮打扮？要不我还想在咱们县城给你买几件呢，这让你自己试着买，不是更好么？今儿妈啥也不干就是陪闺女。"

听妈妈这么一说，赵学文忽然低了头，眼泪忍不住留了一脸。作为女儿，她知道这阵子妈妈心里的苦，爸爸带着女秘书走了，几个月杳无音信。妈妈一个人又要操持村里的事儿还要帮哥哥管理服装厂，劳累一天回到家里跟前儿连个说话儿的都没有。更要命的是，对妈妈这种要强要脸的人来说，无端地被丈夫抛弃，自己在人前人后还要装作满不在乎，这是怎样的一种煎熬哇。

赵学文低着头一小口一小口呷着茶水，努力把眼泪咽进肚子里。好在此时柳胜男正沉醉在美妙的钢琴曲中，起初右手还轻轻敲打着桌面，渐渐地就不动了，接着就响起了轻微的鼾声。

对于劳累过度的妈妈来说，能睡会儿也是享受。

赵学文看着母亲酣睡中疲惫的面孔，再次任由眼泪横飞。

第二十七章　溃泥腿子也有尊严

在柳胜男的鼾声中，小服务员微笑着端来了餐盘，加州炒饭、牛排还有两杯热牛奶。

小服务员看一眼酣睡中的柳胜男，非常抱歉地说："对不起，让您二位久等了，要不要……"

赵学文把食指放在嘴唇上，轻轻地"嘘"了一声，笑着示意小服务员不要吵醒妈妈。小服务员脸红了一下，踮起脚尖儿悄没声儿地走了。

赵学文显然是真的饿了，端起牛奶轻轻抿了一口，拿起叉子就叉上一块牛排放进嘴里大吃大嚼起来。嘴里一边吃着，把另一套叉子勺子和小餐盘轻轻放到妈妈跟前。

也许是学文摆放餐盘时轻微的响声惊动了梦中人，抑或是睡梦中又勾起了她那些现实中的烦心事。只见柳胜男突然睁开眼睛，伸手抓起身旁的小手包，大声嚷道："柳爱民，你别总跟个小脚老太太似的行不？干啥事磨磨蹭蹭忒没个痛快劲儿，白瞎了裆底下那块肉了，走，赶紧找那买蘑菇的道歉去。"

嚷完，她起身就往外走。

赵学文在身后紧着喊："妈妈，您这是干什么呀？睡觉做梦还是撒癔症哪？咱这是在天津市里呢，不是在风箱峪。"

听闺女这么一喊，柳胜男立刻停住脚步，瞪大双眼往四下里一看，这才醒过闷儿来，不好意思地冲闺女笑了笑。赵学文赶紧走过来，挎住她的胳膊，重新把她拉回餐桌吃饭。

但此时，柳胜男的心早就不在了餐桌旁，再也没心思品西餐搞腐败了，狼吞虎咽扫光了面前餐盘中的炒饭和牛排，灌下杯中的牛奶。也不管人家小服务员还在上菜，嘴一抹把小包扔给闺女，"学文，结账去，我到那边方便一下。"

说完，自顾往外走。赵学文看着健步如飞的母亲，哭笑不得地摇摇头，悄声叮嘱身边的小服务员："小妹儿，麻烦一下，快去把我们家老佛爷领到卫生间去，谢谢。"

小服务员抿嘴一乐，飞快地追上去，把柳胜男领到了卫生间。

柳胜男从卫生间出来时，赵学文也结完了账，走过去挎着她的胳膊走出了西餐厅。学文扭脸看着母亲一脸急不可耐的神态，再也不敢提逛商场买衣服的事儿了，一声不吭跟着母亲上了车，娘儿俩一路无话飞似的就回了风箱峪。

进了家，柳胜男跟婆婆打声招呼，把闺女的大包小裹搬下来，立刻就去了村委会。

其实，此时的风箱峪村委会已经变成风箱峪绿色食品加工厂了，他们三个村委办公就在厂门口左侧一间小门房里。柳胜男到那儿的时候，柳爱民和赵双都不在。另一侧小门房里负责食品厂看门警卫的柳大毛见柳胜男回来了，立刻追过去告诉她说："柳书记和赵会计都去县城了。"

柳胜男知道他们干啥去了，顺口问一句："他俩啥时候走的？"

柳大毛想了想说："走了有半天了，我估摸着时候不大就该回来了。"

柳胜男沉吟一会儿，又问："他们走时拿啥东西了么？"

柳大毛肯定地说："拿了，我看见赵会计提了一箱野山珍。"

"妈的，净干些抠屁股唉啦手指头的事儿。"

柳胜男小声叨咕着就进了成品车间，跟车间主任打声招呼，叫来两名工人，搬了十箱新下线的极品野山珍礼品盒装进车后备箱，并按规定写了张条子给车间主任，然后，开车出了风箱峪直奔县城。

到了城里，她径直开车去了那家大型超市，找到超市一把经理，见面就赔着笑脸自我介绍："我是风箱峪村长柳胜男，我来给您赔礼道歉来了。昨天我没在家，听说我们食品厂送到您这儿的产品出了点儿问题，真不好意思，给您添麻烦了。"

没想那经理听了，一脸的冷漠，不让座儿也不抬眼皮，身子仰躺在老板椅上，淡淡地说："哼，看怎么麻烦了，刚才你们村不是已经来过两人了么？还给我们换回了一箱产品。"

柳胜男一愣，脱口说道："是么？那是我们的两位副总。"

经理摆弄着手里的两只麻核桃，欠起身，两眼斜乜着柳胜男，傲慢地说："是么？还副总呢，真没看出来呀，我还以为是你们村里山坡上放羊的呢。"

见他这个态度，柳胜男心里立刻升腾起来一股无名火，但她努力压抑着不让自己发作。仍然赔着笑脸耐着性子说："作为生产厂家，我们深为自己的产品给你们超市带来的损失表示歉意。同时，我们想通过你们或者直接找到那位顾客当面致歉，赔偿经济损失和精神损失。"

听她这么一说，那经理脸上的肌肉颤动了一下，抬起眼皮蔑视地看着柳胜男讥诮地说："赔偿损失？你们赔得起么？"

经理这句话彻底激怒了柳胜男，她跨前一步，两眼怒视着那经理，一字一顿地说："有啥赔不起的？杀人不过头点地，就因为我们的一时疏忽错装了一袋蘑菇，我就不信你还让我们破产！"

经理见柳胜男生气了，火气也大了起来，一拍桌子，"柳胜男，我知道你趁俩骚钱儿，别跟我这儿装事儿，一帮臭渍泥腿子懂个屁，我就知道你们那炕头上的小作坊整不出啥好东西，当初是你们死乞白咧把东西放我们这儿卖的，如今顾客吃出毛病来了，你们就等着打官司吧。"

柳胜男一听这话，乐了，嘲讽地说："呵呵，尊敬的经理先生，首先，我请你把你那屁股擦干净喽再说话，别总是把生殖器挂在屁股边儿上，忒丢人也有失身份。再有，你说我们是臭渍泥腿子不懂事儿，我可是诚心实意跟你道歉来了。如果你认为你自个儿还是吃粮食长大的，就请你在种粮食的人面前放尊重点。我也郑重地告诉你，渍泥腿子也有尊严，不是谁想侮辱就侮辱的。"

"你……"

柳胜男的话软中带硬，直噎得那经理坐直了身子，瞪着一双三角眼，嘴巴张成了"O"型，半天说不出一句话。

第二十八章　巧遇老同学

柳胜男见经理无话可说了，觉得再待下去也没啥意思，刚想说声"再见"往外走，就听到外面有人敲门，经理看着门口，有气无力说一声："请进。"

门被轻轻地推开了，进来一个四十左右岁，身材颀长，白白净净的女子。经理一见，立刻起身点头哈腰说："程女士，您好。"

柳胜男见经理对来人这么谦卑，心想啥大人物让经理都这么哄着捧着的呀，不禁好奇地回头看了一眼，当即心里一动：难道是她？她想起了自己高中时的同班同学程华。

来人也不客气，进门就直冲冲对着经理吼道："王经理，我说这事儿你们想怎么解决呀？如果你们今天再不给我个说法，我只有找消费者协会去投诉你们了。"

哎呀，这声音太熟悉了，真的是程华！

柳胜男猛地转回身，面对面直视着那女子。

"程华。"

"柳胜男。"

两个人几乎同时喊出对方的名字。接着，人紧紧地抓住对方的手，使劲儿摇晃着。

柳胜男看着程华，关切地问："程华你现在上哪儿发财去啦？我想咱们该有十多年没见面了吧？"

"嗨——"

程华叹了口气，接着幽幽地说："别提了，回头有空儿我再跟你说。"

柳胜男似乎觉出点儿什么，迟疑地问："那你到这儿……"

"嗨——"

程华又叹了口气，怨艾地看了王经理一眼，没好气地说："快别说了，更窝火。前天，我北京有几个大学同学来看我，我想人家从大城市来的，咱们县城这小饭店肯定吃不上口。他们几个提前也说了，要吃我亲手做的家乡菜，尝尝咱们县的土特产。我到超市一眼就看上了这野山珍蘑菇，没想到买回家刚打开一袋松蘑准备炖小鸡，往水里一泡发现有两条小白虫，你说多恶心人哪。我怕大家知道了倒胃口，当时没敢言声，又打开了其他几袋。"

听到此，柳胜男紧张的声音发颤："那几袋咋样啊？"

程华说："什么事儿都没有，特好。可是，那我也觉得心里边不舒服，所以，等那几个同学走后，我拿着那袋松蘑和购货小票就找他们来了。"

柳胜男听到这里，回头看了超市经理一眼，爽快地说："程华呀，这事儿你不用找他们了，你就找我吧。"

"找你？为什么呀？"

程华柳眉一挑，不解地看着柳胜男。

柳胜男拉着她的手，真诚地说："对，就是找我，也应该找我，要不我还想到你们家登门拜访给你赔礼道歉去呢。"

程华仍然狐疑地看着柳胜男，问："难道……"

柳胜男坦诚地说："老同学呀，算你猜对了，我就是那家绿色食品加工厂的法人代表。作为生产厂家，今儿个我是专程向超市和顾客赔礼道歉来了。首先，我要向你这个终端消费者表示深深的歉意。因为我们的一时疏忽，让你这个消费者受到了精神和经济损失。所以，我在此向你道一声对不起。同时，我带来了十箱野山珍给你作为经济补偿，至于精神损失么，咱回家再说好不好哇？"

听到这里，程华再也忍不住了，拍了拍柳胜男的肩膀，笑着调侃道："哈哈，我说柳胜男哎，你这老东西，这么多年过去，你还是当年的伶牙俐齿，办事儿滴水不漏，我真服气儿。"

柳胜男不好意思地笑了笑，看着王经理说："呵呵，老同学过奖咧，我一个渍泥腿子不懂啥事理，山坡上放羊的出身，更没见过啥大世面，让你见笑咧。"

此时，王经理见这俩人越说越近乎，脸色立刻阴天转晴天。其实，作为商家，他更想尽快息事宁人，好该干啥干啥。于是，他笑模呵呵站起来，又是让座又是沏茶倒水，嘴里连声说道："哎呦喂，这真是大水冲了龙王庙一家人不认得一家人了，来来来，你们姐俩儿快坐下，慢慢叙谈。"

柳胜男心里其实挺反感那个经理的，但细琢磨起来毕竟自己有错在先，而且往后还要打交道，还是见好就收吧。遂顺着王经理的话茬儿诚心诚意邀请道："既然王经理也说了咱们都是一家人。那一家人不说两家话，我这个人生性耿直，从来说话不会拐弯儿，冒犯之处还望王经理多担待。想来咱这也是不打不成交，一袋蘑菇让我幸会了老同学，也认识了王经理，这都是缘分哪。因此，我有个小小的请求，今儿个就由我做东，请请二位，一来正式给你们赔礼道歉，二来也联络联络咱们同学之间和商户之间的无产阶级感情，不知道二位是否赏我这个脸哪？"

程华一听，当即欣然答应。王经理起初还矜持着，后来见柳胜男确实是诚心诚意地请，也痛快地答应了。柳胜男说："这一个人不喝酒，两个人不耍钱，您看看是不是再找几个对心思的兄弟陪着呀。还有，这县城里我也不经常来，来了也不进饭店，最好王经理您再找一个您中意的饭店，咋样？"

王经理一听，柳胜男的提议正中他的下怀，在感叹柳胜男精明的同时，不得不对这个貌不惊人的女村长刮目相看了。俗话说：维人一条路，惹人一堵墙。何况维下的是这么一个精明强干的女强人呢？这么想着，王经理当即拿起电话，定了县城很有名气的一家饭店，又召集来十几个同道的朋友。

这一顿饭，柳胜男花费了两千多块钱，但她觉得挺值的。留住了客户也挽回了影响，主要是保住了刚刚建立起来的产品信誉。超市王经理当即拍着胸脯保证："柳厂长，虽然这次咱们闹了点小麻烦，可这常在河边走哪有不湿鞋的，实话跟你说吧，买卖做长了，比这麻烦的事儿海了去了。有一年，我们光是销毁问题火腿肠就是一吨多，我们不也挺过来了。如果供货商都像你柳厂长这么负责任，这么讲信誉，我们还就高枕无忧了。放心吧柳厂长，你们风箱峪的野山珍小杂粮明天接着上架。"

柳胜男听了，非常得体地走过去，主动握住王经理伸出来的手，激动地说："王经理宽容大度够朋友，在此，柳胜男代表风箱峪全村老百姓谢谢您了！"

说完，她冲着王经理虔诚地鞠了一躬。

吃完饭，送走王经理和他那帮弟兄，柳胜男见老同学程华仍然意犹未尽。于是，又拉着她去了一家很有品味的咖啡厅叙旧。也许是喝了酒的缘故，也许是心里边确实不痛快，坐在咖啡厅幽静的单间，听着舒缓的古筝曲，程华祥林嫂似的翻来覆去跟柳胜男大倒苦水。

原来，程华大学毕业后分配到本县一个边远乡镇中学当了教师。因为人长得漂亮，上班不久就被同在本校教书的一把县长的公子给看上了。可是，当时程华已经有了对象，男的是她大学里的同学，在邻县县城重点中学任教，两个人已经谈婚论嫁了。没想那县长公子托人愣炝横插一杠子，扬言非程华不娶。但程华始终对他不咸不淡敬而远之，那县长公子无奈，直接给校长施压。校长本来就是个唐僧，和事佬儿，谁也不想得罪。于是，苦口婆心给程华做工作，动之以理，晓之以利害。说，这一把县长咱可得罪不得的，弄不好饭碗子都保不住；说，程老师你还年轻，前程不可限量，如果再找上这么一个硬靠山，调到县城里教育局弄个科长主任的当当，不比教书吃粉笔面子强？

程华无语。

后来，县长公子打听到程华唯一的弟弟高中毕业哪儿也没考上，现在建筑工地做小工甩大泥呢。于是，找到校长说："您跟程老师说说，如果她同意嫁给我，她兄弟的工作包在我身上。"

县长公子说到做到，果然，不到一个月，程华的弟弟就被分配到城里一个不错的事业单位当了一把手的小车司机，正儿八经的事业编制。给唯一的儿子找工作，那可是程家的软肋，天大的事儿。为此，程华的父母感激涕零，软硬兼施让程华跟那相恋五年的恋人分了手，闪电般嫁入豪门。

可是，结婚当天，县长公子就以程华不是处女对她大打出手，冷嘲热讽，恶语相加。程华顾及面子，默默地忍下了，她这一忍就是二十年，直到儿子高中毕业考上大学。

此时的程华，不但进了城而且已经当上了县重点中学的教导处主任。另据内部消息，老校长即将退休，到时候她就是副校长了。最近几年，虽然她那当县长的公公已经退休，但她丈夫依然毫不收敛狂傲不羁的野性，在家里横草不拿竖草不动，养尊处优不说，还对她这个当妻子的呼来唤去，稍不如意举手就打，张嘴就骂。程华思忖再三，送走儿子以后，下定决心离婚。谁知，就在这节骨眼儿上，丈夫单位体检，查出他肾上有个小囊肿，建议到省城大医院进一步检查。程华听说后，心急如焚，第二天就从学校找了个车陪他去了肿瘤医院，结果很快就出来了，是肾癌中期，必须赶紧做手术。

说到这里，程华喉头发哽："他最近几天才出的院，这么一折腾，我还怎么能再提离婚的事儿呢？接着忍吧，好在他这一住院似乎明白了许多，对我竟是出奇的好，连说话都软绵绵甜腻腻的，哼，谁知道是真的还是假的呢？"

听到这儿，柳胜男心里不禁一酸，眼泪忍不住滴落下来，怕程华发现，她赶紧低下头迅速用纸巾擦了一下，此刻她立刻想到了自己的丈夫赵成，也不知道这个挨千刀的现在在哪里，混得咋样，嗨，这真是姐儿俩守寡自己知道自己的苦哇。

好在程华并没在意柳胜男的变颜变色，轻轻叹了口气，使劲儿眨巴眨巴眼睛接着说："这么多年人不人鬼不鬼的日子，我这眼泪早就流干了。"

柳胜男抬起头安慰她说："嗨，家家有本难念的经啊，好在你儿子考上了大学，你也算有盼头了。"

提到儿子，程华顿时眼睛一亮，颇为自豪地说："嘿，还别说，这么多年，儿子就是我最大的安慰。这孩子从小就懂事儿，从来不让我着急，前年高考是以全县第三名的成绩考走的。"

柳胜男惊喜地问："真的？那肯定是清华北大了吧？"

程华说："呵呵，分数是够了，可他没去，说啥也要报南开，说南开是两代国家总理的母校，今年他又考上了本硕连读。"

柳胜男顺着话茬儿说："哎呀，那忒棒咧，你就等着当总理老妈，享清福吧。"

程华顺着眼皮，幽幽地说："喊，这在哪儿写着呢，我现在的想法就是活一天算一天，什么理想啊将来啊什么什么的，对我来说都没用了，我现在就是行尸走肉。"

柳胜男看着她，笑道："呵呵，你这就是生在福中不知福，快别不知足咧，像我这样整天为生存奔波，晴天一身汗，雨天一身泥，你那不是在天堂呢。"

程华撇撇嘴说："哼，什么天堂啊？如果能像你那样充实地活着，我情愿下地狱。"

柳胜男摆着手说："哎呀呀，越说越离谱儿咧，咋说你们那也叫旱涝保丰收，老了有人管，看病有人报销，爬不动走不动也有人按月发饷。哪像我们哪，年轻时疲于奔命，等老了就成了儿女的累赘，手背朝下，看人脸色，那叫人过的日子么。"

柳胜男夸张地诉着苦，程华脸上终于阴转多云，不那么苦大仇深了。二人越聊越投机，越聊话越多。恰在此时，柳胜男包里的手机响了起来，打开一看竟然是郝乡长，赶紧按下接听键。电话里，郝乡长慢吞吞的声音立刻传了过来："小柳哇，你在哪儿呢？赶紧到乡里来一趟，开个紧急会。"

"哎。"

柳胜男答应着就挂了电话，把手机塞进包里，跟程华说："真不好意思，乡里又催着回去开会呢。"

程华像是漫不经心地说："是么？那快回去吧，可能是省长要来了。"

柳胜男一惊，好奇地问："省长要来，你咋知道的？"

"呵呵，这你就别问了，我猜测着肯定是这事儿。"

程华有点卖弄地看着柳胜男，得意地一笑。

柳胜男心里一动，恋恋不舍地说："那我先走了啊，咱以后有空再好好聊。噢，对了，老同学，你有片子么？赏我一张。"

程华夸张地笑着说："哈哈，你真能开玩笑，我一个穷教书的哪有什么名片哪，记个电话号吧，以后想起我的时候好联系。"

说完，告诉柳胜男一串电话号码，柳胜男认真地输进了自己的手机里，按了一下发送，程华的手机立刻就响了起来。程华举着手机笑着说："OK，有了，拜拜，一路顺风啊，记着想起我的时候给我致一电。"

柳胜男说："记着吧，往后少不了麻烦你。"

第二十九章 典 型

柳胜男赶到乡政府的时候，郝乡长所说的紧急会议已经开上了。全乡二十多个村的村主任、支部书记挤挤挨挨坐满了整个会议室。柳胜男悄悄推开后门进去，挤在邻村红花峪女支部书记身边，小声问："这会开了多大一会儿了？"

女支书压低声音说："刚开上，我听着没啥正经事儿，就是告诉大家伙儿咱们省里的一把省长要来考察新农村建设，让各村做好准备，人家去的时候别怵寒碜喽。"

"哦。"

柳胜男把身子靠在椅子背上，心里边立刻轻松起来。据柳爱民总结多年当村干部的经验，传授给她的村干部三大难是：抓摊派、拉赞助、抢任务。此时，她一听不是这三大难之中的内容，心里立刻平静下来。想那省长书记的在大城市里面待腻歪了，到乡下看看，采采风，呼吸一下新鲜空气，也是挺正常的事儿。过去的皇上不是还花插着到民间微服私访呢么，人家出了皇宫也就带那么几个人东走走西看看，连御林军都不带。想那省级领导比皇上差远了，来就来呗，犯得着这么兴师动众么？

接着，她又想到了老同学程华，到底是城里人消息灵通呢，咱们这儿还没开会呢，人家就知道内容了。

柳胜男这么想着，微微眯起眼睛，听着前后左右村官们的窃窃私语，闭上眼迷迷糊糊地竟然睡着了。

她看见村路上浩浩荡荡飘扬着的旗幡，整队整队穿盔戴甲的官兵，扛着刀枪剑戟，中间簇拥着一乘八抬大轿。仔细看，那桥是鹅黄色的，上面绣着两条红色的蟠龙。这不会是拍古装电影电视剧的吧？她迎着队伍跑过去，挤在那一队队官军兵中看热闹。忽然，那些官兵们都散开了，齐刷刷跪在地上。原来，是那乘八抬大轿走过来了。前面是耀武扬威一对人马鸣锣开道，两边是带着钢盔骑着摩托车荷枪实弹的公安干警。哎呦喂，这不是现代版的关公战秦琼吗？哈，还有更新奇的呢，那走在前面抬轿子的竟然是郝乡长，还有李书记，还有县里的宣传部长，妇联主任，这都是哪码对哪码呀，真正的牛犊子拉车——乱了套了。

柳胜男越看越觉得可笑，忍不住笑出了声儿。

身旁立刻有人使劲儿捅咕她，她猛地睁开眼睛，坐直了身子，原来是南柯一梦。

柳胜男这边梦醒了，乡里的紧急会议也散了。

柳胜男眨巴眨巴眼睛，其实，开了半天会，她只记住了一件事，那就是省里大领导真的要来考察了。

主席台上，郝乡长一宣布散会，各村的村长支书们立刻小鸟出笼一样，互相议论着调侃着揶揄着走出会议室各奔他乡。

柳胜男睡得迷迷瞪瞪，也跟着大家往外走。可是，没等她走到门口，就听乡党委李书记大声喊她："风箱峪村柳主任和爱民书记留一下，咱再说点儿别的事儿。"

柳胜男停住脚步，回头看着李书记，小声叨咕一句："不是都散会了么，还有啥事儿哦。"

柳爱民不知从哪里冒出来，在一旁轻轻拖了拖她的衣袖，小声说："我刚到乡里时李书记就告诉我咧，说咱们风箱峪还有靠山镇村被树为典型咧，有些事儿还要单独布置一下的。"

柳胜男一听典型，立刻皱了一下眉头，不满地看了柳爱民一眼，小声嘀咕："说，又是你闲来没事瞎张罗的吧？"

柳爱民听了，但是没吱声。

柳胜男看到郝乡长朝着他们走过来了。

郝乡长手里拿着一个人造革面挺精致的大记事本，本子里鼓鼓囊囊的塞着笔还有文件。到了跟前，郝乡长直视着柳胜男，一脸郑重其事地说："小柳哇，你们风箱峪这回可是全县快速致富的典型了，省里分管农业的副省长点名捉将要亲自参观考察风箱峪。到时候，省里电台电视台还要专题报道，你们一定要好好地准备准备，认真配合宣传部门，争取一炮打响，走向全省。"

柳胜男木然地听着，也不点头也不摇头，脸上毫无表情。

柳爱民却是异常兴奋，屁颠儿屁颠儿跟着郝乡长和李书记走进大会议室旁边的小会议室。

走到门口，柳胜男犹豫了一下，李书记见状，笑着说："柳主任，怎么了？着急回去呀。呵呵，这干工作呀得慢慢来，什么事儿也不是一蹴而就的，欲速则不达嘛。有什么困难可以提出来，乡里解决不了的，还有县里嘛，树一个新典型可不容易啊。"

柳胜男直愣愣看着李书记，想都没想，脱口说道："这个典型，我们要是不愿意当呢？"

她这一句话说得很随便，但绝对不亚于一声惊雷，顿时把一屋子人都给雷住了。

迎着一屋子人惊诧的目光，柳胜男漫不经心地找了个靠窗和的沙发坐下，嘴张了张刚要说啥。柳爱民赶紧把话圆了过去："嗨，说实嘞我们柳村长还不是怕当了典型搞不好会丢了全乡的脸？其实还真没啥，这不有乡领导给咱们把关呢不是？请领导放心吧，我们风箱峪一定可着劲儿往好整，保证通过验收不就行咧？"

说完，征求意见似的看了柳胜男一眼，柳胜男愣了一下没言声儿。她心里边明镜儿似的，柳爱民是怕她说话太直领导不爱听。可是，反过来想，如果光捡领导爱听的说，把牛皮吹得震天响，说到做不到，有啥意思呢？

郝乡长见柳胜男低头不语，接过柳爱民的话茬儿说："呵呵，看起来这姜还是老的辣呀，还是爱民有经验，能领会领导意图。咱们风箱峪有了柳主任的敢打敢拼，再加上爱民的经验，这个典型肯定会在全县乃至全省一炮打响，遍地开花。"

柳胜男还是不答言儿，可心里边早已是风起云涌了。

不知道为啥，也不知道从啥时候起谁在她跟前提典型两字，她心里边就会莫名地反感，接着情不自禁地，就会联想到当年自己在承包地扣大棚养蘑菇的事儿。

那是她心中永远的痛。

那时候她还年轻，拉扯着两个孩子，靠土里刨食过日子。闺女学文小时候身体不好，时常闹病，丈夫赵成外出做小工挣俩钱几乎都扔到医院了。她连做梦都在想如何让自己家里富起来。一个偶然的机会，她在县城一个老同学开的小书店里看到一本食用菌栽培的书，感觉挺好，就拿回家研究。后来打听着邻县有个村子扣大棚养白灵菇和翅鲍菇发了大财。于是，骑着自己那辆破自行车就上路了，结果到那个村一家养蘑菇专业户一打听，还攀上了亲戚，原来那家的老东家跟风箱峪老柳家沾亲带故。柳胜男一听就乐了，当即留下来给人家帮工，干了一个月一分钱工钱不要，就带回点儿菌苗。回到家，她和赵成一合计，俩人就在承包田里扣大棚养起了白灵菇和翅鲍菇。由于她勤奋好学再加上邻县那亲戚帮忙，第一批白灵菇出手就净赚两万多，翅鲍菇赚了一万多。这样的年收入，在当时农村万元户都比较稀罕的情况下，可是一件了不得的事儿。

于是，乡里县里一级级地找到她，把她树为典型，推广她快速致富的先进经验。县里的电台电视台先后报道了她的事迹，县政府和县妇联还先后给她颁发了"致富能手"的奖杯和"三八红旗手"的奖状。县委宣传部著名的笔杆子更是把她的事迹写成报告文学刊登在省报的头版头条。那时候，她完全沉浸在成功的喜悦中，一天到晚满脑子都是多养蘑菇多挣钱，虽然看到报纸以后发现里面的数字有点大，但并没在意。后来，她就觉得不对劲儿了，先是不时有远的近的稍微沾点亲带点故的长辈或者平辈张口朝她借钱。而且那借钱的理由出奇的一致：你是县里树的典型，一年收入十几万，借给我们千八百的不过九牛一毛的事儿。对此，柳胜男觉得都是乡里乡亲的，鱼帮水，水帮鱼，理所应当，所以总是有求必应，可渐渐地她就感觉不对劲儿了，有些人借钱不还还理直气壮，完全就是吃大户，让她非常气愤，想我自己辛辛苦苦挣的钱凭啥白白打水漂啊？

直到这时，柳胜男才醒过闷儿来，原来那典型材料上把她的年收入夸大了好几倍。这不整个儿是造假糊弄人么？一气之下她摔了奖杯撕了奖状，最后拆了大棚，毁了菌棒，跟赵成到县城做买卖去了。

哼，但愿这次别重复上次的悲剧。柳胜男摇摇头，心里的苦水发了酵。

"怎么样？柳主任，就这么定了啊。"

李书记的话，把柳胜男的思绪一下子拉回了现实。

她眨巴着一双美丽的大眼睛，不解地看着李书记。她有点儿懵。因为，刚才她光顾着琢磨自己曾经"被典型"的悲哀了，根本就没听清楚人家几个人都说了些啥。但出于礼貌，只好本能地附和着说："行，行啊，保证完成就是。"

从乡政府出来，在回村的路上，柳爱民开导柳胜男说："老姑哇，我知道您对树典型挺反感的。可眼下形势就是这样啊，会干的不如会看的，会看的不如会耍嘴片子的。有一尺说一丈，有枣一竿子没枣一棍子，全凭一张嘴瞎忽悠。"

柳胜男没好气地白了柳爱民一眼，揶揄地说："要照这样儿，那咱干脆啥也别干了，就安几个高音喇叭，可着嗓子门儿地吹，看谁吹得热闹，我就不信那天上会吹下来大馅饼让你不劳而获。"

柳爱民知道她那是说气话，并没理会，接着说："话不能这么说。现在树典型跟过去可不一样咧，过去是纯精神鼓励，多少沾点吹的成分。现在叫重点扶植，各级政府从资金到政策都跟着一块儿上，对咱们绝对是有好处的。您没见现如今人们都挤破了脑袋争先进么？因为当了先进典型，一是上头要有硬实人撑腰，二是咱们必须有那实力，如果跟三国演义里面的刘阿斗似的，咋扶也扶不顺溜，人家谁还扶植你呀。"

"噢。"

柳胜男没言声，但明显听进去了。她看一眼柳爱民，顿了顿忽然问道："那你说咱们风箱峪上头有啥硬实人呢？"

柳爱民见她这么问，立刻来了精神，兴奋地说："当然有啦。"

"谁呀？"

"程副省长。"

"程副省长？"

"对呀。他可是从咱靠山镇乡走出去的，地道的山里娃。而且她妹子程华跟您还是老同学呢。我估摸着，他这次点名要考察风箱峪，没准儿就是程华提供给他的信息。"

"真的么？"

柳胜男突然一个急刹车，把柳爱民吓了一跳。

柳胜男停了车，侧过脸不相信似的看着柳爱民，又叮问一句："这些都是乡领导说的么？"

这倒把柳爱民给问糊涂了，看着柳胜男紧绷的脸，他不明白这个女村主任到底啥意思，怎么想的。于是，很随便地调侃道："老姑哇，您老人家今儿个这是咋啦，自打出了会场，就跟吃错了药似的。您咋就不明白呀，现如今不论当官的还是平头百姓，哪个不是有山就靠，见杆子就爬呀。咱们风箱峪要是真遇上这么个有权有势的靠山，那就是活菩萨咧，咱们一天早晚三柱香供着都不为过。"

柳胜男听柳爱民这么一说，忍不住笑了，回头看着他用赵本山小品里的语言说:"忽悠,接着忽悠。"

柳爱民也笑了,但随即一本正经地说:"如果真是您那老同学给咱搭了一句话,那她可就是咱们风箱峪的神了。您想啊,咱全县九百多个村,论底子哪个村不比咱们厚实啊,人家哪儿都不去,唯独到咱们风箱峪来考察,咱这可比那买奖券中大奖还金贵呢。所以呀,人家乡里让咱咋整咱就咋整,只要是能把省里的大人物吸引过来,哪怕来了到咱庄头儿上照张相片就走呢,咱村也肯定能火嘴,啥事儿都怕炒作对不?"

听到这里,柳胜男总算舒展双眉露出了笑模样儿,一边发动车一边说:"只要是实打实地宣传,别忒走板儿,别整点子鸡毛上天的事儿,咋都行。"

一听这话,柳爱民顿时明白了,柳胜男还在为当初因为被树为典型险些倾家荡产的事儿耿耿于怀,心有余悸。他知道,当时就是那个形势,农村刚实行分田到户,人们都憋着劲儿不知咋发财好,冷不丁冒出来个万元户,那还不成唐僧肉?记得当年他还跟赵成张嘴借过两千块钱呢,直到去年才还给他。嗨,还不是因为那时候忒穷么?人穷志短啊。

柳爱民摇摇头,努力赶走心头的陈年旧事,非常体谅地安慰柳胜男说:"老姑哇,现在咱们国家不比头几年了,从中央到地方都提倡求实务实,发展才是硬道理。像过去那种人有多大胆地有多高产的浮夸虚报,早就吃不开咧,也没人再提咧。"

柳胜男嘴角上扬,忽然露齿一笑,感叹道:"那感情好。可是昨天程华还跟我说,她有个同学在统计部门上班。跟她说了这么一个笑话:有一年,上级统计部门要农村人均收入情况,可是下边村里报上来的数字远远达不到上级要求。于是,让他们到村里实地考察,在一个各方面指标都完成的比较好的村,他们一户一户进行统计,结果那数字比乡里统计上来的数字还要低。为了达到要求,就让工作人员细致地调查,最后总算达标了。咋达的标哇?原来,乡里统计农民人均收入时,把刚生出来的小猪仔和没长全毛的小鸡雏都按二百斤以上的肥猪和下蛋的母鸡计算收入了,甚至连农民废弃不用的拖拉机都按照运输专业户的标准计算运输收入,你说可乐不可乐呀?"

柳爱民老谋深算地笑了笑,毫不隐晦地说:"嗨,其实对这些事儿我们当村干部的也是无可奈何。人家上边给你定指标,让你这个村今年人均收入必须达到多少多少,人要脸树要皮呀,完不成咋办哪?只有估了,俗话说,统计统计全凭估计,不会估计完不成统计。这其实都是没辙的辙。"

柳胜男说:"哼,我不管别人怎么估怎么统,反正我觉得整天上嘴唇挨着天,下嘴唇支着地吹牛皮,不干正事儿不出大力气,早晚把天吹漏喽。到那时候,不用说致富奔小康,恐怕连西北风都喝不饱。"

柳爱民听完就哈哈地笑,一边笑一边说:"老姑您净是瞎说大实话。"

柳胜男顿了顿,说:"我这个人最讨厌的就是弄虚作假,不着边际地胡嘟嘟,就像画一张大烙饼挂墙上,解不了饱也挡不了饿,光是看着好看有啥用呢?"

柳爱民深知柳胜男的倔脾气，轻轻叹了口气，不再说啥。

柳胜男重新发动车，稳稳地把握着方向盘，迅速下了乡村公路，拐上通往村里的水泥路。

下公路不远就是邻村豹子峪。

汽车行驶到豹子峪村头，柳胜男看着前方，忽然“咦”了一声，放慢车速，回头问后排座上的柳爱民：“爱民你看，他们村大队部房顶上盖的那是个啥呀？”

柳爱民把车窗摇下来，探出头来看过去，也怔住了：原来，豹子峪村委会那间平房屋顶上，正中间突兀地盖起了一个说塔不像塔，说楼不像楼的物件。几个年轻人正提着小桶举着刷子给那物件涂颜色。柳胜男觉得挺奇怪的，慢慢把车停靠在路边，下了车举目仔细观瞧。恰在此时，从村里边走出来两个年轻小媳妇，柳胜男遂迎上去，指着那正在刷漆上色的东西问她们：“请问妹子，你们村里大队部房顶上啥时候修了个塔呀，还挺漂亮的哈。”

其中那个年轻媳妇回头看了一眼那玩意儿，立刻把嘴一撇，不屑地说：“哼，大姐呀，那可不是一般的塔，那叫摩天大楼，镇村之宝。”

柳胜男一听立刻来了兴趣，笑眯眯故作惊奇地问：“那也叫摩天大楼？也太夸张了吧？”

那年轻媳妇忿忿地说：“夸张？喊，那可是我们村的村干部花了几千块钱请来的大仙给设计的。大仙说北面风箱峪的风水太盛，把我们豹子峪的风水都给吸过去了。还有，他们村新上来的女村长叫柳胜男，胜男胜男一定胜过男的，而且他们在北边我们在南边，人家一上来就胜过我们咧，我们豹子峪还翻得了身？”

柳胜男听了，微微一笑，大大咧咧地说：“修了这个摩天大楼你们就能发财了么？”

那年纪稍大些的媳妇抢着说：“是啊，人家还不是上嘴唇跟下嘴唇一碰，说发就发呗，总之有人发就是。”

“真有意思。”

柳胜男叨咕一句，转身回到车里，隔着挡风玻璃继续饶有兴致地欣赏着眼前那花花绿绿的摩天大楼。

柳爱民见柳胜男回来了，幽幽地说：“这豹子峪还真有邪性的，专门为咱们修了个摩天大楼，这不纯粹扯乐么。”

“不新鲜，我倒觉得挺有意思呢。”

柳胜男把车发动起来，缓缓地往前行驶。忽然回头冲柳爱民一笑，调侃着说：“呵呵，你不是豹子峪的姑爷么？回头让你媳妇儿给王大为村长带个话儿，让他把摩天大楼再修高一点儿，直接杵到天上王母娘娘脚跟儿底下去，那样就能喝到西北风咧。”

柳爱民大笑。柳胜男一脚油门穿村而过，脸上始终挂着一抹不易觉察的嘲笑。

第三十章　煮熟的鸭子飞了

回到村委会那简陋的办公室，柳胜男见赵双正一手计算器一手碳素笔聚精会神整理着账目，连身后走过来两个大活人都没顾得抬头看。

柳爱民走到他身后，小声问了一句："赵会计，咋样啊？算出来了么，大约得多少钱啊？"

赵双听到说话，这才抬起头，哭丧着一张脸，瞅瞅柳爱民，又看看村长柳胜男，忧郁地说："算是算出来了，可如果上边不给咱拨款的话，又是一个大窟窿啊。"

柳胜男一听大窟窿，立刻把眼眉立了起来，抓起桌子上厚厚的几页预算表，大声问："这都是让咱们准备的么？就此为让领导看一眼，花费二十多万块钱，全庄按人头数每人还得摊一千五百多块呢，不值，绝对不值。"

柳爱民在一旁抻了抻柳胜男的袄袖子，小声说："老姑哇，这可是乡里布置下来的，一点儿都不能含糊的呀。像这街道绿化，村路整修，那可都是硬头货呀，不按上级要求去布置去改造，肯定是通不过的。还有村头那牌楼，咱们乡许多村早就竖起来了，就是显着美观醒目呢。"

柳胜男皱了一下眉头，指着其中一页纸说："就算这街道清理，牌楼搭建必须得搞，咱不说啥，谁让咱以前落后了呢？可这从豹子峪到咱风箱峪这五里水泥路两旁的篱笆墙，得多大的工程啊？两侧加起来就是十里地呀，咱们村一百三十口子人，男女老少总动员，连吃奶的孩子都上阵夹寨子，半个月也完不了哇。"

柳爱民笑了笑说："这事儿您别着急，一延米一块钱。"

柳胜男用心算计了一下，没好气地说："啥大事儿夹个寨子就要那么多钱哪？再加上竹竿钱，里外里一算，核计咱这五里地篱笆墙就得用去两万多，值么？"

赵双接过话茬儿说："柳村长哎，这才哪儿到哪儿啊，要是再加上村里边各家各户的果园、鸡场、猪场周围，还得再加两万都不止呢。"

柳爱民无奈地说："嗨，这工程关系到李书记的亲戚，咱必须得给他们，其实如果咱自己干肯定是花不了那么多钱的。"

柳胜男愤愤地说："这就叫以权谋私，挣老百姓的钱，坑你没商量。"

柳爱民笑道："呵呵，别说啦，谁让咱没能耐呢，没能耐就得让人算计。"

柳胜男咬了咬后槽牙，无奈地说："这钱花就花吧，咱们自个儿看着还舒服呢。可这道路两旁的花草树木也都得现栽，咋那么现成啊？再说了，这个季节不是春季也不是雨季，天又是这么旱，那花草栽到地里头还不立刻就晒干柴呀。"

柳爱民说："那也得栽呀，舍不得孩子套不住狼，真要咱风箱峪因为这个火起来了，上边再给咱拨点儿升级改造基金，咱们还是稳赚不赔的呢。您还记得有一年中央一个大领导视察咱们县，为了快速绿化，大道两旁和县城大花坛突击种麦子，光是麦种就用去了十来吨，那可都是钱哪。"

柳胜男一听，眼眉马上又立了起来，但随即叹了口气，幽幽地说："嗨，我就是觉得这造假的活儿干着心里边不痛快。就为让领导看一眼转一圈儿，就这么兴师动众，又劳民又伤财地折腾，有啥用呢？"

柳爱民见状，赶紧开导说："话可不能这么说，谁有胭粉不往脸上搽呀？反过来说咱们真要成了省里的典型，乡里、县里都跟着抬点儿，脸上有光呢。"

柳胜男想了想说："好了，咱就先赌一把再说吧。"

按照乡政府统一安排，第二天，柳胜男就开始操持清理村里的街道。柳爱民带领全村的青壮年沿着风箱峪到豹子峪的水泥路两侧挖树埯，赵双带领妇女们挑水栽花栽树。村民们都为自己的村子成了典型兴奋不已，干活的热情空前高涨，连从来都不出门儿的老头老太都拿了马扎坐在门口看着年轻人干活，烧了开水端出来晾凉了让大家喝。这让村长柳胜男很感动，她说："有年头没看到这种场面了，感觉好像又回到了农业学大寨时期。那时候人们干活就是这个样子，不为名不为利就为村里争名誉。呵呵，如果早这么干，咱风箱峪是不是早就脱贫咧？"

年轻人听了大笑，说柳村长您太"奥特"了，现如今谁还要名誉呀？那玩意儿当不了吃当不了喝的，有它不多没它不少，人民币才是硬道理呀，真要弄好了上边给咱拨款升级改造，那才是真家伙呢。

柳胜男不解，拽住一个小青年问"奥特"是啥意思，小青年知道柳村长对这些新名词儿不感冒儿，笑着说："奥特就是奥特，电视里一句广告词，没啥意思的。"

柳胜男本来就喜欢较真儿，晚上收工后，她就给闺女打电话，问闺女："学文哪，啥叫'奥特'呀？"

学文在电话那头就笑，说："亲爱的老妈哎，您怎么想起来问这个啦？'奥特'就是落伍的意思，落伍就是跟不上时代潮流的意思。"

"妈的，竟敢说老娘我落伍，真是胆子不小。"

柳胜男就扔了手机，沮丧地仰靠在沙发上半晌无语。

婆婆不知道咋回事儿，轻轻地走过来，心疼地安慰她说："胜男哪，又跟谁生气啦？这村里的事啊就像那没有垄头的地，你走不完也干不完。再说这老百姓百人百脾气，你想干点儿事鸡一嘴鸭一嘴说啥的都有，信意儿生气还有完？啥事儿想开点，现如今啥最金贵呀？就是自个儿的身体呀，可别因为小小不言点儿事就把自己气坏喽，不值，不值啊。"

"妈。"

婆婆的话虽然着头不着脑，但让柳胜男心里很是感动，她忽然感受到，在这个世界上婆婆是最关心她疼爱她的人了。看着老太太焦灼的神情，她忍不住把心里话都掏了出来："妈，您说我这个人是不是太霸道太保守还又落伍啦？"

婆婆被她问得一头雾水，不知道怎么回答才好。

她也不解释，顺着自己的思路接着说："今儿个在村头干活，那几个小愣头青竟敢笑话我'奥特'，我咋'奥特'啦？带着大伙儿修路，修街道，让村子干净起来道路顺畅起来。带着大伙养山猪山鸡，脱贫致富，还有建绿色食品厂，安排所有年轻人特别是年轻姑娘媳妇上班，这些难道都落伍了么？我真纳了闷儿了，现在这人们咋都生在福中不知福呢，都不知道啥叫知足，您说我这破村长还有法儿干下去么？"

听到这儿，婆婆总算听明白了，笑着宽慰她说："哈哈，原来就这为点儿破事儿啊，几个毛孩崽子知道个啥？从电视上电脑里蒐点儿新名词儿不知道咋显摆好咧，他们说咱'奥特'咱就'奥特'了？不说别的，就村里边这点事儿，给他们谁也挑不起来。昨儿我听说豹子峪的王大为村长生气咱们村比他们强，还在房顶上盖了个啥摩天大楼，我呸！整天好吃懒做挣一个花俩，你就是盖八个摩天大楼也不管用。"

婆婆说得绘声绘色，说到最后还拍着巴掌，那神情立刻把柳胜男逗笑了，心里的郁闷随之烟消云散。她从沙发上坐直了身子，忽然想起啥似的拿起扔在茶儿上的手机，再次拨通闺女的电话。电话那头，学文撒娇地说："老妈哎，怎么摔了我的电话呀？其实我老妈一点儿都不'奥特'，有的地方还很前卫嘛。"

柳胜男说："闺女呀，说点正经事儿，那电脑好学么？"

"好学，当然好学啦。以我老妈大学都能考得上的智商，学那玩意儿绝对没问题。"

"那……你这个星期回来，教教我吧，我要学电脑。"

"好哇，我正好刚考完试，明天就可以回去了。"

"好，就这么说定了。"

放下手机，柳胜男立刻兴奋起来，破天荒地没吃晚饭就睡觉，打开电视看了半宿科技频道。第二天，天没亮就开车去了县城拉回来一台电脑。

她本来就是个争强好胜的人，被几个乳臭未干黄毛小子说落伍，她觉得那比骂她还要难受。自己这才四十几岁就落伍了，跟不上形势了，这实在太可怕了，她可不想这样。

把电脑买回家，这一天她都在想着咋学会使用。这几天，整天跟那些年轻人在一块儿，听他们侃一些奇闻趣事，一打听都是从电脑网络上看来的，这更坚定了她学电脑的信心。

闺女果然在傍晚的时候就到家了。

看到闺女，柳胜男竟然像小学生见到老师一样毕恭毕敬，进屋不等孩子站稳当就把新安装好的电脑打开，迫不及待让闺女学文教她咋上网咋打字，娘儿俩一鼓捣就是大半夜。

毕竟是老高中毕业生，基础在那儿呢，没用几天时间，柳胜男就能熟练地操作电脑了。村里的活儿干得也是非常神速，没用半个月时间，街道绿化清理，村路两旁以及各家各户果园周围都圈起了整齐划一的篱笆墙。道路两旁树根儿底下，裸露的山坡上，洒下的麦种也都绽放出了绿茸茸的叶片，远看近瞧都给人一种赏心悦目的感觉。

然而，半个月过去了，二十天过去了，眼看着快一个月了，那许诺来风箱峪视察的省领导竟然还没露面。柳胜男着急了，就给郝乡长打电话问领导啥时候能来，郝乡长就安慰她："别着急嘛，小柳，这心急吃不了热豆腐，反正咱们硬件已经齐备了，早一天晚一天还不都一样。"

柳胜男说："不一样，在过几天该下霜了，那麦苗一下霜就没颜色了，那新栽的树也该死的差不多咧，我们那钱不就白花了么？那可是二十多万哪，不是小数目。"

郝乡长无语，悄然挂了电话。

柳胜男越想越着急，越琢磨越不对劲儿，可这是上级决定的事儿，人家皇上不急你这太监急死也没用啊。

不行，我得找找乡里问问去。这么想着，她当即开车去了靠山镇。可是，到乡政府转了一大圈儿又一小圈儿，办公室的门都关着，乡长书记一个也没见着。刚想转身往回走，看到乡财政所的门开着呢，就走过去问。财政所的人告诉她说："今儿个乡长书记们都陪着县领导、省领导去红花峪了。"

柳胜男当即一惊，紧着问："去红花峪干啥呀？"

财政所那位同志见她这个表情，当即大惊小怪地说："哎呀，我说柳村长哎，咱乡里这么大的事儿您竟然不知道？那红花峪如今可是鞋帮改帽檐儿——一步登天啦！那是省里树的新农村建设典型，省里可是拨了一千多万哪。听说那个新上来的程副省长就是咱这红花峪村人，地道的山里娃呀，他这升了副省长村里边这光可是沾大发啦。"

骗子！

柳胜男忽然想起来这两个字。这眼看着煮熟的鸭子飞走了，就像当头一棒，让她实在难以接受。

第三十一章　峰回路转

柳胜男一听说省领导去了红花峪，直气得头昏脑涨青筋暴跳，出了乡政府大院，硬撑着把车开出靠山镇，停在路边上，脑袋往方向盘上一搭，顿觉浑身没劲儿，整个人呈现出一种眼看就要虚脱的感觉。

活了四十多岁，她看过水人的也听说过被水的，没想到如今这被水的事儿竟然落到了自己的头上，而且是冠冕堂皇地被水！难道这领导也说话不算数了？难道我们那二十万血汗钱真的就这么打了水漂儿？这公平吗？这还有天理吗！

柳胜男越想越生气，调转车头往回走，她要找郝乡长讨个公道。当初红口白牙说好了的树风箱峪为典型，兴师动众一天一个电话催着我们栽花种草美化环境，迎接省领导视察。这背过脸去你们又去找红花峪，让我们白忙活不说还搭进去那么多的人民币，如今老百姓挣俩钱儿容易的？不行，这口气我非得出了不可，就算你不给我赔偿也得给我个说法儿，如果我们没按要求做，咋着都行，如果提前定好了是红花峪，我们还认，谁让咱风箱峪上头没人给撑腰呢？可作为上一级政府，你们这么阴一套阳一套，朝令夕改，让人往后咋跟你乡政府打交道哇？再说，你们又让我我咋跟风箱峪父老乡亲交代呀？全村人起早摸黑修整街道栽花种树，还不是为了配合上级，让你们这些当领导的脸上有光？可你们就这么说变就变，还有点儿当官的官德么？

这么想着，柳胜男开车又回到了乡政府大院。

可是，没等她的车开进去就被两个荷枪实弹的武警给拦住了。武警木头人似的紧绷着一张脸，不说话只是朝她摆手让她后退。她把车停下来，打开车门子站到俩武警面前，俩眼恨恨地瞪着他俩，大声嚷嚷着说："我是本乡风箱峪村的村主任，我们村出大事儿了，我要找郝乡长汇报。"

听她这么一嚷嚷，其中一个武警面无表情非常严肃地说："你们乡长在跟省长汇报工作，天大的事儿也得下午再说。"

柳胜男还想分辩，乡派出所苗所长听出她的声音，从办公室跑出来，连拉带拽把她塞进车里，一半是哀求一半是严厉地跟她说："我说姑奶奶哎，你老人家小点声儿好不好哇？今儿个是省里头县里头一把领导都来了，你没见这大院里都戒严了嘛，你快走吧，要不到我们所里待会儿去。"

听苗所长这么一说，柳胜男忽然感到非常委屈，长这么大，她还从来没受过这样的待遇呢，平白无故竟然让人家给轰出来。不就是省里县里大头头来了么？我柳胜男一不偷二不抢三不做贼养汉，就是想为村里的事讨个说法，你们凭啥这么对待我呀？这么一琢磨，她顿觉受到了奇耻大辱，当即开车往回走，可走到半路上，她还是咽不下这口气。思来想去，她想到了老同学程华，不管咋说，这盐由哪儿咸醋由哪儿酸，必须得弄个明白。

这么想着，她把车停靠在路边，拿出手机翻找程华的手机号，找到以后就拨了出去。很快地，对方就接通了，还是那标准的普通话，还是那充满磁性的播音员似的声音，可今天柳胜男听起来却有点异样。程华问她："怎么样柳儿？找我有事儿啊？"

此时，柳胜男举着手机却不知道说啥好了，直到程华又'喂喂'两声，她才做梦似的有气无力对着手机说："程华你在哪儿呢？我想找你呆会儿。"

"哎呀，柳儿，你这是怎么啦？生病了吗？"

"没有程华，我没病我活得生硬着呢，我就是有件事儿想不开，我想跟你叨咕叨咕痛快痛快，要不我快憋死了。"

"是吗？什么解不开的事把我们有名儿的假小子给难住啦？柳儿你是在家里吗？如果在家里，你就到你们乡政府来吧，我在大门口等你好吗？"

柳胜男一听程华在乡政府，立刻啥都明白了，她知道此时再找这个老同学，无异于自取其辱。想人家此时一定跟省长哥哥在一起，风光无限，衣锦还乡，你柳胜男算个屁！哼。

"喂？柳儿，你倒是说话呀？"

电话中，程华的语气有点不耐烦了。柳胜男想了想，幽幽地说："不好意思程华，我在县城呢，算了吧，改天我再来找你。"

说完，她就把电话撂了。

不一会儿，程华又把电话打了过来，柳胜男刚一接通程华就急急地说："喂，柳儿，你能马上从县城赶回来么？我刚才跟我哥哥说你们村搞得也不错，他说他很想见见你呢。"

"啥？你哥哥他想见……见我？"

"对呀，他说咱们上高中的时候你去过我家，他对你印象挺深刻的。因为，那年咱们这一届学生就考出去四个，其中就有你，当时他就说你没去上大学太可惜了。"

"哎呀，那好，我尽量往回赶吧，能见到大哥真是太好了。"

"没问题，我们兴许过一会儿就去风箱峪呢。"

"好，那我就去村里边等着吧。"

"好的，拜拜，路上慢点开啊。"

"哎。"

柳胜男答应着，举着手机竟然忘了对方已经挂断了。

这真是冰火两重天哪，刚才还失魂落魄怨声载道的柳胜男，挂了电话立刻浑身是劲儿笑逐颜开了。不管怎么说，此番峰回路转就是个好兆头，只要省领导能去风箱峪转一圈儿，哪怕只是说句话儿，她那二十万就算没白扔。即使当不了典

型拿不到政府补贴，省电视台那电视画面一出来，风箱峪就是隔着门缝吹喇叭
——名声在外了。

这么想着，柳胜男顿觉眼前一亮，前途一片光明。

放下电话，柳胜男就紧着往回赶。到了村委会办公室却见一个人也没有，抬
头一看墙上电子表已经11点多了，正是吃饭的点儿，想必那俩人都回家吃饭了。
于是，分别给柳爱民和赵双打电话，让他俩务必赶过来，告诉他俩说省领导要来
视察了。

柳爱民一听省领导要来，很快从家里赶了过来，手里还拿着一块大烙饼卷
葱，一边走一边吃，到办公室那饼还没咽利落呢。看到柳胜男一脸兴奋的样子，
柳爱民也笑了，说："刚才真吓了我一大跳，您说咱们准备了那么长时间，钱没
少花，劲儿没少费，汗更是没少出，这要是真的白搭喽，咱冤不冤哪。"

柳胜男说："哼，咱们冤？比咱们冤的有的是。"

"也是哈，谁让咱是老背兴呢。"

俩人正说着话儿，赵双也汗津津跑了进来，进门就抱怨："如今这乡卫生院
看病也不那么痛快喇。挂号排队不说，好不容易轮到我看病了，那女大夫又接电
话去了。拿着个手机在楼道里转了一个来回那电话也没打完，她老人家连说带笑
聊得挺美，只可怜了我们那几个看病的了，一个个呲牙咧嘴伸着脖子瞪着眼干等
着，就盼那大夫快点打完电话。谁知人家根本就不管这些，该说说该笑笑没事儿
人似的，要不是我后面那老头实在忍不住嚷嚷了一嗓子，她那电话还舍不得
撂呢。"

柳胜男一听赵双说去卫生院，当即关心地问："咋的啦？这阵子干活加班累
的吧？嗨，像头几天咱们那么没黑夜没白天地连轴转，铁人也得累趴下。病看得
咋样，有事儿么？"

赵双感激地看了柳胜男一眼，笑了笑说："没啥大事儿，就是上呼吸道感染，
嗓子发炎有点儿发烧。大夫给打了一针，再吃点药就该顶回去了。"

柳爱民说："那也得注点意啊，可别撂倒喽，咱风箱峪还指望着你这大管
家呢。"

赵双笑了笑，看着柳胜男紧着问："咋？让我快点回来，有好事啊？"

"应该算是好事吧。刚才程华给我打电话，说她和她大哥程副省长都在乡政
府呢，待会儿就过来，让我在村里等着她。"

柳胜男话音未落，手机就响了，拿起来一接果然是程华的声音："柳儿，你
们家在哪儿呢？我已经到你们村里了，怎么就找不到你们那条街了呢？"

柳胜男一听她都到村里了，赶紧说："华子，我没在家里在村委会呢，就是
原来大槐树那儿，你等着啊，我这就出去接你。"

柳胜男一边接着电话一边往外跑，远远地就看见一辆黑色桑塔纳轿车缓缓地
往这边开着，她手机都不顾得合，撒腿就迎了过去。到跟前，她看到是程华在开
车，于是，朝程华挥了一下手，小跑着带路把她领到村委会门前大槐树下，看着

她停好车，从车上下来，这才高兴地走过去，拉住她的手摇晃着问："咋？老同学你还亲自带路来咧？"

"不是的，我是带着大哥一起来的。"

柳胜男一回头，见从车里面走出来一个身材魁梧，面容和善的中年男子，柳胜男一眼就认出来了，此人正是程华的大哥程家驹，也就是程副省长。她当即愣了一下，脸憋得通红，努力稳了稳心神才憋出来一句："程……程省长，您……您好。"

程家驹当即哈哈一笑，朗声说道："胜男，快别这么称呼，还是叫我大哥吧。记得当年你到我们家找华子玩儿，不就大哥大哥地叫么，你呀，原来叫什么还叫什么，这是在家里呢，什么省长费长的，多显着生分哪。"

一句话把柳胜男说的脸更红了，小姑娘般羞答答不好意思地叫一声："大哥。"

"哎，这就对了，都是乡里乡亲的，一家人不说两家话，咱两个村不就隔着一座山头么？对吧？"

此时，赵双和柳爱民也迎了出来，见了面竟然都是老相识。柳爱民和程副省长互相对视了一会儿，伸手各自打了对方一拳头同时大笑道："哎呦喂，这不是同桌的你么？"

原来两人不但小学同学，初中还是同桌呢。就是隔得远，多年不联系，乍一见面显得有点拘谨。三句话过去就开始称兄道弟了。没了拘束，柳爱民立刻开始大放厥词了："老弟呀，不瞒你说，这省领导要来靠山镇乡考察的事儿，头一个月乡里就开会布置了，说有个新上任的分管农业的副省长要来靠山镇乡考察，还说树我们风箱峪为典型重点考察。散了会我们手脚并用就开始忙活呀，这好不容易都准备好了，今儿早起又说不来了，你说我们窝囊不窝囊。可憋屈归憋屈咱也不能说啥是不？只好王八撞桥桩——暗气暗憋了。刚才，柳村长说新省长马上到咱风箱峪咧，把我急得饭都没咽利落就跑过来了。呵呵，早知道是你老弟来，我说啥也不吃饭等着你，让你跟我一块儿吃去。"

这时，程华接过话茬儿说："你还别说，我们哥儿俩还真没吃饭呢。那边散会后我跟大哥一说风箱峪柳胜男想见你，他都没跟大部队回宾馆，直接就跟我来了。"

"哎呀，那忒好咧，就上我们家吃去，我让我媳妇再炒几个菜，烙大饼卷葱，棒子渣粥，咋样？去吧，就当吃一回忆苦饭。"

"嘿，还真行，我看就这么着吧。"

程副省长一脸喜色，跟着柳爱民就往家里走。一路上，看着整洁的街道，家家户户红砖到顶的大瓦房，程副省长不由得感叹道："看来这农村的日子也是一年更比一年好啦。记得咱们上学那会儿，我到你家找你，进了门连坐的地方都没有，写作业都趴炕沿上写。"

几句话，把两个人的关系立刻拉到了从前。柳爱民眯起眼睛说："那个时候，你是班长，我是班里的小尾巴，你知道我有多羡慕你么？为了跟你套近乎，求你帮我解几道难题，我把家里所有能吃的东西都塞进书包，就此为到学校拿给你吃。"

"对对对，我记得那时候你们家的熟白薯干特别好吃，一片一片红得透亮，吃到嘴里又香又甜比现在的点心都好吃。"

"你知道么？那是我一块一块专门给你挑的，都是白薯心。"

"呵呵，现在还有么？"

"有哇，只是我媳妇晾得不如我妈晾的好吃。梨干和苹果干还可以。"

"哎呀，有多少年没吃到家乡的饭啦。"

程副省长一脸陶醉地环顾着旧貌变新颜的小山村，整个人仿佛都被浓浓的乡情包裹着回到了少年不知愁的青葱时代。

第三十二章　茅塞顿开

在柳爱民家里吃过饭，柳爱民的媳妇又给程家兄妹俩打点了一大兜子白薯干、苹果干和梨干。程华说："柳哥快别这么客气，往后我们哥俩儿多来风箱峪儿几趟就是了。"

柳爱民就笑，打趣说："难得我们大班长到我们风箱峪来一趟。说实在的，你们要是不来呀，我们几个起码得蔫吧半拉月也缓不过神儿来。"

柳胜男跟着说："你没见我从乡政府被轰出来时那个窝囊样儿呢，比霜打的茄子还蔫吧呢，憋闷得我呀就差找棵歪脖子树吊上去咧。"

程副省长听罢，笑着打趣道："胜男哪，幸好你没找歪脖子树，你这真要吊树上，我们哥俩儿可就成千古罪人啦。"

"哈哈哈……"

大家一起开心地笑了。

程家兄妹俩在柳胜男、柳爱民和赵双三人的陪同下，先后参观了风箱峪特种养殖场，看了满圈的山猪，又看了五彩斑斓的山鸡。程副省长一边看一边赞叹当年的假小子柳胜男有远见，有魄力，敢走别人没走过的路，敢做别人不敢做的事。程华则不无惋惜地说："柳儿，我想当初你若是上了大学，凭你的胆识和干劲儿，如今当县长都富富有余。"

一提上大学，柳胜男不禁脸一红，立刻低下头，深深地叹了口气，嗫嚅着说："嗐，啥人啥命儿啊，我这人就是这二两谷糠榷地的命，咋争也没用。"

程副省长见妹妹的话触动了柳胜男的痛处，当即笑着接过话头儿说："榷地的就命儿不好？这是什么年代的老思想啦？你们听说过江苏省有个华西村么？人家也是农村，180户，1500多口人，面积不足一平方公里，可是人家现在过得比城市都好，家家户户住大房子，开小车子，最穷的户也有百万以上存款，千万富翁稀松平常。胜男、爱民努力吧，我看你们按照现在这个速度发展下去，用不了几年，你们风箱峪就是北方的华西村。"

"真的？大哥您真这么看？"

柳胜男瞪着一双美丽的大眼睛看着程副省长，一脸的憧憬。

程副省长拍拍她的肩膀，肯定地说："绝对的，你想想啊，现在咱们国家从中央到地方都非常重视农业，大力提倡发展农村经济，支持三农，这是天时；你们风箱峪山清水秀，群山环抱，恰似一个大元宝，四十多户人家拥有这么丰厚的山林资源，算面积比华西村得大四五倍，这是地利；还有你们三个村干部团结一心，干事有商有量，老百姓一呼百应，这是人和。这自古成功之道，天时、地利、人和你们可是都占全了，接下来就剩下一个字'干'了。"

柳爱民一把拉住昔日同桌的手，激动地说："借老同学吉言，这回咱哪死鸡也要扑拉扑拉。可有一宗，过几年我们要是还扑拉不起来，到省城找你老弟讨口饭吃，可别说不认识噢。"

程副省长看看柳胜男又看看赵双，指着柳爱民的鼻子说："扑拉不起来？那要看你怎么扑拉，以胜男的闯劲儿再加上你的鬼点子，赵会计的稳扎稳打。那三个臭皮匠还能成为一个诸葛亮呢，你们三个诸葛亮合起来，那还不上天哪。"

"哈哈哈……"

柳爱民一下子就被这个老同学给说笑了，但随即止住笑，故意一本正经地说道："我柳爱民就是有再多的鬼点子神点子，这手里没银子也是屎点子，对吧？"

"这算什么呀，你过来。"

程副省长附耳低声跟柳爱民说了几句悄悄话，柳爱民顿时笑逐颜开，一脸的喜不自胜了。

从特种养殖场出来，他们又爬上了风箱峪村头那座叫凤凰顶的小山包，程副省长指着远处的山峦对柳胜男说："胜男，你看到前面那座山峰了么？那儿叫老君岭，据传是太上老君出家的地方。那个山头叫落日峰，是二郎神担山赶太阳时镇压太阳的地方。据县志记载，当年八路军游击队曾经跟小日本在那落日峰上打了一场漂亮仗，消灭了鬼子一个中队。至今，那上面还有几座烈士墓呢。爱民，你还记得那年学校组织爱国主义教育的事儿么，不是你们村的柳七爷给咱讲的抗战故事？"

"记得记得，好像就是咱俩找的柳七爷。那老爷子能说，记性也特别好，讲老辈子的老古迹也是一套一套的。老爷子现在身板儿也硬朗着呢，小伙子都比不上。"

"是么？有机会应该拜访拜访老人家去。"

提到当年，程副省长话题又多了起来。柳爱民看着那层峦叠嶂的群山，心里忽然一动，脱口问道："老弟呀，你的意思是不是让我们开发旅游哇？红色游神话游绿色环保游等等。"

柳爱民这么一说，程副省长立刻就笑了，再次用手指点着他说："爱民哪爱民，要不我怎么说你鬼点子多呢，我这刚提个头儿，你那儿立刻举一反三，心领神会了。当初上学时我怎么就没发现你这天才呢？呵呵，这搞旅游可不是我说的啊。"

说到这里，柳爱民皱了一下眉头，幽幽地说："嗨，这事儿啊，其实我头几年就想过，也到别的旅游景点农家院参观过，可总觉得吧咱这周遭儿都不干，就我们一个村搞，我怕孤掌难鸣，发展不起来，操持半天闹个嗨。"

程副省长鼓励他说："事在人为呀。就像前几年农村推广大棚菜，有的村扣棚种菜刷刷点票子，有的村扣了菜棚长了菜推着菜车子找不到买主急得掉泪珠子。其实，有时候没必要别人干什么你就干什么，再好的事情也有个适应不适应。"

"非常对。"

柳胜男他们几个异口同声赞叹，同时陷入了沉思。

程副省长的到访，让风箱峪看到了希望。尤其是柳爱民，老同学程家驹走后，一连好几天他那体内就像注入了兴奋剂，又仿佛沾上了老同学的灵气，走道儿都是轻飘飘的。他和赵双两人窝在村委会办公室一天零半宿，整理出了一份《关于风箱峪村开发建设旅游村的可行性报告》。

《报告》里援引了许多时下最流行的新名词，从地理位置分析到旅游项目开发；从农家院建设到未来远景规划，都分析得头头是道，有理有据。

为方便查资料，柳胜男把自己的新电脑也搬到了村委会办公室。柳爱民和赵双挤在一块儿攥词分析数据，她就在一旁从网上查找相关资料，一边查一边感叹："这有电脑就是方便呢，这网络简直就是一部万能大辞典，百科大世界。你想要啥资料，关键词往上一打，鼠标轻轻一点，嘿，出来了。早知道这么好玩儿，用处这么大，真不如早点学电脑了。"

赵双看一眼柳胜男，羡慕地说："柳村长您现在学也不晚啊，咱这不是都用上了么？"

柳爱民不知道啥时候站在了柳胜男身后，手痒难耐，试探着问道："老姑哇，您这现代化核武器我们男的能玩儿不？"

柳胜男明明知道他的意思，故意气他："我闺女说了，这电脑哇是认主人的。一台电脑只有一个人能用，第二个人一动就会咬手，还会中毒。谁要是中了电脑的病毒，打针吃药甚至说输液都是不管用的。"

柳爱民半信半疑，他心知肚明，柳胜男是舍不得让别人碰她的宝贝电脑。于是，他眨巴眨巴眼睛，忽然问道："中毒？这么说来那网吧得毒死多少人哪。"

柳胜男一下子就被问住了，但随后又从另一头儿堵："我闺女说了，不懂电脑的人不能瞎摸的。因为这键盘上的每一个小钮都是一个命令，也叫程序，程序乱了，这台电脑就瘫痪了。"

柳爱民大笑。挠挠脑袋说："呵呵，这个理由还说得过去。等啥时候表妹回来了，您跟她说说也教教我，还有赵会计。我听说现在人家发达的地方会计都不用账本记账咧，改为电脑记账，所有往来账目清一色地都在电脑里面操作，开票也是电脑。"

柳胜男反问道："那要是电脑坏了或者停电了，可是那账还得出，那就虾米了吧？"

"这个……"

柳爱民又被问住了，尴尬地笑了笑，接着跟赵双鼓捣远景规划去了。

原来，那天程副省长跟柳爱民说的悄悄话儿就是告诉他，抓紧时间整一份开发风箱峪旅游项目的可行性报告出来，弄好以后让程华直接交给他。然后，他再交给省里有关部门看看，如果切实可行的话就可以立项了。现在省里有一部分扶贫基金，专门用来帮助农村开发新项目的。真要立了项，就可以申请专项基金，办理贴息贷款，这是机不可失，失不再来的事儿，必须抓紧完成。至于下一步县里和乡里审批，他可以帮忙疏通协调。这也是他塞给老同学柳爱民的一粒定心丸和兴奋剂。

这可是求之不得的大好事儿啊。这让柳爱民想起来就激动不已："咱们风箱峪这回算是遇到贵人啦，人家那么大个省长，升官不忘穷乡亲。都过去二十多年了还念着老同学的交情，好人哪！就算有良心没忘本。等咱们村将来真扑腾大发了，就在村里边给他建个小别墅谢呈谢呈他。"

柳胜男听了，就打击他说："喊，看把你美的，人家塞给你几句好话你就欢喜地找不着北咧。咱不用脑袋瓜子用大脚趾头豆想想行不？人家那是省长啊，在省城宽宅大院地住着，做梦都不会到你这小山沟儿里住啥别墅哇，我琢磨着你就是满哪儿都给人家镶上金边儿，恐怕人家都没眼夹瑟呢。"

柳爱民不服，直着脖子跟柳胜男抬杠："嘿，我说咱风箱峪有那么惨么？你没听程家驹说江苏有个华西村，比咱们风箱峪地方小多了，可家家户户存款都是上千万，是一千万哪。咱们要是也扑腾到他们那个份儿上，不用说他一个副省长，弄不好这国家副主席都得上咱这儿弄块地儿盖家属院来。"

柳胜男直眼看着柳爱民，伸手摸摸他的脑门儿，坏笑着说："乖乖，没发烧哇，咋还说上胡话咧？"

赵双见这两人斗嘴，就在一旁敲锣边儿："呵呵，我说柳村主任哎，这人都是有野心的，没野心干不成大事儿啊。有句话咋说来着？不想当将军的士兵就不是好兵。您看英国的丘吉尔，苏联的列宁，那都是野心勃勃成大事儿的主儿，青史留名啊。"

三个人越说越离谱儿，侃着侃着，柳胜男忽然提议："哎，我说两位哥们儿，等咱们把这报告交上去，你们说咱们仨可不可以就到那华西村看看去呀？这不入虎穴就逮不着虎子，不看看咋知道他们家家户户咋挣的一千万哪？是不？"

那两人一听去华西村，当即热烈响应，赵双甚至迫不及待地立刻收拾账本锁抽屉，嘴里还小声嘀咕："这玩意儿说走就走，总得准备俩钱儿当盘缠啊。"

柳爱民就在一旁捅咕他："我说老赵哎，你这说走就走，往哪儿去呀？"

"华西村呗。"

"还华东村呢，做梦呢吧？你还真想去呀。你以为那是去趟县城那么便宜么？得有这个。"

柳爱民做了个点钱的手势。

"唉。"

赵双叹了口气，立刻停止收拾东西，颓然靠在椅子背上不言声儿了。

柳胜男从电脑前面抬起头，看着他俩笑着说："我都看好了，只去那一个地方花费不是很大，咱们三个人走一趟住两天有一个数儿足够。"

"一千？"

赵双楞头磕脑问一句。柳爱民瞪他一眼，撇撇嘴说："你以为是去趟公共厕所呀？最少再加个零。"

赵双立刻把眼瞪成了一对牛卵，拖着长音说："那么贵？"

柳爱民又开始抬扛了："这还叫贵吗？那叫从北方到南方横跨半拉中国。"

柳胜男见他俩又抬起杠来没完了，赶紧插话说："费用不用你俩操心，我自己掏腰包请你们去，但前提是不负责你们到那开放地方找小姐和包二奶的费用。"

赵双一听又是柳主任掏腰包，就有点不自在，小声说："又是您掏？我看别了吧，咱们村集体已经有钱了。"

柳胜男笑了笑说："有钱？那也先留着吧，我如今是光棍儿一条，吃饱了一家子不饿，留着钱有啥用啊？还不如请大伙儿到外头散散心透透气儿来得痛快呢。"

柳爱民和赵双听罢，相互对视一眼，情不自禁耷拉下了脑袋。在一起干了这么长时间的工作，他俩太理解柳胜男的心思了，其实这个看似强悍的女村长，强硬的外表包裹着的那颗心一直是柔弱又苦涩的。但他俩随即又孩子似的相视一笑，亮晶晶的眸子里满是对参观华西村的渴盼。

柳胜男关好电脑，拿起椅子上的花布小心地苫在上面，起身冲那俩搭档微微一笑，说："走，回家准备准备，明天出发。"

柳胜男回到家，见婆婆没在屋里，自己到厨房好歹找了口吃的就到客厅开始收拾东西。蹬着沙发先把久已不用的行李箱从大衣柜顶上拽下来，用干抹布里里外外擦了擦，接着，就一件一件往里面拾掇换洗的衣服。此时，婆婆从里屋出来，一看儿媳妇正往行李箱里面装东西，立刻脸色大变，颤抖着声音问："胜男哪，你这是……"

见婆婆来到跟前，柳胜男赶紧停下手头儿的活计，笑模呵呵地说："妈呀，我明天要出趟远门儿，得去几天才能回来。刚才见您在里屋睡觉，就没叫醒您。"

"噢——"

婆婆见柳胜男挺高兴的样子，这才放下心来，双手捂在狂跳的心口上，嘴里念着"阿弥陀佛"软软地瘫坐在沙发上。缓了好一会儿这才哑着嗓子紧张地问："你这是去哪儿啊？远不远？有伴儿么？"

柳胜男知道婆婆不放心她自己一个人出门，遂轻松地说："柳爱民和赵双也去。"

婆婆一听柳爱民他们也去，立刻放松下来，絮絮叨叨地嘱咐儿媳妇："这就好哇，都是一个村的互相照应着，再说啦出门在外就是得有男人跟着，女儿家可别一个人出门儿，现在这世道哪哪都是骗子，你看那老王家大丫头，多好个人儿啊，糟践啦。"

柳胜男见婆婆越唠叨越走板儿，赶紧安慰她说："没事儿的妈，您就放心吧，就算是我一个人出门也不至于挨骗。那骗子骗人也是论年岁的，人家看中的都是大姑娘小媳妇，像我这样快当奶奶的人了，除了糟践粮食没别的用了，是没人要的。"

"嘁，净说傻话，谁说你没人要哇？谁不要你妈也要你，在妈眼里呀，你永远都是我们老赵家的宝儿。"

柳胜男听了当即心里一热，含笑嗔道："妈哎，您看看您又来了，我都这岁数咧，谁还当宝儿哇。"

"我就是拿你当宝儿。"

老太太说完站起身，蹒跚着走了出去。

看着婆婆那佝偻的背影和那乱蓬蓬的一脑袋白发，柳胜男心里不禁一阵酸楚。心想这人哪都是往下疼，自打赵成离家后，婆婆简直是一天老似一天了，也不知赵成那孽障究竟带着胡梅跑到哪儿去了。二十万块钱出门在外不花不没，胡梅那小妖精又不是正儿八经过日子的人，天知道他俩到底图个啥。这么想着，她收拾东西的动作也慢了下来，当拿起一件玫红色的背心时，眼泪就流了下来。那是前年她过生日时，赵成从北京给她买回来的。

不知道啥时候，婆婆端着一大瓢煮熟的鸡蛋走进来，见儿媳妇在抹眼泪，一声不响坐在茶几旁边，用方纸巾一个一个地把鸡蛋包起来，再小心地放进食品袋。柳胜男看着婆婆，心中一阵感激，笑着说："妈哎，您咋又煮这么多鸡蛋啊？我一个人吃不了那么多的。"

婆婆咧嘴一笑，认真地说："多啥呀？你们不是去三个人呢吗？那俩大小伙子可是能吃着呢，我记得柳爱民她媳妇说，她坐月子时柳爱民一顿偷吃过八个煮鸡蛋。还有，我听人说外边的东西都是假的，弄不好就吃坏了肚子。"

听婆婆这么一说，柳胜男笑了："您这新鲜事儿都是听谁说的呀，那鸡蛋咋能造假呢。"

婆婆说："你没听说吧？我可是从电视上看到的，那养鸡的给下蛋的鸡们喂红药水，下出来的鸡蛋是红心的，然后就说是柴鸡蛋。黑心商贩往鸡蛋里面注水，让它压秤，你说这人多鬼头哇，这可是电视上放的，是真事儿。你说这样的鸡蛋有法儿吃么？"

婆婆说得有鼻子有眼儿，见柳胜男听得有趣，越发地来劲儿："还有哇，你们出门坐火车也得注意啊，在车上千万别睡觉，别吃生人给的东西，水更是不能喝。你们三个人最好买一个挨着的座，谁也别离开，这样互相照应着就没人敢骗你们。现在这人忒黑呀，啥钱都敢挣，啥坏事都敢做，胆大包天啦。"

柳胜男一笑，说："哎呀妈呀，照您这么一说呀，咱可是哪儿也别去咧，这出门口就都是骗子，咱还咋出门啊？"

婆婆嘴一扁，眼角竟然有泪光闪现，恋恋不舍地看着柳胜男，哽咽着说："胜男啊，不是妈小心眼儿，不知咋的你这一说出门儿，我这心里边咋这难受呢？"

柳胜男听了，心里顿时一紧，婆婆别是想儿子想出毛病来了吧？记得老太太以前可不是这个样子的。这么想着，她忙笑着安慰婆婆说："妈呀，我们三个这次出门啊，是去南方看一个村子。那个村子叫华西村，人口比咱们村多，可地方还没咱们风箱峪大呢。以前这个村也跟咱们似的穷得叮当响，可现在人家发展得那叫一个阔，家家光是存款就是一千多万哪。还有，人家住的都是小别墅，一家一个小楼，小楼四面都是花草。人家村子里边有工厂，有高级幼儿园，小学、中学还有大学呢。现在呀，不少大城市的年轻人都挤破脑袋想到那个村子里当农民去呢。"

婆婆听了，立刻瞪大双眼不相信似的看着柳胜男，嘴张着半响才说出一句话："真有那地方？"

柳胜男说："当然有啦，前几天上咱们村来的那个副省长亲口跟我说的，这个不会假吧？就是他让我们到那里去看看，取取经。"

老太太一听取经，似乎又来了兴趣，点着头说："对，取经好哇，唐僧带着孙悟空猪八戒沙僧到西天取经回来就都成神仙咧，你们仨到那个啥西村取经，回来后也能成神仙是吧？"

柳胜男听完就笑，她不愿意扫了婆婆的兴，于是，顺着她的话茬儿说："对呀，我们仨成了神仙以后哇，就啥也不怕咧，啥事儿也难不住我们咧。咱们风箱峪也要办工厂建学校盖高级别墅，您就等着享福吧。"

婆婆听了笑得两眼眯成一条缝，乐颠颠站起身回到自己屋里，柳胜男则趁此机会三下五除二把东西收拾利落，拉上旅行箱的拉链，又去准备别的。一切都拾掇妥当了，看看表已经夜里九点多了。可是，她却毫无睡意，一颗心仿佛冲出胸膛飞到华西村了。于是，坐在客厅沙发上打开电视，手里拿着遥控器开始找江苏台，可是找了一圈儿也没找到。索性关了电视扔了遥控器，起身到自己屋里睡觉。可是，她刚把被窝铺好，婆婆又推门进来了。见柳胜男正要脱衣服，也不说话，顺手把一个小布包塞给她，一边关门一边说："胜男哪，这点钱你拿着，穷家富路哇，到外边稀罕啥买啥别总委屈着自个儿。"

婆婆说完关上门就回了自己的房间。

柳胜男打开小包一看，竟然是厚厚的一沓钱，十块的五块的一百的五十的都有，一看就是平时一张一张攒起来的。

捧着那沓钱，柳胜男顿时泪如泉涌。

柳胜男捧着那沓花花绿绿的纸币，忍不住热泪长流唏嘘不止，她知道婆婆是真心实意的。同时，她真切地感受得到老人家攒这些钱不容易。婆婆有三个闺女两个儿子，赵成在家排行老大，他下面挨着肩儿是三个妹妹一个弟弟。妹妹们都出嫁了，弟弟当兵去了东北哈尔滨。小伙子很能干也很机灵，深得部队领导赏识，入伍不到三年就提了军官，几年以后又在哈尔滨娶了媳妇成了家。那媳妇也是部队的女兵，结婚后两口子只回过一次风箱峪，就再也没回来过。理由是工作太忙脱不开身，其实是那媳妇嫌弃婆家忒穷，冬天没暖气夏天没空调，屁股大点儿个小村子想打瓶酱油都找不到商店。婆婆公公有时想老儿子想那边的孙子，就打电话，也想到那边看看，可是人家儿子儿媳始终不说让他们去，他们又不敢主动张罗。渐渐地，关系就越来越远，后来连电话也很少打了。老儿子只在过年时给父母寄几百块钱回来，算是还没忘父母养育之恩。

柳胜男知道这个小叔子也是嫌弃家里穷，也不指望他回来赡养公婆，她说，她就当赵成是独生子女得了。所以，自打小叔子当兵走了以后，她就挑起了赵家的大梁，一年四季走亲访友大事小情都是她一个人操持。办服装厂手头富裕了，她每月给公公两千块钱让他们老两口买吃的喝的补养身体，可婆婆一分钱都不舍得花。整钱都存起来，自己养鸡养猪挣零花，连老头子在服装厂和饭店看门卖废品的钱都攒起来。

柳胜男觉得自己手里捧着的不是钱，是心，是当妈的疼爱自己儿女的一颗心哪。

她把手里的小包规规矩矩地按照原样儿包好，放到床头柜的最里层。然后，悄悄推开门，来到婆婆住的房间门口，透过门上的玻璃窗户，她看到婆婆已经关了灯，但仍然在低声默诵着"阿弥陀佛"。

婆婆从啥时候开始念佛的？柳胜男已经记不清了。记忆中老人家从前只是信佛，时常到县城里的独乐寺烧香拜佛。最近才发现婆婆开始每天念佛了。婆婆不识字，不会念佛经，就在观音菩萨像前盘腿打坐一遍遍念"阿弥陀佛"。老人家念佛，是想把迷途的儿子念回来，还是求菩萨保佑全家平安？柳胜男听了一会儿，没心思琢磨了，返身回到自己屋里，可是躺到床上翻过来掉过去就是睡不着。脑子里一会儿是华西村整齐阔气的乡间别墅，一会儿是婆婆给她的那一沓钱。刚一闭眼，迷迷糊糊又看见赵成推一辆锈迹斑斑的破飞鸽自行车，穿一身袖口磨了毛边儿的旧绿军装，红着脸露一颗小虎牙笑眯眯站在她跟前，憨憨地说："胜男，上车吧，今儿是咱俩大喜的日子，我要驮着你围着风箱峪绕三圈儿，然后再进家拜堂成亲。"

她笑着穿上妈妈做的大红棉袄，带上红头巾，羞涩地低着头问他："大成，咱两家离这么近，跑两步就到，为啥非要绕三圈儿再进家呢？"

"因为，今天你是我的新娘，我赵成能娶到你是我三生有幸。还因为，我喜欢你，这辈子喜欢下辈子喜欢下下辈子还喜欢你，我们最少要做三世夫妻呢，所以要绕三圈儿。"

"哎呀，你快别说了，真肉麻。"

柳胜男捂上耳朵，把脑袋扎进赵成的怀里。

当当当，有人敲门。

柳胜男一惊，猛地睁开眼睛，原来是在做梦。

敲门声再次响起。

柳胜男赶紧拉亮电灯，麻利地穿好衣服，趿拉着鞋跑去开门。

开门一看，原来是柳爱民和赵双一人提个大提包笑嘻嘻地站在门口。

柳胜男看看表刚过夜里两点，没好气地说："这刚几点啊，你们就来叫门，还让人睡觉不？"

柳爱民笑着说："您倒睡觉了，我俩根本就没合眼呢。"

柳胜男也笑了，"哼，还好意思说呢，又不是小孩子了，出趟门儿至于的惶惶地睡不着觉？"

赵双说："嗨，我俩晚上到家吃完饭，想着是早点睡觉今儿早点起来。可我一琢磨咱那报告整出来了还没抄利落呢，就找到爱民，我俩到村委会把它整完了，装进大档案袋子订好了，早晨起来让柳红霞去县城给程华送过去，这样咱们不是走得就更踏实了么？"

柳胜男听了，心中顿时一热，想自己都没想到的事儿人家都想到了，真是一个好汉三个帮，一个篱笆三个桩啊。有了这样的好搭档，就像左膀右臂，还有啥事干不成呢？

心念至此，她看了看柳爱民和赵双，笑着说："反正时间还早呢，咱们煮点面条吃点再走也不晚。"

说着话儿就进了厨房，拉亮灯打着煤气灶，把锅里添上水想煮几袋方便面。一转身，却发现面板子上整整齐齐摆着一小盖包好的饺子呢，心中不禁又是一热。原来，这村里边有个老例儿，大凡人们出远门，临行前都要包顿饺子吃，意思是发发脚，一路顺风。

这饺子，肯定是婆婆夜里包的，想来老人家也是半宿没睡呢。柳胜男深情地看了婆婆的房间一眼，心里溢满幸福。她忽然想起了高中时念过的那首古诗：慈母手中线，游子身上衣。临行密密缝，意恐迟迟归。谁言寸草心，报得三春晖。

上学时，她就很喜欢这首诗，但那时只是字面上的理解，今天，她是从心底里对这首诗有了更为透彻的感悟。

她一边煮饺子一边感叹：可怜天下父母心哪！又有几个做儿女的真正能够体谅父母的心呢？

吃完饺子，柳胜男简单收拾一下东西，又看了婆婆的房间一眼，这才和柳爱民、赵双一起轻手轻脚出了院子，轻轻关上大门。柳胜男打开手机看一下时间，差十分钟三点。于是，小声催促柳爱民和赵双快走，说学武三点到村口接他们来。

柳爱民说："咱们坐长途汽车走还用学武接干啥呀？"

柳胜男说："你以为那长途汽车是咱们家的，想啥时候走就啥时候走哇？我早打听好了，咱们去华西村必须到北京坐火车，然后到南京倒车才能到华西村呢，在火车上至少得咣当一天一宿。所以呀，我想咱们仨直接坐飞机去，由北京到南京有半天足够，飞机票学武都给咱们订好了，是早晨六点的，他把咱们直接送到飞机场。"

"哇，坐飞机？"

不等柳胜男说完，柳爱民和赵双就同时惊呼起来。他俩可是长这么大都没上过天的，这一听说坐飞机一步登天立刻兴奋得蹦了起来。

第三十三章 穿布鞋的尴尬

三个人说说笑笑着从柳胜男家里出来，走出不远，就见迎面开来一辆亮着大灯的小轿车。柳胜男迎着那灯光一招手，车就停下了，赵学武笑嘻嘻地从车里钻出来，冲柳胜男叫了一声："妈。"

然后，转到车后面打开后备厢，接过柳胜男的行李箱塞进去，刚要接柳爱民的大包，柳爱民不好意思地笑了笑说："我这个包包不大，就不放后备厢了。"

赵双也说："我这个包包也抱着吧，东西多了后备厢恐怕装不下。"

赵学武见两人这个样子也就不再勉强，打开后排的车门子让两位上车，柳胜男则早已在副驾驶的位子上坐好了。赵学武把车掉过头，一脚油门就出了风箱峪。

一路上，柳爱民和赵双都兴奋得合不拢嘴，坐在赵学武身后，一会儿问北京飞机场有多大，一会儿问飞机起飞时翅膀是不是也像大鸟一样忽闪。柳胜男说："你俩真是的，不知道孩子那儿开着车不能走神么，老一个劲儿问这问那，没吃过猪肉也没见过猪走么？到那儿坐上去一看不是啥都清楚了？"

柳爱民说："老姑哇，您别笑话我俩啊，我俩长这么大可是头一遭儿坐飞机呀，说实在的，我这心里边咋琢磨着不踏实呢？"

柳胜男一笑，没好气地说："一个坐飞机，又不是让你赴刑场，有啥可不踏实的呢？"

柳爱民小声嘟哝着说："我就怕那玩意儿在天上飞，也没个轨道啥的，要是跑偏喽，到不了南京跑别处去了，或者……或者飞着飞着掉下来咧，那该咋办哪。"

柳胜男回头瞪他一眼，嗔道："大早起的，说这话真是晦气，学武哇，停车，看看道边儿上有牛车没，给你爱民哥租一辆，让他坐牛车去吧，又稳当又安全，真要上了飞机，别把他老人家吓个好歹的。"

赵双听了，就在一旁添油加醋："柳村长哎，快别说咧，我看您这个办法还真挺好的，您可能不知道吧，咱柳书记有恐高症呢，平时站小板凳儿上两条腿就突突。"

柳胜男知道赵双是在故意将柳爱民，遂笑着问柳爱民："爱民，真的吗？我琢磨着恐高症还真的会晕飞机的。"

柳爱民一听就有点急，伸手给了赵双一拳头，气哼哼地说："就你多嘴，你不说话没人把你当哑巴卖喽，你听谁说我恐高了？去年你们家房子漏雨忘了谁帮你们修的了吧，整个儿一忘恩负义白眼狼，刚才我白给你俩煮鸡蛋吃了，吐出来。"

赵双见柳爱民当真了，赶紧把话拿回来："呵呵，我这不是说笑话呢吗，还当真的了。你说咱俩这一宿都没合眼了，再不逗几句闷子，等会儿到了飞机上还不光剩下打盹儿了。"

柳胜男从中打和说："就是啊，不说不笑不热闹，真要都睡着喽，赶不上飞机，咱这票不就白订了嘛。"

赵学武插话说："妈，赶不上这趟航班也没事儿的，还有下一趟呢。"

柳胜男说："哈，你以为是坐公交车呢，这趟不行挤下趟，你没看那飞机票上都写着时间呢么？快开你的车吧。"

几个人说笑着很快就到了首都机场。

柳胜男因为生意上的事儿不止一次坐过飞机，对机场各个窗口基本上轻车熟路。所以，到机场以后就让学武回去了，她自己带着柳爱民和赵双进了售票大厅。

在指定的售票窗口她递进订票单据和三个人的身份证，交了钱办完所有登机手续。可是，当她拿着三张机票回头找人时，却发现柳爱民和赵双不知道哪儿去了。赶紧掏出手机给柳爱民打电话联系，却被告知关机和不在服务区无法接通，给赵双打倒是通了，可是不说话。

眼看着登机时间就到了，机场广播已经在催促去南京的旅客开始检票，再看柳爱民和赵双还是不见人影。这两人，哪儿去了呢？柳胜男顿时急得一个头两个大，怕那俩人回来找不到她，又不敢离开原地，只好一遍又一遍轮番给他俩打手机，可是仍然是无法接通。把她给急得呀，就差到广播室播送寻人启事了。

眼见去南京的旅客一个挨一个过了检票口，还是不见柳爱民和赵双的影子。难道这俩人走丢了？还是遇到了麻烦事？柳胜男犹豫着就想去退票。正在这时，两个机场保安匆匆忙忙朝她跑过来，见面就问："请问这位女士，您是H县靠山镇乡风箱峪村的柳胜男柳村长吗？"

柳胜男不知道这俩保安啥意思，赶紧答道："是的，我是靠山镇乡风箱峪村的村长柳胜男，请问您二位……"

"哦，不好意思柳女士，请跟我们到安检室去一趟。"

"有啥事儿在这儿说不行么？你们没听见去南京的旅客都检票了吗？"

"听见了，但是我们不会耽误您登机的。"

柳胜男狐疑地看了看俩保安，很不情愿地跟着他们去了安检室。

一进门，她就看到柳爱民和赵双焦灼不安地低头站在一个办公桌前，吭吭哧哧解释着什么。一个面无表情的女工作人员用那种审犯人的眼光鄙夷地看着他俩，问话的语气也是冷冰冰小镐子刨地一样生硬："说，你们从哪里来的？到南京去干什么？"

柳爱民抬起头谦卑地说："我们是H县的农民，我们要到江苏的华西村参观考察。"

女工作人员不屑地扫了他俩一眼，讥讽地说："你们？去华西村？"

赵双答道："嗯呐。"

女工作人员再次扫了俩人一眼，跟旁边办公桌后面的人挤了一下眼睛小声嘀咕："看看这俩人这德行，邋里邋遢，脚上穿的破布鞋还粘的都是泥，这个样子能登机么？"

听到这里，柳胜男立刻明白了眼前发生的一切，当即冲上去，把三张机票和三个人的身份证拍到桌子上，愤愤地问道："请问这位大人，您这飞机票上哪儿写着穿布鞋就不许登飞机了，我们三个一没违法乱纪，二没携带危险物品，三没扰乱机场安全，你凭什么不让我们登机啊？就因为我们身上没穿官服脚上没蹬皮鞋就不允许上飞机咧？这是哪家子王法呀？你们领导呢？让他出来给我们解释解释。"

柳胜男的话掷地有声，义正词严，一屋子人都被震住了。

见柳胜男义正词严的样子，安检室的几个人顿时都愣住了。柳胜男不卑不亢看了他们一眼一甩头发，抓起桌子上的机票和三个人的身份证，拽着柳爱民和赵双转身就往外走。走到门口，又冲那几个人扔下一句："狗眼看人低，这么瞧不起老百姓，难道你们都不是吃粮食长大的么？"

三个人连颠带跑出了候机大厅，最后一个上了飞机。

飞机上的空中小姐倒是挺客气的，见到他们那着急的样子，非常礼貌地告诉他们说："乘客朋友你们好，慢慢往里走，不要着急，请按照您机票上的座位号坐好，把您的行李放到行李架上，谢谢。"

因为柳胜男的行李箱已经办理了托运，身上只带着一个小手包，所以，很顺利地就找到了自己的座位。并把柳爱民和赵双也领到了座位上，好在三个人的机票都在一排，坐好后她又一一指点着那俩笨手笨脚的同伴把自己的包裹放上了行李架，并系好安全带。

他们几个刚刚坐好，飞机就起飞了。

庞大的机身先是在跑道上平稳的滑行，接着越来越快，只一瞬间就机头朝上向空中飞去。

赵双的座位是和柳胜男挨着的，柳爱民跟他俩隔了一个通道。柳胜男感觉到，飞机刚一开始滑行赵双的手就紧紧地抓住了她的胳膊，接着越抓越紧后来都给她揪麻木了。柳胜男扭脸看去，但见赵双双目紧闭，一脸的紧张。她知道赵双这是第一次坐飞机害怕的表现。再看柳爱民，他那表情更是过分，眼瞪着嘴张着，双手紧紧抓着前面的座椅靠背儿，大气儿都不敢喘。过了一会儿，飞机终于平稳地开始向前飞行了，这俩人才长长地呼出一口气，同时"嗨"了一声。

柳胜男看着他俩，笑了笑，关切地问道："咋样啊？是不是比坐汽车还要稳当？我就跟你们说不用害怕的，这坐飞机也就是起飞的时候稍微儿有点晕，只要飞起来就没事儿了。"

柳爱民捂着胸口缓了缓，幽幽地说："刚才可是把我给吓坏了，脑袋瓜子木木的，耳朵里面嗡嗡响，两眼都看不清啥了。"

赵双说："我也是。可我压根儿就没敢睁眼，直到柳主任跟我说话，我才敢睁开眼睛，看到云彩已经到了咱们脚底下了。"

见他俩都恢复常态了，柳胜男一颗心才算落了地。此时，她又想起了在机场候机大厅找他俩的事。于是，她调侃地问道："哎，我说刚才在机场等飞机时你俩干啥见不得人的事儿啦，让人家请到安检室讯问哪？"

见柳胜男问起这事儿，柳爱民当即脸儿一红，低下了头。赵双也红着脸不好意思地说："嗨，是这么回事儿，我俩见您买票去了，觉得一时半会儿也上不了飞机，就提着包到窗户跟前看飞机咋起飞。没想到刚站稳当就来过俩保安，问我们是干啥的，我说坐飞机。那人上一眼下一眼看了我俩一会儿，不由分说就把我俩领到了那个小屋。就是您进去时那个女的先是问我俩是哪儿的人，干啥的，柳书记都告诉她了，接着她又朝我们要身份证。我说身份证我们村长拿着买机票去了，她不信，就让带我们进来的那俩保安去找您。"

柳胜男听完就乐了，笑着嗔怪道："嘿，原来是这么回事儿啊，我还以为你俩学着本拉登搞恐怖袭击去了呢，我琢磨着你俩不敢。其实啊，如今这城里人压根儿还是瞧不起咱庄稼汉，再加上你俩出门儿也不知道捯饬捯饬。这人是衣裳马是鞍呢，你看电视上那些中央领导人出访，哪个不是西服笔挺皮鞋锃亮，走起路来挺胸抬头的。谁像你俩，身上的衣裳皱皱巴巴，屁股眼儿夹的一样，穿布鞋就穿布鞋吧还沾着满鞋帮子泥，整个儿一灾区难民。"

"我们……"

柳爱民抬起头很委屈地看着柳胜男，嗫嚅着说："老姑哇，我俩这不是着急么，把那报告整完了一看表都两点多了。出门时，我是想着换双鞋来着，我媳妇把新皮鞋都给我准备出来了，可这赵会计在门口一催我就把这茬儿给忘了，把煮好的鸡蛋往包里一塞就跑出来了。哎，对了，吃鸡蛋吧，出门吃这玩意儿又解渴又解饿可好了。"

说完，就起身到行李架上拽自己的大包。赵双说："书记呀，别吃您的，还是先吃我的吧，临出门儿柳红霞给我装了三十多个呢。"

见那俩人争着抢着往外掏煮鸡蛋，柳胜男笑得差点儿背过气，笑够了才说："咱们仨呀，这回又想到一块儿去咧，我也带了十几个的煮鸡蛋呢，我婆婆连你俩那份儿也都捎上了。"

三个人说笑着，漂亮的空中小姐推着小车开始挨着座位发放早餐和饮品，他们放下座位上的小挡板开始吃早餐。一边吃着，柳爱民就说："老姑哇，这饭钱我给了啊，就算我请客。"

正在喝牛奶的柳胜男一听这话，一口牛奶差点儿喷出去，呛得眼泪都流了出来，咳嗽了好一阵才笑着说："我说爱民哪，你别说话了好不好哇？这飞机上所有饮品茶点都是免费的，不用咱花钱了。"

"噢——"

柳爱民立刻涨红了脸。

吃完早点，三个人又说了一会儿话，然后看着天上的景致发一番感慨，播音室里就传出了播音员甜美的声音："尊敬的各位乘客，我们的目的地南京就要到了，请大家做好准备，飞机降落时，请大家系好安全带。"

"哎呀，这么快。"

柳爱民惊呼一声，手忙脚乱先把自己的包从行李架上拽下来，这才开始系安全带。这时，漂亮的空中小姐过来了，冲柳爱民莞尔一笑，慢声细气地说："这位先生，请您把包裹放到行李架上，谢谢。"

柳爱民听了顿时红了脸，偷偷看了柳胜男一眼，赶紧把怀里的包放回行李架，系好安全带。等他坐好了，空中小姐点点头，再次说一声："谢谢。"然后，飘然而去。

赵双看着窗外，小声问柳胜男："柳村长，您看下面是不是下雨啦？那云彩咋黑乎乎的？"

柳胜男低头一看，飞机下面果然黑压压乌云一片，偶尔还有闪电划过。扭脸看看赵双和柳爱民刚要说啥，就感觉飞机猛地震动了一下，接着，窗外就是漆黑一片。机舱里立刻有女人尖声惊叫，同时伴随着孩子的哭声，男人的呵斥声。赵双的手紧紧地抓住了前面座椅的靠背，最后连脑袋都抵在了上面。柳胜男知道此时飞机可能穿过了云层，也可能出了点儿小故障，但绝对不能惊慌。于是轻轻拍了拍赵双的后背，在他耳边轻声安慰道："别害怕，可能是遇到雷电天气了，冲出这片云层就好了。"

恰在此时，播音室里又传出了播音小姐更加甜美的声音："尊敬的各位乘客，请大家不要惊慌，前方遇到雷雨大风天气，飞机可能出现暂时的颠簸，请大家在座位上坐好，系好安全带，千万不要乱动，不要大声喧哗，免得影响他人的情绪。"

她这么一说，机舱里顿时鸦雀无声，空气仿佛都凝固了一般。

柳胜男看一眼窗外，四周仍是一片漆黑，飞机再次颠簸了一下，隐约中，她听到身后座位上的女乘客在低低的啜泣。她看一眼身旁的赵双，见他仍然一动不动用脑袋抵着前面的靠背，大气儿都不敢出。再看柳爱民，双手抱头鸵鸟一样龟缩在座位上，也是一动都不敢动。此时，她有点后悔坐飞机了，她更后悔来时没看天气预报。嗨，到了这个时候想啥都晚啦，还是听天由命吧。她又看了一眼窗外，忽然想起了婆婆每天晚上念的"阿弥陀佛"。于是，啥也不再想，双手合十抱在胸前，闭上双眼开始默默念叨"阿弥陀佛"。念着念着，她感觉飞机似乎平稳了许多，睁开眼睛一看，窗外的云彩已经变白了，有的地方还露出了蓝天，不禁长长地吐出了一口气，轻声叨咕一句："谢天谢地，总算过来了。"

第三十四章　后院起火了

因为遇上雷雨天气，柳胜男他们乘坐的航班比预定时间晚了半个小时降落。下了飞机，柳胜男直接打了一辆出租车去华西村。

中午的时候，他们总算到了目的地。

进了村，他们的眼睛立马就都不够使了。

柳爱民看着一幢幢只在电视节目里才出现过的花园别墅，直杵云天的大高楼，宽阔的马路上一辆辆明光锃亮的高级轿车，两眼东瞅瞅西看看，就像《红楼梦》里刘姥姥进了大观园，看啥都是新奇的。赵双则一叠声地问：“我说柳村长哎，这里真的是农村吗？我咋看着一点儿都不像呢？”

柳胜男拖着行李箱也是目不暇接，远看近瞧到处高楼大厦，左一个花园右一片绿地，不知道往哪边儿去才好。在一个小花园里面，柳胜男看到甬路旁有一张排椅，遂慢慢走过去，坐在排椅上，把行李箱放到脚旁。柳爱民和赵双随后也坐了下来。柳胜男看了两人一眼，皱着眉头，面带忧虑地说：“咱们这么盲目地跑过来，究竟想看啥，学习啥，应该找谁接洽，提前都没个谱儿。现在看来这么大个地方，咱们人生地不熟的，这个经我看是取不回去了。”

赵双见柳胜男发愁了，忙安慰她说：“柳村长，别着急，既来之则安之，实在找不到他们村当官儿的，就找村民打听，这么有名气的大村，总不会养着一帮哑巴对不？”

柳胜男一听就笑了，“可那咱也不能逮着一个人就问，你们村是咋发展起来的呀？”

柳爱民低头思忖一会儿，抬起头一脸乐观地看着柳胜男，胸有成竹地说：“老姑哇，别着急，这俗话说，车到山前必有路。咱们先找个叫旅店或者饭店的地方安顿下来，慢慢打听。那伟大领袖毛主席咋说来着？哦，对了，群众眼光是雪亮的。据我分析，往往来自最底层的声音才是最真实的声音，您说呢？”

柳胜男听了，当即眼睛一亮，起身拽着行李箱，冲柳爱民和赵双把手一挥说：“走，先找个安身的窝再说。”

按照柳爱民的意思，他们朝着一家不是很大的农家旅店走了进去。

这是一幢三层楼的独门独院，里面客房虽然不是很多，但非常整洁干净，设备也算齐全，客房里除了电视机空调以外，还配备了电脑并且能够随时上网，这让玩电脑刚刚上瘾的柳胜男非常高兴。在楼下服务台办好了入住手续，上楼安排好房间，把各自的行李放到房间里，他们就一块儿下了楼，在服务台跟前台女服务员打听吃饭的地方。

女服务员一听他们说话的口音就知道他们是来自北方，当即滔滔不绝地跟他们介绍起华西村的历史和发展史来。柳胜男和柳爱民听了，相视一笑没说啥，赵双则饶有兴趣地趴在服务台上一边听一边问这问那。

女服务员跟他们几个白话了一会儿，就见从外面进来一个三十多岁的年轻小伙子。那服务员见了小伙子立刻止住话头，朝柳胜男吐了下舌头，微笑着说："吴总，这几位客人是从北方来，到我们这儿参观考察的。"

"是么？"

年轻人先是一愣，接着，热情地朝柳爱民伸出手，柳爱民赶紧握住对方的手，腼腆地说："我们是从河北省山区来的，早就听说你们这里搞得不错，号称中华第一村，全国农村的典范啊，今日得见，果然名不虚传哪。"

对方听了爽朗地笑着说："哪里哪里，还不是党的政策好哇。如果不是改革开放，我们这里还不是和你们一样。"

柳爱民由衷地说："嗨，这党的政策是一样的，可观念不一样那面貌就大不相同了，这人穷啊，其实就穷在这脑袋上啦。"

年轻人松开手，拍拍柳爱民的肩膀，接着竖起大拇指，感叹道："大哥所言极是，所言极是啊。请问大哥您贵姓？"

"免贵姓柳，柳爱民。"

"我姓吴，哎呀，咱俩同名哎！"

一听柳爱民报出名号，年轻人顿时兴奋地叫了起来。

这个同名，立刻把两个人的关系拉近了许多。

柳爱民接着向他介绍了柳胜男和赵双。同时，向他说明了此行的最终目的。吴爱民当即非常爽快地说："哎呀，不就是介绍经验吗？其实也没什么可介绍的，总归就是一个字'干'。不过呀，你们住在我这儿，算是找对门儿啦，我本家二爷就是这村里的一把书记。我虽然没赶上老一辈当年的艰苦创业，可我长这么大都没离开过华西，我爷爷我父亲都是跟着我二爷一起打拼的建村元老，村里边那点儿事啊都在我这心里边装着哪。"

听到这里，柳胜男心里边总算有了一点儿谱。她能感觉得到，这里的人们很热情而且并不保守，更重要的是，他们仍然保留着农村人的善良、质朴，不像有些大城市的人那样看人下菜碟儿，瞧不起庄稼人。

也许是跟柳爱民一样都叫爱民的关系吧，吃完中午饭以后，那吴爱民连午休都搭上了一直陪着柳胜男他们三个聊啊聊。从他们的父辈祖父辈当年的艰苦创业到近期的远景规划，走过的弯路，碰过的钉子，取得的成就，竹筒倒豆子一般都掏了出来。直听得那三个人凝神静气屏住呼吸，恨不得把对方吐出来的每一个字都清晰地印在脑子里，那可都是现成的经验啊。

晚上，柳胜男执意要请吴爱民吃顿饭喝两盅，吴爱民说："实在抱歉大姐，晚上我确实没空儿。这样吧，我看看我二爷在村里没有，如果在家的话，明天我给几位引荐引荐，毕竟人家才是真神呢，对吧？"

一听说要见华西村一把书记，三个人顿时眼前一亮，柳胜男更是兴奋得一宿都没睡着觉，满脑子都是与华西村老书记见面的场景，穿什么衣服配什么鞋，见面后先说啥后说啥，反反复复想了个遍。迷迷糊糊地好不容易合上双眼有了困意，压在枕头底下的手机突然响了起来，拿起来刚一接通，立刻传来婆婆带着哭腔的声音："胜男哪，快回来吧，大成他……他……"

柳胜男听了顿时一惊，大声问道："妈，大成他怎么啦？"

婆婆抽泣着说不出话。柳胜男再问，电话就撂了。柳胜男知道事情不妙，当即又给儿子学武打了过去。

柳胜男拨通儿子赵学武的电话以后，好一会儿儿子也没说话，但是，她能听到儿子压抑的哽咽。她预感到赵成肯定是出事儿了。

她一只手举着手机迅速从床上坐起来，手忙脚乱穿上衣服，嘴里还一个劲儿地催促："学武，儿子，你倒是说话呀，你爸爸他……他……他到底咋的啦？"

"妈，我爸他……他快不行了，您……您赶快回……回来吧。"

"好，妈这就回去啊，儿子，你告诉你爸爸，千万让他挺住哇，我……我这就回去。"

柳胜男一边打着电话一边就开始收拾东西，放下电话就去拍柳爱民和赵双房间的门，里面刚一答话，她就急火火地说："爱民哪，你们俩先待着，我家里有急事儿先回去了啊。"

说完，也不等柳爱民回应，提着旅行箱就下了楼，在服务台把房间钥匙往柜台上一拍，说："我家里有急事先走了，退房结账的事儿跟我那俩同伴说吧。"

因为，此时刚过夜里两点，服务员睡眼蒙眬根本就没听清楚她说的是啥，等醒过闷儿来再一看，人早已经走了。

好在这里夜生活极其丰富，虽然是后半夜了，但许多歌厅酒吧仍然灯火辉煌，门口的出租车来来往往不断。柳胜男找了一个岁数大点儿的司机，急慌慌坐进车里，喘着粗气说："师傅，麻烦您送我要到最近的飞机场，我家里有急事儿要立刻赶回去。"

司机见她那着急的样子，憨厚地一笑，安慰她说："大妹子，别着急，这远水解不了近渴呀，急坏了身子可就更麻烦啦。这里最近的飞机场就是无锡了，走高速一个多小时就到。"

"好，那您就送我去无锡机场吧，马上就走，您要多少钱我都给。"

司机打着车，又是憨厚地一笑，慢条斯理地说："大妹子，你肯定是第一次到华西吧？我们华西人最大的特点就是助人为乐，人到难处拉一把，这是做人的根本哪，哪能要你的钱呢？"

柳胜男听了，心里顿时一热。想人家华西村所以搞得这么好，良好的社会风气是占了一定分量的。人心齐泰山移，如果一个村的村民人人各揣个的心眼儿，各打各的小算盘，就是神仙来了也甭想干好。

这么想着，她的心里暂时忘记了噩耗，有一搭没一搭跟司机聊了起来。原来，那司机祖祖辈辈都是华西村的村民，他告诉柳胜男说："我们华西村所以发展这么快，一是党的富民政策好，老百姓不论干什么都有政策支持。二是我们村的村干部有眼光，有胆识，敢想敢干，而且处处为老百姓着想，全村共同富裕，基本没有贫富差距，如今最穷的户在银行也有几百万的存款。人人有饭吃有衣穿，住大房子开小车子，谁还搞歪门邪道哇？所以呀，大妹子你就放心吧，我保证把你平平安安送到目的地，不会多收你一分钱的。"

听到这里，柳胜男彻底放宽了心，刚上车时的忐忑疑虑顿时烟消云散。

一个小时的路程很快就到了，司机把柳胜男送到机场候机楼，又指点她到哪儿买票，在哪儿候机，一直看着她去了售票窗口，这才冲她挥挥手进了自己的出租车。

柳胜男一路小跑儿着到了售票窗口，一打听还挺凑巧，刚好有一班飞往北京的航班，起飞时间是清晨四点半。柳胜男抬头看一眼墙上的挂钟，差五分钟四点，时间还来得及，于是，赶紧买票奔向候机大厅。同时，给儿子打电话，让他到北京机场接她。

飞机正点起飞，到北京刚六点半。

一下飞机，她一眼就看见了等在机场外的儿子赵学武。随着人流一路心急火燎出了航站楼，坐上赵学武的车。

上车后，她就急着问学武："学武哇，这突然间的你爸爸他到底是咋回事儿啊？"

学武看一眼柳胜男，吞吞吐吐地说："妈妈，我说了您可千万别生气哦。"

柳胜男白了儿子一眼，疑惑地说："有话说有屁放，我生的是哪门子气啊？"

赵学武目光复杂地看着妈妈，闷声说："其实我爸爸早就回来了。"

柳胜男一惊道："早就回来了？那他人在哪儿呢？"

"就在县城里租房子住呢。"

柳胜男一听丈夫在县城租房子住也不回家，心里的火立刻蹿了上来，厉声问道："你咋知道的？"

"我早就知道。"

"好哇，合着你们一家子就瞒着我一个人儿哪，停车停车，我要下去，他赵成爱咋的咋的跟我有啥关系呀。"

柳胜男怒火中烧，不等儿子停车，推开车门子就要往下跳。

"妈，您听我说完了好不好哇？"

儿子的话带着哭腔，同时一个急刹车，柳胜男身子侧歪一下倒在座位上。

学武泪眼汪汪看着妈妈，嘴唇哆嗦着缓缓地说："妈呀，我爸爸他也是受害者呀。"

"啥？你爸他也是受害者，那我呢？我算个啥？丢钱又丢人，有谁想过我的感受！"

"妈妈，您听我说，事到如今我把实情儿都告诉您吧。其实，那胡梅跟我爸爸一点儿关系都没有哇。她跟一个同学怀了身孕，那同学想娶她，可她嫌弃那小子家里穷，不愿意嫁。她一心想攀高枝儿当阔太太，就耍手腕儿，先是跟王老板勾三搭四，王老板老奸巨猾没上钩，接着又去找我爸。我爸开始也没理她那个茬儿，她知道我爸脸皮薄好面子，就在外面造谣说我爸喜欢上她了，要跟媳妇离婚娶她，还说她怀上了我爸的孩子。我爸知道了很生气，那胡梅哭着说有一回厂里来客户，她跟我爸一起陪客户喝酒，喝多了睡在我爸房间里，孩子就是那天怀上的。我爸糊里糊涂想想确实有那么一个晚上，陪客户喝多了，是胡梅把他搀进了屋，又是给他洗脸又是给他清扫吐出来的东西，可是后来究竟发生了什么，他一点儿印象都没有。"

"我呸！你们爷儿俩就合起来糊弄我吧。说一点关系都没有，谁信哪。没关系为啥不带着小张小李跑非要带那胡梅呢？没关系我那存折上的二十万块钱到哪儿去了？没关系他为啥这么多日子耗子似的东躲西藏不见我，连他妈的破手机都关了呢？学武哇学武，你还小哪，大人的这些阴谋阳谋很容易就把你骗喽哇。"

柳胜男拍着巴掌述说着，直气得额头青筋暴跳，唾沫星子满天飞。

学武静静地听着，脸上的肌肉痛苦地颤动着，他知道妈妈刚烈的脾气，此时正在气头儿上，她认准的理儿是九头牛也拉不回来的。

正在此时，柳胜男的手机响了，她打开一看是家里的座机号码，接听后果然是婆婆的声音："胜男哪，到哪儿啦？看到学武了么？你们娘俩儿别太着急，大成他已经醒过来了。"

"妈。"

柳胜男刚要问啥，电话挂了。

第三十五章　晴天霹雳

柳胜男举着手机愣怔一会儿，当即催促学武："开车，咱马上回家。"

一路上，柳胜男睡着了一样仰靠在座椅上，一句话都不说。赵学武手握方向盘，偶尔扫视妈妈一眼，他非常理解自己妈妈此时的心情，这种事儿放在谁身上心里也不会好受。在他心目中妈妈是个非常刚强又非常好强的人，前段日子爸爸的离家出走，给她的打击最大。虽然表面上看妈妈仍然整天嘻嘻哈哈一副满不在乎的样子，可妈妈心里边的苦只有她自己知道。毕竟二十多年的夫妻了，在他的记忆当中，爸爸和妈妈从来都没生过气打过架，啥事儿都是有商有量的。妈妈虽然在外面争强好胜，得理不饶人，可对爸爸从来都是言听计从，很少打架斗气。上大学时，不少同学到他家里玩，都很羡慕他家庭和睦，称赞他的爸爸妈妈简直称得上模范夫妻。可是，嗨，没想到好端端的一个家竟然……

学武痛苦地摇了摇头，努力让自己振作起来，他知道，爸爸此番真的走了，学文又不在身边，他就是妈妈的唯一精神支柱了。心念至此，他扭脸再次看了妈妈一眼。这一眼，让他的心陡然颤动了一下。爸爸刚走了多长时间啊，妈妈明显衰老了许多，原本白皙靓丽的脸庞变得黯淡无光，满头青丝已然掺杂进些许的白发，直愣愣地那么刺眼。

妈妈，您一定要挺住哇。

赵学武在心里边一遍遍地念叨着，车越开越快。

一直到了家门口，学武轻声叫了声："妈，到家了。"

柳胜男这才睁开眼睛，直起身子，木然地开门下车。

学武连旅行箱都没往外拿，直接挽着妈妈的胳膊进了院子。

柳胜男此时大脑一片空白，她不知道等待她的将是什么样的结局。两条腿机械地迈着沉重得不能再沉重步子，一步一步捱到自己住的房间，抬眼往床上看去，一颗心立刻就揪紧了。

乱蓬蓬刺猬般挓挲着的花白头发，深眼窝高颧骨，凹太阳嗛腮帮，一口龅牙，细长的脖颈似乎承受不了头颅之重，软软地搭在枕头上。床上的被窝卷儿如果不是露着那一颗脑袋，根本就不像里面躺着人。

"大成！"

她踉跄着扑上去，一把搂住那骷髅般的人儿，顿时泪如雨下。

"胜男。"

朦胧中她听到那熟悉的声音在轻声呼唤。

"胜男，我……好……想你。"

"大成，别说话了，攒着点儿精神，咱们赶紧上医院好吗？"

柳胜男几乎是附在丈夫的耳边，急切地说。

"胜男，我的好媳妇儿，能……能见你最后一……一面，我我就……就知足咧。"

赵成似乎是使出了全身的力气，伸出骨瘦如柴的手抚摸着柳胜男被泪水打湿的脸。

柳胜男一把攥住那只手放在嘴边亲了一口，大声说："大成，你千万别想不开，现在医学这么发达，到医院里就没有治不好的病，咱在县医院治不好就去天津北京，你放心吧，咱就是砸锅卖铁也要治好你的病，这老赵家可都指望你哪。"

"胜男哪，我知道你是好人，我赵成这辈子唯一对不起的人就是你呀。我到了这个份上儿，也是自作自受，报应啊！我……"

赵成浑身剧烈地颤抖着，鸡爪子似的一双手紧紧地抓着柳胜男的手，两眼紧盯着她，脑袋抬了抬想坐起来，柳胜男俯下身子，脸挨着他的脸，动情地说："大成啊，啥也别说了，我是你媳妇，咱俩在一铺炕上睡了二十多年了，谁不知道谁呀？这老言古语说得好哇，人吃五谷杂粮哪有不闹病不犯错儿的。有病咱治有错咱改，百年修得同船渡，千年修得共枕眠哪，咱俩这好日子才刚开了个头儿，你哪能说走就走呢？你就是自己个儿活腻歪了，不想在这个世界上待着了，你也得问问我乐意不乐意呀？咋说我也是你媳妇，你那俩孩子的亲妈呀。"

听到这里，赵成双手更紧地抓着柳胜男，嘴唇哆嗦着半天说不出一句话。

赵学武走过来，悄悄在身后扽了扽柳胜男的衣角，趴在她耳朵边小声说："妈，过来一下。"

柳胜男直起身子，赵学武看着赵成笑着说："爸爸，外边有人找我妈呢。"

"哦。"

赵成恋恋不舍地松开手，两眼目不转睛地看着柳胜男，一颗硕大的泪珠忽然滚出眼眶，滴落到枕头上。柳胜男赶紧车转身子，迅速走出房间。

婆婆端来了小米粥，蹒跚着走到床前，柳胜男见状随后跟进来，伸手想接那粥碗，婆婆给她递了个眼色，示意她先出去，自己来喂儿子。柳胜男鼻子一酸，走了出去。

在客厅，赵学武一五一十把爸爸的情况告诉了妈妈。

原来，赵成听胡梅说怀上了他的孩子以后，立刻六神无主慌了手脚。他深知柳胜男的脾气，如果她知道了自己在外面背着她搞别的女人，定会暴跳如雷立刻指着鼻子兴师问罪，还会把胡梅挠一顿。真要那样的话，他那脸就丢大发了，一辈子都甭想在人前抬起头儿来。更要命的是儿子学武闺女学文也都二十多岁有对象了，这个时候自己这个当爹的还老不正经给他们添个小兄弟或者小妹妹，这让俩孩子该咋待见他们这个爹呀。就这样越想越没路，情急中拿了家里的银行卡带着胡梅就去了省城，他本想到那个没人认识他们的地方找个小医院先把胡梅肚子里的孩子打掉，然后再想下一步。没想到他把二十万块钱取出来以后，胡梅立刻用自己的身份证存了起来，还安慰他说留着往后做点小买卖成家立业。赵成当时脑子很乱，也是急于把那孩子解决掉，稀里糊涂就同意了。

二人在省城郊外一个小旅馆住了三天，赵成天天催着胡梅去医院她也不去。第四天的时候，早晨起来一睁眼赵成就发现胡梅不见了，在桌子上给他留了张纸条，上面潦草地写着：尊敬地赵厂长，谢谢你的赞助，我走了，去一个谁也找不到的地方，至于我肚子里的孩子吗，呵呵，五百除以二才会相信呢。拜拜。

拜拜，他妈的，还呵呵呢。还他妈的五百除以二，骚娘们儿，我真他妈的瞎了眼了，咋上了这么大一个狗当呢？赵成直气得浑身乱颤，揪手揪脚，恨不得立刻抓住胡梅把她碎尸万段。可是，生气归生气，冷静下来以后又觉得这事儿实在太窝囊，说不得道不得，打官司都打不赢。因为大凡这种男女关系的事儿都是说不清道不明的，你说你是清白的，可是谁又能给你证明呢？只有王八撞桥桩——暗气暗鳖了。

俗话说：百病由气生。

赵成连着急带上火，一下子就得了夹气伤寒，没来由地发烧吃不下饭，自己又不想去医院，就在那小旅馆忍着。直到有一天出门上厕所的时候晕倒了，这才由旅店老板把他送到医院抢救，抢救过来以后被告知他得了尿毒症，已经是中期了，需要住院治疗，还要换肾。他一听就傻了，因为这个病他听说过，基本属于不治之症，他在服装厂的时候就曾经为乡里一个患尿毒症的小孩捐过款，那孩子日子不多就死了，父母为他拉了一屁股的饥荒。

知道自己的病情以后，赵成就绝望了，用身上仅有的钱交清了住旅店的费用和看病的费用以后，就回到了老家 H 县城。到县城以后换了手机，给儿子赵学武打电话说明了情况，同时千叮咛万嘱咐不要告诉妈妈和奶奶。学武含着眼泪答应了，并在城里僻静的地方给他租了间房子，隔三岔五领着他到县医院做透析治疗，但终因病情发展太快，再加上日夜思念妻子和年迈的父母，最后心力交瘁，眼看没几天活头了，这才不得已跟儿子回到家中。

柳胜男起初还静静地听着，听到最后实在忍不住，长号一声颓然倒在沙发上哭得背过了气。尿毒症三个字犹如晴天霹雳，震得她五内俱焚，醒过来以后颤声指责儿子："学武哇，你还是我儿子不？这么大的事儿你一瞒就是半年多，你……你拿你妈当啥人啦？"

"妈。"

学武痛苦地扭曲着脸，嘴张了张不知道说啥才对。

"你呀，你呀……"

柳胜男浑身哆嗦着指着儿子，说出这两个字以后，身子软软地又瘫倒在沙发上了。

柳胜男怎么也想不明白，为啥天下所有倒霉事儿都被她给赶上了，老爷们儿出轨就出轨吧，还得了不治之症。有病你就有病吧，还瞒着掖着的，等实在不行了再给你来个措手不及，五雷轰顶，让你一点儿办法都没有。赵成啊赵成，我柳胜男是上辈子该你的还是这辈子欠你的？你咋能这么折磨我呀？

柳胜男只感觉浑身没劲儿，脑子里乱乱的像有一大群绿头蝇嗡嗡地飞，她不知道自己该咋办才能挽救赵成的生命。从内心来说，她真的不希望赵成死，她甚至想用自己的命来换取他的命。

赵成对她有恩。救命之恩。

那是她十八岁高中毕业那年，她收到了大学录取通知书，家里却没钱供她，因为两个姐姐都还没有毕业。她拿着录取通知书自己一个人偷偷跑到山上痛哭了一场。哭够了晕晕乎乎往回走，在山林里穿来穿去竟然迷了路，鬼使神差走到了村里人称"鬼见愁"的悬崖边上。此时，天已经黑了，没有月亮，只有点点繁星一眨一眨看着她。她平时胆子不是很小，时常一个人到山上拾柴火摘酸枣。可在这样的月黑天上山她还是第一次，听着松林里飒飒风声和偶尔传来的猫头鹰的叫声，她吓坏了。慌不择路顺着山坡就往下走，不知道出走了多长时间，只感觉一脚踏空，整个人就往下坠了下去，好在这时候她脑子还算清醒，两手划拉着本能地抓住一棵不知道是小树还是荆棘的东西，死死地攥住，同时扯开嗓子大呼："救命！救命啊！"

她的喊声在山林里回荡，可是除了风声，根本就没人回应。喊了一阵之后她彻底绝望了，想自己活着也是受苦受难，真不如就这样跌落悬崖一了百了。这么想着，心里反倒平静下来，求生的本能促使她双手死死地抓着那棵救命的树，身子紧贴着山石，双脚慢慢摸索着探到一块凸起的石头，竟然站住了。她瞪大双眼，看着四周黑黝黝的山川，飒飒作响的松林，脚下不远处山坳中一闪一闪的灯光，那就是风箱峪，那里有家有她的亲人，他们现在肯定心急火燎找我呢。再一琢磨，我这才刚十八岁，就这么好好歹歹死了多不值啊？况且两个姐姐上大学还等着我挣学费呢，不行，我不能就这么死了，我要活着。于是，她又开始扯开嗓子喊起来："救命！有人吗？快救救我。"

"柳胜男，你在哪儿哪！"

正这时候上面有人搭话了。

她赶紧大声答应："我在这儿呢，你是谁呀？快来救我。"

很快地就有一道手电光照了过来。接着，她又听到头顶上有人窸窸窣窣往下攀的声音。她立刻兴奋地叫起来："慢点儿，我在这儿呢。"

"好，我已经看到你咧，别着急啊我这就到你跟前儿了。"

说着话，她看到一个黑影正慢慢地向她靠近，脖子上挎着的手电筒忽明忽暗显然是要没电了。

她紧张地屏住呼吸，双手更紧地攥着那棵小杂树，时不时提醒那人一句："注意啊，千万别松手。"

那人也不答话，一步步攀到她跟前，把一根皮带样的东西系在她的腰上，然后把她拴到自己的腰上。他就这样背着她，双手拽着一根绳子，一步一步小心地往上攀登。天很黑，看不到他的脸，只感觉到他头上、身上的汗水下雨似的往下流，把她的衣服都浸湿了。她一动都不敢动，任凭那人背着她艰难地往上攀登。时间漫长得好像过了一个世纪，他们终于攀上了崖畔，双脚着地的那一刻，她哭了，哭得稀里哗啦。接着，她又笑了，笑得像个小疯子。那人不声不响地听着她哭，看着她笑。等她哭够了笑够了，这才闷声说道："回家吧假小子。心里边咋不痛快也不能跳崖呀，多让人揪心哪。"

"你……"

"我咋的啦，我跟你是一个庄的，就在你们家后头住。"

"你叫大成？"

"那是小名，只有我们家里人才这么叫的。"

"那你叫啥呀？"

"一个庄住着，前后离着不到一百米，都不知道我叫啥，真是个书呆子，念书把你都给念傻了。"

"没有。我这人就是记性不好。"

"记性不好咋能考上大学呀？"

"这个……"

"快别这个那个的啦，告诉你吧，我叫赵成，在这片山里当护林员看林子呢。快走吧，你们家找不着你该炸营了。"

"赵成，谢谢你救了我。这回我记住你的大名了，而且记板油上再也忘不掉咧。"

"呵呵，记住我叫啥就好，谢就免了吧，这人活着呀谁也保证不了自己一辈子都不摊上事儿，万事不求人那是神仙。"

是啊，人活着谁也保证不了自己一辈子都不摊上事儿。可是，眼前这事儿也忒大了点儿太残酷了点儿吧？赵成啊，你给我点思想准备好不好哇？柳胜男痛苦地回忆着她跟赵成从相识到相知再到相恋的点点滴滴，他们之间虽然没有轰轰烈烈的爱情却有相濡以沫的感情。结婚二十多年来，他们从无到有，日夜奔波劳碌，苦熬岁月好不容易有了今天的家大业大，吃穿不愁，儿女无忧，多好的日子啊。可是，如今他却要走了。想到这儿，柳胜男忍不住眼泪就往下流。儿子学武不知啥时候悄悄坐到妈妈身边，伸手抹去妈妈脸上的泪水，小声说："妈，别这样想不开，我爸看到您流眼泪，心里边会更不好受。"

柳胜男扭脸看着儿子，颤声说："儿子，妈不是想不开，是这事儿来得忒突然了，让人接受不了哇。"

"嗨——"

学武叹了一口气，伸手拍拍柳胜男的后背，幽幽地说："妈，事到如今接受不了也得接受哇，生老病死乃人之常情，大自然的规律谁也阻挡不住。接受这个事实吧，眼下对我爸来说，最大的安慰就是跟您厮守在一起，哪怕一天，一个小时，一分钟对他来说都是幸福的快乐的。妈，您明白我的意思么？"

柳胜男点点头，她忽然觉得儿子长大了，长成纯爷们儿了。

想到这些，她当即擦干眼泪，在儿子的注视下走进里屋，走到赵成跟前。

赵成此时已经陷入深度昏迷，但嘴唇翕动，一张一合，柳胜男俯身贴近他的脸，冥冥中感觉得到他在呼唤着自己的名字："胜男，胜男。"

柳胜男强忍心中的悲痛，把嘴贴到他的耳边，轻声说："大成，我是胜男，是你媳妇假小子柳胜男。你醒醒啊，我有许多话要跟你说呢。"

赵成此时浑身一颤，喉结上下滚动声音弱弱地说："你是……假小子……柳……胜男？"

柳胜男见他醒了，动情地喊道："是我呀，我是你媳妇柳胜男啊。"

赵成身子挣扎了一下，眼皮动了动，嘴唇一张一合，艰难地吐出每一个字："胜男……对不……起。我……我……我也……没想……会这……样，你……你能……原谅……谅我……我么……"

柳胜男立刻意识到留给他们夫妻的时间不多了，当即把脸贴近赵成的脸，动情地说："大成，别想那么多，咱们是夫妻呀，有啥可不能原谅的？我是你明媒正娶的媳妇儿，是你闺女儿子的亲妈呀，你忘了你当初说的话了么？你说你这辈子喜欢我，下辈子下下辈子也喜欢我，咱俩可是许下了三世姻缘呢，我柳胜男三辈子都是你赵成的媳妇哇，你听见了么？"

可能是听到了柳胜男大声的呼唤，也可能是真的有许多话要说。听到这里，赵成忽然瞪大双眼，神采奕奕看着柳胜男，嘴里清晰地说道："胜男，下辈子咱还做夫妻，好么？"

柳胜男笑着说："那是必须的。"赵成嘴角上扬，也笑了，但声音越来越弱："胜男，我知足了，我真高……高……兴……"话没说完，头一歪咽下了最后一口气。

第三十六章　天塌不下来

柳胜男见赵成不行了，当即抱着他的身子发疯似的哭喊起来："大成，大成，你不能走哇大成，你才四十六岁，好日子才刚刚开始啊。你再睁开眼看看咱们风箱峪，看看你的老婆孩子吧。闺女还没到家呢，你总得看一眼闺女再走哇，大成。"

柳胜男的哭声撕心裂肺，街坊四邻听见了立刻蜂拥而至。早有长辈吩咐着让赵学武给他爸爸找寿衣，搭床排子，搭灵棚。

好在学武早有准备，装老的衣服鞋帽都是现成的，大家七手八脚给赵成穿起来停在床排子上。村医跑过来把哭昏了的柳胜男抱到另一间屋床铺上挂上了输液瓶，把她婆婆也搀扶到邻居家里，专门派人好言安慰，赵家里里外外顿时忙碌起来。

赵成的丧礼办得很隆重。由于都是庄亲，风箱峪全村男女老少几乎都参加了出殡。仅仅三天时间，柳胜男就瘦得脱了形儿，但是她仍然强打精神坚持着办完了丈夫的丧事。

赵成的墓地就选在赵家的祖坟地里。在这一点上柳胜男跟儿子曾经有过小小的分歧。原来，儿子学武早就在县内最好的陵园为他爸爸物色了一块墓地，只是还没来得及跟妈妈商量呢。把爸爸的骨灰从火化场抱回来之后，他就跟妈妈柳胜男商量这事儿，但是，柳胜男当即一口否决，她说："赵家祖坟都在风箱峪，我死后也不想离开风箱峪，咋能让你爸爸一个人孤零零流落外乡呢？风水再好我也不能接受。"

学武说："妈，您这想法都是老黄历了。常言道：人往高处走，水往低处流。您看咱们村有头有脸的户，哪家死了人不是埋到大陵园去呀？前年老牛筋妹妹家的孙女得白血病死了，才九岁的小丫头人家就花了七万多在大陵园买了墓地葬了。我爸好歹也是有儿有女的人哪，难道还不如一个小丫头么？"

柳胜男见儿子执意坚持，咬了咬牙，执拗地说："那你就连我也一块儿葬了吧，省得你爸到那边以后，跟前儿连个说话儿的都没有孤单寂寞。"

"妈妈！"

学武一把搂住妈妈，不得不妥协："那就按您的意思办吧，往后可不许后悔呦。"

"你妈办事儿啥时候反悔过呀？"

就这么着，盛殓赵成骨灰的大棺材隆重地埋进了风箱峪村后赵家的坟地。

发丧了丈夫赵成，柳胜男大病了一场，在县医院住了半个多月的院，身子刚刚硬朗了一点儿，自个儿就偷偷跑回了风箱峪，让负责她的主治医师一直把电话追到了家里。

柳胜男说："大夫，我已经好了，再在医院躺下去我就该废了。这人是活物，能站着就不应该坐着，能坐着就不应该躺着，对不？我在医院已经躺了半个多月了，整天注水，就是猪也卖不上好价儿啊，您就让我出院吧。"

大夫无奈，只好给她办了出院手续，但千叮咛万嘱咐必须定期复查。

从医院办完手续回来，柳胜男就直接去了村委会。

刚走进村委会那简陋的办公室，柳爱民就蔫头耷脑告诉她一个不是很好的消息，说他们报上去的那个关于开发风箱峪旅游的可行性报告给退回来了。据专家说风箱峪太小，山上的景点缺乏吸引人的地方，很难成气候。

柳胜男一听，眼眉顿时立了起来，拿起那个报告看都没看塞进自己那电脑桌的抽屉，梗着脖子说："专家说风箱峪小，那华西村就大么？我就不信别人能干成的事儿到咱们这儿就这也不行那也不中。你俩也不是没去过华西村，他们村除了人口比咱们多点儿以外，没啥地方比咱更出彩儿了吧？干，听蝲蝲蛄叫唤就不用种地咧。"

柳爱民见村主任这么有决心，立刻来了精神，伸手捅了赵双一下，小声说："把咱俩鼓捣的那份资料让柳主任看看。"

赵双看了柳胜男一眼，为难地说："柳主任呀，这柳村长刚出院，是不是过过……"

柳胜男扫了赵双一眼，心里一热，她很理解两人此时的心情，俗话说：幼年丧父，中年丧夫，老年丧子乃人生三大不幸。自己这刚刚经历了中年丧夫，可自己还有事儿干，不幸中的大不幸。他们是怕我走不出伤痛啊。嗨，这人都已经死了，活着的人再咋痛苦他也活不了了，倒不如该咋样咋样，站直喽，别趴下，也让那黄泉路上的亲人放心上路。

这么想着，柳胜男随即微微一笑，动情地说："放心吧二位，在我柳胜男面前天塌不下来，老爷们儿死了，我还有儿子闺女撑着，公公婆婆疼着，我没事儿的，咱该干啥干啥。"

"老姑！"

"主任！"

两个人同时惊呼一声奔过去，三双手紧紧握在一起。

原来，柳爱民和赵双在柳胜男住院期间这十几天来，通过一座山头一座山头的查勘，结合他们在华西村跟老书记的聊天取经，觉得风箱峪开发旅游正像程副省长说的那样，天时、地利、人和都占全了。于是，两人用了三天时间，勾画出了一个大致的发展规划，想等村长柳胜男出院后，三个人再琢磨琢磨，然后就开干。没想到正这时候，程华把他们送到省里的那份报告给捎回来了。程华一脸忧虑地告诉他俩说，据省里负责审批项目的专家考证，风箱峪不适合旅游立项，还说她大哥对此也无能为力了，因为他这阵子被调到中央党校学习去了，由别的副省长接替了他的工作。

柳胜男说："咱去华西村，人家咋说的？关键时刻只有靠全体村民集体的力量啊，咱们还是走办绿色食品厂那条道儿，大伙集资入股，挣钱以后分红，分红以后愿意入股的还是入股，这样滚雪球式发展，我就不信咱们风箱峪发展不起来。"

赵双说："我听说最近党中央开会，有个啥文件说要大力发展农业，惠及三农，咱不防先跟乡政府打个招呼，不图别的，先讨个政策支持，别等咱们干半截儿上边再给你来个横拦竖挡不让干，那更让人腻歪呢。"

柳爱民说："赵会计说得对，咱水大别漫过桥去，上边给咱使把劲儿跟扯后腿可是差着好大的成色呢。"

柳胜男一听，立刻笑逐颜开道："要咋说三个诸葛亮气死臭皮匠呢，这大伙儿参谋着出主意就是鲜亮。"

柳爱民调侃道："老姑说话就是有水平呢，人家都说三个臭皮匠赛过诸葛亮，您倒说三个诸葛亮气死臭皮匠，这不篡改历史了么？"

柳胜男说："啥篡改历史不篡改历史的，咱们仨本来就是诸葛亮，咱可比那臭皮匠臭多了，可不能让他们把咱们顶喽。呵呵，我说得对吗？其实啊，这些日子我在医院躺着把啥都看开了，细琢磨起来，我是谁呀？不就一农村老娘们儿么？这一路走来，要不是你俩这么一心一意地帮衬着，大家伙儿齐心合力地扶持着，我能干啥呀？啥也干不成啊。所以这往后哇，你俩有啥话就该说说，有意见该提提，总而言之不都是为风箱峪好么？"

柳胜男越说越激动，说到最后，两眼竟然转起了泪花。柳爱民见状，看着赵双相视一笑，赶紧接过话茬儿说："老姑哇，您说得忒对咧，那三个臭皮匠凑一块儿都能想出好主意来，咱三个诸葛亮还能差得了？过去人们喊口号说人有多大胆，地有多高产。咱换句话说，只有想不到的没有做不到的。咱明儿个就开村民大会，把咱们的想法告诉大伙儿，您看咋样？"

"神州行，我看行。"

柳胜男说了句广告语，三个人同时笑了起来。

说干就干。三个人当即分工，柳胜男到乡里讨政策，柳爱民通知村民开会，赵双开始布置会场。

柳胜男出了村委会办公室，直接开车去了靠山镇。

到了乡政府大院，她先去找乡党委李书记，把风箱峪准备发展旅游的打算和远景规划和盘托出，问领导能不能给点儿政策上的支持。说完这些，她又试探性地问李书记："李书记，您看像我们村这种情况，真要开发旅游，上级政府能捎带着给点经济扶持啥的么？"

李书记听了，沉吟一会儿才慢条斯理地说："小柳哇，你们的想法很好嘛，现在咱们县县委县政府也正在着手准备打造旅游强县呢，你们的想法跟县委县政府的发展思路很合拍呀。大胆地干吧，乡党委支持你们。不过，那经济扶持嘛，这你是知道的，咱们乡历来都属于贫困乡镇，乡里财政吃紧，我们这些工作人员的工资都不能按月发放哪。嗨，我跟你说这些干什么呀，你们尽管放心大胆地干吧，需要办什么手续保证一路绿灯，怎么样？"

柳胜男立刻听出来李书记话里的意思，知道再说下去也是白费唾沫，于是，见好儿就收，笑模呵呵地说："行啊，对我们来说，有书记您这一句话就是圣旨啊，我们尽管埋头干就是了。"

说完告辞出来，在门口正好又迎面碰到了郝乡长。

看到柳胜男，离着大老远郝乡长就伸出手，到跟前立刻握住柳胜男的手，面带沉痛地说："柳儿哇，这小赵走得是忒突然了点儿，坑人哪。可你也得想开点儿啊，别太钻牛角尖儿。头几天听说你住院了，总想抽空儿去看看你，嗨，始终穷忙，你什么时候回来的？来，到我屋里坐会儿。"

看着郝乡长那一双顾盼流离的目光，柳胜男很不自然地抽回手，她忽然想起来一句话：寡妇门前是非多。到啥时候咱也不能让人说出啥闲话儿来。这么想着，看着郝乡长凄然一笑说："谢谢领导的关心，我这人本来就没心没肺，没有啥想不开的事儿。况且这人死如灯灭，活着的还得该干啥干啥是不？这村里边想开发旅游，我到乡里汇报一下，打声招呼，希望领导多支持哦。"

"什么？搞旅游？我记得前些日子柳爱民跟我叨咕过这事儿，你们还真想干哪？"

"那是必须的。说了不干，那不成放屁了么？"

柳胜男说着话转身就往大门外走，郝乡长在身后直喊她，她也没回头。

从乡政府回来，柳胜男感觉心里有了一点谱儿，起码说乡政府是支持的。嗨，其实支持不支持的只要不反对就挺不错的了。一路上开着车，她又想起了徐教授那次在山上，在被村里人称为"鬼见愁"的乱石堆前，曾经说过那些石头很珍贵，属于距今18至30亿年中上元古界的叠层岩。还说这种地层地貌叫……叫啥来着？

柳胜男想不起来了。

她把车停到路旁，掏出手机给闺女学文打电话，想问问她山上那些石头到底叫啥。可是拨了半天就是不通。这丫头，难道又换手机咧，换啥你也得告诉你老妈一声儿啊。真是的，这翅膀还没硬呢，就想甩了老妈自己飞么？柳胜男忿忿地把手机扔到副驾驶上，发动车继续赶路。车刚开出去不到一百米，座位上的手机就响了，伸手拿起来一看来电显示，是闺女打来的。赶紧把车停到路旁，按下接听键，张口就骂道："死丫头，又干啥去了？咋不接我的电话呀？"

那边闺女委屈地说："哎呀我的亲妈哎，咋又骂人了？刚才我是去厕所了，把手机放在宿舍没带着，这不回来就给您老人家打过来了吗。"

柳胜男知道自己错怪孩子了，但并未把话拿回来，仍然直冲冲地说："上厕所就是理由哇？要是这时候有家里啥急事找你，还不耽误得一溜一溜的。"

学文体谅妈妈的心情，并不计较，当即调皮地说："妈妈大人，我错了我不该去厕所，我去厕所不该不带手机，让您久等了。哈哈，老妈哎，有什么最新最高指示请说吧。"

柳胜男一下子就被闺女给逗笑了，柔声说："闺女呀，妈找你没别的大事儿，就想问问你，那次徐教授你们一块儿到咱们村里来，在山上'鬼见愁'那个地方，你们管那一堆金贵的石头叫啥来着？"

"石头？什么金贵的石头呀？"

学文被妈妈给问住了，一时竟没醒过闷儿来。

柳胜男就有点急，对着手机大声说："就是那个啥卡特地貌，全地球只有三处，距现在八十多亿年咧，想起来咧么？"

"咯咯咯……"

闺女笑得说不上来话。缓了好半天才忍住笑，慢声细气告诉妈妈说："我的伟大的妈哎，您实在是太有才啦，什么卡特地貌哇，那是喀斯特地貌，距今三十多亿年了，属于中上元古界原始地层剖面的一部分。很有研究价值，而且还具有观赏价值。现在很多石头玩家削尖了脑袋钻窟窿盗洞找这种石头呢。怎么？有人去咱们村挖掘了？"

柳胜男听闺女说得挺神，顿了顿才说："没人到咱们村挖掘，是咱们自己想开发旅游，我琢磨着这片石头如果发掘出来，跟南方似的也开出来一片石林，那不也成景点儿了么？"

"什么？开发石林？我的妈哎，您真是太伟大了。我这就去找徐教授，让他给咱参谋参谋，您看行不？"

学文激动得声音发颤，自从爸爸死后，这些日子以来她一直担心妈妈会自此一蹶不振，现在看来妈妈已经走出了失去亲人的阴影，又开始轰轰烈烈干事儿了。她举着手机，激动地说："妈妈，您的想法真的太好了，咱们村如果真把那片喀斯特地貌的远古奇石林开发出来，肯定是个大亮点啊。"

柳胜男见闺女这么一说，反倒冷静下来，不紧不慢地说："嗨，亮点儿黑点儿地到时候再说吧。我没去过真正的石林，但我琢磨着咱们北方应该没有那玩意儿。先计划计划你啥时候能回来吧，还有那个徐教授，来的时候提前告诉妈一声儿，我好准备准备。"

"行，那就这个周末吧，我正好有篇论文缺点儿实践内容，回去顺便搜集点儿。"

"那好，那就这个周末见。"

"拜拜，妈妈。"

收起手机，想着徐教授来了以后，那开发石林的事儿就可以定下来了，柳胜男心里非常高兴，开着车直奔村委会。

没等到村委会大院，远远地柳胜男就看到老槐树下黑压压坐满了人，柳爱民正站在老槐树底下眉飞色舞跟大家说着什么，赵双拿着一沓子纸，偶尔地也插上一句半句。看着这场面，柳胜男心里不禁一动。看来这姜还是老的辣，毕竟柳爱民干了二十来年村干部，说召集会人们齐刷刷地都来了。她又想起了程副省长说的天时地利人和的事儿，现在看来还真是。这么一想，她的信心更足了。

柳胜男悄没声儿地把车停在路旁。可还是被人看见了，人群中不知谁嚷了一嗓子："柳主任回来了。"

人们立刻齐刷刷扭回头往她这边看，会场有点儿乱。

柳胜男本想坐在车里听一会儿，这么一来她也坐不住了，赶紧开了车门子出来，快步走到大家面前。柳爱民迎上去小声告诉她说："集资入股的事儿我都跟大家说了，老姑您再说几句吧。"

柳胜男起初不想说啥，但看着全村人那信任关切的目光，她立刻激动起来，当即把乡党委李书记支持风箱峪村开发旅游的话原原本本学说一遍。见大家听得都挺认真的，最后她诚恳地说："前些日子，我们三个村干部去了一趟江苏的华西村。在那里，我们看到了真正的社会主义新农村，那街道那住宅，比他妈的大城市都宽敞。回来后我就想了，说起来咱们风箱峪的人不比他们傻，地方不比他们小，他们能发展起来，咱们就不行咧？我看肯定行！我在华西村，还听到这么一句话：不怕群众不听话，就怕干部不听群众的话。所以呀，今儿个我就听听大伙儿的意见，大家说好不好哇？赵会计拿纸去，记录。"

"好！"底下不知谁又喊了一嗓子，人群中立刻炸了营。大家七嘴八舌说啥的都有，柳胜男和柳爱民耐心地倾听着解答着，赵双则忙不迭地作着记录。

村民大会开了半天，人们讨论了半天眼看晌午歪了，还不愿意散去，村民的高涨热情让柳胜男他们再一次看到了希望。

第三十七章　开发奇石林

　　村民大会散了以后，柳胜男看着赵双记录下来的那一条条意见和建议，瞟了一眼沉默不语的柳爱民，她忽然意识到这个时候让村民集资似乎为时尚早。想那老百姓都是既得利益者，不见兔子不撒鹰，这发展旅游的事儿如今八字还没写出来一撇呢，你就让大家伙儿集资入股，这真挣钱了还好说，要是赔了呢？那老百姓还不把你们村委会这仨人骂死。

　　心念至此，柳胜男看着远处峰峦叠嶂的山林，缓缓地说："爱民，赵会计，我琢磨着咱真的要开发那片石林，费用不会太大。我想咱就是开发旅游景点，也不用像别的旅游区那样大张旗鼓修台阶、铺水泥路，我觉得那个样子忒俗咧。咱不如就来它个原汁原味原生态，主要的是把村里边农家院整干净点儿舒适点儿。山里边就让它羊肠小道石子路，你想那城里人到乡下来看的是啥呀？就是土，越土越有味儿，越土越招人。"

　　柳爱民立刻听出来柳胜男话里的意思，当即接过话茬儿说："老姑说得有道理，现在咱当务之急是建好村里的农家旅店，最主要的是游客来了得有地方住，所以……"

　　柳胜男不等柳爱民把话说完，抢着说："所以，我建议先别张罗让大家伙儿集资，有钱的主儿愿意搞农家旅店的先把各家的农家院收拾出来，客房要干净整洁，饭菜要经济实惠，体现农家特色。不一定非得大鱼大肉，人家城里人现如今都讲究回归自然，咱就给他们整点儿现宰的家养土鸡，山上采来的小野菜小蘑菇，自己家种的小杂粮就挺好。"

　　柳爱民不知道自己这个女主任究竟咋想的，愣愣地看着她，张了张嘴把想说的话又咽了回去。柳胜男冲他笑了笑，接着说："我从乡里回来半路上就想好了，开发石林的费用我用我自己的钱先垫上，赵会计你再给我打个欠条，等咱们发展起来以后，啥时候有钱了再还给我，咋样？"

　　"这个……"

　　柳爱民和赵双同时讶异地瞪大双眼看着柳胜男。

　　柳胜男说："哎呦喂，你俩别用那种眼神儿看着我好不？事到如今我也有啥说啥了，头几年我在县城买了两套房子，给儿子一套，我俩一套。原本打算再蹦跶几年，到五十岁我们两口子就到县城去养老，那时候儿子也该结婚成家咧，我就给他们看看孩子做做饭，没事儿溜溜街找一般大的老姐妹儿扯扯闲篇儿。嗨，谁想那赵成他……他彻底留在了风箱峪，这剩我一个人还跑城里干啥去呀？所以，我住院的时候哇，就找人搭搁着把我俩那套房子给卖了，我就用这个钱开发那片石林，剩下钱呢再把山顶上建个小亭子，打老远瞅着也让它像那么回事儿。"

听柳胜男这么一说，柳爱民和赵双不禁鼻子发酸，二人同时低下头别过脸去。柳爱民迅速用手背抹去脸上的泪滴，回头凝视着柳胜男，颤声说："老姑哇，您为村里搭的钱已经够多的啦，不能再往里填巴了。这姑父走了，剩下您自个儿，俩孩子都还没成家呢，您那花钱的地方多着呢。说句不受听的话，到老嘍有个病有个灾儿的您指望谁去呀？腰里掖着不如袖吞着，那养老的钱您还是留着吧。"

柳胜男凄然一笑，说："别说啦，爱民哪，我知道你俩是为我好为我打算，其实我也想过用这笔钱养老，可如果咱们的计划实现了，村子真发展起来咧，弄不好城里人都挤破脑袋往咱风箱峪养老来呢，到那时候，咱们这儿也跟华西村似的一家一套小别墅，家家住大房子开小车子，咱贵贱都不去城里咧。"

柳爱民陶醉地说："是啊，到那时候哇，就没人再走后门儿农转非，而是争着抢着非转农咧。"

一直沉默不语的赵双也说："等咱风箱峪变成华西村的时候，我就开一个五星级养老院，让村里所有上了岁数的老年人衣裳有人洗，吃饭有人喂，出来进去有人背着。"

柳爱民说："你那是病房。真到那时候，人们欢喜还来不及呢，谁还有病啊？除了吃喝玩乐就是玩乐吃喝，医院统统取消，没人去了。"

柳胜男说："那是做梦。如果人们只会吃喝玩乐，啥也不干了，谁来养着这帮闲人哪？"

柳爱民吐了下舌头，快快地说："我说的是养老院的老年人，年轻人当然还是得该干啥干啥啦。"

柳胜男发誓般看着柳爱民和赵双说："说着说着你俩就走板儿，还是书归正传吧。明儿个我就把钱划过来，赵双你给我打个八十万的欠条。我如今可是孤注一掷，把身家性命都搭上了，咱们面前只有前进没有退路。"

柳爱民感动地看着柳胜男，颤抖着声音对赵双说："赵会计，打条吧。"

说干就干。第二天，柳爱民就带着村里边几个年轻小伙子上了山，在那片乱石堆里，他们小心翼翼地清理走杂草碎石，露出来一块块形状各异的大石头，然后再用水管子呲水把那些大石头冲洗干净，露出本色。干到一半儿的时候，徐教授来了，跟他一起来的还有几个国内著名的地质学家。看着那一片裸露出来的石林，抚摸着一个挨一个千姿百态的石笋，专家们无不啧啧称奇。

一位资深学者目测了一下整片石林的面积，当即断定："这片远古形成的喀斯特地貌，应该在世界上属于唯一的。我曾经去过美国和俄罗斯，他们那里也有中上元古界石林，但跟咱们这块石林比起来，不论是年代还有形状、面积，都没有可比性。"

柳胜男听到这里，欣喜地说："看来我们开发这片石林作为旅游景点，还是很有前景的喽。"

徐教授插话说："那是当然。但是有一点，千万要保持原貌，不要有任何人工雕凿的痕迹，但是，为了有看点，更加吸引游客，你们可以根据这些石头的形状，编成神话故事，一段一段娓娓道来，让人们在欣赏奇石的同时再聆听好听的故事，自然就流连忘返了。这也是南方不少旅游景区吸引游客的妙招。"

柳胜男听了，频频点头，跟在她身后的柳爱民却动起了心思。

徐教授的话让柳爱民立刻想到了村里的老寿星——赵虎的爷爷赵四爷。算起来，这老爷子今年整整一百岁了，耳不聋眼不花，而且是村里出了名的笑话篓子，最重要的是许多笑话都是关于村里一座座山头儿和地名儿的，如果把他这些笑话都掏出来足够出一本书的。

徐教授他们走后，柳爱民就拉着赵双去找那老寿星赵四爷。三套两套就把老爷子的话匣子给套开了，往炕头上一坐，大烟袋一横，老古记一段连着一段，赵双整整记了一大本。

回到村委会办公室，他俩见村长柳胜男又在上网淘宝呢，就悄悄地站在了她身后。没想他俩的小动作早就被柳胜男发觉了，回头冲他俩一笑，直冲冲地问："咋样啊？那老寿星说出点儿有用的没？"

柳爱民掩饰不住成功的喜悦，抿嘴一乐，立刻滔滔不绝白话起来："看咋有用咧，听他老人家这么一说呀，咱风箱峪自打盘古开天地就有故事咧。比如说那落日峰吧，为啥叫落日峰啊？老人家说了：相传古时候，天上曾经有十个日头。十个日头黑间白天烘烤着大地，把人类和地球上的各种动物、植物烤晒得没处藏没处躲，差点儿就绝种咧。天上的玉皇大帝见了，非常着急。就派外甥二郎神杨戬去驱赶那些日头。二郎神领旨后不敢怠慢，带上哮天犬就出发了。刚开始驱赶时，那十个日头轮番上阵跟他躲猫猫，逮住这个跑了那个，直累得二郎神筋疲力尽，那十个坏家伙依然嬉皮笑脸热乎啦啦挂在天上。

"后来，托塔天王李靖给二郎神出了个主意，让他用大山压，追上一个压一个，这样日头们就升不起来了。二郎神听了很高兴，立刻找根扁担，挑起两座大山追赶日头，追上一个压一个，果然很省事儿。最后还剩下两个的时候，有一个躲到了麻铃菜底下，另一个就藏在了咱风箱峪这个山环儿里。这天上没了日头，民间也就没了光亮，二郎神摸着黑左寻右找，最后在咱们风箱峪山里看见了躲藏的日头，顺手搬过一座山就压了过去。正这时，玉帝降旨让他留一个日头在民间。此时二郎神见一个日头都没有了，就想着把这个日头放出来，可那山压得忒结实了，挪了两下没挪动。正着急呢，那藏在麻铃菜下面的日头出来了。从那儿以后哇，这天上就只有一个日头咧，咱们这儿呢，就多出来一个落日峰。"

柳爱民讲得绘声绘色，有鼻子有眼儿真事儿一样，柳胜男听得入了迷，忽闪着长长的眼睫毛，小孩子似的紧着问："还有呢？老爷子不会就说这一个吧？"

赵双插话道："当然有啦，多着呢，还有咱风箱峪为啥叫风箱峪。"

"是么？这个古记肯定更好听吧？"

柳胜男笑模笑样儿看着柳爱民，乞求道："再说一个给我听听呗，我觉得风箱峪这个村名肯定有典故。"

赵双坏笑着看着柳爱民添油加醋说："这个典故柳书记早就会说，今儿个老爷子又提了个头儿，咋样？快给柳村长说说吧。"

这不是成心难为我么？

柳爱民没好气地瞪了赵双一眼，好在他恍惚记得老爷子说过，风箱峪其实是天上的太上老君炼丹炉使的风箱。后来，太上老君用炼丹炉炼那孙悟空，孙悟空一气之下把炉子给踢翻了，炼丹炉变成了火焰山，那个破风箱稀里哗啦滚落凡间就掉到风箱峪这片山里了。当然啦，这只是个大概意思，成不了完整的故事。眼下见赵双把他给将在这儿了，只好硬着头皮胡咧咧。

柳爱民一边琢磨一边说："赵四爷说，他爷爷的爷爷流传下来的说法是，风箱峪原本不叫风箱峪。皆因当年孙悟空大闹天宫时与二郎神斗法，情急中变了一泡屎想躲过追捕，结果还是被二郎神识破，放出哮天犬一口把他吞进肚中并押解到玉帝面前。玉帝为了彻底把他消灭掉，命太上老君把孙悟空装进炼丹炉里边炼，想把他烧化喽。没想到那孙悟空被炼了七七四十九天之后，不但没化成灰烬反而炼成了火眼金睛。从炼丹炉里边逃出来的时，孙猴子一怒之下踹翻了老君炉，吃光了所有金丹，临出门看到那个破风箱还好端端地搁在那儿，想想那烧火炼丹的小徒弟拉着风箱烧他，立刻火冒三丈，双手举起那个破风箱就扔了出去。你想那破风箱能有多沉啊，被孙悟空这么一甩，飘飘悠悠就飞出了天庭，一直滚落到凡间，正好落在咱们这山中，变成一座山峰，因为形状还保持着原样儿，方方正正跟个风箱似的，所以，咱们这儿就没叫风箱峪了。据说，咱们村所处的这个山环比附近所有的地方气温都要低那么一两度，而且，即便是五黄六月，也很少有蚊子蝇子啥的到处乱飞，为啥呢？都让那大风箱给煽跑了，气温低也是那风箱给呼扇的，你想那天上神仙使的物件可不都是宝物，对吧，赵双？"

柳爱民擦着一脑门子汗珠子，总算把这段古记咧咧圆满了，下回分解干脆踢给了赵双。

柳胜男看出来他们俩的猫腻，也不揭穿，仍然津津有味地听着，听到最后，才一语道破天机，指点着柳爱民说："你呀你呀，真正地吃柳树条拉粪箕子——肚儿编。不过这样逮着个尾巴就抢，抢圆了就是好故事。徐教授咋说着？"

柳爱民赶紧接过话茬儿大声说："有故事就能吸引人。"

"对，你就这么抢吧，真要把游客都给抢过来，你就是首功一件。"

"呵呵，老姑哇，我不需要立啥大功，跟您比起来，我们做这点小事儿这算个啥呀。"

"看看，又来了不是？你俩快看看，看看人家是咋干的。"

柳胜男指着电脑，大声感叹着。柳爱民和赵双凑过去一看，又是华西村新貌，不禁同时陷入沉思。

第三十八章 打出长寿牌

柳爱民受到老寿星赵四爷老古记笑话的启发，连生发再想象，竟然很快就整理出一大撂风箱峪民间故事，地名趣闻。正好赶上柳胜男的闺女赵学文在家搜集资料写论文，捎带脚儿就把柳爱民的这些故事用电脑打出来了。拿着这些打印出来的故事，赵学文又找来自己在师大旅游专业读大三的高中同学小雅，让她帮忙把这些故事串联起来编成了风箱峪旅游景区导游词。柳胜男和柳爱民带着小雅又一处一处把这些故事描述的地方分别走了一趟。

俗话说，干啥务啥，卖啥吆喝啥。那小雅不愧是学导游的，所到之处，她声情并茂把那导游词一念，一下子就把柳胜男和柳爱民给震住了，不停地感叹："忒好咧，小雅姑娘你这么一导哇，连我们自个儿都觉得这风箱峪忒神奇咧。特别是那远古奇石林，一堆破石头竟然引出来那么多好听的故事，那么多的神话，让人站在那儿就迈不开步，忍不住就想摸摸，研究研究。哈哈，咱们要的不就是这个效果么？"

小雅被夸得有点儿不好意思，红着脸说："柳村长，柳书记，您二位过奖啦，我上大学学的就是这个专业，主要还是柳书记那故事写得好，柳村长您策划得也好。所以，我才能导出效果来呀。"

声情并茂转一圈儿回来，柳胜男和柳爱民对风箱峪搞旅游信心大增。柳胜男还特意留了个心眼儿，要了小雅的联系电话，同时真诚地邀请小雅寒暑假到风箱峪做客，帮助风箱峪搞旅游策划，并许诺，绝对不让孩子白忙活，小雅自是心领神会。

送走小雅，柳胜男就开始找人规划旅游路线，整修上山的小道。把村前村后几道山梁分成大循环小循环，从哪条路上山再从哪条路下山，哪些地方设景点，哪些地方设休闲娱乐区，都分别作出界定。比如在休闲娱乐区，柳胜男指挥村民们用树枝和山茅草搭建凉棚，凉棚里面摆上石桌石凳，垃圾箱公共厕所都让它一步到位。柳爱民和赵双则负责操持村民腾房子建农家院旅店，同时，村里的特种养殖厂和绿色食品加工厂，也跟着进行了升级改造，扩大了经营范围和经营品种，一切为旅游开发积攒后劲儿。用柳胜男的话说，就是全面发展遍地开花，东方不亮西方亮，总有一方能赚钱。

那阵子，柳胜男一天到晚泡在山上，渴了就喝山里的山泉水，饿了就吃几口婆婆给她准备的干粮。那些干活的村民见村长这么豁出命地操持，也是越干越来劲儿，根本就不用谁催赶，主动自觉地就把活儿干了，那进度更是一天一个样儿，这让柳胜男很是感动，也很欣慰。山路修好那天，她特意从自家养猪场逮了一头猪宰了，在村委会请大家伙儿吃了一顿全猪宴庆贺景区建设第一步工程完工。

景区算是有了一点儿模样，可村里边的农家院建设却不是理想。主要是没干过，大家伙儿心里边没底，说到底就是怕没客源弄不好赔钱。这期间乡党委的李书记和郝乡长到风箱峪来过几次，看看工程进度，问问有没有困难。

山路修好的第二天，柳胜男特意请乡党委李书记和郝乡长到风箱峪光临指导。看着整修一新的山间小路，和丛林中若隐若现的小凉棚，李书记大加赞赏，站在村头大手一挥说："这就是改革开放的成果呀，过去想都不敢想的事儿，如今都变成现实了。可是，这只是万里长征迈出的第一步，往后的任务还很艰巨呀，小柳哇，风箱峪大有希望啊，以后有啥困难有啥要求尽管提出来。我还是那句话，乡里能帮助解决的，保证一路绿灯。"

柳胜男笑了笑，说："谢谢李书记支持，现在我们最大的困难就是罗锅子上山——（前）钱紧，乡里要是能给我们解决一点儿再好不过了。"

书记乡长听罢，面面相觑，顿时语塞。

柳胜男并不死心眼子难为领导，随即把话锋一转，打着哈哈说："呵呵，请领导们把心都搁肚子里吧，我柳胜男不会给领导出难题儿找麻烦。我们风箱峪没钱有人，不花钱的劳动力有得是，而且建筑材料不用买，山上的石头挪挪窝儿就把道儿修啊，树枝子山柴倒个地方就变成小亭子啊，这叫就地取材，废物利用。有钱办事儿，没钱咱也不能干瞅着是不是？"

书记乡长听罢，频频点头，转过脸相视一笑，调侃道："这老娘儿们，真要成精了。"

柳爱民听后，幽幽地说："成精？我们村长是成神啊，她为了村里发展旅游，把自己在城里准备的养老房都卖啦，这要搁一般人能舍得么？"

柳胜男不想让别人知道自己卖房的事儿，赶紧把话题岔过去，指着山上新修的小凉亭说："还是让两位领导先参观参观我们的景区建设吧，爱民呐，把咱们那导游词也拿着，你也给他们两位导导，让两位大领导看看我们这不一样的风箱峪。"

说完，她径自头前带路往山上走去。

柳爱民其实是想让乡里领导知道柳胜男对村里的奉献，现如今人们都讲究炒作，得不到利就得留个名，谁还甘心当无名英雄啊？柳胜男为村里付出那么多必须得让上级领导知道知道，将来评选个劳模先进啥的，别把这真正的先进人物给埋没喽。

柳胜男其实也明白柳爱民的苦心，但她自从经历了上次养蘑菇成典型的教训以后，再也不愿意当啥先进了。所以，柳爱民说她是神她心里边很反感。

要说柳爱民脑子就是好使，那份导游词他根本就没拿，一路上就凭着记忆滔滔不绝地讲解着，把书记乡长给白话得兴致勃勃，笑声不断，连平时很少爬山的李书记一遭走下来都没觉得累。

回到村委会办公室，柳胜男就征求李书记和郝乡长的意见，给风箱峪旅游想出个什么主打牌。李书记沉吟一会儿说："我看叫风箱峪休闲旅游度假村行不？"

柳胜男摇摇头，闷声说："天津来的徐教授说，咱们这的石头历史悠久，很有研究价值和观赏价值，咱必须得把这石头标榜出去吧？"

郝乡长说："要不就叫风箱峪奇石林度假村。"

柳胜男没摇头也没点头。

这时候，一直埋头算账的赵双抬起头，看着书记乡长说："我看我们村长寿老人挺多的，比如我四爷今年都一百岁了，还能上山捡柴火呢。老牛筋他们家老爹老妈也都九十多了，还有村西头老李家那个老太太，比我四爷也就小个一两岁，都硬朗着呢。现如今，这人们不是都想长寿么？城里上班退休的都讲究啥多挣钱儿不如多熬年儿。我觉得咱不如就打出这张长寿牌，就叫风箱峪长寿度假村。"

"神州行，我看行。"

柳胜男又打出来这句广告语，把一屋子人逗得哄堂大笑。

笑过之后，李书记点着赵双说："人都说这蔫人出豹子，别看赵会计平时少言寡语的，关键时刻还就一语中的。我看这张长寿牌打得好，符合现代人的心理，就叫风箱峪长寿度假村吧，回头我让宣传干事帮你们印点儿宣传单，争取一炮打响。"

李书记的话再一次让柳胜男受到了启发。人常说，好酒不怕巷子深。其实，再好的酒，如果你这卖酒的不知道宣传推广，没人来品尝也是白瞎。

可是，这万事开头难哪，特别是这头三脚最难踢。咋样才能把游客招揽到风箱峪呢？柳胜男犯愁了。

她问柳爱民："爱民哪，你说咱们这第一步该咋迈呢？总不能往大道上一站见人就拦，见车就截，开口就招揽：到我们风箱峪旅游吧，我们那儿可好着呢，吃得顺口儿，住得舒心，景色秀美……"

柳爱民一听就笑了，看着柳胜男一本正经地说："老姑哇，还别说，您这招儿肯定行。"

柳胜男不解地问："咋行呢？"

柳爱民说："当然行啦，您没看咱县城里那精神病院病床都空着呢吗？咱往大道上一站，小手儿一截车，那精神病院的大夫们还不得美飞喽，那病床都住满喽，可不光剩下点奖金咧。"

听到这里，柳胜男才醒过闷儿来，气得小脸儿一红，骂道："好你个王八羔子，竟敢拿你老姑开涮，看我不撕烂你的臭嘴。"

赵双在一旁捡了个乐儿，幸灾乐祸地煽风点火："三天不打，上房揭瓦，像这种连尊卑长上都不懂的主儿，还不狠狠地抽。"

柳爱民躲闪着柳胜男抢过来的小皮包，顺势踹了赵双一脚，一屁股坐到椅子上，冲着柳胜男举着双手摆出一副投降的架势，大声说："老姑别急，我想起来了，咱先别忙着接待游客呢，咱先造个势。"

柳胜男俩眼盯着柳爱民，紧着问："造势？咋造势啊？"

柳爱民眉飞色舞地说："刚才赵会计说我不懂得尊卑长上，我倒想起来一个好主意，咱们不是主要想打长寿牌么？咱就从这长寿上作文章，咱那山上不是有一块特别像寿星老的大石头么？咱把它鼓捣下来，打扮打扮竖在村头老梨树底下，旁边在找一块大青石板儿，刻上'寿星迎客'四个大字。晚上，把咱赵四爷请出来，在村委会门口老槐树下让老人家给客人讲古记。这走进风箱峪长寿度假村，进门看寿星石迎客，夜晚听百岁老寿星讲古，这可是走遍全地球，天上难找地下难寻的奇观哪，我就不信他招不来人。"

柳胜男听完，顿时两眼放光，一拍大腿说："好，就这么定了！"

说完，她立刻就让柳爱民出去找人上山抬石头，让赵双回家跟他四爷商量，等客人来了以后，晚上烦请老人家给客人讲古记。同时，叮嘱赵双老人家讲古记是有偿服务，每小时五十块钱劳务费，由村里边出。把这些都安排好以后，柳胜男就开车去了乡里。她想起来那天乡党委李书记到村里来曾经说过，让乡里宣传干事帮着印宣传单的事儿，这都十来天过去了，估计该印好了。

这么想着，柳胜男到乡政府大院以后，就直接去了宣传干事的办公室。推门进去，见宣传干事正在电脑前聚精会神埋头打字，柳胜男不敢打搅，就站在门口轻轻咳嗽一声。宣传干事听见有人进来，头都没抬，不耐烦地问："找谁？"

柳胜男答："找你。"

"找我？找我干什么？"

宣传干事噼里啪啦又打上一溜儿字，这才抬起头回脖看着柳胜男，一脸的不耐烦。

柳胜男见他这一副爱搭不理的样子，心里的火就蹿了上来，想这么大个乡政府，一个个出来进去都人五人六的，享受着国家公务员待遇，拿着国家的俸禄，就这么对待老百姓？刚要发作，但转念一想人家兴许正忙着打文件呢，哪能你啥时候来啥时候就有空答对你呀？于是，立刻赔上笑脸儿，自我介绍说："我是风箱峪的，头几天乡里李书记去我们村，说回来让您帮我们整几份宣传单，这都一礼拜了不知道弄好了么？"

宣传干事被她问愣了，当即冲她翻了一下眼珠子，没好气地说："李书记让整宣传单？哪个李书记呀？"

柳胜男压了压火气，耐着性子说："咱靠山镇乡有几个李书记呀？就是乡党委那个一把李书记。"

"噢。"

宣传干事低头拉开抽屉，稀里哗啦开始翻找，找了半天也没找出啥答案来。此时，柳胜男跨前一步，迅速扫了一眼电脑屏幕，屏幕角上有胖嘟嘟的小企鹅在跳动。哼，原来这家伙根本就没干啥正经事儿，工作时间上网聊天儿呢。想那李书记弄不好当时也只是上嘴唇往下嘴唇一碰，回来根本就没拿咱贫下中农的事儿当事儿。

这么一想，柳胜男那火气更大了，直冲冲对那宣传干事说："小伙子，甭找啦，该聊聊吧，我不耽误您了。"

说完转身摔门走出宣传干事的办公室。她看一眼挂着"党委书记"牌子的办公室，又扫了一眼挂着"乡长"牌子的办公室，往脚底下吐了一口唾沫，一跺脚走出了乡政府大院。

自己的事儿自己办，自个儿的梦自个儿圆吧。

柳胜男摇摇头，开车往回走。

半路上，她又想起了闺女。或许是母女连心吧，她刚要掏手机给闺女打电话，包里的手机就响了。她赶紧靠边停车，掏出手机一看来电显示，果然是闺女学文打来的。电话一接通，立刻传来闺女兴奋的声音："妈妈，咱们村的农家院建好了么？小雅他们学校组织学生旅游，找不到合适的新鲜的地方，我让她跟老师忽悠忽悠把学生们拉到咱风箱峪，没想到她真的给忽悠成了，明天他们就去咱们村。"

柳胜男一听来游客了，立刻激动起来，差了声儿地问："真的？他们得来多少人哪？"

"大约一百多人。"

"哎呀，一下子来一百多人？能定准儿么？"

"肯定有那么多人，或许还会更多呢。"

学文斩钉截铁地说。

柳胜男却发愁了。

全村满打满算刚有六家开始操持农家院的，一家住十个人才住六十人，剩下的住哪儿呢？

学文见妈妈不言声了，不知道怎么回事，紧着问："妈妈，您怎么啦？是不是人多了住不下呀？"

柳胜男不敢说住不下，支支吾吾地说："不……不是的。"

"那好，那我就告诉小雅他们去了啊。"

说完，电话就挂了。这丫头，也是个急性子。柳胜男叨咕了一句，收起手机赶紧开车往回赶。

第三十九章　万事俱备只等东风

柳胜男风风火火回到村里，到村委会见柳爱民和赵双都不在办公室，立刻就急了，刚想跺脚骂，一拍脑门儿想起来了，人家两人一个带人上山抬石头，一个去找赵四爷商量晚上讲古记的事儿了。于是，自己坐下来琢磨应急的办法。

她看着全村四十户村民的名册，脑子里过电影似的把这些户的住房情况，家里几个孩子，是否有老人，分门别类进行排队。排来排去，她心里边渐渐就有了谱儿。想那逢年过节的哪家不来几拨串门儿的亲戚呀，谁家来客也没见睡在当街的。尤其是聘闺女娶媳妇做事情，人来客去都有个串换。先安排安排，就当是各家都来了亲戚不就得了。

这么想着，她当即走出村委会，挨家挨户串门儿号房子。她也打听了周边县各处的农家院食宿标准，并以游客身份问了几处办得比较红火的农家院，结合环境卫生情况，她给风箱峪农家院规定了三个档次。那六家正规的为一个档次，每位游客住一宿吃三顿饭标准为七十元；第二个档次为家里有洗澡间，住床铺的，每位游客住一宿吃三顿饭标准为六十元；最末一个档次是住土炕，只能使大盆兑热水洗洗脚擦擦身子的，每人住一宿吃三顿饭为五十元。吃的标准她也大致提了一点小要求：中午、晚上必须达到六菜一汤，早晨早点要突出农村特色，棒子渣粥烙大饼老咸菜外加每人一个鸡蛋。

她这么要求，其实也有她的想法。这可是头一批游客，人家在这儿吃好了住好了玩美了，还会来第二次第三次。此外，她还算了一笔账，这些孩子都是学旅游管理的，来自全国各地，他们如果在风箱峪玩美了，回到各自的家里一宣传，哈哈，那风箱峪不就是隔着门缝儿吹喇叭——名声在外么？

她这么想着，越琢磨越美，中午连饭都没顾得上吃，出东家入西家，竟然联系了二十多家。有的人家，她怕那些旅游的学生来了嫌邋遢，当时就帮着他们收拾打扫。她这一帮忙可不打紧，所有准备住学生的家庭都开始打扫卫生擦玻璃，弄得全村家家户户都跟过大年一样。有那性子急的甚至已经开始杀鸡宰鹅准备待客了。

傍晚的时候，柳胜男不放心，又把那二十多家挨个儿检查一遍，嘱咐大家："游客来了要热情，像招待亲戚那样招待他们，说话要文明，千万别跟平时似的张口闭口说粗话，那样人家会笑话咱们没素质，往后就不来了。咱们这头一回接待游客必须一炮打响，就是自个儿少挣点甚至不挣，咱也得拉下这个主头户儿。"

大家都知道村长这是为大家伙儿好，为村里今后的发展打基础呢，所以人人点头称是，拍着胸脯保证道："柳村长你就放心吧，我们保证不会给风箱峪抹黑的。"

家家都走过一遍，柳胜男回到村委会，这才想起来自己还是早晨起来喝的一碗面汤呢，这一整天竟是水米未进，可是并不觉得饿。呵呵，看来这着急上火还能解饱呢。她自嘲地笑了笑，正想回家吃点啥然后回来找柳爱民和赵双，看看他俩的任务完成得咋样了。一回头，却见柳爱民和赵双笑嘻嘻地站在门口，赵双手里还提拉着一个塑料袋。仔细一看，那塑料袋里面竟然是热气腾腾的饺子。

看到饺子，柳胜男顿时饥肠辘辘起来，迫不及待伸手抓过塑料袋打开，捏起一个饺子填进嘴里，连着吃了好几个这才想起来问赵双："这饺子啥馅儿的？真好吃。"

柳爱民打趣道："可能是人肉馅儿的。"

柳胜男又捏起一个填进嘴里嚼着，呜啦呜啦地说："管他啥馅儿的，眼下我是天上飞的不吃飞机，四条腿的不吃板凳，只要能填饱这个臭皮囊，啥都行。"

赵双一听就笑了，"看来柳村长真是饿极了。"

柳胜男抹着嘴说："可不是呗，这还是早起吃的一碗汤呢，整顶了一天了。"

柳爱民说："我俩也是一天没闲着，自打我媳妇告诉我明儿个要来旅游的，我就赶紧操持着竖那寿星石，晚上饭都是在赵会计家里吃的。他们家柳红霞现在还忙活着做被做褥子呢，准备明个儿接客。"

"扯淡，你们家还接客呢。"

赵双脸一红打断了柳爱民的话。

柳爱民眨巴眨巴眼，看看赵双又看看柳胜男，不解地问："咋啦？我说得不对么？"

柳胜男说："人家赵会计一家可是好良民呢。"

"噢——"

柳爱民恍然大悟，赶紧解释："不好意思哈，我只是简化了几个字。我的意思是他们家准备明天迎接来旅游的客人，这回没错了吧？"

赵双没接他的话茬儿，看着柳胜男说："我四爷那里我已经说好了，老人家说了，只要有人爱听，讲一宿都没问题，要不也是待着没事儿靠着墙根儿打盹儿。"

柳胜男立刻就乐了，笑着说："那忒好咧。爱民你那任务咋样啦？"

柳爱民不高兴地说："我以为老姑把我的事儿忘了呢，您看看去吧，鲜亮着呢，那字上的红漆还没干呢。"

柳胜男一听，顿时眼前一亮，站起来就往外走，一边走一边说："好，这回咱万事俱备，只等东风了。走，先参观参观去。"

柳胜男一边吃着饺子一边兴冲冲往外走，那脚步一阵风似的，柳爱民和赵双在后边紧着赶都没赶上。

到了村头上，借着附近村民家里微弱的灯光，柳胜男看到那酷似寿星老儿的大石头笑容可掬站在老梨树下，手里还托着个大大的歪嘴儿桃子，仔细一看那桃子竟然是一盏灯，只是还没来得及通上电线。寿星石旁边，是一块打磨成梅花形状的青石板，上面用红色的油漆写着"寿星迎客"四个大字。

"这个柳爱民，鬼点子就是多。"

柳胜男用手轻轻摸挲着寿星石，嘴里由衷地赞叹道。身后赵双接过话茬儿冷不丁来了一句："要不人家咋当书记呢，我们从来都不会埋没人才的。"

柳爱民推了他一把，"闭上你的乌鸦嘴，小心猫头鹰来了把你抓了去。"

柳胜男看着这俩人，抿嘴一乐，笑着说："你们这两人哪，天生犯相，到一堆儿就掐，看不着还想，真拿你俩没辙。"

柳爱民一听也笑了，大大咧咧地说："这就叫伙计。俗话说得好哇，伙计伙计天天咯叽，不咯叽就不叫伙计。"

赵双故意一噘嘴，说："谁跟你是伙计呀，咱们都是东家，风箱峪的东家。"

柳胜男说："嘿，还真是，咱们都是东家。就看明儿个咱这几个农家院东家当得咋样吧。"

柳爱民冲着夜空把大手一挥，摆出一副胸有成竹的样子看着柳胜男，大声说："老姑您就瞧好儿吧，咱风箱峪红火的日子来喽！"

赵双闷声说："别高兴得太早，赶明儿个人来了再说吧。"

柳胜男说："走，咱再核计核计去。"

三人回到村委会，又一户一户把这二十多户准备接待游客的人家，挨家挨户虑论一遍。哪家的女人饭菜做得好，哪家卫生条件差，哪家过日子抠门儿会让游客不满意，哪家小媳妇荒唐，尽量别安排男生。几个人越说话题越多，越琢磨越激动。想在这儿发展旅游，接待游客，在风箱峪毕竟是大姑娘上轿——头一遭。谁也没经历过，所以，都怕接待不好往后没人来喽。

就这样，三个人在村委会办公室，想了一遍又一遍，把所有可能发生不可能发生的大事小情都琢磨了个遍，几个人谁没有困意，一直虑论到东方发白，这才各自趴在办公桌上打了个盹儿。

第二天上午九点刚过，天津师范大学的四辆旅行大轿车就到了风箱峪村头上。看着村路上一字长蛇的四辆大型轿车，柳胜男忽然意识到，他们忽略了一个大问题：停车场。这么多大型客车总不能停在当街吧？

这时，赵双过来了，跟打头的那辆车上的司机说了句什么，然后跳上那辆车，一直把他们领到村南头一块空场。那里原来是生产队的一块打麦场，后来村民们就用来堆柴火。麦秋的时候家家户户还是习惯性地在那块地上晒麦子，打完麦子就堆麦秸。不知啥时候，那东一堆西一垛的麦秸玉米秸都挪走了，腾出来光溜溜一片空场。柳胜男问柳爱民："这地儿啥时候腾出来的？"

柳爱民狡黠地一笑，颇为得意地说："昨儿个后半晌我让赵会计找人腾的。我琢磨着那么多人来肯定得坐大旅行轿，那大玩意儿地方窄憋喽可停不下呀，所以我就想到了这块空场。您还别说，咱风箱峪老百姓就是听话，我跟大家伙儿一说腾地方停车，都没用咋废话，没等到天黑就都腾干净咧。"

听柳爱民这么一说，柳胜男心里又是一阵感动。啥叫和谐呀？这就叫和谐。它不是写在墙上的标语，也不是喊在嘴里的口号，而是每个人自觉地行动。

车停好以后，学生们背包握伞呼啦啦从车上挤下来，很快塞满了一条街。上次来过风箱峪的小雅领着两个老师来到柳胜男跟前，非常得体地介绍道："郭校长，这位阿姨就是风箱峪村的女主任柳胜男。"

接着，又给柳胜男介绍道："柳主任，这位是我们的领队郭校长。"

柳胜男跨前一步，握住郭校长的手，笑着说："欢迎您郭校长，您可是我们风箱峪长寿度假村的第一位客人啊。"

郭校长一听，立刻爽朗地笑了，大声说："怪不得我们小雅同学说你们这儿是新开辟的景点，原来果真如此啊。好，我们属于第一个吃螃蟹的，这才显得新奇呢。"

这边说着话，那边赵双和柳爱民已经开始往各家各户分配人了。按照夜里他们三个研究的路子，他们先往那六户标准农家院分，那几户住满了，就是第二档次的十几家，最后才是那第三档次的几户。麻烦的是，这些户都住满了还有六个人没地方住。

原来，他们原计划安排一百六七十人，现在一下子到了将近二百人。柳爱民一脸焦急地找到柳胜男，悄声告诉她："住不下了，咋办哪？"

柳胜男眨了眨眼睛，忽然想到自己家里不是还有地方呢吗？于是，就领着那六个学生往自己家里走。

一边走着，她就琢磨着这六个人咋安排。自己家里一共四间能住人的屋子，自己那屋是一张双人床能住俩人，学武那屋是一张双人床，能住俩人，倒房闺女那屋是一张单人床，只能住一个人。这六个人咋安排呢？婆婆那屋里是一铺大火炕，按理说住四个人都富富有余，可人家都是大城市来的学生，谁愿意住那玩意儿啊？虽然铺的盖的都没啥，可往上面一躺硌肉生疼，谁愿意住哇？这么想着，她就有点着急。再说，提前也没跟婆婆商量，这突然间领到家里一帮人，婆婆该咋想啊？

一路犹犹豫豫的，就到了家门口。

掏钥匙想开门，没想到门是虚掩着的，轻轻一推就开了。

婆婆正在厨房忙活着，见柳胜男领来了客人，立刻明白了咋回事儿，当即乐呵呵招呼大家："是到咱们村旅游的客人吧？来，快到屋里坐。"

说着话，婆婆很快端进来洗得干干净净的一大盘苹果和鸭梨，紧着让那几个学生吃。见学生们说笑着毫不拘束地吃起了苹果和鸭梨，柳胜男则赶紧把婆婆拽到自己住的里屋，不好意思地说："妈呀，真不好意思让您跟着我受累，我都没想到他们会一下子来了这么多人，实在住不开了才领到咱家来的。要不我让厂里来个工人帮忙吧。"

婆婆没言声，把她拉到自己住的大火炕屋，柳胜男立刻被眼前的景象惊呆了。但只见屋子里窗明几净，铺着人造革的大炕上整齐地放着四个铺盖卷，铺盖卷里新褥子新床单新被套新枕巾，炕沿根儿下整齐地放着四双新脱鞋。见儿媳妇瞪大眼不说话，婆婆立刻嘴角上翘露出一丝得意，伸手拽一下柳胜男的袖子，把她领到学武的房间。这间一向被柳胜男称为"狗窝"的小屋，此刻也是焕然一新，两套铺盖摆在双人床上，新床单新被罩新枕套，连窗帘都是新换洗的，如同娶媳妇的洞房。

看着屋里的这些变化，柳胜男彻底懵住了，眨巴着美丽的丹凤眼，疑惑地问婆婆："妈，您这都是啥时候拾掇出来的呀？"

婆婆神秘地一笑，以少有的诙谐语气调侃道："傻闺女呀，你忘了妈当年可是风箱峪的妇女队长啊，干这点儿小活儿那还不是手背儿上的事儿？"

柳胜男听了，一把拉住婆婆的手，感激地说："妈呀，您知道您帮了我多大的忙么？刚才在停车场的时候，我一看人住不开急得脑袋都大咧。"

婆婆见此更得意了，脸上的皱纹笑成了一朵大菊花，不紧不慢地说："哈哈，胜男哪，你着啥急呀？别忘了穆桂英身后还站着个佘老太君哪。"

"佘太君？"

柳胜男一下子就被这个比喻给逗笑了。

第四十章　歪打正着

看着婆婆开心的表情，柳胜男彻底被迷惑住了，她怎么也想不明白，自打赵成死后一直萎靡不振不爱出门的婆婆咋知道村里要来游客，又如何在一天之内收拾出两间客房准备接待游客的。难道老人家能掐会算？难道又是柳爱民那家伙知道住不开提前做出了安排？柳胜男百思不得其解。

柳胜男站在院子里，低头摆弄着手机正纠结着呢，身后悄没声儿走过来一个人，从后面伸手搂住了她的腰。吓得她顿时一惊，手机差点儿扔出去，及至看到搂住自己的那双手，立刻啥都明白了。

原来是闺女学文！

"死丫头你可吓死我咧，你啥时候滚回来的？咋不告诉我一声啊？"

柳胜男一边挣脱闺女的搂抱一边大声嗔道。

学文一步跨到她跟前，一本正经地说："妈妈，我已经大了，应该为家里干点事儿了。前天小雅跟我定下来旅游的事儿以后，我就想了，咱们村刚刚开始建农家院，一下子来这么多人肯定招待不了。正好昨天我们宿舍有城里的同学回家，我就跟她一起回来了，到县城让我哥接的我。回来后，我就看见家家户户都在拾掇屋子，我就跟着奶奶一起把咱家也拾掇出来了，没想还就用上了。妈您快跟爱民表兄他们忙乎去吧，家里有我和奶奶一老一小足够。"

"学文，妈的好闺女。"

柳胜男看着闺女，忽然喉头发哽，鼻子发酸。孩子的懂事让她心疼。想着闺女还是个孩子就跟着家里操起了心，如果她爸爸活着哪能轮到她？

学文一眼瞅见妈妈眼圈儿发红，知道她肯定又是想起爸爸了，当即笑着打岔道："妈妈哎，不至于吧？我都多大了，干点活儿还把您心疼成那样儿，喊。快该干嘛干嘛去吧，我和奶奶保证没问题的。"

柳胜男怜爱地看着闺女，又看了一眼在厨房忙碌的婆婆，不禁又想起来刚才婆婆说的穆桂英身后站着个佘太君的话，当即走到厨房门口，看着婆婆笑着说："老太君，穆桂英可要上前线了，这家里呀就交给您啦。"

婆婆也乐呵呵地说："去吧去吧，打了胜仗别忘了报喜啊。"

"那是必须的。"

柳胜男说着话儿顺手从案板上抄起一根洗好的黄瓜，一边嚼着一边走了出去。

一整天，柳胜男都在村委会坐镇，一颗心提拉到了嗓子眼儿，坐也不是站也不是，电脑也看不下去，光剩下在办公室打转转了。

晚上，按照事先的计划，村委会门口老槐树下拉起了点灯，村里的百岁老人赵四爷往树根儿底下一坐，东拉西扯就给学生们说起了老古记。讲了一会儿，老人家去趟厕所的功夫，学生们呼啦啦走了一多半儿，柳胜男想喊又不好意思喊，想人家孩子是到你这儿主要是玩儿来了，自然是咋开心咋是，哪能强迫人家坐在这儿听古记呢？

可是，过了一会儿她就觉得不对劲儿了。原来，村东头老王家，也就是那个因拐卖人口进了监狱的大丫头家里，忽然锣鼓家伙一齐响，接着竟然唱起了皮影戏。

这事儿可真新鲜了，这老王家啥时候唱的皮影戏呀？柳胜男赶紧走出去，想看个究竟。正好赵四爷提拉着马扎也想走，柳胜男遂走过去搀扶老人家。赵四爷说："丫头，不用搀着没事儿的，我这腿脚儿上靠山镇赶集都用不了一个时辰的。"

柳胜男趁机问他："四爷，这老王家啥时候唱起了皮影啊？"

赵四爷回头看了柳胜男一眼，不满地嗔道："你这丫头哇，还当着村主任咧，咱们庄儿有这能人你都不知道？咱风箱峪老王家唱驴皮影那可是早就出了名的咧，祖辈传哪。大早先大清朝那会儿，他们家老祖宗还给皇上太后唱过戏呢。也就是这年头儿大丫头她哥进了城里，他们才不唱咧。那时候大丫头他爸唱髯儿，她妈唱旦儿，那两口子当年搞对象就是唱影唱到一块儿的，大丫头小时候也会哼唧几段。这今个儿一看家里来了这么多人那两口子还坐得住？"

老爷子絮絮叨叨说着，脚步不由自主地就向老王家走去，原来这老爷子也是个皮影戏迷。

柳胜男跟着赵四爷一边说着话儿就进了大丫头家的院子。

一进门，就看见院子里黑压压站满了人，大部分都是来旅游的学生和老师，人们一边看一边叫好，场面非常热闹。

见柳胜男和赵四爷来了，大家主动让开一条道，柳胜男走进去一看，只见窗根儿下挂着一块白布，大丫头她爸掐着嗓子卖力地唱着，大丫头的一个当家子叔叔和一个大哥耍着影人儿，灯影里还有两个看不清脸面的老头儿摇头晃脑陶醉地拉着二胡。

嚯，整个儿一帮江湖艺人。

柳胜男把赵四爷安顿到靠前的地方坐好，就挤出人群去找柳爱民和赵双，可是转了一圈儿也没见着那俩人的影子。找不着人，心里边儿就有点恼火，愤愤然骂道：这俩王八蛋，也不知死哪儿去了，关键时刻都他妈的掉链子咧。

正没好气呢，就听到身后脚步响，回头一看是赵双，当即嗔道："你俩干啥去了？一天都没见着个鬼影子。"

赵双一听这口气就知道她生气了，赶紧汇报说："我的柳主任哎，快别提咧，这一天我们俩这嘴皮子都磨薄了，鞋底子也快磨漏咧。这些城里学生老师也不知道他们咋想的,我俩好不容易给他们安排好了住处,可这些祖宗们都不愿意住那新装修的标准间,说有啥甲醛污染,争着抢着挤那大火炕。老王家那一屋炕上都他妈安排六个人了还硬往里挤了两个,都人摞人了,那帮孩崽子还说好玩。这不,那老两口子刚说唱皮影,这帮孩崽子又起着哄地操持着听皮影,您说邪性不邪性。这一来,把咱们的计划可是都给打乱咧。"

柳胜男说:"乱啥呀?我看挺好的,这就叫歪打正着。咱成心操持没准还操持不起来呢。"

柳爱民不知啥时候到了身后,大声插话道:"对,我看也不赖,这大火炕外加驴皮影,虽然土得掉渣儿可也新鲜得掉面儿,兴许游客们就稀罕呢。"

天津师范大学的学生们头一次到风箱峪旅游,就感受到了与众不同的风土人情,大土炕皮影戏更是让他们看到了真正的农村风貌。学生们在农家院的大土炕上嬉戏打闹,大呼好玩,连那几个领队老师都说这原始的野味比任何名胜古迹都要吸引人。

第二天早晨,吃完早点临走的时候,领队郭校长特意到村委会找到柳胜男,非常诚恳地说:"柳村长啊,你们这风箱峪太有意境了,学生们在这里玩了一天竟然没玩够,还想多住几天,可是我们的时间不允许了,回去就该考试了。我们这些学生都是学习旅游管理的,你们这里从管理模式到景点建设都比较有新意,我有个打算,想让这些学生们分批来你们风箱峪实习几天,您看可以么?"

柳胜男一听,先是打了个愣儿,但随即爽快地说:"那当然好咧,我们也是求之不得呢。只是郭校长啊,我们风箱峪发展旅游才刚刚起步,哪哪都还挺不像样子的,到我们这儿实习,恐怕把孩子们给耽误喽。"

郭校长见柳胜男答应了,立刻接过话茬儿说:"柳村长太谦虚了,你们现在这个模式非常好,既体现了长寿的主题又突出了农家院的特点。我们也去过别的地区农家院,都是宾馆式的管理,可是又没有宾馆正规,说土不土说洋不洋。其实,旅游就是休闲,既要有新鲜感又要与众不同,你这两点都具备了。"

柳胜男被郭校长说得有点不好意思,红着脸说出大实话:"嗨,其实我们这也是歪打正着,都是临时想出来的点子。"

郭校长一听,立刻来了兴趣,笑着说:"如果真是这样的话,我们更应该正式地合作一次了,如今农家院旅游已经形成了发展趋势,就让我们的学生到贵村来实习吧,咱先口头定下来。"

柳胜男也很高兴,想都没想就答应下来。临分手,郭校长问柳胜男有没有名片,柳胜男笑着调侃道:"名片?没有。我们山里老百姓不时兴明着骗。"

郭校长一下子被说愣了,过一会儿才反应过来,大笑着说:"哈哈,柳村长您真幽默,其实,您真应该印些名片的,尤其是村里边这些农家院,家家都应该有名片,拿着名片游客来了找着多方便啊,细算账比做广告可便宜多了。"

还真是。柳胜男立刻就被说动了。

沉吟片刻,她把自己和柳爱民的手机号分别告诉了郭校长,并特别提出来,有事儿最好还是打柳书记的电话。郭校长看了柳胜男一眼，当即把两个人的手机号输进自己的手机里。

恰在这时候，柳爱民和赵双一前一后走了进来。

柳爱民听到自己的手机响，掏出来刚要接听。郭校长笑着说："别接了柳书记，是我打的，柳主任告诉了我您的手机号，您记一下我的名字吧，往后我们会常来常往的。我们已经准备把你们风箱峪作为学生们毕业实习的一个点儿了。"

柳胜男也说："刚才郭校长已经跟咱们定了口头协议。"

"真的吗？"

柳爱民瞪大眼睛有点儿不相信。

郭校长点点头说："是的柳书记。我个人认为你们村搞旅游很有发展潜力，用不了多久你们这个长寿度假村就会火起来。"

"是么？借您吉言那忒好咧，郭校长谢谢啊。"

柳爱民伸出手，紧紧地握住郭校长的手。

学生们走了。四辆旅行轿车徐徐开出风箱峪的一刹那，柳胜男流泪了，是高兴的。

这情形果然被郭校长给言中了。

第一批游客走了没几天，风箱峪接二连三又来了十几个大旅游团，大家都是口口相传，慕名而来。这让柳胜男和柳爱民、赵双仨人喜不自胜，整天没事儿偷着乐。柳爱民还给各家各户都印了名片，名片上的名字后头还都缀上了农家院经理的字样。为了游客找着方便，他们分门别类给各户都起了好听的名字，如以主人名字命名的"春红农家院"，以老槐树为标示的"古槐人家"等等。这里面最火的就是大丫头父母开的"皮影坊"了，许多游客点名住在他们家就是为了看皮影戏。扔了几十年的手艺又拾掇出来，让大丫头父母这一对老戏骨过足了戏瘾，一天到晚出来进去哼哼唧唧地唱，脸上的褶子都唱开了，看上去年轻了十来岁。大丫头的闺女小妞妞已经上小学了，放学以后写完作业也跟着姥姥姥爷屁股后头哼唧，一板一眼颇是那么回事儿。把她姥姥美得够呛，家里一来客人立刻把这个小外孙女推出去："妞妞，去给叔叔阿姨们唱一段皮影戏。"

这孩子也是大方，往人前一站，亮开嗓子就唱，把游客们逗得前仰后合笑声不断。很快地，这'皮影坊'就成了风箱峪的一块揽客的招牌。

接下来，就是国庆黄金周，到风箱峪来的旅游大客车一辆接着一辆，停车场不够用了，柳胜男把自家村头上一块承包地腾出来，铺上一层砂石料当了临时停车场。这期间，他们又在村委会旁边一块空地上搭建了几间彩钢房，竖起了'风箱峪长寿度假村管理委员会'的大牌子，柳爱民当主任。天津师范大学的郭校长果然没有食言，回去后日子不久就送来了第一批实习的学生。这些学生都非常敬业，到村里就担任了临时导游。

从黄金周开始，景区入口开始收门票，柳胜男说，这些门票收入就归管委会，以景养景，咱不能干赔本儿的买卖。这一手儿是柳爱民没想到的，他不禁暗暗佩服柳胜男的精明，到底是搞企业出身，满脑瓜子扒拉的都是经济账。

景区里虽然外表看不出有啥稀奇，但是经过小雅他们这些专业导游全程一讲解，石头会说话泉水能唱歌，景景有故事，处处有传奇，游客们听得津津有味，有那出手阔绰的游客还时不时地掏点儿小费出来，让这些大学生导游讲得更加卖力。

晚上，村里的各种娱乐活动也是五花八门，老槐树下有百岁老人赵四爷现场讲古记；老王家皮影坊夫妻唱皮影；村头老梨树下寿星迎客灯光闪烁，有年轻人唱卡拉OK。火爆的歌声在空旷的山野中传出去很远很远。

国庆黄金周过后，在村委会办公室，柳胜男把柳爱民和赵双找来，三个人简单对黄金周作了个初步的总结，感觉应该比预想的要好很多。赵双盘点一下全村农家院收入，粗略计算也有六十多万。再统计一下景区门票，一共卖出去四千多张，收回来四万多块钱，这可是他们原本想都不敢想的事儿。

哎呀呀，太棒咧。

柳胜男看着那一串串美妙的数字，顿时心花怒放，美得连耳朵都笑开了花，嘴里情不自禁唱起了豫剧《谁说女子不如男》。

其实，柳胜男原来也是个爱唱爱跳的主儿，在学校上学就是文艺骨干。她不喜欢唱流行歌曲，她说唱着没劲，就喜欢唱评戏和豫剧，而且是狗熊耍扁担一手活儿，唱评戏就是《花为媒》里面的张五可坐绣楼，豫剧就是《谁说女子不如男》。在服装厂的时候，逢年过节厂里联欢，她翻过来掉过去就是这两段。后来闺女又教了她一首那英的主打歌《征服》，据说唱得很有那姐的范儿，可是很少有人听过。此时，柳爱民和赵双见她开了金口也要娱乐娱乐，立刻来了兴致，柳爱民一边鼓掌一边鼓励："老姑哇，其实您的嗓音挺甜美的，为啥不唱一首流行歌曲呢？"

赵双也跟着起哄："是啊，我听说柳村长唱歌把歌坛一姐那英都给气晕咧，您就露一小手儿让我们听听呗。"

柳胜男正在兴头儿上，当即满口答应："行啊，你俩找人儿去吧，今儿晚上咱们就在寿星石那儿来个卡拉OK大联欢，庆祝咱们风箱峪长寿度假村首月开门红，咋样？"

"小车不拉推（忒）好咧。"

柳爱民和赵双高兴得跳了起来，俩人当即就开始操持着找人收拾场地鼓捣音响，柳胜男则煞有介事地眯起眼，用手指敲打着电脑桌哼起了《征服》。没想到三个人正美滋滋乐悠悠准备晚会呢，乡党委的李书记忽然推门进来了。

乡里父母官的到来，让三个村官很惊讶。

柳胜男当即看着李书记，坏笑着大惊小怪调侃道："哈哈，李书记大驾光临是不是有好事儿砸到我们风箱峪啦？要不就是有投资商看上我们这块风水宝地了，对不？"

李书记见他们三个喜笑颜开的样子，知道他们肯定是为旅游开门红的事儿高兴呢，于是打趣道："好事儿？你们那好事儿还少哇？我来呀，就是想看看你们仨是不是都笑成三瓣子嘴儿了。"

柳胜男看了李书记一眼，知道他肯定不是到这儿看看那么简单。于是，收敛笑容，一本正经地说道："李书记，有啥最新最高指示尽管说吧，正好我们仨都在，还省得现召集咧。"

赵双则赶紧搬过来一把椅子让李书记坐下。

李书记坐到柳胜男对面，目光复杂地看着她，直截了当地说："今天我来，不是公事儿，有点别的事儿就找你柳主任。"

柳胜男不知道这一把书记葫芦里卖的到底是啥药，心里不禁一沉，疑惑地问："您找我？"

"对，就找你柳主任。"

李书记又重复一句。

柳爱民和赵双见状，知趣儿地起身，看着李书记同时说道："李书记您先跟柳主任聊着，我俩到管委会看看去。"

俩人说着话儿推门走了出去。

李书记见那俩人走了，当即慢悠悠说道："小柳哇，我今天来可是受人之托，提亲来的。"

柳胜男听罢，立刻浑身一震，颤声问道："提亲？给谁呀？"

第四十一章 烦事儿不断

柳胜男一听提亲，当下心里就明白了咋回事儿。她早就听说郝乡长的媳妇死了，是死于一场车祸。这个时候李书记上门来提亲，是啥意思呢？柳胜男有点猜不透。

猜不透她也不想猜。于是，她用那双美丽的丹凤眼非常感激地看着李书记，故意岔开话题很关心地问道："哎呀，李书记您是给我家学武找对象吧？忒好咧，我先代表我们全家感谢您李书记，不知您要说得是哪家千金哪？"

李书记见她这个态度，当下面色一凛，但接着又和颜悦色地说："小柳哇，你是个精明人，也算是过来人了。咱哥儿俩也没必要再兜什么圈子，这阴天下雨猜不透，谁对谁有什么心思那还用我说么？"

柳胜男知道他指的是谁，也明白他的意思，可就是不往那上面说，仍然摆出一脸懵懂无知的表情，摊开两手幽幽地说："这么多年在一块儿打交道，您李书记应该是了解我的，我柳胜男本一粗人，啥事儿都喜欢直来直去，从来都不知道啥叫兜圈子……"

"哎呀小柳哇，这事儿真用我挑明白了吗？前一阵子是不是有人给你发短信表示……嗯……"

柳胜男见李书记已经一语点破，也就不再转弯抹角，很诚实地答道："是有哇，但是都被我给骂回去了。想我柳胜男就一农村老娘儿们，我知道自己有几斤几两，这还不是主要的。主要的是我家赵成去世不到三年，作为从小一起长起来的鬓鬓夫妻，我忘不了他。而且他临终的时候，我们就已经约定了三世姻缘，他在那边等着我，我断不会在这边辜负他。"

"你……"

李书记听柳胜男这么一说，竟然一时语塞。但沉吟片刻立刻爆发出一阵捧腹大笑。柳胜男顿时被他给笑懵了，怔怔地看着这个平时不苟言笑的靠山镇乡父母官，窘得满脸通红，不知道说啥才好。

李书记笑了一会儿，表情严肃地说："小柳哇，没想到你还是个这么重情重义的奇女子。我尊重你的选择，可是，你想过没有，现在都啥年代了你还抱着那种冥顽不化的愚腐思想啊。从一而终，为夫守节，那都是几千年的封建残余了，什么梁山泊与祝英台，林黛玉与贾宝玉，那些所谓的纯美爱情都是说书唱戏的编出来的，现实生活中有么？没有哇。我们郝乡长喜欢你仰慕你把你当成手心里的宝，已经不是一天半天了，他也是个正处级国家干部，媳妇死了半年多，上门提亲的主动追求的女子多得是。可是，他从来也没对谁动过心思，唯独对你情有独钟。作为多年的搭档，又是知心朋友，有些话他对谁都不说只跟我透露。这阵子，他在我面前不止一次提到你，也给我看过他发给你的那些短信。所以，我想他对你肯定是真心的。"

柳胜男低着头，看着自己的脚尖儿，静静地听着。她能感觉得到李书记这一番话中那一层层的含义，她也想过找个吃皇粮有劳保的靠山，自己的后半辈子将衣食无忧。可是，这人活着就是穿衣吃饭那么简单么？肯定不是。

郝乡长是个好人，这一点她始终都不否认。可是，好人与好男人是一码事儿么？

想当初赵成跟她青梅竹马，一起摔着泥锅锅长起来，又一起风里雨里过苦日子，白手起家创事业，可到头来……哼。

想到这些，柳胜男缓缓地抬起头，定定地看着李书记一脸认真地说："李书记，李大哥，柳胜男非常感谢您对我的关心。还有郝乡长，我也非常感激他。一直以来，在我心里边你们都是我的领导，我的指路人，更是我的好兄长。我敬佩你们，愿意为你们做一切事情，可这婚姻大事我从来没想过，也不愿意想。因为，人家是国家干部，我是小老百姓，我们本来就不是一条路上跑的车。您想，如果硬把一辆老牛车赶到火车道上去，除了翻车不会有好结果的对吗？所以……所以，请您转告郝乡长，我柳胜男会念他的好儿，但永远都不会有别的想法，请他另找佳人美女成亲吧，不要耽误了自己的大好前程和后半辈子的幸福。"

"嘻。"

李书记失望地叹了口气，从口袋里掏出一颗烟点燃，猛吸一口，幽幽地说："小柳哇，你这才刚四十几岁，人生刚刚走过一半的路程，现在你还年轻，有许多事情要做，可能体会不到人到暮年形单影只的孤苦。俗话说，少年夫妻老来伴，咱可不要等到老了爬不动走不动的时候再后悔呀。"

柳胜男听到这儿，忽然一笑，接着忽闪着长睫毛一脸憧憬地说："柳胜男再次感谢书记大哥的关心和忠告，这事儿我早就虑论到了，过几年等我们村发展起来了，我就把我们家改造成五星级老年公寓，吃喝玩乐治病一条龙服务，让包括我在内的所有老年人过上衣来伸手饭来张口，老有所养，老有所依，老有所乐，无忧无虑的日子。"

"呵呵，非常棒，到那时像我们这些非风箱峪老村民，如果想入住的话是不是也收留呢？"

"当然收啦，到那时，城里人特别是像您这样的老领导老同志，可以带着您的老伴带着您的退休金开着您的私家车到风箱峪来养老，我们会净水泼街，夹道欢迎。"

"好，那我就提前预约啦。"

"行啊，百分之一万地行，这个席位我这就给您留出来，咋样啊？"

两个人一问一答，很快就偏离了主题，陷入对美好未来的憧憬之中。

恰在此时，门被猛烈地撞开了，郝乡长闯了进来。

郝乡长的到来让屋里的两个人同时一愣。

李书记面带愠怒，起身把郝乡长拉到一旁嗔怪道："我说老郝啊，说好了的让你在办公室等着，你怎么又跑来啦？"

"我……"

郝乡长飞快地瞄了柳胜男一眼，小声说："我是怕你说不动她，所以……所以……"

李书记回头看一眼柳胜男，大声说："嘿，小柳哇，真不好意思，乡里有客人来了，我们先走了啊。我刚才说的那事儿你再好好考虑考虑，想好了再告诉我。"

柳胜男知道李书记说的是啥事儿，但故意答非所问，站起身一边往外送客一边大大咧咧地说："放心吧李书记，我记着那事儿呢，等我们村老年公寓建好了，我肯定给您和老嫂子留一间最好的。"

李书记把郝乡长推进跟他一起来的乡土地所那辆车，回头再次叮嘱柳胜男："小柳哇，别打岔，我知道你现在心高气盛，把谁都不放在眼里。但是你李大哥说的那些话可都是真心话呀，千万别当耳旁风啊。"

柳胜男挺不自然地笑了笑，脸红了一下，但仍然以调侃的语气回应道："呵呵，我大哥说的话可句句都是圣旨呢，谁敢不听啊？更不会当风吹走的，放心吧您哪，慢走啊。"

说完，她转身回到村委会办公室。

坐在电脑前，听着门外车马力很大的发动机声，柳胜男的心乱成了一团麻。凭心而论，自打赵成走后，她从来都没想过再走一步。她是个非常有自知之明的人，她知道自己这个火爆脾气，除了赵成之外不会有第二个男人能够忍受。因此，她不想给自己套上枷锁，更不想为了迎合一个男人而改变自己，如果那样的话她就不是柳胜男了。

想到这里，她拿起手机开始编辑短信，她觉得自己应该认认真真地给李书记解释清楚。毕竟人家那么大一个领导专程为你跑来当红娘，这是非常有面子的事儿。还有郝乡长，看来他真的把自己这个农村妇女当回事儿了。可是，我该咋说才能把这件事一口回绝，而且还得让对方不失体面不伤和气，以后双方见面还不显得尴尬呢？

柳胜男拿着手机，编好了删，删完了再编，琢磨得脑瓜子生疼也没琢磨出一句合适的词语来。后来她又想，反正自己已经跟李书记说了不同意，干脆来个死猪不怕开水烫，你有来言我没去语，就当没这么回事儿。心念至此，她顿觉神清气爽，于是坐下来给柳爱民打手机，催他俩赶紧回来。她想跟乡土地所商量商量，在村头盖一栋小楼，把风箱峪村委会和风箱峪长寿度假村管理委员会都集中到一块儿办公，接待个客人啥的也显得体面些。

也许是心有灵犀吧，她这里电话拨完了还没按发送键呢，柳爱民和赵双就推门进来了。柳爱民见柳胜男红光满面心情不错，以为事情进展得一定很顺利，当即坏笑着口无遮拦调侃道："老姑哇，这大媒人走了，啥时候请大伙吃喜糖喝喜酒哇？"

真是哪壶不开提哪壶。

柳胜男一听，立刻站了起来，把脸一沉怒骂道："放你妈的罗圈儿屁，馋得难受趴地下舔土坷垃去，吃你妈啥喜糖喜酒哇，往后谁他妈的再提这档子事儿，小心我撕烂他的狗嘴，一百个大嘴巴搧得他满地找牙！"

柳爱民被骂得晕头转向，刚刚想好了的一大串祝福语立刻变成苦水在肚子里发了酵，眨巴着眼睛看着怒发冲冠的柳胜男，僵在了原地。

赵双见状，赶紧出来打圆场，满脸堆笑地说："柳主任别生气哈，这不知者不怪。刚才在村头上，我们见郝乡长坐着乡土地所的大越野下来了，就跟他打招呼，是他亲口说的要请我们吃喜糖喝喜酒。我们问他新娘子是谁，他说的就是您柳村长。我俩不信，他还说不信你们就去问李书记，他可是我们的大媒呢。柳村长，这郝乡长可真能开玩笑。乍一听，我们还以为是真的呢。"

"真个屁。竟是他妈的屎壳郎掉笼屉争（蒸）着让人咯应。"

柳胜男脸色缓了缓，但仍然余怒未消。

柳爱民极小心地看了柳胜男一眼，嗫嚅着说："老姑别生气啊，其实，说句掏良心的话，风箱峪谁愿意让您走哇？我刚才只是想试探试探您，谁知就把您老给气着咧。老姑哇，今儿个不用您动手，这一百个大嘴巴我自个儿搧，先给您消消气儿。"

说着话儿，果然扬起手照着自己的脸就搧了下去。

柳胜男一把攥住柳爱民的手腕，厉声骂道："浑蛋王八蛋，谁他妈的让你搧嘴巴啦？有种的别他妈的扯老婆舌头比啥不强啊。"

柳胜男骂完，长长地叹了一口气，松开手一屁股坐到椅子上低下头哑着嗓子说："唉，这事儿啊谁也怨不上，都是我那死鬼赵成走得忒早哇，他哪怕是个植物人儿躺在炕上，别人也不敢打他媳妇的主意呀。"

"老姑。"

"柳村长。"

柳爱民和赵双同时叫了一声。

赵双倒了一杯热水送到柳胜男面前，小声说："柳主任，快别难过了，喝口热水吧。"

柳胜男接过水杯，抬起头红着眼圈儿感激地看了赵双一眼，又看看柳爱民，缓缓地说："赵会计，爱民。今儿个我也跟你俩交个底儿，也算是说说心里话吧。我这个人哪，有自知之明，我也不想给自个儿立啥贞节牌坊，可这老爷们儿死了，我绝对不会再找第二个。说句大实话，快五十的人了找啥主儿哇，就是找了也是给人家当那不花钱的保姆，我柳胜男没那么贱，这个地球上没了谁都转。想当年杨家将十二个寡妇不也把北方鞑子打得一愣一愣的？我就不信那老娘们儿没了老爷们儿就过不成日子！我不仅要好好活着，还要比别人活得更好更强！妈的，这年头儿，谁好也不如我好，你俩信不？"

柳爱民赶紧接过话茬儿："信，您说得这句话绝对至理名言。"

柳胜男不满地瞪了柳爱民一眼，嗔道："狗屁，爱民你竟会顺情说好话儿。大侄子，老姑今儿个不骂你，你说句实话你老姑说得在理不？"

柳爱民点着头老实地说："在理，在理。"

柳胜男微微一笑，接着说："这就对咧。你俩给我听好喽，记住喽，我柳胜男今儿个说出来的每一个字都是掏心窝子的话。我生在风箱峪长在风箱峪，出门子都没舍得离开风箱峪，为啥呀？因为这儿有我的根，我活着是风箱峪的人，死了是风箱峪的鬼，我今生今世都不会离开风箱峪半步。"

"好！"

柳爱民和赵双看着柳胜男异口同声赞叹。此时此刻，他俩除了感动还是感动。

柳胜男见他俩大眼瞪小眼儿看着她不说话，不禁笑了，"咋？不认了？"

柳爱民嘴张了张，刚要说话，就见赵虎从门外风风火火跑了进来，进门后就呼哧带喘冲他们三个嚷嚷道："柳村长，不好啦，豹子峪的人把咱进村的……道……道……给刨啦！"

"啥？把道刨了？哪儿的道哇？"

柳胜男跳起来厉声喝问。

柳爱民和赵双也紧张地站起来就往门外走。

第四十二章　生财之道

柳胜男一听豹子峪的人把道给断了，顿时火冒三丈，直气得两眼通红，脑门子青筋暴跳。她立刻联想到去年他们在村委会房顶上修建的摩天大楼，都是一乡一道的，低头不见抬头见，而且算起来有好几家子还都连着亲戚呢，至于的么？

柳胜男有点儿想不通。

她两手攥着拳头，真想立刻去豹子峪找他们村主任王大为问个究竟，她甚至想带着村里年轻力壮的小伙子，立马过去把那些断道的主儿一个个都打趴下。可是，想了想她忍住了。人哪不能干亏理的事儿，这盐由哪儿咸，醋由哪儿酸，总归得有点儿根据。

她知道柳爱民媳妇娘家就是豹子峪的。于是，看着柳爱民幽幽地说："爱民哪，你是豹子峪的姑老爷，跟他们王主任关系又一直不错，不如你先过去问问他们到底是咋回事儿，为啥要给风箱峪断道。跟他们说这事儿的时候要讲点策略，尽量别把事情闹大喽闹僵喽。"

"好吧。"

柳爱民爽快地答应着出了门，在门口见赵虎骑着摩托车，遂坐在后座上让赵虎驮着去了豹子峪。

柳爱民走后，柳胜男还是坐不住。她把自己上任当村官以后两年多来所作所为，前前后后仔仔细细虑论一遍，咋也想不起来自己在哪方面得罪过豹子峪，得罪过豹子峪的村干部。难道是两个村村民与村民之间的个人恩怨矛盾升级了？可真要是那样的话也不能断道哇。在他们这一带古老的山村，曾经流传着这么一句话：拆桥断道双瞎眼，黑心烂肺断子孙。从古到今拆桥断道都是被万人唾骂的，难道他们豹子峪就不怕遭到报应么？还是他们早就对风箱峪怀着解不开的深仇大恨？

心念至此，柳胜男再也坐不住了。她回头嘱咐赵双："赵会计，村里有啥事儿赶紧给我打电话，我去一趟豹子峪。"

说完，她拿了车钥匙就往外走。

见柳胜男上了车，赵双忽然在后面喊住了她："柳主任，您等一下。"

柳胜男摇下车窗玻璃探出脑袋闷声问："啥事儿啊，回来再说行不？我赶紧过去看看去，真打起来可就麻烦了。"

赵双追出来站在柳胜男汽车旁边，吞吞吐吐地说："柳主任哎，既然爱民去咧，您还是先别去了吧。"

柳胜男看着赵双打了个沉儿,疑惑地问:"咋啦?我去了他们会吃了我么?"

赵双勉强笑了笑,说:"那倒不会,只是……"

柳胜男见赵双这副蔫了吧唧的样子立刻来了火气,大声问道:"到底啥意思你倒是痛痛快快地说呀,跟你这种人共事儿,早晚得让你活活急死憋死。"

赵双被柳胜男这一顿抢白,一着急更说不出来话了,双手扒着柳胜男的汽车窗户,脸憋得通红也没说出一句整齐话。把柳胜男急得推开另一边车门子跳下车,直接进了村委会办公室,赵双一溜儿小跑跟了进去。

到了办公室,赵双这才搓着手忧心忡忡地说:"柳主任,我说了您可千万别上火哦。我昨儿个听说,他们豹子峪最近又找风水大师给算了。那大师说柳主任您的名字克着他们不说,咱们在村北凤凰顶上建的那间小亭子又正好压着他们村委会顶上的摩天大楼。咱们叫揽月亭,他们叫摩天大楼。咱们那小亭子的寓意是可上九天揽月,可下五洋捉鳖,演绎来的。您想咱们把九重天上的月亮都给揽住了,他们那摩天大楼算个屁。而且,咱们村自打建成揽月亭,村里的形势一天比一天好,农家院一天到晚人来客去不断溜儿,旅游大客车一辆跟着一辆往咱风箱峪跑,那可都是财呀,他们能不眼儿热么?"

柳胜男一听,倒给气乐了,往地下吐了一口唾沫,忿忿地说:"我呸!都他妈啥年代了还信这些乱七八糟的玩意儿,我柳胜男克他们啥啦?我一没偷二没抢三没把他们家孩子扔井里,我走我的阳关道他走他的独木桥,井水不犯河水,我碍着他们啥事儿啦?嘁。还揽月亭压着他们的摩天大楼,咱们那亭子在山坡上,他们那破玩意儿在房顶上,差着十万八千里呢,哪儿就压到他们了。真是没事儿找事儿,不行,我还就得会会他们去。最好也找找他们那个啥风水大师,看咱们能不能在哪儿建个亭子把美国的五角大楼也给他们压住,省得他们老是瞧不起咱中国,有事儿没事儿给咱们使绊儿。"

赵双见柳胜男火气消了不少,心情立刻轻松了许多,看着柳胜男笑着说:"柳村长哎,刚才看您那架势就像要吃人的样子,可把我给吓坏了,您那时候要是去喽肯定得跟他们打起来。"

"所以,你就把我叫回来,告诉我这些乱七八糟的破事儿,让我有个思想准备对不?"

赵双点点头。

柳胜男想了想,把车钥匙扔到电脑桌上,一屁股坐在椅子上,两眼盯着窗外,愤愤不平地说:"赵会计,听蝲蝲蛄叫唤就不种地,那是傻子,咱还就甭信他这个邪。断道,我看他们真敢断试试?那道路桥梁可都是国家的地界儿,不是哪家哪户的承包田,他们不让走就不走?门儿都没有。"

赵双说:"嗨,毕竟那条道穿过的是豹子峪村里,就像那葫芦头,咱们在里头他们在外头,自古华山一条道,人家永远挡着咱们,没有第二条道可走。咱总不能绕过豹子峪从山沟里走吧?"

"绕道?"

柳胜男叨咕了一句，但随即摇了摇头。

她知道那条山沟。那儿原本是一道老河槽，曾经是风箱峪和红花峪两村的边界。当年农业学大寨的时候，县里打出学大寨劈山造田的口号，硬是让青石板儿上长大米，把山坡上好端端的树林子都毁了，开成梯田种粮食。结果山洪暴发，把梯田冲了个稀里哗啦，老河槽填平了，红花峪几户村民的老房子也随着山体滑坡毁于一旦。正好其中一户是风箱峪嫁到红花峪的姑奶奶，于是风箱峪就收留了他们，顺理成章这道老河槽就成了风箱峪一个村的地盘了。

这道老河槽确实连着乡村公路直达风箱峪。可是，如果在那条七弯八拐的山沟沟里修出来一条像样儿的能走大小汽车的公路，谈何容易呀。柳胜男咬了咬后槽牙，再次摇了摇头。

赵双知道柳主任肯定在为风箱峪往后的出路着急。是啊，眼瞅着再有两天又是双休日了，大部分农家院都收到了游客订房的电话，这个时候如果断道进不来车，刚刚稳定下来的客源就会中断，这不是火上浇油么？

这时，柳爱民蔫头耷脑地回来了。

柳爱民一进门，柳胜男就急着问："咋样啊？他们到底想干啥呀？"

柳爱民疲惫地坐到办公桌前，端起桌上的水杯子先咕咚咕咚灌下一杯子水，这才蔫蔫地说："不咋样。人家的理由可是冠冕堂皇的，说是村里自来水入户需要铺设供水主管道。"

一听铺设自来水管道，柳胜男立刻拧起眉毛，紧盯着柳爱民不解地说："铺供水管道？他们不是前年跟咱们村一块儿铺的么？"

柳爱民又倒了一杯水，一边喝一边说："是啊，可那王大为说他们那管道当时埋得忒浅，冬天都冻坏了，想就着这时候天儿不冷重新铺铺。"

柳胜男一听这话，立刻就瞪起一双丹凤眼骂了起来："我呸！放他妈的臭狗屁，王大为那王八犊子不定又琢磨啥馊主意呢，说白喽就是看着咱们这二年日子好过点儿犯他妈红眼儿病咧。这么多年我还不知道他，上学的时候就不是啥好饼，整天流里流气不学好，顶不招人待见咧，没想活到这么大岁数了还是狗改不了吃屎，哼！"

柳胜男越说越生气，一拍桌子，恨恨地骂道："这个浑蛋王八蛋，真不是个东西，老娘我这就找他去，看他妈谁敢给我断道，一百个大嘴巴搧得他满地找牙。"

说着话，柳胜男气哼哼拿起车钥匙就走出办公室，开着车一脚油门就冲了出去。

柳胜男怒气冲冲就去了豹子峪。

到了豹子峪村头上，果然看到四五个人在那条连接乡村公路和风箱峪的水泥路面上挖沟，好端端的水泥路面被横着挖开一道宽约一米深有两米的大沟，沟两侧堆起来半人高的大土堆。柳胜男把车停下，打开车门气哼哼走过去，到跟前一看那几个挖沟的她都不认识，知道他们肯定是豹子峪村委会从别处雇来的临时工。于是，强压怒火，和颜悦色地问他们："请问这几位老师傅，你们挖沟断道这是要干啥呀？"

那几个人抬头一看是个女的，而且还开着车，以为是到风箱峪走亲戚串门子的。其中一个上点儿年纪的当即口无遮拦抱怨起来："嘿，谁知道他们这是要干啥呀？我们干活儿的只管干活儿，只要东家不少给钱，他让我们干啥我们就干啥，问多了没用，这年头儿活儿多不好找哇。"

柳胜男蹲在土堆子上看着那几个人故意拉着长音儿说："师傅哇，您知道这拆桥断道会是啥结果么？"

一个年轻的接过话茬儿说："那咋不知道哇，千人恨万人骂呗。这不，我们刚干半天，就有十多口子风箱峪的人到这儿找茬儿了，不让我们挖，连怨带损连骂带卷的，我们不都得听着。嗨，可这人总得活着呀，活着就得吃饭就得花钱，王村长给我们每人一天开二百块工钱，这价码可够高的了，在别处干不就七八十块钱一天么，也得干呢。"

柳胜男听了，也没再说啥。骑驴的要知道赶脚的苦，都是农村人，她更知道农村人挣俩小钱儿不容易。可是，这主道断了，总得有个别的地方能过去吧？于是，她假装啥都不知道似的接着问那上年纪的老师傅："师傅哇，这道挖断了，我们从风箱峪出来总不能飞过去吧，您知道还有别的地方能绕过去么？"

那老师傅看了柳胜男一眼，从沟里爬上来，指着不远处一条小土道说："看见那条小道儿没？那是他们村刚修好的一条沙石路，挺宽敞的，连大轿子客车都可以开过去，只是……"

不等那老师傅把话说完，沟里边有人小声说："不知道的快别瞎咧咧，别忘了祸从口出哇，得罪了姓王的，小心工钱泡汤。"

老师傅听罢，立刻闭了嘴，返身跳进沟里再也不言声了。

柳胜男知道再问也是白搭，就按照老师傅指点的路线，把车拐回来，开上了那条小土道。

那条小道果然挺宽敞，而且新铺了碎石子和石头面儿，上面还喷了水，车轱辘轧在上面感觉挺平稳的。柳胜男不禁心里一动，难道真如那王大为所说村里准备铺设供水管道？俗话说：士别三日当刮目相看，也许那王大为当了村官以后改斜归歪，真的想干点儿人事儿了。这般说来，我还是冤枉这个王八犊子了。

这么想着，柳胜男心情顿时舒展开来。甚至思忖着，如果风箱峪旅游真的火起来，游客多得住不下，完全可以考虑跟他们豹子峪合作，也帮他们把农家院建起来。啥叫鱼帮水，水帮鱼呀，都是乡里乡亲的互相照应着多好哇，况且这搞旅游本来就不是一个村两个村就能发展炒腾起来的事儿，只有参加的村子和农户多了形成规模，才能成大气候。

"停车，交过路费。"

柳胜男正想着将来跟豹子峪合作的事儿呢，随着这一声断喝，冷不丁见自己的车前边放下来一根大木头杠子，幸亏她脑袋瓜子走私车开得慢，要不就得撞上。透过车窗，她看见路旁一个小房子里坐着几个年轻妇女还有一个老头儿。再仔细一端详那老头儿她还认识，那老头儿也姓王，曾经在她的服装厂里烧过小锅炉。于是，她非常礼貌地打开车门子下来朝着老头儿走去。那老头儿一见车上下来的是柳胜男，先是一愣，接着满脸堆笑迎过来说："哎呦喂，原来是柳厂长，真是大水冲了龙王庙一家人不认识一家人了，柳厂长您这是要干啥去呀？去厂子么？"

柳胜男一见这架势，立刻明白了咋回事儿，当即笑着调侃道："呵呵，大爷啥时候改行当收费员啦？这过桥费有标准么？"

老头儿尴尬地低下头，喃喃着说："嗨，啥标准咱也不能收你柳厂长的钱哪，过去吧。"

说着话，抬手把木头杠子拽到一旁。

柳胜男上了车，看着那几个年轻妇女说："你们豹子峪真是生财有道哇，佩服，佩服。"

说完，她一脚油门把车开出了豹子峪。

她不想再找王大为了，因为他们的用心她已经非常清楚了。常言道：跟明白人打场架也不跟浑蛋说句话。对这种邪恶小人还是离远点吧。

开车驶出豹子峪，柳胜男更加心烦意乱。她越琢磨越憋气，断道收费，这样的歪财都想发，这人咋都不想走正道儿呢？不行，我不能就这么窝窝囊囊地让人整治，这事儿必须得让乡里领导知道知道。

想到此，她一直奔了乡政府。

进了政府大院，柳胜男停好车就直接去了乡党委李书记的办公室。

在门口，她故意站一会儿听听里面的动静。

李书记不知道在给谁打电话，听起来特别谦卑，一个劲儿好好好，是是是。电话打了足有十来分钟，直到里面电话撂了，柳胜男才走过去轻轻敲了敲门，听到李书记说"进来"她才推门走了进去。

可是，进了屋抬头一看，柳胜男心里边那火立刻就蹿了上来，原来他也在这里！

第四十三章　另辟蹊径

真是恶人先告状。

柳胜男第一眼见到王大为，脑子里立刻就蹦出来这几个字。

哼，自己干下这缺德冒狼烟儿的事，还到乡政府恶人先告状，难道你们断路收费还有理了不成？看过不要脸的，可是没见过这么不要脸的。简直是天下第一大浑蛋，外加天下第一不要脸！

柳胜男在心里愤愤地骂着，但随即脑瓜儿一转，又想起了王大为跟李书记的甥舅关系。于是，看着李书记想到，哼，李书记呀李书记，你不是在大会小会上时常不忘标榜自个儿办事公平，从来不会优亲厚友么？今个儿我倒要看看你咋偏袒你的这个浑蛋外甥！

心念至此，柳胜男随即摆出来一副若无其事的样子，冲着李书记微微一笑，大大咧咧地说："呵呵，看您这爷儿俩聊得还挺亲热的哈，我这个外人是不是应该回避一下哦。"

李书记听了，先是怔了一下，看着柳胜男表情极不自然地笑了笑，解释道："小柳哇，你这也太多心了吧？上午你们村就有人过来找我反应豹子峪断道的事儿，刚才大为来了，跟我说他们村修自来水管道需要过路，我接了个电话的空儿你就来了。你来了正好，要不我也想给你打电话让你过来一趟呢，咱们坐一块儿好好商量商量这事儿。"

柳胜男坐在沙发扶手上，斜乜一眼低头不语的王大为。然后两眼直视着李书记，嘿嘿一笑，不紧不慢地说："我看他们不光是修自来水管道那么简单吧？"

李书记挠了挠脑袋，起身倒了一杯水递给柳胜男，以息事宁人口气说："哎呀，我说小柳哇，什么事情都有两重性啊，这南北二庄住着，都是街坊四邻的要互相体谅一下嘛。凭心而论，这豹子峪铺供水管道破路，确实给风箱峪带来了诸多的不方便，可这只是暂时的嘛，都克服克服，有个四五天也就过去了，何必为这点儿小事儿把关系闹得那么僵呢？"

"哼哼。"

柳胜男冷笑一声，直冲冲地说："呵呵，我的李书记呀，都是乡里乡亲的，谁愿意为鸡毛蒜皮子点儿小破儿事闹得鸡飞狗跳哇？我就是整不明白，他们豹子峪不言不语好模好样儿地就把两个村唯一的出山通道给挖断咧，这是啥意思呀？修自来水管道，为啥他豹子峪全庄那么多的街道一锹都不动，唯独把这条公路给挖断了呢？这是小事儿么？还有，这事儿我晌午头儿就咨询县自来水公司了，他们在县城铺设直径一米的供水管道，遇到主干道路也没有断绝交通的说法。他豹子峪这么做不是明摆着欺负我们风箱峪么？"

"这个……"

柳胜男连珠炮似的狂轰滥炸，把李书记问得一下子就没词儿了。抬头看着王大为，没好气地说："大为呀，这事儿你自己给柳主任好好解释解释吧。哼，你们也是，事先不知道修自来水管道得过路么？况且你们两个村就这么一条主道，哪能你们想断就断呢？太不像话了。再说了，你又不是不知道柳主任他们村搞旅游，天天人来车往，那都是送钱来的，你们这一断道不是明摆着堵了人家的财路么？这事儿搁谁头上也不乐意啊。你呀你呀，整个儿一猪脑子，你可气死我了。看来我平时教育你的那些话都白费唾沫星子了，真是榆木疙瘩枣木榔头哇，你怎么就一点儿都不开窍儿呢？"

"舅舅！"

一直低头不语的王大为忽然抬起头叫了一句。

柳胜男根本不容他说话，接着李书记的话茬儿说："李书记呀，您可千万别为这事儿气个好歹儿的，我跟您说吧，您这大外甥不茶不傻，精明着呢，而且办出那事儿来明显高人一等，人家断了主道立刻在旁边修了一条辅路，还专门设了收费站，一心收那买路钱，大杠子往路中间一横，身不动膀不摇坐收渔利，这么鲜亮的点子，二五眼的人想得出来么？"

"你……"

王大为被揭了老底儿再也坐不住了。'腾'地从沙发上站起来，吹胡子瞪眼指着柳胜男破口大骂："好你个妗人的臭寡妇，骚狐狸精，你敢血口喷人！"

柳胜男一听王大为竟然骂她臭寡妇，顿时火冒三丈，转回身子同时伸出右手跳起来照着王大为的脸就挠了下去。

王大为白净的脸上顿时被挠出来四条血红的抓痕，柳胜男仍不罢休，扑上去第二把紧跟着又挠了下去。王大为两手死死地攥住柳胜男的手腕子，嘴里杀猪般号叫："臭娘们儿，你疯了咋的？"

柳胜男柳眉倒竖丹凤眼圆睁，冲着王大为的脸一张嘴吐出一口唾沫，接着怒骂道："王大为我日你八辈子祖宗，今个儿我不捏死你我就不姓柳！"

王大为见柳胜男真的急眼了，心里忽然害怕起来。俗话说得好：男不跟女斗，鸡不跟狗斗。况且眼前这个柳胜男十几岁起就是靠山镇乡出了名的假小子，脾气暴怒起来那可是杀打不怕的主儿。当年在镇里中学读高中时，有一天晚上放学回家，半路上碰到一个劫道的小混混儿，那小子见她一个人走夜路，就想占她的便宜。柳胜男见状不慌不急沉着应对，最后硬是凭她那身高不足一米六体重不到九十斤的小身板儿，把那个五大三粗的小伙子按倒在地，打了个满地找牙，作揖磕头求饶，一口一个姑奶奶饶命才没变成太监。

此时，这个假小子柳胜男已经彻底被他激怒了，看她那神情肯定是吃了他都解不了心头之恨的。哎呀，咋办呢？王大为扭脸把求助的目光看向舅舅李书记。

李书记此刻也不知道从哪儿下手了，常言道：再横的也怕那不要命的。此刻那柳胜男已经气愤至极不要命了。李书记迅速看看王大为又看看柳胜男，他意识到此刻帮谁都落不到好儿，可是，总不能眼儿瞅着让这俩人厮打下去吧。毕竟这是在乡政府，毕竟自己还是国家干部，不比普通农村老百姓。心念至此，李书记遂威严地咳嗽一声，怒喝道："都给我放手！有话不会好好说么？一男一女这么死缠烂打成何体统！嗯？"

王大为自知理亏，听话地松开手，用祆袖子擦掉脸上的唾沫，一屁股坐到沙发上，双手抱头接着耍肉头阵，摆出一副死猪不怕开水烫的架势。柳胜男则双手叉腰，双目圆睁盯着王大为，咬牙切齿叮问道："王大为你个狗日的，今儿个你必须给我说清楚喽，我柳胜男咋妨人了？我没招你没惹你也没把你们家孩子扔井里，你凭啥这么骂我呀？"

也许是王大为那句骂人的话确实戳到了柳胜男的痛处，说着说着，柳胜男忽然脸色惨白，声音发颤，接着两眼往上一翻，身子一软一下就扑倒在地上昏了过去。

柳胜男这次是真的气坏了，一进门时李书记那明显偏袒王大为的话让她听着就来气，但有苦难言。她很想甩门而去以后再也不登这个乡政府的大门，没想到王大为竟然敢开口骂她，骂她臭寡妇不说还骂她妨人，狐狸精。这打人莫打脸说话莫揭短，她这中年丧夫本来就痛苦不堪了，他王大为却拿着别人的痛处当大规模杀伤武器揭她的伤疤，可恨实在是可恨。

柳胜男越琢磨越生气，五指如钩就挠向那张脸。当王大为攥住她的时候，她真想一头撞死在他身上得了。李书记那句怒喝让她心头一震。是啊，一男一女这么死缠烂打成何体统？此时此刻，她立刻想起了死去的丈夫赵成，他们结婚二十五年，赵成可是从来都没舍得碰过他一手指头，谁想丈夫刚死她就这么被人欺负。想到这些，她顿觉头昏脑涨心口窝儿一热，嘴里一咸，眼前一黑就昏了过去。

不知过了多长时间，柳胜男感觉自己被人抱在怀里。她想动，可是浑身上下散了架一样软软的动弹不得；她想睁开眼睛看看自己到了啥地方，可上下眼皮如同胶粘的一般，咋抬也抬不起来；她张了张嘴，感觉嘴里边咸腥咸腥的像是含着一口鲜血。

她无力地耷拉脑袋。蓦地，她看到丈夫赵成远远地朝她走来，他还是那憨憨的样子，留着一成不变的小寸头，白衬衣蓝裤子。哎呀，他手里拿着的那个小红匣子是啥呀？真好看。

"假小子。"

他在向他招手。

她笑了，没动地儿。

"假小子，你快看看我给你买了个啥？"

"啥呀？这么神神秘秘的。"

她张开双臂飞身扑过去抢那小红匣子，可是身子动不了地儿。她急了，大叫一声："大成，你快给我看看。"

立刻，她的手就被另一只手给按住了，耳畔传来柔柔的男声："胜男，别动，会跑液的。"

啥？跑液？我这是在哪儿呢？

她顿时浑身一颤，使劲儿睁开眼睛。

白墙，白大褂，白口罩。刺鼻的来苏水味儿混合着酒精味儿。

"大夫，她醒了。"

又是那个柔柔的男声。

"怎么样郝乡长？我的诊断没错儿吧？她就是气火攻心，除了脾气大，身体一点儿病都没有。这种情况如果去县医院那事儿可就大了，这儿检查那儿化验，又是 CT 又是核磁，所有现代化设备都给你用过来，然后挂几瓶葡萄糖水，没个三千五千的甭想出院。"

哎呀呀，这不是乡卫生院的杨院长么？还有郝乡长。

柳胜男终于看清楚了。她竟然躺在郝乡长的怀里。

这叫啥事儿啊，柳胜男腾地跳起来，输液架上的吊瓶剧烈地晃动着，手背儿一疼，输液针头拔了出来，血顺着胶布流了出来，滴到地上。

"柳儿，你这是干什么呀？你这儿输着液呢，不能乱动的，你看看针头都让你给拔出来了，你呀你呀你，怎么比小孩子还不听话呀。"

郝乡长一边数落着一边拉住柳胜男粘着胶布的那只手，重新把她按在病床上。

"不。我又没病，输的哪家子液呀？王大为那个牲口呢，我要找他算账，我必须要让他给我说清楚喽，我……"

柳胜男暴躁地挥舞着手臂。手背上的血还在流。

郝乡长一把拉住那流血的手，掏出手绢给她裹住。

杨院长过来了，他跟柳胜男是高中同学。到跟前摘下大口罩，两眼笑眯眯看着柳胜男，哄孩子似的说："老同学，听话啊，咱把这瓶子液输完喽好吗？这都四十多岁的人了，怎么还是当年的假小子脾气呀。"

说着话，不等柳胜男反应过来，杨院长就把她按倒在病床上躺好，拉过她那只粘着胶布的手，拿出酒精棉球给她擦手背上的血迹。一边重新扎液一边接着哄："老同学呀，一晃咱都多半辈子人啦，还逞啥强啊？小小不言的事儿啊能过去就过去吧，把自个儿气个好歹的自个儿受罪，别人谁也替不了你。你知道刚才你这一晕倒把郝乡长急成啥样儿了吗？先是急火火给我打电话，让我赶紧过去。我这儿正准备药箱子呢，他又等不及抱着你跑过来，非要让我把你送县医院抢救去，我听李书记简单说明了你发病的情况以后，立刻明白了怎么回事儿。老同学呀，为公家的事儿动那么大肝火值得么？"

老同学杨院长这一席话说得柳胜男心里热乎乎的，顿时舒展开来。唉，想来也是，不就是把道断了么？你收买路钱我给你，收半天也就百八十块钱的事，可你豹子峪的坏名声也随着这买路钱臭名远播了，这种小鸡儿糊屁股的事儿谁不烦哪？往后哪个还愿意与你共事儿啊，其实，细琢磨起来，他豹子峪断道收费这一招并不鲜亮，他断了风箱峪前路的同时也断了自己的后路，最后吃亏的还是豹子峪。心念至此，她随即静下心来，专心琢磨风箱峪往后的出路。

山穷水尽疑无路，柳暗花明又一村。

柳胜男闭上眼睛，又想起了从村西通往乡村公路的那条老河槽。既然豹子峪村里那条老道不让走了，风箱峪另辟蹊径，重新开辟一条完全属于自己的进村公路，既可以省去出入豹子峪村的诸多麻烦，还可以借此把老河槽两侧的山林美化美化建成进村观光带，让游客下了乡村公路就产生进了风箱峪旅游景区的感觉。

哎呀，这想法太棒了！应该赶紧找柳爱民赵双商量商量，柳胜男越想越兴奋，睁开眼起身就找自己的手机。

杨院长伸手按住她输液的那只手臂，没好气地嗔怪道："怎么啦？又想起什么幺蛾子来了？"

"我……"

柳胜男看一眼杨院长和坐在身旁的郝乡长，脸微微一红，重新躺下。杨院长笑了笑，善解人意地喊来一个女护士，又给郝乡长递了个眼色，看着柳胜男说："想方便的话，让我们小张帮忙吧，郝乡咱哥儿俩先出去一下。"

柳胜男见此，心里不禁一阵感动：这世上还是好人多呀。

跟着护士小张去了一趟厕所，回到病房她刚想跟老同学借手机找柳爱民，门外忽然传来一阵嘈杂的人声，接着，呼啦啦一大群人一齐涌进病房，柳胜男抬头一看，都是风箱峪的村民，领头的正是柳爱民和赵双。

看到躺在病床上的柳胜男，赵双当即抱怨起来："柳主任哎，我说不让您去豹子峪您非得去，看把自个儿气病了吧？"

柳爱民看一眼坐在一旁的郝乡长，似乎明白了什么，走过去冲郝乡长点下头，笑着说："郝乡长，您也在这儿哪，真不好意思，让您受累了。"

杨院长一见来的都是风箱峪的人，随即冲着柳爱民和赵双说："你们来得正好，实话跟你们说吧，今天这事儿要不是郝乡长，你们柳主任可就真的麻烦大了。"

柳爱民一惊，紧着问："是么？不会是突发心脏病了吧？"

杨院长又看一眼柳胜男，顿了顿，看着柳爱民接着说："那倒不是。事情是这样的，你们柳村长在乡政府跟豹子峪村长王大为因为一句话不对付，炝起火来，急火攻心吐了一口血就昏倒了，是郝乡长一溜儿小跑儿把她抱到乡卫生院的。当时就要打'120'救护车去县医院抢救，我没让去，打了一支强心针又立马输上液总算稳住了。好在你们柳主任身体本来就没啥大毛病，两瓶液输进去基本就没事儿了，等输完这瓶液再全面检查一下就可以回去休息了。"

此时，村民们围着柳胜男，你一句我一句嘘寒问暖。这个说："村长哎，我们知道你为豹子峪断道的事儿着急，可那也不能真跟他们拼命啊。这自个儿的身体可是本钱啊，再说，咱风箱峪可都指望着你哪。"

那个说："有理走遍天下，没理寸步难行。他豹子峪做了亏理的事儿，咱总有说理的地方，您可千万别跟他们着急上火。"

柳七爷从人群中挤进去，拉住柳胜男的手，眼里含着泪花安慰她道："丫头哇，千万别着急，这人做事天在看，他们拆桥断道早晚会遭到报应的。你要好好保养自个儿，他们越是这样咱越要好好干，多挣钱，挣大钱，气死他们。"

柳七爷的话立刻引起大家的共鸣，人们纷纷表示："柳主任，别着急别上火，你说干啥我们都支持你，拥护你。"

"闺女呀，你这是咋的啦？快让妈看看。"

柳胜男的婆婆不知道啥时候来到病房外，一边哭一边嚷嚷着往里挤。

大伙赶紧让开一条道儿让老太太进来。

见婆婆来了，柳胜男欠了欠身子，动情地叫了一声："妈，您咋来咧？"

婆婆一把攥住柳胜男那只没扎液的手，颤声问道："胜男哪，是哪个王八羔子把你气成这样儿的？我找他算账去。"

"妈，快告诉我那个王八蛋在哪儿，我这就找他说道说道去。"

赵学武不知从哪儿听到的消息，抹着一脑门子汗跑进来，大声嚷嚷着扑到柳胜男跟前。

看到儿子，柳胜男顿时感到心里边一阵委屈，鼻子一酸，眼泪跟着就掉了下来。

学武长这么大很少看到妈妈掉眼泪，知道妈妈这次一定是受到了天大的委屈。于是，坐到妈妈跟前，伸手为她擦去脸上的泪花，稳了稳心神，轻声安慰道："妈，别着急，有什么窝囊委屈慢慢说。记得您常说，过日子就像打仗，兵来将挡，水来土屯，没有过不去的坎儿，这次怎么就过不去了呢？"

柳胜男生怕儿子年轻气盛，惹出啥不必要的麻烦，使劲儿忍了忍把眼泪咽回去，幽幽地说："是的儿子，妈没事儿，妈现在已经想开了，咱君子不跟小人置气。回去以后，咱重打锣鼓另开张，老天爷饿不死瞎家雀儿，儿子你等着瞧吧，咱风箱峪好日子在后头呢。"

学武立刻听出来妈妈话里的意思，绷紧的心弦随即放松了许多。他毕竟是受过高等教育的青年，思考问题相对比较谨慎，他思忖片刻，继续安慰柳胜男："妈，您放心吧，我知道我该怎么做，我会用适当的方式，为您讨回一个公道的。"

说完，他缓缓地站起身，拉着奶奶迅速向病房外走去。

学武走后，村民们相跟着陆陆续续离开了病房。

这期间，郝乡长接了个电话以后也匆匆打个招呼回了乡政府。

病房里只剩下柳爱民和赵双了。

柳胜男于是把准备另辟蹊径，绕过豹子峪从老河槽重新开出一条风箱峪通往乡村公路的大道的事。以及美化老河槽两侧山林，建成景观大道，使游客们产生下了乡村公路就进入风箱峪旅游风景区的感觉的想法一股脑儿说了出来。

柳胜男刚把自己的想法说完，柳爱民就接过话茬儿连声说："好，老姑您这这主意太好了，这么一来呀，谁也甭想着再拿断道要挟咱了，豹子峪那收费站就让他收着去吧，只有鬼才会从他那儿路过呢。"

赵双有点犹豫，他说："柳村长哎，这个想法好是好，也省去了不少的麻烦。可那银子也是大问题呢，这条道修成了少说也有四公里，这八里地路面连工带料咋着也得六七十万，咱们村里边把老本儿都搭上恐怕也不够呢。"

柳胜男看着房顶，缓缓地说："赵会计，这钱的问题咱不用太着急，我早就想好了，这前期的路基和两侧排水沟，咱们还是发动群众完成。我打听过了，老牛筋的大儿子在城里搞建筑养着两台挖掘机呢，咱可以求他帮忙疏通一下，工钱该给给。那大家伙挖个沟推道坎儿的特省劲儿，也快，有个十天半个月的就能开出一条通道来，至于铺路面嘛，我可以想辙去。"

柳爱民不知道柳胜男咋个想辙法儿，当下着急地说："老姑哇，这回您可千万别再往里搭钱了，多大的家业也架不住这么大笔大笔的开支啊。"

柳胜男狡黠地眨巴眨巴眼睛，看着柳爱民小声说："我不花钱，但我可以找人拉赞助哇。"

"拉赞助？"

柳爱民重复一句，仍然不解，赵双则会意地笑了起来。

三人正说着话，忽听病房外杨院长大声说："王村长，病人的情况刚刚稳定下来，现在需要静养，情绪不能再有任何的波动，你还是改天再来吧。"

"是王大为。"赵双神情紧张地看了柳胜男一眼轻呼一声。

"让他进来。"

柳胜男一双丹凤眼瞪得溜圆，坐起来看着门口。

第四十四章　我就是狐狸精

柳胜男听说自己的死对头王大为来了，当即坐起身子，大声喊叫着说："让他进来!"

杨院长听到柳胜男的喊声，一步跨进病房，看着柳胜男小声说："老同学，我看还是免了吧，你现在这个状态不宜再生气发火，有啥矛盾还是等以后心情平静下来再解决吧。"

柳胜男看着门口，微微一笑，"你看过电影《红色娘子军》么？我柳胜男就是那个打不死的吴琼花，他王大为不是就会骂人吗？这回我就让他看着骂，让他骂够喽。我还要亲口告诉他，我柳胜男就是个妨人的狐狸精，我要妨的他们豹子峪寸草不生，妨的他王大为断子绝孙! 让他进来吧，我不怕，啥都不怕。"

柳胜男越说越激动，杨院长赶紧走过去，把她按倒在枕头上，哄孩子似的说："乖乖，你听点儿话好不好哇？你再这么闹我可要把你送康复医院去了。"

柳胜男再次坐起来，冷笑一声说："嘀，好哇，你送吧，真要从那里出来我就可以杀人不偿命了。"

杨院长知道这头倔驴又要犯犟，冲柳爱民使了个眼色，柳爱民立刻跑了出去。

病房外，王大为提着大包小包的营养品，蔫头耷脑靠墙根儿站着，畏畏缩缩走也不是留也不是。见到柳爱民立刻迎上来，小声央求道："爱民哪，帮我打个和儿吧，这次的事儿确实是我不对，我不该开口骂她。我当时也是脑瓜儿一热，不知道咋说好了，才骂了她两句。就两句。没想到她脾气那么大，当时就急红眼了，对我又是挠又是咬的，然后……然后就……"

柳爱民幽怨地瞪了王大为一眼，压低声音问："你是不是骂她狐狸精，妨人的寡妇啦?"

王大为老实地点了点头。

柳爱民说："你呀你呀，说起来你俩还是老同学呢，在一块堆儿念了那么多年的书，她是个啥脾气秉性你难道一点儿都不了解么？那么争强好胜个人你专揭人家的秃疮咖渣，她还不气死喽?"

"那……那我该咋办哪？说实话今儿个我不把这口气给她消喽，我那舅舅都不会饶过我的。"

柳爱民说："要说也是，这解铃还须系铃人啊，你不过来下气儿，谁说都是白费。"

王大为低头看着脚尖儿，担忧地说："可是，她要是再激动起来，真要出点儿啥事儿我可真成了千古罪人了。"

说起来，柳爱民毕竟是豹子峪的姑老爷，他媳妇跟王大为还沾亲带故，他是打心里边希望两个村和好的。于是，咬着王大为的耳朵，悄悄给他出了个主意。恰在此时，杨院长出来要给柳胜男换液，王大为赶紧贴上去，颠颠儿地跟在杨院长屁股后头说了句悄悄话儿。杨院长听罢，抿嘴儿一笑，小声叨咕一句："早知现在，何必当初呢。"

王大为苦着脸说："哎呀，我的杨院长啊，早知道尿炕我一宿都不睡觉哇，可是这事儿已经赶到这儿了，咱总得想办法圆过去吧？"

"那好，你跟我来吧。"

杨院长说着话儿就进了柳胜男的病房，王大为紧随其后来到柳胜男的病床前。

此时，柳胜男双眼紧闭，睡着了一般。

杨院长换完液，伸手捏了一下柳胜男的鼻子，小声说："我说假小子，那杀人不过头点地呀，就算大为骂了你两句不该骂的，可你这该咬的咬了该挠的也挠了，把人家那么帅个小白脸儿都给挠成花瓜破相了，咱可不吃亏呀，该揭锅揭锅吧，况且咱们仨可都是亲同学呀，这点面子就赏了吧。"

说完，回头冲王大为努努嘴。王大为见状，赶紧凑过去，低声下气赔礼道歉："柳胜男同学，对不起。我该死我不是人，我不该那么骂你，求求你就原谅我吧，正如杨院长所说的，咱们可是亲同学呀。如今社会上流行的'四大铁'，那头一个不就是从小一起同过窗的么？还望您大人不记小人过宰相肚里能撑船，别跟我这浑人一般见识好不？"

"不好。"

柳胜男睁开眼看着王大为轻轻吐出这俩字。

但这对王大为来说已经就是良好的开端了。因为，柳胜男此时的情绪是稳定的，而且面露嘲笑。嗨，不管嘲笑也好冷笑也罢，此时都已经不重要了。

王大为见柳胜男笑了，随即也满脸堆笑接着套近乎："老同学呀，我就知道你不是那死心眼子的人，我这个人也是，嘴上没个把门儿的，一着急啥话都往外沁。这从今往后哇，再也不会有这节目啦，咱们还是亲同学，还是好哥们儿好姐们儿对不？"

"不对。咱们本来就不是同类，你是乡书记的亲外甥，我是狐狸精，狐狸精你知道不？往后哇，咱井水不犯河水，你断你的道我爬我的山。省的我柳胜男又克着你们妨着你们的，让你们豹子峪发不起家过不起好日子来。"

柳胜男说完，闭上眼再也不说一句话。

王大为张了张嘴，还想解释，杨院长朝他摆摆手率先走了出去，柳爱民小声说："走吧。"

王大为这才放下手里提拉的水果罐头和几盒高级补品低着头跟了出去。

柳胜男听着王大为的脚步声渐渐远去，这才睁开眼睛，看着柳爱民和赵双，忿忿地说："哼，小样儿的，猫哭耗子假慈悲，装啥装啊，我才不信他那一套呢，要不是看在李书记的面子上，这回我非得跟他可劲儿轱辘轱辘不可，不让他倾家荡产我也得叫他脱层皮。"

柳爱民听出来柳胜男心里的气还是没消，连忙劝道："老姑哇，快别跟这种人一般见识咧。这人哪，要先学不生气再学气死人，才不会吃亏。没咋着您就让人家气个半死儿咧，不值当的，咱还是把自个儿身子骨养好喽吧。再说了，他挺大个老爷们儿七尺高的汉子，已经跟咱低声下气赔礼道歉来了，得饶人处且饶人吧，咱不提他了好么？还是虑论虑论咱自个儿的事儿吧。"

柳胜男听到此，立刻眼睛一亮，坐起身子，笑着说："咱自个儿的事儿？呵呵，我早就琢磨好了，等会儿把这瓶子药水灌完喽，爱民咱俩就去找那老牛筋，先跟他儿子把挖掘机的事儿定下来，然后我就去县城找我三姐夫。"

赵双说："这事儿要干就干净利索，简单麻利快，反之夜长梦多，让豹子峪知道喽还不知又出啥幺蛾子呢。咱七扯咔嚓把道修通喽，跑上车他就是想拦也拦不住咧。"

柳胜男一听，连连点头。

三个人又商量了一些细枝末节的小事儿，那最后一瓶液也走完了。

拔了输液针头，柳胜男谢过老同学杨院长，就和柳爱民赵双一起去乡政府开自己的车。同时，她还想好好谢谢郝乡长，要不是郝乡长把自己送到卫生院，这辈子没准儿就交代了。

到乡政府大院，正赶上李书记和郝乡长出门送客，见柳胜男他们来了，当即把他们三个让进乡党委办公室。李书记和郝乡长分别说了些村与村之间要互相体谅，保持和谐稳定的全国通用话。说完，李书记又把柳胜男单独叫到里间，替外甥王大为表示歉意，最后看着柳胜男坦诚地说："小柳哇，别跟我那浑蛋外甥一般见识，我那老姐姐死得早，那孩子从小就缺乏教育，其实他这人心眼儿还是不坏。这几年当村主任他也想把自己的村子搞好，想法也不错，就是没个好人领着，你们南北庄住着还是要多帮帮他们才是啊。"

柳胜男想了想，毕竟人家是乡里一把书记，鼻子大压着嘴呢，这个面子还是应该给的。心念至此，随即笑了笑说："李书记您放心吧，我柳胜男虽然是女流之辈，但还分得出香臭。不为别的，光是冲着您李书记和柳爱民这个豹子峪的姑老爷，我们就不应该跟他们计较是不？其实，我从村里出来时，半路上还想过跟他们豹子峪联合起来发展旅游的事儿呢，让他这么一搅合，我想还是别整这哩哏愣啊。您想人家把村里发展不起来都归结为我柳胜男妨的了，再说别的还有啥意思啊，是吧李书记？"

柳胜男的话绵里藏针一下子把问题就推给了李书记，倒弄得李书记不知道说啥好了。

柳胜男本不想让李书记为难，于是，不等李书记说啥，话锋一转就说到了风箱峪想要另外开辟一条出山的道路上。这事儿其实她早就琢磨透了，水大不能漫过桥，可也不能让那桥挡了水。提前跟乡政府打声招呼，让乡里领导知道我们想要干啥，省得到时候这也不行那也不是，费力不讨好。

让柳胜男没有想到的是，李书记一听说他们风箱峪计划修一条自己的路，竟是举双手赞成，连声说："这可是个好主意哦。其实，在乡党委会上我们也议论过这事儿。现在几乎全国各地都在提倡要想富先修路，你们风箱峪发展得这么快，一天到晚大车小辆从豹子峪村里边穿，他们那街道又窄，人来车往确实多有不便。你们这条道修通后，甚至连红花峪都能借上光。程副省长上次来就说过，红花峪如果跟风箱峪联合起来搞开发，会比各自为战发展要快得多。"

"是么？"

这回轮到柳胜男不知道说啥好了。

李书记微微一笑，接着说："上个月咱靠山镇老乡程副省长从中央党校学习回来了，还是分管农业口。就凭你跟他妹子程华的关系，我想你如果提出来跟红花峪搞联合开发项目，程副省长肯定会高看一眼的。再说了，这修道的事儿你完全可以向县交通局求助。如今从中央到地方都在提倡支援三农，这修路应当是首当其冲的了。"

李书记一席话，说得柳胜男茅塞顿开，心里的一块石头总算落了地。原来，她总担心自己的设想乡里不支持，或者当皮球踢来踢去谁也不管，现在想来自己还是太小家子气了。

这么想着，柳胜男不好意思地看着李书记，嗫嚅着说："李书记，我现在想通了，其实跟豹子峪王大为的冲突，我也有责任。嘿嘿，都是我这狗怂脾气，忒搂不住火儿，害得您跟郝乡长都跟着我着急上火，不好意思，在此柳胜男正式跟您说一声对不起。"

为表示诚意，柳胜男说完这话又冲着李书记弯腰深鞠一躬，逗得李书记哈哈大笑，连声说："小柳哇小柳，你这人哪真是投生差了，不应该是假小子应该是个真爷们儿才对呀。"

李书记这么一说，柳胜男更加不好意思了，搓着手小姑娘似的红了脸。

外间屋的郝乡长和柳爱民他们听到屋里李书记的笑声，同时探进头来，不解地问："什么事儿这么开心哪？"

李书记仍然一脸开心的样子从里间屋走出来，坐到自己的办公桌前，像是冲着屋里的三个人又像是自言自语："你这个柳胜男啊，真是名符其实。"

柳胜男也跟出来，靠在门框上，兴冲冲看着柳爱民和赵双，着头不着脑地说："爱民，赵会计，这回咱们找到后盾啦。"

两个人一听后盾，不解地问："啥后盾啊？"

柳胜男看一眼李书记和郝乡长，笑吟吟地说："当然是各级党委政府啦。"

柳胜男的话说得屋里四个男人同时一愣，接着爆发出一阵哄堂大笑。

柳胜男一下子被屋里的四个人给笑懵了，瞪大一双丹凤眼看看这个又看看那个，她不知道他们为啥大笑，但感觉得出他们的大笑肯定与自己有关。

嗨，这年头儿，人们整天除了经济上的竞争就是政治上的竞争，似乎谁都不甘人下，可人人又都在看着别人的脸色审时度势，这就是社会。这就是生活。

能够在这种情况下开心一笑实属难得。

柳胜男看着他们，觉得能够给活在矛盾中的人们制造一些笑料，让他们暂时放松一下紧绷的神经，也是一件乐事。于是，学着电视武打片中武林人士的样子，冲着郝乡长俯首抱拳深施一礼，口中言道："柳胜男多谢郝乡长救命之恩，大恩大德我将终生难忘，保证融化在血液中，铭记在板油上。"

面对柳胜男这一举动，郝乡长先是怔了一下，接着迅速反应过来，伸出双手刚要攥住柳胜男那双抱拳的手，却被柳胜男泥鳅般灵巧地转过身子，一个箭步站到李书记办公桌前，再次双手抱拳深施一礼，含笑邀请道："今儿个我柳胜男大难不死，承蒙两位领导关照，所以，我今儿个晚上不在盛楠饭店，要在家里摆一桌，我要亲自下厨做菜，请两位大哥百忙当中务必光临，爱民和赵会计作陪，咱们喝他个一醉方休，咋样啊？"

"好！"

李书记和柳爱民、赵双同时答应。只有郝乡长没言声。

李书记看了他一眼，他却把目光投向对面墙上写有"上善若水"四个字的大幅字画。

那字画是本县一个颇有名气的大书法家赠给李书记的，雄浑的颜体字力透纸背很有功力。据传说那个书法家的字在北京已经卖到两万多一平尺。可李书记告诉他说，他真正看重的不是这幅字画的价值，而是"上善若水"那四个字，那是做人的最高境界。那境界究竟高到什么地步，李书记没讲。怀着这份好奇，有一次他在乡里值班时，曾经在网上百度搜索过，答案是：上善若水即：最高境界的善行就像水的品行一样，泽被万物而不争名利。他觉得，如今具备这种境界的人应该比国宝大熊猫还要稀有。

眼下，郝乡长看着那四个字，感觉这人从古到今都活得很虚伪，很不实际。明明做不到也不想做的事，却偏偏当成座右铭高高在上，天知道这东西是给别人看还是给自己看。他摇摇头，不合时宜地脱口说道："不好意思柳主任，我晚上要回家给我闺女过生日，咱改天再聚吧。"

李书记见状，顺手拿起一只圆珠笔在手里把玩着，思忖片刻也打着哈哈说："哈哈，既然主角不去了，我也就免了吧。可这顿饭吃不吃的我也先谢谢小柳，来日方长嘛，往后再有饭局别忘了你李大哥就是了。"

柳胜男眼珠儿一转，看着郝乡长和李书记，开玩笑地说："那好吧，这个仇我先记着，等以后有机会咱再补上。这样的话，二位领导大哥先忙着，我们就回去了。"

说完，也不等柳爱民和赵双有反应，拿起自己的小包兀自推门就往外走，出门到院子里径直钻进自己的现代汽车发动起来。随后跟来的柳爱民和赵双还没坐稳当,那车就箭似的飞出了乡政府大院。

回到村里,柳胜男先到家跟婆婆说了几句话,吃了一碗婆婆熬的小米粥就开车奔向了县城。

快到城里的时候,她先给三姐柳招弟打了个电话,问她在没在家里,她三姐一听是老妹子声音,愣了一下,接着带着颤音儿连声问:"老妹儿啊,你人在哪儿呢?感觉好点儿没?我这儿刚开完会正想到家里看你呢,你这病要不要再到县医院进一步检查检查呀?"

柳胜男一听三姐情绪这么激动,赶紧把车停靠到路边,大声说:"我的姐姐哎,我这好模好样儿的去哪家子县医院哪?"

柳招弟说:"老妹儿啊,这人再怎么逞强也不能自己跟自己过不去呀,为大伙儿的事把自己气成那样儿,值不值啊?大不了那个破村长咱不干了,一个服装厂还不够你忙活的嘛,四十多岁的人了你也该为自己个儿想想了。对不对呀?"

柳胜男静静地听着,她没想到才半天时间,自己这点事儿竟然风似的传到了县城姐姐的耳朵里,也忒快了点儿吧。她举着手机,脑子里飞快地琢磨着。那边柳招弟见她不言声,着急地问:"喂,喂!老妹儿,你怎么不说话呀?你等着啊,三姐这就过去看你去。"

说着电话就撂了。

柳胜男知道三姐的脾气,那也是个急性子,说不定这时候已经坐进汽车里了。想着赶紧把电话拨回去,对方很快就接通了,柳胜男不等三姐说话,赶紧告诉她说:"姐姐,我已经快到城里了,你在家里等着我吧。"

"哎,老妹儿你千万别着急,开车慢点儿啊。"

柳胜男挂了电话,直接把车开到了三姐住的小区楼下。

柳招弟更着急,已经在单元门口等她了。

也许是姐妹连心吧,从车里出来一眼见到姐姐,柳胜男的眼泪情不自禁就流了下来。柳招弟一见,赶紧迎上去挽住她的胳膊,连搂带抱把她拖进家里。进了家门,柳胜男就趴在姐姐肩膀上哭了起来,而且越哭越委屈,越哭越伤心。柳招弟哄孩子似的连拍打带劝,也没能让她止住眼泪。直到招弟说:"老妹儿,快别哭了,你姐夫回来了。"

柳胜男睁开泪眼一看,果然是姐夫笑眯眯站在跟前,这才止住哭泣,抽抽噎噎到卫生间洗脸。

晚上吃饭的时候,柳胜男把准备从风箱峪修一条通往乡村公路的大道的事跟姐夫说了。在饭桌上,她就央求姐夫立刻就答应她,帮助风箱峪修成这条路。她姐夫听完,例行公事地说:"胜男啊,这事儿涉及到投资,不是我一个人说了算的事儿,必须局领导班子开会统一研究部署,等几天吧,容我个时候。"

柳胜男一听就不乐意了,当即撂下筷子说:"那你们先研究着吧,不行就算了,就当我没说,我先走了啊。"

说完,起身就往外走。柳招弟一见急了,一边伸手揪住柳胜男的衣服不让她走，一边急扯白脸跟她丈夫说："老公，你不知道小四的脾气急么？你就直接告诉她行还是不行，不就得了？非得让她着急。"

说完，她又偷偷冲丈夫使了个眼色。然后，趴在柳胜男耳朵边说了句悄悄话儿，柳胜男立刻停住脚步，转身帮姐姐收拾碗筷去了。

就在柳胜男去厨房洗碗的空儿，柳招弟把妹妹因为豹子峪断道气昏了到乡卫生院抢救的事儿悄悄告诉了丈夫。

等柳胜男收拾干净碗筷从厨房出来时，她三姐夫立刻变了个人似的笑着说："老妹儿啊，修路的事甭那么急哈，姐夫给你想辙去。实在不行我带几个弟兄扛着锹镐铁锨加班加点儿，也把这条道帮你们开通喽。这回行了不？"

"不行。"

柳胜男一脸认真，斩钉截铁地回答。

她姐夫不解地问："为什么呀？"

"我怕把你累坏喽，我姐不乐意。"

"哈哈……"

"呵呵……"

三个人同时笑了起来。

柳胜男从三姐家出来，已经是晚上八点多了。三姐执意留她在家里住一宿，说你这生病刚好，身体虚弱不适合开夜车，真要在半路上再出点啥事儿，你姐夫我俩都不好交代呀。

柳胜男说："放心吧姐姐，我这身体棒着呢，头几年在服装厂跑单子，我曾经一天一宿从东北黑龙江边贸打个来回。到家睡俩小时该干啥干啥。"

三姐说："那你就走吧，我不拦着你，可你一定要注意安全，到家后给我打个电话。"

柳胜男笑着说："姐姐你就瞧好儿吧，保证没问题。"

三姐还是不放心，再三叮咛："今非昔比，主要是你今天出了这事儿，头昏脑涨的，我怕你半路上再犯病怎么办呀？"

柳胜男拍着胸脯保证说："哎呀我的姐姐呀，你老妹儿又不是纸糊的泥捏的，有那么不禁磕碰么？再说，我不回去家里那一大堆烂摊子事儿咋办哪？老的少的都不知道我下山到你这儿来了，我不回去他们还不瞎琢磨？"

姐姐知道说不过她，像小时候一样伸手刮了一下她的鼻子，疼爱地嗔怪道："走吧走吧，你那理由充分着呢，反正自己想干什么就干什么，四十多岁的人了还是那么任性，真拿你没办法。"

柳胜男冲姐姐扮个鬼脸儿，拿着包就下了楼，三姐在后面紧追慢赶想送送她硬是没撵上，眼看着她一脚油门不见了踪影。

出了三姐家的小区，柳胜男就上了外环通往山里的路线，可走出不多远，她突然感觉眼前一黑，接着，心脏一阵狂跳，身上的冷汗跟着就冒了出来。她赶紧一脚刹车停在路边，把身子趴在方向盘上，使劲儿揉了揉眼睛，再揉揉胸口，然后抄起座位下边的矿泉水瓶子，拧开盖儿嘴对嘴灌了下去半瓶，心中总算平静下来。

哎呀，看来还是三姐说得对，今非昔比啦，我柳胜男啥时候这么面过呀。哼，都是那该死的王大为给气的。想到王大为，柳胜男立刻又想起了郝乡长，那么发福的身材，平时走道儿都迈不开步儿的样子，他咋就能抱着自己这一百多斤从乡政府跑到卫生院呢？虽然乡政府与卫生院相距不足一百米，可那也不算近啊，毕竟还抱着一个大活人呢。想到这儿，柳胜男顿时感觉自己的脸有点儿发烫，心跳也跟着快了起来，撩起自己身上的衣服嗅了嗅，似乎还有郝乡长身上那股男人的气息。她再联想到下午在乡党委办公室，她说请大家吃饭，李书记他们都笑哈哈地说好，唯独郝乡长面无表情把她给拒绝了。不去。给闺女过生日。这事儿它咋就那么凑巧哇？早不过生日晚不过生日，偏偏今儿个过生日。哼！

唉，难道他真如李书记所说的，对我柳胜男有那个意思？

她又想起了在乡卫生院输液的时候，自己睁开眼第一个看到的就是郝乡长，而且……而且他就那么毫不顾忌地把自己抱在怀里。哎呀，难道这就是传说中的爱情？想到这两个字，柳胜男感觉自己的脸更烫了，心儿又是一阵狂跳。

她有点懵。她突然觉得自己很肮脏很卑鄙也很荒唐。你已经跟赵成定下三世姻缘，如今他尸骨未寒，三周年都没过，你咋能这么肆无忌惮地想别的男人呢？真是不要脸。

她在心里边恨恨地骂着自己。抬起头，看着黑幽幽的天空，一弯冷月翘着嘴角乜斜着她，无数小星星眨巴着眼睛也像在嘲笑她，昏黄的路灯下一辆辆鸣着喇叭的汽车翻坑鲤鱼似的摩托车电动车，呼啸着从她跟前驶过。她觉得无数双眼睛都在猜测她揣摩她，众目睽睽之下她已经没有了任何隐私和尊严。

一滴眼泪悄然滑出眼角。

快别在这儿丢人现眼咧。柳胜男迅速抹掉眼泪，一甩头发开车继续向前驶去。然而走了一段路程以后，她仍然觉得浑身没劲儿，握方向盘的手甚至开始发颤发抖。她决定往回走，去自己给儿子装修的新房里好歹对付一宿，缓缓劲儿，天亮以后就去找程华。

主意已定，她先给婆婆打了个电话，告诉老人家今天晚上住在县城不回去了。接着又给儿子学武打电话，没想那小子竟然关机了。

真是可恶。

柳胜男摇摇头，收起手机，开车直奔县城东侧那片别墅群。

到了自家那栋小楼前，她忽然发现儿子学武的车也在这里，心里不禁一动：这小子，难道在城里搞了对象了？

第四十五章 喜上眉梢

柳胜男把车开到自家那栋小楼前，刚想打开车库门把车停进去，一抬头蓦然发现儿子赵学武的那辆雪铁龙竟然停在门口。她顿时愣了一下，但随即释然：儿子已经二十四岁了，大学毕业都两年了。因为操持服装厂，原来在大学里搞的那个对象嫌弃他是个体户，舍弃相处四年的感情跟他拜拜了。后来又有在县城上班的高中同学找到他，有意跟他处对象，但前提是他必须到县城里上班。接二连三的失败，让学武感情上很受伤，发誓再不谈恋爱。特别是他爸爸死后，他更不愿意离开服装厂离开家了，因为他要照顾妈妈和爷爷奶奶。说起来，这两年柳胜男为儿子的婚事也着实费了不少脑筋，先后托亲戚找朋友给儿子介绍对象，可总是阴差阳错，一个也没谈成。

儿子的婚事成了她一大块心病。

为了稳妥起见，柳胜男把车停好以后，在门口给儿子打了个电话，但仍然提示关机。

这小王八羔子，跟我还玩失踪呢。

柳胜男心里边骂一句，拿着钥匙走到门口，刚想开门又停住了，心想如果儿子真的是在谈恋爱，当妈的开门进去，俩孩子要是正亲热呢多尴尬呀。这么想着，遂装好钥匙按响了门铃。

门很快就打开了，可是来开门的不是学武而是小雅！

"柳阿姨，您……"

小雅满脸通红看着柳胜男，嘴里喃喃着一下子就僵住了。

听到开门声，楼上立刻传来儿子学武亲昵的问话："丫头，谁来了？"

见此情形，柳胜男立刻明白了咋回事儿，当即亲切地拍了拍小雅的肩膀，冲着楼上大声说："是我，你老妈。"

"妈，这黑灯瞎火的您怎么来了？"

学武面带惊讶跑下楼梯，双手扳着柳胜男的肩膀紧着问。

柳胜男疲惫地看着儿子，懒洋洋地说："我回家睡觉来了。"

"睡觉？您是不是身体不适走不了啦？"

学武一见柳胜男这副神态，立刻脸色大变，赶紧搀着她走进一楼的卧室，把她扶到大床上躺好。这功夫小雅手脚麻利地端来一杯热水，双手捧着递给柳胜男，怯怯地说："柳姨，您脸色很不好，先喝口热水吧。这小区里有县医院的社区服务站，一天二十四小时有主治医师值班，要不要找他们给您看看啊？"

柳胜男坐起来，接过小雅递过来的水杯，柔声说："不用了，你柳姨就是这几天休息不好太累了，刚才下来的时候车又开得有点快，脑袋有点晕。"

正说着话，包里的手机响了，学武赶紧把包递过去，柳胜男掏出手机一看来电显示，是三姐家的号，赶紧告诉三姐："姐姐，我已经到家了，放心吧不用惦记了。"

说完就挂了电话。

学武狐疑地问道："妈妈，您是不是去三姨家了？"

柳胜男说："是啊，你三姨非得让我住在他们家，我想赶回去就没住。可开车出来没等出外环线，我这心里边突然难受起来，俩眼看东西也是模模糊糊的，我不敢再往前走，就直接奔这儿了，想忍一宿等天亮再上去。"

学武听罢着急地说："哎呀妈妈，我看您这身体还是有问题，不行咱现在就去医院看看吧。"

柳胜男一听去医院，立刻把脑袋摇成拨浪鼓，摆着手说："去去去，啥大事儿又让我上医院哪，跟你说了我就是累的，睡一宿觉缓过神儿来就会好的。"

学武不放心地看着妈妈，关切地说："要不，我陪您睡吧。"

柳胜男一听当即摆手道："竟是扯淡，我又没病，能跑能颠的，哪就轮到让你这当儿子的伺候了，你该干啥干啥去吧，我自个儿在这儿睡一觉就走。"

小雅此时坐在窗前，大大方方看着柳胜男，笑着说："柳姨呀，您来那会儿我正想让学武送我回家呢，既然这样，今天晚上就让我陪您吧，夜里您哪里不好受也好有个照应。"

柳胜男一听，正中下怀，她正想探探俩孩子究竟啥意思呢，这小雅一说留下来，当即笑着答应："那忒好啦，先谢谢你啊小雅闺女。"

柳胜男这么一说，小雅当即红了脸，学武见状，赶紧接过话茬儿，轻声对小雅说："小雅，去楼上把我的手机拿下来。"

"哎。"

小雅答应着上楼了。

柳胜男趁机问儿子："学武哇，你俩是不是？"

学武点点头，老实地说："是的。"

柳胜男又问："是别人介绍的？"

"不是。"

"多长时间了？"

"咱们村搞旅游多长时间了，我俩就谈多长时间了。"

听到此，柳胜男顿时喜上眉梢，竖起大拇指赞叹道："儿子，你很有眼光。"

"这么说，妈您同意了？"

"你看着好，打从心里乐意，妈就没意见。况且我觉得这丫头挺有才的。说句心里话，其实她在咱们村里那会儿我就喜欢上她了。当时我就想过要是她能给我当儿媳妇再好不过了。"

"可她是单亲家庭啊。"

"啥？单亲家庭？"

柳胜男一时没听明白，反问一句。

学武不知道他这个精明的老妈此刻到底是什么意思，误以为妈妈反对他找单亲家庭的对象，赶紧低下头小声解释："她爸爸跟她妈很早就离婚了，是她妈一手把她拉扯大，又供她上大学。"

"她妈很了不起。"

"确实。一个农村妇女就靠着经营几亩地，加上做小工供她上学，又在城里给她找了工作，真的很不容易的。"

"嗨，没想到小雅那么活泼开朗个孩子，家境竟是那么苦。儿子，真要你们俩成了亲可要好好对待她啊。"

"那是必须的。"

"柳姨。"

小雅不知啥时候站在了门口，小脸儿红扑扑看着柳胜男亲亲地叫了一声。

"哎。"

柳胜男笑着答应，心里边如同灌了蜜，浑身的疲惫随之烟消云散。

看着小雅甜美的笑脸，柳胜男心里乐开了花。

学武见老妈这么喜欢小雅，那颗始终悬着的心也跟着落到了实处。娘仨坐在大床上无拘无束海阔天空地聊起了闲篇儿，两个年轻人时时表现出来的那关怀备至的举动，让柳胜男彻底忘记了白天的不快，话题很快就转到了啥时候给他俩结婚办喜事上。学武说："小雅这才刚上班，在单位脚跟儿都还没站稳呢，怎么着也得先熟悉熟悉业务，把基础打牢了再考虑个人的事，再说我俩都还年轻，俩毛孩崽子到一块儿哪能过日子啊？"

柳胜男说："不是还有妈呢么？你俩结婚后我啥也不干了，一门心思伺候你俩，过个一年半载的你俩再给我添个孙子，我就彻底回家当奶奶看孙子了，那才是神仙过的日子呢。"

柳胜男一脸陶醉地眯起眼，把双手抱在胸前，仿佛怀里真的抱着个大胖小子。

见老妈的话越说越离谱儿，学武嗔怪地叫了一声："妈，您这说得都是什么呀。"

小雅则早就绯红了脸跑了出去。

柳胜男睁开眼，见小雅出去了，刚要喊她，包里的手机再次响了起来。

是谁这么不开眼，专门在这节骨眼儿上打电话呀。

柳胜男不耐烦地拿起手机，一看电话号码，是个生号，于是按了拒接并把手机扔到一旁。没想对方还挺固执，紧接着又打了过来。柳胜男拿起手机看一眼来电显示刚想关机，细一琢磨感觉不对劲儿，这个号码好像是柳爱民的手机号，别是村里边又出啥事儿了吧？

这么想着随即按下接听键。

电话果然是柳爱民打来的，他一听到柳胜男的声音立刻直冲冲地说："老姑哇，情况有变哪。我刚才去找老牛筋了，正好他儿子也在家里。可是，当我把村里准备从老河槽开通一条大道通往乡村公路，不再走豹子峪村里，想借他家挖掘机使几天，工钱该咋给咋给的时候，他们父子竟然异口同声不同意，说他家的挖掘机现在外地包工程使着呢，根本回不来。还说……"

柳爱民顿了顿，不说话了，柳胜男急了，紧着追问："还说啥呀？"

柳爱民说："我说了您别又着急上火啊，他们爷儿俩还说，咱们修这条道是劳民伤财，根本就不现实。特别是那个老牛筋又搬出来他那套易经八卦，说那老河槽是咱们风箱峪的风水河，不能破。还说古人都讲究千年的大道熬成河，咱们却要把河变成大道，忒不合么兴。"

柳胜男一听这些立刻就火了，大声嚷嚷着说："竟是放屁！一年到头儿咋那么多穷斯文臭讲究的，人家城里边盖大楼都盖到老河底上了，咋没见人家破风水呀，难道他们心甘情愿给豹子峪交过路费，养活那帮寄生虫？"

柳爱民沉默着。

柳胜男更着急了，恨不得把手机震碎喽，一声比一声高地嚷道："柳爱民，你哑巴了？你倒是说话呀？"

见对方还不言声，柳胜男合上手机，装进包里，提着包起身下地就往外走。

学武赶紧拉住她的胳膊，软语劝道："妈哎，您别总是那么冲动好不好哇？咱们那个小山旮旯儿本来就是穷山恶水一地刁民，一个个儿的只想索取不讲奉献，不碍着个人利益怎么都好说，别让他们出钱出力，关键时刻准掉链子。妈咱不跟他们置这份气了，咱就回家当奶奶好不好？"

柳胜男轻轻推开学武的手，苦笑着说："儿子，妈的好儿子，有些事儿你不懂。"

学武再次拉住她的胳膊，执拗地说："我懂。我什么都懂"

正这时，柳胜男包里的手机又响了，柳胜男急忙掏出来接听，还是柳爱民。

这次柳爱民没着急，声音闷闷地说："对不起老姑，刚才我的手机没电了。今儿个还有一件事儿没告诉您呢，豹子峪把大道上那条沟填上了，自来水管道也不修了，收费站也撤了。还有，晚上王大为来找过我，提拉着一大堆东西，让我领着他去您家里专程看望了老太太。"

"啥？看望老太太？谁他妈的用他看哪，真是吃饱了撑得没事儿干，哼！"

柳胜男说完，恨恨地撂了电话，重新把手机放进包里，顺手拎起放在床头柜上的汽车钥匙，不顾学武和小雅的再三阻拦，出门就奔了车库。

第四十六章　暗中较量

柳爱民在电话告诉她的那些事儿，让柳胜男大为光火。尤其是豹子峪王大为的反常举动，更是让她心生疑窦，她意识到这家伙肚子里损招馊主意忒多，必须小心防范才是。

坐进车里，她一边发动汽车一边思考着如何应对王大为的下一步棋，以致儿子赵学武悄悄开车跟在后面她都没有发觉。经过豹子峪的时候，她果然看到路中间那条大沟已经填上了，而且路面还抹上了水泥，新修的地方铺着一层稻草。看到这些，柳胜男把车玻璃落下来，探出头冲着道旁愤愤地啐了一口唾沫，心里骂道："浑蛋王八蛋，想跟你姑奶奶较劲，熬瞎你的眼！"

进到风箱峪村里，她径直奔了村委会。

柳爱民和赵双都在办公室忙乎着，赵双闷着头算账，柳爱民拿着一只圆珠笔在一张白纸上东圈西点，不知画着什么。

看样子两人都挺专注，柳胜男推门进屋他们都没反应，直到柳胜男站到他们身后，轻轻咳嗽一声，俩人这才同时转身抬头看着她，异口同声地问道："您咋又连夜赶回来啦？"

柳胜男没好气地说："这幺蛾子满天飞，我能不回来么？那个王八蛋啥时候走的？"

柳爱民说："我给您打电话的时候他刚走。"

柳胜男问："他到你们家找你时咋说的？"

柳爱民老实地说："他没说别的，就说他们的自来水管道暂时先不铺了，挖开的大道已经填平了。还说，都是乡里乡亲的，低头不见抬头见，因为这点儿小事闹别扭不值当的。然后，就让我领着他去您家里。我告诉他说您不在家去县医院了，他没言声，待会儿他又说去看看老太太。"

柳胜男接着问："我们家老妈就让他进去了？"

"刚开始一开门见到王大为老太太是挺生气的，我劝说了老太太几句就让进了。可也没说好听的，姓王的坐了一会儿觉得没劲就出来了，临出门儿老人家非让王大为把他拿进去的那些东西提拉回来，说我儿媳都让你给气到医院里去了，你还跟我弄这些假模假式的有啥用啊？王大为连作揖带说好话儿，老太太总算没把那些东西给扔出来。"

柳胜男听罢，沉吟一会儿小声说："看来这家伙还是多少有点儿人味的哈。"

柳爱民说："嗨，平日里没怨没仇的，都是为公家的事儿，有啥可过不去的。"

柳胜男点点头，仍然心存怨恨地说："话是这么说，理儿也是这个理儿，可他挺大个老爷们儿，七尺高的汉子不应该张嘴就骂人哪。"

此时，一直闷声不响的赵双插话道："柳村长啊，这事儿已经过去了就让他过去吧，咱们大人不计小人过，就当走在半路上被疯狗咬了一口不就结了？"

赵双的话立刻把柳胜男说笑了，于是，把车钥匙扔到桌子上，三个人又开始研究修路的事。

真是应了那句老话：朝里有人好做官。

不知道是三姐夫从中撮合还是国家惠及三农的政策起了作用，豹子峪断道的事过去不到一星期，县交通局乡村公路办公室就来人到风箱峪开始测量修路了。村民们听说县里给修路，家家户户都积极配合。也是因为那条山沟本来就是村里集体的，涉及不到征地，有几十棵村民自己栽的果树，一听说修路碍事，也都无条件地砍掉了。所以，那路修起来特别顺利，两个月以后就正式通车了。

通车那天，正值阳历新年，风箱峪全体村民都参加了通车剪彩仪式。县里负责农业和交通口的副县长亲自到现场剪彩，正好有两个大旅行轿的北京游客刚好到风箱峪长寿度假村旅游，游客们的参与给通车剪彩仪式又增加了几分热闹气氛。柳胜男从靠山镇请来的民间秧歌队，身着戏装从乡村公路道口一直扭到风箱峪村头上，四邻八村看热闹的大人孩子跟着秧歌队也一直闹腾到村头。在风箱峪村里，家家户户纷纷自发地在各自家门口摆上了热腾腾的茶水和各色点心水果，招待秧歌队和过来看热闹的邻村村民，那喜庆的气氛比过大年还要热闹十分。柳胜男身穿藏蓝色职业套装，在新落成的村委会小楼前迎来送往，脸上笑成了一朵花。她做梦都没想到这条路会修得这么快这么顺畅，她更没想到四邻八村来看热闹的人会有这么多。这就是人气，这年头儿人气就是财气，看来明年又是个好兆头呢。

想到此，柳胜男的心头不禁掠过一丝快慰，不由自主也跟着扭起了秧歌。然而，恰在此时，村头老牛筋家突然传出来撕心裂肺的哭声。柳胜男顿时一惊：不好，又出事儿了！

听到老牛筋家传来哭声，柳胜男顿时心里一凛，一种不祥的预感随之压上心头。她赶紧给柳爱民打电话，让他赶紧回村委会，柳爱民回电话说："老姑哇，我在老牛筋家里呢，老牛筋的老伴儿刚刚过去了，家里已经乱成了一锅粥。"

柳胜男一听老牛筋老伴儿过世了，当即吩咐赵双先在村委会盯着，她立刻小跑着去了老牛筋家。

一进门，就见老牛筋双手抱头坐在当屋锅台上，他的两个儿子沉着脸操持着搭灵棚，通知亲朋好友吊唁。坐在当屋哭嚎的是老牛筋的两个内侄女，一边号着一边拍打着大腿数落："我那苦命的姑姑哇，你咋死咧，你这不是坑人呢么，你这一天福都没享着哇，你让我们这心里边咋受哇。"

老牛筋大儿媳妇听两个表妹这么数落，就不乐意，在一旁插话道："照你们这么一说，我妈活着时肯定受罪了哈？她在炕上整整瘫了半年多，难道是你们伺候的？她有病上医院你们看过一回还是看过两回呀？这她死了你们倒跑这儿干号来了，还好像我们这当儿女的不孝敬似的的。"

两个内侄女一听，当即止住哭号，瞪着那大儿媳妇，忿忿地说道："表嫂你还别不爱听，我们哭的是我姑姑，都在一个庄儿住着，我姑姑活着时啥样儿我们心里有数。"

老牛筋大儿媳妇被两个表妹一顿抢白，眼皮翻了翻，没再言声。其实，她自己个儿心里边明镜儿似的，她一直在县城住着，老太太活着时确实很少回家，理由是得伺候孩子上学。柳胜男听着这姐儿几个说话各自都带着刺儿，在这种场合是很忌讳的。于是，把大儿媳妇拉到一旁，问了些丧事咋办的事儿。毕竟从婆家那头儿论起来，都是一个大家族。

此时，来随礼吊唁的庄亲陆陆续续多了起来，柳胜男跟那大儿媳妇说了几句话，就来到老牛筋跟前，软语安慰道："大哥，节哀呀，别太伤心了，嫂子有病这些日子您精心巴意伺候着，也对得起她了。"

老牛筋抬起头，瞪了柳胜男一眼，闷声说："哼，还说呢，我不看见你不来气，这还不都是你们修那条道给闹的？"

柳胜男一惊，紧着问："修道？修道碍着嫂子有病啥咧？"

老牛筋腾地站起来，瞪着两只通红的小眼睛说："谁说碍不着哇？当初爱民找我说使挖掘机那会儿我就告诉他咧，说这条道不能修，破风水，现在咋样啊？应验了吧？我老婆子死这只是一个小开头哇，你瞅着吧，往后风箱峪甭想着消停喽，哼。"

柳胜男一听这话，脑袋立刻就大了。想这人生老病死，本是大自然的规律，跟村里修道风马牛不相及，两码事儿。现在老牛筋竟然把自己老伴儿的死归罪为村里边修道碍事，这不是没茬儿找茬儿么？如果明儿个再有个死人的闹病的都跟这修道联系起来，我这罪过不就更大了么？不行，不能让这个老家伙散布这种蛊惑人心的谣传。可是，咋样才能制止这种不负责任的瞎话儿呢？总不能拿一卷胶布把人们的嘴都给封起来吧。

眼下的老牛筋就像个扎手的刺猬，他的那套关于修道碍着村里风水的歪理邪说，把柳胜男的心绪一下子就搞乱了。

柳胜男从老牛筋家里出来，随后就去了自家的特种养殖场找干爹柳七爷。

到自己家鸡棚的时候，柳胜男转了一圈儿也没找到柳七爷，问那两个推鸡粪的工人，工人说："柳七爷刚才还在这儿拌鸡饲料来着，估计远不了，柳村长您到猪圈那边再找找吧。"

见不到干爹柳七爷，柳胜男心里就有点起急。

最让柳胜男烦心的是，本来新修的大道开通了是件大喜事儿，可是被老牛筋家死人的白事儿这么一搅合，那喜庆的味道一下子就被冲没了。原来，她还计划着杀几头猪，宰几只山鸡，现在她也没心情了，只是吩咐赵双中午把这些神们包括秧歌队的乡亲们领到盛楠饭店摆几桌得了。

眼下，柳胜男急于见到柳七爷，她要请教老人家这村里修道有没有别的说法儿。原先赵成活着的时候，遇到为难着窄的事儿都是赵成给她出主意想办法，自打赵成死后，好长时间她都没着没落的。她琢磨着这种事儿现在只有柳七爷能帮她了，可是这会儿老人家上哪儿去了呢？

柳胜男心里一下子没了底。正踟蹰间，忽听身后有人咳嗽一声，回头一看果然是柳七爷。

"干爹。"

柳胜男转身轻呼一声，竟是声音发颤，眼眶发热。她努力控制着自己的情绪，但还是忍不住一肚子的委屈，急于发泄。

柳胜男这个样子是柳七爷从来都没见到过的，当即面色一凛，惊问道："四儿，咋的啦？谁又欺负你啦？"

"没……没咋着。"

柳胜男努力稳了稳心神，使自己失控的情绪尽量稳定下来。

她不敢正视柳七爷，抬头看着远处的落日峰，让盘旋在眼眶里的泪珠慢慢地渗回去。过了一会儿，这才看着柳七爷说："干爹，我想问您点儿事。"

"啥事儿，说吧。"

柳七爷一脸凝重地看着柳胜男。根据自己的了解，他知道眼前这个自己从野狗嘴里抢回来的倔强丫头，一定是遇到啥解不开的难题了，不然的话她不会这么藏头露尾吞吞吐吐，而且还眼泪汪汪的，那不是她的性气。

柳胜男疾速地瞟了一眼柳七爷，又把目光落到远处的山峰上，如同怕说错话的孩子似的，使劲儿想了想才缓缓地说道："干爹呀，您年纪大见多识广，您知道啥叫风水么？"

"风水？"

柳七爷显然被问住了，他不知道这丫头为啥问这个。

柳胜男不等老人家回答，接着问："您说咱村里边修这条大道会破了全村的风水么？"

柳七爷总算明白了柳胜男的意思，当即笑着说："丫头哇，你是不是听人说咱村新修的大道破了村里的风水啦？四儿啊，你没事儿主意正着呢，咋一到大事儿上反倒没了主意呢？"

一下子被柳七爷戳中心事，柳胜男赶紧低下头，撅着嘴撒娇道："干爹。"

柳七爷收起笑容，嗔道："别叫我干爹。你这丫头这阵子咋的啦？先是因为别人的几句话差点儿要了命，这好不容易风箱峪有了自己的大道，不用再看别人的脸子屁股的了，你又犯起了迷信脑瓜儿。哼！啥叫风水啊？干爹我告诉你，风水就是财气运气，可那财气运气都在人手里捏着呢，人好好干，财气运气就旺，风水就足。说白喽哇，其实那最好的风水就是人。这人不好好干，整天甩大鞋，再好的风水也是白搭。说起来你也是念过高中的人，你见过哪个算命先生把自己个儿算成万元户财神爷了，没有吧？真要那么管用我早改行算命去了。"

听到这里，柳胜男当即就红了脸，嗫嚅着说："我也知道那玩儿意是糊弄傻子的。可是，干爹呀，今儿个咱那新修的大道刚刚剪彩通车，大家伙儿都欢欢喜喜的，可老牛筋家的老太太偏偏这个时候死了。刚才我过去吊唁，老牛筋一上来就说他老婆的死是咱们新修的大道破了风水带来的灾难，还说往后咱们村消停不了。我一听他这话呀，那后脊梁拔凉拔凉的直冒寒气，这往后真要谁家再有个病有个灾儿的都往这上边找，您说咱这日子还有法儿过么？"

"咋没法过啦？该咋过咋过，这听蝲蝲蛄叫唤就不种地，那叫没脑子。如果真有那么神，咱立马就修一条通往小日本的大道，破破他们的风水，以报他们当年侵略中国之仇。你琢磨着那靠谱儿么？喊。"

"话是这么说，理儿也是这个理儿，可是……"

"可是啥呀？四儿啊，你就该咋干咋干，该干啥干啥，这人嘴两张皮，咋说咋有理，甭听那些闲人胡说八道的。"

"七爷说得太对啦，别人喷几点唾沫星子就吓趴下，那还是你柳胜男么？"

爷儿俩正说着话儿，冷不丁背后插进来这句话，骇得俩人同时一愣怔，回头一看又立刻都笑了。

第四十七章　省长来了

原来，插话的人是郝乡长。

见到郝乡长，柳胜男狐疑地问："郝大哥，你咋知道我在这儿啊。"

郝乡长笑着反问："我为啥就不应该知道你在这儿呢？"

柳胜男被人猜中心思，当即不好意思地笑了笑说："我到这儿来可是谁也没告诉哇。"

郝乡长狡黠地看着一脸疑团的柳胜男，大大方方地说："啥叫心有灵犀一点通啊，这就是。"

听郝乡长这么一说，柳胜男的脸立马就红了。

柳七爷见状，赶紧笑着打圆场说："哈，郝乡长大老远地来咧，就到我们饲养处歇会儿喝点水吧。"

郝乡长看着柳胜男说："不了七爷，我到这儿来就是想看看咱风箱峪这特种养殖场山猪山鸡养得好不好，顺便找柳村长商量点事儿。"

找我商量点事儿？柳胜男在心里冷笑一声，谁知道你这葫芦里卖的到底是啥药哇。可她随即又觉得这样猜测郝乡长实在有点儿忘恩负义，人家毕竟在关键时刻帮助过你，而且……

想到这里，柳胜男的脸上没来由地又腾起来一片红云，慌乱地看了一眼柳七爷，随即低下头去。

柳七爷见柳胜男脸色一阵红一阵白的，知道她还忌讳着自己是寡妇，此时单独跟一个同样是单身的男人在一起，怕人们看见了甩闲话。嗨，细琢磨起来这丫头真是命苦呢，生下来就差点儿喂了野狗，这年纪轻轻的又守了寡。想到这里，他不禁多看了郝乡长几眼，心里话儿，如果我家四丫头真的嫁给这个郝乡长，说不定这后半辈子还就享福了。只是，不知道这个郝乡长心里边咋想的，他能放下架子看上一个庄稼丫头么？哼，我家四丫头可不是一般的庄稼丫头哇，论品相论才华论过日子的能力，城里的娘儿们有个十个八个的都比不上她的。

心念至此，柳七爷对郝乡长就动了心思，他甚至希望郝乡长在这里多看一会儿山猪山鸡，多跟柳胜男聊一会儿。偏偏这个时候，郝乡长的手机响了，是乡里秘书打来的，说县长和交通局长们都在乡里等着他呢，让他赶紧回去。几乎与此同时，儿子赵学武的电话也过来了，说饭店那边桌席已经安排好了，就等着各位领导和她这个主角登场了。

撂了电话，柳胜男就跟柳七爷说："干爹我先走了，那事儿等晚上回来咱爷儿俩再接着扯吧。"

柳七爷摆摆手说:"丫头哇,干爹还是那句话,听传言失落江山,这人不管到啥时候自个儿都要有个一定之规,千万别让别人牵着鼻子走哇。"

柳胜男感激地看着柳七爷,坚定地点了点头说:"干爹,我知道了。"

说完,跟在郝乡长身后快步出了养殖场,在养殖场门口,郝乡长坐进了乡政府的车。柳胜男冲郝乡长挥挥手开着自己的车去了村委会,会同等候在那里的柳爱民和赵双一块儿去了盛楠饭店。到饭店的时候,柳胜男一进大厅就看到邻村的几个书记主任已经等在那里了,见到柳胜男他们,纷纷走过来表示祝贺,红花峪的女支书一把搂住柳胜男高声大嗓地说:"柳主任,你太有能耐了,这身不动膀不摇就修通了一条发财路,真让人羡慕哇。"

柳胜男笑着说:"呵呵,这算啥能耐呀,说起来还就是咱命儿好,赶上好政策咧。要是没有国家这惠及三农的好政策,交通局认得咱们谁是谁呀。"

这时不知谁嘴尖透漏老底儿,酸溜溜说了一句风凉话:"柳主任这命儿确实不赖,遇上有权有势的好姐夫咧。要不为啥咱山里边这么多村都还是沙石路呢,别的村都没动静,唯独风箱峪先修通了油漆路呢。"

柳胜男听出来这人话里有话,当即反唇相讥:"哈哈,啥叫命啊,这人的命是天注定,胡说八道不顶用,等会儿多喝几杯就是了。"

人们正说着话儿,就听门外汽车喇叭响,大家纷纷起身张望,柳胜男跑到门口,一眼就看到老同学程华满面春风从最前面那辆黑色奥迪车里面钻了出来。接着,后车门打开,从里面出来的竟然是身着休闲装的程副省长!

程副省长的到来,给风箱峪村景观大道开通剪彩庆功宴又增添了一抹喜庆。柳胜男当即通知后厨把原来的菜谱重新调整一遍,除了饭店主打的几道招牌菜以外,又加上了野山鸡炖蘑菇,香椿芽炒山鸡蛋,清汤野鸡丝等城里罕见的乡村野味。

席间,柳胜男把老同学程华拉到自己身边,悄悄问道:"华子,大哥是啥时候到的?你咋不提前打个招呼哇,你看我连个准备都没有,显得咱多寒酸哪。"

程华笑道:"柳儿,你什么时候也学会做场面啦?你饭店这菜做得多好哇,都是在城里大饭店吃不到的,我早琢磨了,这往后我家再来高朋贵客呀,直接就往你这儿带,就按照今天这个标准就成,怎么样?"

柳胜男奔儿都没打,当即满口答应:"那敢情好,你们啥时候来我啥时候欢迎,保证比这做得还要好。"

"真的吗?"

"咱俩谁跟谁呀,我糊弄谁也不能糊弄你呀,对不?"

"那好啊,正好今天晚上大哥要请客,原本想去城里着,现在就定你这儿了,成不?"

"好啊,准备请几桌呀,我这就让他们准备去。"

"呵呵，你这大急脾气真是一点儿都没变呢，刚才大哥在车上就冒了那么一句话，具体到请谁都还没定准儿呢，过一会儿再告诉你吧。"

"那也行。看来大哥这次回老家还准备住几天啊。"

"可能吧，但也不一定，他这个人一天到晚神龙见首不见尾的，再说那时间也没掌握在他自己手里，你看他现在在家吃着饭呢，不定什么时候一个电话过来，抬腿就得走人。这次要不是我妈生病住院要死要活的，他也回不来。"

"噢——"

听到这里，柳胜男不禁心里一动，想了想，接着问："大妈啥时候住的医院哪？"

"嗨，老毛病了，肺心病。着点儿凉上点儿火就喘不上来气，在县医院住了些日子，嫌那里人多，晚上睡不着觉。昨天非要闹着回家，这不就回来了么。也是巧了，上午我到乡卫生院找杨院长给老太太输液，正好碰见郝乡长发烧了也在那儿输液呢。听说大哥回来了，不等一瓶液输完就去了我们家，非让大哥跟着热闹热闹来不可。"

"呵呵，这就对了，你知道大哥这一来给我们风箱峪抬了多大的点儿不？蓬荜生辉呀。"

说到这儿，柳胜男端起面前的酒杯，双手捧着举到程华跟前，激动地说："华子，今儿个咱就为大哥的到来干一杯！"

"干？柳儿，我可干不了哇，在单位我就是出了名的一杯倒，这样吧，你干了，我喝一大口，行不？"

"行。"

柳胜男非常激动，真的一仰脖喝干了那杯酒。

"到底是女村官啊，好酒量。"

程华感慨着拿起酒瓶又给柳胜男倒了一杯酒。然后，端起自己的酒杯举到柳胜男面前，笑着说："柳儿，自打毕业后这么多年，咱们这些同学天南海北各自为生活奔波劳碌很少见面，更难得在一块儿吃顿饭喝杯酒，咱俩这是第几次啦？也数得过来，今天咱就放肆一回也喝他个一醉方休，来，我敬你一杯。"

程华说完轻轻抿了一小口，柳胜男端起杯刚要干，程华拦住她说："柳儿，别干，一会儿你还要挨着桌敬酒呢。"

柳胜男放下酒杯，苦笑一下，说："嗨，华子，这敬酒的事儿啊，有柳爱民和赵双呢，不用我的。"

程华看着她，不解地说："柳儿，这就是你的不对了，你是村主任，别忘了这一屋子人可都是奔着你来的，你哪能不敬酒呢？"

听程华这么说，柳胜男当即垂下眼帘，涩涩地说："唉，华子呀，你不知道咱们这地界儿的老例儿么？这寡妇是不能给人敬酒的，严格一点说，这丈夫死后三年里头连别人家的红白喜事都不应该参加的呀，我这是没辙啦。"

程华听了，当即一愣，但很快无所谓地说："柳儿，你这样活着累不累呀？

前怕狼后怕虎，顾忌这个忌讳那个，一点儿都放不开。告诉我，以前那个天不怕地不怕的假小子柳胜男哪儿去了？哪儿去了？"

程华越说越激动，扳着柳胜男的肩膀两眼直视着她摇晃着连声质问。

柳胜男低下头，不敢看程华，嗓子里哽噎道："那个假小子柳胜男已经死了……跟着那个死鬼一块儿死……死了……"

"不。柳儿，现在这样儿对你一点好处都没有，你要振作起来呀，寡妇怎么啦？寡妇也是人哪，现在结过婚又单身的男人女人了去了，人们光是限制女的不许干这不许干那，男人怎么没人限制啊？喊。"

程华的话显然触动了柳胜男的痛处，她当即浑身一震，抬起头目光迷离看着程华，端起面前的酒杯一仰脖儿又是一饮而尽。放下酒杯，随即挺男人地用手背抹了一下嘴，自己把酒杯斟满，端起来，对程华说："好，华子，我听你的，走，咱俩一块儿敬酒去。"

程华赞赏地看了柳胜男一眼，以变魔术的速度从桌子底下拿出来一瓶矿泉水，把自己酒杯里的酒换上矿泉水，然后笑模呵呵拉着柳胜男，从第一桌起，挨个儿敬了一圈儿酒。

三杯酒下了肚，柳胜男虽然脸色没变，但明显精神亢奋，话也多了起来。回到自己的座位上，程华谎称自己喝多了，把自己杯里的矿泉水倒进了她的杯中。柳胜男端起来又是一饮而尽，然后抹一下嘴，目光灼灼看着程华说："华子呀，人都说这寡妇门前是非多，以前我不觉得，现在我算领教了。这寡妇的日子实在不好过呀，一天到晚的，你这儿门一开，所有能睁着的眼珠子都盯着你，巴不得你出点格儿越点儿轨，他们好制造话料儿可着劲儿糟践你编排你，让你抬不起头儿来算。哼，我真想学学那武林大侠，预备点独门暗器，谁盯着我就给谁一镖，杵瞎他的眼。"

程华知道柳胜男这是喝多了往外倒苦水呢，于是笑了笑，把她的酒杯里重新倒满矿泉水递给她，顺着她的意思说："柳儿，这一家过日子十家瞭高的，你总不能把所有人的嘴都缝起来吧？谁爱说什么就让他们说去呗，还记得当年在学校演讲时你那句至理名言么？"

柳胜男不解地问："我有啥至理名言啊？"

程华清了清嗓子，学着柳胜男慷慨激昂的演讲语调说："走自己的路，让别人看着，爱咋样咋样。"

"你……哈哈哈。"

两个人同时开心地笑了起来。

笑了一阵，柳胜男收敛笑容，接着说："华子，今非昔比啦，那时候咱还是小姑娘，恰同学少年风华正茂，指点江山激扬文字。如今行么？如今是岁月茫茫不知前途何在，人海滔滔难觅立足之地呀。活了四十多岁，现如今我都不知道我自己应该往何处走到哪里去了。"

程华拍拍柳胜男的肩膀，笑着说："柳儿哇，上次咱俩见面时，你不是自信满满要把风箱峪建成北方的华西村么？咱就奔着那条道走不就很好嘛。"

柳胜男说："好是好，可那么多眼瞪着我，我还迈得开步么？"

"妈，别怕这怕那的，不是还有我呢吗？"

赵学武不知何时站到了柳胜男的身后。

第四十八章　醉打老牛筋

　　柳胜男感激地看着儿子，再次一仰脖喝干了杯中酒，然后一甩头发，拍拍程华的肩膀，豪气十足地说："老同学，放心吧，柳胜男永远都不会趴下的。"

　　"哈哈，这才像我心目中的假小子柳胜男呢。"

　　程华开心地笑着，两双手紧紧地握在一起。

　　散席后，柳胜男始终一脸亢奋趔趔趄趄送走最后一名宾客，返身回到自己的座位上，拿起自己的小包，晃晃悠悠出门掏出车钥匙就扑向自己的黑色现代车。儿子赵学武从身后一把搂住妈妈，大声说："妈，您都喝成这样儿了，哪能再开车呀？走，到饭店休息室躺会儿睡一觉，醒醒酒再走。"

　　柳胜男一听让她躺会儿睡一觉，立刻就不乐意了，一边继续拿钥匙开车门子，瞪着好看的丹凤眼看着儿子大声嚷嚷道："学武哇，你也忒小看你妈了吧？嘁，就这几杯小酒儿就能把你妈我灌趴下？还躺会儿睡一觉，你长这么大啥时候看见你老妈我大白天睡过觉哇？没门儿，我这回去还多着事儿要干呢。好儿子，不用担心，别看你老妈喝了几杯小酒儿，我这脑袋瓜子呀不糊涂不五迷，清醒着呐，甭说开汽车啦，开飞机都没问题。"

　　一边嚷嚷着，拿着车钥匙就往后排车门子上插。

　　学武一脸忧虑看着已经基本失态的妈妈，摇了摇头，刚想扶住妈妈让她回饭店休息，柳胜男包里的手机响了。

　　听到包里手机响，柳胜男把手里的车钥匙一扔就从包里掏手机，可掏了半天也没掏出来。学武弯腰捡起车钥匙，赶紧接过妈妈的包，拉开侧面的拉链掏出手机按下接听键递给她。

　　柳胜男一接电话，立刻传来柳爱民的声音："老姑哇，您出来了么？老牛筋那浑蛋发疯呢，拿着大钢镐刨道呢。"

　　"啥？刨道？刨哪条道哇？"

　　"还有哪条哇，新修的那条道呗。"

　　"我呸！真他妈的无法无天了，今儿我看他敢刨试试！"

　　柳胜男直气得柳眉倒竖凤眼圆睁，牙齿咬的响。学武见状，不敢再说别的，打开车门让柳胜男上车，自己开车送她回村。

　　学武稳稳地开着车出了靠山镇，下了乡村公路走上新修的风箱峪景观大道不远，就看见前面聚集着一大帮人。柳胜男示意儿子把车停下，没等车停稳当，她打开车门子就跳下车，几步跑到人群跟前。人群中有眼尖的见柳胜男来了，小声叨咕一句："柳主任来了。"

听说柳村长来了，人们立刻让开一条道儿，柳胜男走进去一看，心头那火儿立刻直冲头顶。但见围观的人群中间老牛筋横眉立目提拉着一把钢镐，柳爱民和赵双一边一个拉着他的胳膊，而且，柳爱民头上鼓着一个大包，殷红的血正从那大包上渗出来顺着头发流到了耳朵边上。

这还了得！柳爱民头上那包肯定是老牛筋打的。真是反了天了。

柳胜男一个箭步冲过去，一把抢过老牛筋手里的钢镐，怒吼道："大哥，你这是要干啥呀？"

老牛筋冷不丁被柳胜男抢走手中武器，当即双臂一轮挣脱柳爱民和赵双，嚷嚷着就扑向了柳胜男："大寡妇，你来了正好，反正我也没个好儿了，你们不把这条妨家的道断喽，我今儿个就跟你拼了！"

"拼？好哇，姑奶奶我等着。"

柳胜男厉声应答着，闪身躲过冲她扑过来的老牛筋，接着一个箭步迎上反扑回来的老牛筋，挥起手臂左右开弓打了老牛筋两个大嘴巴。柳胜男连气带恨加上喝了点儿酒，抢出去的巴掌力大无比，直搧的老牛筋眼冒金花，双腿拌蒜，两边嘴巴子立刻鼓起来鲜红的巴掌印，身子跟跄几步险些摔倒。围观的人群也被柳胜男这一举动吓住了，纷纷后退，谁也不敢出声。

此时的柳胜男，面带微笑，像武侠剧中准备出手的大侠一样，双掌轻轻一撮，再次逼近老牛筋，指着他的鼻子，从牙缝里一字一顿说道："大哥呀，今儿个我柳胜男叫你这一声大哥，是冲着我死去的丈夫，你的本家兄弟赵成叫的。不冲着他，我应该叫你一声浑蛋王八蛋才对，啥叫为老不尊啊？你就是。我柳胜男是寡妇不假，可那是你叫的么？我这一巴掌就是让你记住，我柳胜男还是你们老赵家的媳妇。这是其一。还有，这条道是咱们全庄老少爷们儿跟着一块儿修起来的，是风箱峪的财路，风箱峪的一道风景，不是你们家的自留地想刨就刨想动就动的。还妨家的道，这村里边修一条道是方便大家出行的，是碍着你的肝儿了还是碍着你的心了？我这第二巴掌就是让你清醒，你们家虽然在城里有了房子有了窝还有大把大把花不了的钱，可你别忘了，你，还有你那一大家子人的根在哪儿呢，在风箱峪！你别以为有钱就可以胡作非为，过不了几年咱们风箱峪家家户户都不会比你们家穷，比你们家挣钱少。"

"说得好！"

人群中不知谁喝喊了一句，老牛筋捂着火辣辣的脸浑身一颤，蔫吧溜秋儿挤出人群，头也不回往家里走去。

老牛筋被柳胜男一巴掌搧的晕头转向，头也不回径直跑回家中。此时，刚刚发丧了老伴的家里一片狼藉，亲友们送来烧剩下的纸钱东一堆西一捆扔得到处都是。晌午头埋葬了老伴，二儿子说单位有事儿，接了一个电话就带着老婆孩子走了，大儿子两口子也借口孩子上学不能耽误课开车赶回了城里，空荡荡的大院里只有隔壁侄子和侄媳妇两口子低着头默默地收拾着残局。

看着这冷冷清清的大院子，老牛筋有点后悔了。

其实，他老伴三天前就死在县医院并且火化了，他就是想给村里景观大道通车仪式添点儿堵，才选在剪彩的时候发丧死人。这么多年，作为风箱峪首富，他已经习惯了那种被人奉承让人捧着的日子。自打柳胜男当村主任以后，眼看着原来看见他就点头哈腰的老街坊们，一个个都挺胸抬头当起了老板。没人再低三下四找他借钱了，更没人拿他当大款供着捧着了，他觉得这世道变化太快，他必须整出点动静来重新引起村民的注意，于是，就想出了这一系列关于风水的传说。

此时此刻，眼见家中这狼藉一片，老牛筋心里不禁一颤，柳胜男刚才数落他的话立刻又在耳畔响起：你虽然在城里有了房子有了窝还有大把大把花不了的钱，可你别忘了，你，还有你那一大家子人根在哪儿呢，在风箱峪！你别以为有钱就可以胡作非为，过不了几年咱们风箱峪家家户户都不会比你们家穷，比你们家挣钱少。

这个柳胜男确实不是一般的女子。

老牛筋心里边叨咕着，忍不住摸了摸仍然火辣辣发麻发木的脸。嗨，活了六十多岁，在四邻八村不说一跺脚三颤，也算得上有头有脸的人物，没想到竟然让兄弟媳妇给打了，而且打得他说不出道不出，只能王八撞桥桩暗气暗憋。老牛筋越想越郁闷，忍不住捶胸顿足长吁短叹起来。正在帮忙收拾东西的侄子侄媳妇见他这样儿，不知道咋回事儿，只当他是想那死去的老伴想的，当即放下手头的活计围上来软语相劝。可是，他俩哪里知道这个老牛筋真正的心思啊。口干舌燥劝了半天也是劝皮儿劝不了瓤，老牛筋除了唉声叹气还是唉声叹气，后来倒弄得侄子小两口挺没好气，好歹把屋里屋外收拾一下就掩上大门走了。

人都走了，偌大个庭院，七八个房间就剩下老牛筋一个人坐在客厅里生闷气。他本来就是个不听人劝不进咸淡的拧种，此时，瞅着房顶还在想着柳胜男打她两巴掌的事儿。一个五尺高的大老爷们儿让个小妇女给搧得五迷三道，奇耻大辱哇，老牛筋越想越憋屈，一下子就钻进了牛角尖儿。

他腾地站起来，三步两步跑进厨房，抄起一把菜刀拿在手里，嘴里恨恨地骂着："臭寡妇，你让我活不成，我也让你好受不了，我先剁了你拉个垫背的。"

但骂过以后他随后就软了，那可是你亲叔伯兄弟媳妇啊，况且你不先张嘴骂人家，人家会打你么？这么一想，手一松菜刀就掉在了地上。

常言说得好：说话别揭短，打人莫打脸。老牛筋双手抱头蹲在当院，脑子里忽然就冒出来这句老言古语。哎呀呀，这当着那么多人的面被兄弟媳妇搧嘴巴，我这往后还咋出门儿啊？这么想着，他心里又是一哆嗦。还有支部书记柳爱民，当时跟我抢钢镐的时候挨了我一镐头，也不知道现在咋样了，要是柳爱民再有个三长两短的，哎呀！不得了啦，老牛筋啊老牛筋，你今儿个算是跳到黄河也洗不清啦。想到此，他烦躁地站起身，三步两步跑到大门口，透过虚掩着的门缝往外看去，街道上鸦雀无声，连个鬼影子都没有。不好！没准儿这时候人们都在柳爱民家忙活呢，这柳爱民肯定出大事儿了。还有那个当家子兄弟媳妇柳胜男，我骂了她还刨坏了新修的大道，她会那么老老实实地善罢甘休？人家那可是村主任啊，官儿虽然不大，可也管着你呢。

老牛筋越琢磨越没路儿，一眼就瞄上了厢房窗台上那瓶农药，扭头看一眼客厅墙上老伴的遗像，他嘴角咧了咧，默默念叨一句："老婆子，你活着时我没好好伺候你，你等着啊，到那边儿我把欠你的都给你补上。"

说完，不管三七二十一，一步奔到厢房窗台跟前，抄起那瓶农药拧开盖子就往嘴里倒。

恰在此时，原来虚掩着的院门被推开了。柳胜男和头上扎着绑带的柳爱民几乎是飞奔着跑进来，柳胜男惊呼一声："大哥你要干啥呀！"

同时，一把夺过他手里的农药瓶子，甩出去老远，瓶子碎了，满院子顿时充满了臭烘烘的农药味儿。

老牛筋狂躁地挥舞着手臂，大声嚷嚷着："这世道让人没法儿活了，你就让我去死吧，让我去死吧。"

随着老牛筋的喊叫，院子里立刻又涌进来一帮人。这看热闹的人永远都不嫌事儿大，人们跟着七将八架立刻热闹起来。柳胜男见状，大喊一声："都让开，赶紧把人送医院。"

柳爱民和闻讯赶来的老牛筋侄子一个抱腰一个掐吧腿，迅速把仍然叫嚷着的老牛筋塞进了赵学武的汽车。

十几分钟以后，老牛筋就被送到了乡卫生院。医生护士们见来的是个喝农药的，就问柳爱民："他喝的啥农药哇？"

"乐果。"

医生听罢，立刻给他配药洗胃。这时的老牛筋许是药劲儿发作，也可能是折腾了大半天有点累了，整个人软软地趴在病床上，任凭医生护士们折腾，既不挣扎也不反抗了。

洗清了胃里的东西，护士又开始给他输液。

这时，柳胜男来了，紧张地问那主治医生："咋样啊？病人有危险吗？"

医生轻松地说："放心吧柳主任，没事儿的，像这种喝农药的每年我们见过多了，他是最轻的。而且这种乐果只要不喝水基本没什么大事儿，也不会落后遗症。"

"噢——"

柳胜男揪紧的心总算放松下来。

见老牛筋洗胃以后已经基本脱离了危险，他儿子儿媳妇也被人从县城叫了回来，柳胜男和柳爱民跟他儿子儿媳妇简单介绍了一下情况就回村里了。

半路上，柳胜男问柳爱民："你知道老牛筋为啥极力反对村里边修这条景观大道么？"

柳爱民先是摇摇头，接着试探着说："他不是说咱修这条道破了村里边的风水了么？"

柳胜男从鼻子里哼了一声，反驳道：“他说这个你也信？糊弄谁呀？他这个人哪，别看外表挺事儿屁的，其实就是个真怂假刁，骨子里就怕别人好喽，典型的自私自利。我分析着，他就是看咱们村家家户户要么开农家院要么养山猪山鸡，收入都不少，显不出他们家阔了，他就心里不平衡，总想着整点事儿给村干部添堵，这添堵没添成脸上挂不住咧，就自个儿钻牛犄角。”

听柳胜男这么一分析，柳爱民连连点头：“还真是这么回事儿，中午咱们在饭店吃饭的时候赵虎给我打电话，说老牛筋疯子似的刨大道呢。我没吃完饭就去看，那时候已经聚了一帮人瞧热闹了，那老牛筋一边刨一边嚷嚷：不让我好过，谁也甭想好过。我问他谁不让你好过啦？他说你们修道破了全村的风水，我就去抢他的镐，他抡起镐就冲我砸了过来，我一下子没躲开……”

柳胜男听到此，接过话茬儿说：“爱民哪，你瞅着吧，他那俩儿子弄不好还得找茬闹事儿呢，到时候你就说脑袋被他打成脑震荡咧，得住院治疗，他家不是自称首富么？我看他咋办。至于我抽他那俩嘴巴，他那是自找，我多着话等着他呢，今儿个我倒要看看他们家那钱能不能通神。”

俩人说着话儿就到了村委会。

进了办公室，赵双正在算账，一见到柳胜男和柳爱民进门，立刻兴奋地汇报道：“柳主任，咱这几个月又挣啦，光门票就卖了二十多万，绿食盈利一百八十多万，还有山场承包费等其他收入，咱这银行账户上存款已经五百多万了。”

柳胜男听了，立刻眼睛发亮“真的么？我算计着也就三四百万呢。”

赵双说：“您可能把绿食批发那块给忽略了，咱这近两个月绿食批发走得特别多，光是北京那一批货就是一吨多。”

柳胜男想了想，赵双正是负责绿色食品销售的，当即爽快地说：“哎呀，那可得好好奖励你一下了。”

赵双不好意思地说：“奖励我干啥呀？”

柳胜男笑着说：“当然是奖励你管理有方销售得力啦。”

柳爱民一听奖励赵双，立刻噘着嘴说：“那我呢？”

柳胜男看了他一眼，知道他那是故意逗闷子呢。于是，脸儿一绷说：“你也有奖，奖你二斗红高粱。”

柳爱民一笑说：“那好哇，赵会计，赶紧拿斗去给我量。”

他这么一说，柳胜男和赵双也忍不住笑了起来。

三个人说笑一阵，柳爱民忽然收敛笑容，一本正经地说：“老姑哇，我那天跟赵会计粗略算了算，这两年您往村里边已经投进了一百三十多万，如今这村里有钱了，我看应该先把欠您的债还给您，那可是您个人的钱哪。”

柳胜男一听这话，连连摆手说：“快算了吧，我又不等着钱花。我倒有个想法儿，这眼瞅着要过年了，咱不如先把村民大伙儿集资的钱返还回去，然后再按集资多少给各家各户分点儿红。”

一听分红，柳爱民和赵双同时愣了一下。柳爱民说：“我看可以。”

赵双也说："我也支持。"

柳胜男见他俩都不是挺积极的，迅速扫了他俩一眼，心里不禁一动：由于二人家境都不是挺富裕的，当时村里集资时，他俩只是象征性地集了有限的钱，自己这一提出按照集资多少分红，他俩肯定要吃亏。这人不是神，尤其在这金钱面前，谁又会无动于衷呢？

想到此，柳胜男果断地宣布："爱民，赵会计，常言道一个好汉三个帮，一个篱笆三个桩。我柳胜男当这个村长，要是没有你俩的支持和帮衬，啥也干不成，所以呀，我决定把当初我垫付村里的钱拿出三十万算咱们三个集资的，咱不偏不倚每人都按十万集资分红，你俩说咋样啊？"

"不行。"

柳爱民和赵双几乎异口同声反对。

"为啥呢？"

这回轮到柳胜男愣住了。

柳爱民动情地说："老姑您一个人出钱让我们受益，我们于心不忍。"

柳胜男一听就乐了，随即话锋一转激动地说："那有啥呀？你俩听我说哦，这两年通过一码一码的事儿，我已经想开了，你们说这钱是好东西不？是。可是当一个人把钱搁自己手里攥着，眼瞅着周围的人为过日子缺钱急得团团转时，他手里的钱就是废纸。只有大家都有钱花，都过上好日子了，那钱才是真钱呢。"

"大婶子！我……"

门口忽然有人插话，屋里的三个人不禁同时一惊。

第四十九章　人不能走歪门邪道

柳胜男抬头一看，门口站着的竟然是老牛筋的大儿子赵大刚。心里当即一沉：哼，这该来的还是来了。

柳爱民不想让局面太被动，于是，看着一脸窘态的赵大刚，笑着说："呵呵，天下第一款爷儿来了，快请坐。"

赵大刚脸红了一下，仍然站在门口没动。

柳胜男一见，调侃道："哈，大侄子，咋还在门口站着不进来呀？都是一家一道的是不认得还是害羞哇？"

赵大刚跨前一步，嘴张了张没说话，忽然跨前一步，冲着柳胜男深鞠一躬，连珠炮似的言道："大婶子，我们一家对不起您，我特来向您赔礼道歉来了。"

这个一贯牛气哄哄六亲不认的款爷儿今儿个这是咋的啦？

柳胜男见状有点儿不适应，一时竟没反应过来。倒是赵双反应较快，赶紧挪了把椅子让赵大刚坐下，可赵大刚仍然站着没动。两眼热辣辣看着柳胜男接着说："大婶子，您大人不记小人过，别跟我爸一般见识，他都多半截子入土的人了，一辈子都是那么犟眼子过来了，您还指望他老来改脾气？"

说完他又转向脑袋上扎着绷带的柳爱民，一脸歉意地说："爱民表兄，您大人大量，宰相肚里能撑船，也别跟我爸一般见识，等会儿我带您到县医院好好检查检查去，咱乡里卫生院毕竟小门小户一般小感冒凑合能治，像您这样的这大外伤他们根本就治不了，不是水平凹是没那设备。咱到县医院好好查查，没毛病更好，有毛病赶紧治别耽搁喽，这脑袋可不比别处哇。"

一席话，说得柳爱民心里一热，柳胜男也觉得这个赵大刚到底是场面上的人，太会来事儿了。想人家专程登门来道歉，咱也别太较劲儿了。于是，起身倒了一杯水递给赵大刚，笑着说："大侄子，咱一家人别说两家话，啥对得起对不起的，你爸又不是下雨新出来的蘑菇，他那拧脾气咱全庄大人小孩儿谁不知道哇？其实，这事儿我也有责任，我不该跟你爸动手儿，应该好好解释才对。嗨，当时也是因为多喝了几杯酒，脑袋瓜子不是挺清醒，加上看到你爱民表兄一脑袋血心里着急，这一激动就动起手来了。"

赵大刚听柳胜男这么一说，脸色随即缓和了许多，坐下来喝了一口水，笑着说："呵呵，大婶子您啥也别说了，我非常理解您的心情，这人在气头上针尖儿对麦芒，谁还想那么多呀。我爸也是输完液平静下来才意识到自己惹了大祸了。他说，这回要不是你赵成婶子和爱民表兄我这条老命就交代了。"

赵双此时慢条斯理插话道："大刚啊，你没问问你家老爷子，下次还喝那玩意儿不？"

赵大刚笑着说："快别说了，他清醒后睁开眼第一句话就是，可折腾死我咧，下次打死我也不走这条道儿咧。"

一句话逗得屋里三个人都笑了，屋里的气氛也随着这笑声轻松起来。几个人又说了一会儿话，赵大刚执意要带柳爱民去县医院进一步检查，柳爱民说："亲戚里道的咱们这谁跟谁呀，一点儿皮外伤而已，没必要瞎折腾，我要是受不了早就躺炕上叫唤了，还能在这儿瞎扯淡？"

见柳爱民说得挺轻松，赵大刚又走到跟前亲自检查一遍，见绷带上虽然渗有血渍，但已经干了。于是，不再坚持去医院，却从腰包中抽出来一沓百元大钞塞给柳爱民，一脸关切地看着他，诚恳地说："表兄啊，这点钱就当表弟我给您买兜水果吃，您千万别见外。"

柳爱民见此腾地站起来，把钱塞回给赵大刚，急扯白脸地说："表弟你瞧不起我是咋的？我说没事儿就是没事儿了，你还整这玩意儿干啥呀？"

赵大刚又是脸一红，激动地说："表兄啊，你就别推辞了，这是表弟我的一份心意呀。再说了，眼下我们哥儿俩都在城里，老爷子又不跟我们走，这往后家里有个大事小情儿的还不全靠老几位帮衬着么？"

俗话说：听话听音，锣鼓听声。听赵大刚这么一说，三个人立刻明白了怎么回事儿，柳爱民于是也不再推辞，把钱放在办公桌上，冲赵大刚一笑说："那就恭敬不如从命，表兄我可就笑纳了哈。"

赵大刚这才放下心来，笑了笑说："老几位先忙着，我还得赶紧回城里，公司里还有事儿呢，老爷子还烦劳几位多照看。"

赵双说："那是应该的。"

赵大刚也不再客套，转身就往外走，到门口又回身抱拳行个礼，点头哈腰再次嘱托道："烦劳几位费心，我先走了啊。"

说完他头也不回就走出了村委会办公楼。

柳胜男在他身后轻声叨咕一句："这个老牛筋也不牛了。"

送走赵大刚，柳爱民心情复杂地拿起桌子上的那沓钱，点了点整整三千。这三千块钱若放在两年前，他会觉得是个不小的数目。因为，那时候他当村主任兼支书，一个月才六百块钱，这六百块钱用于一家子四口人开销根本就哪儿也够不上哪儿。那时候，他曾经想过撂挑子不干到城里做小工挣钱养家糊口，可总觉得真要把村里的事扔下不管，又有点儿于心不忍，所以就一直坚持着。直到柳胜男接替他当了主任，从去年开始他家也搞起了特种养殖，今年又办农家院，加上大个儿的闺女大专毕业回家跟着操持农家院，小儿子也上了高中，他这日子才见到点儿亮光。

柳胜男见柳爱民数着那沓钱直发呆，笑了笑说："拿着吧，咱要想让他再加一个零也不够。哼，算他还有点儿人味，可是细琢磨起来那老牛筋一个人挺大的宅子也确实有点儿空得慌，不如咱也帮他开个农家院，雇俩小服务员再找个做饭的。"

赵双一听立刻插嘴道："我看这还真是个辙。哎，其实隔壁他那侄儿和侄媳妇就不错，他们家地方小没开农家院。要不平时他侄媳妇都是帮人家做饭打零工，如果让他们两家并一家开农家院，准保也把钱挣喽，老牛筋还不愁没伴儿了。"

柳爱民听了，皱了皱眉头，看着赵双幽幽地说："嗨，咱快别看三国掉眼泪替古人担忧咧，那老牛筋脾气那么犟，谁愿意跟他搭帮干事啊？"

柳胜男想了想，说："我看有可能，这年头儿能挣到钱就是硬道理，具体到和不和顺不顺的，那不全凭事在人为么。"

柳爱民还在想着赵大刚进门时说的那句话：眼下我们哥儿俩都在城里，老爷子又不跟我们走，这往后家里有个大事小情儿的还不全靠老几位帮衬着么？

他这话啥意思哦，不就是让大家伙儿照看着他爸爸么？就这俩小钱儿就想着让我们给你爸爸当免费的保姆？喊。

想到此，柳爱民闷声说："他们家的事儿啊，咱还是少掺和为妙，那爷儿俩可是一个更比一个精呢，你别看赵大刚假仁假义扔给我三千块钱。其实他这是想花钱堵上我的嘴搭上我的腿，照看着他那拧种老爸，哼，黄鼠狼给鸡拜年本来就没安好心，我才不上他的套儿呢，一会儿我就把钱给他送回去。"

柳胜男知道柳爱民也开始钻牛犄角了，当即看着他微微一笑，把话题岔开："嗨，不说他了，咱还是接着商量一下分红的事儿吧。这可是咱们庄儿散社以来第一次给大伙儿分红啊，记得生产队的时候，每年分红家家户户都跟过年似的，虽然最多的也不过几百块钱，可那时候的钱值钱哪，一百块钱就可以娶个媳妇，对吧爱民？"

柳爱民一听立刻红了脸，原来他媳妇就是花了一百块钱娶进门儿的。那时候家里穷，他和他媳妇是晚上去靠山镇看电影搞的对象，当时女方家里死活不乐意，嫌柳爱民家穷。没想那柳爱民给他们来了个先上车后买票，又正好赶上全国农村学小靳庄婚事新办，柳爱民捡了个大便宜，一百块钱就把媳妇娶回了家，结婚不到三个月他媳妇就给她生了个大胖丫头。那以后多少年过去，人们一提起娶媳妇就拿柳爱民说事，让柳爱民很没面子。

眼下听柳胜男又提起这事儿，柳爱民却不觉得没面子了，接过话茬儿笑着说："呵呵，老姑您还别说，别看我娶了个便宜媳妇，那才叫物美价廉呢，又贤惠又能干，要不是她，我们家还到不了现在这个份儿上呢。"

赵双说："还真是，咱这个老嫂子还就是有福呢。"

柳胜男见着俩人越扯越远，赶紧把话题拉回来，接着说："爱民，赵会计，我说就按咱刚才商量的那么办咋样啊？"

"刚才商量啥了？"

柳爱民显然已经忘了正题。

柳胜男提醒道："就是先返本儿，然后按照集资多少分红。咱们三个人也别学雷锋，就按照我说得那样，从我垫资部分划出三十万，每人按十万本金分红。"

"这……合适么？"

柳爱民和赵双同时提出疑问。

柳胜男说："有句话是谁说的着？贫穷不是社会主义，社会主义提倡按劳取酬，你俩这两年没黑夜没白天地操劳，鞋底子磨破了多少哇？咱不说别的，如今男人们到建筑工地做小工甩大泥一天还给一百多块工钱呢，何况你们还整天加班加点儿的，这事儿啊我就拍板儿了，赵会计算账吧。"

听柳胜男把话说到这个份儿上，柳爱民和赵双感激地看着她不再说啥，分红方案就这么定了下来。

分红方案定下来以后，赵双又反复核对一遍，柳爱民就通知全村各家各户到村委会领钱了。

为了保证公平合理，柳胜男让柳爱民把分配方案提前写在一张大纸上实行张榜公布。

分红那天，村委会办公楼人头攒动，说是让一家来一个人，可是哪家都至少来了两个人。人们兴高采烈挤在那两张大红纸前面，一双双眼睛有多大瞪多大，从众多人名中寻找自己的名字。柳爱民还是有点儿不放心，悄悄站在人群后面，想听听大家的反响，可大家光顾得找自己名字看自己能分多少钱了，哪还顾得上议论别的。倒是那几户当时出钱少的户，此刻见到别人比自己分得多，开始后悔，甚至围着柳胜男唧唧喳喳问："柳主任，咱村里往后还集资不？要是集资的话，我这钱就不往回拿了，直接投进去。"

有的说："柳主任哎，咱干脆别分红了，把钱直接放在村集体滚动发展可比放在银行强多了，再说，现在谁家还缺这点儿小钱儿啊。"

也有人替柳胜男打抱不平说："柳主任，当初您为村里垫了那么多钱，现在才拿回这么点儿，也太吃亏了吧？村干部也是人啊，也得开门过日子，再说您辛辛苦苦的为村里的事奔波，劳神费力还搭着自己的车，现在汽油多贵呀，咋着您也得留点儿汽油费吧。"

村民的话，让柳胜男很感动，这金杯银杯不如老百姓的口碑呀，大伙儿能说出这话来，证明自己这个村官还算称职。

当然啦，也有在后面煽风点火说风凉话儿的："哼，凭啥他们三个村干部就按每人十万分红呢？当初集资时，你们谁看到他们集十万块钱了？"

"我看到了，我能作证。"

说话的是大丫头。

原来，大丫头两天前刑满出狱了。可她总觉得自己一个蹲过大牢的人会被人瞧不起，回村那天谁也没告诉，在村外头一直等到天黑才耗子似的钻进家。到家后也不敢出屋，生怕被谁看见难堪，此时正好赶上村里分红，她爸妈告诉她说："丫头哇，领钱去吧，连本带利一块儿领，有四万多呢，都翻了番儿了。"

大丫头起初不相信，瞪大眼睛看着他爸妈说："爸，妈，咱家哪来的那么多钱集资啊？"

她妈叹口气，哽咽着说："就是当初你走时留给姐姐的那些钱啊。"

大丫头一听就急了："哎呀妈呀，那可是我留给你们二老和姐姐的生活费呀。"

大丫头她妈说："嗨，丫头哇，你算遇上贵人啦，你出事儿以后哇都是人家柳主任上下打点，要不你能这么快就出来？还有咱们家这农家院，也是柳主任帮着操持起来的。柳主任可是咱们家的大恩人呐，到啥时候咱也不能把人家忘喽哇。"

听到这里，大丫头再也顾不上要面子，马上飞奔着就去了村委会。

大丫头一进门，正好听到有人冷言冷语说闲情儿，当即义正词严把那人顶了回去。

那甩闲话儿的回头一看是大丫头，立刻撇撇嘴不屑地说："你能作证？作啥证啊？"

"你说作啥证我就能作啥证。"

大丫头脖子一梗毫不示弱。

大丫头的泼辣在村里可是出了名的，此刻见大丫头要翻脸，立马有人出来劝道："哎呀呀，啥大事儿啊这么闹腾，钱儿多了扎得慌找地方扶贫去，还能落个好名声。"

这话说得软中带刺儿，大丫头听了很不舒服，刚要发作，想想自己此时的身份，立刻觉得矮了半截儿，嘴张了张把想好了的话又咽了回去。

正这时，柳胜男听到大丫头说话的声音从办公室探出半个身子，大丫头一见柳胜男立刻惊喜地扑过去，颤抖着声音叫道："柳主任！"

柳胜男一把把她拉进屋里，一叠声地问："王淑莹，你啥时候回来的？你回来咋不告诉我们一声啊？"

"我……"

大丫头羞愧地低下头，揉搓着衣裳襟喃喃地说："柳主任哎，像我这样儿的臭狗屎哪还有脸见人哪？"

柳胜男见她这个样子，知道她是怕人瞧不起。于是，搬了把椅子让她坐到自己跟前，两眼直视着她缓缓地说："王淑莹，你今年多大啦？"

大丫头不知道柳胜男为啥一见面就问她岁数，愣了一下红着脸回答道："二十九。"

柳胜男听罢，瞪了她一眼，愤愤然斥道："我呸！王淑莹啊王淑莹，你刚这么点儿小岁数就想当臭狗屎，你还叫个人不？可别忘了，你也是当妈的人了，就你这缩头缩脑见不起人的样儿还想让你闺女出门儿不哇？"

大丫头一下子就被柳胜男的气势给镇住了，带着哭腔结结巴巴地分辩说："柳主任哎，谁不想挺直了腰板儿做人哪，可我……我……"

"你咋的啦？你比别人缺胳膊缺腿还是缺脑袋呀？这人吃五谷杂粮谁能保证

一辈子不犯错误哇?"

"可我那错……"

"你那错儿咋的啦,年轻人上当受骗常有的事儿,这上一回当犯一回错儿就趴在地下当臭狗屎,任凭千人踩万人骂,我看你不如扎哪儿死喽去。这人活着就是得活个骨气,从哪儿摔的跟头从哪儿爬起来,把自己后面的道儿走直喽走正喽,活出个好人样儿来,我就不信谁会瞧不起你。"

"柳主任!"

大丫头哽咽着叫一句,忽然扑到柳胜男怀里哭了起来。

第五十章　建在村头上的蒙古庄园

　　柳胜男见自己三句话两句话就把大丫头说得痛哭流涕，心里边也觉得挺过意不去，现在的年轻人都愿意听好话奉承话，我那么骂她，她会不会想不开呀？要是她真动了心思回去再有个三长两短的，我这罪过可就大了。但转念一想，大丫头此时正处在人生低谷，要是不赶紧骂醒她，让她尽快振作起来，她这一辈子可能就完了。这么想着，柳胜男轻轻拍了拍大丫头的后背，柔声安慰道："淑莹啊，快别哭了，让人听见了还以为我这个村主任欺负你咧，等一会儿再把你爸妈给哭过来，跟我不依不饶，我可吃不了兜着走咧。"

　　听柳胜男这么一说，大丫头立刻止住哭泣，抬起头破涕为笑了。柳胜男起身拿了条湿毛巾递给她，笑模呵呵地说："快擦擦脸领钱去吧，你可是头等户儿哇，拿着这四万多块钱当本儿好歹干点儿啥，你们娘儿俩再加上你爸妈还愁吃喝么？"

　　大丫头感激地看着柳胜男，想了想小声问了一句："柳主任，我听我妈说您为我的事儿可是花了不少钱呢，这钱我不领了，先还给您吧。"

　　柳胜男一听这话，立刻把脸一沉嗔道："淑莹啊，你说这话不觉得生分么？从远了说，我是村长，你是我们村的村民，你出了事儿，我不管谁管？从近了讲，你们王家跟我们柳家沾亲带故，你得叫我一声姑奶奶，这孙女有事儿奶奶不管谁管？总而言之，你的事就是我的事，你就别跟我分那么清楚咧。这钱你领回去好好琢磨琢磨干点啥，千万别跟以前似的不务正业，总想不费劲儿就挣大钱吃大饽饽了。"

　　大丫头点点头，红着脸向柳胜男保证："姑奶奶，我王淑莹这条命都是您给的，我向您保证，从今往后我就是骑着三轮车捡破烂儿，也要堂堂正正过日子，再不走正道您随时都可以把我再送进去。"

　　柳胜男笑着说："这就好，我琢磨着就凭你那点儿聪明劲儿，根本就不用卖苦力，做点儿啥买卖都受不了穷。"

　　"谢谢姑奶奶。"

　　大丫头弯腰冲着柳胜男鞠了个躬，大大方方走了出去。

　　大丫头前脚刚走，柳爱民就驷马汗流一身灰头土脸的走了进来。进门就坐在门口的沙发上，一边用袄袖子擦汗，顺手端起茶几上柳胜男给大丫头倒的水咕咚咕咚灌下去。

　　喝完水一抹嘴，这才喘着粗气心有不甘地说："老姑哇，这豹子峪王大为还真有邪的，咱就这几天没走那条老道，人家竟然在大道边儿咱村头上搞起建筑来了。"

柳胜男一惊，忙问："搞建筑？搞啥建筑哇？"

柳爱民说："谁知道他们想干啥呀，反正围墙都圈起来了，里面吊车挖掘机人来车往的泡土狼烟干得热闹着呢。"

"是么。"

柳胜男忽然想起来半个月前她去乡政府，看见王大为从李书记办公室出来，李书记一个劲儿嘱咐他："要干就干那人无我有的，别人干啥你干啥永远有不了出头之日。"

呵呵，看来那王大为真要干那人无他有的大事儿了。嗨，这样也好，细想那猪往前拱鸡往后刨，各有各的活法儿。况且这年头儿就是个竞争，落后就得挨打，落后就得受穷。过去穷人光荣，贫下中农根儿红苗正，到哪儿都让人高看一眼，现在还哭穷，那是你没本事，脑残，到哪儿也没人同情。

这么一想，柳胜男随即释然，看着柳爱民淡淡地说："嗨，他们豹子峪呀也该动动脑子了，那么大个村子，上千口子人，家家户户就指着那三亩地一头牛，再经营几棵果树养几只小鸡子，哪就致富奔小康了？"

柳爱民没插话，又倒了一杯水，把水杯子拿在手里端详着，好半天才说："我听那开挖掘机的说，王大为想在那儿建一座蒙古庄园。庄园里不盖房子支蒙古包，所有布局都按照内蒙古大草原的模式规划。"

听到这儿，柳胜男立刻来了兴趣："那好哇，这不就真成了人无他有了么？我觉得他们要是真弄好了，肯定能吸引人。"

柳爱民喝一口水，看着柳胜男，忧心忡忡地说："这有啥好哇，他们这一玩新鲜的，肯定会对咱们有影响，而且那影响还不是一星半点儿，这就等于从咱们锅里分走了半锅粥哇。"

柳胜男眨眨眼，不解地问："分走咱半锅粥？这在哪儿写着哪，要我说，他们这么整对咱不一定就是坏事儿，他们把人招来了，咱可以销售咱的特色产品啊，山鸡蛋、山猪肉、绿色食品小杂粮、野山珍，这些可都是城里人想吃都吃不到嘴的呀。"

"对呀，咱还可以借着咱的特色养殖场增加些惊险的刺激的成人游戏，比如老鹰抓小鸡，用咱驯养的老鹰抓那些散养在山谷中的山鸡，抓到以后就地给游客炖了吃，或者预备一些弓箭，让那些好奇的游客开弓放箭射猎山鸡和野兔，肯定更招人。"

柳爱民眉飞色舞越说越兴奋，好像自己已经拿着弓箭身临其境了。

柳爱民的点子一个一个从嘴里蹦出来，听得柳胜男热血沸腾连连点头。笑模呵呵看着柳爱民调侃道："爱民哪，我看你应该开个点子公司咧，一个点子多少钱。记得头几年报纸上好像宣传过这样的事，那个人具体叫啥哪儿的人我记不清咧，我觉得你就适合干这个。"

柳爱民不好意思地笑了笑，有点腼腆地说："呵呵，我这些点子充其量只能算是馊主意，具体到实际操作起来是不是能挣钱，是不是适合咱们，那还得另说。"

柳胜男看着他，鼓励道："我看你说的这几点还真不是馊主意。你想啊，那城里人外地人到咱这儿旅游、休闲、度假图喜个啥呀。我说句大实话，若论风景，咱风箱峪这几座小山包远远比不上南方五岳雄伟壮观。若论住的环境，就咱这满街筒子羊屎豆儿一地的柴火沫子，跟人家大城市没星级的宾馆比起来都差着不是一星半点呢。人家能到咱这儿来不就是图个新鲜么？咱除了吃住以外再给游客们提供点好玩儿的项目，应该说正对路。啥叫人无我有，人有我精啊，就是得整点儿人们到哪也看不到的玩意儿，那才吸引人呢。"

柳胜男这么一说，柳爱民立刻受了鼓舞，当即说道："老姑您要是觉得这俩项目行，咱就及早下手，正好趁着现在冬季旅游淡季，咱抓紧操持，等明年春暖花开的时候争取正式投入使用。"

柳胜男点点头，想了想说："其实说起来，咱们现在已经没有啥淡季旺季了，旅游人少咱可以就这机会把各家各户的周边环境归整归整，起码看起来让它干干净净亮亮堂堂的。还有绿色食品厂咱们应该把规模再扩大一些，走批量生产的路子。豹子峪不是在咱们村头建了个蒙古庄园么，咱们就挨着他们建个风箱峪有机农产品批发零售市场，他们招徕游客，咱们销售农产品，就火烧鸭子，何乐而不为呀？"

听到这儿，柳爱民插话道："哎呀，这么一虑论咱这该干的事儿太多了，还真是闲不住了。"

柳胜男看他一眼，底气十足地说："闲着？呵呵，这年头儿有事儿干才有钱赚，那仰八脚儿等着天上掉馅饼的事根本不用指望。咱这点事儿干利落喽，明年一年效益翻番就有保障了。"

柳爱民思忖一会儿，刚要说啥，办公室的门被推开了，大丫头怯生生探进脑袋，扫一眼柳爱民，看着柳胜男说："柳……柳村长，我能……能跟您说句话么？"

柳胜男笑着招呼道："进来呀，别跟个新媳妇似的。"

大丫头扭捏着进了屋，低着头哪儿也不敢瞅，柳爱民见状，说了句："你们娘儿俩聊着，我去看看赵会计那儿。"

他说完起身走了出去。

大丫头见柳爱民走了，这才抬头看着柳胜男嗫嚅着说："柳主任，我想在村头上我们家承包田里盖几间简易房子，一来我可以有个窝，主要的是我想建个小卖点儿，专门卖点咱们山里的土特产啥的。我扫听着，咱们村旅游搞得这么火，许多游客临走想买些个土特产还得去县城。"

柳胜男一听大丫头提起这个事儿，当即大力支持："这是个好事儿啊，我支持你。不过那房子么，还是盖正规一点儿的好。"

大丫头看着柳胜男为难地说："哎呀，柳主任您是知道的，我虽然是风箱峪土生土长的，可我是闺女，咱风箱峪有个老规矩只有男孩能批房基地，丫头没份儿。"

听到这儿柳胜男一惊，长这么大她还真没听说过这事儿，于是，反问道："这是谁规定的？"

大丫头迅速扫一眼门口，低下头小声说："好像是以前的村干部规定的。"

"不会吧？这也忒歧视妇女咧，现在计划生育这么紧，如果家里没有男孩，难道就不让盖新房了不成？不对，我得问问。"

说着话，柳胜男拿起办公桌上的手机就要拨号。

大丫头手疾眼快，走过去伸手按住柳胜男拿手机的手，神色紧张，用乞求的目光看着她小声说："柳主任哎，别问了，不好。"

柳胜男当即想到大丫头刚进门时看到柳爱民那拘谨的神态，心里立刻明白了咋回事儿，再联想到这么多年村里边好几户有女无儿的家庭，闺女招了女婿过不了几年就都拉家带口回了婆家，原来是这个土政策给闹的。

呵呵，这个柳爱民，原来还是个重男轻女的老顽固呢。

心念至此，柳胜男冲大丫头微微一笑，悄悄告诉她一个小计谋。

大丫头听了柳村长的计谋，立刻心花怒放，嘴里哼着小曲儿回去了。

打发走大丫头，柳胜男打开电脑想查点有关资料，可开机后看着那一条条跳跃着的新闻，她忽然没了心情。她寻思着这政策虽然都是国家定的，可执行起来还是各自为政。于是，她烦躁地关了电脑，拿起办公桌上的手机，她想给李书记打个电话，详细地咨询一下。刚打开手机，一条短信蹦了出来，打开一看又是郝乡长发来的。这阵子郝乡长几乎每天都给她发一条短信，虽然没有了开始时的肉麻，但也都是些关心的问候，比如最近心情好吗？工作累不累？心烦的话就出去走走等等。起初看着有点烦，不知从啥时候起，再看这些短信竟然让她心里一动一动的，有时候一天两天看不到，还觉得没着没落的。难道自己真要上钩？柳胜男摇摇头，她觉得随着赵成的棺材入土，她的心就已经死了。况且儿子和女朋友小雅最近已经谈婚论嫁，准备明年春暖花开的时候到南方旅行结婚。现在的年轻人都赶时髦，追求个性。不像他们的父母那一辈，结婚成家要靠父母之命媒妁之言，还要举行正式的结婚仪式，就是领了结婚证也要等拜了堂才算正式结为夫妻。

柳胜男两眼盯着门口怔怔地想：现在的年轻人多幸福哇，想干啥干啥想去哪儿去哪儿，啥时候自己也能这样就好了。趁着现在还不算老，腿脚也利索，提个旅行箱带张银行卡，游遍全国名山大川，然后再出国，看看外国的月亮是不是真的比中国的月亮圆。哈哈，等在外面玩够了再回风箱峪，把自己看到的一切美景听到的奇闻趣事细细地说给那死鬼听，他会咋样呢？从荒坟里钻出来掐死我，还是托个梦告诉我别胡来？

"大成。"

想着想着柳胜男嘴里忽然蹦出来这熟悉的名字，连她自己都吓了一跳。好模好样儿的，我咋又想起他来了？她举起手机，把郝乡长发给她的短信又看了一遍：柳儿，今晚有空么？我今天值班，你能过来陪我待会儿么？

陪你待会儿，这孤男寡女的聚在一块儿，不是找着让人家编瞎话儿当笑料么？"不行，我不能去"。柳胜男迅速打上这几个字。但转念一想，这有啥呀，我是主任，找乡长商量点村里的事难道不可以？于是，把前面那几个字删除，打上一个字"行"。刚要按发送键，柳爱民进来了，柳胜男没来由的脸一红，赶紧删除那个字，放下手机，问柳爱民："咋样啊？都发得差不多了吧？"

柳爱民目光游离地看着窗外，答道："还有几户没领。"

柳胜男见他神色不大对劲儿，又盯问一句："是不是又有甩闲话的呀？我跟你说，这树林子大喽啥鸟儿都有，况且那人嘴两张皮，除了吃饭就是说闲情儿，信意儿听那个啥也甭干咧。"

柳爱民收回目光，看着柳胜男为难地说："老姑哇，记得我早就跟您说过，咱们村就是一个庙小神灵大，池浅王八多，真正能干事儿的不多，嘴尖毛儿长编瞎话儿敲锣边儿的一划拉一大把。"

柳胜男听到这儿，脸儿一沉又盯问一句："先别说别的，到底都有人说啥啦？"

柳爱民低头看着自己的脚尖儿，沉了沉才幽幽地说："那几户不领钱的说，咱们这样分红不公平，因为当初集资时并没说年底要按照集资多少分红的。如果早知道这样，他们当初肯定不会集那么点儿钱，还说赵会计我俩不应该分那么多，十万块钱集资明显就是假的。"

柳胜男一听，立刻就怒了，一拍桌子，大声说："告诉我，是哪路神仙这么能挑理？当初集资时，咱们可是说得清清楚楚哇，挣钱了不但要返本儿还要按股金分红的。可即便这样有的人还是皱皱巴巴不乐意集，好像这钱收上来会让咱们几个贪污了一样，我呸！就那俩小破钱儿值当的么？这时候，看着亮儿咧，又后悔，喊，我倒要问问他们，那炕有两头都热甘蔗有两头都甜的么？"

柳爱民一见村长发火了，顿时慌了手脚，赶紧把话拿回来，小声说："老姑您先别生气，不行这样吧，赵会计我俩那份钱先按最少的领，等往后村集体钱多了再按劳取酬适当给我们几块钱加班费。"

没想到他这么一说，柳胜男更火儿了，"我呸！柳爱民你还是个男人不？这点儿小事就吓成那样，往后你还想在全村人面前挺腰板不？我一个小破村长为村里投了那么多钱，我为谁呀？为我自个儿么？如果为我自个儿一家一道过日子，我柳胜男干啥不行啊，没必要操心费力干这个，我不就是想让大伙儿都快点脱贫致富么？如今眼看着全村人腰包都鼓起来咧，家家户户小日子也都滋润咧，我用我自己的钱犒赏一下村干部有啥不妥么？你俩呀，该领领，别人爱领不领，哪个有意见让他们找我说来！"

柳胜男的话，一声比一声高，就差把房盖儿掀起来了。她这一嚷嚷，吓得那几户唧唧喳喳满腹牢骚的主儿再也不敢说啥，蔫不溜秋签字领钱走人。

第五十一章　远景规划

柳胜男冲着柳爱民暴跳如雷发脾气，惊得隔壁到财会室领钱的几个村民大眼瞪小眼儿再也不敢言声，赶紧签字拿钱走人。赵双不知道柳村长为啥发这么大的火儿，趁屋里没人的空儿当赶紧锁上保险柜推门过来。此时柳爱民低着头不知所措地看着自己的脚尖儿，柳胜男则打开手机果断地把那个"行"字发了出去。

这烦心事儿一码连着一码，她急于找人倾诉。加上这阵子她隐隐感到，自己已经身不由已地陷入了郝乡长的温柔攻势。有时候，她努力控制着自己的感情，不看对方的短信，不接他的电话。可是，往往控制了半天隐忍了半天，最终还是拿起手机拨通那熟悉的号码。对自己的这种失态，她很害怕，也很彷徨。她怕任其发展下去自已有一天真的会把持不住，失节是小，真要上当受骗可就得不偿失了。因为，她早就耳闻，郝乡长道德品行不是很好，年轻时就因为男女作风问题差点被开除公职，跟死的这个媳妇结婚后还有家暴行为，而且传闻他媳妇活着的时候他就跟乡里妇联主任有一腿。这样一个朝三暮四没有定力的男人，怎么能托付后半生呢？

想到此，她又拿起刚刚放下的手机，继续写短信，把那个"行"字又改成了"不行"。她刚想把短信发出去，赵双推门进来了。她看一眼赵双赶紧放下手机，换上笑脸问："赵会计，咋样啊？都发完了吧。"

赵双点点头，发牢骚说："嗨，总算都发完了。这人哪真是牵着不走打着倒退，没钱的时候天天哭穷，这富裕了吧又开始挑三拣四甩闲话，总之没个消停。"

柳胜男说："嘿，你说这老天爷给人添这么一张嘴是干啥的？除了吃饭可不就是瞎说八道呗，谁爱说啥就让他们说去，咱管那么多干啥呀？倒给自己添堵。啥也不如你有千条妙计我有一定之规，该干啥干啥，该咋干咋干，时候长了就没人说啥了。"

这时，一直沉默不语的柳爱民发话了："老姑哇，我和赵会计早就商量好了，这分红的钱，我俩一分都不往回拿。咱们不是想趁着冬天建农产品批发市场，还要开发成人游戏项目吗？咱不如把钱投在这上面。啥叫大河有水小河满，大河没水小河干哪，我也总结了，过去咱们村为啥发展不起来呀？还不就是村里集体没钱，想干点啥就得拉饥荒借外债。那种日子我早就过怕了，咱现在就富日子当穷日子过，滚动发展，啥时候钱在咱们手里没用了，咱们才算真正脱贫致富了呢。"

"好！"

柳爱民的话让柳胜男深为感动，这年头儿那钱是没有眼儿，有眼儿的话世上早就没人了，都得钻进去。可自己身边这俩搭档却见钱不眼红，能够坦然面对，并把这钢使在刀刃上，这可是天上难找地下难寻的好人哪。想到此，柳胜男动情地说："爱民，赵会计，既然你俩这么看得开，我也就不再说别的了。赵会计，回头你把咱们三个人分红的钱都打回账上去，当作村里下一步的发展基金。这几天我也想了，咱们村真要奔着北方华西村的方向发展，咱这俩小钱儿哪儿也不够哪儿。我在网上看了许多发展不错的乡村，他们大部分都是在自己努力致富的基础上，借助外力招商引资才发展壮大起来的。所以，我想咱们也可以尝试一下，你们俩琢磨琢磨这事。"

"招商引资？整啥项目呢？"

柳爱民皱了一下眉头，狐疑地问。

"开发房地产，挣富人的钱。"

柳胜男一字一顿，掷地有声。

柳爱民和赵双一下子就愣住了。

柳胜男微微一笑，顺手打开桌上的电脑，打开一个文件夹，指着屏幕上蓝天白云下那一片依山傍水的别墅群说："你俩知道这个地方是哪儿么？"

柳爱民和赵双把脑袋凑过去，使劲儿辨认着，看了好一会儿还是摇摇头。

柳胜男狡黠地看着他俩，笑着说："你俩把眼珠子睁大点儿使劲看，然后慢慢想。"

柳爱民趴到屏幕前，仔细看了看那一片山峰，似有所悟，可他又不敢妄下结论，犹犹豫豫地说："我看着咋像跟咱们县搭边的北京平谷的靠山集呢？"

"哈哈，算你有眼光。还记得农业学大寨那会儿么？当时这个村是他们当地农业学大寨的典型，咱们县还派人到那儿取过经呢。后来，我养蘑菇的时候，到那边推销过蘑菇，那时候进了这个村给人的印象就一个字'穷'。村里老百姓就认准了种庄稼一条道儿，要不人家咋是农业学大寨的典型呢，青石板上长大米，战天斗地不放松，呵呵，可斗来斗去到头来还是那个字'穷'。可现在你再看看去，天上人间哪，人家那才叫发展呢。"

柳胜男指着屏幕上绿树掩映下的别墅群，感慨道："其实，他们村有啥呀，跟咱人口差不多，人家就是有眼光，招商引资，借鸡下蛋。这些小别墅都是一个有名的大房地产商开发的，用时下的话说就是种地不如种房子。"

柳胜男越说越兴奋，诱人的远景规划，让柳爱民和赵双听得跃跃欲试摩拳擦掌，立刻就想大干一场了。

第五十二章　意乱情迷

柳胜男和柳爱民赵双三个人围着电脑，一边看着那些原来名不见经传的小山村巨大的变化，一边议论着风箱峪今后的发展方向。越议论越兴奋，柳爱民铺开一张纸设计师一样，这儿建个啥那儿盖座啥指点着涂抹着，三个人忘记了吃饭忘记了时间，一直讨论到上下眼皮打架，一看表已经是夜里十一点多了。柳爱民拍拍肚子调侃道："这老肠家跟老胃家可是早就打起来了，不行的话咱找个地方吃点夜宵吧。"

柳胜男想都没想，脱口说道："要不咱去靠山镇？"

"好哇，今儿个我请客。"

柳爱民当即热烈响应。

"还是我请吧，这阵子我这光是扛着张嘴吃你们了，还没出过血呢。"

赵双慢条斯理地说。

柳胜男笑着说："呵呵，你俩快别争咧，咱们仨就我没负担，一个人吃饱了一家子不饿，还是我请吧。"

三个人说笑着关好房门出了村委会办公室，柳胜男把车发动起来就直奔靠山镇。在乡政府对面的一个小酒馆，眼尖的柳爱民忽然指着那临窗的饭桌喊了一嗓子："郝乡长！"

正全神贯注开车的柳胜男一听"郝乡长"三个字，顿时一惊，握方向盘的手一哆嗦，紧跟着一脚刹车，坐在副驾驶位子上的柳爱民没注意，身子一颠差点儿蹿起来。

车停稳后，柳胜男这才想起来下午郝乡长给她的那条约会短信，当时她回了一个字"行"。可是，后来三个人讨论起村里的远景规划，就把这件事儿给忘了，而且忘得死死的毫无印象。她从包里掏出自己的手机，打开一看一大溜儿未接来电，都是一个号码。此时，看着独自靠着窗户喝闷酒儿的郝乡长，柳胜男随即生出来一丝愧疚。人家一个大男人，又是堂堂的一乡之长，国家干部，苦苦追求你一个没工资没保险土里刨食的农村妇女，人家图息个啥呀？是感情么？

柳胜男摇摇头苦笑一下，拔出车钥匙。

此时，柳爱民和赵双早就下了车，进了郝乡长喝酒的那家小饭店。

一见柳爱民和赵双，郝乡长立刻高兴地招手道："哎呀呀，你俩怎么来了？你们那大村长呢？"

"在这儿呢。"

柳胜男答应着坐到郝乡长对面。

见郝乡长盘子里的菜刚吃下去一个尖儿，柳胜男当即没事儿人似的调侃道："郝大哥，点了这么多菜，是不是专门儿等着我们哪？"

郝乡长幽怨地看了她一眼，大度地说："明知故问，罚酒三杯。"

柳爱民冲赵双递了个眼色，坏笑着说："呵呵，郝乡长，敢情您这是跟我们柳主任约好了的呀，真不好意思，我俩今儿个还当电灯泡儿咧。"

柳胜男被他说得脸一红，狠狠地剜了他一眼，说："老实呆会儿，再瞎说八道小心我撕烂你的嘴。"

柳爱民吐了一下舌头，转头看着郝乡长诉苦道："郝乡长，也不管管您手下的村干部，柳主任整天就知道欺负我们。"

郝乡长抬头看着柳胜男，笑着说："柳村长，真有这等事儿么？往后你这当姑的可不许再以大欺小了哦。"

听郝乡长这么一说，柳胜男立刻放松下来，随口说道："您快别听爱民的，他竟睁眼说瞎话，我哪敢欺负他呀。"

几个人说笑着，气氛立刻活跃起来，四个人推杯换盏一直喝到大半夜。

把郝乡长送回乡政府，在回家的路上，柳爱民借着酒劲儿大着胆子问柳胜男："老姑哇，我看人家郝乡长对您挺有意思的，不就大那么几岁么，再说了人家那可是正儿八经的正处级干部，您跟了他一点儿都不亏呀。"

柳胜男叹了口气，没言声。

柳爱民接着说："其实，郝乡长不止一次跟我提起过你俩的事儿，他让我劝劝您，现在都啥年代了，别太守旧了。这人呐要为自己活着，啥三世姻缘四世姻缘的，那都是老辈子说书人编出来的。这人死如灯灭，谁见过自己的下辈子呀？嘁。"

柳胜男又叹了一口气，还是没言声。

从靠山镇吃完夜宵回到家，柳胜男怕惊动婆婆就住在了村委会。

第二天一大早，柳胜男还没起来，柳爱民就来敲门了。

听着那急促的敲门声，柳胜男以为又出了啥大事儿，从床上一骨碌爬起来，穿着睡衣就开了门。

见门口站着的是柳爱民，柳胜男睡眼惺忪地问："啥事啊这么急？"

柳爱民闪身一旁没说话，却见大丫头拘谨地低着头从他身后转了过来。一见柳胜男，大丫头就开始抽抽噎噎地哭，柳胜男心知肚明却明知故问："王淑莹，又咋的啦？有话进屋来说。"

大丫头抹了一把眼泪，迅速扫一眼柳爱民没动窝儿。

柳胜男看着柳爱民说："爱民哪，你也进来吧，看来这丫头不是找我的。"

柳爱民有点儿不自然地笑了笑，说："她说找咱俩。"

柳胜男打了个哈欠，说："找谁也得先进来呀，有堵人门口儿说话的么？"

两人进屋后，柳胜男赶紧进里屋换上衣服，又草草地洗了一把脸。这才坐到办公桌前，笑模呵呵问大丫头："王淑莹，有啥事儿你就直说吧，这老村长新村长可是都在这儿咧。"

大丫头抬头看一眼柳胜男，犹犹豫豫地说："柳村长，我想……我想……"

一见大丫头这个吞吞吐吐的窝囊样儿，柳胜男那火儿又上来了，看着她直冲冲地说："有话说有屁放，别跟个童养媳妇似的，活把人憋死。"

柳爱民见柳胜男又要发脾气，赶紧接过话茬儿说："她刚才跟我说，想在道边儿上他们家那块承包地盖几间简易房开小卖店，问我行不行，我说这事儿你得找村长。"

柳胜男一听立刻就乐了，摆摆手说："哎呀，就这点小破事儿啊，淑莹我看你在那里边待二年把脑瓜筋都待迟钝咧。这事儿咱爱民书记可是内行着呢，你就让他帮你写个申请，村里盖个章，再拿到乡里土地所一批就得了，是吧爱民？"

"这个……"

柳爱民本想把这个皮球踢给柳胜男的，没想到此刻又滚进了自己怀里。他想说村里边从来不给闺女家批房基地，只给男孩批，可那都是自己从前的土政策，到了柳胜男这里肯定是通不过了。可自己这真要给大丫头批了，村里边那些有女无儿户知道了还不把我给吃了？这么想着，他顿时手足无措不知所以了。

柳胜男看着柳爱民那为难的样子，心里边不禁偷偷一乐。随即装出一副一无所知的样子，大大咧咧冲着大丫头说："王淑莹啊，你这出来以后想自己干点啥，是个好事儿啊。年纪轻轻的又带着个孩子，总不能啃老吃父母哇。"

说到这儿，她看着柳爱民话锋一转："爱民，这丫头情况特殊，我看咱就破破例儿，让她盖吧，省得她憋闷急了又吃回头草。"

柳爱民一听柳胜男松口了，也不想当恶人，当即冲大丫头笑了笑说："那就照柳主任的意思办吧，我这就给你写申请。"

大丫头一见柳爱民也答应了，激动得不知道说啥好，竟然扑通一下跪那儿了，吓得柳胜男赶紧把她扶起来，没好气地说："你这丫头咋净玩儿邪的呀，我俩又不是那庙里的菩萨小鬼儿，你磕的是哪门子头哇？"

大丫头红着脸，两眼泪汪汪地说："柳主任，我长这么大可是从来没有人对我这么关心过帮衬过呀，你们对我这么好，我都不知道咋感恩了。"

柳胜男笑着说："咋感恩哪？好好过日子，活出个好人样儿来，就是对我们最好的回报。"

大丫头擦干眼泪，动情地说："放心吧村长，我王淑莹再不学好天理不容。"

大丫头果然说到做到。

房子建好后，风箱峪第一家山区农产品批发零售商店就正式挂牌营业了。大丫头给自己的商店取名"新生"，她悄悄告诉柳胜男说："我把店名冠上新生，就是要从新开始走上新的人生道路，柳村长您就放心吧，王淑莹已经不是过去啥也不懂就知道吃喝玩乐的大丫头了。"

柳胜男点点头，悬在心里的一块石头总算落了地。

跟大丫头的新生农产品批发零售商店同时开张的，还有村里集体经营的风箱峪特色旅游产品经营基地。

这期间，邻村豹子峪村长王大为的蒙古庄园也落成了并开张纳客。开业那天，乡里县里来参加剪彩祝贺的大小官员，王家的亲朋好友足足来了有一百人，八个大蒙古包里都坐满了人。柳胜男不计前嫌，和柳爱民赵双一起也受邀参加了剪彩仪式。在绿茵茵的草地上，王大为非要跟兄弟村风箱峪的父母官合个影，柳胜男虽然打心里腻歪，但今非昔比，本来就是老同学哪有记一辈子仇的。于是，就爽快地拉着柳爱民和赵双一块跟王大为合了一张影。让柳胜男没想到的是，就是这张相片，后来竟给她惹了麻烦，当然了，这些都是后话。

第五十三章　当头一棒

　　眼看着村里的发展形势一天比一天好起来，柳胜男乐得天天合不拢嘴。更让她高兴的是，儿子学武和女朋友小雅的婚事也定了下来，这眼看着就要当婆婆了，而且很快就意味着当奶奶，添人进口她能不高兴么。可是，让柳胜男费解的是，小雅的妈妈迟迟不肯跟她这个准亲家见面。柳胜男问儿子，学武说："嗨，我也不知道怎么回事，到她家里去我一提这事儿她妈就说不忙，说只要你俩乐意，亲家见不见面无所谓。还说，你妈一天到晚那么忙，还是免了吧。真不知道那位老人家究竟怎么想的。"

　　有一次，柳胜男忍不住问小雅，小雅先是愣了一下，接着也是学武说的那套话。

　　柳胜男觉得，有必要亲自去小雅家一趟，想来这俩孩子自己搞的对象，也没个媒人，这有点儿啥事儿可不就得两家坐一堆儿商量。她想去莫庄，一来是想会会亲家，顺便商量一下俩孩子的婚事咋办。主要的还是想看看这个神秘的亲家母到底是咋样一个人。

　　想好以后，柳胜男没告诉儿子也没通知小雅，到县城超市买了一兜水果两箱饮料就开车去了位于县城南边的莫庄。

　　她不知道小雅家住在哪儿，到了村头上就下车跟一个抱孩子的妇女打听莫小雅。没想那妇女一听说是找莫小雅的，非常热情，抱着孩子头前带路一直把她领到了小雅家门口。可是，没等柳胜男道谢那妇女就走了，甚至连头都没回一下。柳胜男不解地笑了笑，提着东西费劲地推开了那扇用秫秸夹着的排子门。

　　往里走院子不是很大，但收拾得干净利索。巴掌大的小地方种着一畦一畦的各种蔬菜，黄瓜秧豆角秧都绿油油的舒枝展叶，看着就爱人儿。当屋一条金黄色的长毛狗，听见外面院门响，绒球似的滚出来一边往后退一边冲着柳胜男吠叫。

　　随着这一阵狗吠，一个干巴精瘦满头白发的小个子女人从屋里走了出来，一边打量着柳胜男，一边呵斥缩在脚底下的那个绒球："毛毛，别叫了，一边儿待着去。"

　　那狗很听话，立刻就不叫唤了，摇着尾巴钻进窗根儿底下的狗窝，但仍然很警惕地瞪着眼睛竖着耳朵看着柳胜男。

　　"您是……"

　　柳胜男看着那女人苍白的布满皱纹的脸，不敢贸然称呼。

　　那女人似乎认出了柳胜男，但不明说，只是看着她咧嘴一笑，露出两排与那满头白发和一脸皱纹极不相称的又白又齐的牙齿，轻声说："我叫莫娜，莫小雅是我女儿。"

柳胜男一听她就是小雅的妈妈，当即亲热地叫一声："哎呀亲家，总算见到你了。我叫柳胜男，是风箱峪赵学武他妈。"

莫娜一听真的是柳胜男，立刻接过她手里的东西放到一旁，然后拉住她的手动情地说："哎呀，柳主任哎。早就听我闺女说过你多么多么能干，多么多么有才，也总想着找机会跟你见个面，你看这俩孩子儿女亲家都做成了，可是，嗨，你也看到了，就我这个老太太样儿……"

柳胜男不等她说完，立刻接过话茬儿说："哎呀我说老姐姐，快别这么说，谁没个老哇，这闺女儿子都这么大了，咱再跟小闺女似的，那不成老妖精咧。"

莫娜苦笑笑，叹口气说："嗨，不是那么回事儿啊。"

莫娜说着话就拉着柳胜男进了屋子。

坐在铺着地板革的土炕上，柳胜男迅速扫视一下屋里的陈设。屋里跟院子里一样，简单而又干净，一个立柜一个写字台，还有两把擦得已经看不见油漆的木质椅子，写字台上是一台早就被淘汰的18寸熊猫牌电视机。看着这简单的摆设，柳胜男不禁心里一酸。嗨，想她一个农村妇女，靠土里刨食供出一个大学生已经就很不容易了，家里还要啥样儿呢？唉，等小雅嫁过去，让学武好好把这个家给装修装修，要不就干脆把老太太接到城里，帮他们照看照看家，也过几年清闲自在的日子。这么想着，她随即释然，开始认真地浏览起挂在墙上的相片镜子来。

看起来这个当妈的还真拿小雅这个闺女当回事儿，正面墙上两个大镜框满满的都是小雅的照片。从小时候系着红领巾扎着蝴蝶结，到中学时穿着校服参加运动会，一直到上大学在天津的水上公园天塔，小丫头一直甜甜地笑着，根本就看不出母女俩过苦日子的艰辛。看着看着，柳胜男忽然被一张插在镜框外面的军人照片吸引住了。那是这所有照片中唯一的男性，柳胜男趴到跟前仔细地端看，忽然心里一动，这个人咋看着有点儿面熟呢？想着不禁回头问正在忙乎着沏茶倒水的莫娜："哎，我说老姐姐呀，这个当兵的是小雅啥亲戚呀？"

"那人就是小雅的爸爸。"

莫娜的声音低得几乎听不见。但在柳胜男听来不亚于一声炸雷，身子情不自禁就是一颤，声音也跟着有点发抖："他是不是姓郝哇？"

"是。不……不是。"

莫娜一听顿时神色慌乱，回答语无伦次不说手里的暖壶差点儿掉在地上。为了掩饰自己的失态，赶紧放下暖壶，端起茶杯递给柳胜男，极其不自然地笑了笑，说："柳主任，喝杯水吧。"

"哦。"

柳胜男接过茶杯，眼睛仍然盯着那军人的照片，疑惑地问道："你家闺女他爸咋看咋像我们靠山镇乡的郝乡长呢。"

"是么？"

莫娜深深地低下头，两手不安地摩挲着炕上铺的地板革，好像那上面有擦不掉的污渍。

柳胜男看着莫娜的表情，心中立刻明白了咋回事儿。她不知道当初是什么原因让郝乡长抛弃了莫娜母女，但从莫娜始终守着闺女未嫁人的事实，她能感觉得到这个女人对郝乡长是痴情的，一心一意的。细想在当时那个唾沫星子可以淹死人的年代，一个未婚黄花大闺女敢在娘家生下私生女，这得需要多大的勇气和定力呀！可是，她付出的代价也是非常沉重的，看她那满头白发一脸褶子就是最好的见证。唉，女人啊女人，这一个一个的咋都这么傻呢？

这么想着，柳胜男心里忽然冒出来一个奇怪的念头。

如果让莫娜和郝乡长这一对初恋情人重新走到一起，会是个什么样子呢？如果真成了的话，也不枉莫娜苦苦守了二十多年，等了二十多年。而小雅和亲生父母在一起，这个家就不再残缺了，应该是非常美满幸福的吧？

柳胜男目不转睛地看着莫娜，她特别想帮帮她。

"莫娜大姐。"

柳胜男实在忍不住，开口叫道。

"柳主任，您……您叫我啥？"

莫娜放下手里的暖壶，抬起头一脸诚惶诚恐看着柳胜男。

柳胜男冲她笑了笑，温和地说："莫娜大姐，快别忙活了，咱们老姐儿俩唠会儿嗑儿好么？"

"我……我……一个家庭妇女，不会说啥话的。"

莫娜拘谨地搓着手低头坐到炕沿上。

柳胜男一把拉住莫娜的一只手，两眼含笑看着她，脑子里飞快地清理着思绪，想着应该从哪儿说起。

此时，莫娜抬起头，看着柳胜男倒先开口了："柳主任哎，我家小雅从小就胆小，也没见过啥大世面，这刚出了学校门儿又上班了，居家过日子那些事可以说一窍不通。过了门儿到您跟前儿，您要多担待一些，她哪儿做得不对，您该说说该闹闹，这年轻人不说不闹永远也长不大呀。"

柳胜男听了笑了笑，说："莫娜大姐，咱这亲家都做成了，咱姐儿俩谁跟谁呀，快别这么客气。小雅到我们家你就放心吧，别看我有个闺女了，小雅过了门儿我肯定会拿她当亲闺女那么对待的。"

听柳胜男这么一说，莫娜脸红了一下，低下头，更加拘谨地说："这个我绝对放心，实话跟您说吧，咱姐儿俩虽然没见过面儿，可是您柳主任的大名我早就有耳闻。您可不是一般的人啊，别的不说，就你们老赵家那么大的家业，还有村里那些事儿，还不都是您一手操持起来的？跟您比起来，我……我……"

呵呵，原来她还是自卑哦。

柳胜男心里不禁一动。随即很自然地拍了拍莫娜的肩膀，改口道："我说亲家呀，这没几天咱们这两家就要合成一家了，你再说这些，是不是有点儿太那个了。"

莫娜抬起头看了柳胜男一眼又迅速低了下去，嘴里嗫嚅着："嗨，我就是想……"

柳胜男见她那吞吞吐吐的样子，知道她有话要说，于是大大咧咧地说："哈，我说亲家呀，心里有啥话你就痛痛快快地说吧，你别看我当着个破村官呢，其实跟你一样，都是农村傻老娘们儿，细琢磨起来都是人，谁比谁强多少哇。我这人是个直筒子脾气，跟我有啥话你就直说，别拐弯儿抹角，也不用藏着掖着的。"

"这个……"

莫娜仍然犹豫着，刚吐出这两个字又把下面的话咽了回去。她心里其实也挺矛盾的，当听说闺女小雅搞了个靠山镇乡的对象，公公没了，婆婆是个村长，婆家开着服装厂城里还有公司，是当地有名的富裕户。当时心里挺高兴的，想着闺女小雅从小到大跟着她没享过一天福，这找了个大款对象，一辈子衣食无忧，她这当妈的也就放心了。可后来她暗中跟人打听，得知准亲家柳胜男正跟乡里的郝乡长热恋着，那郝乡长可是她不共戴天的仇人呐！当年不是他……哼！一想到这个人莫娜就恨得牙根痒痒，所以，她一直拖着不见亲家，但是她知道这层窗户纸早晚得捅破，她不想棒打鸳鸯毁了闺女的幸福，可是，又不甘心看着那个毁了自己一辈子的人称心如意，嗨，我该怎么办呢？此刻看到柳胜男这么诚恳热情，对自己毫无介意，莫娜的心彻底乱了。

柳胜男最见不得的就是这种有话不说，塞头塞脑，扎八锥子不出血，蹦八脚不放个屁的主儿。眼前的莫娜就是这个神态，柳胜男看着心里边那个急呀，可毕竟关系不一般哪，她又不好发作，这要是换成别人跟她这样，她早就拍桌子瞪眼睛开口骂娘了。

想来那莫娜也是个精明人，抬头扫一眼柳胜男的脸，一看那已经竖起来的两道细眉，就知道她已经忍无可忍了。不禁浑身一颤，两手交叉攥在一起给自己鼓了鼓劲儿，又咳嗽一声清了清嗓子，这才看着自己的脚尖儿喃喃地说："柳主任啊，有件事儿我不知道当说不当说。"

看她那神态，柳胜男立刻意识到她要说啥了，当即应道："我还是那句话，有啥话你就直说吧，咱姐俩儿没必要藏着掖着的。"

莫娜抬起头，表情挺痛苦地看着柳胜男，似乎鼓足了十二分的勇气涩涩地问："柳主任，您是不是跟郝乡长谈着呢？要是那样的话，小雅和学武的婚事就算了吧。"

莫娜几乎是一口气说完这两句话，然后双手掩面浑身颤抖，不由自主地啜泣起来。

"亲家，你……"

柳胜男没想到莫娜会说出这样的话来，让她想接茬儿都接不上来，如同当头一棒轰得她整个人都僵在了那里。

第五十四章　桃色漩涡

柳胜男听莫娜说出来这句话，心下顿时一惊，僵在那里半天没缓过神儿来。

此时，捂着脸哭泣着的莫娜从指缝中偷眼一看柳胜男的表情，不知咋的心中不禁涌起来一股报复过后的快感，暗地里咬着后槽牙发狠道："哼，姓郝的，我为你苦了这么多年，我得不到的东西，谁也甭想得到！你想娶个精明强干的后老伴儿乐呵一辈子，没门儿！我就是要把亲事给你杵黄喽，再把闺女拉回身边，让你竹篮打水一场空，鸡飞蛋打一场梦！"

蒙在鼓里的柳胜男完全不知道此时莫娜的报复心态，扭头看一眼长泪短泪的莫娜，回味着她方才恼急白脸说出的那几句话，心中那种想撮合她和郝乡长破镜重圆的念头更加强烈了。

俗话说：爱到一定程度就变成了恨。此时的莫娜对郝乡长就是这种心态，不然的话她不会拿儿女婚事要挟自己。

心念至此，柳胜男的心绪反而平静了许多。她缓缓地从包里掏出一包纸巾，抽出几张递到莫娜手里，关切地说："亲家，快别这么激动咧，实话告诉你吧，我柳胜男从始至终都没对你闺女她爸郝乡长动过半点心思。虽然学武他爸已经过世几年了，可我还没想过再走一步呢，因为我有儿有女有我自己的事儿干，正经事儿还忙活不过来呢，哪有精力琢磨这些闲情儿哦。都是乡里那些人闲着没事儿干，总把我俩往一堆儿捏巴。你还别说，这阵子我还真想过这事儿，可听你这么一说呀，我倒有了另外一个想法儿。"

"您……"

听到这里莫娜惊呼一声浑身一震，拿纸巾的手跟着一哆嗦，一片纸巾飘飘悠悠落到地上，她赶紧弯腰去捡。

就在她弯腰伸手的一瞬间，柳胜男一把拉住了莫娜那只冰凉的手。

莫娜一惊，想抽回自己的手，但柳胜男紧紧地拉着她，把她拉起来面对面直视着她，接着说："亲家呀，我知道你心里边一直想着他念着他，如今，他媳妇死了已经是单身了，你俩为啥不就此走到一起呢？"

"不。不可能。我死也不想见到他了！"

莫娜再次痛苦地捂住脸，把脑袋摇成了拨浪鼓。

柳胜男只道她还再为当初郝乡长抛弃他们母女耿耿于怀，遂展臂搂住莫娜瘦削的肩膀，循循劝慰道："亲家，这冤家宜解不宜结呀，况且你俩中间还有个亲闺女呢，你不看僧面看佛面，就冲闺女小雅也该跟他好好谈谈哪。我想，你含辛茹苦等了他这么多年，又把闺女培养成了大学生，他就是个铁石心肠也该琢磨琢磨吧？"

"不。不可能了。"

莫娜歇斯底里重复着这几个字，忽然觉得整个人都崩溃了，软软地伏在柳胜男肩膀上大放悲声。

柳胜男本来就是个心软的人，最见不得别人在她跟前掉眼泪，莫娜这一哭顿时把她的心给哭碎了，忍不住也跟着掉起了眼泪。

哭了一会儿，莫娜开始断断续续讲起了她跟郝乡长那一段不堪回首的恋情。

原来，莫娜跟郝乡长本是初中同学，在学校关系就一直不错。初中毕业后，郝乡长就到部队当了兵，成了当时人人羡慕的解放军战士。那时候，农村大姑娘找对象有个口号：一军二干三工人，宁死不嫁庄稼人。郝乡长当兵以后，莫娜当即私底下就跟他私定了终身，双方家长也都同意并在郝乡长当兵后第二年给他们订了婚。可就在郝乡长当兵的第三年，事情出现了差头儿。原来，郝乡长此时在部队给团长开小车，团长的千金看中了他，死活要嫁给他。郝乡长无奈说出自己已经订婚的实情，团长说，那你考虑考虑吧，同时批准他半个月探亲假，让他回家处理此事。郝乡长回家后直接跟家里说了这件事，一家子思忖再三，为了前程决定跟莫家退婚，娶那部队团长的千金。可郝乡长又觉得这样做对不起莫娜，于是，隐瞒实情继续跟莫娜来往并偷尝了禁果。

郝乡长探亲假期满回部队以后，并没告诉团长千金他没退婚的事儿。直到莫娜发现自己怀孕了，找到部队要求结婚，对方才发现被欺骗，当即找到郝乡长对质。莫娜见准丈夫竟然背着自己另攀高枝，顿时怒火中烧，当即跟那团长千金抓挠起来。当时的部队战士，作风问题绝对是个大问题，何况受害的又是团首长的女儿。就这么着，只差一步就提军官的郝乡长复原回到了老家，没想那团长的闺女在婚姻问题上偏偏一根筋，加之二人已经有了夫妻之事。于是那丫头放着女兵不当也跟着郝乡长回农村来了，团首长不忍心让闺女榜地撸锄杠，就托关系在县城给他俩安排了工作并正式结婚。

这时候，莫娜在娘家人的唉声叹气和全村人的唾弃中生下了闺女小雅。

生下闺女几个月，莫娜就抱着孩子到县城郝乡长的工作单位找郝乡长讨说法儿，秦香莲进京城一样逢人便讲自己被抛弃的遭遇，害得郝乡长差点儿丢了公职，不得不随着新婚的妻子调到边远乡镇，但他那拈花惹草抛妻弃女的坏名声却再也没逃出去。

"嗨，现在想想我当时真是傻呀，把孩子往他身上一扔自个儿找个地方死了，不就一了百了没这么多事了？"

莫娜叹了口气，结束了自己的哭诉。

柳胜男摇摇头问："亲家，你那闺女爸娶了团长千金后又生孩子了么？"

"生孩子？生个屁，那小媳妇空长个美人坯子，光开花不打籽，根本就不会生。所以那挨千刀的反过来又来招惹我闺女，又是给她买衣服又是给他交学费的，哼！白忙活，我才不让小雅认他呢。"

柳胜男笑了笑，说："呵呵，这就是你的不对了。这是亲三分像，血浓于水呀，到啥时候人家也是父女关系，这是谁也改变不了的。"

莫娜咬着嘴唇恨恨地说："哼，总之他毁了我一辈子，我不会让他好过的。"

柳胜男看了莫娜一眼，忽然问道："莫娜，如果他现在回头，你还能接受他么？"

莫娜当即答道："不可能了，因为……因为，我把他伤得太狠了，他……肯定恨死……我了。"

说道最后，莫娜的头深深地埋到了胸前，再也不敢抬起来。

听莫娜说完最后这句话，柳胜男心里顿时明白了，莫娜心里其实还是盼着跟郝乡长在一起的，只是当初她采取那种极端的方式进行报复，使两个人之间仅存的一点爱全都变成了恨，才造成现在这样的结局。

想到这里，柳胜男目光复杂地看着莫娜，幽幽地说："亲家呀，这解铃还须系铃人，当初既然是你把人家伤了，现在能否走到一起只能由你自己来争取了。其实，现在就有一个很好的机会，那就是小雅和学武的婚事。你俩就这一个亲闺女，当父亲的肯定会当成头等大事来操持，你不妨借这个机会试探他一下，看看他对你到底是个啥态度，如果他心里仍然有你，那事情就好办了。"

莫娜被柳胜男看透了心思，脸一下子就红到了耳根，低头抚弄着衣服上的扣子，喃喃地说："那就谢谢柳主任了。"

柳胜男更正道："我说亲家呀，别老是主任主任地叫好不好哇，不愿意叫亲家干脆叫我柳胜男好了，叫主任我听着别扭。"

柳胜男这么一说，莫娜的脸更红了，结结巴巴地说："亲……亲家，我这个人这么多年被人冷落惯了，不会说啥，有得罪你的地方还请你原谅，就当我是疯子傻子，千万别往心里去。"

莫娜的话当即把柳胜男逗乐了，轻轻推了她一下笑道："你这人啊真是让人不可思议，我可是拿你当亲姐姐才过来看你的，你看你这一大堆咸的淡的，我看你还真是一个人得出毛病来咧，啥时候有空到我们山里边转转去，保证你心情开朗笑声不断。"

说着话，柳胜男起身告辞就往门外走，莫娜此刻倒有点恋恋不舍了。这么多年自己一个人带着闺女独自生活，除了娘家的兄弟姐妹身边基本没有朋友，也是因为她的孤僻呆板加之未婚生育那点儿光荣历史，村里很少有人跟她接近，她更不愿意走出去，几乎就成了与世隔绝的另类。柳胜男的到来，让她冰封的心开始复苏，她觉得这个亲家就像一团火，给她冰冷的日子带来了一缕阳光。她拉住柳胜男的手，很想说再坐一会儿吃顿饭再走，可她怕遭到拒绝自己会接受不了，因为以往这样的情景太多了，在她潜意识中人们似乎都在躲着她远着她，所以，她拉了一下柳胜男的手，张了张嘴啥话都没说，眼巴巴目送着柳胜男上了车，朝她挥挥手一溜儿烟不见了。

柳胜男的车没等开出莫庄，柳爱民的电话就到了，说村里又出事儿了赶紧回去。

柳胜男心急火燎赶回风箱峪，直接奔村委会，可是楼道里静悄悄的，推开办公室的门一个人也没有，推推隔壁赵双的财务室，门也是锁着的。

难道这人们又都卷到乡政府去了？

柳胜男皱了一下眉头，掏出手机给柳爱民打电话，刚拨出两个号码，就见大丫头披头散发红着眼圈儿从外面撞了进来，一看见柳胜男一把搂住她呜呜地就哭了起来。

柳胜男见状，赶紧回头打开自己办公室的门，把大丫头按在沙发上坐好，从饮水机里面接一杯温水递给她，然后拉一把椅子坐在她对面，软语轻声问道："淑莹啊，又咋的啦？是不是有人欺负你啦？"

大丫头接过水杯双手捧着，抬起头泪涟涟看着柳胜男呜咽着说："柳主任，您这回可千万要为我做主哇！"

说完，放下水杯又开始哭。

柳胜男意识到事情可能严重了。当即从脸盆架上拽过一条毛巾扔给大丫头擦眼泪，然后，默默地看着她。看她不抽嗒了，这才缓缓地问道："淑莹啊，有啥话你就说吧，这有理走遍天下没理寸步难行，啥事儿你说吧，我会给你做主的。"

大丫头用毛巾捂着脸，抽抽噎噎地说："柳主任，我……我这回真的……真的没脸见……见人啦。"

"又咋的啦？"

柳胜男顿时一惊，腾地站起来，绕过茶几站到大丫头跟前，伸手拽过大丫头捂着脸的毛巾，颤声问道："到底咋回事儿你快说呀，真把人憋死了。"

大丫头见柳胜男急了，立刻止住哭泣，咬了咬嘴唇，使劲忍住流出来的眼泪，哑着嗓子诉说起来："那个豹子峪的王大为他不是人啊，今儿个前半晌他到我店里，定了三箱子酒两箱子饮料，还有咱们村出产的野山珍蘑菇，让我给她送到他那蒙古庄园去，说是要招待贵客。我不敢怠慢，他前脚走我随后蹬着三轮车就把货给她送了过去，结账的时候，他多给了我五百块钱，我说你这是啥意思啊？他挺正经地说是小费，我说我是商人不收小费，他仍然一本正经地说，我这里来了一拨省城的贵客，他们点名要听咱们当地的皮影戏，我们这儿小服务员没人会唱，你们老王家可是皮影世家啊，你中午能不能给他们唱几段啊？我一听唱皮影这有啥难的，就给家里打电话让我妈帮我看着摊儿，我就给他们唱去了。没想到，那伙人竟然是流氓，我给他们唱完皮影，他们又让我陪着喝酒，我不喝他们就起哄让我唱黄段子，我说我不会唱，他们就罚我喝酒。"

听到这里柳胜男插话道："他们让你喝酒你就喝么？"

大丫头顿了顿，说："我是不想喝的，可这时候咱们乡的郝乡长端着酒杯过来了，说王淑莹你今天可是有特殊任务的，这几个客人都是咱们乡招商引资过来的大主户，留住他们就等于留住了咱们乡的财神啊。我想我一个小老百姓，又是有前科的人，乡长这么高看我，我还有啥不敢的呢？所以我就放开了陪着他们喝酒唱皮影。谁知，王大为那个吃人饭不拉人屎的狗东西，竟然趁我喝多了人事不知的时候，把我扶进他们的蒙古包。迷迷糊糊中，我发觉有人趴在我身上想干那事儿，我一下子就惊醒了，一翻身把那个人掀到地上就跑了回来。"

"那柳爱民他们呢？"

"我回村后就直接去村委会找您，柳书记说您不在家，问我找您有啥事儿，我憋不住就一五一十告诉了他，他一听就火儿了，骑着车子就去了蒙古庄园。"

"哼！真是岂有此理！"

柳胜男听到这里，再也按捺不住心头的怒火，一拍桌子，看着大丫头说："你哪儿也别去，就在这儿等着我，我去去就来回来。"

说完，抓起桌子上的车钥匙，风车似的冲出了村委会办公室。

第五十五章　事情复杂了

柳胜男怒气冲冲一脚油门就到了豹子峪王大为的蒙古庄园。停好车大步流星就直奔接待中心，看大门的保安是新招来的外地人，不认识柳胜男，见有人进门气喘吁吁跟在她身后紧着喊："哎，那位大姐，是找人还是住宿哇，请先登个记。"

柳胜男头也没回，一边径直往里走一边吼道："登你娘个头，你们老板呢？我找他算账来了。"

那保安一听柳胜男说话都带着气，不禁停住脚步愣了一下，想了想跑回警卫室拿起电话就打王大为办公室，没人接，他又打王大为手机，总算接通了，保安急促地汇报："王总，有个女的说找您。"

王大为问："女的？多大岁数？长得啥模样？"

保安往外看了一眼，柳胜男正好从接待中心出来，于是描述道："三十多岁，个子不是很高，长得挺漂亮的。"

王大为一听就知道是柳胜男，当即吩咐保安："你告诉她就说我去外地出差了不在家。"

保安举着电话刚要放，话筒被人从后面抄了过去，保安一回头见是柳胜男，不禁后退两步，结结巴巴地说："你……你……"

柳胜男对着话筒火气冲天嚷道："王大为，你个吃人饭不拉人屎的王八蛋，你在哪儿呢？赶紧给我滚出来！"

电话嘟嘟地响着，一片忙音，对方早就撂了。

柳胜男柳眉倒竖凤眼圆睁，怒视着呆若木鸡的保安，大声问道："说，你们老板呢？是不是躲起来了？"

保安连连后退，摆着手说："大……大姐，这个俺……俺真的不知道喂，俺们做小工的，主家让干啥干啥，您……"

见保安吓成那样儿，柳胜男也不再难为他，站在门口扫视一眼院内，一辆汽车都没有，想那么多所谓高贵的客人怎么可能没有一辆汽车呢？哼，肯定是被大丫头这么一闹，没脸儿再待下去，土豆下山——滚蛋了。

滚蛋？哼哼，把我们村的人糟践了，拍拍屁股想走？没那么容易！真要开了这个口子，往后我们的工作还咋做？旅游还咋发展？受害的大丫头还咋出去见人？不行，我必须得找他们说道说道，柳胜男脑子里飞速地思忖着对策，蓦地，她想起来，大丫头说当时让她陪酒时郝乡长也在跟前。哈，这就好办了，我直接找乡里去。

这么想着，柳胜男出了蒙古庄园，开车就去了靠山镇。

进了镇政府大院，柳胜男把车停到一个背角的地方，从车里出来没直接奔乡长办公室，而是站在车后面先观察院里的动静。

此时，纵观乡政府大院，各个办公室出来进去的人显得挺热闹，院子里能停车的地方几乎都挤严实了，尤其是那几辆外地牌照的车，一辆比一辆高级，从国产奥迪到日产丰田甚至还有两辆宝马一辆凯迪拉克，整个一名车展览。看着那些高级轿车，柳胜男嘴角不禁掠过一丝嘲讽：哼，越他妈的有钱人越可着劲儿地嘚瑟，吃喝嫖赌坑蒙拐骗，这年头就把这些人给混阔咧。还他妈的招商引资，纯粹烧香引鬼。这么想着，她心里更加忿忿，那火儿一拱一拱地直冲脑门子。她努力劝说着自己：别着急别上火，大丫头的话没准儿掺着水分呢，千万得把事情弄清楚喽再说话。

她靠着自己的汽车门子，努力让自己的心情平静下来，无意中一抬头，忽然看到了柳爱民的摩托车，随即掏出手机拨通柳爱民的电话。嗨，刚才自己也是气糊涂了，咋就没想起来先给柳爱民打个电话问问情况呢。

电话很快就通了，柳爱民压低声音说："老姑哇，事情复杂了，我在李书记这儿呢，您赶紧过来吧。"

说完电话就撂了。

柳胜男不敢迟疑，三步两步去了李书记的办公室。

还没走到李书记办公室门口，柳胜男就听到屋里面柳爱民冲动地高声大嚷："呸！我就纳了闷儿了，既然他王大为知道这几个客人对咱们乡的发展事关重要，为啥不让他媳妇他妹子或者他闺女陪客，非得找我们风箱峪的姑奶奶？"

听到这儿，柳胜男停住脚步，站在门口屏住呼吸静听。

这时，就听李书记慢条斯理地说："爱民，你先别这么激动，喝口水平静平静听我说。"

"我听您说啥呀？再说啥也是我们村的姑奶奶现眼咧，还他妈的招商引资，我看这招商没成先就烧香引来鬼咧，哼。"

柳爱民仍然愤愤不平。

"嗨，爱民哪，话可不能这么说，人家客人提出来要听你们风箱峪老王家后人唱皮影，我们找别人也说不过去呀。"

这是郝乡长的声音。

柳胜男心里不禁一动，脸不由自主地红了一下，转身想往回走。正这时，忽听屋里一个女人说了一句："柳书记你快别护犊子了，就你们村那王淑莹本来就是出了名的黄花菜，当过鸡的人，还在乎这么个？"

我呸！这不是成心挤兑寡妇出门子么？就算当过鸡，就一辈子都是鸡了么？人吃五谷杂粮谁能保证一辈子都不犯错误？你小时候还尿过炕呢，能说你一辈子就没出息么？简直浑蛋逻辑！

柳胜男气呼呼想着，返身回来用力推开李书记办公室的门。站在门口用眼一扫，见屋里除了柳爱民和郝乡长以外，还有豹子峪村长王大为、村支书和妇联主任。刚才说王淑莹是鸡的，显然就是那个豹子峪的妇联主任，柳胜男不屑地看了她一眼，心里话：我呸！真他妈的老鸹落在猪身上，光看见别人黑看不见自己啥颜色，就你那点荒唐事儿四邻八村哪个不知哪个不晓哇？上炕偷汉子提拉起裤子又装好人，哪就轮到你说话了？

心念至此，柳胜男当即斜也着那个妇联主任，冷笑一声，幽幽地说："呵呵，我当是谁说话这么有水平啊，原来也是个母儿，王淑莹当过鸡是不假，可人家现在走的是正道，挣的是干净钱，不像有的人，阴一套阳一套，外表冠冕堂皇其实一肚子黑心烂肺，比他妈的鸡都不如。"

柳胜男的话绵里藏针，而且针针见血，说的那妇联主任立刻涨红了脸，腾地站起来，但被坐在一旁的王大为给拉住了，复又坐在沙发上，但嘴里仍然嘟哝着："你说谁呢？有能耐指出姓名来。"

柳胜男没理她，跨前一步站到李书记的老板桌前，直冲冲地说："李书记，您是靠山镇父母官，国家干部，今儿个这事就请您给评评理儿，他们蒙古庄园光天化日之下蒙骗妇女卖身，算不算违法？作为一村之长，我柳胜男该不该为我们村的受害妇女讨回公道，洗清冤屈？"

"这个……"

李书记被柳胜男问得一时没回答上来。但随即从老板椅上站起来，摆一副息事宁人的姿态，拖着长腔说："这个嘛，柳主任，咱们主要的，嗯？必须的还是得从全局考虑嘛，嗯？首先嘛，咱们必须承认，嗯？那位集团老总是在酒后大脑神经不受支配的情况下，才做出来那些荒唐的举动的，嗯？这个首先很重要。其次嘛，你能保证不是那个什么王淑莹主动上床的么？"

听到这里，柳胜男心头那把火就蹿了上来，当即学着李书记的官腔一字一顿地说："我替您说了吧，这个其次更重要，可是，就算是王淑莹主动上床，为啥她又哭着跑了呢？"

柳胜男越说越来气，转身背对李书记，直接看向郝乡长，愤愤地嚷嚷道："王淑莹可是亲口告诉我，是咱们乡的郝乡长让她陪的酒，还说她有特殊任务，难道这个特殊任务就是让她陪睡？您能不能给我个确切的解释啊？"

郝乡长一见柳胜男冲他来了，嘴张了张没说啥，脸上的汗却忽地冒了出来，伸手从茶几上抽出几张面巾纸，一边擦汗一边在脑子里迅速搜索能够说服柳胜男的好词儿。正这时候，他放在茶几上的手机响了，这可是个脱身的好机会呀，他赶紧拿起手机，冲柳胜男微微一笑，抱歉地说："不好意思柳村长，我先出去接个电话。"

说完，起身推门就走了出去。

柳胜男见状，看一眼正在低头摆弄手机的王大为，眼珠儿转了转，立刻明白了咋回事儿。于是，回头看着李书记，带着一脸无奈地说："李书记呀，您可是我们靠山镇乡老百姓的父母官，您既然不想替我们老百姓做这个主洗清冤屈，那我们只好法律解决了，反正我们有足够的证据，证明那个败类违背妇女意愿干那事儿，总之我们的村民不能白白被人糟践，一定得讨个说法儿。"

说完，冲柳爱民一招手："爱民，走，咱先看看大丫头去，她要是有个三长两短的，我看他们这事儿咋收拾。"

柳爱民会意地站起身，二人就要往外走。

李书记一听柳胜男这话里明显带着刺儿，赶紧伸手拦住他俩，接着和稀泥："哎，我说小柳哇，这有话好说嘛，再者说这家丑不可外扬，咱们乡里能解决的事儿，何必兴师动众地求什么法律解决。再说大家喝酒都喝高了男欢女爱，出点儿格本来就无可厚非，快别说得那么严重，真要打起官司对谁都不好，你再琢磨琢磨是这个理儿不？"

柳胜男没言语，但脸上的表情明显缓和了许多。

柳胜男见李书记一个劲儿和稀泥解劝着说，也就不再坚持。细琢磨这事儿已经出了，再死乞白咧追究，对谁都没好处，主要的是这事儿还牵扯到了郝乡长，从她内心来说，她不愿意让郝乡长为难。还有，如果真的因为这事儿把全乡招商引资的大事儿给搅合黄喽，对风箱峪的发展也没啥好处。再说，这里书记乡长都已经说软话了，人家毕竟是乡领导，爵位在那儿摆着呢，这阴天下雨的不知道，谁管着谁总该记得吧。想到这里，柳胜男遂转身坐到李书记对面，和颜悦色地说："不好意思李书记，刚才我是忒着急咧，有言语不周的地方您多担待。"

李书记一听柳胜男这话，立刻换上笑脸，打着哈哈说："哎呀，小柳哇，这就对了，什么叫顾全大局呀？就是在关键时刻要明白什么才是最重要的。如今咱们乡各方面硬件都齐备了，梧桐树也都栽上了，就等着那凤凰筑巢来了，咱们的凤凰在哪儿呢？就是那些手里拿着大把的钱准备投资的大老板大客商啊！把他们揽住了咱们就有发展就有钱赚，具体到怎么揽怎么留，这就看你们的手段了。"

"手段……"

柳胜男轻声叨咕一句，刚要说啥，包里的手机响了起来，她不禁心中一颤，生怕是大丫头出点啥事儿，赶紧掏出来打开一看，是一条短信，只有一句话：柳村长赶紧回来我有急事相告。落款是王淑莹。

看完短信，柳胜男当即脸色大变，立刻起身，看着李书记小声说："李书记，我和爱民先回村了，家里有急事。"

说完，冲柳爱民使了个眼色，急匆匆说："咱俩赶紧回去，家里有急事儿。"

柳爱民迟疑了一下，柳胜男推了他一把说："快走吧，晚了就来不及了。"

二人说着话急急忙忙出了李书记办公室，李书记在身后直喊注意安全，柳胜男都不顾得答应了。

到了村里，柳胜男连汽车窗户都没关就跑进自己的办公室。一进门，见坐在沙发上的大丫头一脸喜色，低头鼓捣着手机，紧着问道："啥急事儿啊？快说。"

大丫头仰脸看着柳胜男，欢喜的都差了音儿："柳主任，告诉您一个天大的好消息！"

柳胜男一听好消息，眼眉立马竖了起来，丹凤眼瞪得溜圆，看着大丫头，"啥好消息啊？"

大丫头指着手机，眉飞色舞地说："投资，他们说想在咱们风箱峪投资。"

"投资？投啥资啊？"

柳胜男有点糊涂了。

大丫头放下手机，看着柳胜男着头不着脑地又冒出来一句："柳主任，那个人，他……他还跟我道歉了呢。"

"啥？道歉？你说的这都是哪儿跟哪儿啊？"

柳胜男不解地看着大丫头，更糊涂了。

大丫头见柳胜男还是不明白自己的意思，只好红着脸直接了当地说："柳主任，是这么回事儿，您刚走，那个人就给我发来一条短信，说实在对不起，让我原谅他。我给他发回去说这是对我人格的侮辱，我不能接受。他又给我发回来一条，说你们村发展的不错，我如果到你们村投资，你能原谅我吗？"

"哦——"

柳胜男终于听明白大丫头说得那个"他"是谁了，当即眼前一亮，随着叮问一句："那你咋想呢？"

"我？"

大丫头脸更红了，随口说道："柳村长，只要是对咱们村里好，我啥都无所谓。"

这丫头，还真有股子男人气魄。

柳胜男心里边不禁一热，但在没见到那个人之前，她仍然不敢相信大丫头的话。嗨，这也是一种偏见吧。她随即为自己对大丫头的不信任窘了一下，不由自主地又想起来李书记方才说得那句话，你能保证不是那个王淑莹主动上床的么？想到这儿接着问大丫头："淑莹啊，你跟我说实话，是那个人强迫你跟他上床，还是……"

大丫头听了一愣，两道弯弯的柳叶眉挽成个疙瘩，一脸委屈地看着柳胜男颤声说道："柳主任哎，您也怀疑我？"

"不，不是怀疑你，我只是问问。因为在乡里李书记那儿，为你这事儿我都准备跟他们打官司了。"

"是啊，我也跟他们闹翻了。"

一直在一旁抽烟的柳爱民插话道。

大丫头双手交叉使劲揉搓着，沉吟好一会儿才幽幽地说："嗨，现在想来，其实这事儿也赖我，当时在酒桌上我给他们唱皮影的时候，那个人就一个劲儿跟我套近乎，并且要了我的手机号，他说我去过你们风箱峪，你们那个柳主任人不错，干事挺有眼光也很有魄力。我一听他夸您，心里边特别高兴，就陪着他多喝了几杯酒，吃完饭他让我到他屋里坐会儿我就去了，后来……后来就……发生了那码事。”

"噢——"

柳胜男若有所思地看着大丫头，忽然想起了另外一个人。

第五十六章　刮目相看

　　柳胜男默默地注视着大丫头，眼前忽然冒出来另外一个人的脸庞，白净的瓜子脸，水汪汪会说话的一双媚眼，猩红的薄嘴唇，一口雪白的小牙。这个人就是胡梅，那个把赵成带上绝路的胡梅。前些日子去服装厂，在财务科曾经听人提起过她，说她一步登天傍上了一个房地产集团的老总，而且那老总还正儿八经地跟妻子离婚娶了她。眼下，大丫头说的那个人会不会就是胡梅傍上的那个老总呢？

　　这么想着，柳胜男心里又开始七上八下起来。为掩饰烦乱的心绪，她慢慢腾腾从饮水机里接了一杯水给大丫头放到跟前，自己又拿起水杯子接了一杯，咕咚咕咚喝下去半杯，稳了稳心神，这才坐到大丫头对面，和颜悦色地问道："淑莹啊，你知道那个人是干啥的么？"

　　"知道哇，我听郝乡长说他们都是大投资商，准备到咱们乡开发项目，我琢磨着这些人没准儿咱们村也用得着，为了套近乎在酒桌上我跟他们分别都要了名片。"

　　大丫头一边说着话儿从裤子后口袋掏出来一摞名片，捻开看了看，找出其中一张递给柳胜男。

　　柳胜男接过名片，迅速扫一眼名片上的工作单位，看到凯盛华旗实业公司几个字，心中不禁咯噔一下，难道人世间真的有机缘巧合么？记得几年前到天津联系一笔服装业务，曾经去过这个公司。那是个综合实业公司，既经营服装进出口贸易，还兼营矿产、土特产，好像经营项目挺杂的。可那个公司的老总是个女的，待人接物总是一副高高在上的样子，属于挺不好接近的那种人。嗨，没准儿那女的是个副手，或者……

　　柳胜男不敢再推测下去，接着看一眼名片上的名字，忍不住就乐了。赵大庙，挺好个人儿咋起了这么个怪名字啊，还总经理兼董事长呢，其实不如标注个老和尚更合适。

　　见柳胜男笑了，大丫头也笑了笑，说："乍一听，我也觉得他这个名儿怪怪的，可好记，记性再差的人告诉一遍准能记住喽。"

　　柳胜男见大丫头已经平静下来了，于是顺着话茬儿说道："我记得这个人好像是搞外贸出口生意的。"

　　大丫头答道："是啊，可是现在他们公司改行搞房地产开发了，吃饭的时候我听他们在一块儿聊天时，他就说要想富搞建筑，种地不如种楼，盖大楼不如盖小楼，现在时兴富人有权有势的人进山区建别墅，穷人才哭着喊着往城里挤住高层呢。"

听大丫头这么一说，柳胜男立刻来了兴致，看了一眼仰着脸瞅房顶的柳爱民，笑着调侃大丫头说："我说淑莹哎，我看你这刚做上买卖就开始长学问咧，看来你爸妈没供你上大学真是白瞎你这个人儿咧，照这样发展下去你要是给咱风箱峪当外交部长，那可是最佳人选啊。"

大丫头被柳胜男说得有点儿脸红，但随即一本正经地说："柳主任啊，我觉得这人哪就得干啥像啥，卖啥吆喝啥，主要的是要知道感恩，滴水之恩涌泉相报，到啥时候也不能忘恩负义。对我来说，柳主任您就是我的再生父母，没有您的帮助提携就没有我王淑莹的今天，所以呀，只要您用得着我信得过我，您就是让我上刀山下火海滚钉子板，我都不会说半个'不'字的。"

"淑莹！"

大丫头的话让柳胜男百感交集，都说浪子回头金不换，如今这句话在大丫头身上还真应验了。俗话说，人不可貌相，海水不可斗量，她忽然意识到对这个大丫头真得刮目相看了。这么想着，她不由自主地站起身，转过茶几坐到大丫头身旁，刚要说话，放在办公桌上的手机响了，柳爱民伸手拿起来递给柳胜男。

柳胜男打开手机一看来电显示，是个生号就想按拒接，大丫头在一旁插话说："柳主任接吧，没准儿是找您谈业务的呢。"

柳胜男看了大丫头一眼，犹豫着按下了接听键。

柳胜男二意三思接通了对方的电话，谁知没等柳胜男问话，对方就先开口自报家门了："您好，请问您是风箱峪村柳胜男柳主任么？我是凯盛华旗集团的，我姓赵。"

柳胜男一听对方说是凯盛华旗集团姓赵，立刻兴奋起来，赶紧回应道："您好，您是赵总吧？我就是柳胜男，请问您找我……"

对方不等柳胜男说完，紧着问道："对，就是我找您，不知道您现在方便不？"

柳胜男立刻觉出来对方可能就在附近，立刻答道："我当然方便啦，请问您在哪儿呢？"

"我在你们村……哎，快看看这是什么地方。"

电话里一阵嘈杂，接着一个女声说了句什么，那姓赵的随即说道："我在你们村的特种养殖场大门口呢。"

"哦，好，您就在那儿等着啊，我这就过去。"

柳胜男说完挂了电话，站起身跟柳爱民招一下手，"走，去特种养殖厂。"

回头，她又问大丫头："淑莹啊，你说的那个人他果然来了，就在咱们村特种养殖厂门口呢，要不你也跟我们走一趟？"

"不不不，我可不去，我就等着听好消息了。"

大丫头说着话也站起身，急匆匆回她的小商店去了。

柳胜男开车带着柳爱民一脚油门就到了村南山谷中的特种养殖场。

没到跟前，他们就看见养殖场门口停着一辆黑色豪华越野车，旁边还有一辆深灰色奥迪A8。如今这年头儿，车就代表着主人的身份，这不瞅别的光看这两辆汽车就知道来者不穷了。

柳胜男看着柳爱民，撇了一下嘴，轻蔑地说："爱民哪，看见没？这包子有肉可不再褶上，别看他那屁股挺高贵的，不一定咋回事儿，咱见机行事吧，我这人说话有时候缺个把门儿的，你谨慎着点儿，这世道人心险恶，咱们可不能让他给套进去。"

柳爱民会心地一笑，缓缓地说："放心吧老姑，这阴天下雨我猜不透，好赖人儿我还分得清。"

柳胜男扫了他一眼，一边靠边儿停车一边说："那就好，咱俩先领着他们四处转转，看看环境，然后再回村委会行不？"

"好吧。"

两人说着话就下了车。

此时，从越野汽车里面下来一个戴着宽边墨镜的中年男人，迎着柳胜男还有两米远就伸出右手笑着问："您就是柳胜男柳村长吧？先自我介绍一下，我是凯盛华旗集团的赵大庙，您的大名我可是早有耳闻哪，今日得见果然名不虚传，幸会幸会。"

见对方那么热情，柳胜男赶紧伸出手握住对方的手，笑着调侃道："赵总未免太抬举我了吧？我有啥呀？就一个农村妇女，连小名儿都没几个人记得住甭说大名了。"

赵大庙一听不禁哈哈大笑起来，握着柳胜男的手使劲儿晃了晃，说："哈哈，柳主任，您太幽默了。"

柳胜男抽回手，微微一笑说："呵呵，我一个庄稼人懂啥幽默呀，实话实说而已。"

说着话，回头指着柳爱民说："介绍一下，这位叫柳爱民，是我们风箱峪的老主任兼党支部书记，现在负责我们村的旅游开发和村办企业，我们村好多大事儿都是他一手操办的。"

柳爱民非常得体地冲赵大庙笑了一下，伸出手握住赵大庙的手，并礼貌地寒暄几句。

柳胜男接着说："赵总，非常荣幸您能光临我们这个小山村，这里臭烘烘的除了鸡屎就是猪粪，不是说话的地方，咱们还是去村委会喝点水说会儿话吧。"

柳胜男这么一邀请，赵大庙先是愣了一下，随即直截了当地说："柳村长，实话跟您说了吧，我们几个此次是偷着溜过来的，咱们都是做生意的，我也不想拐弯抹角。其实我们来靠山镇奔的就是你们风箱峪，因为我有几位生意上的朋友曾经来过你们村，回去后跟我说你们这里景色多么多么好，村里人多么多么热情。可是，昨天我们到乡政府接洽，你们乡里几位领导却把我们领到了豹子峪的蒙古庄园，想让我们在那里投资。我觉得他们村环境不是很好，没有开发价值。

都是生意人，这一点您应该知道，这投资是必须要有回报的，赔本赚吆喝的事谁也不会干。"

柳胜男一听有戏，于是，回头意味深长地看了一眼柳爱民。

柳爱民当即明白了柳胜男的意思，遂拉着赵大庙的手热情地说："赵总哎，既然您看中了我们村，那么咱就四处看看转转先了解一下咱村里的基本情况吧。"

赵大庙其实也正有此意，两人一拍即合，柳爱民随即头前带路，领着他往山上走。赵大庙犹豫了一下，指着村后的小山包说："我的那几位弟兄们都到那上边儿玩儿去了，要不等会儿他们？"

柳胜男说："那还等啥呀？咱们也奔那边儿去找他们去不就结了？"

柳爱民迅速瞟了一眼柳胜男，带头迈开脚步向村后山路上走去。

刚走上山路不远，就见三男一女说说笑笑着从山上走了下来。等他们走到到近前，柳胜男收住脚步定睛一看，那脚蹬红色高筒靴，身穿浅米色西服套裙，外套白色裘皮大衣的摩登女子正是胡梅。

赵大庙见柳胜男站住了，紧走几步迎住那四个人，伸手拉住胡梅的手转身来到柳胜男跟前，笑着介绍道："柳主任，给您介绍一下，这位就是我家夫人，姓胡叫胡梅。"

接着指着柳胜男给胡梅介绍："梅梅呀，这位大姐就是风箱峪村长柳胜男，也是个大企业家，巾帼豪杰，很了不起的人物。"

胡梅看一眼柳胜男，脸微微一红，但随即恢复常态，装作从来就不认识一样，妩媚地一笑，脆生生问候一句："柳主任您好！"

柳胜男看一眼胡梅也装作不认识似的，抬头看着赵大庙，笑着调侃道："尊夫人好漂亮哦，一看就是个大才女。"

赵大庙一听柳胜男夸胡梅，心里面非常受用，脸上立刻绽开了一朵花，拍拍胡梅的肩膀，咧嘴笑着说："柳村长眼力不错嘛，我家梅梅当年可是天津财大的高材生呢。"

柳胜男听了，故作讶异地瞪大眼睛看着这肉麻的一对儿，接着用那种非常夸张的口气调侃道："是嘛，怪不得您赵总这事业越做越大越做越强呢，敢情家里边有个才貌双全的财神奶奶坐阵呢，真是让人羡慕的一对儿啊。"

胡梅听出来柳胜男话中的言外之意，当下脸儿又是一红，不由自主地低下了头。柳爱民本来不认识胡梅，见她被柳胜男几句话说得耷拉了脑袋，意识到柳胜男的话可能有点儿过，于是赶紧接下来打圆场："我说赵总哎，您看尊夫人这娇贵的身子，哪能老在这荒山野岭上吹着呀，赶紧地回村委会歇会儿去吧。"

赵大庙搂住胡梅纤细的腰身，低头软语问道："宝贝儿，你不是说要看看风箱峪的山猪和山鸡么，这都到跟前儿了，咱还是进去看看吧。"

胡梅仍然低着头，扭动着腰肢娇滴滴地说："庙哥，我累了，我想去车里边歇会儿，你自己跟柳主任他们去看吧。"

赵大庙旁若无人地在胡梅脑门儿上亲了一口，小声说道："宝贝儿，再忍耐一会儿，跟我进去看一眼就出来，然后到他们村委会歇一小会儿，我跟他们商量点事儿，说完事儿咱就回宾馆，行不？"

胡梅不情不愿地点点头"好吧。"

柳爱民在一旁看得真切，心里话：自古英雄难过美人关哪，再牛气的男人也架不住女人的一嗔二嗲三撒娇，看来要想留住赵大庙，这个女人是关键。想到此，柳爱民跨前一步，乐呵呵看着赵大庙两口子热情地说："赵总，赵夫人，我们风箱峪的特种养殖厂可是在京津冀地区都是出了名的，可以说蝎子拉屎——毒（独）一份儿，两位既然来了，不到里面参观参观多遗憾哪。我们这养殖场一般人是不许进去的，上个月我们省里一个副省长来靠山镇，提出来要参观我们风箱峪特种养殖场，当时我们柳主任都没答应呢。因为那猪和鸡都特别金贵，最怕见生人，所以我们基本上是谢绝参观的，可是你们就不一样了，你们是贵客呀，我们必须破例。"

赵大庙一听这话，立刻来了兴致，也不管胡梅乐意不乐意，挎着她的胳膊就进了养殖场的大门口。

养殖厂内，柳胜男早就打电话通知养殖户把最漂亮的山鸡放几只出来，同时，告诉柳七爷把独立包装的野鸡蛋准备几箱，她要送礼用。

都吩咐妥当了，柳胜男兀自头前带路，一边参观一边给赵大庙他们几个讲山鸡的特性，讲山猪肉与普通猪肉的不同，然后指着远处的山谷讲开发狩猎项目的规划，并邀请他们当第一批猎手，体味用弓箭打兔子射山鸡的乐趣，直听得那几个人鸡啄米似的频频点头。

一行人从养殖场出来，柳七爷已经把十箱包装精致的野鸡蛋送到了那辆越野车跟前，迎着赵大庙惊喜的目光，柳胜男笑着说："赵总，我们山里没啥好东西，给您带几个野鸡蛋回去尝尝新鲜，这可是大城市买不到的哦，几位如果不嫌弃的话，还可以在我们这小山沟里住几天尝尝我们这里的野味儿农家饭。"

赵大庙一听，立刻满口答应："呵呵，谢谢柳村长，那样的话我们可就不客气了。"

柳胜男看一眼胡梅，一语双关地说："都是一家人，老朋友了，有啥可客气的？走，几位再到我们村委会歇会儿去，喝几口我们的山泉水，绝对比城里的矿泉水纯净水都要好喝呢。"

赵大庙看一下腕上的手表，犹豫了一下，惋惜地说："嗨，不行了，一会儿我们还要赶回县城，县政府一个什么副县长邀请我们呢，说要座谈座谈。其实，跟他们这些官老爷根本就谈不出什么来，倒不如跟你们这些村官谈的痛快。"

柳胜男立刻接过话茬儿说："那就别走了，直接跟我们谈呗。"

柳爱民笑道："那可不行，咱跟人家可是差着档次呢。"

赵大庙哈哈一笑，狂放地说："狗屁档次，到我老赵这儿只有挣钱才是硬道理，我才不管他什么驴长马长的呢。"

柳爱民当即竖起大拇指在他眼前晃了晃，"好，够爷们儿，我就佩服赵总您这样的人。"

赵大庙见状拍了一下柳爱民肩膀，友友般双手握住柳爱民的手，使劲儿抖了抖朗声笑道："柳书记，你这个朋友我交定了，用不了几天我就会回来的，到那时咱在好好聊聊。"

说完，又跟柳胜男握了一下手，招呼胡梅和那几个同行者上车，一溜烟儿驶出了风箱峪。

第五十七章　卷入命案

　　送走了赵大庙一行，柳爱民仍然沉浸在赵大庙传递给他的喜悦之中，这可是一条大鱼呀，如果真像他方才描述的那样到风箱峪投资种房子，建高级别墅群，吸引京津冀三地的大款们到这里休闲度假养老，哈哈，我们实现北方华西村的远景规划……

　　想到这里，柳爱民不禁忘情地舒展双臂仰脸看着天空，无声地笑了。柳胜男在一旁看着他，心中却是五味杂陈，胡梅的出现让她立刻想起了死去的赵成。想那赵成一辈子老实厚道，循规蹈矩，从来没做过对不起她的事，可临了临了却被胡梅给坑得一贫如洗，差一点儿客死他乡。此番胡梅会让她那当总裁的丈夫到风箱峪来投资么？心念至此，柳胜男不禁长长地叹了一口气，默默地来到自己的汽车前，打开车门坐进去，冲着仍然陶醉着的柳爱民按了两下喇叭。

　　此刻的柳爱民光顾着想入非非高兴了，并没察觉柳胜男有啥不对劲儿，开门坐到柳胜男身后，兴高采烈地规划道："老姑哇，那姓赵的真要到咱们村投资建别墅，咱就把凤凰顶那片山场卖给他们，然后咱们在村后边的小山包建咱自己的村民别墅，然后把山下金水河修理修理，跟南方的小镇子似的依山傍水，犄角旮旯再整几个小凉亭，修几片小花园，村民们早早晚晚地可以到花园里散步遛弯，到那时候哇，恐怕城里人就该扎堆儿挤着往咱山里边跑咧。"

　　柳胜男从后视镜里看着柳爱民的表情，不咸不淡地说："那天上掉馅饼的事儿咱还是别想啦，先把眼巴前儿的事儿干好喽比啥都强。"

　　"老姑您……"

　　直到这时候，柳爱民才发现柳胜男的情绪有点儿不对劲儿，人家主动找上门来投资这么大的事儿，她竟然无动于衷，而且俨然一副事不关己高高挂起的姿态，这神情可是从来都没有过的，柳爱民不禁有点儿懵。正想问问咋回事儿，却见赵双骑着摩托车迎面飞奔而来，到跟前儿，赵双不等摩托车熄火就跳下车挥手让柳胜男停车。

　　柳胜男一边开着车，脑子里还在想着胡梅的事呢，冷不丁见赵双拦车，不知道又发生了啥事儿，赶紧踩刹车同时推开车门子下了车，看着赵双紧着问："咋？有事啊？"

　　赵双呼哧带喘地说："柳主任，咱们乡里边出事儿了。"

　　柳胜男一听乡里边出事儿了，没好气地打断他的话说："这乡里边儿出事儿碍着咱们啥了得呀？你那么紧张干啥呀？"

赵双捂着胸口，缓了缓接着说："咱们乡的郝乡长死了。"

"啥？郝乡长死了？是人们瞎说呢吧？"

柳胜男不相信地后退了两步，靠在车门子上，脸色当即就变了。

怎么可能呢？好端端个人没病没灾的，而且昨儿个后半晌还在乡政府李书记那儿抬杠拌嘴呢，这睡一宿觉的空儿人就没咧，也忒突然了吧？

柳胜男靠着车门子，使劲儿拧了一下自己的大腿，生疼，看来不是做梦。

柳爱民知道郝乡长跟柳胜男的关系不一般，赶紧下车拉过赵双悄声问道："这消息你是听谁说的？"

赵双说："不是听谁说的，是乡政府办公室通知的，好像是今儿夜里死的，明天就火化，让咱们各村两委班子成员都到火化场向遗体告别去呢。"

"不可能的，这昨儿个还好好地呢，也没听说有病，这今儿个就变成遗体了？不可能，绝对不可能。"

柳胜男两眼发直，把脑袋摇成了拨浪鼓。

柳爱民让赵双把摩托车锁好，俩人一块儿上了柳胜男的车往乡政府赶。

他们到乡政府大院的时候，各村的村主任支部书记差不多都到齐了。人们都阴着脸，偶尔有人小声议论几句，也都是遮遮掩掩的，看到柳胜男的车进来了，大家纷纷让开一条道，柳胜男把车停好以后，木然地站在人群后面。她本来是想自己开车直接去火化场的，赵双说乡里通知大家坐乡政府的通勤车一起去。柳胜男还要坚持，柳爱民怕她心急火燎开车不安全，遂安慰她说："老姑哇，这人没都没了，着急上火也没用，咱还是跟大伙儿一块儿去吧，坐大客车也安全。"

柳胜男知道柳爱民是怕她一着急开车走神儿，于是也就没再说啥。其实，此时此刻她的大脑已经是一片混乱，内心里极力否认这个残酷的事实，欲哭无泪，可表面上还不能表露出来，这种煎熬是无法用语言来形容的。

柳爱民和赵双是最理解柳胜男的了，到了乡政府大院，俩人互相对视一眼，也不跟人打招呼，一左一右跟在柳胜男身边。

到了火化场，遗体告别仪式时间很短，人们排着队流水线似的围着那盛殓郝乡长遗体的玻璃棺材绕场一周，按顺序依次向遗体三鞠躬。没有一个人说话，也没有大哭大号的亲属，只有低低的隐隐的啜泣。轮到柳胜男鞠躬时，她非常仔细地最后看一眼那张熟悉的脸，蓦然发现死后的郝乡长鼻孔和嘴角竟然有丝丝血渍，心里边不禁咯噔一下，想再看仔细一点儿，可是后面的人跟上来了，柳爱民从身后轻轻推了她一下，然后走到她的侧面挡住她看向郝乡长遗体的视线，和前面的赵双一起，几乎是半搀着拥着她离开了现场。

走出遗体告别大厅，柳胜男双眉紧锁，悄悄地把柳爱民和赵双拉到一个僻静处，压低声音说："我咋看着郝乡长他不像是有病死的呢？"

柳爱民紧张地看了看周围，小声说："老姑哇，这里可不是研究这事儿的地方。再说了，乡政府那悼词里不是说了么，郝乡长是为了乡里的工作积劳成疾，心脏病猝死。他人都没了，眼下是赶快入土为安，咱就别再琢磨别的啦。"

赵双也说："柳村长，郝乡长确实是个好人，也是个好官儿，啥叫好人没长寿哇，可这人死如灯灭呀，活人再咋想也没用了，这就是命啊，人是争不过命的。"

柳胜男没言声，脑子里仍然琢磨着郝乡长鼻孔和嘴角的血丝。她记得这人死后只有在受内伤和中毒的情况下才会七窍出血，郝乡长既然是心脏病猝死，咋会七窍出血呢？

三个人正疑惑间，就听遗体告别大厅里传来一阵嘈杂声，接着就有从里面出来的人议论说，郝乡长在省城公安局工作的侄子看到叔叔的遗容以后不干了，非要做尸检不可。一听这事儿，从里面告别以后出来的人们立刻支棱起耳朵，津津有味地等待下文。其实，这也是中国人的一个特色，看热闹的不嫌事儿大，只要跟自己无关，不管啥事儿越热闹越刺激越看着兴奋。可这是人命关天哪，谁也不会任其热闹下去，所以，时候不大，就有警察过来维持秩序并催促人们赶快离开现场了。

靠山镇乡政府组织过来开追悼会的大客车，是在警察维持秩序以后马上就离开火化场的。回来的路上，一车五六十口子人谁也不说话，甚至连咳嗽都捂着嘴，大家每一根神经都绷得紧紧地，生怕有啥动静会把自己的神经崩断。

回到村里，柳胜男就把自己关进村委会办公室的里间屋，躺在那张用木板搭起来床铺上，瞅着房顶想心事。这时候，她特别想找个没人的地方大哭一场，为死去的郝乡长，也为她自己。

她掏出一直放在裤子口袋里的手机，打开合上，合上再打开，反反复复。就在她的手机里，有一条短信，是昨天晚上郝乡长发给她的，只有十六个字：胜男，我有很多话想对你说，可又不敢说。

她当时看了，只是淡淡地一笑，想他一定是又在乡政府值班没事儿干闲得难受，给人发短信消磨时间呢，谁知竟然发生了这样的事儿。

柳胜男再次打开手机，翻出来那条短信，一遍遍看着琢磨着，最后琢磨得脑袋昏昏沉沉都木了，也没琢磨出个所以然来。

柳胜男看着那条短信，百思不得其解。

从内心感情来讲，她对郝乡长还是有感觉的，她也曾经心动过。可是当她知道了他是未来儿媳妇莫小雅的亲生父亲以后，当即斩断情丝，除了工作上的接触，不再有任何想法，以致对他发给她的示爱短信她也是一看了之，从来都不回复。

那天晚上，她再次收到他的短信，只有短短的16个字，而且前言不搭后语，说梦话一般。她只当他是在乡里值班闲着没事儿干发着玩儿的，没想到这短信竟然成了绝笔！

想到这里柳胜男的心战栗了，眼泪无声地流了一脸。

她打开手机里没来得及删除的郝乡长发来的其他短信，那一声声问候，一句句甜蜜短语让她心醉，冥冥中她觉得郝乡长根本就没死，方才他们去火化场给开追悼会的那个人根本就不是郝乡长。想想他才刚五十岁出头儿，正儿八经的国家干部，工资年年长，一辈子衣食无忧，这唯一的闺女又即将出嫁，多美的日子呀，他怎么可能说走就走呢？

这么想着，柳胜男耳畔忽然就传来郝乡长敦厚的声音："柳儿，你们村的五星级养老院什么时候建成啊？到时候可得给我留个好房间，冲阳面的，你再给我配个电脑，我好上网看新闻。"

"郝乡长，您……"

柳胜男一惊，刚想说，你不是已经遗体告别了么？咋又回来了？可还没等她说话呢，郝乡长已经到了跟前，仍然是那件藏青色暗格夹克，里面是永远洗的雪白的白衬衣，下身穿藏蓝色西裤，再往下看脚上，哎呀，怎么穿了一双红色女式雪地鞋呀？柳胜男不禁乐了，笑着调侃道："我说郝大哥哎，您这是啥打扮嘛，挺帅气个老帅哥儿咋还整双老娘们儿鞋穿上啦？到乡政府上班不怕满地找牙么？"

郝乡长被她笑得有点不好意思，低头看看自己的脚，忽然把脸儿一沉，定定地看着她说："柳儿，我这双鞋就是为你穿来的，你不是说我穿红鞋好看么？"

柳胜男止住笑，仍然看着郝乡长脚上那双鞋嗫嚅着说："我……我啥时候说过这话呀，我咋不记得了呢。"

"不，你应该记得的。"

说话的是个女声。

柳胜男讶异地抬起头，只看一眼不禁大吃一惊，怎么郝乡长又变成莫娜了？

只见莫娜一脸苦相看着柳胜男，嘴里喃喃地说："柳主任，我对不起你，我不该留他在我家里吃饭，如果他不喝那杯酒就没事儿了，如今他走了我还有何脸面留在人世间啊。"

莫娜说完，手里不知从哪儿掏出来一把杀猪刀子，横在脖子上就要自刎。

柳胜男一见急了，大喝一声："莫娜，不许胡来！"

喊着伸手就去抢莫娜手里的刀子。

"咣当。"

柳胜男的脑袋重重地磕在了桌子上，醒来，是梦。

回想梦中景况，柳胜男身上冒出来一层冷汗。

这个梦太可怕了，既离奇古怪又有点真实的味道，难道郝乡长和莫娜真的有联系？对，闺女。他们之间不是还有一个亲闺女莫小雅呢么？想莫娜一个柔弱女子，这么多年如果光凭种那几分薄田，拿啥供闺女上学呀？而且，从莫小雅那一张张不同年龄段的照片上可以看出来，她们母女俩的生活并不是传说中的那么艰辛。由此可以推断，郝乡长作为父亲对自己的闺女小雅还是挺负责任的。

嗨，他对闺女负不负责任是他的事，况且这人都没了，再想啥也是白费，还是琢磨琢磨村里今后的发展吧，不知那赵大庙说话是不是守信用，还有那胡梅，她是咋跟那赵大庙凑合到一块儿的呢？这又是一个待解的谜？想到这些，柳胜男忽然感觉浑身疲惫，上下眼皮迅速粘到一起，很快又打起了呼噜。

不知睡了多长时间，迷迷糊糊中她听到有人很响地敲门，赶紧爬起来，揉着眼睛打着哈欠去开门。

门口站着四五个人，其中一个是乡派出所的苗所长，另几个也是警察，柳胜男一个都不认识。这大起早的，这么多警察过来干啥来了？柳胜男不禁一惊：难道村里边又出事儿了？

柳胜男冷冷地看着那几个警察，一时没醒过闷儿来。

苗所长毕竟是老熟人了，见柳胜男那懵懵懂懂的样子，极不自然地冲她笑了笑，故意轻描淡写地说："呵呵，柳主任，不好意思打搅你一下。"

柳胜男一听找她的，更懵了，一边把苗所长和几个警察往屋里让，回头看着苗所长不解地问："哎呀，我说苗大所长哎，你们……你们真的是找我的么？"

苗所长点点头。

这时候，柳胜男忽然就想起了在火化场郝乡长的遗体告别仪式上，郝乡长嘴角鼻孔的血渍，如今这警察破案都高明着呢，肯定是查看了郝乡长的手机，看到了那条短信。嗨，看来我今儿个是跳到黄河也洗不清了。这么想着遂不再说话，到里间屋拿出一件外套穿上，又倒了半盆温水好歹洗了几把脸，拿梳子梳了几下头，然后看着苗所长非常淡定地说："想抓我你们就抓吧，反正我们老百姓的命也不值几个钱。"

苗所长一下子被柳胜男给说愣了，顿了顿才说："柳主任，我们哪句话说要抓你啦？我们只是想跟你了解一些问题。"

柳胜男没好气地问："跟我了解问题？了解啥问题呀？"

苗所长没直接回答，回头指着一个大个子警察说："这位是咱们县公安局刑侦科的张科长，我是配合他办这个案子的。"

柳胜男一听刑侦科，脑袋就大了。她清楚地知道刑侦科一般办理的都是刑事案件，可是我又没犯法，他们凭啥找我呀？难道……

她立刻想到了郝乡长，想到了郝乡长的遗容鼻孔和嘴角上的丝丝血渍，还有追悼会没散的时候遗体告别大厅那一阵混乱，看来这个郝乡长真的不是正常死亡。看来我的猜测是对的。想到这里，柳胜男的心绪反倒平静下来，拿起抹布擦了擦沙发让那几个警察坐下，又从饮水机里接了几杯水放到几个人面前，这才坐到自己的办公桌前，拿起一支圆珠笔在手里摆弄着，表情淡定地看着苗所长和张科长，静静地等待他们问话。

苗所长看着她微微一笑，开门见山地说："柳村长，我们也不必说序儿了，咱们乡的郝乡长死了，这事儿你知道吧？"

柳胜男干脆利索地答道："当然知道啦，昨儿下午开的追悼会，我们各村都去人参加了，我也去了。"

张科长此时插话道："可是，你知道他死在哪儿了么？"

柳胜男摇摇头。

张科长鹰隼般的双眼紧盯着柳胜男，接着说："他是在县城的一幢别墅里被发现病危，但送到县医院时已经死了。"

柳胜男一听郝乡长是死在县城别墅里，脸色顿时大变，当即叮问一句："能告诉我是谁把他送到县医院的么？"

张科长依然盯着柳胜男不紧不慢地说："据抢救他的医生说，是两个女的，据说是母女。"

"两个女的？还是母女？"

柳胜男叨咕一句，低头接着摆弄手里的圆珠笔，脑子里疾速地回旋着，县城别墅，没听说郝乡长在县城有别墅哇，那两个女的又会是谁呢？小雅和莫娜母女俩？柳胜男脑子里立刻跳出来这两个人，但随即就否定了，不可能。莫娜不是从来都不跟郝乡长这个初恋情人联系么？可是，她家相片镜子里却始终保存着他的照片。难道说他去找了她？

柳胜男脑子里有点懵。

张科长的眼睛始终没离开柳胜男的脸，他也在努力地分析着眼前这个精明能干的女村长在案件中到底担当着什么角色。从她一听到县城别墅立刻就变颜变色这一点分析，郝乡长的死她肯定脱离不了干系，现在重要的是她那天晚上的活动。想到这里，张科长当即清了清嗓子，突然问道："柳主任，前天晚上你干什么去了？"

柳胜男毫无思想准备，顿时懵了一下，想了想才说："前天晚上我啥也没干，就在村里待着了。"

"谁能证明啊？"

"我婆婆和村支书柳爱民还有会计赵双，对了，我们三个村委当时研究村里的规划着。咋？你们这是怀疑我呀？嘁，那好办，把这几个人找来挨着个儿地问不就结了？还有，就算是我害的郝乡长，我哪儿也不去偏偏跑到县城别墅里去，我想我还没魔怔到那份儿上呢。"

柳胜男一听对方这么盘问她，立刻就火儿了，越说声儿越高。苗所长见状，赶紧摆摆手说："哎呀，我说柳主任，人家张科长就问你这么几句，你说你火的是什么呀？"

柳胜男把手里的圆珠笔扔到桌子上，抬起头两眼瞪圆了看着张科长，一字一顿地说："告诉你们吧，我柳胜男心里没病不怕半夜鬼敲门，你们可着劲儿地查去吧，如果真是我柳胜男害的郝乡长，我出门就让车撞死，打雷立马就被雷劈死。"

"可是，柳村长，你先别急，你看看这条短信是郝乡长发给你的吧？"

张科长不慌不忙掏出一个手机打开短信发件箱，指着那最后一条让柳胜男看。柳胜男看了一眼，正是那十六个字，遂拿出自己的手机打开收件箱，十六个字一个字都不差，连发送时间都对上了。

柳胜男的脸微微一红，颤声说："嗨，如今他人都没了，我也没啥可瞒着掖着的了，最近这几个月郝乡长一直在追求我，因为打电话不方便，他几乎每天都给我发短信，可以说从来都没间断过。收到这条短信时，我和柳爱民赵双正在研究村里边招商引资的事儿，当时我没给他回，是觉得没啥意思。因为半个月前我就已经跟他说开了，我俩虽然都是单身，可她闺女跟我儿子处对象都快结婚了，我俩真要到一块儿，这一家不一家两家不两家的，叫啥事儿呢？所以，那以后他的短信我一个都没回，你们不信的话，我可以把我的手机给你们，你们尽管查去。"

说着话，柳胜男起身把自己的手机放到张科长面前。

张科长没看柳胜男的手机，但随即问出来的一句话又把柳胜男震了一下。

张科长看着柳胜男，看似漫不经心地问道："柳主任，你在城里万鑫小区是不是有一套别墅哇？"

"是啊，那是我给儿子准备结婚住的，咋？不会是我那房子也有问题了吧？"

柳胜男不假思索地脱口而出。

张科长意味深长地看着柳胜男，肯定地点了点头，接着掏出烟盒点了一支烟，猛吸了一口，幽幽地说："不错，那死去的郝乡长就是从万鑫小区你的那套别墅里被送到县医院的。"

"什么？从我家那套别墅里去的县医院？不可能绝对的不可能！那套房子除了我和我儿子赵学武有钥匙，别人是进不去的，而且那天晚上我在村里，我儿子出差去了哈尔滨根本就没在家，他郝乡长咋就到了我家的别墅呢？笑话，简直就是笑话。"

柳胜男讶异地瞪大眼睛，连摇头带摆手极力否认。

这时，张科长又说话了："柳主任，这事实已经摆在这儿了，你承认也好，不承认也罢，都是改变不了的。在这里，我还告诉你一件事儿，郝乡长不是死于心脏病而是死于食物中毒。"

"啥？食物中毒？"

听到这里，柳胜男彻底地震惊了，当即叮问道："是谁这么狠心暗下的毒手哇？"

"这也是我们今天找你柳主任了解情况的主要原因，现在我们怀疑这个下毒的人一定是跟郝乡长最亲近的人，而且这个人肯定有你家那套别墅的钥匙。"

"你说的是莫小雅？"

张科长没言声，但眼睛始终没离开柳胜男的脸。

柳胜男很不习惯这么被一个男人注视着，于是把脸扭向别处。她心里很乱。小雅怎么可能对自己的亲生父亲下手呢？还有，难道学武没出差？或者是临出门把房子的钥匙交给了小雅？如果是没出差，那他一定也参与了作案……

哎呀，要是学武跟小雅一块儿策划这起谋杀，他这罪过可就大了，想我就这一个儿子，他要再有个三长两短的我这日子该咋过呀？

想到这些，柳胜男不禁浑身一凛，眼泪忍不住掉了下来。

她使劲儿稳了稳心神，迅速用手指抹去悄然滑出的泪滴，扭脸看着张科长，表情木然地说："张科长，你也不用再跟我兜圈子咧，是神归庙，是鬼归坟，想问啥你就直说吧，只要我知道的，我不会隐瞒的。"

"好。"

张科长掐灭烟头，继续盯着柳胜男说："柳村长，你那未婚儿媳妇莫小雅是不是有个叫莫娜的亲妈在莫庄啊？"

柳胜男点点头说："是。"

"前几天你去找过她？"

"对。"

"你去找她时，说到郝乡长了么？"

"说了。"

"当时她有什么反应？"

"我这人是个粗线条儿，从来不会看人脸色，更不会揣摩别人的心思，但是我能感觉得到莫娜那天挺激动的。"

"你从莫庄回来后，莫娜给你打过电话么？"

"没有。不相信的话，你们可以查我的通话记录。"

"那么，郝乡长出事儿的那天晚上，除了他发给你的那条短信外，还有其他人给你打电话或者发短信么？"

"没有。对了，我儿子赵学武吃完晚饭给我打过一个电话，问我一个久已失去联系的边贸服装商的电话号码，这个你们也可以去查我的通讯记录。"

"你儿子赵学武出差回来了么？"

"应该没回来呢，如果回来的话他会给我打电话告诉我的。"

"你敢肯定？"

"我敢拿脑袋担保。"

"好，谢谢柳村长的配合，苗所长咱们走吧。"

张科长说完站起身。那个负责记录的民警则拿着文件夹走到柳胜男跟前，指着被询问人签名一栏说："签个字吧。"

柳胜男不解地问："咋？这就没事儿了？"

"没事儿了，有事儿我们再来找你。"

张科长仍然是面无表情地说。

柳胜男连看都没看就在询问记录上签上了自己的名字。

送走公安局的人，柳胜男浑身冷汗颓然跌坐到沙发上，半晌没回过神儿来，郝乡长在她柳胜男家的别墅里中毒身亡的消息，如同晴天霹雳震得她五内俱焚，而在前面等待她的将会是个啥结果呢？柳胜男茫然了。

第五十八章 牵 挂

柳爱民和赵双到村委会的时候，柳胜男正趴在办公桌上看着自己的手机出神，直到两个人走到跟前她也没改变姿势。

柳爱民站在办公桌前，轻轻敲了敲桌面，关心地问："老姑哇，千万别着急别上火，事情总有水落石出的时候。"

柳胜男叹口气没言声。他看了看柳爱民和赵双，知道他俩肯定也被张科长他们问话了。此时此刻，她非常后悔自己跟郝乡长有那层关系，后悔自己为啥不早一点跟他阐明观点，快刀斩乱麻，如果早一点让他对自己死了那份儿心，绝对不会有现在这样的结果了。

赵双一边收拾茶几上的一次性纸杯，看着柳胜男慢条斯理地说："柳村长，千万别着急，这个时候您应该先给学武打个电话，看看他出差回来没有，问问他对这个事儿有啥看法儿。"

真是一句话提醒梦中人，听赵双这么一说，柳胜男不禁浑身一震。是啊，自己这光顾的着急上火生气了，竟然忘记了给儿子打个电话问问，如果他回来了也参与了这个事儿，那问题就复杂了，如果还在哈尔滨没回来，那就证明他也是清白的。

这么想着，柳胜男当即拿起手机拨通了儿子的电话。可是，电话提示对方关机或不在服务区，这让柳胜男本来就绷紧的神经又紧了一个扣儿，脸色也随之大变。

柳爱民坐在柳胜男对面，看着柳胜男那紧张的神态，心里不禁咯噔一下，他非常了解柳胜男的脾气，那是个很能压事儿的人，心里的情绪很少反应到脸上。看来这一次她真的上火了，可是，自己作为局外人该怎么安慰她呢？柳爱民沉吟着，点燃一支烟，他这阵子犯高血压，医生千叮咛万嘱咐的不让他抽烟，可是遇到发愁上火的事儿，他还是忍不住要抽上一根。

柳胜男见柳爱民又抽起了烟，努力稳了稳心神，看了柳爱民一眼，故作轻松地说："爱民哪，不用为我着急上火，这点儿小破事儿算个啥呀，我能挺住。这心里没病不怕怕半夜鬼敲门，我柳胜男没做亏心事，更没贪赃枉法坑害老百姓，至于投毒害人那更不用想，哼，管他公安局检察院呢，让他们随便查去吧。"

柳爱民吐出一口烟圈，透过烟雾体恤地看着柳胜男，忧心忡忡地说："老姑哇，对您我倒不担心，因为那天晚上咱们三个人确实哪儿也没去，公安局的人再问我一百遍我也敢作证，就是学武我有点犯含糊，那孩子咋那傻哇，自己家的房门钥匙随便就交给别人。"

"嗨,细琢磨那小雅他俩没几天就该结婚了,学武把钥匙交给她这也很正常的,我现在气就气在小雅那丫头,这岁数不大胆子咋就这肥呢,竟然在自己的新房里……哼,我真不知道现在这年轻人都是咋想的。"

柳胜男一脸的愤懑,拍着桌子数落。

赵双见状,赶紧安慰道:"柳村长,您快别这么着急咧,没准儿那郝乡长就是悼词上说得那样,是心脏病猝死呢,如今得这种急病的人多了去了,我媳妇的姨夫就是得这病没的,死那年才四十多岁。"

"嗨,要真是那样就好喽。"

柳胜男目光茫然地看着门口自言自语地说。

说着话,她再次拿起手机拨打儿子的电话,这次总算接通了,她声音颤抖连声问道:"喂,学武哇,你在哪儿哪?我把你的电话都快打爆了,你也不接,还关机不再服务区,你这到底在哪儿呢?"

"我在宾馆呢,下午三点的火车票,快车估计也得明天下午才能到,怎么,家里有事儿啊?"

赵学武声音茶痴痴的像是还没睡醒的样子。

"没……没事儿。"

柳胜男一听儿子还在哈尔滨,心里边总算踏实一些,掏出纸巾擦着脑门子上的冷汗,缓缓地合上手机,可是她刚放下,手机又响了起来,拿起来一看来电显示,是儿子打回来的,赶紧按下接听键:"妈妈,家里到底发生什么事儿了?昨天我给小雅打了有一百个电话她都没接,今天大早晨起来您又急着找我。"

"没事儿的儿子,我就是见你去了这么多日子不回来心里惦记着,早起没事儿问道问道。"

"妈,我前天不是给您发了短信,告诉您我这两天回去的吗?您没收到么?"

"我……唉,我这几天正跟你爱民表兄他们琢磨村里招商引资的事儿呢,都没顾得瞅。"

"我说老妈呀,您也是快奔五十岁的人了,不是当年的铁姑娘队队长了,也该注重保养自己的身体啦,总那么连轴转可不行啊,明年我还指望着让您看孙子呢。"

儿子的关心让柳胜男心头一热,拿手机的手微微颤抖,她想说什么,可是嘴张了张一个字也没说出来。

电话那头赵学武见妈妈没说话,以为她又要忙别的去了,又说了句:"妈,放心吧我没事儿的,我这就起床,到市区看看,给您和我奶奶买点东北特产带回去。"

他说完就挂了电话。

傍中午的时候,公安局的张科长又给柳胜男打来了电话,问她是否去过莫庄,柳胜男当即回答:"去过。"

张科长又问："是你自己一个人去的么？"

柳胜男有点没好气地说："会亲家当然是我一个人，你们不相信的话，可以到莫庄村里打听打听，我去那天先后跟三个人打听过道儿，最后是一个很爱说的妇女带我去的莫家。领导，还有必要交代我跟莫娜的谈话内容么？"

张科长打了个愣，接着说："这些莫娜已经都说了。"

柳胜男想了想，说："她说过我想撮合她跟郝乡长破镜重圆了么？"

"什么？你想撮合她跟郝乡长破镜重圆？"

"对呀，其实那天我去会亲家的目的，就是想撮合她跟郝乡长破镜重圆的，我觉得那是最好的结局了。"

"哎呀，柳主任哎，你知道你这样做的后果么？"

"我不知道。"

柳胜男老实地回答。

她真的不知道她那天去找莫娜会产生啥后果，她办事从来都是按自己的方式去做，想那么多前因后果的累不累呀？

可是，这一次她发觉真的自己错了。这人的感情，特别是男女之间的感情是不以别人的意志为转移的，两个已经分道扬镳而且心里积怨难消的人，怎么可能再走到一起去呢？

想到这里，她有点内疚，甚至非常后悔那天去找莫娜。

电话那头，张科长猜不透柳胜男在琢磨啥，说了一句："挂了吧，我的问题问完了。"

柳胜男轻轻合上手机，她感到脑子里很乱，浑身软软的像被人剔了骨头抽了筋。柳爱民见她脸色不对劲儿，关切地说："老姑哇，您要是不舒服就回家歇一天吧，有啥事儿赵会计我俩去干就行了。"

柳胜男摇摇头。她想自己如果这个样子回家，婆婆看见了不定琢磨啥呢，这阵子村里关于她和郝乡长的风言风语已经不少了。今儿一大早两辆警车又堵在了村委会门口，想那风箱峪总共屁股大点儿的地方，村东头打个喷嚏唾沫星子就能喷到村西头去，这关于村长的花边新闻又能瞒得了谁呢？

这么想着，柳胜男起身用湿毛巾擦了一把脸，拉开抽屉把头天吃剩下的半拉面包填进肚里，又喝了一杯水，这才抬头看着柳爱民和赵双说："我没事儿的，还是那句话，心里没病不怕半夜鬼叫门，况且脚正不怕鞋歪，我柳胜男没做啥见不得人的事儿，不怕谁调查，也不怕人们议论，谁爱说啥说啥吧，咱该干啥干啥。"

柳爱民想了想，提醒道："老姑哇，您在城里律师事务所不是有常年法律顾问么？为啥不让他给想想辄呀。"

"对呀，真是着事者迷，我咋就把这个茬儿给忘了呢。"

柳胜男一拍脑门儿，立刻拿起手机拨通了杜律师的电话，接通后，竹筒倒豆子一般把郝乡长的死，以及自己跟郝乡长的特殊关系，一五一十地都告诉了他。

杜律师听罢，沉吟片刻，忽然问道："既然是他们一家三口在一块儿吃的饭，医院或者公安就没考虑过会是误食食物中毒么？"

"误食食物中毒？可是那母女俩都没啥反应啊。"

"那母女俩没反应，就证明没这可能么？这人的体质是不一样的，有的东西你吃了没反应，他吃了就可能会过敏中毒。还有，吃得多少也是直接因素。"

"哎呀，还真是，我咋就没想到这一点呢？"

杜律师的话，让柳胜男喜出望外。

说实在的，这儿媳妇就要过门儿了，她真的不希望在这个节骨眼儿上出点啥事。心念至此，她不等杜律师撂电话就按断了电话，接着拨通小雅的手机，可是拨了半天都是关机，拨莫娜家里的座机虽然通了也是没人接。于是接着拨通杜律师电话，杜律师笑道："柳主任哎，我就知道你得打回来，刚才是给那娘儿俩打电话了吧？"

"是的，可是没打通。"

"这个时候，甭想通。"

"为啥呀？"

"那还用问么？连公安局刑侦科都插手了，她们两个当事人还能在家待着么？"

"您说她们在……"

"那还用问么？肯定在里面呢。"

"您是说公安局把她们看起来了？"

"那是必须的，不过柳主任别着急，我先问问去吧。"

"那我先谢谢了啊。"

"呵呵，应该做的，不用谢，等着听话儿吧。"

杜律师说完就挂了电话。

有了杜律师的帮忙，柳胜男心里的一块石头总算落了地。可是没过两分钟，她的手机又响了起来，打开一看，这次是乡派出所苗所长打来的，只告诉她简短的几个字："莫娜疯了。"

莫娜疯了？莫娜咋就疯了呢？

柳胜男举着手机自言自语叨咕着。

恰在此时，她那手机又不慌不忙地响了起来。又是啥事儿啊？不会是小雅也疯了吧？柳胜男一看是个生号，不敢接了，把手机递给了柳爱民。

柳爱民看了一眼那串号码，笑了笑说："老姑哇，好事儿。"

说着话儿把手机递给柳胜男。

柳胜男接过来，按下接听键，电话里立刻传来一个兴奋的男声："哎呀柳主任啊，您可真是忙啊，我这电话拨了有半个小时了，总是占线，我就想跟您说一声，过一会儿我们就到你们村里去，不知您是不是在村里呀。"

柳胜男一听是赵大庙，赶忙回应道："在，在呀，我们今儿哪儿也不去，就等着您赵总呢。"

"好的，那我们可就出发了哈。"

"出发？这么快？"

"哈哈，我们就在你们乡政府呢。"

"哎呀，那好，快过来吧，我们这就去村头上接着去。"

"那倒不用，我们认识你们村委会那栋小楼。"

"那好吧，我们就在门口等着咧。"

"好的。"

对方说完就挂了电话。

柳胜男和柳爱民相视一笑，赵双则忙着收拾屋子，擦桌子找茶叶。柳爱民说："看来这个赵总是要动真格儿的了。"

柳胜男皱了一下眉，小声问："爱民你说，他们会不会糊弄咱们呢？"

柳爱民看着柳胜男，思忖片刻，幽幽地说："到时候再说吧，反正咱们处处要多留个心眼儿，跟这种商人打交道，啥事儿都有可能发生。"

赵双慢条斯理地说："不管咋说，咱是不见兔子不撒鹰，他不是想投资开发房地产么？那好，先把钱打过来，我们再给他划地盘。还有，前期的合同协议必须斟酌好喽，有好多上当受骗的例子，都是因为合同协议没整明白就跟对方签了，结果被人家给绕了进去。"

柳爱民点点头，说："还真是，如今许多开发商热衷于进农村进山区，并不是看重将来，而是看中农村山区现阶段廉价的土地，就是想眼前先发一笔，把钱搂到手儿立马脚底板抹油开溜，扔下一片破房茬子，卖又卖不出去，住着还不实用。咱哪，必须提防着他们这一点。"

听他俩这么一说，柳胜男兴奋的大脑神经立刻冷静下来，低头想了想，谨慎地说："这样吧，咱先看看那个赵总啥意思，如果他想急着定合同协议啥的，咱就说先考虑考虑，跟村民们打个招呼。啥叫好事多磨呀，有时候这啥事儿忒顺当了并不是个好兆头，再说了，这事儿咱们要是忒主动喽，给人感觉咱们缺了他们就发展不了，对方就会拿捏着，甚至设陷阱让咱们跳。"

柳爱民听了不以为然，"哎呀，老姑哇，您老把人家猜想的也忒小人了吧？人家既然想投资，肯定是带着诚意来的。"

柳胜男看着柳爱民笑了笑说："爱民哪，你没做过买卖，不知道这江湖险恶呀，在商界流传着这么一句话，没有杀人的心你就别想着做买卖。要不咋说商场如战场呢，这么多年在外头跑着，我体会这这商场比战场还不好把握呢。因为，战场上敌我双方一看就能分清楚，商场就不同了，表面上都是好哥们儿好姐妹儿，背地里却是你一拳头我一脚，都想把别人挤趴下自己上去。"

柳爱民若有所思地看着柳胜男，点点头说："老姑说得对呀，这害人之心不可有，防人之心不可无哇，像咱们这小本儿经营，还是小心谨慎着点儿好啊，真要是搞砸喽，全庄人一人一口唾沫就得把咱们几个淹死。"

赵双见这俩人越说越玄乎，慢悠悠插话道："柳主任，柳书记，这啥事儿都有个度，咱也别太小里小气的，让人家笑话。"

柳胜男知道赵双是误会了，笑了笑说："赵会计，不用担心，既然这条大鱼主动咬钩了，咱就不让他脱钩。"

"对，咱说啥也得把他留住。"

柳爱民拍拍赵双的肩膀，俩人相视一笑。

柳爱民这话音还没落，就听到外面汽车喇叭响，三个人赶紧往外走迎接，到外面一看，竟然是一辆警车停在了门口，乡派出所苗所长面色凝重从车里走了出来。

真是越渴越吃盐，正这节骨眼儿上，他们又干啥来啦？

柳胜男三步两步迎上去，一见面就紧着问："咋？又是来找我的？"

"嗯。"

苗所长不置可否地点点头。

柳胜男脱口说道："反正我也没犯你们手里，不管你找谁，等过一个小时再说，我们要接待投资商，等说完事儿我去所里找你行不？"

苗所长没言声，低头沉吟片刻这才生硬地说："郝乡长的案子人命关天，已经被列为大案，希望柳主任能够配合。"

柳胜男听罢，愣了一下，回头对柳爱民说："爱民哪，那就全靠你啦，该咋说你看着办吧。"

说完，她转身上了苗所长的车。

第五十九章 扑朔迷离

柳胜男上了车才知道，原来车上还有两个人，其中一个是上次来过的县公安局刑侦科的张科长，另一个她不认识。

到车上，张科长从文件夹里掏出一张纸片，柳胜男只扫一眼，就看清了那是搜查证。她没说话，脑子里迅速思忖着张科长究竟想要搜查哪里，但没等她琢磨明白，张科长就发话了："柳主任，这次我们准备到你城里的别墅调查一下，希望你能配合。"

柳胜男点点头没言声。

苗所长安慰她道："柳主任，别着急上火，我们就是例行检查而已，因为郝乡长毕竟是在那里出的事儿。"

柳胜男看着苗所长，还是不言声。

说实话，她有点反感了，这么狗屁点儿事儿，至于的这么兴师动众一趟趟询问检查么？找法医把死者肚子扒开，看看他到底吃的啥喝的啥，中的是啥毒，然后再找一块儿吃饭的那母女俩一对质不就啥都有了。再说了，当时我柳胜男又没在跟前儿，按照破案法则，我既没有作案动机又没有作案时间，就凭死者手机里面一条短信，你们老一个劲儿揪住我不放，这叫啥事儿啊？

看着柳胜男阴沉的脸，苗所长也觉得有点不对劲儿，可他的职业就是干这个的，要想尽快破案，必须抓住一切可以利用的线索。眼下，两个直接嫌疑人莫娜已经疯了，莫小雅也是哭哭啼啼，痴痴呆呆说不出一句整句的话，所以此时只有找柳胜男了。一是她跟死者有过那层关系，主要的是郝乡长出事儿地点就是在她家的别墅内，所有破案线索都需要到那里去找，她若不在场，刑侦人员是不能随便进入的。

想到此，苗所长颇为耐心地劝慰她说："柳主任，我们知道你很忙，可这事儿你不去别人办不了哇。"

柳胜男斜乜了苗所长一眼，不满地说："咋办不了哇，不就是个空房壳子嘛，反正里面也没啥值钱的东西，你们愿意搜只管进去搜就是了。"

张科长接过话茬儿说："话可不能这么说，你是房子的主人，你不在我们是不能随便进去的，再说了，这案子一天不破我们就不能放过任何线索。"

张科长这么一说，柳胜男立刻就不乐意了，当即反驳道："听你这么说，我柳胜男还是你们破案的线索了？"

"这个……"

张科长一时语塞。

柳胜男接着说:"张科长,我希望你们尽早破案,但是,我不希望你们总是揪住旁不相干的人不放,这杀人不过头点地,我们虽然是小老百姓,可我们也有尊严,也有我们自己的事情要干,你们这今儿个查明儿个问的,我们还干啥不了?"

"柳主任。"

苗所长使劲儿拽了拽柳胜男的衣袖。

柳胜男扭脸看了他一眼,不再说啥。

警车很快就到了柳胜男县城的别墅。

下了车,柳胜男掏出钥匙打开了房门,然后自己闪到一旁,默默地看着苗所长、张科长和那个随行的警官进了房间。进门的时候,苗所长指着那个警官悄悄告诉她说:"这位是法医,专门负责取证的。"

柳胜男没吱声。

她面无表情站在门口,冷冷地看着那三个穿警服的人楼上楼下翻箱倒柜折腾,几个人最后进到餐厅,叽里咕噜议论着开始照相,扒拉餐桌上的盘盘碗碗,用镊子取食物分别装进小瓶子里。

这期间,柳胜男仔细地看了几眼餐桌上的食物,有水煮大虾有炖排骨,还有几盘炒菜一盘凉拌西红柿。两只高脚杯中分别盛有小半杯红酒,一只喝水的玻璃杯中倒有多半杯白开水或者白酒,郝乡长平时穿的那件深灰色带暗格的夹克,就搭在一旁的椅子背上。看到这些,柳胜男不禁心里一动,难道那莫娜真的在这饭菜里或者酒水里面下了毒?可是,这眼看着她闺女就要成为这房子的主人了,她咋就这么忍心让闺女的新房变凶宅呢?

柳胜男有点儿懵。

恰在此时,门外响起了熟悉的脚步声,接着,儿子赵学武走进来惊诧地问道:"妈,咱家出什么事儿了?"

"学武,你可回来了。"

看到儿子,柳胜男再也抑制不住,一把抱住儿子"哇"的一声哭了起来。

赵学武长这么大从来没见过母亲这么悲伤过,见母亲哭成了泪人,顿时吓得慌了手脚,使劲儿搂住母亲,不知道该怎么安慰才好。哭了一阵,柳胜男感觉心里痛快了许多,这才断断续续地把郝乡长的死,和莫娜母女被拘留审查,莫娜已经疯了的事实一五一十告诉了学武。

赵学武一听这事儿,顿时瘫坐在沙发上,捂着脑袋半晌没回过神来。

这时候,刑侦科的张科长以及那个提取物证的法医已经检查完毕,一边擦着手一边走出餐厅。在门口,瞥一眼客厅里还在低头啜泣的柳胜男,张科长低沉地说:"柳主任,我们走了,谢谢你的配合。"

说完,目不斜视地一步跨出门外,苗所长还有那个法医,以及同来的另外一个民警也相跟着走了出去。

屋里，就剩下柳胜男和学武母子俩了。

柳胜男红肿着眼睛看着儿子，哽咽着说："学武哇，事到如今你也不用太着急，这是非自有公论，就是打死我，我也不会相信小雅母女俩会亲手害死郝乡长，那可是她亲爹呀。"

学武抬起头，两眼直呆呆看着门口，忽然说了一句："现在这人，为了某种利益什么事儿做不出来呀。"

"学武，你……"

柳胜男显然被儿子的话骇住了，不认识似的定定地看着学武，张口结舌一句话都说不出来了。她实在闹不明白，学武为啥这么说。论感情，莫娜是他未来的丈母娘，莫小雅是他的未婚妻，左手亲情右手爱，这手心手背可都是肉哇。难道……

柳胜男不敢再往下想了。

她起身走到洗手间，放开水龙头捧起冰凉的自来水激在脸上，竟然毫无感觉，她发觉自己整个人都好像木了、呆了。

用凉水激了一阵，柳胜男渐渐冷静下来，她对着镜子很仔细地再脸上画了一层淡妆，又整了整衣服，这才泰然自若地走出来，冲着还在发呆的学武说："学武哇，走，跟我去杜律师的律师事务所，咋着咱也不能眼看着小雅母女俩在里面受罪呀。"

学武听了，没动窝儿，甚至连头都没抬一下。

柳胜男见状，就有点火儿，走到儿子跟前，提高嗓门儿说："咋？我跟你说话哪，你没听见啊？"

"哦——"

学武一个激灵，抬起头两眼漠然地看着他妈妈，答非所问："妈妈，您是说郝伯伯是在咱们这里中毒去的医院？"

柳胜男点点头没言声。

学武看一眼敞开的房门，欠起身子，柳胜男跨前一步顺手把门关严，返身坐回沙发上。

学武两眼仍然紧盯着门口，轻轻叹了口气，像是自言自语地喃喃着："唉，这个老太太真是个榆木疙瘩。"

柳胜男一惊，紧着叮问："你是说小雅她妈妈么？"

学武无可奈何地说："嗨，除了她还有谁呀？"

听到这里，柳胜男不禁心头一紧：难道真是莫娜害死了郝乡长？不。不可能。她随即在心里否定。她是那么地喜欢他在意他，甚至为他守身如玉终身不嫁，她怎么可能忍心……

"妈妈。"

学武忽然一把拉住柳胜男的一只手，脸色微微泛红，似乎鼓足了十二分的勇气，神情颇为激动地说："妈妈，我始终都想问您，您想走一步找回自己的幸福我不反对，可是您为啥偏偏看上了小雅她爸爸呢？"

"我……"

面对儿子的质问，一向伶牙俐齿的柳胜男顿时语塞。她想说其实我跟郝乡长并没有那个意思，也不像传言说的那样已经谈婚论嫁，只是因为工作关系接触多一点而已。她还想说，这事儿郝乡长只是一厢情愿，我并没答应他要跟他咋样咋样。可是，她觉得如今郝乡长人都没了，说那违心的话绝对是对死者的不尊重。

心念至此，柳胜男当即脸色一红，坦言道："学武哇，既然你问道了这事儿，你妈我也不隐瞒自己的观点，刚开始乡政府李书记跟我提亲时，我是有点儿动心，再加上郝乡长一天一个短信紧追不舍，有一阵子我差一点儿都要答应他了。但是，自打我发现了他就是小雅的亲爹时，我就彻底放弃了。俗话说，宁拆十座庙不破一桩婚，小雅她妈莫娜为了他一辈子都没找主儿，我哪能当这个第三者呢？所以，为了撮合他们，我特地去了莫庄。"

"嗨，妈妈呀，您本来就不应该去莫庄的。"

学武生硬地打断母亲的话，柳胜男一下子愣住了。

赵学武继续攥紧母亲的手，明亮的眸子坦诚地注视着她，幽幽地说："妈妈呀，您太善良了。前些日子给小雅过生日时，郝伯伯提起您就对我说过，别看你妈妈干事业是个女强人，可她其实是天底下最纯洁最善良的女子。他还说您的思想观念还停留在大清朝时期，一点儿都不像现代人。"

"他……他真是这么说的？"

"我是您儿子，我骗您干嘛呀。"

"唉——"

柳胜男叹了口气。

学武接着说："妈您不知道哇，正是您的善良您的保守害了郝伯伯呀。"

"我……学武，你可千万不要吓唬我啊。"

柳胜男迷惑不解地抽出自己的手，端起茶几上的水杯灌下一杯水，然后抓起自己的坤包，掏出手机就要给杜律师打电话。

学武伸手拦住母亲，接着说："妈妈，您听我把话说完哪。"

看着学武那张酷似他父亲的脸庞，柳胜男不禁心头一热，这爷儿俩不仅模样长得像，脾气秉性也是出奇的相似，属于那种真人不露相型，别看他平时少言寡语的，到关键时刻总能审时度势，稳稳地度过难关。

此时此刻，柳胜男特别想听听儿子的主意。因为，她觉得自己眼下已经五迷三道找不到北了，她不知道自己该干啥不该干啥，也不知道该咋处理郝乡长的后事。细想起来，郝乡长这辈子也够不幸的，稀里糊涂跟莫娜未婚先孕，有了孩子却成不了夫妻，娶了个家里有权有势有背景的媳妇连个孩子都不会生，眼看着一家三口要团圆了，自己又一命归西了。

想到此，柳胜男不禁伤感地叹了口气。

学武知道妈妈此时的心情，深情地注视着她，顿了顿，接着说："妈妈，其实我早就知道您心里放不下郝伯伯，可是又跨不过自己心里边那道坎儿。实话跟您说了吧，早在几个月前郝伯伯就到厂里找过我，让我劝劝您，我始终没跟您说就是因为小雅。"

"小雅？小雅咋的啦？"

"嗨，妈妈您不懂小雅母女俩的心，他们对郝伯伯是既爱又恨，特别是听说郝伯伯对您有那层意思以后，小雅曾经几次提出跟我分手。她说，她永远也接受不了自己的亲爹跟亲婆婆走到一块儿。可是，当那天您去莫庄找小雅她妈，要撮合他们一家团圆时，小雅她妈跟您没说什么，可小雅回家后却被她妈骂了个狗血喷头。妈妈，说实在的我也接受不了小雅她妈那反复无常的个性，我想她们母女俩这次趁我不在家的时候，请郝伯伯到咱家里吃饭，肯定是做了手脚的，这事儿比写的还要准。"

"儿子，这话你可不能瞎说呀！"

柳胜男听到这里，顿时吓得变颜变色，伸手就要捂儿子的嘴。

赵学武看着自己的妈妈，苦笑了一下，忧戚地说："妈妈呀，我如今也是哑巴吃黄连有苦没法儿说呀，一边儿是生米已经做成熟饭的未婚妻，一边儿是生我养我疼我爱我的老妈，现在我说啥都是多余的啦。"

柳胜男看着学武，咬了一下嘴唇，轻声问道："儿子，你说你跟小雅生米已经做成了熟饭，难道说你俩早就住……住在一块儿了？"

学武没言声，重重地点了点头。

"嗨，这事儿你咋不早说呀？早告诉我，先操持着给你们把婚结喽，让小雅把她妈接过来给你们看家做饭，她有着落了，你俩也有人照顾了，多好的事儿啊。"

"我也想早点儿结婚，是她妈妈不同意呢。"

"为啥呀？"

"还不是因为……因为，她爸跟您有那层关系。"

"我呸！谁跟你说我跟她爸有那层关系了，早就断了，断了！"

"妈妈，您别一提这事儿就激动好不好哇？其实这事儿别人谁也没跟我俩说过，都是小雅她爸亲口跟我们说的。他始终再做我俩的工作，好像您不同意跟他好是我们俩背地里拆台似的，可到了小雅她妈那儿，那位老人家见了我又总是冷嘲热讽的，口口声声你妈跟小雅她爸如何让如何，让我里外没法做人。哼，要不是冲着小雅已经怀孕，我……"

"儿子你说啥？小雅她……她已经怀孕了？"

"嗯，可能吧。"

学武嗫嚅着，表情非常痛苦又非常无奈地深深低下头，再也不敢看自己的妈妈。

柳胜男听到这个消息，却如同挨了当头一棒，愣在那儿半晌说不出一句话。

第六十章　招商引资

学武见母亲愣在那里不说话，思忖片刻，抬起头看着明显憔悴的母亲，声音涩涩地说："妈妈，这事儿您不用着急，我已经不是小孩子了，我知道该怎么担当，起码我要对我的老婆孩子负责任。"

柳胜男接过话茬儿鼓励道："儿子，这就对了。你呀还是先找找杜律师，看他咋说，然后去公安局找找关系，打听打听到底是咋回事。"

学武想了想，看着母亲关切地说："好的，妈妈，您先躺床上歇会儿，我这就去找杜律师。"

"好，你去吧，到那儿把各方面的事儿都问仔细点儿，不行的话咱就聘请他给那娘俩辩护得了。"

"妈妈，您不用管了，这事儿就交给我吧。"

学武说着话儿拿起车钥匙就往外走，刚出门兜里的手机就想了，打开一接原来是柳爱民。

电话一通，柳爱民不等学武说话就着急地问道："学武哇，你在哪儿呢？看见你妈了么？她咋样啊？没事儿吧？"

柳爱民这连珠炮似的发问把学武一下子就给问懵了，愣了一会儿才回答："表兄，怎么啦？我妈很好的，是不是村里边有事儿找她呀。"

电话那头柳爱民仍然急头白脸地嚷嚷道："可不是呗，我这从她走了以后就一直打她的手机，咋打也打不通，好不容易从服装厂要来你的手机号，咋样啊，你妈是不是跟你在一块儿呢？你让她接一下电话好不，我找她可是有急事啊。"

一听村里边又有急事儿，赵学武不禁心里一沉，想想母亲方才那失控的样子，他觉得母亲如果再这样紧张忙碌下去，不论是精神还是身体都会支撑不住，这父亲没了，母亲再有个好歹的，这家里的日子该怎么过呀。想到此，学武就有点儿烦，当即举着手机没好气地说："有急事儿也不行啊，我妈眼下她精神状态不是很好，刚睡着，我想让她歇会儿，村里的事儿表兄您就先操持着吧。"

那边柳爱民一听学武这话，更着急了，差了声儿地嚷道："我说学武兄弟啊，我这儿都快要急死啦，你快把电话给你妈，我跟她说句话就行。"

"不用啦学武，你赶紧送我回去吧。"

"妈。"

赵学武泪眼婆娑地看着自己倔强的母亲，无奈地叫一声。

柳胜男伸手抢过儿子手里的手机，大声说："爱民哪，是不是赵总要走哇？

你让他们等会儿，我说话儿就到。"

说完她就挂断了电话，催促学武快去开车。

学武看一眼母亲，没说话，顺从地到车库开出自己的车，娘儿俩一路风驰电挈，谁也不说话，旋风似的就到了风箱峪。母亲下了车，学武一言不发掉头就回了县城。

进了村，柳胜男一眼就看到赵大庙那辆黑色越野车停在村委会办公楼前，遂紧走几步进了村委会办公室。

屋里的几个人见村长来了，齐刷刷都站了起来，异口同声问道："柳主任，您回来了，没事儿吧。"

柳胜男淡然一笑，冲大家摆摆手，调侃道："呵呵，谢谢老几位关心。想必这事儿大家也都知道了，我还是那句话，心里没病不怕半夜鬼叫门，谁爱查就让他查去呗，天塌下来有地接着呢，我怕啥呀。"

"哈哈，柳主任，有气魄。我赵某就佩服你这样的人，没事儿不惹事儿，出了事儿不怕事儿，这才是真正的女中豪杰呀！"

赵大庙冲着柳胜男竖起大拇指感慨道。

柳爱民趁机发牢骚说："老姑哇，您这人一走手机也不开，电话也不接，赵总见不到您还老张罗走，可把我们给急死咧。"

赵大庙被柳爱民这么一将，有点不好意思地挠了挠脑袋，看着柳胜男说："嘿嘿，是这么回事儿，我们到乡政府听人们都在议论你柳村长的事儿，说你让公安局警车给带走了，我不放心啊，就想看看你。"

柳胜男听罢，赶紧抱拳行礼道："哎呀，这般说来我可要好好谢谢您赵总了，我看这样吧，今儿您哥儿几个都别走了，咱们哪村前村后的都转悠转悠，考察考察。考察合适喽您愿意投资呢就投资，不愿意投资呢我们也不勉强，因为头些日子天津来过两拨人，也是搞房地产的，他们都看中了我们这儿的地理环境。"

说到这儿，柳胜男顿了顿，拉开自己办公桌的抽屉，从里面掏出来一张图纸铺展在桌子上。

赵大庙探头一看，那是一张风箱峪整体规划图，哪儿建景区哪儿开发别墅，哪儿建休闲娱乐场所，都规划得一清二楚。

看着这张图，赵大庙立刻就动心了。柳胜男偷偷瞄了他一眼，微微一笑，指着规划图上的山川河流，颇为自豪地说："赵总，我们风箱峪虽然现在还处于一穷二白阶段，但是，你等着瞧吧，用不了多久，我们这儿就会大变样的。主要是我们这儿的风水好，现如今虽然科技越来越发达，可人们的脑袋瓜子却是越来越封建迷信，而且那官做得越大钱挣得越多越迷信。"

赵大庙显然被柳胜男给说住了，眼睛一眨不眨地看着柳胜男手下的图纸，听柳胜男瞎说大实话。

柳胜男虽然低头看着图纸，但用两眼的余光扫视了赵大庙一眼，一看他那沉醉的表情立刻猜了出来，这更是个迷信风水的主儿，立刻想起村里的百岁老人赵四爷讲的老古记。于是绘声绘色地说："赵总啊，您可知道我们风箱峪的渊源么？您看我们这张图，仔细看我们风箱峪像不像一个大元宝哇，这儿是元宝的边，这儿是元宝翘起来的两个角，中间这个凹槽是村子。您再南北向看，我们风箱峪真正是前有罩山，后有靠山，中间一条金水河。金水河您听说过么？这京津冀地区除了首都北京有一条，这第二条就是我们村这一条了，呵呵，这啥叫风水啊？这就叫风水啊！"

柳胜男指指点点，越说越兴奋，把个赵大庙说得频频点头，眼睛盯着那规划图始终都没动地儿。

柳爱民和赵双则在一旁推波助澜，跟赵大庙带来的那几个据说是专家的年轻人云山雾罩讲着赵四爷的老古记，这么一来，人们立刻忘记了关于村主任柳胜男的八卦新闻，一门心思研究起投资项目来。

在办公室里白话一通风箱峪远景规划，柳胜男又亲自带着赵大庙一行人翻山越岭，远远近近看了风箱峪实景，没等从山上下来，赵大庙就当即拍板儿，定下一千万元的投资意向，开发风箱峪后山凤凰顶。

一千万，这对一个小山村来说可是个不小的数目，柳爱民和赵双听罢顿时喜出望外，可柳胜男心里却高兴不起来。

凯盛华旗集团果然是大手笔大气魄，而且工作效率神速，项目定下来以后第二天，总经理赵大庙就带着公司财务主管和业务主管，到风箱峪签订合作开发协议了。

开始时，柳胜男感觉挺不可思议的。

因为，最近几个月来，先后有三个国营大公司到风箱峪考察投资项目，都是雷声大雨点小。来时县里乡里大小领导陪着，可最终都销声匿迹没下文了。所以，这凯盛华旗集团这么快就把合作意向定下来，柳胜男就有点儿将信将疑的，生怕这里面有啥猫腻，柳爱民说："老姑哇，其实这也没啥可新奇的，人家私营企业干啥事不用这儿批那儿审的，也不用大会小会儿研究讨论，只要几个高层一核计这事情就算妥了，所以相比之下这效率必然就快。"

赵双也说："还真是这么个理儿，头几天我在县机电公司上班的表兄说过这么一件事，他们公司因为长期亏损面临倒闭。经理们想琢磨着上个新项目给手下的工人们找点出路，谁知就这点儿小破事儿上上下下跑了三个多月，光是公章就盖了十八个。最后立项审批通过咧，公司也破产咧。后来，我表兄他们车间主任个人承包了这个项目，开工后仅两个月就净赚三十万，现在我表兄月工资拿到了六千多，相当于过去干半年的。"

柳爱民说："这就是私营企业自主经营的好处，我想那凯盛华旗集团啥事都是赵总一个人拍板儿，省去了东研究西商量，鸡一嘴鸭一嘴的麻烦事儿，那结果肯定就快。"

见两个人都这么说，柳胜男也就不再言声，但她还是留了个心眼儿，早晨起来就到县城把杜律师接了过来。柳爱民对此颇有微词，小心地问："老姑哇，您说人家跟咱村里边签合作协议，咱让个外人在跟前，这合适么？"

柳胜男不满地说："杜律师本来就是咱们聘请的常年法律顾问，签协议这件事就应该他来把关，他咋还成了外人了？"

柳爱民听罢脸儿一红，小声说："嗨，我不是怕人家赵总反感嘛。"

柳胜男"哼"了一声说："他有啥反感的，只要他做出的事儿合理合法，就不会反对咱们把双方协议进行法律公证。"

"哦——"

柳爱民终于明白了村长的意思，点点头说："还是老姑想得周到哇。"

柳爱民话音没落，村委会门口儿想起了汽车喇叭声。

柳胜男说："他们来了。"

三个人相跟着迎了出去。

来人果然是凯盛华旗公司的赵总。

对方显然也是准备得相当充分。因为，除了总经理赵大庙的豪华越野以外，同时还跟着两辆奥迪，三辆车上一共下来七个人。到了跟前，赵大庙一一介绍自己公司的副总经理、总工程师、总造价师、总设计师，其中有一个就是那天跟随赵总一起来过的。都介绍完了，赵大庙最后指着一个年轻小伙子单独介绍道："这位年轻人是我们凯盛华旗聘请的常年法律顾问，你们别看他年纪小，他可是华南政法大学的高材生，法学硕士，资深律师。"

柳胜男看着小伙子，笑了笑说："自古英雄出少年啊，了不起了不起。"

进了村委会办公室，柳胜男也隆重请出了杜律师，微笑着向赵大庙一行介绍道："这位杜律师，是我们风箱峪长寿度假村旅游管理委员会聘请的法律顾问，也是我们 H 县律师界领军人物，在我们这一带可以说小有名气。"

杜律师听了，当即冲着赵大庙等人弯了一下腰，非常谦逊地说："哪里哪里，跟诸位比起来，敝人还只能算是个学生，互相学习切磋吧。"

双方落座后，互相又寒暄几句，径直就奔向主题。

可是，没等柳胜男说话，赵大庙就不满地说："柳村长，你们这样办事儿有点不够意思了吧？"

柳胜男听了，当即一惊，紧着问道："咋？我们哪里做错了么？"

赵大庙哈哈一笑，站起身指着窗外不远处的凤凰顶说："我说柳主任啊柳主任，你们这动作也太快了吧，我们这还没签订征地协议呢，你们就把山上栽满了树，你说我们是应该按现有情况评估呢还是按原貌议价呢？"

听他这么一说，柳胜男腾地站起来，顺着赵大庙的手指方向看向窗外。

她这一看可不打紧，一张脸就涨成了红布，随即看着柳爱民和赵双问道："这是咋回事儿啊？"

柳爱民低着头嗫嚅道："嗨，还不是老百姓想多卖俩钱儿，临时栽的。"

赵大庙回头看着柳爱民，不紧不慢地说："多卖俩钱儿？错，你以为我们就是二傻子呀？赵工，放录像。"

言罢，赵大庙重新坐回沙发上，那个被他称为赵工的年轻人，麻利地从随身提着的手提箱里面，掏出来一台笔记本电脑放到柳胜男的办公桌上，插上电源打开，不一会儿，电脑屏幕上就放出来风箱峪长寿度假村几个大字。接着，就是风箱峪特种养殖场，欢蹦乱跳的土猪，五颜六色的山鸡，奇石林，落日峰，绿色食品加工厂，村委会办公楼。最后，是村委会办公楼正对面的凤凰顶，裸露的岩石，丛生的杂树林，随风摇曳的山茅草……

画面还在移动，可是柳胜男已经看不下去了，她红着脸看着赵大庙，试探地问道："赵总，您的意思是……"

赵大庙没事儿人似的冲赵工摆摆手，示意他关上电脑，这才看着柳胜男幽幽地说："柳主任啊，这说起来我也是土生土长的老农民出身，村民们的举动我们完全可以理解，这山场土地可是老百姓的命根子呀。可是，我这还没签订协议说要征用这块山场呢，你们就在山上栽满了树，我这如果不征了，你们这损失岂不就太大了。你看那些树，少说也有两三年了吧，现在栽上能活得了么？你们这都是谁的主意呀？"

柳爱民见此，老实地说："嗨，这都是小农意识，丢西瓜捡芝麻地算数题，前天您来的时候不知道是谁听到了点儿风声，说这凤凰顶要开发，昨天您走了以后就有人开始上山栽树，我和赵会计咋拦都拦不住，人们就跟抢金蛋似的，争着抢着占地盘挖树坑，其实您没到跟前儿去呢，有的树根本就没有树根，硬埋在那儿的。也不知他们听哪位大仙儿说的，如果征地的话，一棵小树给五百块钱，这栽钱的事儿谁不干哪？"

听到这儿，柳胜男瞪了柳爱民一眼，怂怂地说："哼，净干些小鸡糊屁股的事儿。"

柳爱民吐了一下舌头没言声。

柳胜男随即回头看着赵大庙，微微一笑，说："赵总啊，其实这也不赖老百姓，都是我们村干部工作做得不到位，没跟大家伙儿说明白。我想这事儿您也别太在意了，如果您真的愿意跟我们合作的话，本着双方自愿的原则，您不是有原始录像么？咱就按照原貌议价签协议，行就行，不行咱就算交个朋友，咋样？"

"好！就这么定了！"

赵大庙说着话，当即站起身，冲柳胜男伸出右手，柳胜男也伸出手握住对方的手。

第六十一章　又出变故了

　　随着与凯盛华旗集团成功签署合作开发协议，凯盛华旗集团旗下的建筑工程公司紧跟着开进风箱峪。柳胜男心里盘算着，凯盛华旗集团开发的项目建成以后，风箱峪将会发生翻天覆地的变化，想着京津冀大城市一批批阔商富贾将入住风箱峪别墅区，这里将成为城里人的休闲度假居住的福地，一想到这些柳胜男就忍不住抿着嘴乐。那天她躺在床上折腾半宿想美事儿，想着把风箱峪变成北方华西村，一大清早就按捺不住跟柳爱民、赵双两个人核计，用开发凤凰顶卖山场的收入改善村民居住条件，效仿华西村建村民别墅，让祖祖辈辈睡土炕烧大灶的村民们都住进新颖别致的小洋楼，享受现代化生活。

　　对此，柳爱民起初有点儿不同意，吞吞吐吐地说："老姑哇，咱们现在就这么搞，是不是有点早哇？眼下这村里老百姓大部分还都是现得利儿的想法，都盼着把这笔卖山场的钱发到手里，俗话说，腰里掖着不如袖里褪着，花着便意，心里边也踏实，为啥那两天大家都争着抢着栽树哇。"

　　柳胜男听了，当即打断柳爱民的话说："爱民哪，你不觉得你这想法太短视了么？现在咱们是可以把钱发给大家伙儿，可那钱是死的，花一分少一分，古人云，五亩之宅，树之以桑。咱们如果用这笔钱投资建村民别墅，将来是可以升值的，也可以用来养老。再说了，咱把村民别墅建起来以后，腾出村里的老民房专门当农家院接待游客，还会增加客流量，增加旅游收入。"

　　柳爱民低头思忖片刻，抬起头目光复杂地看着柳胜男说："老姑哇，我这样说主要是为您老着想啊，如今您老这一届主任任期将满，下一届还不定轮到谁干呢。再说了，村里刚开始修路搞企业时，欠您老那一百多万也还没还呢，总不能老欠着吧？我的意思是就着村里边现在有点底子了，把您老的账先倒腾清喽，省得往后时间长了麻烦。"

　　听柳爱民这么一说，柳胜男当下心里一热，她非常清楚柳爱民这是为她着想，现在这人们有时候翻脸比翻书还要快，不定哪件事儿不对劲儿，就会跟你打官司告状，搅得你寝食难安，甚至让你血本无归，片甲不留。

　　这么想着，柳胜男也有点动摇，但一想到要把风箱峪建成北方华西村的远景规划，立刻又铁下心来，当即冲柳爱民感激地微微一笑，大大咧咧地说："爱民哪，我很感激你处处为我着想，我知道你是怕我下一届不能连任，我投到村里那些钱会打了水漂儿，可我觉得这人活着总要有点担当的，既然我当了这个村长，就要让全村人都过上好日子，哪怕我明儿个就下台，今儿个我也要把今儿个的事情办好，不能半途而废。"

"说得好哇！现在咱农村最缺的就是你柳主任这样儿的致富带头人了！"

门外冷不丁这一句叫好声，把屋里的三个人同时吓得一愣，齐刷刷抬起头看向门口，这才发现原来是乡里新来的章乡长站在办公室门口，正乐呵呵地冲着他们笑呢。

"章乡长！"

三个人异口同声叫道，并同时起身迎了上去。

章乡长仍然微笑着一步跨进屋里，柳胜男忙着沏茶倒水，柳爱民和赵双则赶紧擦桌子掸沙发让章乡长坐下。

看着三个人手忙脚乱的样子，章乡长没有坐下，背着手在屋里转了一圈儿，最后把目光停留在柳爱民办公桌上那张风箱峪远景规划图上。

柳爱民见状，赶紧搬了把椅子让章乡长坐。

章乡长冲他摆摆手，看了柳胜男一眼，转身把嘴贴近柳爱民耳朵说了一句什么，柳爱民当下脸色一变走了出去。

柳胜男见状，立刻明白了章乡长此时到风箱峪，肯定又有大事儿发生，一颗心随即紧跟着提了起来。

章乡长见柳爱民出去了，犹豫了一下，看着柳胜男说："柳主任，能带我去看看你们风箱峪的特种养殖场么？"

柳胜男一听章乡长要去养殖场，不禁一愣，心里话：好模好样儿的去哪家子养殖场啊？难道说有人再打那养殖场的主意？如果真是那样的话，我还真得看看这新乡长的意思。

这么想着，柳胜男当即爽快地说："那好啊，咱这就走吧。"

说完，又回头嘱咐赵双道："赵会计你好好看家啊，有事儿给我打电话。"

章乡长没言声，跟在柳胜男身后就出了村委会办公室。

走出村委会办公楼，柳胜男掏出车钥匙想去开车，章乡长摆摆手说："柳主任不用开车了，乡党委李书记他们也来了，在你们村绿色食品加工厂呢。"

柳胜男疑惑地看了章乡长一眼，小声问："咱们是不是去找他们哪？"

章乡长迟疑了一下，说："也行。"

好在村委会办公楼离着绿色食品厂不是很远，走几步就到了。这期间，柳胜男看着闷声不响的章乡长，心里边就开始敲小鼓，想着这乡政府一把大乡长，一向日理万机，很少到村里边访贫问苦，今儿这是吃错药了还是有啥事儿催的，竟然亲自到村委会找我，还要看看村里的特种养殖场，他这葫芦里面究竟卖的是毒药还是良药呢？柳胜男几次张张嘴想问，又不敢问，万一人家是另有公干呢？还是听天由命看看再说吧。

柳胜男一路揣摩着，跟着章乡长两个人就进了绿色食品厂。

迈进食品厂大门，柳胜男顿时感到了气氛不对。

原本机器轰鸣的绿色食品加工车间此时寂静无声，工人们或蹲或站聚在一块儿，面无表情，谁也不说话。见到村长柳胜男进来了，有几个人立刻站起身想跟她打招呼，但很快又别过脸去不说话了。

这都是咋回事儿了呢？柳胜男心里立时充满了疑惑。

这时，厂长赵虎从办公室出来，看着柳胜男颤声说一句："柳主任，你可回来了。"

柳胜男见状当下心中一凛，紧着问："咋？出啥事儿了？"

赵虎摇摇头，没言声。

柳胜男抬头往厂办公室一看，见乡党委李书记和乡政法委王书记，还有两个穿检察院制服的人坐在里面喝着茶。靠里面那张办公桌前，柳爱民和食品厂的女会计小朱正一摞一摞往外倒腾账本，然后一本本拿给那两个穿检察院制服的人看。

看到这里，柳胜男立刻联想到清早在村委会柳爱民跟她说的那番话。呵呵，原来麻烦就在这里，既然是检察院来查账，肯定是有人揭发检举村干部贪污，多吃多占了。哼，自古树正不怕影子斜，我柳胜男当村主任三年来，一分钱没往家里拿不说，还给村里搭进去一百多万，幸亏当初柳爱民赵双打下了欠条，不然的话我这还真要血本无归了。嗨，人哪人哪，啥时候能把良心都搁在正地方，啥时候这天下就太平了。

心念至此，柳胜男心中不禁涌起来一阵悲凉，脑袋一阵眩晕，身子晃了晃，险些栽倒。

站在她身旁的赵虎见状，惊呼一声："柳主任！"

同时，伸出双手从身后扶住柳胜男，连搀带抱把她扶进办公室，听到叫声的柳爱民此时也放下手里的账本，赶紧搬了把椅子让柳胜男坐下，机灵的会计小朱则倒了一杯水双手捧着端给柳胜男，紧张地说："柳主任，身体不舒服吧？快先喝点水往下压压。"

柳胜男感激地接过水杯，冲小朱咧嘴笑了笑说："我没事儿的，你先忙去吧。"

说着话端着水喝了几口，看着一屋子人这紧张的气氛，她忽然感到一肚子的窝囊委屈和愤愤不平。她不知道自己究竟做错了啥，更不清楚自己这是招了谁惹了谁，人们要这么跟自己过不去。哼，罢罢罢，既然咋干也干不出个好儿来，我就不如不干，回家一门心思经营我的服装厂，当我的厂长总比当这个破村官强。

想到此，柳胜男笑模呵呵站起身，掏出村里办公室的钥匙往桌子上一拍，看着章乡长和李书记，一字一顿地说："尊敬的大乡长、大书记，我柳胜男自打当了这个破村主任，上对得起天，下对得起地，中间对得起自己的良心，你们愿意查就查吧，最好查仔细着点儿，这个村主任啊，我还就不干了！我这就回家等着听传了，哼。"

说完，谁也不看，迈开大步就走出了食品厂办公室。身后章乡长和李书记追着喊她，她连头都没回。

第六十二章 这个村主任我不干了

走出食品厂，柳胜男思前想后越琢磨越窝火儿，想自己从打当上这个村主任以后，没黑夜没白天奔波忙碌，一天到晚满脑子都是咋让风箱峪老百姓富起来，咋把风箱峪建成北方的华西村，甚至把自己的全部家当都搭了进去，啥时候想过自己贪啊搂的啦？可到头来却闹了个……

柳胜男叹了一口气，我这是图得个啥呀？早知道这样我还不如把自家服装厂搞好着点儿呢，细琢磨如果我不下来当这个破村主任，赵成也不会……

想到赵成，柳胜男再次长叹一声，眼泪忍不住悄然滑落。

她越想越生气，一溜儿小跑着到村委会办公大楼，目不斜视直奔村委会办公室。快到门口时，她习惯地想掏钥匙开门，但随即想起来那串钥匙方才已经交公了。于是苦笑了一下摇摇头慢慢走到门前。

还好办公室的门是开着的，赵双正在里面打扫卫生。

说起来这个赵双可是个爱干净的人，平时不论工作多忙，他都先把办公室收拾得利利索索，桌椅板凳茶几窗户都擦得一尘不染干干净净才办公，这一点让柳胜男非常佩服。此时，他看到正在埋头洗抹布的赵双，心中忽然升起一股异样的感觉。毕竟在一起工作了三年多，而且这三年来赵双和柳爱民两个人就像影子似的围着她转，她高兴他们就高兴，她苦恼他们就苦恼，她脾气不好，有时她生气发火儿拍桌子摔板凳，赵双和柳爱民两个大男人总是一声不吭，直到她闹够了不言声了，他俩才不温不火互相逗几句闷子，让她不知不觉地就消了气。

这样的好搭档，应该是天上难找地下难寻的。

可是，今儿个他们三个就要散伙儿了。

想到这儿，柳胜男看着赵双忙碌的背影忽然感到鼻子发酸，眼泪围着眼圈儿转，但是她忍住了，她低着头快步走进平常自己休息或加班的里间屋，以极快的速度把自己挂在衣架上的衣服卷吧卷吧和床铺上的被窝卷儿一起用晾衣绳捆了个捆儿，想都没想两手一抱就出了办公室，打开车门子扔到后座上，然后转身进楼想把自己的电脑也顺便带上，可是没到门口她又回来了。她知道柳爱民和赵双两个人都喜欢她那台电脑，就留给他俩当个念想吧。心念至此，她转身义无反顾地上了车，一脚油门就到了自己家里。

到家门口，她停好车，把后座上的铺盖卷儿拽出来抱着就去推门，没想到大门竟然是锁着的。

看着紧闭的大门，柳胜男一愣：咦？婆婆咋没在家呀？

但跟着她就想起来了，婆婆早就念叨学武的大姑刚得了个大孙子，想必这太姥姥肯定是去看那重外孙啊。于是，只好腾出手来自己掏钥匙开了门，把铺盖卷扔到自己屋里，又到婆婆屋里看了看，见衣架上婆婆的外套和平时赶集上店不离手的大布兜子都不在，知道自己的猜测没有错。

婆婆不在家，柳胜男感觉没着没落的，心里更加烦乱。百无聊赖坐在客厅沙发上打开电视机，电视里正在播放《还珠格格》，屏幕上狠毒的容嬷嬷正用锥子扎紫薇，把个大美女疼得龇牙咧嘴还不敢叫唤。

柳胜男最不愿意看这种女人欺负女人的情节了，气哼哼叨咕一句："真他妈软包窝囊废，年轻轻的你就不会把锥子抢过来扎她么？哼！"

一边叨咕着赌气关了电视机起身出了家门，开车就去了县城。原来，柳胜男一看到那受气的紫薇立刻想起了亲家莫娜和儿媳妇小雅，那娘儿俩也不知道眼下咋样了？要命的是小雅还怀着身孕呢，那可是学武的骨肉，你的大孙子啊！不行，你说啥也得保住那孩子，保住赵家的这一脉骨血。

这么想着，柳胜男顿时忘掉了一切不快，脑子里装满儿媳妇莫小雅和她肚子里的孩子，她要不顾一切地保护她，让她吧孩子平平安安地生下来。

到了县城，柳胜男径直就奔了杜律师的光明律师事务所。

进了律师事务所，刚一迈上楼梯，她就听到儿子学武焦急的声音："杜律师啊，事情复杂了，那郝乡长家如今死盯着莫娜母女俩不放，一口咬定那娘儿俩在饭菜里下了毒。"

杜律师紧着安慰道："学武，别着急，如今是法制社会，办案子要以事实为依据，以法律为准绳，任何人都不得徇私枉法，我想事情会水落石出的。"

学武带着哭腔说："道理是这个道理，可是真正遇到事儿还是朝里有人好办事儿啊，人家郝乡长侄子在省公安局上班，县法院还有一个亲侄子。可我们家两眼一码黑认得谁呀？我倒有个同学在县公安局呢，可他只是个小民警，说话能占地方吗？"

杜律师说："学武哇，你眼下光着急也没用，主要得想办法找证据，千万要冷静，依我的经验，这个案子关键是郝乡长的尸检结果，作为辩护律师我昨天去看了尸检报告，虽然写的是食物中毒，但没写明中毒物质。这样吧，咱们先去你家一趟，看看那天晚上他们一家三口到底都吃了些什么饭菜。去年我接手过一桩命案，开始也认为有人投毒，结果是两种食物相克，引起过敏反应，抢救不及时导致死亡。"

听到这里，柳胜男三步两步跑上楼梯，站在杜律师办公室门口喘着粗气说："杜律师，你分析得对，我也觉得这里边一定有啥不对劲儿的地方，你想那莫娜和莫小雅跟郝乡长，一个是曾经的恋人，一个是亲闺女，从哪儿说她们都不会害他呀。"

杜律师抬头看着柳胜男立刻就笑了，"柳村长，我就知道您放不下这件事，怎么？今天又有空出山了？"

柳胜男勉强笑了笑，"呵呵，从今往后我可是天天都有空咧。"

杜律师不相信地看着她调侃道："就您那大忙人儿还天天有空，谁信呐。"

柳胜男脸色一变没言声，学武却听出来妈妈的话里有话，但是并没点破，转脸看着柳胜男说："妈妈，您来了就好了，咱先跟杜律师回家看看情况，然后再去拘留所看小雅。"

"小雅她妈妈咋样啊？"

这是杜律师接过话头说："莫娜情况挺不好的，郝乡长死后她一直哭闹，而且情绪激动不吃不喝，见人就打见东西就摔，还一次次以头撞墙嚷嚷着活着不如死了好，几个民警都按不住她，后来只好送到精神病院了。"

"天哪，这个可咋办哪？"

柳胜男惊呼一声，看着杜律师一下子呆住了。

杜律师微微一笑，小声说一句："没法儿办也得办啊，走，咱先干咱的去。"

于是，柳胜男和学武随着杜律师去了她家那栋别墅。

走进那栋两层楼的别墅，在郝乡长出事儿的那间仍然杯盘狼藉的餐厅，杜律师非常仔细地用筷子扒拉着已经开始变味儿的饭菜，蓦地，杜律师不由自主地"啊"了一声，手里的筷子也随之掉到了地上。

"学武你看，郝乡长的死因找到啦！"

杜律师兴奋地把学武拉到跟前，指着餐桌上的两盘菜，说："你看着两盘菜，韭菜炒河虾，还有这个糖拌西红柿，这两种菜放在一起最容易引起食物中毒的。去年我接手的那个案子事主就是吃的这两道菜导致昏迷，最后抢救无效死亡的。血的教训啊。"

正在客厅收拾东西的柳胜男一听郝乡长中毒的原因找到了，也跟着一个箭步跑过去，当看到那盘韭菜炒河虾时心里不禁咯噔一下，她当村主任这三年来，时常请人到她家盛楠饭店吃饭，印象中郝乡长每次都会点这道菜，似乎百吃不厌。

看来莫娜跟这个初恋男友还真是挺有感情的，要不咋知道他爱吃这口儿呢？可是既然这两道菜放在一起会中毒，可为啥莫娜和小雅也吃了就会安然无恙呢？

想到此，柳胜男满腹狐疑地抬头看着杜律师问："杜律师，您说这俩菜有毒，可为啥莫娜和小雅吃了就没事儿呢？"

杜律师凝神片刻，看着柳胜男答非所问："柳主任，这个莫娜跟郝乡长是什么时候离婚的？"

"离婚？他俩压根儿就没结婚。"

"没结婚？没结婚怎么有个闺女啊？"

"嗨，这事儿说来话长啦。"

柳胜男随即把郝乡长跟莫娜从搞对象到分手的事儿一五一十说给了杜律师。

杜律师听罢，愣怔了还一会儿才悠悠地说："哦，感情这莫娜是未婚先孕生的这个闺女，然后就一直没结婚也没找对象，就这么背着个作风不好的坏名声苦苦地守着，我听着怎么不像现代人发生的事儿，倒像古代戏曲里的故事情节呢？"

柳胜男说:"这可能就是你们年轻人所说的代沟吧,我就不觉得这件事儿有啥稀奇,按照我们这代人的说法儿这叫感情专一,从一而终这才叫贞洁烈女呢,不像现在的年轻人男女结婚离婚比换件衣裳还要随便,今儿个还搂着抱着亲不够呢,明儿个就可能翻脸不认人咧,喊。"

杜律师一下子就被柳胜男给说笑了,看着学武调侃道:"学武听见没?这就是你妈妈他们那一代人的爱情观,嫁鸡随鸡嫁狗随狗,嫁一根扁担抱着走,,可是你那准岳母还没嫁呢,也守着个空房守了一辈子,悲哀呀。"

学武说:"是悲哀,可那是别人以为,其实您是没跟莫姨接触过,她可是个很乐观很善良的老人呢。"

柳胜男见他俩把话题扯远了,赶紧书归正传,接着问杜律师:"杜律师,我刚才问你那件事儿你还没回答呢。"

"哦,您说她们母女也吃了同样的饭菜为什么没有反应,是吧?这里有两种可能,一种是体质问题,有的人天生过敏体质,对某些事物反应更急更快,比如我去年经手的那个案子,一桌子六个人都吃了同样的饭菜,唯独其中一人过敏昏迷,抢救无效死亡了,其他五个人都没事儿。第二种原因就是刚才说的情感问题,一个人心里装着另一个人,她就愿意把所有好东西都给这个人,包括食物。在这里我们可以理解为莫娜非常爱郝乡长,虽然没能走到一起但是她始终记着他的喜好,做了他爱吃的东西就看着他吃,他吃得越多她越高兴越享受,自己一口都不动,所以……"

"所以,他就吃多了,中毒了,她却啥事儿都没有。"

"还有一种可能,那就是心情,一个人心情烦乱的时候也容易加重自身的过敏反应……"

"这个……"

柳胜男自然而然想到了郝乡长发给她的那最后一条短信,情不自禁低下头红了脸,但随即稳了稳心绪抬起头看着杜律师接着问:"杜律师,你说咱们现在向公安部门提供这些证据晚了么?"

"不晚,因为现在仍然处于调查取证阶段。"

"那样太好了,学武哇,你这就跟杜律师到公安局去,我把这里收拾收拾。"

"不行,现在这里绝对不能动,这可是第一现场。"

杜律师伸手拦住了柳胜男。

正这时,门口有人很响地敲门,三个人同时吓了一跳。

"是谁这么没素质啊,这大白天的敲啥敲哇。"

柳胜男没好气地叨咕着走过去打开防盗门。

"老姑!"

"柳主任!"

柳胜男抬头看去,门外站着的竟是柳爱民、赵双,还有十几个风箱峪的村民。

"你们……"

柳胜男站在门口看着这一张张熟悉的面孔，不知道说啥才好了。

见到风箱峪这么多村民来找她，柳胜男心里不禁一阵感动，看来这人还是有良心的多，但一想到人们对她的误解，以及家里边一码接着一码的烦心事，她随即又心灰意冷了。

柳爱民此时此刻非常理解柳胜男的苦衷，但他在心里分析着柳胜男不可能说不干就不干了。因为，村里这两年才刚刚有了一点起色，眼看着就要火起来了，在这个节骨眼儿上如果柳村长撂了挑子，那往后的日子……不行，今儿我必须把柳主任请回去。

柳爱民这么想着，跨前一步目不转睛看着柳胜男，仍然笑模呵呵地说："老姑哇，您老人家这地界可真够难找的，我们打听了好多人好不容易才找来了。"

柳胜男没笑，故意绷着脸说："找我干啥呀？我那钥匙不是已经都交了么？卖山场的钱你们愿意分就分，我的钱你们该还我还我，这个冤大头我也算当到头儿咧，谁愿意告状就让他告去吧，我就等着戴钢手镯咧，到那时候你们哥儿几个要是还念着我柳胜男的好儿，花插着到看守所给我送几口吃的，我就心满意足了。"

说完，她转身就要关门。

柳爱民一见急了，三步两步跟过去伸手拉住柳胜男的衣服，颤声说道："老姑哇，我们大家伙儿辛辛苦苦一路风尘地找来了，您就跟我们待会儿说会儿话行不？"

柳胜男见状，一颗心立刻就软了下来，扭过脸迅速抹去瞬间流出来的泪滴。然后，缓缓地转回身子，看着那一张张熟悉的面孔，动情地说："乡亲们哪，不是我柳胜男脸子硬，不愿意让大伙儿进我这个家门，我如今落到这个地步，实在是伤不起啦。说句心里话，我柳胜男不想当官儿，也不愿意当官儿。我一个庄稼老娘儿们，没啥能耐，就想趁着当这个村官，给大伙多办点事儿，让风箱峪的父老乡亲都过上好日子，让后辈儿孙们别再跟我们一样要啥没啥，整天靠抠鸡屁股挣零花钱。没想到，我这三年一分钱没往家里拿到头来还是闹个嗨。"

说到这里，柳胜男喉头发哽，摇摇头不再往下说了。

那些村民们也都低着头不言声。

赵双此时走过来，看着柳胜男慢条斯理地说："我说柳主任哎，自古是非必有公论，您常说的那句话是啥来着？哦，我想起来了，听蝲蝲蛄叫唤就不种地那是傻子。这树林子大了，啥鸟没有哇？您多看几眼黄莺喜鹊，别看那倒霉的猫头鹰不就结了？"

"赵会计说得对呀，柳村长您还是回去吧，咱风箱峪没了谁都行就是不能没有您柳主任啊。"

大家伙儿几乎是异口同声地说道。

"你们……"

柳胜男再次地被感动了。

她回头看一眼正要出门的学武，小声嘱咐他跟杜律师先走，有啥事儿跟杜律师商量，只要小雅母女俩平安无事一切都无所谓，即使倾家荡产也要保住小雅。学武使劲儿点点头，哑着嗓子说："妈，这些我知道，您也要多保重啊。"

"放心吧，我会的。"

见学武和杜律师出门开车走了，柳胜男这才招呼大家进屋，可是，她说了好几句让大家坐下喝口水，那一帮人竟是纹丝不动，就那么目不转睛地瞅着她，直瞅得她心里边酸酸的，眼泪围着眼珠转，她使劲儿忍了忍才算没掉下来。

柳爱民见状，心里明镜儿似的，她还是舍不得村里那摊子事儿，丢不下全村的父老乡亲。于是，悄没声儿走到她跟前，小声说："老姑哇，还是回去吧，村里这时候这的离不开您，您不在跟前儿盯着，我和赵会计俩人也玩儿不转哪。"

柳胜男叹了口气，看着大家颤声说道："乡亲们，还是先回村吧，我柳胜男是人不是神，我也有七情六欲家务琐事，等我把城里的事情安排好了，我会给大伙儿一个交代的。"

柳爱民一听这话，知道柳村长心里边那个疙瘩还是没解开，不禁有点着急，看着她直冲冲地嚷道："老姑哇，您就听大伙儿一句话，别再犯犟了，您这样会伤了大伙儿的心哪。"

"这个……"

柳胜男终于动摇了。

第六十三章　全面发展

看着柳爱民那打从心里边着急的样子，柳胜男心中也是百感交集。凭心而论，她还就是舍不下风箱峪，舍不下村里那一百多口子人。这不仅因为她生在那里长在那里，还有一个重要的原因，就是她已经把自己的全部心血都押在了风箱峪。细琢磨，风箱峪村前村后山上山下哪里没有她留下的脚印？哪里没有她洒下的汗水？特别是赵成去世后，她几乎连自己的家门都很少进，一天到晚长在村委会办公室，为村里啥时候能变成北方华西村绞尽脑汁，为村民们每一家每一户的农家院经营，特种养殖业的发展劳神费力。村民们收入多了她跟着高兴，村民们哪家有了家庭纠纷，哪对夫妻吵架了，哪家婆媳闹矛盾了，琐琐碎碎的破事儿都在她心里装着，脑袋里想着。这样的日子她觉得过得挺充实。

柳爱民见柳胜男不言声了，知道她心里可能还矛盾着。于是，跨前一步，看着她的眼睛，动情地说："老姑哇，赵会计说得对呀，自古是非自有公论，想咱们村一百多口子人，不就有那么三五个儿整天鸡蛋里面挑骨头，端起碗吃肉，撂下碗骂娘么？您说现在告状那几家子，哪家儿不是您上来以后帮着才富起来的，像这种没良心渣儿的，您跟他们较的是啥劲儿哪？他说您贪污就贪污了？村里边账本儿那儿摆着呢，老百姓眼珠子一个儿比一个儿瞪得大，都看着呢，这人心可都是肉长的呀，谁心里没个谱儿没个数儿哇？"

柳胜男长长地叹了口气，眼前一阵模糊，她一甩头发，抬起头使劲儿眨巴几下眼睛，把不断涌出来的眼泪咽进肚里，默默地转回身，到屋里拿起自己的外套和手包，在大家的注视下走出来并重重地撞上房门。

回到村里，柳胜男暂时忘掉了所有的不愉快，一门心思琢磨起来年的旅游规划来。

这期间，凯盛华旗集团的工程进展神速，而且销售也是非常抢手，第一期工程五十栋独体别墅刚搭起框架，立马就名花有主儿交了首付款。柳胜男看准商机，随即跟柳爱民赵双商量，把原来的农贸市场改建成了大型综合超市，把前山规划成山地高尔夫球场，后山建成大型滑雪场，而且冬天滑雪，夏天滑草。这些娱乐休闲设施的规划建设，给凯盛华旗集团建设的高档别墅小区又增加了新的卖点。赵大庙从中得到了实惠，当即投资一千万元入股，由村里一家出资变成了与凯盛华旗集团两家合股，规模立刻扩大了一倍。

刚进腊月，风箱峪新建的滑雪场就隆重开业。

因为，这是本县第一座滑雪场，也是京津冀三地最大的滑雪场，加上凯盛华旗集团大规模地广告投入，所以，风箱峪滑雪场开业以后，天天人满为患，欢声笑语不断。

本来，冬天农家院旅游是淡季，由于有了这个滑雪场，如今反倒变成了旺季，每逢双休日，家家都住满了上山滑雪的游客。

跟着一块儿火起来的还有风箱峪的小庄户剧团。

说起这个小剧团的成立，也是一波三折。当初只是大丫头王淑莹为了弘扬自家祖传的驴皮影，组织村里几个爱唱爱跳的好姐妹跟着她唱皮影。后来，赵虎和柳爱民的闺女从城里打工回来，在家里唱卡拉 OK，大丫头听着挺是那么个意思，就跟柳胜男商量，以村里的名义成立了一个小歌舞团，唱通俗歌曲外加皮影戏。再后来，大伙儿听她们唱得不错又有几个人加入进来，队伍从三五个人一下子增加到十几个人。也是碰巧了，正好那阵子有个天津音乐学院的老师到风箱峪采风，住在大丫头家，一下子就被老王家的皮影戏给迷住了。那老师让大丫头教他唱皮影，大丫头则缠着他学习写小品演小品，两个人互帮互学，相得益彰。

音乐老师住了半个月走后，大丫头按照老师教给她的套路，把村里的人和事写成小品，几个年轻的姑娘媳妇现编现演，竟然得到了众多人的认可。村里边逢年过节，各家各户农家院游客聚会，都要请她们唱上几出，来上几段。由于她们演的唱的都是身边人身边事儿，游客看了觉得新鲜，渐渐地她们这个不起眼儿的庄户剧团竟然在当地打出了很响的名气。发展到后来，连周边村有啥活动庆典都登门请她们唱几出皮影戏，演几段小品。到如今，她们这个小剧团从服装道具到舞台幕布，以及音响设备都是一应俱全。更有趣的是，省城歌舞团有个退休编剧不知道从哪儿听说了她们这个庄户剧团，竟然毛遂自荐找上门儿来给她们写剧本，更让这几个越演越来劲儿的庄稼丫头如虎添翼。

柳胜男正是看中了她们的这股子冲劲儿，专门在村委会楼前小广场给她们搭了个戏台子，逢年过节周六周日，村里边游客多的时候，晚上就把她们组织起来，给游客表演节目。

提到这个小剧团，柳胜男说："东北不是有个刘老根大舞台么，咱风箱峪就来个乡村大舞台，让所有来风箱峪旅游的游客，在享受山乡野味儿的同时，欣赏咱们风箱峪独一无二的传统地方戏，将来真要捯饬大发喽，没准儿咱们风箱峪的王氏皮影戏还能上春晚呢。"

也是因为风箱峪的旅游丰富多彩，白天有玩的地方，晚上有娱乐的舞台，来风箱峪旅游的回头客越来越多。渐渐地，不少天津北京的离退休老人把这里当成了休闲养老的首选地，常常是春天结队而来，冬天快冷的时候才陆陆续续地各自离去。

看到这些，柳胜男又想起了她曾经答应过郝乡长的五星级养老院。

她觉得，现在村里边最应该建的就是这个养老院了。于是，她决定下一步的规划就是建养老院。

可是，正在此时，她家里边又出事儿了。

那是正月里的一个深夜，柳胜男满心喜悦刚从县城回到风箱峪。

这阵子柳胜男感到很轻松，过年了，农家院游客渐少，村里边家家户户都忙着趁这机会走亲访友，紧紧张张忙活一年了，人们更愿意给自己放几天假，玩玩乐乐放松放松。

这个年柳胜男过得也很顺当。

年前，郝乡长那个案子已经结了，让郝乡长中毒身死的原因正如杜律师所料，是因为吃了韭菜炒河虾和凉拌西红柿，这两道菜都是他最爱吃的，所以闺女小雅和昔日未婚妻莫娜都没舍得动筷子。加之那天小雅亲口撮合亲爸亲妈破镜重圆，郝乡长虽然情系柳胜男，对闺女的乱点鸳鸯谱是满心不乐意，可又舍不得亲闺女，郁闷中多喝了几杯酒。给柳胜男发的那最后一条短信，就是在吃饭的时候发出去的。

当然了，这些悄悄话儿都是小雅后来告诉婆婆柳胜男的。但不管咋说，这案子清楚了，总算去了柳胜男一块心病，亲家莫娜和儿媳妇小雅也彻底被洗清了犯罪嫌疑。眼下，儿媳妇小雅就要生了，她本想趁正月里村里不忙，在城里多待些日子，等小雅生完孩子再回来，可她又实在放不下村里那一摊子事儿。过完年，春天就到了，由凯盛华旗集团为村里规划设计的村民别墅即将破土动工，这是新一年的开始，也是风箱峪的头等大事。

为了建设村民别墅，柳胜男和柳爱民、赵双三个人查字典翻古书，总算为这个即将开盘的村民别墅小区起了个新鲜名儿——五亩之宅。

"五亩之宅"这个词儿，取自于《孟子》中的一段话：五亩之宅，树之以桑。刚开始柳胜男嫌蹩脚，柳爱民说："现在这人们都讲究新鲜，处处都是洋名词洋地名，咱们给他来个反其道而行之，就来个复古的，您没听电视广告里净宣传么，只有民族的才是世界的。孟子是咱们中国的祖先，孔孟之道又是国人最崇拜的，咱们见别墅用这个名儿肯定吸引人眼球。"

柳胜男听了觉得挺有道理的，于是点点头说："好，那就叫五亩之宅吧。"

傍晚的时候，柳爱民给柳胜男打来电话，告诉她凯盛华旗集团的赵总从国外考察回来了，带来了一盘具有欧洲特色、新颖别致的住宅小区录像，想让她参考一下。所以，柳胜男在县城把小雅坐月子的一应物件都收拾妥当，交给已经康复的亲家莫娜，嘱咐她一定要注意小雅的反应，千万别让孩子受委屈，然后连夜从县城赶了回来。在村委会看完那盘欧式风情别墅建筑录像，已经是凌晨一点多了，就在她收拾完录像带准备睡觉的时候，放在枕头底下的手机响了，打开一看来电显示，是服装厂打来的。这几年自打她把厂子交给学武打理，平时极少有厂里的人给她打电话找她，今儿个这深更半夜的打电话，不会是有啥事儿吧，这么想着，柳胜男心里顿时涌起一种不祥的预感，赶紧按下接听键，没想接通后对方不等她问话就急急地说："柳厂长，服装厂失火啦！"

"啥？失火了？伤着人了吗？"

“没有，工人们刚下班儿车间就着火了。”

“快，赶紧打119报警，我这就过去。”

柳胜男放下手机，穿好衣服连房门都没关就紧着往外跑。

第六十四章　火烧旺地

　　柳胜男心急火燎赶到服装厂的时候，起火车间里面的大火已经被住在厂里的工人们扑灭了。看着烧得几乎趴架的车间，不少女工留下了眼泪，看到柳胜男的车开了过来，大家呼啦啦围过去，七嘴八舌诉说着火的经过。

　　原来，这天晚上有一批成品等着装箱运走，缝制车间和整烫车间全体加班，从早晨六点一直干到夜里十一点，直到全部成品装上车，工人们才拖着疲惫的身子回宿舍休息。可是，没等大家洗漱完进宿舍，就听见整烫车间一声闷响，巡逻的保安听到响动跑过去一看，只见一股股浓烟正从大门紧闭的车间窗户往外冒，当即扯开嗓子大声喊叫："失火啦，快救火呀！"

　　人们听到喊声，立刻都惊了，叽里骨碌从各个屋里往外跑，拿脸盆的提水桶的拽水管子的，院子里所有水龙头都打开了，大家泼的泼冲的冲，所有在厂里住的工人全部出动参加救火。镇上街坊四邻听到喊声也都参加进来，值班的副厂长和车间主任则紧着打119报警，同时给厂长赵学武打手机，可一直没打通，这才拨通了柳胜男的电话。

　　柳胜男到厂里时候不大，从县城赶过来的消防车也到了。见火势基本已经熄灭了，带队过来的消防队领导简单问了问情况，就调转车头回去了。

　　由于起火的车间里电线都烧糊了，造成短路，全厂停电，一片漆黑。柳胜男打着手电筒到车间转了一圈儿，因为车间里到处堆的都是半成品衣服片儿，缝纫机又都是木制案板，所以大部分机器设备都烧坏了，四处漆黑一片，脚底下湿漉漉的都是水。

　　看着自己亲手操持起来的厂子，被一把火烧了个精光，柳胜男心里刀割般地痛，脑袋一阵眩晕，身子晃了晃险些摔倒。一直跟在身后的值班副厂长见状赶紧伸手扶住她，低着头愧疚地说："柳厂长，您可千万别着急，身体要紧哪，反正已经这样儿了，您先回去歇着，等明儿天亮了，咱在细细地检查失火原因，琢磨下一步咋办，行不？"

　　柳胜男没言声，手电筒直直地照在一个插在插座上的电熨斗上。那是缝制车间熨烫工用来熨烫小部件的不加水的普通电熨斗，案板已经烧糊了，熨斗平着放在案板上，已经嵌进去足有一指深，看到这里，在服装行业干了二十多年的柳胜男立刻明白了，这把电熨斗很可能就是罪魁祸首。这么想着，柳胜男双腿发颤走过去，伸手拿起那把电熨斗，案板上立刻显出一个很深的熨斗印。

　　副厂长见状，赶紧抢前一步走过去，伸手拔下插座上的电熨斗插头，涩涩地说："柳厂长，都怪我太疏忽大意了，工人们干完活儿出了车间，我也没检查一遍就锁门下班了，都是我的错，都是我的错呀。"

柳胜男见他这么自责，缓缓地转过脸看着他苦笑了一下，安慰道："嗨，水火不留情啊，你也别这么自责，自古贼偷方便，火烧邋遢，这服装厂到处都是火种，稍微一大意就可能酿成火灾，咱们厂自打建厂这么多年都没失过火，已经够幸运了。再说了，这火烧旺地，没准这一把火还能把咱烧旺了呢。"

副厂长知道柳胜男这是在安慰他，感激地看了她一眼，声音发颤："柳厂长，快别安慰我咧，我知道我自己的罪过……"

柳胜男一听立刻打断他的话，急切地说："大兄弟，快别这么说，啥罪过不罪过的，那老虎还有打盹儿的时候呢，谁能保证自己一辈子干事儿都不出错儿啊，况且大家伙儿加班加点地赶活儿，还不都是为了厂子效益好多挣点钱么？我谁也不怪，这都是天意，是天意呀。"

副厂长听柳胜男这么一说，眼泪地就下来了，赶忙用手背抹了一把，低着头哑着嗓子说："谢谢您柳厂长，如今像您这么宽宏大量的人不多了。"

柳胜男一笑，轻声说："累了多半宿，你也回去歇歇吧，明儿个还有好多事儿要干呢。"

副厂长抬起手又抹了一下眼睛，点点头没说话，步履蹒跚着走回了值班室。

工人们也都摸着黑儿陆续地回到宿舍。

柳胜男又打着手电筒里里外外转了几圈儿，回到车里，打开车灯，看着满地的狼藉，身子软软地趴在方向盘上，忽然涌起一股想哭的感觉，但是她努力忍住了，她心里明镜儿似的，越是这个时候自己越要保持冷静，千万不可能哭。

清晨四点多的时候，赵学武风风火火从县城赶了回来。

原来，就在一个小时前，小雅生了，生了一个大胖儿子。等一切都拾掇利落了，他想给妈妈柳胜男打手机报个平安，没想到刚打开手机，就看到了副厂长发给他的短信，虽然只有七个字，却把他惊得半天没回过神儿来。

厂里失火了速归。

这电报似的一句话让他顿时如五雷轰顶，天哪，这该怎么办哪。此时此刻，他首先想到的是自己的妈妈，盛楠服装厂是妈妈操劳大半辈子的心血，更是妈妈的命根子，而服装厂一旦失火就意味着毁灭，那可都是易燃品哪。

赵学武痴痴地看着手机上那跳跃的七个字，刚刚当了爸爸的喜悦立刻灰飞烟灭。他走到一个僻静的地方，点燃一颗香烟猛吸几口，稳了稳心神，努力让自己镇定下来。待一支烟抽完，他这才急匆匆走进母婴病房，看一眼产后昏睡的妻子小雅和她身旁那粉团似的婴儿，然后拉一下岳母莫娜的袖子，把她拉到病房外面，小声说："妈妈，厂子里出了点儿小事儿，我先回去处理一下，小雅和孩子就麻烦您多受累啦。"

莫娜见他一副焦灼的神态，知道事儿小不了，也不敢多问，推了他一把说："傻小子，都啥时候了还跟我客套，有事儿你就赶紧走吧，他们娘儿俩这儿有我呢。"

"谢谢妈妈，那……我先走了啊。"

"快去吧，这儿不用你管了。"

莫娜又推了学武一下，学武恋恋不舍地又往病房里看了一眼这才急匆匆地跑了出去。

学武赶到服装厂的时候，柳胜男正跟两个副厂长一起，在烧得焦黑的车间里清点着已经报废的机器设备。因为，天亮以后保险公司的人要过来勘察现场，办理理赔的事，工人们上班后要清理受损的机器设备，以及救火时被水淋湿的服装面料。

学武看到母亲两只眼睛红肿着，一脸的疲惫不堪，心里不禁一阵难过，但柳胜男看到儿子时，见面第一句话就急急地问："小雅生了吗？生了个啥？"

学武告诉她说："生了，是个男孩，七斤多重。"

柳胜男一听是男孩，顿时两眼发亮，情不自禁笑了一下，兴奋地嚷道："真是东方不亮西方亮啊，大火烧了我的厂子，老天爷却给我送来个大孙子，喜事儿大喜事儿啊。"

嚷完喽，接着问学武："是顺产还是剖腹哇，孩子大人都还好吧？"

"是顺产，孩子又白又胖，一点儿都不像刚出生的孩子，把孩子姥姥稀罕的抱起来都不舍得放下了。"

"是么？哎呀，咱得赶紧把厂子里这点儿破事儿处理完喽，我好去看孙子去。"

柳胜男急不可耐地搓着手，一副马上就要走的神态。

学武心里偷偷笑了一下，但很快就换上焦灼的神态，看着柳胜男说："妈妈，咱下一步该怎么走哇？"

柳胜男皱了一下眉头，忧心忡忡地说："我也不知道，事到如今，只能是走一步看一步。等一会儿保险公司的人来了，看看能赔多少吧，当初咱们可是按一千万投的保，主要保的就是意外灾害。"

学武担忧地说："唉，如果是人为的，那就麻烦了。"

柳胜男对这些并不是挺了解的，于是，迅速给学武使了个眼色，故意大声问道："学武哇，还没吃早饭吧？赶紧去饭店找你爷爷，看有没有剩馒头花卷啥的，先垫吧一口。"

学武立刻明白了妈妈的意思，顺口说道："我不饿，咱先到车间看看吧。"

说着话儿，学武径直就走进了着火的车间。柳胜男紧跟着走了过去，踩着泥水把学武领到插着电熨斗的案子前，小声说："赶紧把这个案子弄走。"

学武没言声，走过去三脚两脚把那案子踹劈了拖到外面，然后，喊那烧锅炉的老头过来，当劈柴扔进了锅炉。

母子俩若无其事地接着清点那些报废的机器。

出了车间，娘儿俩粗略地统计了一下，不算烧毁的半成品布料，损失至少在三百万元以上。

　　这期间，头天晚上下班回家的工人们陆陆续续地来上班了，大家见到下班时还好端端的厂子，一夜之间就被烧成了空壳儿，无不唏嘘感叹，有的人还情不自禁抹起了眼泪。

　　柳胜男见状，心里不禁一动：嗨，这人心都是肉长的，时间长了草木都有情啊，何况人呢。

　　随着工人们陆续进厂，保险公司的工作人员也到了。

　　柳胜男因为几年来也没管厂子里的事儿，跟大家说了几句话就回村里了。

　　进了村委会办公室，没等她坐稳当，柳爱民就笑眯眯地从外面走了进来，一进门就一脸神秘地冲着她说："老姑，您看看谁来啦？"

　　"你来了呗，还能有谁呀？"

　　"柳主任，是我。"

　　柳胜男抬头一看，立刻就笑了。

第六十五章　探秘狐仙洞

徐教授的到来，让柳胜男因服装厂失火而郁闷的心顿时豁亮起来，激动得手忙脚乱，赶紧沏茶倒水擦桌子擦沙发，让徐教授坐下来说话儿。

柳爱民看着柳胜男，兴奋地说："老姑哇，这回咱们村又该上新项目了。"

柳胜男疑惑地问："啥新项目哇？"

柳爱民看一眼徐教授，接着说："建世界地质公园。"

"啥？建公园？开玩乐呢吧，就咱这大山旮旯儿子，把公园建在哪儿呢。"

柳胜男把脑袋摇成拨浪鼓，一双美丽的大眼睛瞪得溜圆，极其不相信地看着柳爱民。

这时候，一直微笑不语的徐教授说话了："柳村长，爱民书记说的不假，就是建公园，是地质公园。去年一年，我作为访问学者到世界各地进行地质考察，走过亚洲、欧洲、澳洲和北美洲的十几个国家，最后得出结论，咱们这里奇特的地质景观，可以说在全世界都是独一无二的，我们正在着手准备材料，申报世界历史文化遗产。"

"真的？"

柳胜男掩饰不住满心的喜悦，好奇地问。

徐教授看着柳胜男，顿了顿说："没错。今天我们来就是进一步考察论证，除了你们村山上这一片喀斯特地貌远古奇石林，我们还要沿山脉走向，踏访方圆二十公里以内的所有山山岭岭，估计最少要在你们村住上一个月两个月的。"

"哎呀，那太好咧，爱民哪，这徐教授一行的住处你就负责安排吧。"

"已经安排妥当了，是徐教授自己选的。"

"住谁们家了？"

"赵四爷家。"

"赵四爷家？咋住那儿了？咱风箱峪还有比他们家再破的农家院么？"

柳胜男摇摇头，有点不满意。

柳爱民朝徐教授揶揄地眨了眨眼睛。

徐教授立刻笑了起来，指着柳爱民说："你呀你呀，还村支书呢，一点儿都不实诚，不是你给我推荐的那个老寿星么？"

柳胜男看着这俩人诡异的神态，立刻写满了一脸的问号。

柳爱民见实在瞒不下去了，这才笑模呵呵地说："是这么回事儿，昨天晚上徐教授他们四个人就从天津过来了，当时，我给你打手机没打通。徐教授让我帮忙找一个能懂点儿历史的房东，赵双想都没想就说找赵四爷，我琢磨着全村还真就数这老爷子了，不但岁数大，知道的老事儿多，而且耳不聋眼不花，那不是现成的活历史活地图么？"

徐教授接过话茬儿说："此话一点不假，昨天晚上我们就坐在炕头上跟他老人家聊了半宿，把我们几个聊得夜里都不敢睡觉了。"

"为啥呀？"

柳胜男也来了兴趣。

"他呀，给我们讲狐仙洞的故事，说你们村落日峰下面有个狐仙洞，时常有白狐狸红狐狸变成人的样子，到附近村里边找吃的，那白狐狸穿一身白衣白裙，红狐狸穿红衣红裙，狐狸们个顶个儿都长得仙女似的，专门吸男人的血。吸血以前，先跟你搭讪，甜哥哥蜜姐姐的哄得你五迷三道，然后趁你不注意突然张开嘴一口咬住脖颈上的大血管，抱住了就是一顿猛吸，吸足了血拍拍屁股走人，到洞里边去炼丹，炼够一百年就都成精了。可那些被她们吸了血的男人可就惨了，不死也得脱层皮呀。"

徐教授讲得非常认真，柳胜男却听得根毛挓挲，冷汗一层层往外冒。一惊一乍地问："他……他说的这可是……可是真事儿么？"

"对呀，他说他年轻的时候，上山打柴就碰上过狐狸精，隔老远看着是个大闺女，到跟前儿啥都没有。"

柳胜男一听这个，立刻就笑了，"徐教授哇，您被他糊弄啦，那山半腰是有个山洞，外面看洞口不是很大，可里面的膛可大了。"文化大革命"那会儿，有个从省城下放到红花峪的四类分子，被红卫兵整的受不了就逃进了那个山洞，在那里面安了家。白天睡觉，黑夜出来找吃的，一住就是一年多，后来落实政策，他们家人找到他时，胡子头发又白又长，连他媳妇都不认识他了。他走了以后，我和赵成跟村里几个愣头青小子也进去过，那里面确实挺大的，上面都是一疙瘩一疙瘩的石花，蘑菇似的光溜溜特别好看呢。"

"是么？"

这回轮到徐教授一惊一乍了。

柳胜男接着说："当然啦，我觉得那洞里的石花，比我看过的北京石花洞里的石花要好看得多。"

柳爱民也插话道："柳村长说得没错，小时候那山洞里我也进去过，后来听人说那里边有野人，我们就不敢去了。"

"那……你们现在还敢进去么？"

柳胜男愣了一下，没言声。

柳爱民兴致勃勃地说："那有啥不敢的呀，只是那洞口不知道还能不能找到，八几年有一回发山洪，那条沟给冲了个乱七八糟，不少大树都连根儿拔了。"

"那具体位置总能判断个大概吧？"

徐教授眼睛发亮，脸上发光，身子前倾，完全一副跃跃欲试的神态。

柳爱民本来就好新鲜，加之早就听说邻县开通了一个大溶洞，前往参观的游客挤破了门。如果风箱峪再开发出来个石花洞，农家院买卖兴隆不说，门票收入也将是一笔可观的数目哇。这么想着，柳爱民立刻兴奋起来，悄悄看一眼柳胜男，见她一脸的凝重，知道她一定也动心思了。

确实，柳胜男也在思忖着这件事儿，可她想的是投资。这么大个山洞，前期的修路，洞内的清理规划，灯光布置，没个千八百万的肯定下不来，可这钱到哪儿哼哼去呀？贷款么？真要一年两年的整不利落，光是那利息就是一笔不小的数目。呵呵，俗话咋说的？舍不得孩子套不住狼。这年头儿撑死胆儿大的饿死胆儿小的，干！

心念至此，柳胜男迅速扫了柳爱民一眼，信心百倍地看着徐教授说：“徐教授，您如果感兴趣的话，咱这就去看看那山洞。”

“好！”

徐教授更是个急性子，而且，这搞地质研究的人本身就喜欢猎奇探险。

三人一拍即合，简单准备了一下就往门外走。到门口，徐教授想了想，给那三个同行打手机，通知他们立刻到村头集合。

毕竟是去探险，为了安全起见，也是为了壮胆，柳胜男叫上了赵双，柳爱民另外又从村民别墅建筑工地上找了几个身强体壮的民工跟着，一行人浩浩荡荡就奔了狐仙洞。

凭着依稀的记忆，柳胜男和柳爱民在前面开路，带领徐教授一行人攀悬崖走绝壁，穿越一片片野生丛林，竟然毫不费力地就找到了当年住过人的那个山洞。

可是，经过多年的雨水冲刷，泥石拥堵，此时的山洞洞口已经很小很小，而且外面还被丛生的荆棘遮了个严严实实，不仔细看根本就看不到这里还隐藏着一个山洞。

幸好柳爱民来时多了个心眼儿，让那几个一起过来的民工带上了钢镐和铁锹。于是，柳爱民让那几个民工赶紧清理洞口，借着这个机会，柳胜男和柳爱民又领着徐教授和那同来的三个专家学者，登上落日峰，参观了当年抗战时期八路军跟日本鬼子决战的战场。

因为，柳爱民的父亲和爷爷当年抗战时都给八路军当过交通员。所以，站在落日峰上，柳爱民的话匣子立刻就打开了，指着那一座座山头滔滔不绝地给大家讲起了抗战的故事，这个地方打过几场仗，消灭过多少鬼子汉奸；那座山头因叛徒告密我们牺牲了多少同志……一段一段如数家珍，听得徐教授和那三个同行的专家学者频频点头。

柳爱民正讲在兴头上，徐教授忽然插话道：“柳书记呀，你们这里既然珍藏着这么多抗战故事，你为什么不好好发挥发挥，在这里开辟一条红色旅游路线呢？”

柳胜男一听，顿时眼前一亮，顺口重复一句：“红色旅游路线？哎呀，如果再建成一处爱国主义教育基地，让中小学生和年轻人到这儿接受爱国主义教育，岂不更好?"

柳爱民随即插话道:"然后,再组织中小学生夏令营,吃、住、玩、学习健身外加爱国主义教育,一条龙服务,我想应该又是一条新路子,老姑您说呢?"

"神州行,我看行。"

柳胜男又打出了电视上那条广告语,逗得徐教授一行四人捧腹大笑。

几个人在山顶上说笑一阵,就返回了狐仙洞。

这时候,那几个民工已经把整个洞口都清理了出来,柳爱民打着手电筒猫着腰就往里面走,徐教授和那三个同行紧跟着也要往里进,柳胜男说:"徐教授,您几位先在外面等一会儿,让爱民打头阵到里面看看,没啥问题您再进去。"

说完,又招手喊过来两个民工,笑模呵呵地说:"两位师傅哇,麻烦你们进去跟柳书记做个伴儿。"

说着话儿,从包里掏出一个大号手电筒递给那两个民工,两个人二话没说一猫腰就钻进了山洞。

过了大约有半个小时,柳爱民和那两个民工才气喘吁吁从里面爬了出来。柳胜男一看三个人浑身都湿淋淋的,脸上手上衣服上都是泥,活脱脱三个泥猴子,忍不住笑了,指着柳爱民调侃道:"咋样啊?见到狐仙了么?"

柳爱民一屁股坐在地上,喘着粗气说:"见……见着咧,一大群啊,个顶个儿地漂亮,比电影明星刘晓庆还俊呢。"

柳胜男接着调侃:"那你咋没领出来一个,也好让我们开开眼呢。"

此时,一直在旁边看着柳爱民他们几个的徐教授开口问道:"爱民书记,里面是不是都是水呀?"

柳爱民说:"水倒是没有,就是潮巴呼呼的,哪哪都溜光,我们几个深一脚浅一脚往里走,里面地方还真是不小,有的地方直起身子都够不到顶儿,有的地方曲里拐弯趴着将将能钻过去。嗨,这黑咕隆咚的,也不知道当初那些人在里面是咋活过来的。"

柳爱民这边说着话,徐教授从洞口探进身子打着手电筒就往里面看。看了一会儿,冲那三个同行招招手说了句啥话,四个人相跟着就进了洞。柳爱民一见,在后面紧着喊:"徐教授,您还是别进去吧,那里面有……"

他这边话没说完,就听里面"哎呀"一声,柳爱民一听当即跳起来叫道:"坏菜了!准是有人掉下去了。"

他喊着,一个箭步冲过去,猫腰进洞打开手电筒就追了过去。

原来,徐教授一个同行走进了一个岔道,光顾着拿锤子敲打头顶上的石花了,没想到脚底下是个水坑,掉了下去,水虽然不深,但是冰冷刺骨。可是,尽管掉进了没腰深的水坑,他手里的锤子和敲下来的那小块石花始终没撒手。

其实柳爱民刚才就是想告诉他们,千万别走岔道,里面有水坑,没想那几个人那么性急,不等他说完就进洞了。这下可好,钻进去先洗个冷水澡。

柳爱民到里面轻车熟路,直接奔那条岔道,过去后,伸手把他拉了出来,和返身回来的徐教授他们一起，连拉带拽把他拖出山洞。

虽然同伴成了落汤鸡，可徐教授他们仍然非常兴奋，各自拿着手里的石花，眉飞色舞小声谈论着柳胜男他们谁都听不懂的专业术语。

柳胜男见徐教授那个同伴浑身水淋淋冷得直哆嗦，赶紧给山下的柳七爷打手机，让他速速送两件棉衣服上来。

这期间，徐教授举着手里一小块石花，兴奋地对柳爱民说："爱民书记，你们这个狐仙洞很有开发价值啊，这是个天然大溶洞，世界罕见，独一无二啊。"

"真的么？"

"没错。今天咱们先到这儿，让我们这位老兄回去换身衣服，明天咱们背着氧气袋穿雨衣进去，再往深处探探，据我本人初步判断，里面应该是另有一番天地的。"

柳胜男听了，孩子似的忽闪着眼睛，兴奋地大叫道："真的？这么说我们风箱峪又要添上一景咧。"

徐教授胸有成竹地说："肯定会的。"

柳胜男想了想，心中忽然冒出来一个大胆的决定：孤注一掷，卖掉服装厂开发狐仙洞。

第六十六章　一拍即合

徐教授他们果然在风箱峪扎下根站住脚，在村里一住就是两个多月。

这期间，保险公司对盛楠服装厂失火理赔的事已经落到了实处，先后赔付了三百多万元。保险公司赔付的这些钱跟他们的实际损失比起来，虽然只是杯水车薪，但在柳胜男看来，已经很满足很满足了。因为，当初上保险的时候，柳胜男并没意识到真的有一天厂里会出这么大的灾星，所以，她觉得出事后保险公司能赔就已经很不错了。

柳胜男的儿子赵学武本来就是法律专业的本科生，在城里伺候媳妇月子的这段时间，他通过努力和找同学帮忙，顺利通过了律师资格考试，并拿到了律师资格证。跟母亲商量以后，在县城注册了一家律师事务所，一个月前已经挂牌营业。

儿子在县城有了自己的事业，服装厂再重新购置设备运转起来已经不是一件容易的事了，柳胜男决定将错就错干脆把服装厂盘出去，用这笔钱开发新项目。况且经过徐教授他们反复论证加上实地踏勘，落日峰下的狐仙洞果然是一个天然大溶洞，里面洞洞相连，勘察总面积竟然有六平方公里之大，相当于一个小县城。

就开发大溶洞项目，徐教授给柳胜男提了个建议，说如果能够找一个大企业跟风箱峪合作开发，其规模和档次肯定比村里自己搞要强得多。柳胜男其实早就在琢磨这个事了，可是到哪里去找这个合作商呢？

正在这个时候，凯盛华旗集团老总赵大庙的夫人胡梅找到了柳胜男。

因为有了赵成离家出走那档子事，一直以来柳胜男对这个胡梅始终心存芥蒂，不想见她，更不想跟她有任何来往。可是，眼下人家主动找来了，再说又有赵大庙那一层关系，咋说柳胜男也不好拒绝。

让柳胜男没想到的是，那胡梅见到她以后，并不忌讳谈到赵成，而且见面说出来的第一句话就让柳胜男大吃一惊！

那是一个阳光明媚的午后，柳胜男刚刚送走了准备返回天津的徐教授一行，一个人坐在电脑前逐个浏览网上发布的全国各地的溶洞、石花洞图片，努力寻找落日峰狐仙洞与其它地方溶洞的不同。通过这几年搞旅游，她早就揣摩透了游客的心理，人们出门旅游图的就是个新鲜，所以要做就做那人无我有，人有我精的。真要是花了不少的钱，投入不少的精力，整出来的东西千人一面万人一脸，你有我有大家都有，那就不如不做。

这么想着，她拉开办公桌抽屉，从里面拿出一份徐教授临走时交给她的狐仙洞溶洞效果图，看着那一簇簇硕大无朋的石笋石花，九曲连环的石洞，星罗棋布的小水潭，她很快就发现了狐仙洞与众不同的神奇之处，那就是水。想这高山之巅，怪石丛中，咋就会出来这么多的小泉眼呢？

图纸上，溶洞里那一个个小泉眼就像天上的星星，眨巴着亮闪闪的小眼睛看着柳胜男，直看得她心花怒放，攥着拳头暗下决心：就是倾家荡产也要把这个大溶洞开发出来。

胡梅就是在这个时候推门进来，站到柳胜男面前的。

正在兴头上的柳胜男一抬头看到胡梅，并没感到惊讶，因为她早就听说这个总经理夫人是个跟屁虫，赵总走到哪里她就跟到哪里，但她没想到胡梅会单独来找她。

此时，胡梅笑吟吟看着柳胜男，没等她开口先大大方方拉一把椅子坐下来，操着带点儿京味儿的普通话脆生生叫一句："胜男姐你好，没想到我会来吧？"

柳胜男静静地看着她，竟然一时语塞。

她不知道该咋给眼前这个女人定位才好，下属？情敌？朋友？姐妹？都是，又都不是。可是这个时候，她一个人来找我，又是啥意思呢？

没等柳胜男回过神儿来，对面的胡梅又说话了："胜男姐，请允许我这样称呼你吧，我今天是来还债的。"

"还债？你又不欠我的钱，还啥债啊？"

柳胜男瞪大眼睛不解地看着胡梅，一下子懵住了。

胡梅低下头，轻声叹了一口气。

过了一会儿，胡梅慢慢抬起头，柳胜男蓦然发现胡梅那双原本会说话的大眼睛里竟然蓄满了泪水！

"你……"

柳胜男的软肋就是怕看见别人在她面前流眼泪，此时此刻，一见到胡梅流眼泪，她那心里面立刻就颤动起来，赶紧抽一块湿纸巾递过去，柔声说道："妹子，有啥事儿跟姐说，只要我能办到的。"

"不是的，胜男姐，我现在最想说的是，我对不起你，对不起赵厂长，是我害了他，害了你，也害了我自己。"

胡梅说到这儿，哽咽着捂着脸，再次深深地埋下头。

柳胜男不知所措地看着她，手忙脚乱给她倒了一杯热水放到她面前，接着又把毛巾用温水浸湿送到她的手上。

胡梅咬着嘴唇，接过柳胜男递过来的毛巾，小心地擦干净脸上的泪痕，又端起水杯喝了一口水，长出了一口气，接着说："胜男姐，我知道我在你眼里就是个狐狸精，就是个可耻的第三者。可是，今天我要告诉你的是，我和赵厂长是清白的，赵厂长心里边始终只有胜男姐你一个人。当时，是我虚荣心太强，贪图享受，一心想傍个大款过那种呼风唤雨的阔太太生活。让我郁闷的是赵厂长那么年轻却是那么保守，我只好趁他喝醉酒的时候制造假象，以此要挟他，没想到他就当真了。"

"你……"

柳胜男听到这里，立时柳眉倒竖杏眼圆睁，拳头攥得直响，怒视着胡梅。

胡梅看着柳胜男苦笑了一下，又喝了一口水，旋即垂下眼帘，幽幽地说："胜男姐，你知道什么叫作茧自缚么？"

柳胜男没言声，此刻她只想一巴掌掴过去，打对方一个满脸开花，然后满地找牙。

胡梅似乎没看懂柳胜男的神情，自顾自地顺着自己的思路往下说："胜男姐，我现在就是一只作茧自缚的蠢蚕，当年我拿着赵厂长给我的二十万块钱去了南方，在那里我认识了赵大庙。那时候他已经是个有名的房地产开发商了，他对我是一见钟情，然后又是紧追不舍，加之我也不想再过那种无根浮萍的日子了。于是，我想都没想就嫁给了他。

"结婚后我才发现，原来我只是他的又一个新欢，或者说小三，甚至连小四都算不上。所幸的是结婚不久我就怀孕了，是孩子把我拴在了他的身边，我知道这样的日子不会太久的。因为，现在的男人，尤其是有钱的男人都是这个德行，换媳妇比换衣服还勤。所以，我暗暗留了个心眼儿，那就是攒钱，越多越好，如今我手里已经有了千八百万了。可是，钱越多我心里的负罪感越重，我对不起你，更对不起赵厂长。昨天，我从国外旅游回来，在工地上听人说盛楠服装厂失火了，我想这是我还债赎罪的一个机会呀。胜男姐，这是一张两百万的支票，你一定要收下，就算我对你们两口子的一点儿补偿，也是我对盛楠服装厂的一点儿赞助。"

胡梅说完，从身旁的鳄鱼皮手包里掏出一张支票，轻轻放到了桌子上。然后，拿起手包起身就往外走。

柳胜男见状，站起来一个箭步冲到胡梅前面，伸手拦住她，淡淡一笑，说："等等，妹子，听我说句话好么？"

胡梅见柳胜男确实是诚心诚意留她，于是停住脚步，转回身又坐到方才的椅子上。

柳胜男给胡梅倒了一杯热水放在她的面前，然后回到自己的位子上，面对面看着胡梅说："妹子，以前我是恨过你，说实话，就在赵成你俩离家出走那阵子，我是杀了你的心事都有哇。可是后来我想通了，这人世间最靠不住的就是人的感情，想我跟那死鬼赵成二十多年的夫妻，而且还是从小一起长起来的，也算是青梅竹马吧。我嫁给他的时候，他们家是一贫如洗呀，连定亲带结婚都算上，他们家总共给了我六十块钱，两身衣服的布料。入洞房那天，炕上连新炕席都买不起，炕板上铺块塑料布罩一层床单子就对付了，屋里唯一的家具是一对水泥柜，可我毫无怨言。我想人这一辈子靠谁也不如靠自己，我妈活着时就常跟我说，好男不吃分家饭，好女不穿陪嫁衣，指亲不富看嘴不饱，夫妻一条心黄土变成金。

我们两口子就这样白手起家，一点点地把日子过了起来，可后来我万万没想到，这日子好过咧他却变心咧，嗨。"

柳胜男说到这里，双手按住太阳穴，痛苦地闭上眼睛，轻轻地叹了口气。

此时，胡梅语气诚恳地反驳道："胜男姐，你这样说真的冤枉赵厂长了，记得刚才我已经跟你说了，那件事都是我的错，是我鬼迷心窍制造怀孕的假象破坏了你们的家庭，害得赵厂长有家难回，差点客死他乡。后来，我听说赵厂长生病去世的消息后，心里特别难受，有好几次我都想回来跟胜男姐你赔罪，乞求你的原谅。特别是跟赵大庙结婚有了孩子以后，我这种负罪感越来越沉重了，晚上时常失眠，整夜整夜睡不着觉。睡不着觉我就会不由自主地想我自己犯下的罪孽，想真的有一天姓赵的一脚把我踢开了，我也不会缠着他不依不饶，因为那是老天爷对我的报应。"

"不会的，妹子，你还年轻，你以后的路还长着呢。我诚心实意留住你，想跟你说的是，如果你想为自己留个撤身步，攒钱不如自己干点儿啥。现在这年头腰儿掖着不如袖吞着，谁有也不如自己有。尤其是我们做女人的，自己没收入光靠手背儿朝下管男人要，迟早会把他要烦喽。因为是男人就没有不好色的，女人年轻时咋看咋喜欢，一旦老喽没姿没色喽，那是咋看你咋别扭，为啥那有钱的大老板换媳妇儿比换衣服还勤哪，那不光是钱多了扎的，主要是女人老了就不值钱了。如果女人自己有一份事业，有自己生钱的道儿，不指望他们，那男人反过来更会敬着你宠着你，生怕你把他甩喽，这就是人的本性，欺软怕硬，恃强凌弱。"

"对，胜男姐，我其实最佩服的就是你这一点，胜男这个名字放在你身上那才叫名副其实呢。"

胡梅由衷地感叹，让柳胜男有点不好意思，但随即她就接过话茬儿说："呵呵，我这人哪就是从小自力更生惯了，家里丫头多，一个个儿的姥姥不疼舅舅不爱，爸妈更是打心眼儿里头咯应，所以要想活下去，活出个人样儿来就得自个儿努力。"

胡梅叹了口气，低眉顺眼转动着手里的水杯子，幽幽地说："唉，我们这辈人其实最缺乏的就是胜男姐你这种魄力了，不愿意卖力气也不愿意费脑筋，什么都想吃现成的，所以，才走了那么多的弯路，活得连尊严都没有了。"

柳胜男看着她，微微一笑，真诚地说："妹子，话说到这份儿上，我也不跟你拐弯抹角的了，眼下我正在着手准备投资开发落日峰下的大溶洞，如果你信得过我柳胜男的话，有钱可以投资参股，建成运营以后，每年按股份分红，这可是个永久的买卖啊。你回去后好好考虑考虑，或者跟赵总核计核计听听他的意见，我等你的回话儿，咋样啊？"

"好！我这就答应你，我自己出一千万够用不？"

"你……"

柳胜男没想到胡梅答应得这么痛快，一时竟没醒过闷儿来。

胡梅见状，抬起头看着柳胜男，又重复一句："胜男姐我相信你，这事儿我自己当家作主，不用考虑也不用跟谁商量。"

柳胜男还是不放心，善意地提醒道："妹子，一千万这可是个不小的数目，不通过赵总能行么？"

胡梅听了，没言声，端起面前的水杯子喝了一口水，眼睛眨了眨，信口说道："这数目还大？你知道我们老赵一个大项目做成了能挣多少钱么？弄好了一个亿两个亿玩儿似的，一千万到他手里简直九牛一毛，都不够他进一回赌场的。"

"噢——"

柳胜男一时语塞。

胡梅见柳胜男低头不语，以为是她仍然不信任自己，当即凄然一笑，打开自己的鳄鱼皮手袋，从里面翻找出几张银行卡，放在手里掂了掂，看着柳胜男毅然决然地言道："胜男姐，我今天说的每一句话可都是发自内心的。这几年，我虽然实现了自己当阔太太的愿望，花钱如流水，自己想干嘛干嘛，想去哪儿去哪儿，可是我心里边一点也不快乐。因为，我知道这繁华过后必是无边的寂寞，我不想让自己再沉沦下去，可是我既然已经走上了这条道路，再回头已经不可能了。我需要钱，并一直认为有钱才有一切，如今你有难处，就让我用我的钱赎罪总可以了吧？"

柳胜男知道胡梅又误解她了，赶紧截住她的话头，凝视着胡梅那张年轻俊俏的脸，动情地说："妹子，你又误会我了，以前我是恨过你，可是听了你的解释以后我已经不恨了。常言道，猪往前拱，鸡往后刨，各有各的活法儿。我已经老了，许多事儿跟你们年轻人都想不到一块儿了，但我始终坚信，路是人走出来的，只要你对自己有信心，就没有过不去的坎儿。"

"对，胜男姐，所以我想换个活法儿，跟你一块儿干点事儿，开发那个溶洞项目，成功了挣钱咱们一块儿享受，失败了赔钱了，全当算交了一笔学费，这是我的真实想法儿，就这么简单。"

"好，妹子，谢谢你这么信任我。"

柳胜男站起身，冲胡梅伸出右手，胡梅也站起来紧紧握住柳胜男的手。

有了资金，开发溶洞的项目很快就动工了。

因为，溶洞里面基本上都是原汁原味儿，保持原生态，只把个别狭窄的地方往大扩了扩，洞口修建了牌楼，上下山的道路修成了台阶，两边安装了护栏，山底下修建了气派的售票口，宽阔的停车场。

溶洞建成以后，经过多方论证，最后定下来叫"落日峰大溶洞"，柳胜男对这个命名很满意。在开发溶洞的同时，村里边又投了一部分资，在山顶上建了一间小亭子，作为爱国主义教育基地，竖起一座抗战纪念碑，把那一段段发生在落日峰上的抗战故事，以及在这里牺牲的英烈名字，都详实地刻在了石碑上，以供后人观瞻拜祭。

整个工程足足用了一年的时间才算完工，正式对外开放。

溶洞落成剪彩那天，风箱峪再次成为各路记者云集的焦点，不为别的，只因听说省里有大人物要来。为了迎接这个神秘的大人物，柳胜男和柳爱民、赵双提前三天就开始进入紧张状态，忙着派人清扫犄角旮旯儿的卫生，当一切准备就绪，就等客人到了放鞭炮的时候，柳爱民看着柳胜男，忽然一本正经地冒出一句："哎呀，老姑哇，咱们还忘了一码大事儿呢！"

柳胜男听罢顿时一惊，身子像安了弹簧似的从椅子上就跳了起来，急问："咋？还有啥漏兜的？"

柳爱民见状嘴一歪，坏笑道："村头大树底下还有一窝蚂蚁没来得及拴上呢，它们要是跑出来惊了领导，那也是罪过呀！"

"我呸！你还有点儿正八本儿么？"

柳胜男顺手抄起一本书就砸向柳爱民，柳爱民早就捂着脑袋跑到了里间屋，一旁的赵双捂着肚子笑岔了气。

没砸到柳爱民，柳胜男也忍俊不禁笑了起来。

三个人正说笑着，柳胜男的手机就响了，打开一看是老同学程华打来的，赶紧按下接听键，对方一接通立刻开机关枪似的告诉柳胜男："柳儿，告诉你一个好消息，大哥来了，正往你们那儿赶呢？"

"啥？大哥来了？那你呢，你在哪儿呢？"

"我？我在北京呢，我们家那口子在这儿住院呢，我得陪床伺候着啊，去不了啦，以后有机会再去吧。严重祝贺你啊老同学，咱们这帮同学里边现在是谁也不如你啦，干什么像什么，事业越做越大，家底儿越来越厚，活得太充实了，真羡慕你！"

"哎呀，华子，快别逗秃丫头咧，咋说我也是土里刨食的农村老百姓，跟你们上班挣工资的没法比呀。"

"嗨，什么事都有两重性啊，个人有个人的难处哇，不说啦，我这心里边烦着呢，回去后我一定到你们风箱峪住几天，到那时咱在聊好吗？祝你开业大吉啊，再见。"

"再见。"

柳胜男举着手机，迎着里面的忙音竟然忘了放下。

程省长来了。

这消息立刻让柳胜男如同打了鸡血一样兴奋起来。

柳爱民和赵双也不再开玩笑，立马跑出去张罗着迎接。

果然，时候不大，外面就传来汽车喇叭声，柳胜男赶紧扔下手里的抹布，急慌慌跑了出去。

四五辆汽车一字排开，到风箱峪村委会门口都停下了，依次从车上下来的有县里的县长、副县长、靠山镇乡的乡长、党委书记，最后，才是已经升任一把省长的程家驹。

程省长走进村委会办公室，柳胜男赶紧张罗着沏茶倒水安排座位，可是，众人只在屋里转了一圈儿就前呼后拥往外走，浩浩荡荡来到剪彩现场。到那儿以后，柳胜男代表风箱峪村委会简单说了几句开场白，就有县里电视台一个著名节目主持人，一一介绍来到现场的剪彩嘉宾，当介绍到程省长时，风箱峪和从红花峪赶过来看热闹的父老乡亲，不管不顾立刻都蜂拥着围过来，跟这位亲老乡握手攀谈，会场秩序一度大乱，从靠山镇赶过来的派出所民警赶紧过来维持秩序。

剪彩仪式，就是在这种充满浓浓乡情的热闹气氛中进行的。当剪断那一缕红绸带时，全场欢声雷动，人们欢呼着跑上台阶，跑进闪烁着各色彩灯的落日峰大溶洞，很快，负责解说的导游员莫小雅那充满磁性的声音立刻在溶洞里回旋开来。

"柳主任，你这个穆桂英有顶班儿的啦。"

"长江后浪推前浪，一代更比一代强啊，胜男，你这个儿媳妇可不简单啊。"

"啥样儿的婆婆使唤啥样儿的儿媳妇，人家那是福。"

人们的夸赞让柳胜男心里如同灌了蜜，同时也暗暗地松了一口气。

第六十七章　大结局

　　跟着那些参观的人，走在彩灯闪烁的大溶洞内，听着儿媳妇莫小雅声情并茂的解说，柳胜男心中百感交集。

　　想着自己用半生心血创建起来的服装厂如今已经易主，一千万元扔在这山洞子里，能不能回本儿，啥时候能回本儿还是个未知数。还有胡梅投进来的一千万，虽说人家不拿这点儿钱当回事儿，可那也绝对不是个小数目哇。好在自己多留了个心眼儿，以个人名义承包这座山五十年，呵呵，五十年以后这世上还有我柳胜男么？肯定是没啦，但是这个景区一定没不了，这个溶洞也没不了，这就是财富，留给后代儿孙的财富。

　　想到这里，柳胜男心中立刻又豁亮起来，忍不住轻声哼起了小曲儿。

　　恰在此时，身后传来浑厚的男声："嗝嗝，柳儿，祝贺你啊！干得不错嘛，如果咱们所有的村官都有你这魄力，农村的发展将会远远地超过城市，成为时代的主流。"

　　柳胜男一惊，赶忙回头看去，在她身后说话的竟然是程省长。

　　只见程省长拄着雨伞当拐棍，正大步流星朝她走过来。

　　柳胜男见状，当即停住脚步，转身拘谨地看着程省长，看看前后没人，怯怯地叫道："大哥，您咋也跟着进来啦？"

　　"哈哈，我不进来能看到咱们家乡的大溶洞吗？能欣赏咱们柳主任美妙的小曲儿吗？"

　　程省长非常随意地调侃，让柳胜男紧张的神经立刻放松下来，绽开笑脸儿探寻地问道："大哥呀，您看咱们这大溶洞够气派不？"

　　"够气派，起码在咱们省称得上独一无二。"

　　"真的吗？"

　　"出家人不打诳语。"

　　程省长右手五指并拢竖在胸前，一脸的忍俊不禁。

　　柳胜男见状，乐着说："大哥哎，您啥时候成了出家人咧？"

　　"走出红花峪，不就是出家了么？"

　　程省长满脸含笑地说。

　　这次柳胜男没笑。

　　看着眼前已然两鬓斑白的老大哥，她忽然心里一动，想他们这些出门在外的游子，虽然在大城市不愁吃不愁穿，住的高楼大厦，可他们有快乐么有自由么？

肯定没有。要不他咋一到家就不愿意别人再称呼他官职，也不愿意被下属们前呼后拥鞍前马后地伺候着呢？

这么想着，柳胜男忍不住走到程省长身边，很随意地闲聊起来："大哥呀，这次回来是不是要在家里住几天再走哇？"

"住？肯定是住不下的，等会儿参观完了，能抽空去看看老娘就不错了。哎，柳儿哇，有件事儿我想跟你探讨一下。"

柳胜男一听探讨，忍不住又笑了，"有啥事儿您尽管吩咐就是，大哥跟妹子不用探讨，您咋说我就咋办。"

"哦，那就好，等会儿你跟我一起去红花峪，到那儿咱们再说，好吗？"

柳胜男还想说啥，程省长回头看一眼身后，柳胜男立刻心领神会，抬头看去，原来县里乡里那些人正蜂拥着往这边赶。

参观完大溶洞，程省长推说回家看看年迈的老母亲，就没跟县里乡里那些陪同的人一起回去，让司机开车径直去了红花峪老家。

柳胜男心里非常清楚，现如今最可怕的不是美国的原子弹，也不是小日本的经济侵略，而是人们的嘴。因此，她没跟程省长一起坐车走，等他们走后才自己开车跟了过去。

从红花峪回来以后，柳胜男直接去村委会找柳爱民和赵双。可是，楼上楼下所有房间都蹅摸了个遍也没看到俩人的影子。接着就打他们的手机，可这俩人好像商量好了一般，都提示关机和不在服务区，柳胜男着急，就嘟嘟囔囔地骂："这俩王八蛋猪头三儿，都死哪儿去啦，一个关机两个都他妈的关机。"

正骂着呢，就听到外面摩托车响，紧接着，柳爱民和赵双一块儿跑了进来。

一进门儿，柳爱民就唧唧咕咕地说："这人哪，真是越渴越吃盐，越肥越添膘，咱这儿刚见点亮儿，这人们就开始犯红眼病往上贴咕，您说今儿谁找我俩了？"

柳胜男一进门没找着这两人，心里正没好气呢，一听柳爱民进门就磨叨，没好气地问："谁呀？"

"乡里的李书记。"

"李书记？李书记找你们干啥呀？"

"嗨，还不是豹子峪的事儿。"

"哼，豹子峪的事儿，豹子峪碍着咱们啥了呀。"

通过那左一码右一码的糗事，柳胜男一听豹子峪就来气，鼻子里'哼'了一声就进了里屋。柳爱民跟过去，说："别走哇老姑，是这么回事儿，那豹子峪村委会不是换新班子了吗，那新村主任找乡里李书记帮忙搭个话儿，想跟咱们一块儿干，一切都听咱们的安排。"

"你俩答应了？"

"没……没有哇，再说了，老姑您不发话，我们俩能自作主张么？"

柳爱民一脸无辜地看着柳胜男。

柳胜男知道他其实早就想跟豹子峪联合，毕竟他老丈人家就在那个村，而且，那新村长不是别人，正是他柳爱民的小舅子。嘁，竟跟我玩儿这捂着耳朵偷铃铛的破事儿，你就是答应了，我又该咋着呢？还不是跟着点头儿跟着操心跟着瞎忙活么？

心念至此，柳胜男冲着柳爱民一笑，说："说实话，是不是跟你小舅子一块儿喝酒去了？"

"老……老姑，您咋知道的？"

"那还有问么？听你这一嘴的酒气，手机还关机不在服务区，除了山根儿底下那小酒馆，别处手机能没信号么？"

"哎呀，老姑，英明啊！看来我们这俩毛猴子咋折腾也跑不出你老人家的手心儿咧。"

"扯淡。"

柳胜男嗔怪地瞪了柳爱民一眼，转身走出里间屋，坐到自己的办公桌前。

一直不言不语的赵双，此时慢悠悠言道："柳村长，我觉得李书记说得有道理，其实，豹子峪咱们两个村本来就跟一个村似的，真要统一规划起来，应该就有规模咧。"

"还有红花峪呢，我急着找你俩，就是想咱们坐一块儿踏踏实实地琢磨琢磨，看看咋运作合适，既要保护咱们自己的利益，还要让那两个村跟着受益，一块儿发展起来。程省长说得对，一花独秀不是春，百花齐放春满园。其实，咱们去华西村时也看到了，他们也走的也是联合开发的道路，几个小村合并成一个大村，要不咱们咋折腾也就屁股那么大一块土儿，对吧？"

"老姑所言极是，我代表我媳妇儿，还有我媳妇儿他们一家子，表示坚决拥护，举双手双脚赞成！"

柳爱民喷着酒气，拍着巴掌嚷嚷着。

柳胜男知道，柳爱民一喝酒就开始没正形儿，遂瞪他一眼，嗔道："说正经的呢，别跟我这儿耍酒疯。"

"老姑哇，我柳爱民向毛主席发誓，我说的可都是心里话呀。李书记说咧，咱们要想把事儿做大做强，必须得走联合发展的道路。可这关键是首先是必须是，要在保护咱们风箱峪自己利益的基础上进行，我说的没错吧？"

"没错个屁。自私自利，个人顾个人，那叫联合开发么？要干，就要公平合理，你吃肉就不能让人家喝汤。你想，人家奔咱们来，那是信得过咱们，觉得跟咱们干有前途，能脱贫致富，过上好日子。真要从屎窝儿挪到尿窝儿，一点实惠得不到，人家跟你这儿凑合个啥劲儿啊？"

"那……"

柳爱民挠挠脑袋不言声了。

其实，柳爱民啥心思柳胜男心里是再清楚不过了。想他那小舅子王跃放着城里日进斗金的个体老板不当，非要回村竞选这个费力不讨好的村官，图个啥呀？还不是为的让村里人都过上好日子？

从内心来讲，柳胜男还是很佩服柳爱民小舅子王跃这种敢于担当的勇气，村民们放着王大为五百块钱一张的选票不要，力推王跃也是有一定道理的。所以，当柳爱民提出要跟豹子峪合作时，她很爽快地就答应了。至于与红花峪联合，她却是从另外一个角度考虑的，那就是程省长的关系。虽然她心里明镜儿似的，红花峪其实就是个扎手的大刺猬。因为，从生产队的时候起，红花峪村人心不齐在整个靠山镇都是出了名的。主要是村里程、刘两大姓水火难容，各摽各的心眼儿，这可是历史上遗留下来的问题，谁当这个村官也甭想着弄好喽。难怪程省长单独把柳胜男请到家里，千叮咛万嘱咐让她务必当好这个和事佬儿，把红花峪带起来，让程、刘两家的宿怨在共同建设美好家园的进程中逐步化解。

告别程省长，从红花峪回来的路上，柳胜男就想好了，这个事儿只有柳爱民能够摆平。因为，柳爱民的姥姥家是红花峪老程家的，前面提到的那个红花峪女支部书记就是柳爱民的表嫂，而柳爱民的叔伯妹子则嫁到了红花峪老刘家，这两边儿都沾亲带故的，工作自然就好做。

这么想着，柳胜男当即冲柳爱民狡黠地眨巴眨巴眼睛，笑着说："爱民哪，既然咱们都认识到了，只有联合发展才有出路，那咱就一起琢磨琢磨咋发展吧？"

柳爱民又挠挠脑袋，开始打太极："还是老姑您先说吧。"

柳胜男立刻猜出他那点儿小心思，当即驳回："我不说。"

"为啥呢？"

柳爱民脸一红，反问道。

"不为啥。"

柳胜男仍然笑眯眯看着柳爱民，漫不经心地端起水杯喝了一口水。

一旁的赵双立刻看出来，柳村长又开始挤兑柳爱民了。于是，看着柳胜男，不紧不慢来一句："柳村长，我看既然是三个村的事，咱不如把那两个村的村长书记们都请过来，大家伙儿坐一块共同聊聊，制定一个共同的发展规划，然后分工合作，不就啥都解决了？"

柳胜男听了，当即接过话茬儿，两眼仍然看着柳爱民直冲冲地说："赵会计说得对，虽然都是亲戚，可这事儿就得这么办，要不人家该说咱们风箱峪欺负人咧。"

柳爱民立刻听出来柳胜男其实是在说他，不禁脸儿一红，但随即笑了笑说："那好吧，我这就让他们过来。"

柳胜男又喝了一口水，用手指轻轻点着桌子调侃道："赵会计，看见了吧？这就叫牵着不走打着倒退，你有啥话利利落落地说出来不就结了，还总是藏头露尾让人琢磨，累不累呀？"

赵双当即就笑了。

柳爱民被点破心思，脸更红了，不好意思地说："老姑哇，快别揪住人家小辫子不撒手咧，您说这两个村班子里都有我的亲戚，您让我咋说呢？"

"当然好说啦？你不是号称'三条舌头'么，你就用你这三条舌头先帮你表嫂把红花峪人心统一起来，这人心齐泰山移，人心散瞎扯淡。豹子峪如今也是这个毛病，能耐人忒多，可一个个的都他妈的破庙露鬼，算计别人一等一的，轮到自己个儿干点事儿又怕吃又怕烫，生怕吃亏上当。"

柳胜男一边将柳爱民的军，一边挑那两个村的毛病，三个人你一言我一语又说起了三个村合作以后的利弊关系。

时候不大，他们正说着呢，豹子峪的新村长王跃就带着村委会三个人到了，大家原本就认识，说起话来就显得很随意也很亲热，等红花峪的三个人进来以后，那气氛就更显热闹了。

让柳胜男和柳爱民没有预料到的是，那两个村的班子成员都到齐以后，竟然商量好了一般，坚持把红花峪和豹子峪都归风箱峪统一管理。同时，各自摆出歪理儿："如今城市里的大企业不是都讲究吞并或者收购么，你们风箱峪就当把我们两个村收购了不就得了？我们只负责组织干活，大方向由你们掌握，柳村长你让我们干啥我们就干啥，让我们咋干我们就咋干，一切行动听指挥。"

"这个……"

柳胜男有点为难。

红花峪女书记说："程省长临走时不是说了么，现如今农村都实行集约经营，村与村之间共同组建集团，成立合作社统一管理，咱们搞旅游不也是一样么？将来把村民的房子也都规矩到一块儿，到那时还分啥你我呀。"

也对。柳胜男脑子里迅速地描画着三村合一的蓝图，统一的村民别墅，统一的农家院管理，统一的景区景点，统一的村办企业，这样的话再到旅游旺季风箱峪就不会人满为患了。如果时机成熟的话，过个一年半载的，在豹子峪建一座最少容纳五百人的五星级养老院，解决城乡空巢老人养老问题，这个项目如果申请下来，还可以得到国家的支持和政府财政补贴呢。

见柳胜男不说话，柳爱民知道她一定是又琢磨远景规划呢，于是冲小舅子王跃点点头，俩人心照不宣地同时走出办公室。

柳爱民回来以后，大家又七嘴八舌扯了些无关紧要的闲篇儿，就各自散去了。

柳胜男当即拿起手机，把三个村班子成员碰头儿的结果告诉了程省长，同时又跟乡里的章乡长做了简单汇报，得到他们的认可以后，这才把自己方才在脑子里大致描绘的蓝图说给了柳爱民和赵双。两人听了，都觉得可行，于是，一边议论着就定下了基本的联合发展框架。

柳胜男本来就是个急性子，调子定下来以后，立刻风风火火地开始了行动，她先到豹子峪走家串户了解村民的心思，见家家户户都对建农家院积极性挺高的，就开始帮着各家各户操持拾掇农家院。同时，告诫各户开农家院就要保持农家风格，干干净净就行，不要追求洋化城市化，主要是饭菜要可口，不能好歹对付，更不能坑蒙游客。

也是有了风箱峪成功的经验，没咋费力，几个月之后豹子峪的农家院就开张纳客了。红花峪那边，因为与落日峰大溶洞只一山之隔，柳胜男在这边又建了一座山门，统一售票，统一管理，此举为红花峪农家院招揽了相当一部分客源。同时，她又采取村民集资入股的办法，在红花峪开通了红花峪神秘谷旅游路线，聘请专业人士精心设计打造了十几个自然景观，由儿媳妇莫小雅编导游词，找几个漂亮小姑娘当导游，景区很快就火了起来。

这期间，在徐教授的倡议和操办下，在风箱峪和红花峪两村之间的栖霞岭上，由国家出资建设的“中国中上元古界地质博物馆”也落成了。这座博物馆的建成，无形中又给风箱峪旅游景区增添了一个国内独一无二的亮点。

随着旅游业的发展，风箱峪的山区土特产品加工，也是水涨船高，产品供不应求，厂子先后扩建了两次，仍然不够用，不得不在红花峪又建了个分厂，总算有了点儿富裕。

转眼又是三年过去，掐指算来，柳胜男这个村官已经连着干了三届，眼瞅着又该换届选举了，柳胜男忽然萌生了退意。一是年纪大了，眼看奔六十岁了，许多事干起来已经力不从心。二是公公婆婆也都年老体衰，跟前需要有人照顾。还有最打紧的就是，闺女学文到澳大利亚读博已经毕业，并在那边结婚成家有了第二代，想让妈妈过去帮忙照顾孩子，好在孙子已经大了，亲家莫娜自打闺女结婚成家竟是越来越年轻，一天到晚看孩子做饭，把个小家里里外外收拾的干净利落，让两个孩子轻轻松松打拼各自的事业。

作为家庭中坚，这老的小的都不能扔，撇了哪一头儿都是罪过呀。柳胜男时常这样感叹。

可是，对大多数村民们来说，柳胜男绝对是个神，是他们的顶梁柱主心骨儿，没有柳村长的日子是他们不能接受的。然有的人不这么想，他们说，国家公务员女的五十五还要求退休呢，村干部哪能干一辈子呢，也该换换班儿了。但大家心里边都明镜儿似的，这富家好当穷官儿难熬，说这话的人并不是想当这个村官给大家伙儿谋点儿福利，而是想以权谋私从村里边捞一把，因为此时风箱峪的富已经是全省闻名了。

选举那天，尽管柳胜男提前声明自己准备退休回家照顾老的小的，可是，投票结束一公布得票数，柳胜男仍然以百分之九十的得票数当选。

看着三个村的村民们那一双双期待的信任的目光，柳胜男沉默了，她知道雪中送炭容易，锦上添花难。

现在，三个村的发展已经基本均衡，所有村民都搬进了欧式风格的村民别墅，原来的老村都建成了农家旅店，村里家家有小轿车，户户有存款。养老院也建起来了，虽然不是五星级但论档次比天津北京大城市的养老院一点儿都不差。她和胡梅共同投资开发的落日峰大溶洞已经收回成本开始盈利，这往后的日子，还干点儿啥呢？

柳胜男摇摇头，竟然有点儿懵，但是在她内心深处，那个建设北方华西村的梦想还在，她要为实现这个梦想继续努力。想到这里，她不由自主挺了挺腰板儿，信心满满地朝村委会走去……